가장 완전하게 다시 만든

정글북

러디어드 키플링 글 ǀ 스튜어트 트레실리언 그림 ǀ 정회성 옮김

〈정글북 1〉, 〈정글북 2〉 완역 원고 수록
스튜어트 트레실리언의 오리지널 일러스트 수록

사파리

차 례

가장 완전하게 다시 만든 정글북

서 문

작달막한 키에 앞머리가 훤히 벗어진 데다 콧수염까지 기른 러디어드 키플링을 본 순간 이탈리아의 베수비오 화산이 떠올랐다. 그는 마치 화산에서 용암이 분출하듯이 늘 상상력이 흘러넘쳤다. 키플링은 누이에게 보내는 편지에 '…아이디어가 꼬리에 꼬리를 물고 머릿속에 떠오른다.'고 했다. 그는 놀라운 속도로 글을 썼고, 일생에 400편이 넘는 이야기를 완성했다. 그리고 마흔두 살에는 영국인 최초로 노벨문학상을 받았는데, 노벨문학상 수상자 가운데 가장 어린 나이였다. 노벨문학상 수상으로 키플링과 그의 작품들은 세계적인 명성과 인기를 얻었다. 그러나 그 어떤 작품도 《정글북》만큼 수많은 사람들의 마음을 사로잡지 못했다.

아마 많은 사람들이 1967년에 상영한 디즈니 만화 영화를 통해 모글리의 이야기를 처음 접했을 것이다. 그 영화도 나무랄 데 없이 훌륭한 작품이지만 내용이 원작과 판이하게

다르다. 이미 잘 알려진 대로 월트 디즈니는 영화 각본가들에게 《정글북》을 건네면서 이렇게 말했다.

"책부터 덥석 읽지 마시오."

디즈니 만화 영화는 화려하고 유쾌하다. 대사도 재미있고 노래도 즐겁다. 생기가 넘치는 총천연색이 화면을 가득 채운다. 반면 책은 곳곳에 위험이 도사리는 야생의 정글 그대로를 묘사해 분위기가 어둡고 거칠다. 또 비단뱀 카아는 영화에서 모글리의 적으로 등장하여 최면술을 부리고 여기저기 돌아다니며 교활한 말과 행동을 일삼는다. 하지만 책에서는 영화보다 훨씬 흥미롭긴 해도 캐릭터가 약간 애매하다. 책 속의 카아는 모글리를 많이 도와주지만 성미가 급하고 도덕관념이 약하며 이빨도 훨씬 길게 묘사되어 있다.

《정글북》이 세상에 나오자마자 뛰어난 명작으로 평가받은 이유는 무엇일까? 그 이유는 모글리에게서 찾을 수 있다. 모글리는 매우 특수한 환경에서 자랐다. 그럼에도 인간 사회에서 정상적으로 자란 아이들과 크게 다르지 않다. 고집 세고 자기중심적이며 잘난 척 뽐내기 좋아하고 천방지축으로 행동하지만, 마음이 따뜻하고 용감하며 성실한 보통의 아이인 것이다. 사람들이 썩 기분 좋지 않을 때 모글리를 만나면 어떻게 반응할까? 아마 이맛살을 찌푸릴 것이다. 그리고 모글리도 그 사람을 보며 똑같이 얼굴을 찡그릴 게 분명하다. 모든 사람들이 모글리를 귀여워하진 않겠지만, 모글리가 생기 넘치는 활기찬 아이라는 것은 인정할 수밖에 없을 것이다. 어린 시절에 나는 실제 존재하는 아이로 착각했을 만큼 모글리는 생생히 살아 숨 쉬는 인물의 전형이다.

나는 호랑이 시어 칸과 카아, 엄마 늑대도 세상에 존재하는 줄 알았다. 그리고 여덟 살 때는 신비로우면서도 우아한 표범 바기라에게 사랑의 감정을 품기도 했다. 그러나 내 마음을 단박에 사로잡은 것은 답답할 정도로 느리지만 한없이 너그러운 곰 발루였다. 키플링은 대다수 인도인들이 쓰는 힌디어에 능통했다. 그래서 《정글북》의 등장인물들은 이름에 의미가 담겨 있다. 발루는 곰을 뜻하는 힌디어다.

내가 가장 좋아하는 장면은 《정글북 2》에 나온다. 그런데 이 장면은 잊히기 쉬워서 기억하는 사람이 그리 많지 않은 것 같다. 이 장면은 영화에도 나오지 않는데, 모글리의 무모한 성격을 가장 확실하게 보여 준다. 바로 〈붉은 개〉에서 인도들개, 돌(dhole) 무리와 싸움을 벌이는 장면이다. 돌 무리가 강 건너에 있는 늑대 한 마리를 발견한다. 그 늑대는

어떤 생명체든 달려들어 갈가리 찢어 죽이는 돌들의 공격을 받고 큰 상처를 입는다. 모글리는 그 늑대의 원수를 갚고 시오니 늑대들을 지키기 위해 야생벌 떼가 우글대는 가파른 협곡으로 돌 무리를 유인한다. 이어 팔을 휘저으며 절벽 아래 강물로 뛰어내리는데, 모글리가 두려움을 느끼면서도 사랑하는 이들을 구하기 위해 목숨을 내걸고 싸운 뒤 승리를 만끽하는 모습이 인상적이다.

모글리라는 인물이 이처럼 아주 생생하게 느껴지는 이유는 작가가 자신의 힘겨운 어린 시절을 작품 속에 잘 녹여 현실감 있게 묘사했기 때문이다. 키플링은 인도 봄베이(현재의 뭄바이)에서 태어났고 여섯 살 무렵 영국으로 건너갔다. 그때 한 영국인 부부 집에서 수양아들로 지냈는데 보살핌은커녕 심한 학대를 받았다. 하지만 키플링은 자서전 《나에 관한 특별한 이야기 Something of Myself》에서 불우한 유년 시절에 대해 이렇게 말했다.

'힘든 유년 시절이 내 미래에 부정적인 영향만 끼친 것은 아니다. 분명 얻은 것도 있었다. 그 시절의 경험 덕분에 조심하고 관찰하는 습관이 생겼다. 사람을 만나면 먼저 상대방의 기분과 성격이 어떤지 살폈고 신중하게 행동했다. 또 말과 행동이 다를 수 있다는 것을 깨달았고, 갑작스런 호의에 의심을 품는 습성도 모두 유년 시절 덕분이었다.' 키플링은 어두웠던 어린 시절을 평생 잊지 않았던 것 같다.

그런데 나를 비롯해 많은 사람들이 키플링을 까다롭고 결점이 많은 인물이라고 생각한다. 《동물농장》과 《1984》를 쓴 영국 소설가 조지 오웰은 키플링을 '맹목적인 제국주의자'라고 비판하며 노골적으로 혐오했다. 영국의 수필가이자 풍자 화가인 맥스 비어봄은 키플링이 섬뜩한 매력을 가지고 있다면서 키플링을 뻣뻣하게 곤두선 눈썹과 고압적인 콧수염으로 묘사했다. 실제로 키플링은 대영 제국을 지지하는 발언을 자주 했다. 또 너그러운 성품에 걸맞지 않게 남아프리카 공화국 사람들을 잔인하게 학살한 보어 전쟁을 지지하기도 했다.

하지만 《정글북》에는 인도 풍경에 대한 키플링의 애정이 곳곳에 넘쳐 난다. 봄베이에서 태어난 키플링에게 인도는 밝은 햇빛과 생명력이 충만한 곳이었다. 훗날 키플링은 인도의 산간 도시 심라를 방문한 일에 대해 '매 순간이 황금처럼 소중했고 순수한 기쁨을 안겨 주었다.'고 두고두고 말했다.

또한 《정글북》은 인도의 태양만큼이나 강렬한 열기와 활기로 가득하다. 그러나 모글리

가 사는 정글은 결코 편하거나 안전하지 않았다. 《정글북 2》의 〈공포의 시작〉을 보면 가뭄이 들자 동물들이 일종의 평화 협정을 맺고 물을 나누어 마시는 장면이 나온다. 그 장면을 읽다 보면 무더위 속에서 글을 쓰는 작가의 모습이 절로 상상된다. 하지만 키플링은 1892년 미국 버몬트에서 눈이 펑펑 쏟아지는 추운 겨울에 《정글북》을 쓰기 시작했다. 키플링은 당시를 이렇게 회상했다.

'12월부터 4월까지 눈이 펑펑 내려 창틀 높이까지 쌓였다⋯. 펜이 쓱쓱 움직이면서 모글리와 동물들에 관한 이야기가 써지기 시작했다. 두 권의 《정글북》은 그렇게 시작해 완성되었다.'

《정글북》에는 모글리의 이야기만 있는 것이 아니다. 운 좋게 코끼리들의 춤을 목격한 투마이의 이야기도 있고, 인간 친구를 구하기 위해 뱀 부부와 사투를 벌이는 몽구스의 이야기도 있다. 나는 코끼리 몰이꾼인 어린 투마이가 무척 부러웠다. 하지만 《정글북》에서 가장 흥미로운 것은 뭐니 뭐니 해도 말문이 트이기 전 우연히 늑대 굴로 들어간 사내아이 모글리의 이야기일 것이다.

한편 지금까지 많은 화가들이 《정글북》의 삽화를 그렸다. 하지만 내 생각에 스튜어트 트레실리언만큼 정교하게 그린 사람은 없다. 트레실리언은 1930년대에 맥밀런 출판사의 의뢰를 받아 《정글북》의 삽화를 그렸다. 난생처음 접한 《정글북》에서 트레실리언이 예리한 선으로 표현한 삽화를 본 기억이 지금도 생생하다. 트레실리언이 묘사한 늑대들을 보면 누구나 감탄할 수밖에 없을 것이다. 길쭉한 다리, 근육이 꿈틀거리는 듯이 울퉁불퉁하고 민첩한 몸통, 반짝반짝 빛나는 눈동자는 가히 일품이다. 그런데 트레실리언이 그린 모글리는 내 기억보다 키가 훨씬 크다. 하지만 모글리는 예전이나 지금이나 금방이라도 살아 움직일 것처럼 거친 생동감이 넘친다. 트레실리언의 그림은 오랫동안 사람들의 뇌리에서 잊히지 않을 것이다.

캐서린 런델(《탐험가》, 《지붕을 달리는 아이들》의 저자)

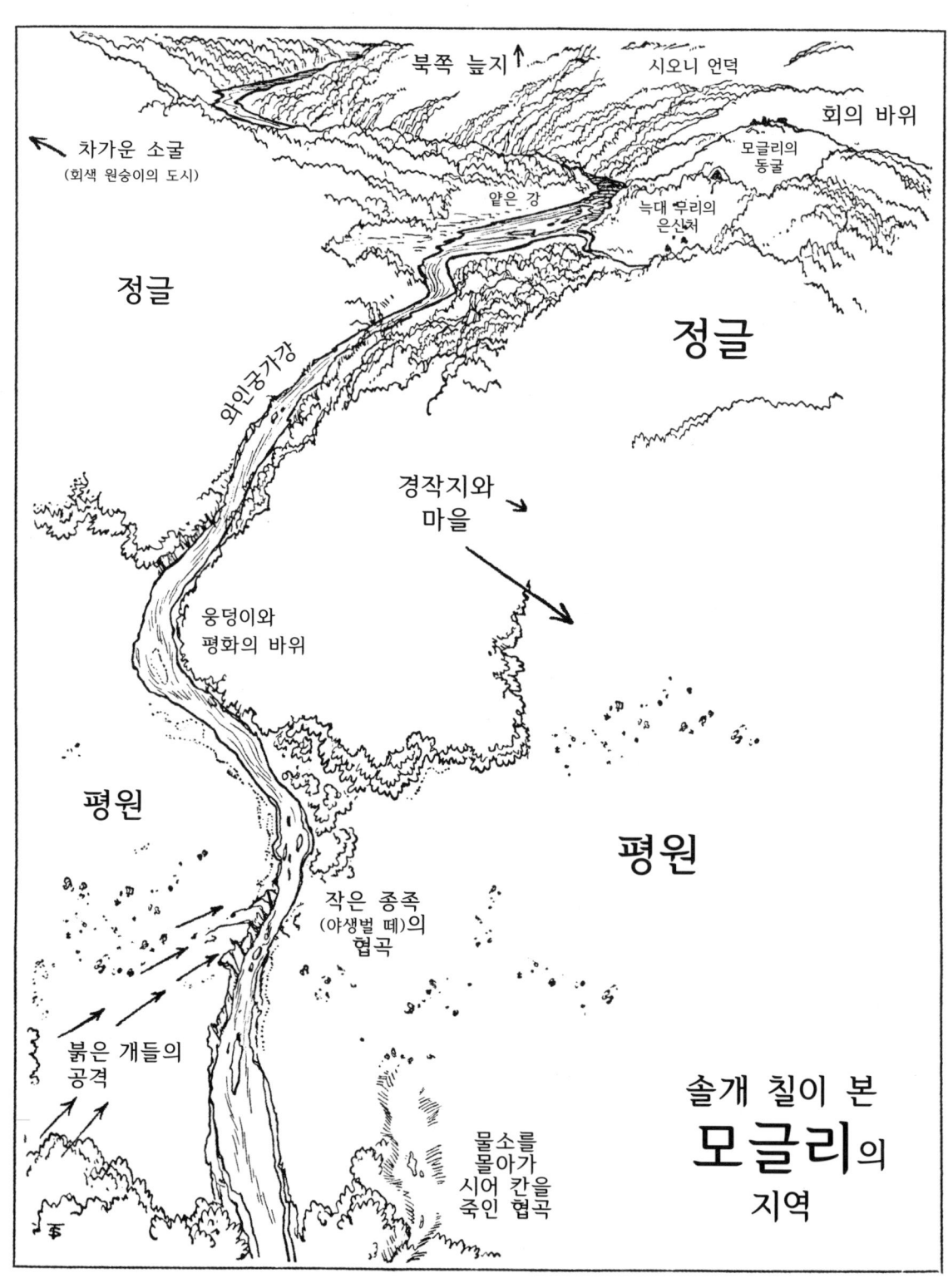

등장인물과 지명의 표기

바기라 : 모글리를 늑대 무리에
받아 준 검은 표범

발루 : 모글리에게 정글의 법칙을
가르친 갈색 곰

아켈라 : 시오니 늑대 무리의 우두머리

카아 : 거대한 비단뱀

시어 칸 : 정글의 무법 호랑이

타바키 : 자칼, 시어 칸의 부하

라크샤 : 모글리의 엄마 늑대

하티 : 야생 인도 코끼리

돌 : 인도들개

원톨라 : 외지에 사는 늑대

반다로그 : 회색 원숭이

이키 : 호저

삼바 : 남아시아 등지에 사는
사슴과 동물

카니와라 : 시오니 지역에 있는
작은 도시

메수아 : 모글리를 아들로 삼은
마을의 여인

시오니 : 인도 중부의 지역

나투 : 메수아가 모글리를 부르는 이름

불데오 : 마을의 사냥꾼

라마 : 시어 칸 사냥을 함께한 물소

마오 : 공작새

칠 : 솔개

마이사 : 암컷 야생 물소

페라오 : 진홍색 딱따구리

푸드미니 : 패터슨의 코끼리

와인궁가강 : 인도 중부를 흐르는 강

우다이푸르 : 인도 라자스탄주
남부에 있는 도시

정글북 1

차 례

정글북 1

작가 서문

    이런 작품을 쓰려면 일의 속성상 전문가들에게 요구하는 것이 무척 많다. 따라서 그들에게 넓은 아량을 구할 수밖에 없다. 만약 그들의 은혜에 진심으로 감사하고 인정하지 않는다면 필자는 그런 너그러운 대접을 받을 자격이 없을 것이다.

    먼저 인도 기록청에 화물 운송용 코끼리 174호로 등록된 바하두르 샤에게 고마움을 전한다. 학식과 교양이 깊은 그는 상냥한 누이동생 푸드미니와 함께 〈코끼리들의 투마이〉의 역사적 배경을 들려주었고, 〈여왕 폐하의 신하들〉에 실린 여러 가지 정보도 아낌없이 제공해 주었다.

    모글리의 모험 이야기는 오랜 시기에 걸쳐 여러 곳에서 아주 많은 사람들로부터 수집한 것이다. 그들 대부분은 필자에게 자신의 신원을 밝히지 말아 달라고 당부했다. 하지만 이제 어느 정도 시간이 흐른 만큼 필자 마음대로 인도 북부 자코의 높은 구릉 지대에 사는 신뢰할 만한 힌두교인이자 명망 있는 신사에게 감사의 말을 전하고자 한다. 그는 자신이 속한 노인 계층의 특성이 랑구르 원숭이와 같다며 다소 신랄하면서도 설득력 있는 비

평을 해 주었다.

　그리고 최근에 해체된 '시오니 무리'의 회원으로 끊임없이 조사하며 연구에 매진했던 학자, 인도 남부의 시골 장터에서 입을 망으로 가리고 주인과 함께 추는 춤을 통해 여러 마을의 청년들과 미녀들을 불러 모아 지역 문화를 일으킨 유명한 예술가, 이키 이들 셋은 인도인과 그들의 예절 및 관습에 관해 아주 귀중한 자료를 제공해 주었다. 이들의 도움은 〈호랑이! 호랑이!〉, 〈카아의 사냥〉, 〈모글리의 형제들〉을 쓰는 데 밑거름이 되었다.

　그리고 필자가 〈리키티키타비〉의 윤곽을 그릴 때 큰 신세를 진 사람이 있다. 인도 북부의 뛰어난 파충류 전문가였던 그는 '먹고살기 위해서가 아니라 알기 위해서' 문제를 해결한다는 마음으로 두려움 없이 혼자서 조사를 하고 다녔다. 그런데 '이스턴 타나토피디아'라는 독사에 대해 지나치게 몰입하여 연구하다가 그만 목숨을 잃고 말았다. 필자는 '인도의 여제(Empress of India)'라는 배를 타고 여행했는데, 도중에 사고가 나서 어쩌다 보니 동승한 승객에게 약간의 도움을 주었다. 그때의 보잘것없는 도움이 얼마나 후한 보상으로 돌아왔는지는 〈하얀 바다표범〉을 읽고 독자 여러분 스스로 판단해 보기 바란다.

모글리의 형제들

박쥐 망이 풀어놓은 밤을
솔개 칠이 몰고 집으로 돌아온다.
가축들은 외양간과 오두막에 갇혔으니
동이 틀 때까지는 우리 세상이다.
지금은 자만과 힘의 시간,
발톱과 송곳니의 힘을 마음껏 뽐내 보자.
오, 저 소리를 들어 보라!
정글의 법칙을 지키는 모든 이들에게
사냥의 행운이 깃들기를!

— 정글의 밤 노래

어느 무더운 저녁 일곱 시, 시오니 언덕에서 아빠 늑대가 낮잠에서 깨어나 몸을 긁적이고 하품을 했다. 이어 네 다리를 쭉 뻗어 기지개를 켜면서 발끝에 달린 잠기운을 마저 털어 냈다. 엄마 늑대는 이리저리 뒹굴며 낑낑거리는 새끼 늑대 네 마리 사이에 회색빛 코를 파묻고 있었다. 달빛이 늑대 가족의 보금자리인 동굴 입구를 환히 비추었다.

"아우우! 이제 사냥을 나가 볼까."

아빠 늑대가 이렇게 말하고 언덕을 내려가려던 찰나, 꼬리털이 텁수룩한 그림자가 동굴 앞에서 애처로운 목소리로 말했다.

"늑대들의 우두머리시여! 늘 행운이 함께하기를! 또 당신의 고귀한 자식들에게도 행운과 희고 튼튼한 이빨이 함께하기를! 그리하여 세상의 굶주린 짐승들을 잊지 않기를!"

남은 음식 찌꺼기를 먹고 다녀 '접시 핥기'라고 불리는 자칼 타바키였다. 타바키는 여기저기 들쑤시며 못된 장난을 벌였고, 남의 비밀이나 잘못을 공공연히 퍼뜨렸으며, 마을의 쓰레기를 뒤져 넝마나 가죽 쪼가리를 먹고 다녔다. 그래서 인도의 늑대들은 타바키를 깔보고 업신여겼다. 그러면서도 한편으로는 타바키를 두려워했다. 타바키는 쉽게 화를 내는 데다 눈에 보이는 게 없는 것처럼 온 숲을 헤매며 미쳐 날뛰었고 닥치는 대로 물어뜯었다. 야생 동물들은 이렇게 미쳐 날뛰는 것을 가장 수치스럽게 여겼다. 그래서 타바키가 함부로 날뛸 때면 호랑이도 달아나 숨어 버렸다. 인간은 이를 광견병이라고 하는데, 야생 동물들은 '데와니'라고 부르며 줄행랑을 쳤다.

"들어와서 봐. 하지만 먹을 만한 게 없을걸."

아빠 늑대가 무뚝뚝하게 말했다.

"늑대에게는 그렇지만, 저같이 미천한 놈한테는 마른 뼈다귀 하나만 있어도 훌륭한 밥상이지요. 저희 자칼족이 언제 이것저것 따지고 고르던가요?"

타바키가 능글맞게 대꾸하고는 종종걸음으로 동굴로 들어와 살이 조금 붙은 사슴 뼈를 즐겁게 깨물어 먹었다.

"이렇게 맛있는 음식을 주시다니 감사합니다. 그런데 아이들이 귀공자라서 그런지 정말 잘생겼군요! 이렇게 어린데 눈망울도 정말 크고요! 왕의 자식은 날 때부터 다르다더니 이미 다 자란 어른 같군요."

타바키가 입술을 핥으며 말했다.

엄마 늑대와 아빠 늑대는 부모 앞에서 자식을 칭찬하면 불길한 일이 생긴다는 걸 잘 알기에 표정을 딱딱하게 굳혔다. 타바키가 그걸 모를 리 없었다. 타바키는 한쪽에 앉아서 안절부절못하는 늑대 부모를 보며 재미있어 하다가 심술궂게 한마디 던졌다.

"참, 위대한 시어 칸께서 다음번 달이 뜰 때에는 이 언덕에서 사냥하시겠다더군요."

시어 칸은 시오니 언덕에서 30킬로미터쯤 떨어진 와인궁가강 기슭에 사는 호랑이였다.

"시어 칸에겐 그럴 권리가 없어! 절차를 밟고 사전에 미리 알린 뒤 사냥 구역을 바꾸는 게 정글의 법칙이야. 시어 칸이 이리로 오면 16킬로미터 안에 있는 먹잇감들이 전부 겁을 먹고 달아날 텐데 큰일이군. 게다가 난 부인 몫까지 두 배로 사냥해야 한다고."

아빠 늑대가 버럭 화를 내자, 엄마 늑대가 조용히 덧붙였다.

"시어 칸 엄마가 괜히 제 자식을 룬그리(절름발이)라 불렀겠어. 시어 칸은 태어날 때부터 한쪽 다리를 절었어. 그러니 가축만 잡아먹을 수밖에. 와인궁가 마을 사람들이 시어 칸에게 잔뜩 화가 나 있을 거야. 그래서 시어 칸이 이리 오려는 것 같은데, 이쪽 마을 사람들이라고 가만있겠어? 가축이 죽어 나가면 사람들이 시어 칸을 잡겠다고 온 정글을 뒤지며 불을 지를 거고, 우리도 새끼들과 함께 도망가야 해. 세상에, 시어 칸한테 고맙다고 해야겠군!"

"제가 대신 시어 칸께 감사의 말을 전할까요?"

타바키가 깐족거리자, 아빠 늑대가 날카롭게 소리쳤다.

"썩 꺼져! 가서 네 주인하고 사냥이나 하라고. 오늘 밤 심술은 그 정도 했으면 됐어."

타바키는 아무렇지도 않은 얼굴로 말을 이었다.

"네, 그러죠. 저 아래 수풀에서 시어 칸 울음소리가 들리네요. 제가 굳이 소식을 전하지 않았어도 어차피 알게 될 일이었군요."

아빠 늑대가 귀를 기울이자, 작은 강으로 이어지는 골짜기 아래에서 호랑이의 성난 울음소리가 들렸다. 시어 칸은 먹이를 놓쳐 굶주리고 있다는 걸 사방에 알리려는 듯 거칠게 울부짖었다.

"저리 요란스레 밤 사냥을 하다니, 멍청하긴! 이곳 수사슴들이 와인궁가 수소와 같은 줄 아나 보지?"

아빠 늑대가 시어 칸을 비웃자, 엄마 늑대가 말했다.

"쉿! 시어 칸이 오늘 밤 사냥하려는 건 수소도, 수사슴도 아닌 것 같아. 바로 사람이야."

시어 칸의 성난 울음소리는 어느새 그르렁거리는 소리로 바뀌었고, 마치 사방에서 울려 퍼지는 것 같았다. 깊은 숲속에서 잠을 자던 나무꾼이나 집시들이 이 소리를 들었다면 깜짝 놀라 갈팡질팡하다가 제 발로 호랑이 입안에 들어갔을지도 모른다.

"사람이라고! 저수지에서 딱정벌레랑 개구리를 잡아먹는 것도 모자라 이제는 사람을 잡아먹겠다고? 그것도 우리 구역에서!"

아빠 늑대가 하얀 이빨을 무섭게 드러내며 분통을 터뜨렸다. 정글의 법칙은 어떤 조항이든 나름의 이유가 있었다. 정글의 법칙에 따르면 자신의 새끼들에게 사냥 법을 가르칠 때를 제외하고는 절대 사람을 잡아먹어서는 안 되었다. 그리고 사람을 죽이는 경우에도 자기 무리의 사냥터 밖에서만 가능했다. 이런 법칙을 정한 이유는 사람을 죽이면 조만간 코끼리를 탄 백인들이 횃불, 징, 불화살을 든 수백 명의 갈색 사람들을 데리고 몰려와 총을 쏘아 대기 때문이었다. 그러면 정글 동물들이 고통을 받을 수밖에 없다. 하지만 동물들끼리 이야기할 때는 그 이유가 조금 달랐다. 그들이 사람을 해치지 않는 진짜 이유는, 세상에서 가장 약하고 자신을 지킬 힘이 없는 사람을 공격하는 것은 비겁한 짓이기 때문이었다. 또 사람을 잡아먹으면 옴이 옮거나 이빨이 빠진다고도 했는데, 이는 사실이었다.

이윽고 그르렁거리는 소리가 점점 커지더니, 호랑이가 공격할 때 내지르는 '어흥!' 소리가 들렸다. 뒤이어 시어 칸이 전혀 호랑이답지 않게 낑낑거리다가 울부짖었다.

"시어 칸이 먹잇감을 놓쳤군. 뭐였을까?"

엄마 늑대가 궁금해하자, 아빠 늑대가 동굴 입구 쪽으로 재빨리 뛰어갔다. 시어 칸이 수풀 속에서 뒹굴며 사납게 으르렁거리는 소리가 들렸다.

"나무꾼이 피워 둔 모닥불에 발을 덴 모양이야. 멍청하긴! 옆에 타바키도 같이 있군."

아빠 늑대가 끙 하고 앓는 소리를 하자, 엄마 늑대가 한쪽 귀를 쫑긋거리며 경고했다.

"무언가 이쪽으로 올라오고 있어. 조심해."

아빠 늑대는 수풀 속에서 들려오는 바스락거리는 소리에, 몸을 잔뜩 낮추고 덮칠 준비를 했다. 그리고 상대가 누군지도 모른 채 펄쩍 뛰어올랐다. 다음 순간, 세상에서 가장 멋진 광경이 펼쳐졌다. 바로 늑대가 공중으로 뛰어올랐다가 허공에서 움찔 멈춘 모습이었다. 아빠 늑대는 급히 멈추는 바람에 겨우 1미터 반 정도 솟구쳐 올랐다가 도로 제자리에 내려서야 했다.

"사람이야! 사람의 새끼라고. 이것 좀 봐."

이제 막 걸음마를 뗀 갈색 피부의 벌거숭이 남자 아기가 아빠 늑대 바로 코앞에서 수풀을 붙잡고 서 있었다. 아기는 이제 겨우 걸음마를 하는 정도였다. 밤중에 늑대 동굴로 보드라운 피부에 작은 보조개가 있는 아기가 올라온 건 처음이었다. 아기는 아빠 늑대를 가만히 보더니 방긋 웃었다.

"사람의 새끼? 난 한 번도 못 봤는데. 이리 좀 데려와 봐."

엄마 늑대의 말에 아빠 늑대가 아기를 물어 새끼 늑대들 사이에 살며시 내려놓았다. 늑대는 새끼를 물어 옮기는 데 능숙해서 달걀도 깨지 않고 입으로 물어 옮길 수 있었고, 아기 역시 등에 이빨 자국 하나 남지 않았다.

"어머, 정말 조그맣구나! 털도 없고. 그래도 아주 용감한걸!"

엄마 늑대가 말하자, 아기가 새끼 늑대들 사이를 비집고 엄마 늑대의 뒷다리로 파고들었다.

"사람의 새끼가 내 젖을 빨고 있어. 여보, 지금까지 사람의 새끼를 자기 새끼들과 같이 키웠다고 자랑한 늑대가 있었던가? 그런 얘기 들어 봤어?"

"몇 번 듣긴 했지. 하지만 우리 시대 때 얘기는 아니야. 우리 무리에서도 그런 일은 없었고. 이 녀석, 정말 털이 하나도 없네. 발로 슬쩍 치기만 해도 죽을 것 같군. 그런데 우리를 전혀 무서워하지 않아. 빤히 쳐다보는 것 좀 봐."

그때 동굴 입구를 비추던 달빛이 순식간에 사라졌다. 시어 칸이 커다란 머리와 어깨를 동굴로 들이밀며 입구를 막은 것이다. 타바키가 시어 칸 바로 뒤에서 냉큼 고자질했다.

"주인님, 주인님. 그게 방금 저 안으로 들어갔어요!"

"여기까지 와 주다니 영광이군. 무슨 일이지?"

아빠 늑대가 말은 그렇게 했지만, 시어 칸을 쳐다보는 눈빛이 몹시 매서웠다.

"내 먹잇감, 사람의 새끼가 이리 왔을 텐데. 부모는 벌써 달아났지. 어서 내놔."

시어 칸은 아빠 늑대의 말대로 나무꾼이 피워 둔 모닥불에 뛰어들었다가 발을 데어서 잔뜩 골이 나 있었다. 하지만 아빠 늑대는 시어 칸이 좁은 동굴 입구로 더는 들어오지 못하리라는 것을 알고 있었다. 시어 칸은 이미 어깨와 앞발이 꽉 끼어서 옴짝달싹 못 하는 상태였다. 사람이 통 속에 들어가 싸우자고 덤비는 모양새였다.

"늑대는 자유로운 종족이야. 우리는 우두머리 말만 따르지. 가축을 잡아먹는 줄무늬 동물의 명령은 듣지 않아. 이제 사람의 새끼는 우리 것이니, 죽이든 살리든 우리가 선택할 거야."

"너희가 선택한다니, 그게 무슨 소리지? 황소를 잡아 죽이는 내가 먹이를 찾아가려고 한낱 개 따위가 사는 굴에 코를 박아야겠나? 나는 시어 칸이야!"

호랑이의 분노가 동굴 안을 가득 메웠다. 그러자 엄마 늑대가 새끼들을 떼어 놓고 앞으로 뛰어나왔다. 어둠 속에서 푸른 달처럼 빛나는 엄마 늑대의 눈이 분노로 이글거리는 시어 칸의 눈과 마주쳤다.

"나, 라크샤(악마)가 답하지. 사람의 새끼는 내 거다. 내 새끼라고! 아무도 이 아이를 죽이지 못해. 살아서 우리와 함께 뛰어다니고 사냥도 할 거야. 두고 봐. 어린 짐승 새끼를 사냥하고 개구리, 물고기나 잡아

먹는 너는 결국 이 아이의 사냥감이 되고 말 테니까! 당장 꺼져. 굶어 죽기 직전의 소는 절대 먹지 않는 내가 사냥한 삼바(인도산 사슴)를 걸고 말하는데 네 어미한테나 가 버려! 태어날 때보다 다리를 더 절름거리고 불에 데기나 하는 한심한 짐승아!"

아빠 늑대는 깜짝 놀라서 엄마 늑대를 쳐다보았다. 지금까지 까맣게 잊고 있었던 시절의 기억이 다시금 떠올랐다. 아빠 늑대는 다른 수컷 다섯 마리를 물리치고 엄마 늑대를 차지했었다. 엄마 늑대는 무리와 함께 뛰어다니던 당시 라크샤라고 불렸는데, 괜히 그런 별명이 붙은 게 아니었다. 시어 칸은 아빠 늑대라면 모를까 엄마 늑대에겐 맞설 수가 없었다. 지금 상황은 엄마 늑대에게 유리한 데다, 엄마 늑대가 죽을 각오로 덤벼들 게 뻔했기 때문이다.

시어 칸은 그르렁거리며 물러나더니 동굴에서 몸을 빼자마자 소리쳤다.

"개도 제 집에서는 큰 소리로 짖는 격이군! 너희 무리가 사람의 새끼를 키우는 걸 허락할까? 두고 보자. 어차피 저 아이는 내 입안으로 들어올 거야, 이 도둑놈들아!"

엄마 늑대는 그제야 숨을 헐떡이며 새끼들 사이에 드러누웠다.

"시어 칸의 말이 백번 옳아. 무리에게 이 아이를 보여야 해. 그런데 정말 이 애를 키울 건가?"

아빠 늑대가 심각하게 묻자, 엄마 늑대가 여전히 숨을 헐떡이며 대답했다.

"키울 거야! 이 아이는 한밤중에 혼자서 여기까지 왔어. 벌거벗고 굶주린 채로. 하지만 두려움이라곤 전혀 없지. 봐, 벌써 우리 새끼 하나를 밀어내고 자리를 차지했어. 절름발이 시어 칸이 아이를 잡아먹고 와인궁가로 도망쳤다면, 사람들이 복수한답시고 우리 굴을 쑥대밭으로 만들었을걸? 키울 거냐고? 당연히 키워야지. 오, 얌전히 굴어야지, 작은 개구리야. 그래, 널 개구리라는 뜻의 모글리라고 부르자. 모글리, 시어 칸이 널 쫓았던 것처럼 언젠가는 네가 시어 칸을 쫓게 될 거야. 반드시."

"하지만 늑대 회의에서 뭐라고 할지 모르겠군."

아빠 늑대가 말했다.

늑대는 짝을 찾아 새끼를 낳으면 무리에서 독립해 따로 살았다. 이것이 바로 정글의 법칙이었다. 하지만 새끼들이 제 발로 뛰어다닐 만큼 자라면, 한 달에 한 번 보름달이 뜰 때 열리는 회의에 새끼들을 데리고 나가 보여 줘야 했다. 그렇게 다른 늑대들한테 무리의 일원으로 인정받으면 새끼들은 어디든 마음대로 다닐 수 있었다. 그리고 어른 늑대는 새끼 늑대가 혼자 사냥에 성공할 때까지 이유를 막론하고 절대 새끼를 해칠 수 없었다. 그랬다가는 바로 죽임을 당했다. 조금만 생각해 보면 당연히 그래야 한다는 데 동의할 것이다.

아빠 늑대는 새끼들이 혼자서 뛰어다니기 시작하자, 회의가 있는 날 밤 새끼들과 모글리, 엄마 늑대와 함께 회의가 열리는 바위로 갔다. 그곳은 늑대 백 마리도 숨을 수 있는 언덕 꼭대기로, 온통 돌멩이와 바위로 뒤덮여 있었다. 힘과 지혜로 시오니의 늑대 무리를 이끌어 온 거대한 몸집의 회색 늑대 아켈라가 바위 위에 몸을 쭉 뻗고 엎드려 있었다. 그 아래로는 몸집과 색깔이 제각각인 사십여 마리의 늑대가 앉아 있었다. 수사슴 한 마리쯤은 손쉽게 쓰러뜨릴 수 있는 노련한 잿빛 늑대들부터 자기들도 충분히 그럴 수 있다고 믿는 세 살 된 검은 늑대들까지 있었다.

아켈라가 무리를 이끈 지는 일 년 남짓 되었다. 아켈라는 젊은 시절 두 번이나 덫에 걸렸고 사람들에게 맞아 죽을 뻔한 적도 있었다. 그래서 사람들의 습성에 대해 무리의 그 누구보다 잘 알았다. 회의 바위에 모인 늑대들은 별 말이 없었다. 새끼 늑대들은 부모 늑대들이 둥그렇게 둘러앉은 한가운데에서 뒹굴며 장난치고 있었다. 이따금 나이 많은 늑대들이 새끼들에게 다가가 하나하나 살펴보고는 조용히 제자리로 돌아갔다. 어떤 어미는 어른 늑대들이 자기 새끼를 못 볼까 봐 달빛이 환히 비치는 쪽으로 제 새끼를 밀기도 했다.

"모두 정글의 법칙을 알고 있을 것이다. 늑대들이여, 잘 보아라!"

아켈라가 소리치자 어미 늑대들이 걱정스러운 얼굴로 따라 외쳤다.

"잘 보아라, 잘 보아라, 늑대들이여!"

드디어 모글리 차례가 되자 엄마 늑대의 목덜미 털이 바짝 곤두섰다. 아빠 늑대는 '개구리 모글리'를 원 한가운데로 밀어 넣었다. 모글리는 까르륵 웃으며 달빛을 받아 반짝이는 조약돌을 가지고 놀았다. 아켈라는 얼굴을 앞발에 얹은 채 한결같은 목소리로 "잘 보아라! 잘 보아라!" 하고 외쳤다.

그때 바위 뒤에서 거친 목소리가 들려왔다. 바로 시어 칸이었다.

"저건 내 거야. 자유로운 종족이 사람의 새끼와 대체 무슨 상관이야? 그러니 당장 내놓으시지."

하지만 아켈라는 시어 칸의 얘기를 들은 척도 하지 않고 계속 말했다.

"늑대들이여, 잘 보아라! 자유로운 종족은 누구의 명령도 들을 필요 없다. 잘 보아라!"

그러자 시어 칸이 한껏 가라앉은 목소리로 그르렁거렸다. 그런데 네 살 먹은 젊은 늑대가 "자유로운 종족이 사람의 새끼와 무슨 상관이죠?" 하고 시어 칸과 똑같은 질문을 했다.

정글의 법칙에 따르면 새끼를 무리에 받아들일 때 의견이 다를 경우, 부모를 빼고 적어도 두 마리가 찬성해야 했다. 아켈라가 "누가 이 새끼를 책임지겠는가? 자유로운 종족 가운데 누가 찬성하는가?" 하고 물었지만 아무도 대답하지 않았다. 엄마 늑대는 최악의 경우 목숨을 걸고 싸워야 할지도 모른다고 생각하며 마음을 굳게 먹었다.

그때 늑대는 아니지만 유일하게 회의에 참석할 수 있는 동물이 뒷발로 일어섰다. 새끼 늑대들에게 정글의 법칙을 가르치는 늙은 갈색 곰 발루였다. 잠이 많은 발루는 나무 열매와 뿌리, 꿀만 먹기 때문에 어디든 마음대로 다닐 수 있었다.

"사람의 새끼라고요? 나는 찬성입니다. 사람의 새끼는 전혀 해롭지 않아요. 내가 말재주는 없어도 거짓말은 안 합니다. 저 아이를 무리에 받아들입시다. 정글의 법칙은 내가 가르치죠."

발루의 말에 아켈라가 늑대들을 둘러보며 말했다.

"우리 새끼들을 가르치는 발루가 찬성했다. 찬성 하나가 더 필요하다. 또 누구 없나?"

그때 검은 그림자가 원 한가운데로 들어섰다. 검은 표범 바기라였다. 온몸이 잉크처럼 새까맸지만, 빛을 받으면 반점이 물에 젖은 비단의 무늬처럼 어른거려 바기라가 표범이라는 것을 알려 주었다. 바기라는 타바키처럼 교활하고, 들소처럼 대담하며, 다친 코끼리처럼 거침이 없었다. 모두 그런 바기라의 성격을 잘 알고 있어서 누구도 바기라의 앞길을 막지 않았다. 반면 바기라의 목소리는 야생 꿀처럼 달콤했고 가죽은 솜털보다 부드러웠다.

"아켈라, 그리고 늑대들이여! 나는 이 회의에서 말할 자격이 없습니다. 그러나 정글의 법칙에 따르면 새끼가 무언가 의심스럽긴 해도 죽여야 할 이유가 없다면 대가를 지불하고 그 목숨을 살 수 있습니다. 그런데 그 값을 누가 지불할 수 있는지는 정해져 있지 않지요."

"옳소! 바기라 말대로 대가를 치르고 사람의 새끼를 삽시다. 그게 정글의 법칙이니까."

언제나 굶주려 있는 젊은 늑대들이 환호성을 지르자, 바기라가 다시 말을 이었다.

"나는 여기서 말할 권한이 없지만, 계속해도 될까요?"

그러자 늑대 스무 마리가 바기라의 요청을 한목소리로 허락했다.

"털 하나 없는 어린 새끼를 죽이는 건 부끄러운 짓입니다. 게다가 저 녀석이 크면 아주 재미있는 일이 많을지도 모릅니다. 아까 발루가 찬성했습니다. 그럼 나는 여러분이 정글의 법칙에 따라 사람의 새끼를 늑대 무리의 일원으로 받아들인다면 갓 잡은 통통한 수소 한 마리를 가져다주겠습니다. 수소는 여기서 800미터쯤 떨어진 곳에 있죠. 어떻습니까?"

"우리야 상관없지요. 어차피 겨울비에 죽고 말 테니까. 여름의 뜨거운 햇볕에 타 죽을지도 모르고. 벌거벗은 개구리가 우리한테 해를 입혀 봤자 뭐 얼마나 대단하겠소? 저 사람의 새끼를 우리 무리에 끼워 줍시다. 바기라, 수소는 어디 있지요?"

늑대 수십 마리가 시끌시끌 떠들어 댔고, 곧이어 아켈라가 굵고 큰 목소리로 외쳤다.

"잘 보아라, 늑대들이여! 잘 보아라."

늑대들은 차례차례 다가와 모글리를 살폈다. 하지만 모글리는 조약돌을 가지고 노느라 전혀 알아차리지 못했다. 이어 늑대들은 죽은 수소를 찾아 언덕 아래로 내려갔고, 아켈라, 바기라, 발루, 모글리 가족만이 남았다. 시어 칸은 모글리를 넘겨받지 못하자 분해서 으르렁거렸다.

"실컷 으르렁거려라. 언젠가는 이 벌거숭이 어린애가 그 소리를 고통스러운 울부짖음으로 바꿔 놓을 테니. 사람은 내가 잘 알지."

바기라가 수염을 실룩이며 말하자, 아켈라가 덧붙였다.

"사람과 그 새끼들은 아주 지혜롭지요. 언젠가는 우리한테도 도움이 될 겁니다."

"분명 우리를 도울 날이 있을 거요. 그 누구도 무리를 영원히 이끌 수는 없으니."

바기라의 말에, 아켈라는 아무 대꾸도 하지 않았다. 아켈라는 무리의 우두머리라면 누구나 맞이하는 마지막 순간을 생각하고 있었다. 어느 무리든 우두머리가 힘이 다하면 죽이고 자연스레 새 우두머리를 떠받들기 마련이다. 물론 그 새 우두머리 역시 나중에는 죽임을 당할 것이다.

아켈라가 아빠 늑대를 돌아보며 말했다.

"아이를 데려가 자유로운 종족으로 잘 키우시오."

모글리는 발루의 찬성과 바기라가 내놓은 수소 덕분에 늑대 무리의 일원이 되었다.

이제 독자 여러분은 십 년, 아니 십일 년을 건너뛴 뒤의 이야기를 읽게 된다. 모글리는 늑대 무리 안에서 멋진 삶을 살았는데, 그 이야기를 다 하자면 책 몇 권의 분량은 될 테니 여러분의 상상에 맡기겠다. 물론 새끼 늑대들은 모글리가 아이 티를 채 벗기도 전에 어른 늑대가 되었다. 아빠 늑대는 모글리에게 정글의 법칙과 함께 정글에서 일어나는 모든 일을 알려 주었다. 모글리는 덤불의 바스락 소리, 부드럽고 따뜻한 밤공기, 머리 위에서 들리는 올빼미 울음소리, 나무에 내려앉은 박쥐의 발톱 자국, 연못의 물고기가 수면 위에서 풍풍거리는 것 모두가 정글에서 얼마나 중요한 의미인지 알게 되었다. 회사원에게 직장 일이 매우 중요한 것처럼 말이다.

모글리는 배우지 않을 때는 따뜻한 햇볕을 쬐며 곤히 잠잤고, 그러다 일어나 배를 채우고 다시 자곤 했다. 몸이 더러워지거나 날이 무더우면 숲속 웅덩이에서 헤엄을 쳤다. 발루는 꿀과 나무 열매가 날고기만큼이나 맛있다고 알려 주었다.꿀이 먹고 싶으면 나무에 올라갔는데, 나무 타는 법은 바기라가 가르쳐 주었다. 바기라는 나뭇가지에 걸터앉아 "어린 형제여, 이리 올라와." 하고 말하곤 했다. 모글리는 처음에는 나무늘보처럼 매달리기만 했지만, 나중에는 회색 원숭이처럼 용감하게 나뭇가지 사이를 휙휙 날아다녔다.

또 모글리는 회의도 참석했는데, 자기가 매섭게 노려보면 어느 늑대든 슬그머니 눈을 내리깐다는 것을 알았다. 모글리는 그 사실을 알고 난 다음부터 재미 삼아 늑대들을 노려보곤 했다. 그러나 때때로 친구들의 발바닥에 박힌 가시를 뽑아 주기도 했다. 늑대들은 몸에 가시가 박히거나 밤송이 같은 가시 달린 열매가 달라붙으면 몹시 아파했다.

한편 모글리는 밤이 되면 언덕 아래 경작지로 내려가 호기심 어린 표정으로 오두막에 사는 사람들을 훔쳐보았다. 하지만 사람을 믿지는 않았다. 언젠가 덤불에 숨겨진 네모난 상자에 발이 걸릴 뻔했는데, 누군가가 들어가면 문이 철커덕 닫히는 그 상자는 바로 사람들이 동물을 잡으려고 놓은 덫이라는 것을 바기라가 가르쳐 주었기 때문이다.

모글리는 바기라를 따라 어둡고 따뜻한 숲에 들어가는 것을 가장 좋아했다. 모글리는 나른한 낮에는 그곳에서 내내 자다가 밤이 되면 바기라가 사냥하는 모습을 지켜보았다. 바기라는 배가 고프면 닥치는 대로 사냥했고, 모글리도 똑같이 따라 했다. 하지만 한 가지 예외가 있었다. 모글리가 철이 들어 제대로 판단할 나이가 되자, 바기라는 절대 소는 건드리면 안 된다고 가르쳤다. 모글리가 수소를 대가로 내놓고 늑대 무리에 들어왔기 때문이다.

"정글의 모든 것이 다 네 것이다. 넌 뭐든 죽일 수 있을 만큼 힘이 세다. 하지만 네 목숨을 살려 준 수소를 생각해 송아지든 늙은 소든 소는 절대 죽이거나 먹어선 안 돼. 이것이 바로 정글의 법칙이다."

모글리는 바기라가 가르쳐 준 이 법칙을 충실히 따랐다. 하지만 모글리는 그렇게 자신이 무언가를 배우고 있다는 것도 모른 채, 아이답게 그저 먹을 것만 생각하며 무럭무럭 자랐다. 엄마 늑대는 모글리에게 시어 칸을 믿지 말라고 당부하면서 언젠가는 모글리가 죽여야 할 상대라고 두어 번 말해 주었다. 늑대라면 그 충고를 한순간도 잊지 않았겠지만 모글리는 어린아이에 불과해서 금세 잊어버렸다. 물론 모글리가 사람의 말을 할 줄 알았다면 자신은 늑대라고 했겠지만 모글리는 분명 어린아이였다.

시어 칸은 아켈라가 점점 쇠약해지자 자신을 따라다니며 음식 찌꺼기를 얻어먹는 젊은 늑대들과 가까이 지내면서 모글리 주변을 수시로 어슬렁거렸다. 아켈라가 한창때였다면 그런 행동은 절대 용납하지 않았을 것이다. 시어 칸은 이렇게 훌륭한 사냥꾼들이 왜 다 죽어 가는 늑대와 사람의 새끼에게 꼼짝 못 하냐며 연신 젊은 늑대들을 부추겼다.

"들자 하니 너희는 회의 때 그 아이 눈도 제대로 못 본다면서."

시어 칸의 말에 젊은 늑대들이 으르렁거리며 털을 곤두세웠다. 정글 어디에나 눈과 귀가 있는 바기라는 이 사실을 알고 있었다. 그래서 시어 칸이 언젠가는 죽이려 들 거라고 모글리에게 구구절절 설명하며 경고했다. 하지만 모글리는 웃으며 이렇게 대답했다.

"나한테는 다른 늑대들이 있고 바기라와 발루도 있어. 발루가 게으르긴 해도 날 위해 한두 번은 앞발을 날려 줄 거야. 그러니 겁먹을 필요 없어."

그러던 어느 무더운 날, 정글 깊숙한 곳에서 모글리가 바기라의 검고 아름다운 몸에 기대 누워 있을 때 바기라에게 문득 한 가지 생각이 떠올랐다. 언젠가 가시털이 빽빽이 난 호저 이키가 들려주었던 얘기가 기억났던 것이다.

"어린 형제여, 내가 시어 칸이 네 적이라고 몇 번 말했지?"

바기라가 나지막이 묻자, 모글리는 수 세는 법을 몰라 이렇게 대답했다.

"야자나무에 열린 열매만큼 많이. 그런데 왜? 나 졸려. 시어 칸은 그저 꼬리가 길고 말만 많지 아무것도 아니야. 공작새 마오처럼 말이야."

"지금 한가롭게 잠이나 잘 때가 아니야. 발루도 알고 나도 알아. 너희 늑대 무리도 알

고. 심지어 어리석은 사슴들도 안다고. 타바키도 너에게 말했을걸?"

"맞아. 얼마 전에 타바키가 그랬어. 나는 벌거숭이 사람이라 땅속의 호두 열매도 파내지 못할 거라고. 그래서 버릇을 고쳐 주려고 꼬리를 잡고 휘둘러 야자나무에 내리쳤지."

"모글리, 어리석었구나. 타바키가 못되게 굴긴 해도 아주 중요한 이야기를 해 줄지 모르는데. 어린 형제여, 눈을 떠. 시어 칸이 비록 정글에서는 널 죽이지 못하겠지만 지금 내가 하는 말을 꼭 명심하렴. 아켈라가 너무 늙어서 더는 사냥할 수 없는 날이 곧 올 거야. 그럼 우두머리 자리를 내놓아야 해. 게다가 늑대 회의에서 널 살펴봤던 늑대들도 이젠 많이 늙었어. 반면 젊은 늑대들은 시어 칸을 따르지. 그들은 여전히 사람인 너를 무리에 끼워 줄 수 없다고 생각해. 이제 넌 곧 어른이 될 텐데 말이야."

"형제들과 함께 뛰어다니지도 못하는데 어른이 다 무슨 소용이람? 난 정글에서 태어났고 정글의 법칙을 따랐어. 우리 무리에서 내가 가시를 뽑아 주지 않은 늑대가 없다고. 모두 내 형제야!"

"어린 형제여, 내 턱 밑을 만져 봐."

바기라가 몸을 쭉 뻗고

눈을 반쯤 감으며 말하자 모글리가 건장한 갈색 손으로 바기라의 부드러운 턱 밑을 만졌다. 윤기가 흐르는 털 밑으로 실룩거리는 근육이 느껴졌는데, 털이 없는 맨살이었다.

"목줄 자국이지. 이 정글에서 내 목에 흉터가 있는 걸 아는 자는 아무도 없어. 어린 형제여, 나는 사람들 사이에서 태어났고 내 어미는 사람들 곁에서 죽었어. 우다이푸르 왕궁의 우리에서 말이야. 그래서 내가 늑대 회의에서 벌거숭이였던 너를 위해 대가를 치른 거야. 나도 너처럼 사람들 사이에서 태어났으니까. 난 정글을 본 적이 없었어. 우리 속에서 사람들이 창살 너머로 건네주는 먹이를 받아먹으며 살았지. 그런데 어느 날 밤 깨달았어. 나는 표범 바기라지 사람들의 장난감이 아니라는 것을. 그래서 앞발로 자물쇠를 부수고 빠져나왔지. 나는 사람들의 방식을 잘 알기 때문에 정글에서 시어 칸보다 더 무서운 존재가 되었어."

"맞아. 정글의 모든 동물이 바기라를 무서워 해. 나, 모글리만 빼고."

"넌 사람의 아이니까. 내가 정글로 돌아왔듯이 너도 언젠가는 너의 세계로 돌아가야 해. 너의 형제인 사람들이 있는 곳으로. 물론 늑대 회의에서 죽임을 당하지 않고 살아남는다면 말이다."

검은 표범이 부드럽게 말하자 모글리가 물었다.

"대체 왜 날 죽이려 하는 거지?"

"어린 형제여, 날 봐."

모글리가 바기라의 미간을 바라보자 덩치 큰 표범이 이내 고개를 돌려 눈을 피했다.

"이게 바로 그 이유야. 나도 네 눈을 똑바로 볼 수가 없어. 사람들 사이에서 태어났고 너를 사랑하는데도 말이다. 늑대들은 널 똑바로 볼 수 없어서 미워하는 거야. 네가 그들보다 현명하고 그들 발에서 가시를 뽑아 주었고 네가 사람이기 때문에 그런 거다."

"전혀 몰랐어."

바기라가 발로 나뭇잎을 뒤적이면서 말하자 모글리가 짙고 까만 눈썹 아래로 얼굴을 찡그리며 시무룩하게 말했다. 다음 순간, 바기라가 벌떡 일어나며 말했다.

"정글의 법칙이 뭐지? 먼저 공격하고 나중에 짖는 거야. 그런데 넌 그러지 않고 대범하게 굴지. 그럴 때면 모두 네가 사람이란 걸 느껴. 그러니 현명하게 행동해. 아켈라는 사냥이 점점 힘들어지고 있어. 아켈라가 사냥에 실패하면 늑대들이 곧장 아켈라와 너에게 등을 돌릴 거야. 그리고 바위에서 회의를 열겠지. 그러면…. 아, 좋은 생각이 있어.
네가 그걸 가지는 거야!"

바기라가 가슴을 두근거리며 소리쳤다.

"어서 경작지로 내려가 사람들한테서 붉은 꽃을 가져와. 때가 되면 그 붉은 꽃이 나나
발루, 널 사랑하는 늑대들보다 더 강한 친구가 되어 줄 거야. 붉은 꽃을 가져와, 얼른."

바기라가 말하는 붉은 꽃은 바로 불이었다. 정글의 어떤 동물이라도 불이라면 벌벌 떨
었고, 불을 불이라고 부르지 못하고 제각각 수백 가지 이름을 지어 불렀다.

"붉은 꽃? 해가 질 무렵 사람들 오두막 밖에서 자라는 그거? 알았어, 가져올게."

모글리의 말에 바기라가 자랑스러운 표정을 지으며 덧붙였다.

"역시 사람의 새끼라 다르구나. 붉은 꽃은 작은 단지 속에서 자란다는 걸 명심해. 필요
할 때 쓸 수 있도록 빨리 가져와서 네 곁에 두는 게 좋겠어."

"좋았어! 갈게. 그런데 바기라…. 이 모든 게 정말 시어 칸이 꾸민 짓이야?"

모글리는 바기라의 멋진 목에 팔을 두르고는 큰 눈을 빤히 쳐다보며 물었다.

"나에게 자유를 준 부서진 자물쇠에 대고 맹세하지. 사실이다, 어린 형제여."

"나도 내 목숨을 살려 준 수소에 대고 맹세할게. 시어 칸에게 받은 만큼 갚아 주겠어.
아니, 더할지도 모르지."

모글리는 그렇게 말한 뒤 재빨리 뛰어갔고, 바기라는 도로 누우며 중얼거렸다.

"과연 사람의 새끼야. 시어 칸, 십 년 전에 벌인 개구리 사냥이 너에게 얼마나 큰 불행
의 씨앗인지 알게 될 거다!"

모글리는 가슴이 뜨겁게 달아오를 정도로 정글을 가로지르며 달렸다. 그리고 저녁 안
개가 피어오를 무렵 동굴에 도착해 숨을 몰아쉬며 골짜기를 내려다보았다. 형제 늑대들은
나갔는지 엄마 늑대만 있었다. 엄마 늑대는 모글리의 숨소리만으로도 아들에게 무언가 마
음 상하는 일이 있다는 것을 눈치챘다.

"아들아, 무슨 일이냐?"

엄마 늑대의 물음에 모글리가 대답했다.

"어떤 박쥐가 시어 칸 얘기를 했어요. 오늘은 사람들의 경작지에서 사냥할래요."

모글리는 대충 둘러대고는 골짜기 아래로 내려가 개울 앞에서 우뚝 멈춰 섰다. 늑대 무

리가 사냥하는 소리, 이어 늑대들에게 붙잡혀 궁지에 몰린 삼바의 울음소리와 콧김을 내뿜는 소리가 났다. 동시에 젊은 늑대들이 악의를 품고 격렬하게 짖는 소리도 들렸다.

"아켈라! 외로운 늑대여, 힘을 보여 주시오. 늑대 무리의 우두머리를 위한 자리요! 달려드시오, 아켈라!"

그런데 이빨이 딱 부딪치는 소리와 늑대의 고통스런 비명이 울려 퍼졌다. 아켈라가 뛰어올랐으나 삼바의 앞발에 차이면서 사냥감을 놓친 게 분명했다. 모글리는 시간이 없다는 걸 깨닫고 경작지로 빠르게 내달렸다. 얼마쯤 지나자 늑대 비명 소리가 점점 희미해졌다.

모글리는 헉헉거리며 한 오두막의 창가 옆에 쌓인 가축 사료 더미 속으로 파고들었다.

"바기라 말이 맞았어. 내일이 바로 아켈라와 나의 운명이 결정되는 날이군."

모글리는 창문에 바짝 다가가 화로에 담긴 불을 바라보았다. 어둠이 내려앉자 한 여인이 일어나 불 안에 시꺼먼 덩어리를 넣었다. 이윽고 아침이 되어 차가운 안개가 하얗게 피어오를 때쯤, 사람의 아이가

안쪽에 흙을 바른 키버들 단지를 집어 들었다. 그런 다음 단지 안에 빨갛게 달아오른 숯덩이를 담아 담요로 감싸고는 외양간으로 갔다.

"저게 다야? 어린아이도 쉽게 하는 일이면 겁낼 게 없겠어."

모글리는 성큼성큼 모퉁이를 돌아 아이에게서 단지를 빼앗았다. 아이는 깜짝 놀라 비명을 질렀고, 모글리는 서둘러 안개 속으로 사라졌다.

"저들 모두 나랑 되게 비슷하게 생겼네. 이건 먹을 걸 안 주면 아마 금방 죽을 거야."

모글리는 여자가 하던 대로 단지에 입김을 후후 불고 빨간 숯덩이 위에 잔가지와 마른 나무껍질을 떨어뜨렸다. 모글리가 언덕을 반쯤 오르자 바기라가 나타났다. 바기라의 까만 몸에 내려앉은 아침 이슬이 월장석(달빛을 연상시키는 푸른빛을 내는 광물)처럼 빛났다.

"아켈라가 사냥감을 놓쳤어. 어젯밤 늑대들이 아켈라를 죽이려다가 그만뒀어. 너랑 같이 없애려는 게 분명해. 지금 언덕에서 널 찾아다니고 있어."

바기라의 말에 모글리가 불이 든 단지를 들어 올려 보였다.

"어젯밤에 경작지에 다녀왔어. 난 준비됐어. 이것 봐!"

"잘했어! 사람들이 그 안에 마른 가지를 넣으면 붉은 꽃이 피더군. 무섭지 않니?"

"별로. 이게 뭐가 무서워? 한 가지 기억이 어렴풋이 떠올라. 꿈일지도 모르지만 내가 늑대가 되기 전에 붉은 꽃 옆에 누워 있었어. 따뜻하고 기분이 좋았어."

그날 모글리는 하루 종일 동굴에서 불 단지를 살피며 마른 가지를 넣어 불의 모양을 보았다. 아주 마음에 드는 나뭇가지도 하나 찾아 두었다. 그날 저녁, 타바키가 동굴로 찾아오더니 아주 거만한 말투로 회의 바위로 나오라고 하고는 부리나케 내뺐다. 그 모습을 본 모글리는 배를 잡고 깔깔 웃어 댔다. 모글리는 여전히 웃는 얼굴로 회의 바위로 향했다.

외로운 늑대 아켈라는 늘 앉던 바위가 아닌 그 옆에 엎드려 있었다. 더는 무리의 우두머리가 아니라는 뜻이었다. 시어 칸은 자신의 꽁무니에 붙은 늑대들을 이끌고 한껏 으스대고 있었다. 모글리가 불이 담긴 단지를 무릎 사이에 내려놓자 바기라가 옆에 바짝 붙어 앉았다. 이윽고 늑대들이 모두 모이자 시어 칸이 연설을 시작했다. 아켈라가 우두머리로 있을 때는 상상도 못할 일이었다. 바기라가 모글리에게 속삭였다.

"모글리, 시어 칸은 저럴 권리가 없다고 말해. 시어 칸은 개의 자식이라고 말이야. 그러면 겁 좀 먹을걸."

그러자 모글리가 벌떡 일어나 소리쳤다.

"자유로운 종족이여, 시어 칸이 우리 늑대 무리를 이끌었나요? 어떻게 호랑이가 늑대의 우두머리가 될 수 있단 말입니까?"

"우두머리 자리가 비어 있는 데다, 연설을 좀 해 달라기에….."

시어 칸이 변명을 하자 모글리가 말했다.

"누가 부탁했습니까? 우리가 가축이나 잡아먹는 녀석에게 알랑대는 자칼입니까? 우두머리는 우리 종족 가운데서 뽑아야 합니다."

모글리의 말에 여기저기서 고함이 터져 나왔다.

"입 닥쳐! 사람의 새끼인 주제에!"

결국 나이 든 늑대들이 나서서 젊은 늑대들을 나무랐다.

"모글리도 말할 자격이 있다! 우리의 법칙을 지켰으니까. 죽은 늑대가 말해 봐라."

우두머리가 사냥감을 놓치면 그 늑대는 살아 있을지언정 '죽은 늑대'로 불렸고 대개 얼마 버티지 못하고 죽었다. 곧이어 아켈라가 힘없이 고개를 들어 올렸다.

"자유로운 종족이여! 그리고 시어 칸의 자칼들이여. 나는 오랜 세월 무리를 이끌고 사냥했다. 그동안 단 한 마리도 덫에 걸리지 않았고 불구가 된 늑대도 없었다. 그런데 나는 어제 사냥감을 놓쳤다. 누가 왜 이런 계략을 꾸몄는지 너희가 더 잘 알 것이다. 단 한 번도 잡아 본 적 없는 삼바 앞으로 나를 유인해 내 약점이 드러나게 만들었다. 아주 교활했지. 이제 너희는 이곳 회의 바위에서 날 죽일 권리가 있다. 누가 이 외로운 늑대의 숨을 끊을 것인가? 자, 한 놈씩 덤벼라. 정글의 법칙에 따라 내가 갖게 된 권리다."

긴 침묵이 이어졌다. 목숨까지 내걸고 아켈라와 싸우고 싶은 늑대는 한 마리도 없었다. 그러자 시어 칸이 큰 소리로 울부짖으며 소리쳤다.

"쳇! 날카로운 이빨도 없는 멍청이를 왜 신경 쓰지? 어차피 죽을 몸인데! 이미 죽었어야 할 것은 저 사람의 새끼야. 애초에 내 먹이였다고. 저 인간 늑대를 두고 벌이는 어이없는 말싸움은 지긋지긋하다. 사람의 새끼는 그동안 정글의 질서를 엉망으로 만들었다. 내게 사람의 새끼를 달라. 안 그러면 여기서 계속 사냥하면서 너희에게 뼈다귀 하나 남기지 않을 것이다. 저놈은 사람, 사람의 새끼고, 나는 뼛속까지 놈을 증오한다!"

그러자 늑대 무리의 절반 정도가 한목소리로 외쳤다.

"사람! 사람! 사람이 우리랑 무슨 상관이지? 어서 네 세계로 돌아가!"

그 말에 시어 칸이 다시 한번 나섰다.

"그럼 마을 사람들 모두 우리의 적이 될 거야! 그건 절대 안 되지. 그러니 나한테 넘겨. 저 녀석은 사람이라 우리 가운데 그 누구도 저 녀석을 똑바로 볼 수 없어."

그러자 아켈라가 고개를 들고 말했다.

"모글리는 우리와 함께 먹고 우리와 함께 잠을 잤다. 그리고 사냥감도 몰아 주었지. 또 단 한 번도 정글의 법칙을 어긴 적이 없었다."

"게다가 난 저 애를 무리에 받아들일 때 수소를 내놓았소. 수소 한 마리야 별것 아니지만 내 명예가 걸린 일이니 모글리를 건드린다면 가만있지 않을 것이오."

바기라도 부드러운 목소리로 덧붙였다.

"십 년 전 겨우 수소 한 마리 내놓고선 생색은! 십 년이나 묵은 뼈다귀로 우릴 협박해?"

늑대 무리가 으르렁거리자, 바기라가 하얀 이빨을 드러내며 맞섰다.

"그럼 십 년 전의 약속은 어찌할 셈이오? 그리고도 자유로운 종족이라 할 수 있나?"

"사람의 새끼는 정글의 동물들과 함께 달릴 수 없다. 나한테 넘겨!"

시어 칸이 소리치자, 아켈라가 말을 이었다.

"모글리는 피를 나누진 않았지만 분명 우리 형제다. 그런데 죽이겠다니! 난 너무 오래 살았다. 너희들 가운데 몇몇은 가축을 잡아먹고, 시어 칸이 시키는 대로 밤에 마을로 내려가 어린아이들을 잡아 온다는 얘기를 들었다. 너희 겁쟁이들에게 경고한다. 나는 죽을 것이며, 내 목숨은 더는 가치가 없다. 그래도 나는 기꺼이 사람의 새끼를 위해 내 목숨을 내놓을 것이다. 지금 우두머리가 없어서 명예 따위는 다 잊었는지 모르겠지만, 무리의 명예를 걸고 약속하지. 사람의 새끼를 원래 자리로 보내 주어라. 그러면 나는 너희 몸에 이빨 자국 하나 남기지 않겠다. 너희와 싸우지 않고 순순히 죽겠다는 말이다. 그러면 적어도 무리 가운데 셋은 살 수 있다. 내가 할 수 있는 건 여기까지다. 그렇게 해 준다면 너희도 아무 죄 없는 형제를 죽였다는 수치는 면할 거다. 정글의 법칙에 따라 무리의 동의를 얻고 수소로 대가를 치르고 들어온 형제를 죽이는 수치 말이다."

"저 녀석은 사람이다, 사람. 사람이라고!"

늑대 무리가 으르렁거리며 시어 칸 주위로 모여들었고, 시어 칸이 꼬리를 움직였다.

"이제 네 손에 달렸구나. 싸우는 수밖에 없겠어."

바기라가 속삭이자, 모글리는 불이 담긴 단지를 들고 벌떡 일어섰다. 그러고는 팔을 쭉 뻗으며 늑대들 앞에서 크게 하품을 했다. 하지만 마음속에서는 분노와 슬픔이 부글부글 끓어오르고 있었다. 늑대들이 자기를 얼마나 미워하는지 그때 처음 알았기 때문이다.

모글리가 늑대들을 향해 외쳤다.

"잘 들어라! 시어 칸의 얘기는 들을 가치도 없다. 나는 죽는 그날까지 늑대로서 너희와 함께 살 생각이었다. 하지만 너희가 나를 보며 계속 사람이라고 하니 이제는 그게 사실이라는 걸 잘 알겠다. 나도 너희를 형제라 부르지 않고 사람들 말대로 개라고 부를 것이다. 그리고 나를 어떻게 할지 말지는 너희가 결정할 일이 아니다. 내가 정할 일이다. 그 사실을 확실히 알려 주려고 사람인 내가 너희 개들이 무서워하는 붉은 꽃을 가져왔다."

모글리는 곧장 불이 담긴 단지를 땅에 내던졌다. 그러자 붉은 숯덩이가 쏟아지면서 마른 이끼에 불이 붙어 화르르 타올랐다. 그러자 늑대들이 춤을 추듯이 흔들리는 불꽃에 겁을 집어먹고 뒤로 물러났다. 이어 모글리는 마른 나뭇가지를 주워 불 속에 쑤셔 넣었다. 그러자 나뭇가지에 불이 옮겨붙어 타닥타닥 타올랐다. 모글리는 잔뜩 겁먹은 늑대들 앞에서 불이 붙은 나뭇가지를 머리 위로 들어 올려 빙글빙글 돌렸다.

"모글리, 이제 네가 우두머리야. 아켈라를 구해 줘. 아켈라는 늘 네 편이었어."

바기라가 모글리에게 낮은 목소리로 말했다.

그러자 지금껏 한 번도 자비를 구한 적 없던 아켈라가 모글리를 애처롭게 쳐다보았다. 타오르는 나뭇가지의 불빛을 받아 벌거벗은 모글리의 검은 머리카락이 어깨 위에서 나부꼈고, 벌벌 떨고 있는 늑대들의 그림자가 그 불빛 아래에서 이리저리 어지러이 흔들렸다.

"좋아! 너희가 개라는 걸 잘 알겠어. 난 내 종족에게 돌아갈 테다. 그들을 내 종족이라고 할 수 있다면 말이지. 이제 난 정글에서 쫓겨났으니 너희의 말과 너희와 나눈 추억을 잊어야겠지. 하지만 피를 나누진 않았어도 한때는 너희와 형제였으니 자비를 베풀겠다. 나는 사람들 사이에 산다 해서 너희를 배신하진 않을 거야. 너희는 날 배신했지만."

모글리가 늑대들을 천천히 돌아보고는 불을 발로 차자 사방으로 불꽃이 튀었다.

"너희 늑대들과는 싸우지 않을 거야. 하지만 떠나기 전에 빚은 갚아야지."

모글리는 멍청하게 불꽃을 바라보며 눈을 끔벅거리고 있는 시어 칸에게 성큼성큼 다가

가 턱 밑의 털을 움켜쥐었다. 바기라가 만일을 대비해 모글리를 따라왔다.

"일어나라, 개야! 사람이 말을 하면 들어야지. 안 그러면 네 가죽과 털을 모조리 태워 버릴 테다!"

모글리가 소리치며 불타는 나뭇가지를 바싹 들이대자 시어 칸은 두 귀를 머리에 딱 붙이고 눈을 질끈 감았다.

"가축이나 잡아먹는 짐승 주제에 내가 새끼였을 때 죽이지 못했다고 회의에서 날 죽이려 하다니. 이제부터 인간이 개를 어떻게 혼내는지 보여 주지. 수염 한 개라도 까딱해 보거라. 그 즉시 이 붉은 꽃을 네 목구멍에 쑤셔 넣어 줄 테니까!"

모글리가 불붙은 나뭇가지로 시어 칸의 머리를 내려치자 시어 칸이 잔뜩 겁에 질려 애처롭게 끙끙거렸다.

"불에 그슬린 고양이 꼴이로구나. 당장 꺼져! 다음에 내가 사람으로 회의에 올 때는 시어 칸의 가죽을 쓰고 올 테다. 그리고 아켈라는 자유롭게 살게 내버려 둬. 누구도 아켈라를 죽일 수 없어. 내가 가만있지 않을 테다. 너희도 더는 대단한 존재인 것처럼 혀를 축 늘어뜨리고 앉아 있지 마. 내가 너희를 개처럼 내쫓기 전에 썩 꺼져!"

모글리가 활활 타오르는 나뭇가지를 빙 둘러앉은 늑대들에게 휘두르자, 불똥이 튀어 몸에 옮겨붙은 늑대들이 울부짖으며 꽁무니를 내뺐다. 마침내 아켈라, 바기라 그리고 모글리의 편이었던 늑대 열 마리 정도만이 남았다. 모글리는 난생처음 느껴 보는 아픔이 가슴속에서 울컥 솟아오르자 숨죽여 흐느꼈다. 눈물이 모글리의 뺨을 타고 주르르 흘러내렸다.

"이게 뭐지? 이게 뭐야? 난 정글을 떠나기 싫은데 이게 뭔지 모르겠어. 바기라, 나 이제 죽는 거야?"

"아니야, 어린 형제여. 그건 사람들만 흘리는 눈물이야. 넌 더는 사람의 새끼가 아니란다. 진정한 사람이 된 거지. 이제부터 넌 정글에서 살 수 없어. 모글리, 그냥 흐르게 둬. 그저 눈물일 뿐이니까."

모글리는 자리에 주저앉아 큰 소리로 울었다. 심장이 터질 듯이 아팠고, 그렇게 하염없이 운 것은 처음이었다.

"사람들한테 갈 거야. 그 전에 엄마한테 작별 인사를 해야지."

모글리는 그렇게 말한 뒤 엄마 늑대와 아빠 늑대가 사는 동굴로 갔다. 그러고는 엄마 늑대의 품에 얼굴을 묻고 또다시 소리 내어 울었다. 형제 늑대들도 서럽게 따라 울었다.

"날 잊지 않을 거지?"

모글리가 묻자 형제 늑대들이 대답했다.

"우리가 네 흔적을 쫓을 수 있는 한, 절대 그런 일은 없을 거야. 가끔씩 언덕 밑으로 와. 우리 이야기를 들려줄게. 밤에 우리가 경작지로 내려가 같이 놀아도 좋고."

이어 아빠 늑대가 말했다.

"오, 지혜로운 개구리야, 곧 돌아오너라! 네 엄마와 난 너무 늙었으니 얼른 다시 돌아

오렴."

"그래, 빨리 와야 한다. 벌거숭이 내 아들. 사람의 아이야, 잘 들으렴. 나는 내 자식 이상으로 널 사랑했단다."

엄마 늑대도 덧붙였다.

"꼭 돌아올게요. 그때는 시어 칸의 가죽을 벗겨 회의 바위에 널어놓을게요. 절 잊지 마세요! 정글에 사는 다른 동물들한테도 절 잊지 말라고 전해 주세요!"

어느새 동이 트자, 모글리는 홀로 언덕을 내려가 사람이라 불리는 알 수 없는 존재들을 만나러 갔다.

시오니 늑대들의 사냥 노래

동이 트자 삼바가 울부짖었다.

한 번, 두 번, 또 한 번!

그러자 암사슴이 펄쩍 뛰어올랐다, 암사슴이 펄쩍 뛰어올랐네.

야생 사슴이 물을 마시는 숲속 연못에서.

혼자 먹이를 찾아 나온 내가 그 광경을 보았지.

한 번, 두 번, 또 한 번!

동이 트자 삼바가 울부짖었다.

한 번, 두 번, 또 한 번!

늑대 한 마리가 되돌아갔다, 늑대 한 마리가 되돌아갔네.

정 글 북

기다리는 무리에게 알려 주려고.
우리는 삼바를 뒤쫓아 찾아내서는 짖으며 몰아 댔지.
한 번, 두 번, 또 한 번!

동이 트자 늑대 무리가 목청껏 짖었다.
한 번, 두 번, 또 한 번!
발자국 하나 남기지 않는 정글 속의 발소리!
어둠 속에서, 어둠 속에서 볼 수 있는 눈!
짖어라! 짖어라! 들어라! 들어라!
한 번, 두 번, 또 한 번!

카아의 사냥

얼룩무늬는 표범의 기쁨이요, 뿔은 들소의 자랑이다.

몸을 깨끗이 하라. 매끈한 털가죽이 사냥꾼의 힘을 보여 주는 법이니.

어린 수소에게 들이받히거나 성난 삼바의 뿔에 찔렸다 해도

뒤로 물러나 우리에게 알릴 필요는 없다.

우린 이미 알고 있었으니.

낯선 자의 새끼라고 밀어내지 말고 형제로 대해 주어라.

그 새끼가 어리고 어리숙해 보여도 곰의 새끼일지 모르니.

"나를 따라올 자가 없지!" 처음 사냥을 한 새끼가 잘난 척을 한다.

하지만 정글은 넓고 새끼는 작다.

새끼가 그 점을 생각하고 얌전하게 굴도록 하라.

– 발루의 가르침

이 이야기는 모글리가 시오니 늑대 무리를 떠나기 전, 그러니까 시어 칸에게 복수하기 얼마 전에 있었던 일이다. 당시 발루는 모글리에게 정글의 법칙을 가르치고 있었다. 덩치가 크고 진지한 데다 이제는 꽤 늙은 갈색 곰은 영리한 모글리를 가르치는 것이 무척 즐거웠다. 보통 새끼 늑대들은 정글의 법칙 가운데 자신의 무리와 늑대에게 적용되는 것만 배우려 했고, 사냥 노래를 다 외우고 나면 어떻게든 달아나려 했기 때문이다. 사냥 노래는 이러했다.

"소리 없는 발걸음, 어둠 속에서도 볼 수 있는 눈, 굴속에서도 바람 소리를 들을 수 있는 귀, 날카롭게 빛나는 흰 이빨, 이것은 우리 형제들만이 가진 특별한 표식이다. 우리가 경멸하는 자칼 타바키와 하이에나는 예외지."

하지만 모글리는 사람의 새끼여서 배워야 할 것이 훨씬 많았다. 검은 표범 바기라는 귀여운 모글리가 어떻게 지내는지 보려고 이따금씩 정글을 가로질러 어슬렁어슬렁 찾아왔다. 그러고는 나무에 기대앉아 모글리가 그날 배운 것을 발루 앞에서 달달 외우는 모습을 흡족하게 바라보았다. 모글리는 나무를 잘 탔고, 달리기와 헤엄도 곧잘 했다. 그래서 발루는 모글리에게 숲과 물의 법칙도 가르쳤다. 튼튼한 가지와 썩은 가지를 구별하는 법, 15미터 높이에 달린 벌집을 건드릴 때 벌 떼에게 정중하게 말하는 법, 한낮에 나뭇가지 속에서 잠든 박쥐 망을 깨웠을 때 사과하는 법, 웅덩이에 첨벙 뛰어들기 전에 물뱀들에게 미리 알려 주는 법 등이었다.

정글의 모든 동물들은 방해받는 것을 좋아하지 않아서 침입자가 나타나면 언제든 공격할 준비가 되어 있었다. 그래서 모글리는 '이방인의 사냥 신호'도 배웠다. 정글 동물들은 자기 영역을 벗어나 사냥할 때에는 대답이 있을 때까지 이 신호를 반복해 외쳐야 했다. 사냥 신호는 "배가 고프니 여기서 사냥하게 해 주시오."라는 뜻이었다. 그러면 대개 "먹잇감을 구하려고 사냥하는 건 괜찮소. 하지만 재미로 하는 건 안 되오." 하는 답이 돌아왔다. 이것만으로도 모글리가 배워야 할 게 얼마나 많은지 알 수 있다. 그런 데다 똑같은 것을 몇 번이나 반복해야 하다 보니 모글리는 점차 싫증을 내기 시작했다. 그러던 어느 날 모글리는 결국 발루에게 매를 맞고 울컥해서 달아나 버렸다.

"역시 사람의 새끼는 어쩔 수 없다니까. 그러니 더더욱 정글의 법칙을 모두 배워 둬야 한다고."

발루가 바기라에게 투덜거렸다.

"하지만 아직 어리잖아. 저 작은 머리에 그 많은 것들을 어떻게 다 담을 수 있겠어?"

바기라가 모글리 편을 들었다. 하지만 검은 표범의 방식대로 했다면 모글리는 버릇없는 아이가 되었을지도 모른다.

"작고 어리다고 정글에서 죽음을 면할 수 있던가? 그런 일은 절대 없어. 그래서 내가 이런 것들을 가르치는 거야. 여러 번 알려 줬는데 까먹으면 때리는 거고. 그것도 아주 살짝."

"살짝이라고! 그 무쇠 같은 발로 때리고서? 대체 자네가 살짝 때린다는 게 뭔지는 아나? 아까 보니 모글리 얼굴이 온통 멍투성이던데. 그래 놓고 살짝이라니!"

바기라가 마음에 들지 않는다는 듯이 으르렁거렸다.

"아무것도 모르는 채 해코지를 당하는 것보단 진정으로 자기를 사랑해 주는 나한테 매를 맞는 게 나을걸. 난 지금 모글리에게 정글 공용어를 가르치고 있었어. 새와 뱀 그리고 네 발을 가진 모든 사냥꾼들한테 도움을 청할 수 있는 말이지. 아, 늑대 무리는 예외지만. 아무튼 그 말을 제대로 배운다면 대부분의 정글 동물들로부터 보호받을 수 있어. 그런 중요한 일이라면 한 대쯤 맞아도 되지 않나?"

발루가 진심 어린 목소리로 말했다.

"그래도 저 사람의 새끼를 죽이지 않도록 조심해. 저 아이는 자네의 뭉툭한 발톱을 갈아 주는 나무둥치가 아니야. 그런데 '정글 공용어'가 뭔가? 나야 도움을 청하기보다는 도움을 주는 쪽이지만 그래도 궁금하군."

바기라가 한쪽 발을 쭉 뻗더니 푸르스름한 쇳조각 칼처럼 날카로운 발톱을 뿌듯하게 바라보며 말했다.

"모글리를 불러서 한번 외워 보라고 해야겠어. 과연 올지는 모르겠지만. 모글리, 어디 있어? 이리 내려와!"

발루가 외치자 나무 위쪽에서 잔뜩 뿔이 난 목소리가 들렸다.

"아직도 머리가 윙윙 울려. 나무 속에 벌 떼가 들어 있는 것처럼."

곧이어 모글리가 여전히 화가 난 얼굴로 나무를 타고 미끄러져 땅으로 뛰어내리면서 덧붙였다.

"난 바기라 때문에 돌아온 거지 뚱보 영감탱이 발루 때문이 아니야!"

"날 뭐라고 부르든 상관없다. 바기라한테 오늘 배운 정글 공용어를 말해 봐."

발루는 모글리의 말이 내심 서운했지만 아무렇지 않은 듯 말했다.

모글리는 자신의 실력을 뽐낼 수 있게 되자 신이 나서 말했다.

"어느 종족의 말? 정글에서는 종족마다 말이 다르잖아. 하지만 난 다 알아."

"조금 알 뿐이지. 다 아는 건 아니야. 이것 봐, 바기라. 애들은 도통 스승한테 고마워할 줄을 몰라. 그동안 내가 수많은 새끼 늑대들을 가르쳤지만 나중에 찾아와 고맙다고 인사하는 녀석은 하나도 없었지. 자, 그럼 사냥 종족의 말부터 해 보시게, 위대한 학자 양반."

"너와 나, 우리는 한 핏줄이다."

모글리는 모든 사냥 종족이 쓰는 말을 곰의 말투로 읊조렸다.

"잘했다. 이번엔 새들의 공용어를 말해 봐."

모글리는 똑같은 말을 되풀이하고는 마지막 부분에 솔개의 휘파람 소리를 덧붙였다.

"그다음 뱀의 공용어."

발루의 주문에 모글리는 뭐라고 설명하기 어려운 쉭쉭 소리를 냈다. 그러고는 뒷발로 허공을 걷어차고 박수를 치더니 바기라의 등에 훌쩍 올라탔다. 모글리는 비스듬히 걸터앉은 채 윤기가 흐르는 검은 표범의 몸을 발뒤꿈치로 툭툭 찼다. 그러면서 발루를 향해 얼굴을 잔뜩 찌푸렸다.

"저런! 또 맞으려고 까부는구나. 언젠가는 너도 내게 고마워할 거다."

발루가 부드럽게 말했다.

이어 발루는 바기라에게 고개를 돌리더니 야생 코끼리 하티에게 사정사정해 정글 공용어를 배운 이야기를 들려주었다. 하티는 정글에 사는 모든 종족의 말을 꿰고 있었다. 발루는 뱀의 말을 전혀 할 줄 몰라서, 하티가 모글리를 연못으로 데려가 물뱀에게 뱀의 말을 배울 수 있도록 했다. 그 덕분에 이제 뱀과 새, 네 발 짐승은 모글리를 절대 해칠 수 없었다. 그래서 모글리는 지금껏 정글에서 안전하게 지낼 수 있었다.

"그러니까 그 누구도 두려워할 필요 없어."

발루가 북슬북슬하고 불룩한 배를 뻐기듯 두드리며 긴 이야기를 끝냈다.

"하지만 늑대 무리는 예외지."

바기라가 나직이 말하고는 모글리에게 소리쳤다.

"이봐, 어린 형제! 내 등 위에서 왜 그리 들썩거리며 뛰는 거지? 그러다 내 갈비뼈가 부러지겠어!"

모글리는 아까부터 자기 이야기 좀 들어 달라며 바기라의 어깨 털을 잡아당기고 세차게 발길질을 하고 있었다.

바기라와 발루가 마침내 자신을 쳐다보자 모글리는 큰 소리로 외쳤다.

"나도 내 종족을 만들 거야. 그들을 모두 데리고 하루 종일 나뭇가지 사이를 누빌 거야."

"무슨 헛소리야? 지금 꿈속을 헤매는 거야?"

바기라가 퉁을 놓았지만, 모글리는 아랑곳하지 않고 말을 이었다.

"그리고 늙은 발루한테 나뭇가지랑 흙을 던질 거야. 걔네들이 나한테 약속했어."

"뭐라고!"

발루가 모글리를 무지막지한 발로 사정없이 내리쳤다. 그 바람에 바기라 등에 있던 모글리가 땅으로 떨어져 발루의 큼직한 앞발 아래에 앉고 말았다. 모글리는 발루가 화가 많이 났다는 것을 눈치챘다.

"모글리, 원숭이족 반다로그와 만났구나!"

모글리는 바기라도 화가 났는지 살피려고 힐끗 보았다. 바기라의 눈이 푸른 비취옥처럼 딱딱했다.

"네가 회색 원숭이들과 어울리다니 정말 부끄럽다! 그놈들은 뭐든 닥치는 대로 먹어 치우는 정글의 무법자들이야!"

"발루가 내 머리를 때려서 도망쳤던 날, 회색 원숭이들이 나무에서 내려와 위로해 줬어. 아무도 날 돌봐 주지 않았는데 말이야."

모글리가 훌쩍이며 말하자 발루가 코웃음을 쳤다.

"원숭이들이 위로해 줬다고? 산속 계곡물이 조용하고, 한여름의 뙤약볕이 시원하다고 하지 그래! 그래서 그다음엔?"

"그리고…, 나무 열매와 여러 가지 맛있는 것도 주었어. 또 날 안고 나무 꼭대기로 데려가서 내가 꼬리가 없을 뿐이지 자기들이랑 피를 나눈 한 형제니 먼 훗날 내가 원숭이족의 우두머리가 될 거라고 했고.”

“원숭이족은 우두머리가 없어. 다 거짓말이야. 늘 거짓말만 하지.”

바기라가 퉁명스레 말했다.

“나한테 아주 잘해 주고 또 놀러 오라고 하던데? 왜 날 원숭이족한테 데려가지 않았어? 그들은 나처럼 두 발로 서고, 앞발로 날 때리지도 않아. 하루 종일 놀기만 해. 못된 발루, 이제 날 놓아줘! 난 원숭이들이랑 놀 거야.”

그러자 발루가 한여름 밤에 울리는 천둥처럼 무섭게 으르렁거렸다.

“잘 들어, 모글리. 나는 정글에 사는 모든 동물에게 통하는 정글의 법칙을 가르쳐 주었다. 하지만 나무에 사는 원숭이족들은 예외야. 그놈들은 법칙이 없어. 그래서 정글에서 추방되었지. 자기네 말도 따로 없어서 나무 위에 숨어 다른 종족들의 말을 엿듣고 따라서 지껄일 뿐이야. 또 우리와 사는 방식이 달라. 원숭이족에게는 우두머리도 없고 기억력도 바닥이지. 정글에서 제일 잘난 줄 알며 온갖 허풍을 치고 다니지만, 나무에서 떨어지는 열매 하나에 낄낄거리다가 죄다 싹 잊어버린다고. 그래서 정글의 동물들은 원숭이족과 절대 어울리지 않아. 그들이 사냥하는 곳, 물 마시는 곳에는 얼씬도 하지 않지. 또 그놈들이 다니는 길에도 가지 않고, 그놈들이 죽는 곳에선 죽지도 않아. 지금껏 내가 너한테 반다로그에 대해 말한 적이 있든?”

“아니.”

모글리가 기어 들어가는 목소리로 대답했다.

발루의 이야기가 끝나자 숲이 쥐 죽은 듯이 조용해졌다.

“정글 동물들은 원숭이족의 이름을 입에 올리지 않아. 생각조차 하지 않지. 원숭이족은 수도 많고, 못되고, 더럽고, 염치도 없어. 그놈들이 원하는 것은 딱 하나, 우리의 관심이야. 그래서 원숭이족이 우리 머리 위로 열매나 오물을 던져도 못 본 척하지.”

그때 나무 위에서 열매와 마른 나뭇가지가 우수수 떨어졌다. 이어 가느다란 가지 사이로 낄낄대는 소리, 아우성치며 울부짖는 소리, 화가 나서 펄쩍펄쩍 뛰는 소리가 났다.

“정글 동물들은 원숭이들과 어울려선 안 돼. 절대로.”

발루의 말에 바기라도 한마디 덧붙였다.

“당연하지, 절대 어울리지 마. 발루가 미리 주의를 줬어야 했는데….”

"지금 내 탓을 하는 건가? 그런 **뻔뻔한** 놈들과 어울릴 줄은 꿈에도 몰랐어. 하 참!"

조금 뒤 열매와 잔가지가 또다시 우수수 쏟아졌다. 발루와 바기라는 모글리를 데리고 서둘러 피했다. 발루의 말은 모두 사실이었다. 원숭이들은 나무 위에서 살았고 다른 동물들은 위를 올려다보지 않아서 서로 부딪칠 일이 거의 없었다. 하지만 원숭이들은 다친 호랑이나 곰, 병든 늑대를 보면 골탕을 먹였고, 관심을 끌려고 재미 삼아 아무한테나 열매와 잔가지를 던졌다. 그러고는 뜻도 없는 노래를 부르고, 다른 동물들에게 나무 위에 올라오라고 불러선 싸움을 벌였다. 또 대수롭지 않은 일로 자기들끼리 미친 듯이 물어뜯으며 싸우다 누가 죽으면 동물들이 볼 수 있는 곳에 버리기도 했다.

원숭이족은 곧 우두머리를 뽑고 법칙과 관습을 만들 거라고 늘 떠벌렸지만, 하루도 못 가는 기억력 때문에 금세 까먹었다. 그래서 원숭이족은 "우리 반다로그가 지금 생각하는 것을 다른 종족은 한참 뒤에나 떠올릴 것이다."라는 격언을 지어냄으로써 자신들을 정당화시켰다. 정글의 동물 대부분은 원숭이족이 있는 나무 위로 잘 가지 않았는데, 그건 그 누구도 원숭이족에게 관심이 없다는 뜻이었다. 그렇기 때문에 원숭이족은 모글리가 자신들과 어울렸을 때, 그리고 그 이야기에 발루가 발끈했을 때 그렇게나 즐거워한 것이다.

하지만 원숭이들은 더는 무언가를 할 생각이 없었다. 반다로그들은 원래 계획을 하는 종족이 아니었다. 그런데 한 원숭이가 제 딴에는 기발한 생각이라며 한 가지 제안을 했다. 바로 모글리를 자신들의 무리로 데려오자는 것이었다. 모글리가 나뭇가지를 엮어 비바람을 막을 줄 아니 모글리를 잡아 와 가르쳐 달라고 하자고 했다. 모글리는 나무꾼 아버지로부터 재능을 물려받았는지 부러진 나뭇가지로 작은 오두막을 뚝딱뚝딱 짓곤 했다. 나무 위에서 이를 지켜보던 원숭이들은 모글리의 솜씨에 입이 떡 벌어졌다. 그래서 모글리를 자신들의 우두머리로 내세워 정글에서 그 누구도 무시하지 못하는 훌륭한 종족, 모두가 부러워하는 지혜로운 종족이 되자고 마음먹은 것이다.

원숭이들은 발루와 바기라, 모글리를 몰래 뒤쫓았다. 모글리는 낮잠 시간이 되자 자신의 잘못을 뉘우치며 다시는 원숭이족과 어울리지 않겠다고 다짐했다. 그러고는 발루와 바기라 사이에 누워 금방 곯아떨어졌다.

그런데 조금 뒤 모글리는 작고 억센 손들에 팔다리가 붙잡힌 느낌, 나뭇가지가 세차게 스치는 느낌이 들어 눈을 떴다. 모글리가 얼른 정신을 차리고 흔들리는 나뭇가지 사이로

아래를 내려다보자, 발루가 성난 목소리로 포효하고 바기라가 이빨을 드러낸 채 으르렁거리며 나무 위로 뛰어오르고 있었다. 원숭이족이 바기라가 도저히 쫓아올 수 없는 높은 나뭇가지로 달아나며 신이 나서 외쳤다.

"바기라가 우릴 아는 체했어! 이제 정글의 동물들이 우리 재주와 지혜에 감탄할 거야."

그러고는 나뭇가지 사이를 날아다니기 시작했다. 원숭이족이 나무를 옮겨 타며 숲을 가로지르는 광경은 말로 설명할 수 없을 정도로 굉장했다. 높은 나뭇가지들 사이에는 원숭이들만이 다니는 길이 있었다. 15미터나 20미터, 혹은 30미터 높이에 통행로와 교차로, 오르막길과 내리막길이 있었으며 필요하면 밤에도 돌아다닐 수 있었다. 가장 힘센 원숭이 두 녀석이 모글리를 양쪽에서 잡은 채, 한 번에 6미터씩 나무 사이를 건너뛰었다. 모글리 없이 자기들끼리 나무를 탔다면 두 배는 더 빨리 달렸을 것이다.

모글리는 저 아래 아득히 먼 땅을 보자 더럭 겁이 났다. 나뭇가지를 건너뛰느라 허공에 떠 있는 순간에는 소름이 돋고 속이 메슥거렸지만, 한편으로는 엄청나게 빠른 속도에 신나기도 했다. 모글리는 원숭이들이 자신을 이끌고 나무 꼭대기의 가장 가느다란 가지에 올라설 때마다 가지가 부러지거나 휘어지는 걸 느꼈다. 그럴 때면 원숭이들이 끽끽 고함을 내지르면서 허공에서 잠시 멈추었다가 더 낮은 나무의 가지를 붙들거나 내려앉았다. 돛대 위에 서면 끝없이 펼쳐진 바다가 보이듯이, 모글리의 눈앞에 고요하고 푸른 정글이 펼쳐졌다. 모글리는 나뭇가지와 잎사귀가 얼굴을 후려치는 바람에 원숭이들과 함께 바닥으로 떨어질 뻔하기도 했다. 반다로그들은 그렇게 요란하게 뛰고 내달리고 소리 지르면서 포로 모글리와 함께 나뭇가지 사이에 난 길을 쏜살같이 달렸다.

모글리는 처음엔 땅으로 떨어질까 봐 겁이 났지만 이내 화가 치솟았다. 하지만 앞뒤 가리지 않고 덤볐다간 손해일 것 같아 잠자코 기다렸다. 그러다 발루와 바기라에게 자신의 상황과 위치를 알려 줘야 한다는 걸 깨달았다. 원숭이들의 빠른 속도로 짐작건대 발루와 바기라는 꽤 떨어져 있을 것 같았다. 아래쪽을 이리저리 둘러봤지만 울창한 나뭇가지 외에는 아무것도 보이지 않았다.

그때 저 멀리 솔개 칠이 날개를 쫙 편 채 정글 위를 빙글빙글 맴돌며 먹잇감을 찾는 모습이 보였다. 칠은 원숭이들이 무언가를 나르는 걸 보고 먹잇감인가 해서 수백 미터 아래로 하강해 왔다. 그러다 나무 꼭대기로 끌려온 모글리가 "너와 나, 우리는 한 핏줄을 가진 형제다!" 하고 외치자, 깜짝 놀랐다가 이내 응답의 뜻으로 삐익 소리를 냈다. 칠은 모글리가 무성한 나뭇가지 사이에 묻혀서 잘 보이지 않자, 작은 갈색 얼굴을 찾으려고 다른 나무로 날아갔다.

"나를 따라와 줘! 그리고 시오니 늑대 무리의 발루와 바기라한테 알려 줘."

모글리가 외치자, 모글리를 처음 본 칠이 대꾸했다.

"누구의 이름으로 말인가, 형제여?"

"개구리 모글리! 사람의 새끼라고도 부르지. 내가 가는 길을 기억해 줘!"

모글리의 마지막 말은 원숭이에게 끌려가느라 마치 비명처럼 들렸다. 칠은 고개를 끄덕인 뒤 하늘 높이 솟구쳐 올라 작은 점으로 사라졌다. 칠은 하늘 위에서 망원경 같은 눈으로 원숭이들이 모글리를 붙잡고 나뭇가지 사이로 내달리는 것을 지켜보았다.

"원숭이족은 멀리 못 가. 시작한 일을 제대로 끝맺을 줄 모르지. 뭔가 새로운 일이 생기면 바로 그 일을 쫓는 게 반다로그니까. 원숭이 녀석들, 아무래도 벌집을 제대로 건드린 것 같군. 발루가 만만치 않은 데다 바기라도 얼마나 무서운데."

칠은 웃으며 웅얼거리고는, 발을 모으고 날갯짓을 하며 기회를 엿보았다.

한편 발루와 바기라는 분노와 슬픔에 잠겨 있었다. 바기라는 평소보다 훨씬 높이 나무를 타고 올라갔다. 하지만 몸이 너무 무거워 결국 여린 나뭇가지가 부러졌다. 바기라는 발톱으로 나무를 죽 긁으며 미끄러져 내려오는 바람에 발톱마다 나무껍질이 박히고 말았다.

"사람의 새끼한테 왜 미리 알려 주지 않았지? 제대로 가르치는 대신 매질만 한 거야?"

바기라는 뒤뚱거리며 원숭이들을 뒤쫓는 발루한테 괜히 신경질을 부렸다.

"빨리 가자! 조금만 더 서두르면 따라잡을 수 있을 거야!"

발루가 숨을 가쁘게 몰아쉬며 말했다.

"그렇게 느린 속도로? 다 죽어 가는 소도 그보단 빠르겠네. 정글의 법칙을 가르친다고 아이에게 매질이나 하는 스승이여, 그렇게 계속 구르다간 1킬로미터도 못 가 주저앉을 거야. 그러지 말고 마음을 가라앉히고 계획을 세우자고. 무작정 쫓아간다고 될 일이 아니야. 또 우리가 너무 바짝 뒤쫓으면 놈들이 모글리를 그냥 떨어뜨릴 수도 있어."

"아으! 싫증 나서 벌써 떨어뜨렸을지도 몰라. 반다로그를 어떻게 믿어? 차라리 내 머리에 죽은 박쥐를 올리고, 썩은 뼈를 먹게 해! 그리고 나를 벌집으로 밀어 넣어 줘. 난 벌에 쏘여 죽어도 싸. 내가 죽거든 하이에나와 함께 묻어 주고. 나는 정글에서 가장 한심한 곰이니까! 아아악! 모글리! 왜 원숭이족에 대해 알려 주지 않고 널 때리기나 했을까? 모글리는 내가 머리를 때려서 오늘 배운 걸 다 까먹었을 거야. 그래서 정글 공용어도 잊어버린 채 여기저기 헤매고 있을지 몰라."

발루는 너무 슬픈 나머지 앞발로 머리를 감싼 채 이리저리 뒹굴었다.

그러자 바기라가 더는 참지 못하고 말했다.

"아까 모글리는 하나도 틀리지 않고 정확히 알고 있었어. 그런데 발루, 자넨 지금 너무 충격을 받은 나머지 기억도, 체통도 잃은 꼴이군. 나, 바기라가 호저 이키처럼 웅크리고 슬피 운다면 정글의 동물들이 뭐라고 생각하겠어?"

"그러든 말든 그게 나랑 무슨 상관이야? 모글리가 죽었을지도 모르는데."

"원숭이들이 재미로 떨어뜨리거나 싫증이 나서 죽이지 않았다면 모글리는 분명 무사할 거야. 똑똑하고, 많이 배웠고, 무엇보다 동물들이 두려워하는 눈을 가졌어. 그런데 하필 반다로그한테 잡혀가다니. 반다로그는 나무 위에 살아서 정글의 동물들을 전혀 두려워하지 않으니 말이야."

바기라는 그렇게 말한 뒤 골똘히 생각하며 앞발을 핥았다.

그때 발루가 갑자기 벌떡 일어서더니 소리쳤다.

"난 바보야! 나무뿌리나 캐 먹는 늙은 갈색 뚱보라고. 코끼리 하티가 그랬어. '어떤 동물이든 저마다 두려워하는 존재가 있다.'고 말이야. 반다로그는 비단뱀 카아를 두려워해. 카아는 원숭이만큼이나 나무를 잘 타서 밤에 원숭이 새끼들을 잡아가곤 해. 그래서 반다로그들은 카아 이름만 들어도 꼬리가 얼어붙는대. 얼른 카아한테 가 보자고."

"카아가 뭘 할 수 있는데? 우리 종족이 아닌 데다 발도 없고 눈빛도 너무 싸늘해."

바기라가 걱정스레 말했지만, 발루는 잔뜩 들뜬 목소리로 대답했다.

"카아는 나이가 많고 지혜롭지. 게다가 늘 굶주려 있으니까 염소를 많이 잡아 주겠다고 약속하면 될 거야."

"카아는 일단 배가 차면 한 달 내내 잠만 자. 어쩌면 지금 자고 있을지도 모르고. 깨어 있다 해도 염소는 자기가 직접 잡겠다고 할지도 모르잖아."

카아를 잘 모르는 바기라는 걱정을 떨치지 못했다.

"우리는 노련한 사냥꾼이니 잘 설득할 수 있을 거야."

발루가 빛바랜 갈색 털을 바기라한테 비비며 말했다.

마침내 둘은 카아를 찾아 떠났다. 카아는 지난 열흘 동안 조용한 곳에서 허물을 벗은 뒤 따뜻한 바위 위에서 햇살을 쬐며 몸을 쭉 뻗고 있었다. 카아는 눈부시게 아름다운 자신의 새 가죽에 감탄하며 9미터에 달하는 몸으로 멋지게 똬리를 튼 채, 펑퍼짐한 코처럼 생긴 큰 머리를 이리저리 움직이면서 저 멀리서 다가오고 있는 먹잇감에 입맛을 다셨다. 발루는 갈색과 노란색이 아름답게 어우러진 카아의 화려한 몸을 보자 안도의 숨을 내쉬었다.

"아직 뭘 먹진 않았군. 조심해, 바기라! 카아는 허물을 벗으면 장님이나 마찬가지인 데다 닥치는 대로 공격해."

독이 없는 카아는 독뱀을 겁쟁이라고 부르며 업신여겼다. 대신 카아는 몸뚱이로 옥죄는 힘이 무척 셌다. 어떤 짐승이든 카아가 칭칭 감아 버리면 그것으로 끝장이었다.

"풍성한 사냥이 되기를!"

발루가 카아에게 큰 소리로 인사를 건넸다. 하지만 카아는 귀가 어두워서 발루가 자기에게 인사하는 소리를 잘 듣지 못했다. 그래서 만일의 공격에 대비해 똬리를 틀고는 머리를 잔뜩 웅크렸다.

"우리 모두에게 풍성한 사냥이 되기를! 발루, 바기라, 여긴 어쩐 일이지? 우리 셋 가운데 적어도 하나는 먹이가 필요해 보이는군. 혹시 먹잇감에 대해 들은 얘기 없나? 암사슴이나 어린 수사슴이라도 말이야. 난 지금 배 속이 마른 우물처럼 바싹 말라 있거든."

"우린 지금 사냥 중이야."

발루는 카아처럼 큰 상대를 대할 땐 침착해야 한다는 걸 알고 있어서 태연하게 말했다.

"나도 따라가면 안 될까? 너희는 사냥감을 앞발로 내리치면 그만이지만, 나는 어린 원숭이라도 하나 잡으려면 길목에 숨어 며칠을 기다려야 해. 또 밤에는 나무 위에서 뜬눈으로 보내야 하고. 그런데 옛날과 달리 가지들이 죄다 썩거나 말라빠졌어."

"자네 몸무게가 엄청나서 그런 건 아니고?"

발루의 말에 카아가 조금 우쭐거리며 말했다.

"물론 그럴 수도. 내가 꽤 길긴 하지. 그래도 그건 분명 새로 자란 어린 나무 때문이야. 지난번 사냥 때는 하마터면 나무에서 떨어질 뻔했다니까. 꼬리를 가지에 꽉 감지 않았던 거지. 아무튼 내가 미끄러지면서 원숭이들을 죄다 깨우자 그들이 내게 엄청 욕을 해 댔지."

"아, 발 없는 누런 지렁이라고 했던가?"

바기라가 수염을 실룩이며 기억을 더듬듯이 말했다.

"스스스스! 반다로그들이 나를 두고 그렇게 말했어?"

"뭐, 그 비슷한 소리를 했는데 우린 거들떠보지도 않았지. 그놈들이야 원래 막말을 일삼으니까. 그런데 카아가 이빨이 다 빠져서 이젠 염소 새끼도 못 잡는다고 하더라고. 천하의 카아가 염소 뿔을 무서워하다니 말이 되냐고. 정말 뻔뻔한 거짓말쟁이들이야."

바기라가 나긋하게 이야기하자, 카아의 목 양쪽에 있는 큼직한 근육이 부르르 떨렸다. 늙고 쇠약해진 비단뱀은 거의 화를 내지 않았지만, 이번만큼은 참지 않았다.

"오늘 햇볕을 쬐고 있는데 반다로그들이 나무 꼭대기에서 터를 옮겼다고 떠들더군."

카아가 나직하게 속삭이자, 발루가 냉큼 "바로 우리가 쫓고 있는 반다로그들이야." 하고 말했다. 그러다 아차 싶어 입을 다물었다. 원숭이들이 하는 짓에 관심을 기울이다니 정글 동물로서 매우 자존심 상하는 일이었다.

"정글의 내로라하는 사냥꾼 둘이 반다로그를 쫓다니, 무척 중요한 일인가 보군. 둘은 각자의 영역에서 우두머리이지 않나?"

카아가 몸을 부풀리면서 호기심 어린 눈빛으로 점잖게 묻자, 발루가 입을 열었다.

"나는 종종 어리석은 일을 저지르는 늙은 뚱보인 데다, 시오니 늑대 새끼들에게 정글의 법칙을 가르치는 선생에 불과하지. 그리고 여기 바기라는…."

바기라는 지나치게 겸손할 필요가 없다고 생각했다. 그래서 잠시 입을 다물었다가 솔직히 털어놓았다.

"그냥 바기라야. 그런데 문제가 생겼어, 카아. 혹시 아는지 모르겠는데, 열매나 훔쳐 먹고 야자 잎이나 주워 먹는 원숭이 녀석들이 사람의 새끼를 데려갔어."

"가시 좀 있다고 엄청 뻐기는 호저 이키가 말해 주더군. 늑대 무리에 사람의 새끼가 들어왔다고. 하지만 믿지 않았지. 이키 녀석이 하는 얘기는 대부분 엉터리거든."

"그 이야기는 사실이야. 그 사람의 새끼는 정말 대단해. 사람 새끼 가운데 가장 멋지고 똑똑하고 용감하지. 내 이름을 드높여 줄 내 제자야. 게다가 우리는 그 애를 무척 사랑해, 카아."

발루가 말하자, 카아가 고개를 흔들며 대답했다.

"사랑이라면 내가 잘 알지. 나도 사랑에 대해 할…."

그때 바기라가 카아의 말을 자르며 재빨리 끼어들었다.

"그 사랑 이야기는 우리가 배불리 먹는 날 밤에 하자고. 그 사람의 새끼가 반다로그한테 잡혀갔는데, 그 녀석들은 오직 카아 자네만 두려워해."

"그놈들이 날 무서워하는 데에는 그만한 이유가 있지. 원숭이들은 시끄럽고 멍청하고 허영심이 많아. 사람의 새끼가 그런 원숭이들에게 잡혀갔다니 안됐군. 원숭이들은 열매도 지겨워지면 던져 버리지. 대단한 일을 할 것처럼 내내 나뭇가지를 들고 다니다가도 속이 뒤틀리면 뚝 부러뜨리고. 그런데 그놈들이 나더러 뭐라 했다고? 노란 물고기?"

"지렁이라고 했어. 차마 입에 담지 못할 말도 많이 했고."

바기라가 말했다.

"어른한테 공손히 말하는 법을 그놈들에게 알려 줘야겠어. 또 금세 까먹겠지만, 이번엔 절대 못 잊게 해 주지. 그나저나 원숭이들이 어디로 갔지?"

"해가 지는 방향이 아닐까? 정글만이 알고 있겠
군. 카아 자네는 훤히 꿰고 있는 줄 알았는데."
발루의 말에 카아가 발끈했다.

"내가 그걸 어떻게 알겠어? 놈들이 다가오면
잡아먹긴 해도 그따위 것들을 굳이 쫓아가 잡
진 않아. 개구리나 웅덩이에 낀 녹색 이끼도
마찬가지이고!"

"어이, 위를 봐! 발루, 고개를 들어 여길 보
라고!"

발루가 얼른 소리 나는 쪽을 올려다보니
솔개 칠이 빠르게 내려오고 있었다. 솔
개의 날개 가장자리가 햇살을 받아 반
짝거렸다. 칠은 저녁이 다 되도록 발
루와 바기라를 찾아 온 정글을 날아다
녔지만 울창한 수풀 때문에 애를 먹
고 있었다.

"무슨 일인가?"

발루의 물음에 칠이 대답했다.

"반다로그들이 모글리를 데리고
강 너머의 원숭이 도시인 '차가
운 소굴'로 갔어. 모글리가 너한
테 알려 주라고 부탁하더군. 놈
들이 거기서 얼마나 머물지는 잘
몰라. 하룻밤일지, 열흘일지, 한
시간일지. 그리고 박쥐들한테 밤
이 되면 감시해 달라고 일렀어.
이 말을 전하러 왔어. 땅 위 짐승

들이여, 풍성한 사냥이 되길!"

"칠, 배불리 먹고 잘 자게. 다음번에 먹잇감을 잡으면 자네 몫으로 머리를 남기겠네. 자넨 최고의 솔개야!"

바기라가 외쳤다.

"별일도 아닌걸. 그 아이는 정글 공용어를 알고 있더군. 난 해야 할 일을 했을 뿐이야."

칠은 그렇게 대꾸한 뒤 크게 원을 그리며 둥지로 돌아갔다.

"무지막지한 놈들에게 잡혀 나뭇가지 사이를 내달리면서도 새들의 정글 공용어를 잊지 않았다니!"

발루가 모글리를 대견해하며 껄껄 웃자 바기라가 말했다.

"정글 공용어가 모글리 머릿속에 꽉 박혀 있었어. 자랑스럽군. 자, 어서 차가운 소굴로 가자."

셋은 그곳을 잘 알고 있었다. 차가운 소굴은 오래 전 정글 속에 버려진 고대 도시로, 정글의 동물 대부분이 그곳을 잘 알았지만 실제로 가는 일은 없었다. 동물들은 사람이 잠깐이라도 살았던 곳에는 잘 가지 않았다. 멧돼지라면 모를까, 사냥하는 짐승들은 절대 발을 들이지 않았다. 그래서 차가운 소굴은 거의 폐허 상태였다. 게다가 어디든 가리지 않는 원숭이들이 차가운 소굴에 터를 잡자 자존심이 센 동물은 얼씬도 하지 않았다. 단, 가뭄 때 물이 마르면 반쯤 깨진 물 저장고와 저수지에 남아 있는 물을 마시러 가긴 했다.

"아무리 빨리 달려도 한밤중에 도착하겠어."

바기라의 말에 발루가 심각한 얼굴로 근심스럽게 말했다.

"열심히 뛰어 볼게."

"아니, 너에게 맞출 순 없어. 그냥 뒤따라와, 발루. 카아랑 난 빨리 달릴 테니까."

"난 발이 없지만, 네 발 달린 자네들한테 결코 뒤지지 않지."

카아가 짧게 말했다.

발루는 안간힘을 썼지만 결국 숨을 헐떡이며 주저앉고 말았다. 바기라는 발루에게 뒤따라오라는 말을 남긴 채, 표범이 달릴 수 있는 가장 빠른 속도로 치고 나갔다. 카아는 아무 말 안 했지만 바기라에게 뒤처지지 않으려고 온 힘을 다했다. 그러나 산에서 흘러 내려온 개울에 다다르자 바기라가 앞섰다. 바기라는 단번에 냇물을 훌쩍 건너뛰었지만, 카아는 머리와 목을 60센티미터쯤 내놓고 헤엄쳐 건너야 했기 때문이다. 하지만 평지에 오르자 카아가 곧장 바기라를 따라잡았다.

"나에게 자유를 준 부서진 자물쇠에 대고 맹세하건대, 자네 상당히 빠르군!"

석양이 질 무렵, 바기라가 말했다.

"난 지금 배가 몹시 고프거든. 게다가 놈들이 날 점박이 개구리라고 불렀다면서."

"지렁이라고 했어. 그것도 누런 지렁이."

"그게 그거지. 어서 서두르자고."

카아는 한 치의 망설임도 없이 가장 짧은 길을 찾아 땅 위에서 흐르는 물처럼 움직였다.

한편 차가운 소굴에 도착한 원숭이들은 모글리를 데려왔다는 사실에 뿌듯해서 모글리의 친구들도 까맣게 잊은 채 어쩔 줄 몰라 했다. 모글리는 도시를 한 번도 본 적이 없었다. 그래서 비록 폐허에 불과했지만 모글리의 눈에는 꽤 화려하고 웅장해 보였다. 이 도시는 먼 옛날 한 왕이 언덕 위에 세운 것이었다. 돌이 깔린 큰길을 따라가다 보면 무너진 성문이 나왔다. 성문의 녹슬고 낡은 경첩에는 부서진 나뭇조각이 흉물스럽게 달려 있었다. 나무들이 성벽을 파고 아무렇게나 뻗어 있었고, 총안이 있는 흉벽은 무너진 지 오래였다. 수풀로 뒤덮인 탑들의 창에는 덩굴이 늘어져 있었다.

언덕 위에는 지붕이 무너져 내리고 없는 궁전이 서 있었다. 궁전 안뜰의 대리석과 분수는 얼룩덜룩한 데다 쩍쩍 갈라져 있었다. 왕의 코끼리들이 살던 뜰 바닥에는 자갈들 사이로 잡초와 어린 나무들이 무성하게 자라 있었다. 궁전에 서서 아래를 내려다보면 지붕 없는 집들이 줄줄이 늘어선 게 보였는데, 마치 짙은 어둠으로 가득 찬 텅 빈 벌집처럼 보였다. 네 개의 도로가 모이는 광장에는 옛날엔 신의 조각이었을 듯한 형체 없는 돌덩이가 뒹굴고 있었다. 공동 우물 주변으로는 움푹 팬 구덩이와 구멍들이 즐비했다. 사원 지붕은 산산조각났으며, 그 위로 야생 무화과나무가 제멋대로 자라고 있었다.

원숭이들은 그 폐허를 자기들의 도시로 삼았다. 그러면서 정글 동물들을 한심해하고 업신여겼다. 하지만 반다로그들도 그곳의 건물이 무엇이며, 어떻게 만들어졌는지, 무슨 용도인지는 알지 못했다. 그저 왕의 널찍한 회의실에 모여 몸을 긁고 벼룩을 잡으며 사람 흉내를 냈을 뿐이었다. 그리고 지붕 없는 집들을 들쑤셔 석고 조각이나 낡은 벽돌을 숨겨 놓기도 했다. 그러다 어디에 숨겼는지 까먹으면 떼로 싸움을 벌이며 괴성을 질러 댔다. 하지만 또 금세 흩어져서 왕의 정원 테라스를 오르내리며 장난을 치고 놀았다. 장미나무와 오렌지나무를 흔들어서 꽃과 열매를 떨어뜨리기도 했다.

원숭이들은 궁전 복도, 컴컴한 통로, 수백 개의 작은 방들을 끊임없이 돌아다녔지만 정작 자신들이 본 것을 기억하지 못했다. 그래도 하나둘 또는 떼를 지어 돌아다니면서 사람처럼 행동하는 것 같다고 서로에게 말해 주었다. 또 물 저장고에서 물을 마시다 온통 흙탕물이 되면 그 문제로 싸우다가 다시 몰려다니며 소리치곤 했다.

"정글에서 반다로그만큼 지혜롭고, 똑똑하고, 힘세고, 착하고, 상냥한 동물은 없다."

원숭이들은 도시에서 장난치는 일이 시시해지면 나무 위 세상으로 돌아가 정글 동물들의 관심을 받으려고 애썼다. 정글의 법칙을 배운 모글리는 원숭이들의 이런 생활이 마음에 들지 않았고 이해하기 어려웠다.

원숭이들은 오후 늦게서야 모글리를 데리고 차가운 소굴에 도착했다. 모글리는 긴 여행을 하고 나면 잠을 푹 자곤 했는데, 원숭이들은 지친 모글리의 손을 잡고 춤을 추며 한심한 노래를 불렀다. 이어 한 원숭이가 앞으로 나오더니 이제 곧 모글리가 나뭇가지와 줄기를 엮어 비바람을 막아 줄 집 짓는 법을 가르쳐 줄 것이며, 따라서 모글리를 데려온 것은 반다로그 역사에 길이 남을 놀라운 일이라고 떠벌렸다. 모글리가 덩굴줄기를 집어 안팎으로 엮기 시작하자 원숭이들도 따라 하는가 싶더니 금세 싫증을 냈다. 원숭이들은 그새 친구의 꼬리를 당기고 끽끽거리며 네 발로 정신없이 뛰어다녔다.

"배고파. 난 여길 잘 모르니 너희가 먹을 것을 갖다줘. 아니면 사냥하게 해 주든가."

모글리의 말에 스무 마리에서 서른 마리쯤 되는 원숭이들이 열매와 파파야를 가지러 달려 나갔다. 하지만 돌아오다 저희끼리 싸움이 벌어져 과일을 챙겨 오지 않았다.

모글리는 배도 고프고 여기저기 아파서 몹시 화가 났다. 그래서 도시를 돌아다니며 다른 종족의 사냥 언어를 외쳐 보았지만 아무런 답이 없었다. 모글리는 자신이 아주 끔찍한 곳에 와 있다는 사실을 깨달았다.

'발루의 말이 맞았어. 반다로그는 법칙도, 사냥 언어도, 우두머리도 없어. 한심한 소리나 지껄이고 도둑질이나 할 뿐이야. 내가 여기서 죽임을 당하거나 굶어 죽는다면 그건 결국 내 잘못이야. 어떻게든 정글로 돌아가야 해. 발루한테 또 맞더라도 반다로그들과 장미꽃이나 찾아다니는 것보단 나을 거야.'

하지만 모글리가 성벽 밖으로 나가려 하면 원숭이들이 다시 붙잡아 끌고 왔다. 그러면서 모글리가 얼마나 행복한지 전혀 모른다며 자기들한테 고마워하라고 꼬집었다. 모글리는 이를 앙다물고 아무 소리도 하지 않았다.

조금 뒤 모글리는 끽끽거리는 원숭이들에게 이끌려 빗물이 반쯤 고인 붉은 사암 저수지 위쪽의 테라스로 갔다. 테라스 한가운데에는 하얀 대리석으로 만든 무너진 정자가 있었다. 백 년 전에 여왕들을 위해 지어진 것이었다. 그런데 정자의 둥근 지붕이 반쯤 내려앉아 그때 여왕들이 궁전으로 드나들던 지하 통로는 막힌 상태였다. 대신 대리석으로 만든 벽은 건재했다. 대리석 벽은 격자로 조각한 장식 위에 우윳빛 번개무늬를 새겨 넣은 뒤 마노, 루비, 벽옥, 청금석 등의 보석으로 장식해 눈부시게 아름다웠다. 언덕 위로 달이 떠오르면 대리석 벽의 격자 장식 틈새로 달빛이 스며들어 까만 벨벳 위의 자수 같은 그림자가 땅 위에 나타났다.

반다로그들은 한 번에 스무 마리씩 모글리에게 몰려와 자기들의 힘과 지혜와 예의를 자랑하며 이곳을 떠나려는 모글리의 어리석음을 꾸짖었다. 모글리는 온몸이 욱신거리는 데다 졸리고 허기졌지만, 그 얘기에 웃지 않을 수 없었다.

반다로그들은 끊임없이 종족 자랑을 늘어놓았다.

"우리는 훌륭하고, 자유롭고, 위대한, 정글에서 가장 멋진 종족이지! 우리가 그렇다고 하면 그건 분명한 사실이야. 네가 우리 얘기를 정글의 동물들에게 잘 전하면 그들도 우리를 아는 체할 거다. 그래서 지금부터 너한테 우리가 얼마나 훌륭한 종족인지를 낱낱이 알려 주지."

모글리가 딱히 거절하지 않자, 몇몇 대변자들이 반다로그를 찬양하는 노래를 불렀고 수백 마리의 원숭이들이 테라스로 모여들어 그 노래를 함께 들었다. 대변자가 잠시 노래를 멈추고 숨을 고르면 "그건 사실이야. 우리 모두 그렇게 말하니까."라고 한목소리로 외쳤다. 또 원숭이들이 질문하면 모글리는 고개를 끄덕이고 눈을 깜박이며 대답했는데, 너무 시끄러워서 머릿속이 빙빙 도는 것 같았다.

"원숭이들이 타바키한테 물려서 미친 거 아니야? 그럴지도 몰라. 이건 데와니가 분명해. 그나저나 너무 피곤해. 이 녀석들은 잠도 없나? 구름이 달을 덮으려 하네. 저 구름이 달을 가려 어둠이 내리면 그때를 틈타 도망칠 수 있을 텐데."

모글리가 혼잣말로 중얼거렸다.

한편 바기라와 카아도 성벽 아래쪽 무너진 도랑 밑에 숨어 그 구름을 보고 있었다. 원숭이라 해도 수가 많으면 매우 위험해서 둘은 함부로 행동하지 않았다. 보통 원숭이들은 백 대 일쯤 되어야 싸웠고, 그런 불리함을 안고 원숭이와 싸우려 드는 동물은 없었다.

"나는 서쪽 성벽으로 가서 비탈을 타고 미끄러져 내려가겠네. 설마 내 등으로 수백 마리가 공격해 오진 않겠지. 하지만…."

카아가 낮은 목소리로 속삭이자 바기라가 말했다.

"알았어. 발루가 있다면 더 좋겠지. 일단 우리 둘이 하는 데까지 해 보자고. 난 달이 구름 뒤로 숨으면 테라스로 갈 거야. 반다로그들이 모글리를 두고 회의를 하나 봐."

"풍성한 사냥이 되기를."

카아가 진지하게 말한 뒤 서쪽 성벽으로 소리 없이 기어갔다. 그런데 그쪽은 별로 허물어지지 않아서 몸집이 큰 카아는 성벽을 타고 올라갈 수 있는 길을 찾느라 한참을 헤맸다. 이어 구름이 달을 가리자 바기라도 조용히 테라스로 다가갔다.

모글리는 이제 어떻게 하면 좋을지 곰곰 생각하다가 테라스에 사뿐히 내려선 바기라의 발소리를 바로 알아챘다. 검은 표범은 쥐도 새도 모르게 비탈을 타고 올라와 곧장 모글리 주위를 몇십 겹씩 둘러싸고 있는 원숭이들 틈으로 뛰어들어 앞발을 좌우로 휘둘렀다. 바기라는 현명하게도 원숭이들을 물어뜯는 데 시간을 쓰면 안 된다는 것을 잘 알고 있었다. 공포와 분노에 찬 비명이 사방에 울려 퍼졌다.

바기라가 발밑에서 구르던 원숭이들에 걸려 넘어지려던 찰나, 한 원숭이가 외쳤다.

"한 놈밖에 없어! 어서 죽여!"

원숭이 무리는 바기라를 둘러싼 채 물고 할퀴며 점점 옥죄어 왔다. 그사이 원숭이 대여섯 마리가 모글리를 끌고 정자 벽 위로 올라가 무너진 지붕의 구멍 아래로 떨어뜨렸다. 모글리는 약 5미터 높이에서 떨어졌는데, 사람들 손에 자랐다면 아마 크게 다쳤을 것이다. 하지만 발루한테 낙법을 배운 덕에 무사히 착지할 수 있었다.

"네 친구를 해치울 때까지 여기서 기다려. 나중에 놀아 주지. 물론 독사들이 널 살려 준다면 말이야."

모글리는 재빨리 뱀의 말로 신호를 보냈다.

"너와 나, 우리는 한 핏줄을 가진 형제다."

그러자 너저분한 폐허 더미 속에서 쉭쉭 소리, 뱀이 스르르 기어가는 소리가 들려왔다. 인도는 폐허마다 뱀들이 들끓었는데, 이 낡은 정자에도 코브라들이 살고 있었다.

모글리가 다시 한번 뱀의 말을 외치자, 뱀 대여섯 마리가 나직한 목소리로 말했다.

"모두 머리를 숙여라! 그리고 어린 형제여, 그대로 서 있어라. 안 그러면 우리가 네 발에 밟혀 다칠 수도 있으니까."

모글리는 숨을 죽인 채 격자 장식 틈새로 밖을 내다보며 귀를 기울였다. 바기라와 반다로그들의 격렬한 싸움 소리, 원숭이들이 고함치고 끽끽거리는 소리, 서로 뒤엉켜 치고받는 소리가 연이어 들려왔다. 바기라가 뒷걸음질치다가 다시 원숭이들을 공격하고, 몸을 비틀어 돌진하면서 거칠게 내뱉는 쉰 기침 소리도 들렸다. 바기라는 생전 처음으로 목숨을 걸고 온 힘을 다해 싸우고 있었다.

'발루도 분명 이 근처에 있을 거야. 바기라 혼자 왔을 리 없어.'

모글리는 그렇게 생각하고는 크게 소리쳤다.

"바기라, 어서 물 저장고로 굴러가. 물속으로 뛰어들어!"

바기라는 모글리가 무사하다는 것을 알게 되자 기운이 솟았다. 바기라는 죽을힘을 다해 조용히 한 걸음씩 물 저장고 쪽으로 움직였다. 바로 그때 정글 쪽에 가장 가까운 성벽에서 발루가 사냥할 때 외치는 소리가 들렸다. 늙은 곰 발루는 있는 힘을 다해 달렸지만 이제야 겨우 도착한 것이다.

"바기라, 내가 왔어! 얼른 올라갈게. 어이쿠, 돌멩이 때문에 너무 미끄럽군! 자, 이제

발루가 나가신다. 기다려라, 못된 반다로그들아!"

발루가 헐떡이며 테라스로 올라서자, 원숭이들이 한꺼번에 몰려들어 발루의 머리끝까지 덮어 버렸다. 하지만 발루는 철퍼덕 주저앉더니 원숭이들을 가능한 한 최대로 끌어안고는 외륜선의 바퀴 프로펠러가 휙휙 돌아가며 물살을 치듯이 앞발로 퍽퍽 후려치기 시작했다. 그때 풍덩 하는 소리가 났다. 모글리는 바기라가 원숭이들에게서 벗어나 물 저장고로 도망친 것을 알았다. 바기라가 물 위로 고개를 내밀고 가쁜 숨을 몰아쉬자, 붉은 계단 위에 세 겹으로 늘어선 원숭이들이 성을 내며 팔짝팔짝 뛰었다. 그러면서 바기라가 발루를 도우러 물 밖으로 나오기만을 별렀다.

조금 뒤 바기라가 물이 뚝뚝 떨어지는 턱을 치켜들더니 "너와 나, 우리는 한 핏줄을 가진 형제다!"라고 절망적으로 외치며 뱀들에게 신호를 보냈다. 바기라는 카아가 겁을 먹고 도망친 줄 알고 너무 막막한 나머지 그렇게 한 것이다. 테라스에서 원숭이들한테 둘러싸여 싸우던 발루마저 바기라의 구원 요청에 키득키득 웃음을 터뜨렸다. 그때 카아는 서쪽 성벽을 겨우 넘었는데 몸이 꼬인 채 그만 바닥으로 떨어지고 말았다. 그 바람에 성벽 꼭대기의 돌들이 무너져 내려 도랑에 박혔다. 마침내 땅에 내려온 카아는 유리한 지점을 놓친 것은 전혀 신경 쓰지 않고, 몸이 무사한지 확인하려고 한두 번 똬리를 틀었다 풀었다 했다. 그러는 동안에도 발루는 원숭이들과 치열하게 싸우고 있었고, 바기라를 둘러싼 원숭이들은 물 저장고 가장자리에서 꽥꽥 소리를 질러 댔다.

박쥐 망은 이 엄청난 싸움 소식을 온 정글에 퍼뜨렸다. 그러자 코끼리 하티가 뿌우우 하고 울었고, 멀리 흩어져 있던 원숭이들이 자신의 종족을 돕기 위해 나무를 타고 차가운 소굴로 달려왔다. 싸움 소리는 멀리 떨어진 곳의 새들까지 잠에서 깨울 정도로 엄청났다.

카아는 얼른 사냥을 하고 싶어서 재빨리 움직였다. 비단뱀의 강력한 무기는 온몸의 무게와 힘을 실은 머리로 적을 후려치는 것이다. 카아가 싸우는 광경은 무게가 500킬로그램쯤 되는 망치, 철퇴, 창을 능숙하게 휘두르는 모습을 떠올리면 된다. 길이가 최대 1.5미터에 달하는 비단뱀은 명치만 제대로 때리면 사람도 단번에 쓰러뜨릴 수 있는데, 카아는 길이가 무려 9미터나 되었다. 카아는 먼저 발루를 에워싼 원숭이들 사이로 스르르 뛰어들었다. 소리 없이 불시에 쳐들어가자 두 번째 공격은 할 필요도 없었다. 원숭이들은 깜짝 놀라서 미친 듯이 소리 지르며 흩어졌다.

"카아다! 도망쳐! 어서 도망쳐!"

원숭이들은 새끼들이 말을 듣지 않으면 카아 이야기를 들려주어 겁을 주고 얌전하게 만들곤 했다. 카아는 이끼가 자라듯이 소리 없이 나무를 타고 와 제아무리 힘센 원숭이라도 쉽게 잡아간다고 했다. 가장 지혜로운 원숭이도 죽은 나뭇가지나 썩은 그루터기인 척 위장한 카아에게 속아 잡아먹힌다고도 했다. 원숭이들은 그만큼 카아를 두려워했다. 누구도 카아의 힘이 얼마나 센지 몰랐고, 누구도 카아의 눈을 똑바로 보지 못했으며, 누구도 카아의 몸에 휘감기면 살아남지 못했다.

원숭이들은 겁에 질려 찍소리도 못한 채 지붕과 성벽을 타고 꽁무니를 내뺐다. 발루는 그제야 안도의 한숨을 내쉬며 마음을 놓았다. 발루의 털가죽은 바기라보다 훨씬 두꺼웠지만 원숭이들과 싸우다 꽤 깊은 상처를 입었다.

카아가 처음으로 길게 쉭쉭 소리를 냈다. 그러자 부리나케 도망치던 원숭이들과 차가운 소굴을 지키던 원숭이들 모두 그 자리에서 얼어붙었다. 올라타고 있던 나뭇가지가 휘어져 부러져도 꼼짝 못 했다. 성벽 위나 빈집으로 도망간 원숭이들도 끽끽 소리를 멈추었다. 그렇게 온 도시가 정적에 잠겼을 때 바기라가 물 저장고에서 나와 몸을 터는 소리가 들리자 또다시 떠들썩한 소동이 시작되었다. 원숭이들은 성벽으로 뛰어오르거나, 석상에 매달려서 꽥꽥 비명을 지르기도 하고, 흙벽 위를 껑충껑충 뛰어다녔다.

모글리는 정자에 갇힌 채 격자 장식 틈으로 밖을 내다보며 춤을 추었고, 앞니 사이로 부엉이 소리를 내며 원숭이들을 비웃었다.

"모글리를 꺼내 줘. 난 더는 못 하겠어. 모글리를 데리고 어서 이곳에서 빠져나가자. 원숭이들이 또 공격해 올지 몰라."

바기라가 숨을 헐떡이며 말했다.

그러자 카아가 의기양양하게 외쳤다.

"저놈들은 내가 명령하기 전엔 꼼짝 못 할걸. 거기, 모두 가만있어!"

도시가 이내 쥐 죽은 듯이 조용해지자 카아가 바기라를 보며 덧붙였다.

"바기라, 난 온 힘을 다해 빨리 왔어. 그런데 자네가 날 부르는 소리를 어렴풋이 들은 것 같아."

그러자 바기라가 말을 더듬거렸다.

"아, 그게…. 싸우느라 나도 모르게 아무 말이나 튀어나왔던 것 같아. 그런데 발루, 괜찮은 거야?"

"놈들이 어찌나 세게 당기던지 내 몸이 새끼 곰 백 마리한테 갈가리 찢기는 줄 알았어. 카아 덕분에 살았지."

발루는 심각한 얼굴로 다리를 흔들어 보이고는 말을 이었다.

"별것 아니야. 그런데 사람의 새끼는 어디 있지?"

"여기야! 아직 함정에 갇혀 있어. 나 혼자선 못 나가."

모글리가 부서진 둥근 지붕 아래에서 외쳤다.

이어 모글리 옆에 있는 코브라들이 볼멘소리를 했다.

"제발 데려가. 공작새 마오처럼 자꾸 뛰어서 이러다 우리 새끼들이 밟혀 죽겠어."

그러자 카아가 웃으며 대꾸했다.

"하하! 사람의 새끼는 어디를 가든 친구가 있군. 모글리, 뒤로 물러서. 그리고 독뱀들, 어서 숨어. 이제 벽을 무너뜨릴 거야."

카아는 벽을 찬찬히 살피더니 대리석 격자 장식에서 색이 바래고 쩍쩍 갈라진 부분을 찾아냈다. 이어 거리를 가늠하려고 머리로 가볍게 몇 번 톡톡 친 다음 몸을 2미터쯤 일으켜 세웠다. 그러고는 머리에 온 힘을 실어 벽을 여러 번 내리쳤다. 그러자 격자 장식이 부서지면서 흙먼지가 뿌옇게 피어올랐다. 모글리는 뚫린 구멍을 통해 밖으로 펄쩍 뛰어나와 발루와 바기라한테 달려가서는 둘의 굵은 목을 양팔로 감싸 안았다. 발루도 모글리를 부드럽게 안았다.

"다친 데는 없어?"

"약간 멍이 들긴 했지만 괜찮아. 그냥 온몸이 쑤시고 배가 고파. 아, 그런데 원숭이들이 너희를 아프게 했구나! 피가 나."

"저놈들도 마찬가지야."

바기라가 테라스와 물 저장고 주위에 널린 원숭이 사체들을 쳐다보면서 입가를 쓱 핥았다.

"아, 네가 무사해서 다행이야. 내 자랑스런 작은 개구리!"

발루가 조금 훌쩍거리자 바기라가 냉정하게 말했다.

"그런 얘기는 나중에 하지."

모글리는 바기라의 말에 왠지 서운했다.

"카아 덕분에 싸움에서 이겼고 목숨도 건졌어. 관습에 따라 카아한테 감사하다고 말하거라, 모글리."

모글리가 돌아보니 거대한 비단뱀이 30센티미터 위에서 머리를 흔들고 있었다.

"네가 사람의 새끼군. 가죽이 보드랍고, 반다로그랑 닮았어. 내가 허물을 벗는 날에 널 만나면 원숭이로 착각할 수도 있겠다. 조심해라."

카아가 말했다.

"당신과 나, 우리는 한 핏줄을 가진 형제예요. 오늘 내 목숨을 구해 주었으니 당신이 배가 고프면 내 먹잇감을 줄게요."

모글리의 인사에 카아가 눈을 반짝이며 말했다.

"고맙군. 이 용감한 녀석이 무엇을 사냥할지 궁금한걸? 다음 사냥 때 내가 따라가도 될까?"

"난 너무 어려서 아무것도 못 잡아요. 하지만 염소를 잡을 수 있게 몰아 줄 순 있죠. 배고플 때 나한테 와요. 그럼 내 말이 사실이라는 걸 알게 될 거예요. 그리고 난 손을 잘 써요. 당신이 만약 덫에 걸리면 오늘 신세 진 빚을 갚을 수 있을 거예요. 발루나 바기라도 마찬가지고. 모두 풍성한 사냥이 되기를!"

발루는 모글리의 인사가 마음에 쏙 들어서 마음이 흐뭇했다.

다음 순간, 비단뱀 카아가 모글리의 어깨 위에 머리를 살짝 기댔다.

"용감한 심장과 공손한 혀를 가졌군. 그건 네게 큰 도움이 될 거다. 친구들과 어서 여기를 떠나거라. 곧 달이 지면 네가 보아선 안 될 일이 일어날 테니까."

어느새 달이 산 너머로 지고 있었다. 성벽과 흉벽 위에 줄지어 선 채 바르르 떨고 있는 원숭이들이 너덜너덜한 넝마 조각처럼 보였다. 발루는 물을 마시려고 물 저장고로 내려갔고, 바기라는 털을 다듬기 시작했다. 카아가 테라스 한가운데로 미끄러져 들어가 턱을 딱 하고 부딪히자 원숭이들이 일제히 카아를 쳐다보았다.

"달이 지는군. 아직은 달빛에 앞이 보이나?"

카아가 말했다.

성벽 위에서 나무 꼭대기에 부는 바람 같은 신음 소리가 났다.

"보입니다, 카아 님."

"좋아, 이제 굶주린 카아의 춤을 시작하지. 얌전히 앉아서
구경하거라."

카아는 머리를 양쪽으로 흔들면서 두어 번 크게 원을 그
리며 돌았다. 이어 8자 모양으로 똬리를 틀더니 다시 몸
을 풀어 삼각형, 사각형, 오각형 모양으로 만들었다. 그러
다 콧노래를 흥얼거리면서 느긋하게 거대한 몸뚱이를 돌
돌 말아 산더미처럼 쌓아 올렸다. 카아는 결코 서두르지 않
았고, 낮게 웅얼거리는 노래도 멈추지 않았다. 이내 사방에
어둠이 깔리자 똬리를 트는 뱀의 몸뚱이가 보이지 않았다. 하
지만 비늘이 스치는 소리는 끊임없이 들려왔다.

발루와 바기라는 갈기를 세운 채 으르렁거리며 돌덩이처럼 서 있
었다. 모글리도 눈을 휘둥그레 뜬 채 카아의 춤을 숨죽여 가만히 지켜보았다.

곧이어 카아가 우렁차게 외쳤다.

"반다로그들아, 내 명령 없이 손발을 움직일 수 있나? 대답하라!"

"당신이 명령하지 않으면 조금도 움직일 수 없습니다. 카아 님!"

"좋다! 모두 내게 한 걸음씩 가까이 오라."

원숭이들은 쭈뼛거리며 앞으로 걸어갔고, 발루와 바기라도 마지못해 걸음을 옮겼다.

"더 가까이!"

카아가 쉭쉭거리자 모두 다시 움직이려는 찰나에 모글리가 발루와 바기라를 끌어당겼다. 둘은 꿈에서 막 깨어난 것처럼 정신을 차렸다.

"모글리, 내 어깨에 손을 올려 줘. 안 그러면 또 끌려갈 것 같아."

바기라가 속삭이자 모글리가 고개를 끄덕였다.

"카아는 그저 흙먼지를 일으키며 뱅글뱅글 돌 뿐이야. 어서 이곳을 떠나자."

셋은 성벽의 구멍을 통과해 재빨리 정글로 돌아갔다.

숲에 들어서자마자 발루가 부르르 떨며 말했다.

"후유! 다시는 카아랑 힘을 합치지 않을 거야."

"카아는 우리보다 아는 게 훨씬 많아. 조금만 늦었어도 난 아마 카아 입으로 들어갔을 거야."

바기라도 몸을 부르르 떨며 말했다.

"달이 다시 뜨기 전에 수많은 원숭이들이 카아 입으로 들어갈 거야. 카아만의 사냥 방식이지."

발루가 덧붙였다.

"다들 왜 그랬지? 그 뱀은 코가 다 까진 채 주위가 어두워지도록 바보처럼 빙빙 돌기만 하던걸. 하하!"

비단뱀의 최면술을 전혀 모르는 모글리가 낄낄대자 바기라가 성을 냈다.

"카아의 코가 까진 건 다 너 때문이야. 내 귀, 옆구리, 앞발이랑 발루의 목덜미, 어깨를 다친 것도 다 너 때문이고. 발루도 나도 한동안은 사냥할 수가 없어."

"그래도 네가 무사하니 됐어, 우리 자랑스런 개구리."

발루가 너그러운 목소리로 말했다.

"하지만 모글리 때문에 우린 얼마 동안 사냥을 제대로 못 한다고. 여기저기 상처투성이

고 털도 많이 빠졌어. 등의 털은 반쯤 뽑혔을걸? 무엇보다 내 명예가 땅에 떨어졌어. 검
은 표범인 내가 카아한테 도움을 청하다니…, 이건 다 너를 위해 그런 거야. 잊지 마.
발루와 내가 춤추는 카아에게 정신을 홀린 것도 다 네가 반다로그들이랑 어울려서 벌
어진 일이야."

"그래, 맞아. 나는 못된 사람의 새끼야. 그래서 내 배도 꼬르륵 소리를 내며 슬퍼해."
모글리가 풀 죽은 목소리로 말하자, 바기라가 나섰다.

"흠, 정글의 법칙에 이럴 땐 어떡하라고 나와 있지, 발루?"

발루는 모글리에게 벌을 주고 싶지 않았지만 정글의 법칙을 바꿀 수 없어 쭈뼛쭈뼛 대
답했다.

"슬프다고 벌을 안 받을 순 없지. 그런데 바기라, 이 아이는 아직 어려."

"알지. 하지만 분명 잘못했으니 몇 대 맞아야 해. 모글리, 할 말 있니?"

"아니, 내가 잘못했어. 발루랑 너를 다치게 했으니 벌을 받는 게 당연하지."

바기라는 사랑을 담아 모글리를 여섯 대 살짝 때렸다. 그 정도로는 잠자는 새끼 표범도
깨우지 못할 테지만, 일곱 살짜리 아이한테는 꽤 매서웠다. 모글리는 매를 다 맞자 재채
기를 한 뒤 조용히 일어났다.

그러자 바기라가 모글리에게 등을 내밀며 말했다.

"어린 형제여, 내 등에 올라타. 집에
가자."

정글의 법칙에는 한 가지 미덕이
있었는데, 벌을 받으면 그걸로
모두 끝이라는 것이다. 나중에
또다시 잔소리하는 일은 없었다.
모글리는 바기라의 등에서 깊은
잠에 빠졌다. 바기라가 엄마 늑대
옆에 내려놓을 때까지도 깨지 않았다.

반다로그의 행진 노래

우리는 꽃줄을 타고 날아간다.
우리를 시샘하는 달에 닿을 때까지.
날쌘 우리가 부럽지?
너희도 손 같은 꼬리가 있으면 좋겠지?
너희 꼬리도 큐피드의 활처럼
멋지게 휘어지면 좋겠지?
화가 났구나. 하지만 어쩌겠어.
형제여, 네 꼬리는 축 늘어져 있으니!
우리는 나뭇가지에 줄지어 앉는다.

아름다운 것들만 생각하고
하고 싶은 일들만 꿈꾸지.
눈 깜짝할 순간이지만 완벽하다네.
숭고하고 위대하고 훌륭한 일들은
우리가 바라기만 하면 이루어지지.
또 깜빡했구나. 하지만 어쩌겠어.
형제여, 네 꼬리는 축 늘어져 있으니!

우리는 들은 이야기를 지껄인다.
박쥐나 짐승이나 새들이 들려준 것을.
털가죽이나 지느러미나 비늘이나 깃털에 대해.
부지런히 재빨리 재잘거려라, 모두 함께!
훌륭해! 멋져! 한 번 더 !
우리는 사람들처럼 말한다네!

정 글 북

사람인 척 흉내를 내지. 하지만 어쩌겠어.
형제여, 네 꼬리는 축 늘어져 있으니!
이것이 원숭이족의 방식이라네.

우리와 함께 줄지어
소나무 사이를 뛰어다니자.
포도나무 줄기를 타고 날아오르자.
우리의 요상한 장난,
우리의 고상한 소음들로
언젠가는 반드시 훌륭한 일을 해낼 거야!

호랑이! 호랑이!

용감한 사냥꾼이여, 사냥은 어떻게 되었나?
형제여, 오랫동안 추위를 참으며 지켜보았다.
네가 잡으려는 사냥감은 대체 무엇인가?
형제여, 사냥감은 정글에서 풀을 뜯고 있다.
너의 자랑스러운 힘은 어디에 있나?
형제여, 그 힘은 내 옆구리에서 나온다.
어디로 가려고 그렇게 서두르는가?
형제여, 나는 죽음을 맞으러 내 굴로 간다.

이제 첫 번째 이야기로 돌아가자. 모글리는 회의 바위에서 늑대 무리와 싸움을 벌인 뒤 늑대 굴을 떠나 사람들이 사는 경작지로 내려갔다. 하지만 그곳은 정글과 너무 가까워서 늑대 무리와 적이 된 모글리에게 위험했다. 그래서 모글리는 속도를 유지하며 거친 길을 따라 골짜기를 30킬로미터쯤 걸어 내려가 낯선 땅에 도착했다. 골짜기를 벗어나니 바위

들이 점점이 박혀 있는 들판이 드넓게 펼쳐지다가 다시 가장자리에서 험하고 좁은 골짜기들이 이어졌다. 들판 한쪽 끝에 작은 마을이 보였고, 맞은편 끝 목초지는 울창한 정글과 연결되어 있었다. 정글과 목초지의 경계는 괭이로 단번에 자른 것처럼 뚜렷했다. 들판 곳곳에서는 소와 물소가 풀을 뜯고 있었다. 소를 몰던 아이들은 모글리가 들판에 나타나자 비명을 지르며 곧장 달아났고 인도 어디서나 볼 수 있는 누런 들개들이 한꺼번에 짖어 댔다. 모글리는 배가 너무 고파서 걸음을 재촉했는데 마을 입구인 커다란 문 앞에서 큼직한 가시덤불을 보았다. 낮에 한쪽으로 치워 두었다가 해 질 녘이면 다시 가져와 마을 문 앞을 막아 놓은 것이었다.

모글리는 밤에 먹을 것을 찾아 마을로 내려왔을 때 덤불을 몇 번 뛰어넘은 적이 있어서 코웃음을 쳤다.

"흥, 여기 사람들도 정글 동물을 무서워하는군."

모글리는 어느 집 문 앞에 앉아 있다가 남자가 나오자 벌떡 일어났다. 그러고는 먹을 것을 원한다는 뜻으로 입을 벌리고 그 안을 가리켰다. 남자는 깜짝 놀라서 모글리를 쳐다보다가 승려를 부르며 뛰어갔다. 얼마 뒤 몸이 크고 뚱뚱한 승려가 이마에 노란색과 빨간색 표시를 하고 흰옷을 입은 모습으로 마을 어귀에 나왔다. 승려 뒤로는 백 명쯤 되는 사람들이 몰려와 모글리를 뚫어지게 살피고 손가락질하며 수군거렸다.

'사람들이 예의가 없군. 꼭 회색 원숭이들 같아.'

모글리는 긴 머리카락을 쓸어 넘기며 사람들에게 인상을 찌푸렸다.

"무서워할 거 없소. 팔다리에 난 상처는 늑대한테 물린 자국이 분명하오. 정글에서 달아난 늑대 소년이 맞을 거요."

승려가 덤덤하게 말했다.

늑대 새끼들이 놀다가 실수로 모글리를 세게 물 때가 있었다. 그래서 팔다리가 늘 하얀 흉터투성이였는데, 정작 모글리는 물렸다고 생각하지 않았다. 늑대한테 제대로 물리면 어떻게 되는지 잘 알기 때문이었다.

"저런! 늑대한테 물리다니, 가엾어라! 그런데 참 잘생겼네. 눈이 타오르는 불꽃 같아. 메수아, 아무래도 호랑이한테 물려 간 당신 아들 같아."

여인 두셋이 부산을 떨자, 구리 발찌와 팔찌를 찬 여인이 앞으로 나왔다.

"어디 봐요. 음…, 그런 것도 같고 아닌 것도 같네요. 많이 마르긴 했지만 우리 아들을 쏙 빼닮았군요."

메수아가 모글리를 만지며 계속 살폈다. 그 순간 현명한 승려는 메수아의 남편이 마을에서 가장 부자라는 사실을 떠올렸다.

그는 잠시 하늘을 올려다보더니 엄숙하게 말했다.

"자매여, 정글이 빼앗아 간 것을 되돌려 준 게 분명하오. 아이를 집으로 데려가시오. 그리고 인간의 삶을 꿰뚫어 보는 승려를 늘 공경하시오."

'내 목숨을 구해 준 수소를 걸고 맹세하건대, 사람의 회의도 동물들의 방식과 크게 다르지 않군! 내가 정말 사람이라면 진짜 사람이 되어야겠어.'

모글리가 그렇게 생각하는 사이 사람들이 뿔뿔이 흩어졌다. 메수아는 모글리에게 집으로 가자고 손짓했다. 메수아의 오두막에는 빨간 옻이 칠해진 침대와 우스꽝스런 무늬가 새겨진 커다란 토기, 구리 냄비 대여섯 개가 있었다. 작은 받침에는 힌두 신상이 놓여 있었고, 벽에는 시골 장터에서 싸게 살 수 있는 거울이 걸려 있었다. 그 거울은 실제 모습을 훤히 비춰 주었다.

메수아는 모글리에게 우유와 빵을 준 뒤 모글리의 머리에 손을 얹고 눈을 빤히 보았다. 그러면서 호랑이한테 물려 간 아들이 정말 살아 돌아온 건지도 모른다고 생각했다. 하지만 메수아가 "나투, 나투!" 하고 이름을 불러도 모글리는 멀뚱히 바라볼 뿐이었다.

"새 신발을 사 주었던 날 기억하니? 그런데 신발을 한 번도 못 신은 발 같구나. 하지만 넌 내 아들 나투를 많이 닮았어. 내 아들이 되려무나."

메수아가 뿔처럼 딱딱한 모글리의 발을 만지며 슬픈 목소리로 말했다.

모글리는 한 번도 지붕 밑에서 지낸 적이 없었기 때문에 몹시 불편했다. 그러다 우연히 짚을 엮어 만든 초가지붕이어서 마음만 먹으면 언제든 뚫고 나갈 수 있다는 것과 창문에 잠금 장치가 없다는 사실을 알게 되었다.

'그런데 사람의 말을 못 알아들으니 사람이라 할 수가 없군. 난 지금 정글에 처음 온 사람처럼 바보, 귀머거리나 마찬가지야. 얼른 사람의 말을 배워야지.'

모글리는 늑대들과 지낼 때 수사슴 소리와 멧돼지들의 꿀꿀 소리를 따라 하곤 했는데, 그 덕분에 메수아가 낱말을 말하면 거의 정확하게 따라 할 수 있었다. 해 질 무렵이 되자

모글리는 오두막 안에 있는 물건의 이름을 꽤 많이 알게 되었다.

그런데 한 가지 문제가 있었다. 꼭 표범을 잡는 덫처럼 생긴 오두막에서는 도통 잠을 잘 수가 없었다. 그래서 모글리는 메수아가 문을 닫으면 창문으로 빠져나가기 일쑤였다.

"내버려 둡시다. 침대를 안 써 봐서 낯설겠지. 정말 우리 아들이 맞다면 도망가진 않을 거요."

메수아의 남편이 말했다.

모글리는 그 덕에 들판 가장자리의 깨끗한 풀밭에서 잠을 잘 수 있었다. 그런데 눈을 감기도 전에 부드러운 잿빛 코가 모글리의 턱을 간지럽혔다. 늑대 형제의 맏이였다.

"훗! 30킬로미터나 따라왔는데 겨우 이런 모습이라니. 너한테 장작 냄새, 가축 냄새가 나. 벌써 사람이 다 되었나 봐. 일어나, 모글리. 한 가지 전할 소식이 있어."

"모두 잘 지내?"

모글리가 잿빛 형제를 껴안으며 물었다.

"붉은 꽃에 다친 늑대들 빼고는 다 잘 있지. 시어 칸은 먼 곳으로 떠났어. 털이 심하게 탔는데 다 자라면 돌아온대. 그때 네 뼈를 와인궁가 강가에 묻겠다고 맹세했어."

"나도 약속한 게 있으니 이제 맹세가 두 개가 되었군. 어쨌든 새 소식을 들으니 좋네. 그런데 오늘 새로운 것을 많이 접해서 아주 피곤해. 그래도 새 소식은 계속 전해 줘."

"네가 늑대라는 거 잊지 않을 거지? 사람들이 그 사실을 잊게 하면 어쩌지?"

잿빛 형제가 걱정스럽게 물었다.

"절대 잊지 않아. 나는 우리 늑대 식구들을 영원히 잊지 않고 사랑할 거야. 무리에서 쫓겨난 일도 늘 기억할 거고."

"하지만 모글리, 사람 무리에서도 쫓겨날 수 있어. 사람은 사람일 뿐이야. 그들의 말은 꼭 연못에 사는 개구리들의 말 같더라. 다음에 다시 널 찾아오면 목초지 끝의 대나무 숲에 있을게."

그 뒤 석 달 동안 모글리는 사람의 관습과 방식을 배우느라 마을 밖으로 나갈 틈이 거의 없었다. 무엇보다 옷을 입어야 했는데, 모글리는 끔찍할 만큼 거추장스러웠다. 그다음 돈에 대해 배웠지만 도무지 이해가 안 되었고 밭갈이도 대체 무슨 쓸모가 있는지 알 수 없었다. 또 아이들 때문에 화가 나기도 했다. 그나마 정글의 법칙 덕분에 감정을 다스리는 걸

익힌 게 천만다행이었다. 정글에서는 화를 잘 참아야만 목숨과 먹이를 지킬 수 있었다. 하지만 모글리는 놀이를 할 줄 모르고, 연을 날릴 줄 모르고, 발음을 잘 못한다고 놀림받을 때마다 아이들을 두 쪽으로 부러뜨리고 싶었다. 하지만 털도 없는 어린 새끼를 죽이는 건 수치스러운 일이어서 꾹 참았다.

모글리는 자신의 힘이 얼마나 센지 몰랐다. 정글에서는 다른 동물들에 비해 허약한 줄 알았는데, 사람들은 모글리한테 황소처럼 힘세다고 말했다. 또 모글리는 두려움이 무엇인지도 잘 몰랐다. 한번은 승려가 모글리에게 자신의 망고를 먹으면 신이 노할 거라고 경고했다. 그러자 모글리는 신상을 승려 집에다 냅다 던지고는 신을 화나게 해 보라고, 신과 싸우겠다고 말했다. 그 일은 마을 사람들에게 큰 충격을 주었는데, 정작 승려는 그 사실을 재빨리 덮으려 했다. 그 대가로 메수아의 남편은 신을 달래기 위해 엄청난 은을 바쳐야 했다.

모글리는 사람들 사이에 계급이 있다는 것도 이해하기 어려웠다. 한번은 옹기장이의 당나귀가 진흙 구덩이에 빠졌을 때 모글리가 당나귀의 꼬리를 붙들어 꺼내 주었다. 또 시장에 내다 팔 옹기들을 함께 싣고 날라 주었다. 그런데 그 일도 마을에 큰 파장을

불러일으켰다. 아주 천한 옹기장이와 그의 당나귀를 도와주었기 때문이다. 승려가 그 일을 나무라자 모글리는 오히려 승려를 당나귀 위로 던지겠다고 소리쳤다. 승려는 메수아의 남편에게 하루라도 빨리 모글리에게 일거리를 주라고 말했다. 그래서 다음 날부터 모글리는 물소 떼를 몰고 나가 풀을 뜯기고 망을 보게 되었다. 그러자 누구보다 기뻐한 것은 바로 모글리였다.

일을 맡게 된 모글리는 그제야 마을의 한 일원으로 인정받게 되었다. 그래서 매일 밤 거대한 무화과나무 아래의 석수장이 일터에서 열리는 모임에도 참석할 수 있었다. 그곳은 마을의 온갖 이야기를 다 꿰고 있는 이발사, 마을을 대표하는 촌장, 마을을 순찰하는 야경꾼, 구식 총을 가진 사냥꾼 불데오 노인 등 많은 사람들이 모여 담배를 피우며 이야기를 나누는 자리였다. 나무 위에서는 원숭이들이 재잘거리고, 석수장이의 작업대 아래 굴속에는 코브라가 살고 있었다. 마을 사람들은 그 코브라를 매우 신성하게 여겨 밤마다 접시에 우유를 담아 그 앞에 바쳤다.

노인들은 무화과나무 주위에 둘러앉아 밤이 깊도록 신과 사람, 유령이 나오는 신기한 이야기를 하면서 커다란 후카(수연통, 연기가 물을 거쳐서 나오게 만든 담뱃대)를 빨았다. 특히 불데오 노인은 멀찌감치 떨어져 앉은 아이들의 눈이 휘둥그레질 만한 이야기를 해 주었다. 그 이야기는 마을이 정글 코앞에 있어서인지 주로 정글 동물에 관한 것이었다. 사슴과 멧돼지가 농작물을 뿌리째 파헤치고, 해 질 녘이면 이따금씩 호랑이가 마을 어귀에 나타나 사람들을 잡아간다는 이야기였다.

모글리는 정글의 동물들을 정확히 알고 있었기에 자꾸 새어 나오는 웃음을 들키지 않으려고 얼굴을 가렸다. 불데오 노인이 구식 총을 무릎에 올려놓은 채 주제를 바꿔 가며 이야기를 늘어놓을 때는 어깨까지 들썩거리며 몰래 깔깔거렸다. 불데오 노인은 메수아의 아들을 물고 간 그 호랑이에게 몇 년 전에 죽은 못된 고리대금업자의 유령이 붙었다고 떠벌렸다.

"분명해. 그 고리대금업자 푸룬 다스는 폭동 때 장부가 홀랑 타자 그 충격으로 다리를 절었는데, 그 호랑이도 똑같이 절름발이거든. 그놈 발자국이 고르지 않은 것만 봐도 알 수 있지."

"그래, 틀림없구먼."

수염이 하얀 노인들이 일제히 고개를 끄덕이며 말했다.

그러자 모글리가 참지 못하고 대화에 끼어들었다.

"그건 누군가가 지어 낸 엉터리예요. 그 호랑이는 날 때부터 절름발이였어요. 모두가 다 아는 얘기죠. 자칼보다도 겁이 많은데 고리대금업자의 유령이 씌었다니, 정말 너무 유치하네요."

불데오 노인은 깜짝 놀라 할 말을 잃었고, 마을 촌장도 어안이 벙벙한 얼굴이었다.

"오! 네가 정글에서 왔다는 그 녀석이로구나? 그렇게 잘 알면 그놈 가죽을 벗겨 카니와라 시장에 가져가 보렴. 정부에서 그 호랑이 목에 상금 100루피를 걸어 놓았거든. 그리고 꼬마야, 어른들 말씀하실 때는 함부로 끼어드는 게 아니야. 저리 버르장머리가 없어서야, 원."

불데오 노인이 말했다.

그러자 모글리가 자리에서 박차고 일어서더니 어깨 너머로 소리쳤다.

"저녁 내내 여기 앉아서 다 들었는데, 한두 가지를 빼면 정글 이야기는 죄다 엉터리예요. 마을 코앞에 있는 정글에 관한 것도 그런데, 유령이나 신 이야기를 대체 어떻게 믿으라는 거예요?"

불데오 노인은 모글리가 건방지게 굴자 잔뜩 약이 올라 얼굴이 붉으락푸르락했다. 그러자 마을 촌장이 불데오 노인을 말리면서 모글리에게 한마디 했다.

"얘야, 내일 아침 일찍 소 떼를 몰고 나가려면 그만 가서 자야지."

인도에서는 보통 사내아이들이 이른 아침에 소 떼와 물소 떼를 몰고 나가 풀을 먹이다가 밤 늦게 돌아오곤 했다. 소들은 백인 남자를 밟아 죽일 수 있을 만큼 위험했지만, 소들 코에 닿지도 않는 키 작은 아이들은 안전했다. 아무리 소리치고 때리고 겁을 줘도 아이들은 공격하지 않았다. 꽃을 따거나 도마뱀을 잡겠다고 소 떼에서 떨어져 나갔다가 오히려 호랑이한테 물려 가는 안타까운 일이 벌어지곤 했다.

다음 날 아침, 모글리는 덩치가 가장 큰 대장 물소 '라마'를 타고 마을 거리를 지나갔다. 이어 등 쪽으로 뻗은 긴 뿔과 사나운 눈빛을 가진 회청색 물소 떼가 하나둘 외양간에서 나와 모글리 뒤를 줄지어 따라왔다. 어느새 모글리는 같이 다니는 목동들 사이에서 대장으로 군림하고 있었다. 모글리는 반질거리는 긴 대나무로 물소들을 몰면서, 카마야한

테 자기는 물소들을 몰고 갈 테니 그사이 소 떼에게 풀을 먹이고 멀리 떨어지지 말라고 주의를 주었다.

인도의 목초지에는 바위와 덤불, 풀숲, 골짜기 들이 여기저기 많아서 소들이 길을 잃는 경우가 많았다. 물소들은 보통 연못이나 진흙탕에 모여 몇 시간이고 뒹굴거나 따스한 진흙 속에서 햇볕을 쬐었다. 모글리는 물소들을 몰고 와인궁가강이 흐르는 들판의 가장자리로 갔다. 그런 다음 라마 등에서 얼른 뛰어내려 대나무 숲으로 가 잿빛 형제를 만났다.

"여기서 며칠 동안 널 기다렸어. 그런데 왜 이 가축들을 모는 거야?"

잿빛 형제가 물었다.

"어른들 명령이야. 당분간 마을의 목동 노릇을 해야 해. 그런데 시어 칸은 지금 뭐 하고 있어?"

모글리가 말했다.

"아, 시어 칸이 돌아왔어. 그리고 이 마을 근처까지 와서 널 계속 기다렸어. 그런데 먹잇감이 너무 적어서 다시 가 버렸지. 널 죽이겠다며 벼르고 있어.”

“잘됐네. 시어 칸이 없는 동안은 너나 다른 형제들 가운데 아무나 이 바위에 앉아 있어 줘. 그래야 내가 마을 밖으로 나왔을 때 볼 수 있으니까. 그리고 시어 칸이 돌아오면 들판 한가운데에 있는 다크나무 옆 골짜기에서 기다려. 우리가 시어 칸의 입안으로 걸어 들어갈 필요는 없잖아?”

모글리는 잿빛 형제와 헤어진 뒤 물소들에게 풀을 뜯겼다. 그러고는 그늘 아래에서 낮잠을 잤다.

인도에서 소 떼를 모는 일은 아마 세상에서 가장 한가한 일 가운데 하나일 것이다. 소들은 한가로이 돌아다니며 풀을 뜯다가 그 자리에 가만히 엎드렸고, 그러다 다시 풀을 뜯으러 나섰다. 소들은 음매 소리 한 번 내지 않았다. 그저 나지막이 웅얼거릴 뿐이었다. 물소들은 거의 소리를 내지 않았는데, 차례차례 진흙탕에 들어가 녹청색 눈과 코만 물 밖에 내놓은 채 아예 누워 통나무처럼 꼼짝도 하지 않았다.

뜨거운 햇볕이 내리쬐는 바위 위로 아물아물 아지랑이가 피어올랐다. 목동 아이들 눈에는 보이지도 않을 만큼 까마득히 높은 하늘에서 솔개 한 마리가 울어 댔다. 그러면 십중팔구 소나 물소가 죽은 것이었다. 곧이어 솔개가 기다렸다는 듯이 쏜살같이 땅으로 내려오면 그 모습을 멀리서 지켜보던 다른 솔개들도 바로 뒤따라 내려왔다. 결국 땅 위에서 죽어 가던 짐승은 순식간에 수십 마리의 굶주린 솔개들에게 둘러싸였다.

목동 아이들은 잠을 자다 깨다를 반복했다. 마른풀로 엮은 작은 바구니에 메뚜기를 잡아 담기도 하고, 사마귀 두 마리를 잡아 싸움을 붙이기도 했다. 검붉은 열매를 줄줄이 꿰어 목걸이도 만들었다. 바위 위에서 햇볕을 쬐는 도마뱀, 진흙탕 근처에서 개구리를 사냥하는 뱀을 구경하기도 했다.

목동들은 끝을 독특하게 떠는 긴 노래를 불렀다. 그 아이들은 자신들의 이런 하루가 보통 사람들의 평생보다 길다고 느꼈다. 아이들은 진흙으로 사람, 말, 물소 인형이나 성을 만들곤 했다. 특히 갈대를 손에 쥔 사람 인형을 왕이 된 자신의 군대로 삼거나, 자신은 신이 되고 인형은 신을 모시는 사람들로 만들어 한껏 으스대며 놀았다.

저녁이 되면 목동들은 소 떼를 불러 모았다. 그러면 물소들이 기관총처럼 요란한 소리를 내며 진흙탕 밖으로 몰려나왔다. 그러고는 아이들과 함께 줄지어 서 어둑한 들판을 지나 불빛이 반짝이는 마을로 돌아갔다.

　모글리는 매일 소 떼를 몰고 진흙탕으로 가 들판에서 2.5킬로미터쯤 떨어진 곳에 있는 잿빛 형제를 보며 시어 칸이 아직 돌아오지 않은 것을 확인했다. 모글리는 풀밭에 누워 물소 떼의 소리를 들으며 지난날 정글에서 지내던 시절을 떠올리곤 했다. 만약 시어 칸이 와인궁가강 근처의 정글에 앞발을 절름거리며 나타났다면, 모글리는 그 길고 조용한 시간에 분명 그 소리를 들었을 것이다.

　그러던 어느 날, 마침내 잿빛 형제가 들판에서 보이지 않았다. 모글리는 빙그레 웃고는 물소들을 몰아 붉은 꽃으로 뒤덮인 다크나무 옆 골짜기로 갔다. 그리고 그곳에서 털을 잔뜩 곤두세운 채 앉아 있는 잿빛 형제를 만났다.

　"시어 칸이 일부러 한 달 동안 숨어 있었어. 네가 마음을 놓게 하려고 말이야. 그런데

어젯밤 타바키와 함께 네 흔적을 따라 산을 넘어갔어."

　잿빛 형제의 말에 모글리가 얼굴을 찡그렸다.

　"시어 칸은 무섭지 않은데 타바키는 아주 교활해."

　"겁먹지 마. 새벽에 타바키를 봤는데, 지금쯤 솔개들한테 자기 계획을 떠벌리고 있을

거야. 아까 내가 등을 덮치는 척하며 협박했더니 다 불더라고. 시어 칸이 오늘 저녁 마을 어귀에서 너를 기다리다 공격할 거래. 바로 너를 말이야. 시어 칸은 지금 와인궁가 강의 메마른 골짜기에서 자고 있어."

잿빛 형제가 입술을 핥으며 말했다.

"시어 칸은 오늘 뭘 좀 먹었어? 아니면 종일 굶었어?"

모글리가 진지한 얼굴로 물었다.

모글리의 운명이 걸린 아주 중요한 질문이었다.

"새벽에 돼지를 잡아먹고, 물도 실컷 마셨어. 시어 칸이 굶을 리가 없지. 심지어 복수를 앞두고 있다 하더라도."

"고양이보다 못한 바보, 멍청이! 그렇게 실컷 먹고 마시고 자고 일어날 때까지 내가 가만히 기다려 줄 거라 알고 있나 보군! 지금 어디 있지? 물소 열 마리만으로도 자고 있는 그 녀석을 끌어낼 수 있을 거야. 하지만 물소들은 시어 칸의 냄새를 맡기 전에는 공격하지 않을 테지. 게다가 난 물소 말을 몰라서 설명하기 어려운데…. 물소들이 시어 칸 냄새를 맡을 수 있게 시어 칸 뒤를 따라가면 어떨까?"

"시어 칸은 흔적을 남기지 않으려고 와인궁가강을 헤엄쳐 갔어."

"타바키가 알려 줬겠지. 시어 칸이 그런 생각을 했을 리 없을 테니까."

모글리는 손가락을 입에 문 채 생각에 잠겼다.

"여기서 800미터만 가면 들판 끝에서 와인궁가의 골짜기와 이어져. 그곳에서 소들을 몰고 정글을 가로질러 골짜기 꼭대기로 간 다음, 아래로 쏜살같이 내려가며 공격하는 거야. 그러면 분명 시어 칸이 도망가 버릴 텐데…. 아, 그래! 골짜기 아래를 미리 막으면 돼. 잿빛 형제, 물소 떼를 두 무리로 나누어 줄 수 있어?"

"난 못해. 대신 널 도와줄 현명한 이를 모셔 왔지."

잿빛 형제는 그렇게 말한 뒤 잽싸게 달려가 구덩이 속으로 들어갔다. 이어 모글리가 잘 아는 커다란 잿빛 머리가 위로 쑥 나타났다. 그와 동시에 늑대가 한낮에 사냥할 때 내는 울음소리가 후텁지근한 정글의 공기 속에서 울려 퍼졌다.

"아켈라!"

모글리가 손뼉을 치며 외쳤다.

"날 잊지 않았구나. 우리가 해야 할 큰일이 하나 있어. 아켈라, 물소 떼를 둘로 나누어 줘. 암소랑 송아지들이 한 무리, 수소와 일하는 물소가 한 무리가 되도록 말이야."

그러자 두 늑대가 춤을 추듯이 소들 사이를 왔다 갔다 했다. 소들은 금방이라도 뿔로 들이받을 듯이 고개를 쳐들고 씩씩거렸지만 이내 두 무리로 갈렸다. 한 무리에서는 암컷들이 새끼들을 가운데로 몰아넣었다. 그러고는 늑대들이 조금이라도 틈을 보이면 당장 밟아 죽일 것처럼 무섭게 노려보며 앞발을 굴렀다. 나머지 무리에서도 수소와 일꾼 물소들이 씩씩거리며 발을 굴렀다. 그런데 보호할 새끼가 없어서 암소들보다는 덜 위협적이었다. 장정 여섯이 나섰더라도 물소 떼를 그렇게 깔끔하게 나누지는 못했을 것이다.

"이제 어떻게 할까? 두 무리가 다시 모이려 하는군."

아켈라가 숨을 헐떡이며 말했다.

"아켈라, 수소들을 왼쪽으로 몰아. 잿빛 형제, 우리가 떠나면 암소들을 몰아서 골짜기 아래로 내려가."

모글리가 라마의 등에 올라타며 말했다.

"어디까지 가면 돼?"

잿빛 형제가 헉헉거리며 재빨리 묻자 모글리가 큰 소리로 대답했다.

"골짜기 가장자리의 깊은 곳으로 가. 시어 칸이 강에서 올라와 덮칠 수 없도록. 그리고 우리가 내려갈 때까지 기다려."

아켈라가 으르렁거리자 수소들이 달리기 시작했다. 잿빛 형제는 암소 앞을 가로막고 서 있었다. 다음 순간, 암소들이 잿빛 형제에게 달려들자 잿빛 형제는 암소들을 골짜기 아래쪽으로 이끌며 달려갔다. 그사이 아켈라는 수소들을 왼쪽으로 몰고 갔다.

"잘했어! 한 번 더 공격하면 또다시 달릴 거야. 조심해, 아켈라. 너무 겁을 주면 수소들이 오히려 공격해 올지 몰라. 이랴! 블랙벅(인도 초원 지대에 사는 영양)을 모는 것보다 재미있어! 물소들이 이렇게 빠른 줄 몰랐네."

모글리가 소리치자 아켈라가 뿌연 흙먼지 속을 달리면서 헐떡이며 말했다.

"내가 한창때는 물소도 사냥했지. 이제 정글로 몰고 갈까?"

"그래, 어서 정글로 가! 지금 라마는 성이 나서 미칠려고 그래. 라마한테 우리 계획을 말해 줄 수 있다면 얼마나 좋을까."

그때 수소들이 오른쪽으로 방향을 틀어 무성한 숲으로 뛰어들었다. 그러자 800미터쯤 떨어진 곳에서 그 광경을 본 목동들이 물소 떼가 미쳐 달아났다고 소리치며 마을로 달려갔다.

모글리의 작전은 간단했다. 수소들을 골짜기 꼭대기로 몰아 올라갔다가 도로 내려오게 하여 시어 칸을 수소 떼와 암소 떼 사이에 가둬 잡는 것이었다. 시어 칸이 실컷 먹고 마신 뒤라 물소 떼와 맞붙어 싸우거나 가파른 골짜기를 기어오르기 쉽지 않을 거라고 확신했다.

모글리는 워워 소리를 내며 물소 떼를 달랬고, 아켈라는 맨 끝에 서서 물소 떼가 흩어지거나 한 마리라도 멀리 뒤처지지 않도록 컹컹거렸다. 곧이어 물소 떼가 커다란 포위망을 만들었다. 모글리 일행은 시어 칸이 알아차리지 못하게 큰 원을 그리며 골짜기를 좁혀 들어갔다. 모글리는 마침내 갈팡질팡하는 소들을 골짜기 꼭대기의 빈터로 몰았다. 바로 골짜기 아래로 가파르게 이어지는 장소였다. 위에서 내려다보니 나무숲 너머로 아래쪽 들판이 훤히 보였다. 하지만 덩굴들이 무성해서 호랑이가 기어오르기는 어려워 보였다. 모글리는 그 사실을 확인하자 무척 흐뭇했다.

모글리가 손을 쳐들며 말했다.

"아켈라, 물소들이 한숨 돌릴 수 있게 해 줘. 물소들은 아직 호랑이 냄새를 못 맡았어. 이제 시어 칸한테 누가 왔는지 말해 줘야지. 놈은 꼼짝없이 갇혔어."

이어 모글리는 손나팔을 만들어 골짜기 아래를 향해 포효했다. 그러자 마치 동굴 안에서 소리치듯 메아리가 바위들에 부딪치며 정글에 울려 퍼졌다. 조금 뒤 배부르게 잠들었던 호랑이가 깨어나 졸음이 가시지 않은 목소리로 으르렁거렸다.

"누구냐?"

시어 칸이 소리치자 화려한 깃털을 가진 공작새가 푸드덕 날아올랐다.

"나다, 모글리. 가축을 훔쳐 먹는 도둑아, 이제 회의 바위에 네 가죽을 널어 주지! 아켈라, 물소들을 아래로 몰고 내려가! 라마, 가자!"

물소 떼는 골짜기 비탈에 이르렀을 때 잠시 멈칫했지만, 아켈라가 사냥 울음소리를 내자 급류가 콸콸 흘러내리듯이 하나둘 달려 내려갔다. 사방에서 모래와 자갈 들이 튀어 올랐다. 물소들이 달리기 시작하자 누구도 막을 수 없었다. 물소 떼가 골짜기 아래에 닿기도 전에 라마가 시어 칸 냄새를 맡고 더 빠르게 내달렸다.

89

"하하, 라마 너도 이제 알겠지!"

모글리가 등에 올라탄 라마에게 외쳤다.

눈을 부릅뜬 물소들은 시커먼 뿔을 앞세우고 입에 거품을 문 채 골짜기로 내려갔다. 마치 홍수에 자갈이 떠밀려 가는 듯했다. 그 가운데 약한 물소들은 골짜기 가장자리로 떠밀려 벽면의 덩굴을 헤치며 내려갔다. 물소들은 이제 무슨 일이 벌어질지 알고 있었다. 제아무리 용맹하고 힘센 호랑이라도 물소 떼의 무시무시한 공격을 버티지 못할 것이다. 시어 칸은 물소 떼의 천둥 같은 발소리에 허둥지둥 몸을 일으켜 어디로 도망갈지 연신 두리번거렸다. 하지만 골짜기 양쪽 가장자리가 매우 가파른 데다 잔뜩 먹고 마셔서 기어오를 수가 없었다. 어떻게든 싸움을 피하며 그저 아래로 계속 떠밀려 내려갈 수밖에 없었다.

물소 떼는 시어 칸이 방금 지나간 물웅덩이로 첨벙첨벙 뛰어들었다. 골짜기가 쩌렁쩌렁 울리도록 울부짖는 물소 떼에 화답하는 비명이 골짜기 밑에서 들려왔다. 순간 시어 칸은 방향을 바꿔 홱 돌아섰다. 시어 칸은 만약 싸워야 한다면 새끼들을 지키는 암소보다 수소와 맞서는 편이 낫다는 것을 알고 있었다. 그때 라마가 뭔가 푹신한 것을 밟은 것처럼 비틀거렸지만, 개의치 않고 계속 달려 수소 떼들과 함께 골짜기 아래에 있던 암소 무리들과 맞닥뜨렸다. 힘이 약한 물소들은 그 충격으로 나동그라지기도 했다. 두 무리는 씩씩거리며 서로 뿔로 들이받고 발로 짓밟으며 들판으로 몰려나왔다. 모글리는 기회를 엿보다가 라마의 등에서 미끄러져 내려오며 막대기를 이리저리 마구 휘둘렀다.

"아켈라, 빨리 물소 떼를 흩뜨려! 안 그러면 자기들끼리 싸울 거야. 멀리 쫓아 버려야 해. 워워! 얘들아, 진정해. 이제 다 끝났어."

아켈라와 잿빛 형제는 이리저리 뛰어다니고 물소들의 다리를 살짝 물면서 떼어 놓았다. 물소 떼가 다시 골짜기 위쪽으로 올라가려고 했지만, 모글리가 재빨리 라마를 돌려세워 나머지 물소들을 데리고 물웅덩이로 내려왔다.

물소 떼에 짓밟힌 시어 칸은 이미 숨이 끊겼고, 어느새 솔개들이 날아들고 있었다.

"형제들이여, 비겁한 짐승이 최후를 맞았다. 시어 칸은 제대로 싸운 적도 없었어. 시어 칸의 가죽을 회의 바위에 널어 놓으면 멋지겠다. 어서 가죽을 벗기자."

모글리가 사람들과 어울린 뒤부터 늘 목에 걸고 다니던 칼집에서 칼을 꺼내며 말했다.

사람들 손에 자란 아이라면 3미터짜리 호랑이 가죽을 혼자 벗길 생각은 하지 못했을 것

이다. 하지만 모글리는 동물의 가죽이 어떻게 붙어 있고 어떻게 벗겨야 하는지 잘 알고 있었다. 그래도 가죽을 벗기는 것은 무척 힘든 일이었다. 모글리는 한 시간 동안 끙끙대며 가죽을 자르고 찢으며 벗겼다. 늑대들은 모글리 옆에서 혀를 축 늘어뜨리고 있다가 모글리가 명령하면 호랑이 가죽을 잡아당겨 주었다.

그때 누군가가 모글리의 어깨에 손을 얹었다. 모글리가 고개를 들어 보니 구식 총을 든 불데오 노인이었다. 목동들에게 물소 떼들이 미쳐서 이리저리 날뛰고 있다는 얘기를 듣고 화가 나서 달려온 것이었다. 불데오 노인은 물소 떼를 제대로 돌보지 않은 모글리를 단단히 혼낼 생각이었다. 그런데 자신의 눈앞에 펼쳐진 광경이 실로 놀라웠다. 두 늑대는 사람이 다가오자마자 재빨리 모습을 감추었다.

"이게 무슨 바보 같은 짓이냐? 너 같은 어린애가 호랑이 가죽을 벗길 생각을 하다니! 물소 떼들이 어떻게 호랑이를 죽인 거지? 이건 상금 100루피가 걸린 절름발이 호랑이구나. 어험, 네가 물소 떼를 관리 못한 건 눈감아 주겠다. 이 가죽을 카니와라로 가져가 상금을 타면 너에게 1루피를 주마."

불데오 노인이 일부러 모글리에게 호통을 쳤다. 그러고는 허리춤에서 쇳조각과 부싯돌을 꺼내 시어 칸의 콧수염을 태웠다. 인도 사냥꾼들은 사냥감을 잡으면 그 동물의 혼이 자기들한테 씌지 않도록 수염을 태우곤 했다.

그러자 모글리가 앞발 가죽을 벗기며 코웃음을 쳤다.

"그러니까 할아버지가 이 가죽을 가져가 상금을 타면 나에게 1루피만 준다고요? 싫어요. 나도 이 호랑이 가죽이 필요해요. 할아버지, 그 불이나 치워요!"

"우리 마을 최고의 사냥꾼한테 버릇없이 굴다니! 이 호랑이는 어리석은 물소들이 잡은 거고, 넌 그저 행운이 따랐을 뿐이야. 호랑이가 먹이를 먹지 않았다면 지금쯤 30킬로미터도 넘게 달아났을걸? 가죽도 제대로 못 벗기는 이 거지 꼬마야, 감히 이 불데오한테 호랑이 수염을 태우지 말라고? 상금은커녕 호되게 맞아야겠구나. 호랑이한테서 썩 물러나지 못해!"

모글리가 시어 칸의 어깨 가죽을 벗기며 중얼거렸다.

"내 목숨을 구해 준 수소를 걸고 말하건대, 이 늙은 원숭이 같은 영감탱이랑 계속 말다툼을 해야 하나? 아켈라, 이 사람이 날 너무 귀찮게 해."

시어 칸의 수염을 태우려고 앉아 있던 불데오 노인이 눈 깜짝할 사이에 바닥에 넘어져 나뒹굴었다. 아켈라가 어느새 불데오 노인의 배를 밟고 서 있었다. 모글리는 그러는 동안에도 이 세상에 혼자 남겨진 것처럼 시어 칸의 가죽을 계속 벗겼다.

"그래. 당신 말이 맞아, 불데오. 당신은 내게 상금을 1아나(인도의 옛 화폐 단위)도 줄 필요 없어. 이 절름발이 호랑이는 아주 오래전부터 나랑 원수였는데, 드디어 내가 이겼어."

모글리가 이를 악물고 말했다.

불데오 노인은 자기가 십 년만 젊었어도 예전에 숲에서 만난 적 있는 아켈라와 싸워 볼 만하다고 생각했다. 하지만 사람을 잡아먹는 호랑이를 제압한 아이의 명령을 따르는 늑대라면 보통 늑대가 아닌 것 같았다. 불데오 노인은 이것이야말로 가장 사악한 마법이라고 믿었고, 목에 건 부적이 자신을 지켜 주기를 간절히 바랐다. 그러면서 모글리가 호랑이로 변하는 건 아닐까 겁을 내며 꼼짝 않고 누워 있었다.

이윽고 불데오 노인이 잔뜩 겁에 질린 목소리로 속삭였다.

"마하라자! 위대한 왕이여!"

모글리는 불데오 노인에게 눈길 한 번 주지 않고 킥킥거리며 대답했다.

"그래, 말하거라."

"이 늙은이가 당신을 미처 몰라봤습니다. 당신이 평범한 목동이 아니라는 걸 이제 깨달았습니다. 그럼 전 이만 일어나 가도 되겠습니까? 혹시 당신의 하인을 시켜 날 갈가리 찢어 죽이실 건가요?"

"조용히 물러가라. 그리고 다시는 내 사냥에 참견하지 말고 넘보지도 마. 그만 놓아줘, 아켈라."

불데오 노인은 다리를 절뚝거리며 죽을힘을 다해 마을 쪽으로 달아났다. 그러면서 모글리가 괴물로 변하지 않을까 어깨 너머로 연신 돌아보았다. 불데오 노인은 마을에 도착하자 마법, 마술, 주술에 관한 이야기를 지어내 떠들어 댔다. 그러자 불데오 노인의 이야기를 들은 승려의 얼굴이 몹시 어두워졌다.

모글리는 쉬지 않고 가죽을 벗겼지만 해 질 녘이 되어서야 완전히 끝낼 수 있었다.

"호랑이 가죽을 숨겨 놓고, 물소 떼를 마을로 돌려보내자. 아켈라, 물소 떼 모는 것 좀 도와 줘!"

안개 낀 저녁, 모글리는 물소 떼를 몰고 마을 가까이 이르렀다. 환한 불빛들이 눈에 들어왔고, 사원에서 뿔 나팔 소리와 종소리가 들렸다. 마을 사람들 가운데 절반 정도가 마을 어귀로 나와 모글리를 기다리고 있었다.

"내가 시어 칸을 죽여서 그런가 봐."

모글리가 그렇게 중얼거린 찰나, 갑자기 돌멩이들이 날아와 모글리 귓가를 스쳤다.

이어 마을 사람들이 한목소리로 외쳤다.

"마법사! 늑대의 새끼! 정글의 악마! 당장 썩 꺼져! 안 그러면 승려가 널 다시 늑대로 만들어 버릴 거야. 불데오, 어서 총을 쏴!"

그와 동시에 구식 총에서 탕 소리가 났고, 어린 물소 하나가 고통스럽게 울부짖었다.

"마법을 부렸어! 저 녀석이 총알 방향을 틀었다고. 불데오, 저건 당신 물소야."

마을 사람들이 흥분해서 소리쳤다.

"도대체 어떻게 된 거지?"

모글리가 더 많이 날아오는 돌멩이들에 어리둥절해하며 말했다.

"너희 형제들도 우리 늑대 무리와 크게 다르지 않구나. 아무래도 널 마을에서 내쫓으려
는 것 같아."

아켈라가 덤덤하게 말했다.

그때 승려가 신성한 툴시 나무의 가지를 흔들며 소리쳤다.

"늑대 새끼야! 썩 물러가라!"

"지난번에는 사람이라고 쫓아내더니 이번에는 늑대라고 쫓아내는군. 가자, 아켈라."

그때 메수아가 사람들 틈을 비집고 달려 나오며 외쳤다.

"아, 내 아들아! 사람들이 네가 짐승으로 변할 수 있는 마법사라고 하는구나. 나는 믿지
않지만 어서 가렴. 안 그러면 사람들이 널 죽일 거야. 불데오는 네가 마법사라고 하지
만, 나는 네가 우리 아들 나투의 복수를 대신 해 주었다는 걸 안단다."

"돌아와, 메수아! 빨리 돌아와! 안 그러면 당신한테도 돌을 던지겠어."

마을 사람들이 소리쳤다.

모글리는 날아온 돌멩이에 입을 맞자 불쾌한 웃음을 지었다.

"돌아가요, 메수아. 이건 저녁마다 나무 아래에서 사람들이 떠들어 대는 말도 안 되는
이야기 가운데 하나예요. 어쨌든 나는 당신 아들의 복수를 했어요. 빨리 돌아가요. 저
사람들이 또 돌을 던지기 전에 먼저 물소 떼를 보낼 거니까. 난 마법사가 아니에요. 메
수아, 잘 있어요!"

모글리가 메수아를 향해 외친 뒤 아켈라를 돌아보았다.

"아켈라, 물소 떼를 한 번 더 몰아 줘."

물소들은 마을로 들어가지 않으려 버티고 있었다. 하지만 아켈라가 사납게 짖자 소들이
회오리바람처럼 마을로 달려가는 바람에 사람들은 겁에 질려 뿔뿔이 흩어졌다.

"잘 세어 봐! 내가 한 마리를 훔쳤을지도 모르니까. 난 이제 당신들 소를 안 봐 줄 거야.
사람의 아이들아, 잘 있어. 내가 늑대들을 이끌고 너희 마을을 공격하지 않는 건 다 메
수아 덕분인 줄 알아."

모글리가 비아냥거리며 소리쳤다.

모글리는 외로운 늑대 아켈라와 함께 정글로 향했다. 하늘의 별을 올려다보니 기분이 훨씬 나아졌다.

"이젠 덫 같은 곳에서 잘 필요 없겠어. 아켈라, 시어 칸의 가죽을 가지고 어서 떠나자. 메수아가 나한테 잘해 줬으니 마을에 해코지는 하지 않을 거야."

들판 위로 떠오른 달이 온 세상을 우윳빛으로 물들였다. 겁에 질린 마을 사람들은 모글리가 늑대 두 마리와 함께 머리에 커다란 꾸러미를 인 채 들판에 불길이 번지는 것처럼 빠르게 사라지는 것을 지켜보았다. 사람들은 평소보다 더 요란하게 사원의 종을 울리고 뿔 나팔을 불었다. 메수아는 울음을 멈추지 않았고, 불데오 노인은 정글의 모험담을 부풀려 아켈라가 뒷다리로 서서 사람처럼 말했다고 허풍을 떨었다.

달이 질 무렵 모글리와 두 늑대는 회의 바위가 있는 언덕에 도착했다. 이어 엄마 늑대의 동굴로 가 그 앞에 섰다.

"엄마, 사람들한테 쫓겨났어요. 하지만 약속대로 시어 칸의 가죽을 가져왔어요."

모글리가 외치자, 엄마 늑대와 형제들이 굴에서 걸어 나왔다. 엄마 늑대가 이글거리는 눈빛으로 호랑이 가죽을 바라보았다.

"작은 개구리야, 잘했다. 시어 칸이 널 죽이려고 이 동굴에 머리를 들이밀던 날 내가 경고했었지. 언젠가 사냥을 당할 날이 올 거라고 말이야."

그때 덤불 속에서 낮은 목소리가 들려왔다.

"어린 형제여, 잘했다. 네가 없는 정글은 무척 쓸쓸하더구나."

바기라가 맨발로 선 모글리에게 달려들었다. 그들은 함께 회의 바위로 올라갔다. 모글리는 아켈라가 앉았던 평평한 바위 위에 시어 칸의 가죽을 펼친 뒤 대나무 조각 네 개로 고정시켰다. 아켈라가 그 위에 엎드려 앉더니 모글리가 처음 무리에게 선을 보이던 날 밤에 그랬던 것처럼 늑대들에게 외쳤다.

"잘 보아라, 늑대들이여."

아켈라가 우두머리 자리에서 쫓겨난 뒤로, 늑대들은 우두머리 없이 멋대로 사냥하고 싸움을 벌였다. 하지만 오랜 습관대로 늑대들은 아켈라의 부름에 즉각 모여들었다. 몇몇은 덫에 걸려 절름발이가 되었고, 몇몇은 총에 맞아 다리를 절룩거렸으며, 몇몇은 상한 먹이를 먹고 옴이 올랐다. 그리고 수많은 늑대들이 사라졌다. 남아 있는 늑대들은 모두 회의 바위로 모여 시어 칸의 줄무늬 가죽이 축 늘어진 커다란 발에 발톱이 달린 채 바위 위에 널린 광경을 보았다.

"잘 보아라, 늑대들이여. 나는 약속을 지켰다."

모글리가 말하자, 늑대들이 모글리의 말이 맞다는 뜻으로 길게 울었다.

그때 온몸이 상처투성이인 늑대가 앞으로 나서며 말했다.

"아켈라 그리고 사람의 새끼여, 우리를 다시 이끌어 주시오. 이젠 이렇게 규칙 없이 되는 대로 살아가는 것이 지긋지긋하오. 우리는 다시 자유로운 종족이 되고 싶소."

그러자 바기라가 가르랑거렸다.

"그건 안 되지. 너희는 배가 부르면 또다시 미쳐 날뛸 거야. 아무 노력 없이 자유로운 종족이 될 순 없지. 당신들은 자유를 위해 싸워야 해. 그럼 비로소 자유는 너희 것이 될 것이다. 명심해라, 늑대들이여."

"사람 무리도, 늑대 무리도 날 쫓아냈어. 난 이제 정글에서 혼자 사냥할 거야."

모글리 말에 형제 늑대들이 대꾸했다.

"그럼 우리도 너와 함께 사냥할 거야."

모글리는 그날부터 네 형제들과 함께 정글에서 사냥을 하며 지냈다. 그런데 모글리가 늘 혼자였던 것은 아니다. 몇 년 뒤 어른이 되자 모글리도 결혼을 했다.

하지만 이것은 어디까지나 어른들의 이야기이다.

모글리의 노래

– 종족 회의 때 모글리가
시어 칸의 가죽 위에서 춤추며 부른 노래

모글리가 노래한다, 모글리가 노래한다.

정글이여, 내 얘기를 들으라. 시어 칸이 나를 죽이겠다고 했지!

해 질 녘 마을 어귀에서 개구리 모글리를 죽이겠다고!

시어 칸은 실컷 먹고 마셨지. 네가 언제 또 그러겠는가?

죽음의 꿈이나 꾸어라. 나는 목초지에 홀로 있다.

잿빛 형제여, 외로운 늑대여, 오너라. 위대한 사냥이 시작될 테니!

정 글 북

거대한 물소 떼, 성난 눈의 푸른 수소 떼를 몰아라.

내 명령을 따르라.

시어 칸, 아직도 자고 있느냐? 일어나라, 일어나!

내가 왔다, 수소들을 이끌고.

물소들의 왕 라마가 발을 구른다.

와인궁가강이여, 시어 칸은 어디로 갔는가?

시어 칸은 구덩이를 파고 숨는 호저 이키도 아니고,

하늘을 나는 공작새 마오도, 가지에 매달리는 박쥐 망도 아니다.

서걱거리는 대나무들아, 시어 칸이 어디로 갔는지 말해 주렴.

호랑이! 호랑이!

오! 거기 있구나, 거기 있어. 라마의 발밑에 절름발이 호랑이가 누워 있네!

시어 칸, 일어나 사냥해 보시지! 네가 좋아하는 먹이가 있다.

수소들의 목을 물어 보시지! 쳇! 시어 칸이 잠들었군. 깨우지 말거라.

시어 칸은 힘이 세니까. 솔개들이 구경하러 내려왔네.

검은 개미들도 찾아왔네. 시어 칸을 애도하려고 모였네.

오! 몸에 두를 천이 없네. 내가 벌거벗은 걸 솔개들이 보게 되리라.

이런 꼴로 동물들을 만나면 부끄럽지. 네 가죽 좀 빌려 줘, 시어 칸.

회의 바위에 입고 가게 그 줄무늬 가죽을 빌려 줘.

나는 내 목숨을 구해 준 수소에 대고 맹세했어.

작은 맹세를. 네 가죽이 있어야 그 맹세를 지킬 수 있다네.

사람의 칼을, 사냥꾼의 칼을 들고 내 선물 앞에 앉네.

와인궁가 강가에서, 시어 칸은 나를 사랑하여 제 가죽을 주었네.

잡아당겨라, 잿빛 형제여! 잡아당겨라, 아켈라여!

시어 칸의 가죽은 무거워. 사람 무리는 화가 났네.

돌을 던지며 멍청한 소리를 하네. 내 입에서 피가 흐르네.

이제 떠날 거야. 밤새도록, 무더운 밤이 다 지나도록.

정 글 북

형제들이여, 빨리 달리자. 마을의 불빛을 등지고 희미한 달 쪽으로.

와인궁가강이여, 사람들이 나를 쫓아냈네.

아무 해도 끼치지 않았는데 날 무서워하네. 왜 그럴까?

너희 늑대 무리도 날 쫓아냈다.

정글도 내 앞에서 문을 닫았고, 마을도 문을 닫았네. 왜 그럴까?

박쥐 망이 짐승과 새들 사이를 날아다니듯이

나도 마을과 정글 사이를 떠도네. 왜 그럴까?

시어 칸의 가죽 위에서 춤을 추지만 마음은 몹시 무겁네.

사람들이 던진 돌멩이에 입술이 찢어졌지만

정글로 돌아오니 마음은 참으로 가볍네. 왜 그럴까?

봄에 뱀들이 싸우듯이 내 안에서 두 마음이 싸우네.

눈에서 눈물이 흐르네. 하지만 나는 웃고 있네. 왜 그럴까?

나 모글리는 둘이 되었지만 내 발밑에 시어 칸의 가죽이 있네.

온 정글은 내가 시어 칸을 죽인 것을 알고 있으니.

잘 보아라, 늑대들이여!

아! 이해할 수 없는 것들이 내 마음을 무겁게 하네.

하얀 바다표범

자장자장, 우리 아기. 밤이 오고 있구나.
초록빛으로 반짝이던 바닷물도 검게 물드네.
파도 위로 뜬 달이 우리를 내려다본다.
출렁이는 파도 사이 우묵한 곳에서 잠든 우리를.
파도와 파도가 만나
푹신한 베개가 되어 주네.
지친 물갈퀴를 쭉 펴고 편히 잠들거라!
폭풍도 너를 깨우지 못하고
상어도 널 어쩌지 못하리.
출렁이는 바다의 품에서 곤히 자거라.

– 바다표범의 자장가

몇 년 전 베링해에서 멀리 떨어진 세인트폴의 한 바닷가에서 일어난 일이다. 그곳은 '노바스토시나' 또는 '노스이스트포인트'라고 불렸다.

어느 겨울, 나는 일본으로 가는 증기선의 돛대에서 바람에 휩쓸려 날아온 굴뚝새 림머신을 만났다. 나는 림머신을 선실로 데려간 다음 따뜻하게 보살피고 먹이를 주었다. 며칠 뒤 림머신은 다시 세인트폴섬으로 날아갈 수 있을 만큼 기운을 차렸다. 이 이야기는 그때 림머신이 내게 들려준 것이다. 림머신은 좀 별나긴 했지만 진실만을 이야기하는 새였다.

노바스토시나는 딱히 볼일이 있지 않으면 누구도 찾지 않는 곳이다. 오로지 바다표범들만 정기적으로 들락거렸다. 특히 여름철이 되면 차가운 잿빛 바다에서 수십만 마리씩 찾아올 만큼 노바스토시나 바닷가는 바다표범들에게 가장 훌륭한 보금자리였다.

바다표범 시 캐치도 그 사실을 잘 알고 있었다. 그래서 해마다 봄이 되면 해군 함정처럼 쏜살같이 노바스토시나로 헤엄쳐 왔다. 그런 다음 바다에서 가까운 바위를 차지하기 위해 다른 바다표범들과 한 달 동안 싸웠다.

시 캐치는 어깨에 갈기처럼 털이 나고 날카로운 송곳니를 가진 열다섯 살의 거대한 회색 바다표범이었다. 시 캐치가 앞발을 짚고 일어서면 1.2미터가 넘었고, 용감한 누군가가 나서 몸무게를 쟀다면 300킬로그램은 거뜬히 됐을 것이다.

시 캐치는 격렬한 싸움 때문에 온몸이 늘 흉터로 가득했지만 언제나 싸울 준비가 되어 있었다. 시 캐치는 적을 똑바로 보기 두려운 것처럼 고개를 한쪽으로 틀고 있다가 번개처럼 달려들었다. 그리고는 커다란 송곳니로 상대의 목을 단단히 물고 몸부림쳐도 절대 놓아주지 않았다. 하지만 싸움에 진 상대를 쫓아가지는 않았다. 그건 바다의 법칙에 어긋나는 일이었다. 그저 바닷가에서 새끼를 키울 보금자리만 구할 수 있으면 그것으로 충분했다. 그러나 매년 봄이면 4천 마리가 넘는 바다표범들이 새끼들을 키울 장소를 찾아왔기 때문에 바닷가는 언제나 으르렁거리는 소리, 휘파람 소리, 헐떡이는 소리, 울부짖는 소리로 아수라장이 되었다.

'허친슨'이라는 작은 언덕에서 내려다보면 5.6킬로미터가 넘는 해변이 온통 싸우는 바다표범들로 뒤덮였다. 그리고 파도치는 바닷물 여기저기에도 빨리 육지에 도착해 싸움에 끼어들려는 바다표범들의 머리로 빼곡했다. 바다표범들은 파도 속에서, 모래밭에서, 새끼를 키우는 반질반질한 바위 위에서 끊임없이 싸웠다. 어리석고 자기만 아는 것은 사람이나 바다표범이나 똑같았다.

바다표범의 아내들은 싸움에 휘말려 물리거나 뜯기고 싶지 않아서 5월 말 또는 6월 초가 되어서야 세인트폴섬으로 왔다. 아직 짝을 짓지 않은 두서너 살 된 젊은 바다표범들은 싸움꾼들을 지나쳐 800미터 정도 섬 안으로 더 들어가 떼 지어 놀면서 푸른 식물들을 모조리 짓밟아 버렸다. 그런 바다표범들은 홀러스치키, 즉 총각이라고 불렸는데 노바스토시나에만 20만, 아니 30만 마리쯤 있었다.

어느 봄, 시 캐치가 마흔다섯 번째 싸움을 막 끝냈을 때 윤이 나고 매끄러운 피부에 다정한 눈을 가진 아내 마트카가 바다에서 올라왔다. 시 캐치는 아내의 목덜미를 물고 자신이 차지한 보금자리에 털썩 내려놓으며 툴툴거렸다.

"늘 그렇듯이 이번에도 늦었군. 대체 어디 있었던 거야?"

시 캐치는 보통 바닷가에 머무르는 넉 달 동안은 아무것도 먹지 않아서 신경이 날카롭게 곤두서 있었다.

마트카는 그럴 땐 다른 이야기를 꺼내는 게 낫다는 걸 잘 알고 있었다.

마트카가 주위를 둘러보며 달래듯이 말했다.

"당신은 정말 생각이 깊어. 예전에 살던 곳을 그대로 차지했네."

"당연하지. 내 몸 좀 보라고!"

시 캐치는 스무 군데나 상처를 입었는데 피가 흐르는 곳도 있었다. 한쪽 눈은 거의 보이지 않을 것처럼 튀어나왔고, 옆구리는 심하게 찢겨져 있었다.

"세상에, 남자들이란! 남자들은 왜 현명하면서도 조용한 방법으로 살 곳을 정하지 못하는 거지? 누가 보면 범고래랑 싸운 줄 알겠네."

마트카가 뒷발로 부채질을 하며 말했다.

"난 5월 중순부터 줄곧 싸우기만 했어. 올해는 이 바닷가가 정말 유난히도 북적이는군. 보금자리를 찾아 루카논 바닷가에서 온 바다표범들만 백 마리도 넘는다고. 왜 모두 자기 고향에서 계속 머물지 않는 거지?"

"이렇게 북적거리는 곳 말고 수달섬에 가면 훨씬 좋겠어."

마트카가 말했다.

"푸하! 수달섬은 홀러스치키들이나 가는 데라고. 우리가 거기 가면 모두 겁쟁이라고 수

군대며 비웃을 거야. 체면을 지켜야지, 여보."

시 캐치는 살진 어깨 사이로 자랑스레 머리를 파묻고 잠시 눈을 붙이는 척했다. 그러면서도 싸움을 걸어 오는 바다표범이 없는지 주변을 날카롭게 살폈다.

이제 모든 바다표범 부부가 육지에 올라왔다. 그들이 떠들어 대는 소리가 세찬 바람 소리보다 더 커서 몇 킬로미터나 떨어진 먼 바다까지 들릴 정도였다. 그 바닷가에는 아무리 적게 잡아도 백만 마리가 넘는 바다표범들이 있었다. 늙은 바다표범, 어미 바다표범, 새끼 바다표범, 홀러스치키 들이 서로 싸우고, 소리를 내지르고, 여기저기 기어 다니며 함께 놀았다. 그런가 하면 크고 작은 떼를 지어 연신 바다로 뛰어들었다. 또는 끝이 보이지 않을 정도로 저 멀리까지 온 바닷가를 뒤덮은 채 누워 있거나, 안개 속에서 무리 지어 싸움을 벌였다. 노바스토시나는 늘 안개가 끼어 있었는데, 잠깐이라도 해가 나오면 온 세상이 진주빛과 무지갯빛으로 물들었다.

마트카의 새끼 코틱은 그런 혼잡한 시기에 태어났다. 바다표범 새끼가 으레 그렇듯이 코틱은 몸에 비해 머리와 어깨가 컸고, 물기가 촉촉한 엷은 푸른색 눈동자를 가지고 있었다. 하지만 털이 어딘지 모르게 남달라 어미의 눈길을 끌었다.

"여보, 우리 아기는 털이 하얀 바다표범이 되려나 봐!"

마트카가 시 캐치에게 말했다.

그러자 시 캐치가 코웃음을 쳤다.

"텅 빈 조개, 말라빠진 해초 같은 소리 하지 마! 세상에 하얀 바다표범 같은 건 절대 없다고."

"두고 봐. 내 말이 맞을 거야."

마트카는 그렇게 말한 뒤 엄마 바다표범들이 새끼들에게 불러 주는 노래를 나직이 흥얼거렸다.

여섯 주가 되기 전에는 헤엄치면 안 돼.
다리가 들리고 머리는 가라앉는단다.
여름의 폭풍과 범고래는
아기 바다표범에게 좋지 않아.

쥐도 아기 바다표범에게 좋지 않지.
아주아주 나쁘단다.
물장구를 치며 튼튼하게 자라렴.
그럼 아무 탈이 없을 거란다.
바다의 아이야!

물론 바다표범 새끼는 이 노래를 바로 알아듣지 못했다. 코틱은 엄마 바다표범 곁에서 장난을 치며 기어 다녔고, 아빠 바다표범이 다른 바다표범들과 싸우는 모습을 보고는 친구들과 미끄러운 바위를 오르며 싸우고 으르렁거렸다. 마트카는 이틀에 한 번 바다로 나가 먹이를 잡아 와서 새끼에게 먹였다. 그 뒤 코틱은 제 스스로도 먹이를 찾아 실컷 먹으며 무럭무럭 자랐다.

코틱은 섬 안쪽으로 기어 올라가 자기 또래들 수만 마리를 만나 강아지처럼 함께 어울려 놀았다. 그러다 깨끗한 모래 위에서 잠을 자고 나서 다시 놀았다. 어른 바다표범들은 새끼들에게 관심이 없었고, 홀러스치키들은 자기들 구역에만 머물렀기 때문에 바다표범 새끼들은 아무런 간섭도 받지 않고 신나게 놀 수 있었다.

마트카는 깊은 바다에서 먹이를 잡아 돌아오면 곧장 어린 바다표범들의 놀이터로 가 어미 양이 새끼 양을 부르듯이 코틱을 불렀다. 그리고 코틱이 대답하면 다른 새끼들이 자신의 앞발에 걸려 넘어지고 부딪치는 것도 모른 채 곧장 소리 나는 쪽으로 돌진했다. 놀이터는 항상 제 새끼를 찾아다니는 수백 마리의 어미들로 붐볐다. 새끼들은 씩씩하게 잘 지냈지만 엄마 바다표범들은 늘 새끼들한테 주의를 주었다. 마트카도 마찬가지였다.

"더러운 물에 들어가지 마라. 피부가 헐고 털이 빠질 수 있어. 상처나 긁힌 부분에 모래가 들어갈 수 있으니까 거친 모래에 몸을 비벼서도 안 돼. 깊은 바다에 들어가지 않는 한, 그 어느 것도 널 해치진 못할 거야."

어린 바다표범은 아이들보다 헤엄을 못 치기 때문에 헤엄치는 법을 배울 때까지는 고생이 이루 말할 수 없다. 코틱도 처음 바다에 들어갔을 때 파도에 휩쓸리는 바람에 제 키보다 깊은 곳까지 떠밀렸는데, 엄마가 불러 준 노래처럼 커다란 머리는 가라앉고 작은 뒷발만 수면 위로 떠올라 버둥거렸다. 파도에 떠밀려 다시 바닷가로 오지 않았다면 아마 물에 빠져 죽었을 것이다. 그 뒤 코틱은 바닷가 웅덩이에 누워 있을 때 파도가 살짝 쓸고 지나가게 하는 법과 헤엄쳐서 떠 있는 법을 배웠다. 그래도 세찬 파도가 밀려오지 않는지 늘 단단히 살피며 지켜보았다.

코틱은 그렇게 두 주일이 지나서야 물갈퀴 쓰는 법을 배웠다. 그 기간 동안 물속에서 허우적거리며 캑캑 기침을 하고, 끙끙거리며 바닷가로 기어 올라가 모래밭에서 잠을 자고, 다시 물속으로 들어가기를 반복했다. 그러다 마침내 물에 완전하게 익숙해지는 감격스런 순간을 맞았다.

그 뒤 코틱은 친구들과 함께 큰 파도 밑으로 들어가 자맥질도 하고, 거대한 파도가 밀려들 때면 그 위에 올라타 함성을 지르며 해변가에 철버덕 떨어지기도 했다. 또 어른 바다표범들처럼 꼬리로 서서 앞발로 머리를 긁기도 하고, 침전물이 쌓여 해초가 자란 미끄러운 바위 위에 올라가 '나는 이 성의 왕이다' 놀이를 하기도 했다.

이따금 큰 상어의 지느러미 같은 얇은 지느러미가 해변으로 다가왔는데, 코틱은 그게 어린 바다표범을 잡아먹는 범고래라는 걸 알게 되었다. 그래서 그때마다 쏜살같이 바닷가로 도망쳤다. 그러면 범고래는 아무 관심도 없다는 듯이 천천히 떠나갔다.

10월 말이 되자 바다표범들은 가족 또는 종족끼리 모여 세인트폴섬을 떠나 깊은 바다로 향했다. 그때는 더 이상 보금자리를 두고 싸우지 않았고, 홀러스치키들은 어디서나 마음껏 놀 수 있었다.

"내년이면 너도 홀러스치키가 될 거야. 그러니 올해부터 고기 잡는 법을 배우는 게 좋겠구나."

마트카가 코틱에게 당부했다.

둘은 함께 태평양을 건너기 시작했다. 엄마 바다표범은 앞발을 옆구리에 붙이고 코만 물 밖으로 내놓은 채 누워서 자는 법을 가르쳐 주었다. 넘실대는 태평양의 파도만큼 아늑한 요람은 없었다. 한번은 코틱이 온몸이 따끔거린다고 하자, 엄마는 '물의 느낌'을 배우는 중이라며 따끔거리고 얼얼한 것은 날씨가 나빠질 조짐이니 재빨리 헤엄쳐 그곳에서 멀리멀리 달아나야 한다고 일러 주었다.

"얼마 있으면 어디로 헤엄쳐 가야 할지 너 스스로 알게 될 거야. 일단 돌고래를 따라가자. 돌고래는 아주 현명하거든."

돌고래들이 수면을 가르며 쏜살같이 헤엄치자, 코틱은 온 힘을 다해 그 뒤를 쫓아갔다.

"여러분은 어디로 가야 하는지 어떻게 아세요?"

코틱이 숨을 헐떡이며 돌고래들에게 물었다.

그러자 돌고래 우두머리가 눈동자를 굴리며 물속으로 들어가면서 말했다.

"내 꼬리가 따끔거리면 곧 폭풍이 온다는 뜻이지. 빨리 가자! 네가 만약 느린 물(적도)의 남쪽에 있는데 꼬리가 따끔거린다면 태풍이 불어올 거니까 북쪽으로 가야 한다. 여기는 물의 느낌이 안 좋으니 날 따라와."

코틱은 이 밖에도 수많은 것을 배웠고 계속 배워 나갔다. 엄마 바다표범은 바다 밑 퇴적층을 따라 대구와 넙치들을 쫓는 방법, 해초들 사이의 구멍에 사는 먹이들을 빼내는 방법, 수백 미터 아래의 깊은 바닷속에 있는 난파선을 피하는 방법, 물고기들처럼 뱃전의 둥근 창문으로 총알같이 들어갔다가 다른 창문으로 빠져나오는 법을 가르쳐 주었다. 그 외에도 코틱은 번개가 내리칠 때 파도 위에서 춤추는 법, 꼬리가 짤막한 알바트로스와 군함새가 바람을 타고 내려올 때 앞발을 정중하게 흔들어 인사하는 법, 앞발을 옆구리에 붙이고 꼬리를 구부려 돌고래처럼 물 위로 1미터 넘게 뛰어오르는 법을 배웠다. 또 날치는 가시가 많기 때문에 사냥할 필요가 없다는 것, 18미터 깊이에서 전속력으로 돌진해 대구의 등을 물어뜯는 법, 노 젓는 배 말고 보트나 큰 배가 지나갈 때 멈추어 구경하면 안 된다는 것도 배웠다. 태어난 지 여섯 달이 다 되어 갈 무렵, 코틱은 깊은 바다에서의 물고기 사냥에 대해 모조리 알게 되었다. 그리고 코틱은 그 모든 걸 배우는 동안 단 한 번도 육지에 올라가지 않았다.

어느 날 코틱은 후안 페르난데스섬에서 꽤 떨어진 따뜻한 바닷물 속에 누워 자고 있었다. 봄이 찾아오면 사람들이 그렇듯이 바다표범도 온몸이 나른했다. 그러다 문득 1만 킬로미터 이상 떨어진 노바스토시나 해변을 비롯하여 친구들과 함께 놀던 일, 해초 냄새, 싸움을 벌이던 바다표범들의 울음소리가 생각났다. 이윽고 코틱은 곧장 북쪽으로 몸을 돌려 헤엄치기 시작했는데, 도중에 같은 곳으로 향하는 친구들 수십 마리를 만났다.

"안녕, 코틱! 우린 올해 홀러스치키가 될 거니까 루카논 해변의 파도 속에서 불꽃 춤을 추고 해초 밭 위에서 놀 수 있어. 그런데 네 털은 왜 그런 거야?"

"빨리 가자! 어서 육지에 오르고 싶어서 좀이 쑤실 지경이야!"

코틱은 자신의 새하얀 털이 무척 자랑스러웠지만 그렇게만 말했다.

어린 바다표범들이 자신들이 태어난 바닷가에 도착했을 때 자욱한 안개 속에서 어른 바다표범들이 싸우는 소리가 들렸다. 그날 밤 코틱은 한 살된 바다표범들과 불꽃 춤을 추었다. 여름 밤이면 노바스토시나에서 루카논까지 바다는 불꽃으로 가득했고, 바다표범들은 불타는 기름처럼 불 위에 흔적을 남기며 춤을 추었다. 바다표범들은 불꽃을 번쩍이며 뛰어오르고, 푸르스름한 줄무늬와 소용돌이를 그리며 파도를 부수었다.

코틱과 친구들은 홀러스치키 구역으로 올라가 새 야생 밀밭에서 굴러다니며 바다에서 지낸 이야기를 했다. 한 살 난 바다표범들은 아이들이 나무에서 열매를 딴 이야기를 하듯이 조잘거렸다. 만약 바다표범들의 말을 알아들을 수 있다면 바다의 지도를 새로 만들 수도 있을 것이다.

그때 서너 살 된 홀러스치키들이 허친슨 언덕에서 보란 듯이 내려오며 소리쳤다.

"꼬마들아, 비켜라! 바다는 깊고 넓어서 너희가 다 알려면 아직 멀었어. 혼곶이나 돌고 와서 말하지 그래? 그런데 너, 그 하얀 털은 어디서 난 거냐?"

"얻은 게 아니라 저절로 난 거예요."

코틱이 그렇게 대답하고는 그 바다표범에게 다가가려던 찰나, 모래 언덕 뒤에서 납작한 얼굴에 머리카락이 검은 남자 둘이 나타났다. 코틱은 사람을 한 번도 본 적이 없었던 터라 헛기침을 하며 고개를 숙였다. 홀러스치키들은 몇 미터 정도 물러나서는 멍하니 바라보고만 있었다. 그들은 바다표범 사냥꾼들의 대장인 케릭 부터린과 아들 파탈라몬이었다. 둘은 바다표범들의 서식지에서 800미터 정도 떨어진 작은 마을에서 살고 있었다. 그들은 양 떼처럼 몰고 갈 바다표범을 고르고 있었다. 그들은 바다표범의 가죽으로 외투를 만들었다.

"세상에, 저기 좀 보세요! 하얀 바다표범이에요!"

파탈라몬이 코틱을 가리키자, 연기 그을음과 기름때에 절은 케릭 부터린의 얼굴이 허옇게 질렸다. 케릭은 알류트족이었는데 그들은 잘 씻지 않았다.

케릭이 갑자기 중얼거리며 기도를 했다.

"그놈은 건드리지 마라. 난 지금껏 하얀 바다표범은 한 번도 본 적이 없어. 어쩌면 자하로프 영감의 유령일지도 몰라. 작년에 큰 폭풍이 불었을 때 실종되었지."

"그럼 가까이 안 갈게요. 왠지 불길해요. 그런데 저놈이 정말로 자하로프 할아버지의 유령일까요? 그분한테 갈매기 알 몇 개를 빚졌거든요."

파탈라몬이 말했다.

"그만 쳐다보거라. 저기 네 살 된 바다표범들이나 몰고 가자. 원래는 바다표범 가죽을 이백 마리는 벗겨야 하지만, 이제 막 사냥철이 시작되었으니 사람들 손이 아직 서투를 거야. 오늘은 백 마리만 몰고 가자. 서둘러!"

파탈라몬이 한 무리의 홀러스치키들 앞에서 바다표범의 어깨뼈를 들고 흔들자, 바다표범들이 꼼짝도 하지 않은 채 숨만 씩씩 쉬었다. 이어 파탈라몬이 다가가자 바다표범들이 움직이기 시작했다. 케릭과 그의 아들은 섬 안쪽으로 바다표범들을 몰았고, 바다표범들은 동료들 곁으로 다시는 돌아오지 않았다. 수만 마리의 바다표범들이 그 모습을 보았지만 평소와 다름없이 계속 장난치며 놀 뿐이었다. 오직 코틱만 그 바다표범들이 어떻게 되었는지 궁금해했는데 아무도 대답해 줄 수 없었다. 해마다 두어 달 동안 저런 식으로 바다표범들을 몰고 가는 사람들만이 그 답을 알고 있었다.

"따라가 봐야겠어."

코틱은 눈이 튀어나올 정도로 온 힘을 다해 바다표범들의 흔적을 뒤쫓아 갔다.

"하얀 바다표범이 쫓아와요. 제 발로 도살장으로 오다니 이런 일은 처음이에요."

파탈라몬이 소리쳤다.

"쉿! 돌아보지 마. 틀림없이 자하로프의 유령이야! 사제님께 말씀드려야겠구나."

도살장까지는 800미터밖에 안 되었지만 도착하는 데 한 시간이나 걸렸다. 케릭은 바다표범들을 너무 빨리 몰면 체온이 높아져 가죽을 벗길 때 털이 빠지고 찢어질 수 있다는 걸 잘 알고 있었다. 그래서 사냥꾼들은 바다사자의 길목과 웹스터 하우스를 천천히 지나 마침내 솔트 하우스에 도착했다. 거기서는 바닷가에 있는 다른 바다표범들이 보이지 않았다. 코틱은 궁금한 마음에 가쁜 숨을 내쉬며 계속 쫓아갔다. 코틱은 마치 세상 끝까지 온 기분이었지만, 바다표범 보금자리에서 들려오는 시끄러운 소리가 터널 속을 달리는 기차

소리만큼이나 또렷했다.

케릭은 이끼 위에 앉아 묵직한 백랍 시계를 꺼내 들고는 30분 동안 바다표범들의 몸이 식기를 기다렸다. 안개 속을 걸어오는 동안 케릭의 모자챙에 맺힌 물방울이 똑똑 떨어지는 소리가 코틱의 귀에 또렷이 들렸다. 잠시 뒤 열두어 명의 사람들이 1미터 남짓 되는 쇠몽둥이를 들고 나타났다. 케릭이 바다표범들 가운데 상처가 많거나 몸이 아직 뜨거운 바다표범 한두 마리를 가리키자, 바다코끼리의 목 가죽으로 만든 묵직한 장화를 신은 사람들이 발로 그 바다표범들을 걷어차 냈다. 이어 케릭이 "시작해!" 하고 명령을 내리자, 사람들이 엄청 빠른 속도로 바다표범들의 머리를 몽둥이로 후려치기 시작했다.

10분 뒤 코틱은 친구들의 얼굴을 알아볼 수 없었다. 바다표범들은 코부터 뒷발까지 가죽이 벗겨져 땅바닥에 수북이 쌓여 갔다. 코틱은 더는 지켜볼 필요가 없어서 그대로 휙 돌아서서는 바닷가로 빠르게 달려갔다.(바다표범도 아주 잠깐은 빠르게 달릴 수 있다.) 공포로 인해 새로 자란 콧수염이 바짝 곤두서 있었다. 코틱은 철썩철썩 밀려드는 파도 끝에 덩치 큰 바다사자들이 자리 잡고 앉아 있는 바다사자의 길목에 이르자, 곧장 차가운 물속으로 뛰어들었다. 가엾게 헐떡이며 놀란 마음을 애써 다잡으려 했지만 소용없었다.

"누구냐?"

한 바다사자가 퉁명스레 물었다.

바다사자들은 보통 자기들끼리 모여 지내는 습성이 있었다.

"스쿠치키! 오첸 스쿠치키!(남았어요! 저 혼자 남았다고요!) 사람들이 바닷가에 있던 홀러스치키들을 죄다 죽였어요!"

코틱이 울먹이자, 바다사자가 해안을 돌아보며 느긋하게 대답했다.

"무슨 소리야? 네 친구들은 언제나 그렇듯이 요란하게 떠들어 대고 있잖아. 케릭이 바다표범을 사냥하는 걸 본 모양이군. 삼십 년 동안 늘 그래 왔는걸, 뭐."

"끔찍해요."

코틱은 그렇게 말한 뒤 파도가 덮치자 다리를 저어 뒤로 물러났다. 그러고는 울퉁불퉁한 바위 끝에서 균형을 잡아 안전하게 일어섰다.

"한 살배기치고는 훌륭하군!"

바다사자가 코틱의 수영 솜씨를 보고 감탄했다.

"네가 보기에는 정말 끔찍했겠지. 하지만 바다표범들은 해마다 여기 올 테고, 사람들도 당연히 그걸 알고 잡으러 올 거야. 사람이 오지 않는 섬을 찾기 전까지는 그렇게 몰이를 당할 수밖에 없다."

"그런 섬이 어디 있을까요?"

"나도 이십 년 동안 폴투스(넙치)들을 따라다녔는데 아직 못 찾았어. 넌 정말 더 좋은 곳으로 가고 싶은 모양이구나. 바다코끼리섬에 가서 시 비치한테 물어 보렴. 그러면 뭔가 알지도 몰라. 하지만 너무 서두르지 말거라. 여기서 10킬로미터는 헤엄쳐 가야 하니까. 내가 너라면 일단 낮잠부터 자 두겠다, 꼬마야."

코틱은 좋은 생각이라 여기며 자기가 사는 바닷가로 헤엄쳐 갔다. 그리고 여느 바다표범들처럼 온몸을 실룩이며 30분쯤 잠을 자고는 곧장 바다코끼리섬으로 향했다. 그곳은 노바스토시나의 동북쪽에 있는 작고 야트막한 바위섬으로, 넓적한 바위와 갈매기 둥지 들로 뒤덮여 있었다. 그곳에는 바다코끼리들만 모여 살았다.

코틱은 늙은 시 비치에게 다가갔다. 시 비치는 긴 송곳니를 가진 목이 굵은 북태평양의 바다코끼리로, 큰 덩치에 못생기고 피부가 우툴두툴한 데다 거만했다. 잠잘 때를 빼고는 눈곱만큼도 예의가 없었다. 시 비치는 뒷발을 반쯤 물속에 담근 채 자고 있었다.

코틱은 갈매기 울음소리가 너무 시끄러워서 버럭 소리를 질렀다.

"일어나세요!"

"깜짝이야! 대체 무슨 일이지?"

시 비치가 그렇게 말하며 긴 송곳니로 옆에 있던 바다코끼리를 툭 쳐서 깨웠다. 그러자 그 바다코끼리가 옆에 있는 바다코끼리를 깨웠다. 그런 식으로 결국 모두 잠에서 깨어나 사방을 두리번거렸지만 정작 코틱은 보지 못했다.

"여기요! 저예요!"

파도 속에서 인사하는 코틱이 꼭 하얀 달팽이처럼 보였다.

"뭐야, 내 가죽 벗기려고 왔어?"

시 비치의 말에 모두 일제히 코틱을 쳐다보았다. 마치 클럽에서 졸고 있던 노인들이 꼬마가 나타나자 신기하게 쳐다보는 형상이었다. 코틱은 가죽을 벗긴다는 말을 애써 흘려들었다. 이미 두 눈으로 충분히 봤기 때문이다.

"바다표범들이 갈 만한 곳 가운데 사람이 절대 오지 않는 섬이 있나요?"

코틱이 소리치자 시 비치가 눈을 감으며 말했다.

"네가 직접 찾아봐. 우린 바쁘다."

그 말에 코틱이 돌고래처럼 뛰어오르며 꽥 소리쳤다.

"만날 조개나 까먹는 먹보 바다코끼리!"

코틱은 시 비치가 겉으로는 무시무시해 보이지만, 사실은 한 번도 물고기를 잡아 본 적 없고 늘 조개나 해초만 찾아 먹는 사실을 잘 알고 있었다. 그래서 항상 시 비치를 놀려먹을 기회만 노리던 치키와 구버루스키, 에파트카, 버거매스터 갈매기, 세가락갈매기, 바다오리 들은 코틱의 말에 이때다 하고 일제히 소리를 질러 댔다. 림머신의 말에 따르면 그 순간 바다코끼리섬은 거의 5분 동안 총을 쏘아도 들리지 않을 만큼 엄청 시끄러웠다고 한다. 섬에 사는 모든 동물들이 "조개나 먹는 먹보! 스타리크(영감탱이)!" 하고 악을 쓰며 소리를 질러 대자 시 비치는 당황해서 쿨럭쿨럭 헛기침을 하고 이리저리 몸을 뒹굴었다.

"자, 이제 알려 주실 거죠?"

코틱이 숨을 가쁘게 쉬며 물었다.

"바다소한테 물어 봐. 아직 살아 있다면 알려 줄 게다."

"그런데 바다소를 어떻게 알아봐요?"

코틱이 묻자, 시 비치 코밑에서 맴돌던 버거매스터 갈매기가 대신 소리쳤다.

"바다에서 시 비치보다 못생긴 건 바다소뿐이야. 게다가 아주 무례하지!"

코틱은 소리치는 갈매기들을 떠나 노바스토시나로 헤엄쳐 돌아갔다. 그리고 바다표범들이 살 만한 조용한 곳을 찾겠다고 주변에 얘기했지만 아무도 호응해 주지 않았다. 사람들이 홀러스치키들을 몰고 가는 건 늘 있는 일이고, 그런 끔찍한 광경을 보고 싶지 않으면 도살장에 가지 않으면 된다고 했다. 하지만 그들은 바다표범이 죽는 광경을 직접 보지 않아서 코틱의 마음을 알지 못했다. 게다가 코틱은 하얀 바다표범이었다.

시 캐치는 아들의 이야기를 듣고 이렇게 말했다.

"네가 할 일은 나처럼 큰 바다표범이 되어 바닷가에 보금자리를 만드는 거야. 그러면 다들 널 건드리지 않을 게다. 그리고 오 년 동안 너도 자신을 위해 싸워야 해."

마트카도 상냥하게 한마디 거들었다.

"바다표범들이 죽는 걸 막을 수는 없단다. 바다에 가서 놀려무나, 코틱."

코틱은 바다로 나가 무거운 마음으로 불꽃 춤을 추었다.

그해 가을이 되자 코틱은 서둘러 고향 바닷가를 떠났다. 코틱의 머릿속에는 실제 있기나 한 건지조차 알 수 없는 바다소를 찾겠다는 생각뿐이었다. 바다소를 만나면 바다표범들이 살기 좋고 사람들도 오지 않는 조용한 섬을 찾을 수 있을 것만 같았다. 코틱은 밤낮으로 500킬로미터씩 헤엄치며 북태평양에서 남태평양까지 샅샅이 찾아다녔다.

그러는 동안 코틱은 숱한 모험을 겪었다. 돌묵상어, 점박이상어, 귀상어의 공격에서 겨우 도망치기도 하고, 바다를 어슬렁거리는 온갖 무법자들, 예의 바른 물고기들, 한곳에서 수백 년 동안 붙박여 산 것을 아주 자랑스러워하는 진홍빛 점박이 가리비도 만났다. 하지만 바다소와 코틱이 간절히 꿈꾸는 섬은 어디에서도 만날 수 없었다. 살기 좋은 해변, 단단한 모래밭, 바다표범들이 놀기 좋은 언덕이 있는 섬이면 반드시 수평선 위로 고래잡이 배가 있었고, 고래기름을 끓이는 연기가 피어올랐다. 코틱은 그것이 무엇을 뜻하는지 잘 알고 있었다. 또 어떤 섬은 한때 바다표범들의 서식지였지만 지금은 죄다 죽은 흔적만 남아 있었다. 일단 사람이 발을 들인 곳은 언젠가 다시 사람들이 찾아오게 마련이었다.

그런데 우연히 만난 꼬리가 뭉툭한 알바트로스가 케르굴렌섬이 조용하고 평화롭다고 알려 주었다. 하지만 코틱이 그 섬에 찾아갔을 땐 번개와 천둥이 치고 거센 폭풍이 불어서 하마터면 가파르고 시커먼 절벽들에 부딪혀 목숨을 잃을 뻔했다. 폭풍 속을 겨우 빠져나와 보니 그곳도 한때는 바다표범의 보금자리였던 것을 알 수 있었다. 코틱이 찾아간 다른 섬들도 모두 마찬가지였다.

림머신은 코틱이 찾아다닌 섬들의 이름을 줄줄이 읊어 주었다. 코틱은 오 년 동안 해마다 넉 달만 노바스토시나에서 쉬고 나머지 시간 동안은 섬을 찾아다니는 탐험을 계속했다. 홀러스치키들은 상상 속의 섬을 찾아다니는 코틱을 비웃었다. 코틱은 끔찍하게 메마른 적도의 갈라파고스섬에도 가 보았는데, 너무 뜨거워서 타 죽을 뻔했다. 코틱은 조지아섬, 사우스 오크니섬, 에메랄드섬, 리틀 나이팅게일섬, 고프섬, 부베섬, 크로세츠섬, 희망봉 남쪽에 한 점처럼 떨어진 아주 작은 섬까지 갔다.

하지만 어디를 가나 바다 생물들은 똑같은 말만 했다. 예전에는 바다표범들이 그 섬들에 살았지만 모두 사람들한테 죽임을 당했다는 것이다. 코틱은 고프섬에 갔다가 돌아오

는 길에 태평양으로 수천 킬로미터를 헤엄쳐 코리엔테스곶에 들른 적도 있었다. 그곳 바위에는 온몸에 옴이 올라 털이 빠진 바다표범 수백 마리가 앉아 있었다. 그곳에도 사람들이 찾아왔었다고 했다. 코틱은 너무 실망한 나머지 곶을 돌아 북쪽의 고향 바닷가로 향했다. 그러다 도중에 푸른 나무가 무성한 섬에 들렀는데, 그곳에서 다 죽어 가는 늙은 바다표범을 만났다. 코틱은 그에게 물고기를 잡아 주며 지금까지 실패한 이야기를 털어놓았다.

"이제 전 노바스토시나로 돌아가요. 사람들한테 이끌려 홀러스치키들과 함께 도살장에 끌려가더라도 이젠 상관없어요."

그러자 늙은 바다표범이 말했다.

"한 번 더 찾아봐. 나는 마사푸에라 서식지의 마지막 바다표범이란다. 사람들이 우리를 수십만 마리씩 죽이던 때, 언젠가는 북쪽에서 하얀 바다표범이 찾아와 바다표범들을 평화로운 곳으로 데려갈 거라는 얘기가 떠돌았단다. 나는 너무 늙어서 그날을 보진 못하겠지만 다른 바다표범들은 볼 수 있을 거야. 그러니 한 번 더 찾아보렴."

"바닷가에서 태어난 바다표범들 가운데 하얀 바다표범은 저뿐이에요. 그리고 털이 하얗든 그렇지 않든 새로운 섬을 찾을 생각도 오직 저만 했고요."

코틱은 멋들어진 콧수염을 말아 올리며 말했다.

코틱은 늙은 바다표범을 만난 뒤 다시 기운이 솟았다.

그해 여름, 코틱이 노바스토시나로 돌아오자 엄마가 짝을 짓고 자리를 잡으라고 간절히 설득했다. 코틱은 이제 더는 홀러스치키가 아니었다. 그사이 어깨에 곱슬곱슬한 하얀 갈기가 돋아나고 아버지처럼 덩치가 큰 용감한 어른 바다표범이 되어 있었다.

"엄마, 한 해만 더 기다려 주세요. 바닷가에 가장 가까이 다가오는 것은 일곱 번째 파도라는 거 잘 아시잖아요."

신기하게도 다음 해까지 짝짓기를 미루려는 암컷이 한 마리 있어서, 코틱은 마지막 탐험을 떠나기 전날 밤 그 바다표범과 함께 루카논 바닷가를 쏘다니며 불꽃 춤을 추었다. 코틱은 다음 날 거대한 넙치 떼의 자취가 있는 서쪽으로 탐험을 떠났다. 건강한 몸을 유지하려면 하루에 적어도 50킬로그램의 물고기를 먹어야 했다. 코틱은 넙치 떼를 쫓다가 지치면 코퍼섬 쪽으로 밀려가는 거대한 파도 속에 웅크린 채 잠을 잤다. 코틱은 근처 바다를 훤히 꿰고 있었는데 한밤중에 몸이 해초에 살짝 부딪쳤다.

"오늘 밤은 조류가 제법 세군."

코틱은 그렇게 중얼거리고는 물속에서 몸을 뒤척이며 천천히 눈을 뜨고 기지개를 켰다. 그러다 고양이처럼 펄쩍 뛰어올랐다. 거대한 짐승들이 얕은 물속에서 해초 더미를 뜯어 먹고 있었던 것이다.

"마젤란의 거대한 파도에 대고 말하건대, 당신들은 대체 누구세요?"

그들은 바다코끼리, 바다사자, 바다표범, 곰, 고래, 상어, 물고기, 오징어, 가리비와는 생김새가 전혀 달랐다. 몸길이가 6미터에서 9미터 가량 되었고, 뒷다리가 없는 대신 젖은 가죽을 잘라 만든 삽처럼 보이는 꼬리가 달려 있었다. 머리는 세상에서 가장 우스꽝스러웠으며, 해초를 뜯지 않을 때에는 물속에서 꼬리 끝으로 균형을 잡았다. 자기들끼리 정중히 인사하고는 뚱뚱한 사람이 팔을 흔들 듯이 앞발을 흔들었다.

"에헴, 안녕하세요?"

코틱이 다시 인사를 건네자 덩치 큰 동물들이 제복을 입은 개구리 하인처럼 앞발을 흔들었다.

이어 다시 해초를 먹기 시작했는데, 윗입술

이 30센티미터쯤 두 갈래로 갈라지더니 해초가 그 안으로 쑥 빨려 들어갔다. 그들은 해초를 엄숙하게 우물우물 씹었다.

"되게 지저분하게 먹는군."

코틱이 말하자 덩치 큰 동물들이 또다시 고개를 꾸벅 숙였다. 코틱은 점점 더 화가 치밀었다.

"앞발에 관절이 하나 더 있다고 그렇게 잘난 척할 필요는 없잖아요. 우아하게 인사하는 거 잘 알겠으니 이제 당신들 이름이나 알려 줘요."

그러자 갈라진 입술이 움직이며 씰룩거렸는데, 멀건 초록빛 눈으로 빤히 쳐다볼 뿐 여전히 아무 대꾸도 하지 않았다.

"당신들은 시 비치보다 못생긴 데다 정말 무례해!"

코틱은 화가 나서 결국 버럭 소리치고 말았다.

그 순간, 한 살 때 바다코끼리섬에서 버거매스터 갈매기한테 들은 말이 퍼뜩 떠올랐다. 코틱은 드디어 바다소를 찾았다는 걸 깨닫자 허둥지둥 물속으로 들어갔다. 바다소들은 어슬렁거리며 계속 해초를 뜯어 먹고 있었다. 코틱은 여행 중에 배운 수많은 언어로 이것저것 물어보았다. 바다 동물들도 사람처럼 여러 말을 썼던 것이다. 하지만 바다소들은 말을 할 줄 몰라서 아무 대답도 하지 않았다. 그들은 목에 뼈가 일곱 개가 아닌 여섯 개밖에 없어서 자기들끼리도 대화를 못 했다. 하지만 독자들도 알다시피 앞발에 관절이 하나 더 있어서 앞발을 아래위로 흔드는 것으로 그나마 대화하려는 노력을 보였다.

다음 날 동이 틀 무렵, 코틱은 갈기가 착 가라앉고 죽은 게처럼 기운도 쭉 빠졌다. 바다소들은 느릿느릿 북쪽으로 여행을 떠났는데 이따금 멈추어 서서 속 터지는 인사를 계속 주고받았다.

코틱은 그들을 따라가며 중얼거렸다.

"이렇게 멍청한 동물들은 안전한 섬에서 살지 않았다면 벌써 죽임을 당했을 거야. 바다소가 살기 좋은 곳이라면 바다표범에게도 좋겠지. 그런데 엄청 느리네."

여행은 코틱에게 너무 지루했다. 바다소들은 하루에 최대 80킬로미터밖에 이동하지 않았다. 밤에는 멈추어서 해초를 먹었고 늘 바닷가 근처로만 다녔다. 코틱은 바다소들 주위를 휘저으며 헤엄쳤지만 바다소들은 절대 서두르지 않았다. 북쪽으로 가는 동안 바다소들은 두 시간마다 한 번씩 인사를 하려고 멈춰 섰다. 코틱은 애가 타서 콧수염을 물어뜯고 싶은 심정이었다. 하지만 바다소들이 난류를 따라 움직인다는 걸 깨닫고 그들을 더욱 존경하게 되었다.

어느 날 밤 바다소들이 반짝이는 물속으로 마치 바위처럼 쑥 가라앉더니 엄청 빠른 속도로 헤엄치기 시작했다. 코틱은 뒤따라가면서 그들의 속도에 감탄했다. 바다소가 그렇게 헤엄을 잘 치는 줄은 꿈에도 몰랐다. 바다소들은 바닷가 옆 절벽 쪽으로 다가갔는데, 깊은 바닷속으로 곧게 뻗은 절벽의 한 지점에 동굴이 뚫려 있었다. 바다소들은 그 동굴 속으로 쑥 들어갔다. 그런데 동굴이 워낙 길어서 한참 헤엄쳐 들어가야 했다. 코틱이 힘겹게 숨을 쉬며 갑갑해하던 찰나, 마침내 컴컴한 동굴의 끝에 다다랐다.

"후유, 정말 오래 잠수했지만 그만한 가치는 있었어."

코틱이 동굴 끝에 이르자 수면 위로 쑥 올라와 숨을 헐떡이며 중얼거렸다.

바다소들은 코틱이 지금까지 보았던 것 가운데 가장 근사한 바닷가에 뿔뿔이 흩어져 느긋하게 해초를 뜯어 먹었다. 바다표범들의 보금자리로 쓰기에 딱 알맞은 반들반들한 바위들이 저 멀리까지 몇 킬로미터나 뻗어 있었다. 바위 너머 섬 안쪽에는 놀이터가 될 만한 단단하고 비탈진 모래밭이 있었다. 바다표범들이 불꽃 춤을 출 수 있는 파도가 연신 밀려들었고, 데굴데굴 굴러다니기 좋은 긴 풀밭과 오르락내리락할 수 있는 모래 언덕도 있었다. 무엇보다 좋은 것은 바다표범이라면 누구나 알 수 있는 물의 느낌을 통해 사람이 한 번도 이곳에 온 적이 없다는 사실을 감지한 것이었다.

코틱은 먼저 물고기가 잘 잡히는지 확인했다. 그리고 해안선을 따라 헤엄쳐 다니면서 아름답게 굽이치는 안개 속에 반쯤 숨어 있는 야트막한 모래섬들을 세어 보았다. 북쪽에는 모래사장과 여울목, 바위 들이 늘어서 있어서 바닷가에서 반경 10킬로미터 안으로는 배가 들어오기 어려웠다. 섬들과 육지 사이에는 깊은 바다와 깎아지른 듯한 절벽이 가로막혀 있었다. 그 절벽 밑 어딘가에 동굴 입구가 있었다.

"꼭 노바스토시나에 돌아온 것 같아. 하지만 그곳보다 열 배는 더 훌륭해. 바다소들은 내 생각보다 훨씬 지혜로워. 사람들이 여길 찾아낸다 해도 이 절벽 밑으로는 못 내려올 거야. 또 바다 쪽에는 모래사장이 있어서 배가 부딪히면 산산조각 날 테고. 바다에서 그동안 내가 찾던 안전한 곳이 있다면 바로 여기야!"

코틱이 혼자 중얼거렸다.

코틱은 노바스토시나에 두고 온 암컷 바다표범이 생각나서 하루라도 빨리 고향으로 돌아가고 싶었다. 하지만 자신 있게 다른 바다표범들에게 알려 주기 위해 그곳을 좀 더 샅샅이 살폈다.

이윽고 코틱은 물속으로 뛰어들어 동굴 입구를 확인한 뒤 남쪽을 향해 빠르게 헤엄쳐 갔다. 바다소나 바다표범 말고는 그 누구도 이런 곳이 있으리라

짐작조차 못할 것이다.

섬을 떠나면서 절벽을 돌아보았는데, 코틱 자신조차 그곳에 그런 섬이 있다는 게 믿기지 않았고 그곳에 머물렀던 시간이 마치 꿈 같았다.

코틱은 서둘러 헤엄쳤지만 고향으로 돌아오는 데 열흘이나 걸렸다. 코틱은 바다사자의 길목을 빠져나오자마자 가장 먼저 자신을 기다리고 있던 암컷 바다표범을 만났다. 암컷 바다표범은 코틱의 눈빛을 보고 코틱이 드디어 그 섬을 찾았다는 것을 알아차렸다.

하지만 홀러스치키들과 코틱의 아버지 시 캐치 그리고 다른 바다표범들은 코틱이 섬을 찾았다는 이야기를 듣자 모두 비웃었다.

"그래, 그렇다고 치자. 하지만 아무도 모르는 곳에 갔다 와서는 갑자기 다 같이 가자고 하면 안 되지. 우리는 지금까지 죽어라 싸워서 겨우 보금자리를 마련했어. 그런데 넌 그래 본 적이 없고 그래서 보금자리도 없지. 넌 그저 바다만 헤매고 다녔을 뿐이야."

코틱 또래로 보이는 한 바다표범이 조롱하듯이 말했다.

그 젊은 바다표범은 자기 말에 모두 요란하게 웃어 대자 고개를 이리저리 꼬았다. 이제 막 짝을 찾아 보금자리를 마련했기 때문에 유난히 으스댔다.

"그래, 난 싸워서 지켜야 할 보금자리는 없어. 하지만 나는 그저 우리가 안전하게 살 수 있는 곳을 알려 주려는 것뿐이야. 왜 싸우려고만 드는 거야?"
코틱이 말하자 젊은 바다표범이 얄밉게 키득거렸다.
"아, 네가 알아서 발뺌하려 한다면 나야 좋지. 말릴 생각은 없어."
"내가 이기면 따라갈 거야?"
코틱이 눈을 번뜩이며 물었다.
코틱은 어쩔 수 없이 싸워야 해서 몹시 화가 났다.
"좋아, 네가 이기면 따라가지."
젊은 바다표범이 선뜻 수락했다.
코틱은 그 바다표범이 마음을 바꿀 틈도 주지 않고 재빨리 달려들어 두툼한 목덜미를 물었다. 그러고는 허리를 공격하고 바닷가로 끌고 가 메다꽂은 다음 쓰러뜨렸다.
"난 지난 오 년 동안 우리 모두를 위해 최선을 다했어. 겨우 안전하게 살 수 있는 섬을 찾아냈는데, 너희들은 그 바보 같은 머리가 잘리지 않는 한 믿지 않으려고 하니 이제 내가 너희에게 가르쳐 주지. 정신 똑바로 차려!"

코틱이 바다표범들을 향해 쩌렁쩌렁 외쳤다.

림머신은 해마다 수만 마리의 덩치 큰 바다표범들이 싸우는 모습을 지켜보았지만, 코틱이 다른 바다표범들을 공격하는 모습은 그때까지 한 번도 보지 못했다고 했다. 코틱은 가장 몸집이 큰 바다표범에게 달려들어 목을 물고 숨 막히게 조르고 몸을 마구 들이받았다. 그리고 상대가 살려 달라고 울부짖자 옆으로 던져 놓고 다음 상대에게 달려들었다. 큰 바다표범들은 해마다 넉 달씩 굶었지만 코틱은 그런 적이 없었다. 게다가 줄곧 깊은 바다를 헤엄치며 탐험한 덕에 몸이 아주 건강했다. 무엇보다도 지금까지 싸움을 벌인 적이 없어서 상처도 없고 체력을 소모하지 않아 유리했다.

코틱의 곱슬곱슬한 하얀 갈기는 바짝 곤두섰고 눈은 이글거렸으며 커다란 송곳니가 햇빛에 반사되어 번쩍였다. 코틱의 아버지 시 캐치는 아들이 위풍당당하게 무리에 맞서는 것을 지켜보다가, 자신도 늙은 바다표범들에게 덤벼들어 넙치처럼 패대기쳤다. 그러자 젊은 바다표범들은 당황해서 어쩔 줄 몰라 했다.

이윽고 시 캐치가 크게 울부짖더니 소리쳤다.

"코틱이 바보일지언정 이 바닷가에서 가장 용맹한 싸움꾼이다! 아들아, 이 아비한테는 달려들지 마라! 나도 너와 함께하겠다!"

그러자 코틱이 대답 대신 큰 소리로 울부짖었다.

늙은 시 캐치는 콧수염을 곤두세운 채 기관차처럼 세차게 싸움에 뛰어들었다. 마트카 그리고 코틱과 결혼할 암컷 바다표범은 감탄의 눈빛으로 자신의 짝을 우러러보았다. 그야말로 위대한 싸움이었다. 아버지와 아들은 감히 누구도 고개를 들지 못할 때까지 싸웠다. 마침내 싸움이 끝나자 두 바다표범은 큰 소리로 울부짖으며 나란히 당당하게 바닷가를 행진했다.

밤이 되어 안개 속에서 북극광이 반짝거리자, 코틱은 바위에 올라가 흐트러진 보금자리와 상처 입고 피 흘리는 바다표범들을 내려다보았다.

"내가 한 수 가르쳤으니 이제 좀 깨달았겠지."

그때 늙은 아버지가 상처투성이 몸을 겨우 일으켜 세우며 말했다.

"어이쿠! 범고래하고 붙었어도 이 정도로 다치진 않았을 거다. 아들아, 난 네가 정말 자랑스럽구나. 네가 찾은 그 섬에 같이 가마. 정말 그런 곳이 있다면 말이다."

이어 코틱이 우렁차게 외쳤다.

"잘 들어라, 바다의 뚱보 돼지들아! 누가 나와 함께 바다소들의 동굴로 갈 텐가? 대답해라. 그러지 않으면 한 번 더 제대로 가르쳐 주겠다."

그러자 수천 개의 지친 목소리들이 여기저기서 파도의 잔물결처럼 웅성댔다.

"같이 가겠다. 하얀 바다표범 코틱을 따르겠다."

코틱은 자랑스레 양 어깨 사이로 머리를 파묻고 눈을 감았다. 지금 그는 하얀 바다표범이 아니었다. 머리부터 꼬리까지 피로 물들어 온몸이 시뻘겠다. 하지만 상처를 살피거나 어루만지는 것은 수치스러운 일이라 여겼다.

일주일 뒤 코틱은 거의 만 마리에 가까운 바다표범들을 이끌고 바다소의 동굴을 향해 북쪽으로 떠났다. 노바스토시나에 남은 바다표범들은 그들을 바보라고 비웃었다. 하지만 이듬해 봄 태평양에서 그들이 다시 만났을 때, 코틱을 따라간 바다표범들이 바다소 동굴 너머의 새로운 보금자리에 대해 놀라운 이야기를 들려주자 더 많은 바다표범들이 노바스토시나를 떠났다. 물론 그 일이 단번에 이루어진 것은 아니었다. 바다표범들은 그다지 영리하지 못한 데다 마음을 바꾸는 데 오래 걸렸다. 하지만 해가 지날수록 더 많은 바다표범들이 노바스토시나와 루카논, 그 밖의 보금자리를 떠나 조용하고 안전한 바닷가로 옮겨 갔다. 코틱은 해마다 몸집이 더욱 커지고 살이 찌고 힘이 세졌으며 여름 내내 그곳을 지켰다. 그리고 홀러스치키들은 사람이 절대 오지 않는 바닷가에서 마음껏 뛰놀았다.

루카논

이것은 세인트폴의 모든 물개가 여름에 보금자리가 있는 해변으로 돌아갈 때 부르는 위대한 심해의 노래다. 물개들의 아주 슬픈 애국가라고 할 수 있다.

아침에 나는 친구들을 만났네. (아, 나는 이미 늙었네!)
여름의 큰 파도가 해안가 바위에 부딪히는 곳에서.
파도의 노래도 잠재울 만큼 우렁찬 합창 소리가 들렸네.
루카논 바닷가에 울리는 이백만 바다표범의 목소리!

하 얀 바 다 표 범

산호 옆 평화로운 보금자리의 노래,
모래 언덕을 힘차게 내려가며 부르는 노래,
불꽃을 일으키는 여름밤 춤의 노래,
바다표범 사냥꾼들이 오기 전 루카논 바닷가에서!

아침에 나는 내 친구들을 만났네. (이젠 더는 볼 수 없네!)
온 바닷가를 뒤덮고 있다가 가 버렸지.
흰 물거품처럼 아득히 멀리 들리도록
바닷가에 찾아온 무리들을 환영하며 노래했네.

겨울 밀이 훌쩍 자라는 루카논 바닷가.
물이 맺힌 이끼, 사방을 흠뻑 적시는 바다 안개!
우리의 놀이터인 반들반들 반짝이는 바위들!
루카논 바닷가, 우리가 태어난 고향!

아침에 나는 친구들을 만났네. 다치고 으스러진 무리.
사람들이 물속에 있는 우리를 총으로 쏘고
육지에서 우리를 몽둥이로 내려쳤네.
어리석은 양 떼처럼 우리를 솔트 하우스로 몰고 갔네.
그래도 우리는 노래하네.
바다표범 사냥꾼들이 오기 전 루카논 바닷가를.

남쪽으로 내려가라. 오, 갈매기여, 어서 가라!
깊은 바다의 총독에게 우리의 슬픈 이야기를 전하라.
폭풍이 상어 알을 바닷가에 던진 것처럼,
텅 빈 루카논 바닷가가 더는
그 아들들을 기억하지 못하기 전에.

리키티키타비

주름투성이 녀석이 들어간 구멍에 대고
빨간 눈이 소리쳤다.
빨간 눈이 하는 말을 들어 보라.
"나그, 이리 나와 죽음의 춤을 추어라!"

눈에는 눈, 머리에는 머리.
(나그, 박자를 맞춰.)
둘 가운데 하나가 죽으면 이 춤은 끝나리.
(나그, 너도 좋지.)
돌면 돌고, 감으면 감고
(나그, 도망가 숨어.)
하! 죽음의 신에게서 빠져나갔네!
(나그, 재앙이 닥칠 것이다!)

리키티키타비

이 이야기는 리키티키타비가 인도 세고울리의 영국군 관사에 있는 큰 저택 욕실에서 혼자 치른 위대한 전투에 관한 것이다. 마루 한가운데로는 한 번도 나와 보지 못하고 늘 벽 가장자리로 조용히 돌아다니는 사향뒤쥐 추춘드라와 재봉새 다르지가 도와주긴 했지만 싸움은 리키티키 혼자 했다.

리키티키는 털과 꼬리는 작은 고양이와 비슷했지만 머리와 습성은 족제비를 많이 닮은 몽구스이다. 두 눈과 쉴 새 없이 킁킁대는 코는 분홍색이고, 간지러운 곳이 있으면 어디든지 앞발이나 뒷발로 마음껏 긁을 수 있었다. 병을 닦는 솔처럼 꼬리를 부풀려 세울 수 있었고, 수풀을 빠르게 가로지르다가 "릭-틱-티키-티키틱!" 하고 싸울 때 내는 소리를 내곤 했다.

어느 여름, 리키티키 가족이 살던 굴에 홍수가 밀려들었다. 리키티키는 물에 휩쓸려 허우적거리다가 강변 도랑으로 떠내려갔는데, 도랑물에 떠다니던 작은 풀을 붙들고 있다가 정신을 잃고 말았다. 그러다 깨어나 보니 뜨거운 햇볕 아래 어느 정원 한복판에서 비참한 꼴로 누워 있었다.

그때 한 사내아이의 목소리가 들렸다.

"몽구스가 죽었나 봐요. 우리가 장례식을 치러 줘요."

그러자 아이의 엄마가 리키티키를 보며 말했다.

"아니야, 집에 데려가서 몸을 말려 주자. 아직 살아 있는 것 같아."

두 사람이 리키티키를 집으로 데리고 들어가자, 덩치 큰 남자가 리키티키를 엄지와 검지로 집어 올리더니 죽은 게 아니라 잠시 질식해 기절한 거라고 했다. 사람들이 수건으로 몸을 감싸고 불을 쬐어 주자 리키티키가 눈을 뜨고 재채기를 했다.

"자, 겁주지 말고 이 녀석이 어떻게 하는지 보자."

덩치 큰 남자가 말했다. (그는 관사에 막 이사 온 영국 사람이었다.)

사실 몽구스를 겁주는 일은 세상에서 가장 힘든 일이었다. 몽구스는 호기심이 엄청 많은 동물이었다. 몽구스족의 신조는 "뛰어다니며 확인해라."이고, 그런 면에서 리키티키는 진정한 몽구스였다. 리키티키는 제 몸을 감싼 수건이 먹을 만한 게 아니라고 결론 짓자 탁자 위를 쪼르르 뛰어다녔다. 그러다 앉아서 털을 다듬고 몸을 긁다가 사내아이 어깨로 폴짝 뛰어올랐다.

"겁내지 마라, 테디. 너랑 친구가 되고 싶어서 하는 행동이란다."

덩치 큰 남자가 안심시키자 테디가 말했다.

"아얏! 이 녀석이 턱을 간지럽혀요."

리키티키는 아이의 옷깃 사이로 안을 들여다보고 귀에 코를 댄 채 킁킁거리다가 바닥으로 내려와 코를 문질렀다.

"세상에, 야생 동물이 틀림없군요! 그래도 잘 대해 주면 얌전해지겠어요."

엄마의 말에 아빠가 대꾸했다.

"몽구스는 다 저렇지. 테디가 꼬리를 잡고 들어 올리거나 우리에 가두지 않으면, 종일 집 안을 뛰어다니며 난리를 피울 거요. 먹을 것 좀 줍시다."

리키티키는 사람들이 날고기 한 점을 주자 냉큼 받아 먹은 뒤 베란다로 나가 햇볕을 쬐며 털을 부풀려 보송하게 말렸다. 그러자 한결 기분이 좋아졌다.

'우리 가족이 평생 살펴보아도 모자랄 만큼 신기한 게 많네. 여기에 계속 머물면서 찾아보자.'

리키티키는 종일 집 안을 누비며 돌아다녔다. 그러다 하마터면 욕조에 빠져서 죽을 뻔했다. 또 집주인이 글씨 쓰는 모습을 보려고 그의 무릎에 올라갔다가 탁자에 있는 잉크에 코를 박기도 하고, 담뱃불에 데기도 했다.

저녁이 되자 리키티키는 테디 방으로 가 등불이 어떻게 켜지는지 지켜보았다. 그리고 테디가 잠자리에 들자 자기도 침대에 올라갔다. 하지만 잠시도 가만있지 못하고 무슨 소리가 날 때마다 귀를 쫑긋 세우며 발딱 일어났다. 그 소리의 정체를 알아내지 않고는 못 배겼기 때문이다. 리키티키는 엄마, 아빠가 테디를 살펴보러 왔을 때도 잠에서 깨어 베개에 올라앉았다.

"난 저 동물이 좀 불안해요. 테디를 물지도 모르잖아요."

엄마가 걱정하자 아빠가 말했다.

"그런 짓은 하지 않을 거요. 테디는 블러드하운드(몸집이 큰 사냥개)보다 이 작은 짐승이랑 같이 있는 게 더 안전할 거요. 만일 뱀이 이 방에 들어온다면….."

하지만 엄마는 그렇게 무서운 일은 생각조차 하고 싶지 않았다.

이른 아침 리키티키가 테디의 어깨에 올라탄 채 아침을 먹으러 베란다로 나가자, 사람들이 바나나와 삶은 달걀을 주었다. 리키티키는 사람들의 무릎을 옮겨 다니며 앉아 보았다. 그러면서 다 자란 몽구스들이 언젠가 애완용 몽구스가 되어서 집 안을 마음껏 뛰어다닐 수 있기를 바랐다. 리키티키는 장군의 저택에서 살았던 어머니에게 백인을 만나면 어떻게 행동해야 하는지 자세히 배워 익히 알고 있었다.

리키티키는 아침을 먹은 뒤 정원을 구경하러 나갔다. 정원이 워낙 넓은 탓에 절반 정도만 겨우 손질되어 있었다. 무성한 수풀을 이룬 장미와 함께 라임나무, 오렌지나무, 대나무 들이 어우러져 우거져 있었다.

"와, 굉장한 사냥터잖아."

리키티키가 입맛을 다시며 말했다.

리키티키는 그 생각만으로도 꼬리가 병을 닦는 솔처럼 부풀었다. 이어 여기저기 냄새를 맡으며 쪼르르 뛰어다녔는데 가시나무 사이에서 몹시 슬픈 울음소리가 들려왔다. 바로 재봉새 다르지와 그의 아내였다. 재봉새 부부는 큼직한 나뭇잎 두 장을 포개고 나무줄기로 가장자리를 꿰맨 뒤 그 안을 보드라운 솜과 보풀로 채워 만든 멋진 둥지 가장자리에 앉아 울고 있었다. 둘이 같이 우는 통에 둥지가 흔들렸다.

"무슨 일 있어?"

리키티키가 묻자 다르지가 말했다.

"너무 억울하고 화가 나서 그래. 어제 우리 새끼 하나가 둥지에서 떨어졌는데 나그가 잡아먹었어."

"저런! 정말 원통하겠군. 그런데 나그가 누구야? 난 이곳이 처음이라서."

그때 다르지와 그의 아내가 대답도 하지 않고 허둥지둥 둥지 속으로 들어가더니 몸을 잔뜩 웅크렸다. 동시에 덤불 아래 무성한 풀숲에서 나지막하게 쉭쉭대는 소리가 들려왔다. 리키티키는 소름이 끼치는 섬뜩한 소리에 60센티미터 정도 뒤로 펄쩍 물러났다.

이윽고 풀숲에서 조금씩 머리가 솟아오르더니 검은 코브라 나그가 목덜미 가죽을 우산처럼 쫙 펼치고 나타났다. 혀에서 꼬리까지 몸 길이가 1.5미터나 될 만큼 컸다. 나그는 제 몸의 삼분의 일 정도를 곧추세운 채 민들레 솜털이 바람결에 한들거리듯이 몸을 좌우로 흔들며 균형을 잡았다. 그러더니 아무런 표정 없는 뱀 특유의 사악한 눈으로 리키티키를 바라보았다.

"나그가 누구냐고? 바로 나다. 위대한 신 브라마께서 우리 종족에게 징표를 내려 주셨지. 브라마 신께서 주무실 때 우리 코브라 조상님이 목덜미를 활짝 펼쳐서 햇볕을 가려 드렸거든. 자, 그 징표를 보아라. 두려움이 무엇인지 알게 될 것이다!"

나그가 그렇게 말하며 목덜미를 한껏 부풀렸다. 그러자 나그의 목덜미에 갈고리 모양의 무늬가 뚜렷이 나타났다. 순간 리키티키는 살아 있는 코브라는 처음이라 겁이 덜컥 났다. 하지만 원래 몽구스는 겁을 잘 내지 않는 동물인 데다 리키티키는 예전에 엄마가 죽은 코브라 고기를 먹여 준 적이 있어서 금세 태연해졌다. 그뿐 아니라 그 순간 리키티키는 다 자란 몽구스라면 평생에 한 번은 꼭 해야 하는 일을 떠올렸다. 바로 뱀과 싸워서 그 고기를 먹는 것이었다. 나그도 그 사실을 잘 알고 있어서 냉혹한 마음 저 밑에서 두려움이 솟아 몸이 부르르 떨렸다.

리키티키는 꼬리를 부풀리며 별 관심 없다는 듯이 말했다.

"쳇! 징표가 있든 없든 둥지에서 떨어진 날지도 못하는 새끼 새를 잡아먹다니. 그게 잘한 거야?"

나그는 리키티키 뒤쪽 풀이 살짝 흔들리는 것을 보면서 재빨리 생각했다. 몽구스가 정원에 나타났다면 그것은 머지 않아 자신과 식구들이 죽게 된다는 것을 뜻했다. 그래서 나그는 일단 리키티키가 방심하게 만들 작정이었다.

"하지만 너도 알을 먹잖아. 그런데 왜 나는 새를 먹으면 안 된다는 거지?"

나그가 고개를 약간 숙인 채 리키티키의 눈길을 피하며 말했다.

그때 다르지가 소리쳤다.

"뒤를 봐! 조심해!"

리키티키는 뒤를 돌아볼 시간이 없다는 걸 본능적으로 알아채고 온 힘을 다해 위로 펄쩍 뛰어올랐다. 순간, 나그의 사악한 아내 나가이나가 휙 스쳐 지나갔다. 나가이나는 리키티키가 나그와 이야기하는 사이 숨죽인 채 뒤에서 살금살금 기어왔던 것이다. 나가이나는 리키티키가 잽싸게 피하자 사납게 쉭쉭거렸다.

리키티키는 나가이나의 등을 피해 대각선 방향으로 땅에 떨어졌다. 노련한 몽구스라면 바로 그때 나가이나의 등을 세게 물어서 죽였을 것이다. 하지만 리키티키는 코브라가 매섭게 반격해 올까 봐 두려웠다. 그래서 나가이나를 물긴 했지만 세게 공격하지 못하고,

휙휙 후려치는 나가이나의 꼬리에서 펄쩍 뛰어내렸다. 나가이나는 잔뜩 화가 나 있었다.

"못된 다르지 녀석!"

나그가 가시나무 위의 둥지로 몸을 한껏 뻗으며 외쳤다.

하지만 다행히 다르지가 뱀들이 닿지 못하는 높은 곳에 둥지를 지은 덕에 둥지가 조금 흔들렸을 뿐이었다.

리키티키는 눈이 빨갛게 변하는 것을 느꼈다. (몽구스는 화나면 눈이 빨개진다.) 그리고 몹시 화가 나서 작은 캥거루처럼 뒷다리로 앉아 사방을 둘러보며 끽끽거렸다. 하지만 나그와 나가이나는 이미 풀숲으로 자취를 감추고 없었다. 뱀은 공격에 실패하면 다음 계획에 대해 어떠한 말이나 단서도 남기지 않는다. 리키티키는 뱀 두 마리를 한꺼번에 상대할 자신이 없어서 뒤쫓지 않았다. 대신 집 근처의 자갈길로 쪼르르 달려가 그곳에 앉아 생각에 잠겼다. 그 일은 리키티키한테 심각한 문제였다.

자연 백과를 보면, 몽구스가 뱀과 싸우다 물리면 재빨리 달아나서 상처를 치료하는 약초를 먹으면 된다는 내용이 나온다. 하지만 그것은 사실이 아니다. 승리는 누가 빨리 보고, 누가 빨리 행동하느냐에 달려 있다. 뱀이 빠르게 공격하면 절대 눈으로 그 움직임을 따라잡을 수 없으므로, 잽싸게 피하는 능력이야말로 그 어떤 약초보다 훨씬 효과가 있다.

리키티키는 아직 어린 자신이 뒤쪽에서 공격해 온 뱀을 피했다는 사실이 내심 뿌듯했다. 리키티키는 그 일로 자신감이 생겼고, 저 멀리에서 달려오고 있는 테디를 보며 자신을 쓰다듬어 주기를 기다렸다.

그런데 테디가 리키티키를 안으려고 막 몸을 숙였을 때 흙 속에서 무언가 꿈틀대며 나지막이 말했다.

"조심해라. 나는 죽음의 신이다."

그것은 흙 속에 사는 작은 갈색 뱀 카레이트였다. 카레이트 이빨에는 독이 있어 물리면 치명적이었다. 더욱이 워낙 작아서 그냥 지나쳐 버리기 쉬운 탓에 더 위험했다. 리키티키의 눈이 다시 빨개졌다. 리키티키는 몽구스족에게 대대로 전해 오는 독특하게 몸을 흔드는 춤을 추며 카레이트에게 다가갔다. 그 모습이 우스꽝스럽긴 했지만, 마음만 먹으면 어떤 각도로든 휙 나아갈 수 있을 만큼 완벽하게 균형이 잡힌 자세였다. 그래서 뱀과 싸울 때 특히 유리했다.

사실 카레이트는 나그보다 더 무서운 상대였다. 카레이트는 몸집이 아주 작아서 행동이 민첩했기 때문에 목덜미를 단번에 물지 못하면 도리어 눈이나 입을 공격당할 위험이 컸다. 리키티키는 그 사실을 미처 알지 못하고, 눈이 새빨개진 채 몸을 앞뒤로 흔들며 물 만한 곳을 찾았다. 이윽고 카레이트가 먼저 공격해 왔다. 리키티키는 옆으로 펄쩍 피한 뒤 다시 달려들었는데 사악한 갈색 머리가 리키티키의 어깨를 파고들었다. 리키티키는 재빨리 카레이트를 뛰어넘어 피했고, 카레이트는 몽구스의 발을 쫓다가 멈칫했다.

그때 테디가 집 쪽을 향해 소리쳤다.

"이리 나와 보세요! 몽구스가 뱀을 잡고 있어요."

곧이어 엄마의 비명 소리가 들렸고 아빠가 막대기를 들고 다급히 뛰어나왔다. 리키티키는 카레이트가 다시 공격해 오자 뱀의 등에 펄쩍 올라타고는 앞발로 머리를 쥔 채 등을 물고 데굴데굴 굴렀다.

잠시 뒤 몽구스에게 물린 뱀의 몸이 뻣뻣하게 굳었다. 리키티키는 몽구스족의 습성대로 뱀의 꼬리부터 한입에 먹으려다가 배가 부르면 몸이 둔해진다는 사실을 떠올렸다. 늘 강하고 민첩하게 움직이려면 살이 쪄서는 안 되었다. 리키티키가 덤불 아래 흙 속에서 뒹굴며 찜질하는 사이, 아빠는 죽은 카레이트를 막대기로 두들겨 댔다. 리키티키는 그 광경을 보며 생각했다.

'왜 저러지? 내가 다 끝냈는데.'

잠시 뒤 엄마가 흙 속에 있던 리키티키를 들어 올려 안더니 리키티키가 테디를 살렸다면서 울먹였다. 그리고 아빠는 리키티키가 온 것이 신의 뜻이라고 했다. 테디는 휘둥그레진 눈으로 리키티키를 바라보았다. 리키티키는 모든 상황을 이해할 순 없었지만, 온 가족이 법석을 떠는 게 재미있었다. 심지어 엄마는 테디가 흙장난을 쳐도 혼내지 않았다. 어쨌든 리키티키는 무척 즐거웠다.

그날 저녁, 리키티키는 식탁 위의 와인 잔 사이를 왔다 갔다 하면서 맛있는 음식들을 세 번이나 먹었다. 엄마가 쓰다듬으며 귀여워해 주었고 테디의 어깨 위에 앉아 있으니 즐겁고 편안했다. 하지만 이따금 나그와 나가이나가 떠오를 때면 눈이 빨개지면서 금방이라도 싸울 듯이 "리키-틱-티키-티키-칙!"을 한참 외쳤다.

테디는 잠잘 때도 리키티키를 데리고 가 억지로 침대에 눕혔다. 리키티키는 훌륭한 몽구스여서 물거나 할퀴지는 않았지만, 테디가 잠이 들자마자 빠져나와 집 안팎을 돌아다녔다. 그러다가 어둠 속에서 벽을 따라 돌아다니던 사향뒤쥐 추춘드라와 마주쳤다. 추춘드라는 겁이 많았다. 밤새 낑낑대고 찍찍거리면서 방 한가운데로 나가겠다고 큰소리쳤지만 단 한 번도 그래 본 적이 없었다.

"리키티키, 살려 줘. 제발 날 죽이지 마."

추춘드라가 울먹이며 말했다.

"뱀 사냥꾼이 사향뒤쥐 따위를 잡을 것 같아?"

리키티키가 코웃음을 치며 대답했다.

그러자 추춘드라가 더욱 구슬프게 대꾸했다.

"뱀 사냥꾼은 뱀한테 당하는 법이지. 그리고 깜깜한 밤에 나그가 나를 너로 착각하지 말란 법이 있어?"

"그건 걱정할 필요 없어. 나그는 정원에 있는데, 넌 거기 안 가잖아."

"내 사촌인 시궁쥐 추아가 그러는데…."

추춘드라가 말끝을 흐렸다.

"뭐랬는데?"

"쉿! 나그는 안 가는 데가 없대. 너도 추아 이야기를 들었어야 하는데."

"난 네 사촌을 본 적도 없어. 그러니 네가 말해 줘. 안 그러면 확 물어 버릴 테야!"

그러자 추춘드라가 털썩 주저앉더니 눈물이 수염을 타고 줄줄 흘러내릴 정도로 울면서 말했다.

"난 불쌍한 신세야. 방 한가운데로 달려 나갈 용기도 없어. 쉿! 지금 이런 이야기 할 때가 아니야. 리키티키, 저 소리 안 들려?"

리키티키는 가만히 귀를 기울였다. 그러자 고요한 집 안 어딘가에서 아주 희미하게 사각거리는 소리가 들리는 것 같았다. 말벌이 유리창 위를 걷는 것처럼 아주 희미한 소리였는데, 바로 뱀의 비늘이 마른 벽돌에 스치는 소리였다.

"나그 아니면 나가이나야. 욕실 배수구로 기어 들어오고 있나 봐. 추춘드라, 네 말이 맞아. 추아랑 이야기해 봐야겠어."

리키티키는 그렇게 말한 뒤 살그머니 테디의 욕실로 향했다. 하지만 거기에는 아무도 없었다. 그래서 다시 엄마의 욕실로 갔는데, 매끈한 회벽 아래쪽에 목욕물이 빠져나가도록 빼놓은 벽돌 하나가 눈에 띄었다. 리키티키가 돌로 된 욕조 옆으로 살그머니 다가가자, 달빛이 비치는 바깥 정원에서 나그와 나가이나가 소근대는 소리가 들렸다.

"집에 사람이 살지 않으면 그놈도 이곳을 떠날 수밖에 없어. 그러면 정원은 다시 우리 차지가 되겠지. 조용히 들어가서 카레이트를 죽인 덩치 큰 남자부터 먼저 물어야 한다는 거 잊지 마! 그리고 나서 나한테 알려 주면 함께 리키티키를 사냥하자고."

나가이나가 말하자 나그가 걱정스레 대답했다.

"정말로 사람을 죽이는 게 우리한테 유리할까?"

"당연하지! 이 집에 사람이 없는데 몽구스가 정원에 오겠어? 집이 비면 우리가 이 정원의 왕과 여왕이야. 무엇보다 멜론 밭에 있는 우리 알들이 부화하면 우리 아기들이 조용히 지낼 곳이 필요하다고."

"그걸 미처 생각 못 했군. 그럼 지금 바로 갈게. 하지만 리키티키를 사냥할 필요는 없을 거야. 덩치 큰 남자와 여자를 죽인 뒤에 할 수 있다면 아이까지 죽이고 조용히 빠져나오면 빈집이 될 테고, 그땐 리키티키도 떠나겠지."

리키티키는 분노와 증오가 치솟았다. 다음 순간 나그의 머리가 배수구로 쑥 들어오더니 이내 1.5미터나 되는 차가운 몸이 따라 들어왔다. 리키티키는 화가 잔뜩 났지만 거대한 코브라의 몸을 보는 순간 덜컥 겁이 났다. 나그는 똬리를 튼 채 고개를 쳐들고 어두컴컴한 욕실을 쳐다보았다. 리키티키는 나그의 번득이는 눈을 똑똑히 보았다.

'지금 저놈을 죽이면 나가이나가 눈치채겠지. 그렇다고 사방이 트인 넓은 곳에서 싸우면 내가 불리해. 어떡하지?'

그때 나그가 몸을 이리저리 흔들더니 커다란 물 항아리에 담긴 물을 마시는 소리가 들렸다.

"어, 시원하군. 카레이트가 죽었을 때 덩치 큰 남자가 막대기를 들고 있던데. 아직도 그 막대기를 들고 있으려나? 그래도 아침에 욕실에 들어올 땐 빈손이겠지. 덩치 큰 남자가 올 때까지 여기서 기다려야겠군. 나가이나, 내 말 들려? 날이 밝을 때까지 여기 시원한 곳에서 기다릴게."

나그가 말했지만 어쩐 일인지 바깥에서 아무 대답이 없었다. 순간, 리키티키는 나가이나가 이미 가 버린 것을 알아차렸다. 리키티키는 나그가 물 항아리의 불룩한 부분에 몸을 친친 감는 모습을 죽은 듯이 꼼짝 않고 지켜보았다. 한 시간 뒤, 리키티키는 몸의 근육을 조금씩 움직이며 항아리 쪽으로 다가가 잠든 나그의 등 어디를 무는 게 좋을지를 궁리했다.

"놈의 등을 단숨에 부러뜨리지 못하면 나그와 싸울 수밖에 없어. 나그와 싸우게 되면…. 오, 리키!"

리키티키는 나그의 두툼한 목덜미를 보니 도저히 물 수 없을 것만 같았다. 그렇다고 꼬리 쪽을 물자니 나그가 더 미쳐 날뛸 것이 뻔했다.

리키티키는 마침내 마음을 단단히 먹었다.

"반드시 목덜미 위쪽 머리를 공격해야 해. 일단 물면 절대 놓지 않을 거야."

리키티키는 곧장 달려들었다. 나그의 머리는 물 항아리의 불룩한 부분에서 약간 떨어져 있었다. 리키티키는 나그의 머리를 물자마자 항아리의 불룩한 부분에 등을 대고 버티면서 나그의 머리를 있는 힘껏 짓눌렀다. 리키티키는 그 자세를 최대한 유지하면서 나그를 압박했다. 다음 순간 개가 쥐를 물고 마구 휘두르듯이 나그가 리키티키를 사방으로 흔들어 댔다. 나그가 정신없이 위아래, 좌우로 빙빙 돌리자 리키티키의 눈이 새빨개졌다. 잔뜩 독이 오른 나그가 있는 힘껏 패대기치는 순간, 리키티키는 채찍을 맞은 말 위의 짐짝처럼 바닥에 나동그라졌다. 그 바람에 양철 바가지와 비눗갑과 목욕 솔이 엎어지는 아수라장이 되었지만 리키티키는 끝까지 버텼다.

리키티키는 이러다 결국 죽게 될 거라 생각하면서도 몽구스족의 명예를 위해 죽는 순간까지 뱀을 물고 있겠다고 다짐했다.

리키티키는 점점 더 강하게 나그의 목을 파고들었다. 그런데 점점 온몸이 쑤시고 떨리다 못해 어질어질하던 순간, 바로 뒤에서 천둥 같은 소리가 들렸다. 이어 뜨거운 바람이 휙 지나가는가 싶더니 붉은 불꽃에 털이 그슬리는 것을 느끼며 리키티키는 정신을 잃었다. 시끄러운 소리에 잠이 깬 덩치 큰 남자가 엽총으로 나그의 뒷덜미를 정확하게 쏜 것이다.

리키티키는 자기가 죽은 줄로만 알고 두 눈을 꼭 감은 채 꼼짝 않고 있었다. 이윽고 덩치 큰 남자가 리키티키를 들어 올렸다.

"이번에도 몽구스요, 여보. 이 작은 녀석이 우리 목숨을 구했소."

엄마가 하얗게 질린 채 총에 맞은 나그를 보았다. 리키티키는 몸을 질질 끌며 테디의 방으로 갔다. 그날 밤 리키티키는 자신의 몸이 산산조각 난 것은 아닌지 확인하려고 밤새 몸을 흔들었다.

다음 날 아침, 리키티키는 온몸이 뻐근했지만 지난 밤 자신이 한 일을 떠올리며 어깨를 한껏 으쓱거렸다.

"이제 나가이나를 처치해야지. 나가이나는 나그 다섯 마리를 합쳐 놓은 것보다 더 무시무시할 거야. 게다가 뱀의 알이 언제 깨어날지 모르니 정말 큰일이군. 다르지한테 가 봐야겠어."

리키티키는 아침도 먹지 않고, 다르지가 승리의 노래를 목청껏 부르고 있는 가시나무 덤불로 달려갔다. 그 무렵 청소부가 나그의 사체를 쓰레기 더미에 내다 버려서, 나그가 죽었다는 소식이 온 정원에 퍼져 있었다.

"이 바보 깃털 뭉치야! 지금 노래나 할 때가 아니야."

리키티키는 화가 나서 꽥 외쳤지만, 다르지는 노래를 멈추지 않았다.

"나그가 죽었네, 나그가 죽었네. 용맹스런 리키티키가 머리를 꽉 물고 늘어졌네. 덩치 큰 남자가 탕 소리 나는 막대기로 나그를 두 조각으로 부쉈지! 이제 다시는 우리 아기들을 잡아먹지 못할 거야."

"그래, 맞는 말이야. 그런데 나가이나는 어디 있지?"

리키티키가 조심스레 주위를 둘러보며 물었지만, 다르지는 목청을 더 높였다.

"나가이나는 욕실 배수구로 가 나그를 불렀네. 마침내 나그가 막대기 끝에 얹혀 나왔네. 청소부가 막대기 끝에 늘어져 있는 나그를 쓰레기 더미에 던져 버렸네. 위대한 빨간 눈 리키티키를 떠받드세!"

"둥지에 올라갈 수만 있다면 네 새끼들을 떨어뜨리고 싶다! 어쩜 그렇게 때를 가릴 줄 몰라? 넌 거기 둥지에 있으니까 안전하겠지만 여기 아래에 있는 나는 전쟁 중이란 말이야. 다르지, 이제 그만 노래를 멈춰!"

리키티키가 더는 참지 못하고 소리쳤다.

"위대하고 장한 리키티키를 위해 기꺼이 노래를 멈추리다. 오, 무시무시한 나그를 죽인 자여, 무슨 일인가?"

"다시 묻겠는데, 나가이나는 어디 있지?"

"마구간 옆 쓰레기 더미에서 나그의 죽음을 슬퍼하고 있지. 하얀 이빨을 가진 위대한 리키티키여."

"하얀 이빨은 무슨! 나가이나가 알을 어디에 낳았는지 알고 있어?"

"담벼락 쪽 멜론 밭. 종일 해가 드는 곳이야. 몇 주 전에 거기다 숨겨 놓았어."

"담벼락 쪽이 분명하지?"

"리키티키, 설마 나가이나의 알을 먹으려는 건 아니지?"

"물론 아니야. 네가 조금이라도 눈치가 있다면 지금 마구간으로 날아가 날개가 부러진

척해서 나가이나를 이쪽 덤불로 꾀어 줘. 난 그사이 멜론 밭으로 갈 테니까. 지금 그냥 가면 나가이나한테 들키고 말 거야."

다르지는 한 번에 한 가지밖에 생각 못 하는 새였다. 나가이나의 새끼들도 자기 새끼들 처럼 알에서 깨어난다는 생각에 처음에는 리키티키가 그 알을 죽이는 게 옳지 않다고 생각 했다. 하지만 다르지의 아내는 똑똑해서 코브라의 알이 나중에 코브라가 된다는 것을 잘 알고 있었다. 그래서 다르지가 새끼들을 품고 나그의 죽음을 노래하게 내버려 둔 채, 자기 가 직접 마구간으로 날아갔다. 다르지는 어떤 면에서 사람과 아주 비슷했다.

다르지의 아내는 쓰레기 더미 옆에 있는 나가이나에게 다가가 파닥이며 외쳤다.

"아, 날개가 부러지다니! 저 집 아이가 던진 돌에 맞아 날개가 부러졌어."

그리고는 애처롭게 날개를 퍼덕거리자 나가이나가 고개를 들고 쉭쉭거렸다.

"지난번에 리키티키를 죽일 수 있었는데 네가 방해했지? 그래, 잘 만났다. 절뚝거리며 잘도 나를 찾아왔군."

나가이나가 흙먼지를 일으키며 스르르 다가오자, 다르지의 아내가 목청껏 외쳤다.

"그 사내아이가 돌을 던져서 날개가 부러졌어!"

"그것 참 잘됐군. 내가 그 아이한테 복수해 주지. 그럼 지금 내 손에 죽더라도 조금은 위로가 될 거야. 오늘 아침에는 내 남편이 쓰레기 더미에 누워 있었지만, 밤이 되기 전 에 그 사내아이도 쓰레기 더미 위에 눕게 될 테니까. 도망가 봐야 소용없어. 널 반드시 잡을 테니까. 어리석은 새야, 날 똑바로 봐!"

다르지의 아내는 현명하게도 뱀의 눈을 보지 않았다. 새는 뱀의 눈을 보면 겁에 질려 꼼 짝도 못하기 때문이다. 다르지의 아내는 구슬프게 울면서 계속 날개를 퍼덕거렸지만 날지 못한 채 달아나기만 했다. 나가이나는 조바심이 나 더 빠르게 그 뒤를 쫓았다.

리키티키는 둘이 쫓고 쫓기며 마구간 쪽으로 다가오는 소리를 듣고는 서둘러 멜론 밭으 로 달려갔다. 멜론들을 따뜻하게 덮어 놓은 짚 더미 속에 뱀의 알 스물다섯 개가 교묘하 게 숨겨져 있었다. 크기는 달걀만 했고 딱딱한 껍데기 대신 희끄무레한 막에 덮여 있었다.

"하루만 늦었어도 큰일 날 뻔했네."

얇은 막 속으로 코브라 새끼들이 웅크리고 있는 게 훤히 보였다. 코브라 새끼들은 알에 서 깨어 나오기만 해도 사람이나 몽구스를 죽일 수 있는 존재가 되었다. 리키티키는 얼른

알 위쪽을 물어뜯어 코브라 새끼들을 확실하게 짓밟았다. 그리고 짚을 이리저리 들추어 혹시 빠뜨린 게 없는지 확인했다. 마침내 알이 딱 세 개만 남았을 때 리키티키는 쿡쿡 웃기 시작했다. 그때 다르지의 아내가 다급히 외치는 소리가 들렸다.

"리키티키, 내가 나가이나를 집으로 유인해 정원으로 가고 있는데 나가이나가 갑자기 베란다로 들어갔어. 아, 빨리 와. 사람들이 위험해!"

리키티키는 알 두 개를 뭉갠 뒤 마지막 남은 한 알을 입에 물고 허둥지둥 멜론 밭을 빠져나왔다. 그러고는 쏜살같이 베란다로 달려갔다. 테디와 엄마, 아빠는 아침 식사를 하려고 베란다에 앉아 있었는데, 아무것도 먹고 있지 않았다. 사람들은 돌처럼 딱딱하게 굳은 채 얼굴이 하얗게 질려 있었다. 나가이나는 테디의 의자 바로 옆, 마음만 먹으면 언제든 테디의 맨다리를 물 수 있을 만한 거리에 똬리를 틀고 앉아 몸을 앞뒤로 흔들며 승리의 노래를 부르고 있었다.

"나그를 죽인 덩치 큰 남자의 아들아, 꼼짝 마라. 나는 아직 준비가 안 되었으니 조금만 기다리렴. 너희 셋 모두 움직이면 공격할 것이고, 움직이지 않아도 공격할 것이다. 아, 나그를 죽인 어리석은 것아!"

테디는 꼼짝도 못한 채 아빠만 바라보았다. 하지만 아빠가 할 수 있는 것은 이렇게 속삭이며 아이를 진정시키는 일뿐이었다.

"테디, 가만있거라. 움직이면 안 돼. 가만히 있으렴."

그때 리키티키가 뛰어들며 소리쳤다.

"여길 봐, 나가이나. 나와 싸우자!"

하지만 나가이나는 리키티키에게 눈길 한 번 주지 않고 말했다.

"마침 잘 왔다. 곧 네게도 복수할 거니까. 리키티키, 네 친구들을 봐라. 허옇게 질린 채 꼼짝도 못 하는구나. 겁을 먹어서 감히 움직이지도 못하는 꼴 좀 보라지. 어디 한 걸음만 더 다가와 봐라. 바로 저 아이를 공격할 테다."

"멜론 밭에 있는 네 알들이나 살피시지, 나가이나!"

그러자 뱀이 몸을 반쯤 돌리고 베란다에 놓인 제 알을 보았다.

"앗, 내 알! 당장 돌려줘!"

나가이나가 놀라서 외쳤다.

하지만 리키티키는 눈이 빨개진 채 발로 알을 톡톡 쳤다.

"뱀의 알 값이 얼마지? 코브라 새끼는 얼마나 나가나? 킹코브라 새끼는 또 얼마지? 아, 알 가운데 마지막 알은 얼마지? 멜론 밭에서 뒹굴고 있는 나머지 알들은 이미 개미들이 다 먹어 치웠을걸?"

나가이나는 마지막 알을 위해 모든 것을 포기하고 휙 돌아섰다. 리키티키가 베란다를 힐끗 보자 아빠가 잽싸게 손을 뻗어 테디의 어깨를 움켜잡고는 나가이나로부터 안전한 탁자 맞은편으로 끌어당겼다.

"속았다, 속았어! 릭-칙-칙! 아이는 이제 안전하지. 그리고 지난 밤 욕실에서 나그 머리를 문 것은 바로 나라네."

리키티키가 네 발로 팔짝팔짝 뛰어오르며 낄낄거렸다.

"나그가 나를 이리저리 패대기쳤지만 날 떼어 내진 못했지. 덩치 큰 남자가 총으로 두 동강을 내기 전에 나그는 이미 죽었어. 내가 죽였다고! 리키-티키-칙-칙! 덤벼, 나가이나. 나하고 싸우자. 곧 남편을 만나게 해 줄 테니까."

나가이나는 테디를 죽일 기회를 놓친 것을 깨달았다. 그리고 알은 여전히 리키티키의 앞발 사이에 놓여 있었다.

"리키티키, 알을 돌려줘. 알을 주면 여길 떠나서 다시는 오지 않을게."

나가이나가 고개를 숙이며 말했다.

"그래, 넌 다시는 오지 못할 거야. 나그랑 같이 쓰레기 더미 위에 누워 있게 될 테니까. 어서 덤벼 봐! 덩치 큰 남자가 총을 가지러 갔어! 내게 덤벼 보라고!"

리키티키는 공격을 피할 수 있을 정도로 거리를 유지한 채 숯덩이처럼 시뻘건 눈으로 나가이나 주위를 뛰어다녔다. 나가이나는 정신을 다잡고 리키티키를 향해 달려들었다. 그러자 리키티키도 펄쩍 달려들었다가 뒤로 물러났다. 나가이나는 몇 번이나 공격하면서 베란다 깔개에 쿵쿵 부딪혔지만 그때마다 용수철처럼 벌떡 일어났다. 이윽고 리키티키가 춤을 추며 나가이나 뒤로 다가갔다. 나가이나도 리키티키를 붙잡으려고 뒤로 빙글 돌았는데, 꼬리가 바닥을 스치자 마른 잎이 바람에 날리는 소리가 났다.

그사이 리키티키는 알을 까맣게 잊고 있었다. 알은 여전히 베란다에 놓여 있었는데, 나가이나가 조금씩 다가가더니 리키티키가 잠시 숨을 고르던 찰나 잽싸게 알을 입에 물었다. 그리고는 휙 돌아서서 화살처럼 빠르게 베란다 계단을 통과해 오솔길로 도망쳤다. 리키티키는 곧장 그 뒤를 쫓았다. 코브라가 죽을힘을 다해 달아날 때에는 채찍을 맞은 말처럼 엄청 빨랐다. 리키티키는 지금 나가이나를 처치하지 않으면 이런 일이 또다시 일어날 거라고 확신했다.

나가이나는 가시덤불 옆에 기다랗게 우거진 풀숲으로 곧장 내달렸다. 다르지는 그때까지도 멍청하게 승리의 노래를 부르고 있었다. 하지만 현명한 다르지의 아내는 나가이나가 도망쳐 오자 둥지에서 내려와 나가이나의 머리 근처에서 퍼덕퍼덕 날갯짓을 했다. 만약 다르지도 함께 도와주었다면 나가이나를 막을 수 있었겠지만, 나가이나는 고개를 숙이며 계속 달아났다. 그나마 다르지의 아내가 도와준 덕분에 나가이나가 한순간 주춤거려 리키티키가 바로 따라잡을 수 있었다.

나가이나가 자기가 살던 구멍으로 쏙 들어가려던 찰나, 리키티키가 작고 하얀 이빨로 꼬리를 꽉 물었다. 그 바람에 리키티키는 나가이나와 함께 구멍 속으로 끌려 들어갔다. 하지만 아무리 영리하고 노련한 몽구스라도 코브라의 굴까지 들어가지는 않는다. 구멍 안은 컴컴했다. 리키티키는 땅속 공간이 갑자기 넓어져서 나가이나가 몸을 휙 돌려 공격해 올까 봐 두려웠다. 그래서 후텁지근한 비탈길이 시작되자, 미끄러지지 않도록 발에 힘을 꽉 주고 버텼다.

구멍 입구 주변의 풀들이 더는 흔들리지 않자 다르지가 말했다.

"리키티키도 끝났구나! 이제는 리키티키를 위해 애도의 노래를 불러야겠어. 용맹한 리키티키는 죽었다! 나가이나가 땅속에서 틀림없이 죽일 거야."

다르지는 아주 슬픈 노래를 즉석에서 지어 불렀다. 그런데 가장 애절한 대목에 막 이르렀을 때 풀들이 갑자기 흔들렸다. 이어 흙투성이가 된 리키티키가 수염을 핥으며 구멍에서 힘겹게 빠져나왔다. 다르지는 깜짝 놀라 노래를 멈추었다.

리키티키가 몸에 묻은 흙을 털어 내며 재채기를 하고는 말했다.

"다 끝났어. 나가이나는 두 번 다시 나타나지 않을 거야."

그러자 풀 줄기 사이에 사는 불개미들이 그 말이 사실인지 알아보려고 줄줄이 구멍 속으로 들어갔다. 고된 하루를 보낸 리키티키는 풀숲에 웅크린 채 그대로 잠이 들었고, 오후 늦게까지 계속 잤다.

이윽고 잠에서 깬 리키티키가 말했다.

"이제 집으로 돌아가야겠다. 다르지, 쿠퍼스미스한테 이 일을 말해 줘. 그럼 나가이나가 죽었다는 소식이 온 정원에 퍼질 테니까."

쿠퍼스미스는 작은 망치로 구리 항아리를 두들기는 것 같은 소리를 내는 새였다. 그 새가 이런 소리를 내는 것은 인도의 모든 정원에 사는 동물들에게 소식을 전해 주기 위해서였다. 리키티키가 오솔길을 지나는데 종소리 같은 쿠퍼스미스의 외침이 들렸다.

"댕댕! 나그가 죽었네! 나가이나가 죽었네! 댕댕댕!"

그러자 정원의 새들과 개구리들이 즐겁게 지저귀고 울어 댔다. 나그와 나가이나는 새끼 새뿐만 아니라 개구리도 잡아먹었기 때문이었다.

리키티키가 집에 도착하자 테디와 엄마, 아빠가 밖으로 나와 감격의 눈물을 흘리며 반겼다. 엄마는 나가이나의 습격에 기절했던 탓에 아직도 얼굴이 허옜다. 그날 밤 리키티키는 배가 터질 때까지 사람들이 주는 음식을 다 받아먹고 테디의 어깨 위에서 잠들었다. 조금 뒤 엄마와 아빠가 테디의 잠자리를 보러 왔다.

"이 몽구스가 우리 목숨을 구했어요. 우리 모두를 살렸다고요."

엄마가 리키티키를 보며 아빠에게 말했다.

그때 리키티키가 잠에서 깨어 발딱 일어났다. 몽구스는 원래 깊이 자지 않았다.

"아, 당신들이었군요. 무슨 걱정이라도 있어요? 코브라는 다 죽었는데. 살아 있다 해

도 내가 있잖아요."

리키티키가 말했다.

리키티키는 스스로를 자랑스러워할 만한 전투를 치렀지만 그렇다고 지나치게 거만을 떨지는 않았다. 리키티키는 적에게 빠르게 달려들고 흰 이빨로 물어뜯어 정원을 지켰다. 그래서 그 어떤 코브라도 감히 정원에 들어오지 못했다.

다르지의 노래
– 리키티키타비를 찬양하는 노래

나는 가수이자 재봉사, 그래서 기쁨이 두 배라네.

하늘 끝까지 울려 퍼지는 내 자랑스러운 노래.

내가 지은 자랑스러운 둥지. 위아래로 날며 노래와 둥지를 엮네.

아기들에게 노래를 불러 주렴. 엄마, 고개를 들어요!

우리를 괴롭히던 악마와 죽음의 신이 죽었네.

장미 속에 숨은 공포는 쓰레기 더미 위에 던져졌네!

누가 우리를 구해 주었나? 그의 둥지와 이름을 알려 주렴.

용맹하고 진실한 리키, 불 같은 눈을 가진 티키.

상아 송곳니와 불꽃 눈을 가진 사냥꾼, 리키티키!

새들의 감사를 전하세. 꼬리 깃을 활짝 펴고 인사하세.

나이팅게일의 노래로 찬양하라. 아니, 내가 직접 찬양하리라.

들어라! 빨간 눈과 솔 같은 꼬리를 가진 리키를 찬양하나니!

(여기서 리키티키가 끼어드는 바람에 나머지 부분은 부르지 못했다.)

코끼리들의 투마이

내가 누구였는지 기억하리라.
밧줄과 쇠사슬은 지긋지긋하다.
예전에 내가 가졌던 힘과
숲에서 지낸 시절을 모두 기억하리라.
다시는 내 등을 인간의 사탕수수에 팔지 않으리라.
내 형제와 정글의 내 집으로 돌아가리라.

아침이 밝으면 나는 가리라.
산뜻하게 입을 맞추는 바람과
깨끗하게 어루만지는 물을 찾아 가리라.
내 발목에 채워진 쇠사슬은 잊으리라.
나를 묶은 말뚝도 부수리라.
잃어버린 사랑과 친구들을 다시 만나리라!

'검은 뱀'을 뜻하는 코끼리 칼라나그는 사십칠 년 동안 인도 정부를 위해 자신이 할 수 있는 모든 일을 했다. 스무 살 때 사람들에게 잡혀 이제 거의 일흔 살이 되었으니 코끼리 로서는 꽤 늙은 나이다.

칼라나그는 이마에 커다란 가죽 보호대를 대고 진흙 깊숙이 박힌 대포를 끌어내던 시 절을 떠올렸다. 1842년 아프간 전쟁이 일어나기 전이었는데, 그때만 해도 힘이 그리 세 지 않았다. 칼라나그와 함께 사람들에게 붙잡힌 엄마 코끼리 라다 피아리(아름다운 라다) 는 젖니가 빠지기도 전에 지레 겁을 먹으면 반드시 다치게 마련이라고 아들에게 가르쳐 주었다. 뒷날 칼라나그는 엄마의 말이 옳았다는 것을 깨달았다. 칼라나그가 난생처음 포 탄이 터지는 것을 보고 비명을 지르며 뒷걸음질치자, 총을 든 병사들이 총검으로 칼라나 그의 부드러운 살을 찔렀던 것이다. 그래서 칼라나그는 스물다섯 살이 되기 전에 더는 겁 을 내지 않게 되었고, 덕분에 인도 정부에서 일하는 코끼리들 가운데 가장 사랑받으며 극 진한 보살핌을 받았다.

칼라나그는 인도 북부로 행군했을 때 540킬로그램이나 되는 천막을 나른 적도 있었다. 또 기중기 끝에 매달려 증기선에 태워진 뒤 며칠 동안 항해한 적도 있었고, 인도에서 아 주 멀리 떨어진 바위투성이 낯선 땅에서 박격포를 실어 나르기도 했다. 그리고 막달라에 서 테오도르 황제의 시신도 보았으며, 병사들의 말에 따르면 다시 증기선을 타고 돌아와 아비시니아 전투 훈장이라는 것도 받았다.

십 년 뒤에는 알리 무스지드에서 동료 코끼리들이 추위와 이질, 굶주림과 일사병으로 죽어 가는 것을 지켜보았다. 그 뒤 수천 킬로미터 떨어진 인도 남부의 모울메인에서 커다 란 티크 원목을 운반하고 쌓는 일을 했다. 칼라나그는 그곳에서 맡은 일은 하지 않고 슬슬 꾀부리는 젊은 코끼리를 반쯤 죽도록 혼내기도 했다.

칼라나그는 목재 운반 일을 끝내자 훈련받은 코끼리 수십 마리와 함께 가로 언덕에서 야생 코끼리를 잡는 일에 투입되었다. 인도 정부에서는 코끼리들을 매우 엄격하게 관리했 다. 코끼리를 사냥하고 길들여서 일손이 필요한 인도 전역에 보내는 일을 관장하는 기관 이 따로 있을 정도였다.

칼라나그는 서 있을 때 어깨까지의 높이가 3미터에 달했다. 엄니는 1.5미터 정도였지 만 잘려서 뭉툭했으며, 끝부분이 갈라지지 않도록 구리 테로 묶여 있었다. 칼라나그는 비록 엄니가 그렇게 되었어도 날카로운 엄니를 가진 야생 코끼리보다 더 많은 일을 해냈다.

칼라나그는 몇 주 동안 언덕을 누비며 뿔뿔이 흩어진 야생 코끼리들을 조심스럽게 몰아 울타리 쪽으로 유인했다. 사오십 마리의 야생 코끼리들이 울타리 안으로 들어서면 굵은 나무를 묶어 만든 거대한 문이 내려와 쿵 닫혔다. 칼라나그는 명령이 떨어지면 횃불이 활활 타오르고 코끼리 울음소리로 시끌벅적한 아수라장 속으로 들어가, 코끼리들 가운데 가장 몸집이 크고 엄니가 큰 놈을 공격해 얌전하게 만들었다. 그사이 사람들은 코끼리 무리 뒤쪽에서 덩치가 작은 코끼리들을 잡아 밧줄로 묶었다. 이 일은 코끼리들이 깜박거리는 횃불 때문에 거리를 가늠할 수 없는 밤에 이루어졌다.

칼라나그는 노련하고 지혜로울 뿐 아니라 싸움도 잘했다. 한창때는 호랑이와 여러 번 맞서 싸웠다. 부드러운 코로 날뛰는 호랑이를 말아 올려 던진 다음, 공중에서 머리를 재빨리 아래로 돌려서 때려눕혔다. 이런 기술은 칼라나그가 직접 고안한 것인데 널브러진 호랑이를 거대한 무릎으로 짓누르면 금세 숨통이 끊어졌고, 땅바닥에는 푹신한 줄무늬 털가죽만 남았다.

칼라나그가 잡히는 광경을 직접 본 '코끼리들의 투마이'의 손자이자, 칼라나그를 아비시니아로 데려온 '검은 투마이'의 아들이며, 지금 칼라나그를 모는 큰 투마이가 말했다.

"그래, 검은 뱀은 나 말고 어떤 것도 두려워하지 않아. 할아버지, 아버지 그리고 내가 이 녀석을 먹이고 돌보았는데, 이제 내 아들에게까지 이어지겠구나."

"칼라나그는 나도 무서워해요."

키가 1.2미터밖에 안 되고, 달랑 천 조각 하나만 걸친 작은 투마이가 말했다.

작은 투마이는 큰 투마이의 큰아들로 올해 열 살이었다. 나중에 자라면 관습에 따라 아버지의 뒤를 이어 칼라나그를 타고, 아버지와 할아버지와 증조할아버지가 써서 반들반들 닳은 안쿠스를 휘두르게 될 것이다. 안쿠스는 코끼리를 몰 때 쓰는 묵직한 쇠막대기였다.

작은 투마이는 자신이 한 말의 뜻을 정확히 알고 있었다. 그는 칼라나그의 그늘 밑에서 태어나 걷기도 전에 칼라나그의 몸에 매달려 놀았고, 걸음마를 시작하자마자 칼라나그를 데리고 물을 먹이러 다녔다. 칼라나그도 큰 투마이가 작은 갈색 갓난아기를 엄니 밑에 들이대면서 앞으로 주인이 될 테니 인사하라고 했을 때부터 작은 투마이의 명령을 거스를 생각은 꿈에도 하지 않았다.

"그래, 칼라나그는 날 무서워해."

작은 투마이가 중얼거렸다.

작은 투마이는 칼라나그에게 성큼성큼 다가가 뚱뚱한 돼지라고 부르며 한 발씩 차례로 들어 보라고 했다.

"와! 넌 덩치가 정말 크구나."

작은 투마이는 아버지의 말을 그대로 따라 하며 부드러운 머리칼을 흔들었다.

"칼라나그, 정부에서 코끼리에 드는 비용을 대긴 하지만 코끼리는 조련사인 우리들 거야. 넌 덩치도 크고 예의도 바르니까 늙으면 돈 많은 왕족이 사들일 테지. 그러면 너는 황금 귀걸이를 달고 황금 가마를 등에 얹고 황금을 입힌 붉은 천을 옆구리에 늘어뜨린 채 왕의 행렬 맨 앞에서 걷게 될 거야. 오, 칼라나그! 그럼 그때 나는 네 목에 앉아 은 안쿠스를 흔들겠지. 또 황금 곤봉을 들고 우리를 호위하는 사람들이 '왕의 코끼리가 나가신다. 길을 비켜라!' 하고 외칠 테고. 그것도 정말 좋긴 하지만, 난 정글에서 사냥하는 게 제일 좋아."

그러자 큰 투마이가 뒤에서 큰 소리로 외쳤다.

"어이쿠, 철없는 소리를 하는구나. 이렇게 언덕을 오르내리는 일은 정부에서 맡기는 일 중에서도 좋은 일이 아니야. 난 늙어 가고 있는 데다 야생 코끼리를 부리는 일은 이제 지긋지긋하다. 이렇게 여기저기 떠돌며 야영하는 천막 말고 벽돌로 된 코끼리 축사가 있어야 해. 코끼리를 한 칸에 한 마리씩 넣어 둘 우리가 있고, 코끼리를 안전하게 묶을 수 있는 말뚝이 있고, 코끼리가 돌아다닐 만한 넓은 길이 있는 곳 말이야. 아, 칸푸르 축사가 좋았는데. 시장이 바로 옆에 있고 하루에 세 시간만 일했으니까."

하지만 작은 투마이는 칸푸르 축사를 떠올리며 아무 말도 하지 않았다. 작은 투마이는 야영 생활이 훨씬 좋았다. 넓고 평평한 길도 싫고, 수풀 보호 구역에서 풀을 뽑는 것도 싫었다. 그리고 칼라나그가 말뚝에 묶여 버둥대는 것만 종일 지켜보며 빈둥빈둥 시간을 보내는 것도 정말 싫었다.

작은 투마이는 코끼리 한 마리가 겨우 지나갈 수 있는 좁은 길을 올라가거나 골짜기 아래쪽으로 미끄러져 내려가는 것을 좋아했다. 몇 킬로미터 떨어진 곳에서 언뜻 보이는 풀을 뜯는 야생 코끼리들, 칼라나그 발소리를 듣고 겁에 질려 후다닥 도망가는 돼지와 공작새들, 앞이 보이지 않을 정도로 따뜻한 비가 쏟아지면 온 언덕과 골짜기에 피어오르는 안개, 어디에서 야영했는지 알 수 없는 가운데 맞이하는 신비로운 안개 낀 아침도 좋았다. 특히 어젯밤처럼 야생 코끼리들을 조심스레 쫓다가 햇불을 들고 왁자지껄 고함치며 울타리 안으로 몰아넣을 때면 정말 신났다. 코끼리들이 울타리에서 빠져나갈 수 없다는 걸 깨닫고 엄청난 힘으로 나무 기둥에 쿵쿵 몸을 부딪치면, 몰이꾼들은 활활 타오르는 햇불을 들고 공포탄을 쏘아 코끼리들을 제압했다.

야생 코끼리 몰이를 할 때는 어린 사내아이도 쓸모가 있었다. 그런데 작은 투마이는 햇불을 흔들고 목청껏 고함치며 사내아이 세 명의 몫을 해냈다. 하지만 작은 투마이가 정말로 좋아한 순간은, 코끼리 몰이가 시작된 뒤 케다(말뚝 울타리)가 세상 끝까지 이어지듯이 죽 늘어서 있고 어른들이 말소리가 들리지 않아 서로 손짓으로 신호를 주고받는 때였다. 그럴 때면 흔들리는 케다 꼭대기로 기어 올라갔는데, 어깨까지 내려오는 작은 투마이의 햇볕에 바랜 갈색 머리카락이 바람에 휘날릴 때면 햇불에 비친 유령처럼 보였다.

잠시 뒤 코끼리들이 울부짖는 소리, 우당탕탕 부서지는 소리, 밧줄이 끊어지는 소리, 밧줄에 묶인 코끼리들의 괴로운 신음 소리가 이어졌다. 이어 작은 투마이가 칼라나그를 격려하며 앙칼지게 소리쳤다.

"마일, 마일, 칼라나그!(빨리, 빨리, 검은 뱀아!) 단트 도!(엄니로 찔러 버려!) 소말로, 소말로!(조심해, 조심!) 마로, 마르!(때려, 때리라고!) 기둥 조심해! 아레! 아레! 하이! 야이! 키야아아!"

칼라나그와 야생 코끼리들은 케다 속에서 치열하게 싸웠다. 늙은 코끼리 사냥꾼들은 눈 위로 흐르는 땀을 훔쳐 내며 케다 꼭대기에서 환호하고 들썩이는 작은 투마이를 향해 이따금씩 고개를 끄덕여 주었다.

작은 투마이는 열렬히 격려하는 것에서 그치지 않았다. 어느 날 밤에는 케다 꼭대기에서 내려와 코끼리들 사이로 들어가서는, 발길질을 해 대는 어린 코끼리의 다리를 묶으려고 애쓰던 몰이꾼에게 그가 막 땅에 떨어뜨린 밧줄을 던져 주었다.(새끼 코끼리는 원래 어른 코끼리보다 더 애를 먹인다.) 마침 그 모습을 본 칼라나그가 작은 투마이를 코로 감아 올려서 큰 투마이한테 넘겨주었다. 큰 투마이는 그 자리에서 바로 작은 투마이를 찰싹 때리고는 케다 꼭대기에 도로 세웠다.

이튿날 아침, 큰 투마이가 작은 투마이를 다시 한번 꾸짖었다.

"이 한심한 녀석, 코끼리 천막을 나르고 코끼리가 밖으로 나오지 못하게 지키는 것으로도 모자라 벌써부터 코끼리를 잡겠다고 나선 거야? 나보다 돈도 적게 받는 저 바보 사냥꾼들이 페터슨 나리한테 다 일렀을 게다."

작은 투마이는 겁이 덜컥 났다. 백인에 대해 잘 몰랐지만, 페터슨 나리는 작은 투마이한테 세상에서 가장 위대한 백인이었다. 코끼리 포획 작업의 우두머리, 다시 말해 인도 정부에서 필요로 하는 코끼리는 모두 페터슨 나리가 잡아 제공했으며, 그 누구보다 코끼리에 대해 잘 알았다.

"그럼 이제 어떻게 되는데요?"

작은 투마이가 묻자 큰 투마이가 대답했다.

"어떻게 되냐고? 최악의 상황을 각오해야지. 페터슨 나리는 미쳤어. 그러지 않고서야 왜 이 사나운 야생 짐승들을 사냥하러 다니겠냐? 어쩌면 너더러 코끼리 사냥꾼이 되라고 할지도 몰라. 그럼 넌 펄펄 끓는 이 정글에서 생활해야 하고 결국에는 케다에서 코끼리들한테 밟혀 죽겠지. 어제 했던 너의 행동이 제발 아무 탈 없이 끝나길 바랄 뿐이다. 다음 주면 코끼리 사냥이 끝나니까 우리도 원래 본거지로 돌아가겠지. 그러면 이 사냥은 다 잊어버리고 평평한 길을 걸어 다니게 될 거야. 아들아, 네가 지저분한 아삼 부족 사람들의 일에 끼어들다니 난 너무 화가 난다. 칼라나그는 나 말고는 누구의 명령도 따르지 않아서 나도 하는 수 없이 칼라나그와 함께 케다 속으로 들어가는 거야. 하지만 칼라나그는 싸움용 코끼리일 뿐이야. 그 녀석도 코끼리들을 묶는 일은 거들지 않아. 그리고 난 천박한 코끼리 사냥꾼이 아니라 코끼리를 부리는 조련사다. 퇴직하면 연금도 받는다고. 그러니 코끼리를 부리는 사람답게 편안히 앉아 구경하는 것이 조련사들의 권리야. 코끼리 투마이 가문 사람이 케다의 흙 속에서 짓밟혀서야 되겠냐? 멍청한 녀석! 한심한 녀석! 가서 칼라나그를 씻겨 줘. 귀도 잘 살펴보고 발에 가시가 박히지 않았는지도 보고. 안 그러면 페터슨 나리가 널 잡아다 코끼리 발자국이나 따라다니는 정글 사냥꾼으로 만들고 말 거다. 틀림없어. 흥! 에이 참, 창피해서! 어서 나가 봐!"

작은 투마이는 한마디도 못 하고 밖으로 나와, 칼라나그의 발을 살펴보면서 온갖 불만을 털어놓았다.

"발은 멀쩡해."

작은 투마이는 칼라나그의 거대한 오른쪽 귀 가장자리를 뒤집으며 말을 이었다.

"사람들이 페터슨 나리한테 내 이름을 말했을 거야. 그럼 어쩌면, 어쩌면…. 하지만 정말 말했는지 누가 알겠어? 어쨌든 난 대단한 일을 했어!"

그 뒤 며칠 동안 작은 투마이는 들판으로 내려갈 때 문제가 없도록 잘 길들여진 코끼리 두 마리 사이에 야생 코끼리들을 세우고는 비탈 오르는 연습을 시켰다. 그리고 숲에서 잃어버린 낡은 담요나 밧줄 등의 재고를 점검하며 시간을 보냈다.

어느 날 페터슨 나리가 영리한 암컷 코끼리 푸드미니를 타고 왔다. 코끼리 사냥철이 끝나 가고 있어서 사냥꾼들에게 봉급을 주려고 언덕 곳곳에 있는 야영지를 찾아다니는 중이었다. 인도인 사무원이 나무 그늘 아래 탁자에 앉아 코끼리 몰이꾼들에게 품삯을 나눠 주었다. 돈을 받은 몰이꾼들은 자기 코끼리를 데리고 출발 준비 행렬에 합류했다. 몰이꾼, 사냥꾼, 일 년씩 정글에 머물면서 울타리를 지키는 사람들은 페터슨 나리의 소유인 코끼리를 타거나 총을 가슴에 안고 나무에 기대 선 채 떠나가는 조련사들을 비웃었다. 그리고 새로 잡은 코끼리들이 행렬에서 나와 뛰어다닐 때면 웃음을 터뜨렸다.

큰 투마이가 작은 투마이를 데리고 사무원한테 다가가자, 우두머리 사냥꾼인 마추아 아파가 친구에게 나직이 말했다.

"장래에 훌륭한 코끼리 사냥꾼이 될 녀석이군. 저런 녀석이 들판에서 세월을 헛되이 보내다니, 정말 안타까워."

페터슨 나리는 세상의 온갖 소식에 귀가 밝은 데다 살아 있는 생물, 특히 야생 코끼리에 관해서는 아주 하찮은 것도 놓치지 않았다. 그가 푸드미니 등에 누워 있다가 몸을 돌리며 물었다.

"그게 무슨 소리냐? 들판의 사내들은 죽은 코끼리조차 밧줄로 못 잡을 텐데."

"사내가 아니라 어린아이랍니다. 어젯밤 코끼리 몰이 때 바르마오가 어린 코끼리를 어미한테서 떼어 놓으려고 애쓰고 있었는데, 그 꼬마가 우리에 들어와서는 바르마오한테 밧줄을 던져 주었답니다."

마추아 아파가 작은 투마이를 가리키자 페터슨 나리가 작은 투마이를 쳐다보았다.

페터슨 나리가 넙죽 엎드려 절하는 작은 투마이에게 물었다.

"울타리 말뚝보다도 작은 네가 밧줄을 던졌다고? 네 이름이 무엇이냐?"

작은 투마이는 너무 두려워서 아무 말도 못 했다. 하지만 뒤에 있는 칼라나그한테 손짓을 하자 칼라나그가 코로 작은 투마이를 푸드미니의 이마까지 들어 올려 페터슨 나리 앞으로 데려다 주었다. 작은 투마이는 얼른 두 손으로 얼굴을 가렸다. 작은 투마이는 코끼리에 관심이 많을 뿐, 부끄러움을 타는 어린아이에 불과했다.

페터슨 나리가 콧수염 아래로 미소를 지으며 말했다.

"호! 코끼리한테 왜 이런 재주를 가르쳤지? 지붕 위에서 말리는 옥수수라도 훔칠 생각이었니?"

"나리, 옥수수가 아니라 멜론⋯."

작은 투마이가 말끝을 흐리자, 주위에 앉아 있던 사내들이 큰 소리로 웃었다. 그들도 어렸을 때 자기 코끼리한테 그런 재주를 가르쳤던 것이다. 작은 투마이는 2.4미터 높이의 허공에 매달려 있었는데, 땅속으로 2.4미터만큼 들어가고 싶은 심정이었다.

그때 큰 투마이가 얼굴을 잔뜩 찌푸리며 끼어들었다.

"나리, 이 아이는 제 아들 투마이입니다. 아주 못된 녀석이라 언젠가 감옥에 들어가 거기서 평생 지낼 겁니다."

"그럴 리가! 저 어린 나이에 코끼리가 가득한 케다에 뛰어들 정도면 감옥에서 썩지는 않을걸세. 꼬마야, 수고한 몫으로 4아나를 줄 테니 과자나 사 먹으렴. 때가 되면 너도 사냥꾼이 될 거다."

그러자 큰 투마이의 얼굴이 일그러졌다.

이어 페터슨 나리가 한마디 덧붙였다.

"하지만 케다는 아이들이 놀 만한 곳이 아니다. 명심하거라."

"거기 들어가면 안 되나요?"

작은 투마이가 깜짝 놀라서 묻자 페터슨 나리가 웃으며 말했다.

"당연하지. 코끼리들이 춤추는 걸 본다면 또 모를까. 코끼리들이 춤추는 것을 보거든 나한테 말해 주렴. 그럼 너를 케다 안에 들여보내 줄 테니까."

다시 한번 떠들썩한 웃음소리가 터져 나왔다. 페터슨 나리의 말은 코끼리 사냥꾼들끼리 주고받는 오래된 농담으로, 절대 들어가면 안 된다는 뜻이었다. 숲속에는 코끼리들의 무도회장이라 불리는 평평하고 넓은 빈터가 있지만 어쩌다 우연히 발견될 뿐, 코끼리들이 춤추는 광경을 본 사람은 아무도 없었다. 그래서 코끼리 몰이꾼이 자신의 솜씨나 용기를 자랑하면 동료들이 "그럼 코끼리가 춤추는 것도 봤나?" 하고 놀리곤 했다.

칼라나그가 작은 투마이를 내려놓자, 작은 투마이는 넙죽 절한 뒤 아버지와 함께 물러났다. 4아나짜리 은화는 어린 동생에게 젖을 먹이고 있던 어머니에게 주었다. 이어 식구들 모두 칼라나그의 등에 올라탔다. 큰 소리로 웅얼대는 코끼리들의 행렬이 오솔길을 지나 들판으로 향했다. 새로 잡힌 코끼리들 때문에 행진은 아주 요란했다. 새 코끼리들이 작은 개천을 건널 때 말썽을 피워서 그때마다 달래거나 때리느라 시간이 더 걸렸다. 큰 투마이는 몹시 화가 나서 칼라나그를 매섭게 찔러 댔지만, 작은 투마이는 말로 표현할 수 없을 만큼 기뻤다. 페터슨 나리가 자기를 알아봐 주고 돈까지 주었기 때문이다. 작은 투마이는 지휘관한테 불려 나가 칭찬받은 병사처럼 우쭐했다.

"페터슨 나리가 말한 코끼리 춤이란 게 뭐예요?"

작은 투마이가 어머니에게 조용히 물었다.

큰 투마이가 옆에서 그 말을 듣고는 버럭 소리쳤다.

"그건 넌 절대 언덕의 물소 떼 같은 코끼리 사냥꾼이 될 수 없다는 뜻이야. 그래, 바로 그런 뜻이다. 아, 거기 앞에! 왜 길을 막고 꾸물거려?"

그러자 코끼리 두세 마리를 몰고 앞서 가던 아삼 부족 몰이꾼이 잔뜩 화가 난 얼굴로 돌아보며 소리쳤다.

"투마이, 칼라나그 좀 이리 보내게. 여기 어린 코끼리들이 영 말을 안 들어서 버릇 좀 고쳐 줘야겠어. 페터슨 나리는 왜 하필 나에게 쓸모도 없고 바보 같은 놈들을 맡긴 거지? 이놈들을 칼라나그 엄니로 혼 좀 내 줘야지, 원! 언덕의 모든 신들 앞에서 맹세하건대, 새로 잡은 코끼리들은 귀신이 들렸어. 아니면 정글에 있는 다른 코끼리들의 냄새를 맡은 게 분명해."

칼라나그가 새로 온 코끼리의 옆구리를 차거나 달려드는 코끼리를 매섭게 뿌리치는 사이, 큰 투마이가 말했다.

"마지막 코끼리 몰이 때 우리가 온 언덕의 코끼리들을 잡아들였다고! 다른 코끼리가 남아 있을 리 없어. 이건 다 자네가 잘못 몰아서 그런 거야. 내가 앞에 나서서 행렬 질서까지 챙겨 줘야 하나?"

그러자 다른 몰이꾼이 발끈했다.

"저 양반, 말하는 것 좀 보게! 온 언덕의 코끼리들을 잡아들였다고? 하하! 당신네 들판 사내들은 참으로 잘났군. 정글을 한 번도 보지 못한 멍청이라고 해도 이번 코끼리 몰이가 끝났다는 사실을 다 알아. 심지어 코끼리들조차도. 오늘 밤 모든 야생 코끼리들이…. 아니지, 내가 왜 저 잘난 양반한테 이 얘기를 한담."

"야생 코끼리들이 뭘 하는데요?"

작은 투마이가 큰 소리로 물었다.

"아, 꼬마 너도 거기 있었구나? 넌 그나마 머리가 있으니까 이야기해 주마. 오늘 밤 코끼리들이 춤을 출 거야. 그러니 온 언덕의 코끼리를 잡아들인 너희 아버지한테 오늘 밤 코끼리 말뚝 쇠사슬을 이중으로 채워야 할 거라고 전해라."

"대체 그게 무슨 소리야? 사십 년 동안 삼대가 코끼리를 돌보았지만, 코끼리가 춤을 춘다는 헛소리는 들어 본 적이 없어."

큰 투마이가 말했다.

"흥! 오두막에 사는 들판 사내들이야 자기 오두막의 벽 말고 아는 게 뭐가 있나? 그럼 오늘 밤 당신 코끼리들을 풀어놓으면 어떤 일이 일어나는지 한번 보든지. 코끼리 춤을 내

가 어디서 봤더라…. 바프리 밥!(그래, 맞아!) 그런데 디항강은 왜 이리 꼬불꼬불한 거
야? 또 개울이군. 새끼 코끼리들은 헤엄쳐 건너게 해야겠네. 거기 뒤에 너, 꼼짝 마.”

사람들은 그렇게 투덕거리면서 강을 철벅철벅 건넌 뒤, 코끼리들을 맞아들이는 야영지
비슷한 곳으로 향했다. 하지만 야영지에 도착하기도 전에 코끼리들이 날뛰어서 몰이꾼들
이 애를 먹었다.

야영지에 도착한 코끼리들은 결국 사슬에 뒷다리가 묶여 커다란 말뚝에 매이는 신세가
되었다. 몰이꾼들은 새로 온 코끼리들을 밧줄로 여러 번 더 묶은 다음 그 앞에 여물을 주었
다. 그들은 오후 햇살을 받으며 페터슨 나리한테 돌아가다가 큰 투마이에게 그날 밤을 특
히 조심하라고 경고했다. 들판 사내들이 왜냐고 물었지만 그들은 그저 껄껄 웃기만 했다.

작은 투마이는 칼라나그에게 저녁을 챙겨 준 다음, 무척 행복해하며 북을 찾아 온 야영
지를 돌아다녔다. 인도의 아이들은 기뻐도 환호하거나 유난스레 뛰어다니지 않는다. 그
저 혼자 가만히 그 기쁨을 즐길 뿐이었다.

‘페터슨 나리가 내게 말을 걸어 주다니!’

그날 작은 투마이는 북을 찾지 못했다면 병이 났을 것이다. 다행히 과자 장수한테서 손
바닥으로 통통 치는 작은 북을 빌렸다. 작은 투마이는 별이 뜨자마자 칼라나그 앞에 책상

다리를 하고 앉아 북을 무릎에 올려놓고 계속 두들겼다. 코끼리들이 먹을 풀들 사이에 앉아 자기에게 주어진 엄청난 영광을 떠올리자 작은 투마이의 북소리는 점점 더 빨라졌다. 가락도 가사도 없었지만 작은 투마이는 그것만으로도 무척 행복했다.

새로 온 코끼리들이 밧줄을 잡아당기면서 이따금 비명을 지르고 뿌우우 소리를 냈다. 하지만 작은 투마이에게는 야영지 오두막에서 엄마가 동생을 재우기 위해 부르는, 위대한 시바 신이 모든 동물들에게 먹을 것을 알려 주었다는 아주 오래된 자장가 소리만 들렸다. 아주 나지막하고 평화로운 자장가의 첫 번째 절은 이랬다.

> 풍성한 수확과 바람을 내리시는 시바 신이여!
> 아주 오래전 태초의 문 앞에 앉아서
> 왕에서부터 성문 앞 거지에 이르기까지
> 식량과 고된 일과 운명을 각각 주셨네.
> 세상의 모든 것을 만든 보호자, 시바 신이여!
> 마하데오! 마하데오! 만물을 만드셨네.
> 낙타에게 가시나무를, 소에게는 마른풀을,
> 귀여운 내 아들 머리맡에는
> 어머니의 가슴을 주신 신이여!

작은 투마이는 노래의 각 소절이 끝날 때마다 작은 북으로 박자를 맞추다가 어느덧 졸음이 밀려와 칼라나그 옆 풀 더미 위에 누웠다. 마침내 코끼리들은 늘 그렇듯이 하나둘 쓰러져 눕기 시작했다. 그러나 줄의 오른쪽 끝에 있던 칼라나그만은 언덕에서 천천히 불어오는 바람 소리에 귀를 기울이며, 살랑살랑 몸을 흔들었다. 밤의 대기 속에서 온갖 소리가 뒤섞여 정적을 이루고 있었다. 대나무 가지들이 탁탁 부딪히는 소리, 덤불 속에서 동물이 바스락거리는 소리, 반쯤 잠이 든 새(많은 새들이 우리가 상상하는 것보다 훨씬 더 잠을 설친다.)들이 사각사각하는 소리, 아득히 먼 곳에서 물 떨어지는 소리 들이 모두 합쳐졌다.

작은 투마이가 한참 자다 깨어 보니 칼라나그가 눈부신 달빛 아래에서 여전히 귀를 쫑긋 세운 채 서 있었다. 작은 투마이는 풀 더미 속에서 바스락거리며 돌아누워 하늘의 별들을 반쯤 가린 칼라나그의 거대한 등을 쳐다보았다. 그때 두꺼운 정적에 바늘로 구멍을 내듯이 희미한 소리가 들려왔다. 바로 야생 코끼리들의 울음소리였다.

그러자 야영지에 누워 있던 코끼리들이 하나같이 총에 맞기라도 한 듯이 벌떡 일어났다. 결국 잠자던 조련사들이 밖으로 나와 코끼리들이 잠잠해질 때까지 커다란 말뚝을 더 깊이 박고 밧줄을 단단히 죄어야 했다.

그런데 새로 온 코끼리 한 마리가 말뚝이 뽑힐 정도로 날뛰었다. 큰 투마이는 칼라나그의 다리에 채웠던 사슬을 벗겨서 그 코끼리의 앞발과 뒷발을 묶었다. 이어 칼라나그의 다리에 야자 껍질로 만든 노끈을 묶은 다음 칼라나그한테 단단히 묶어 놓았다고 위협하면서 그 사실을 명심하라고 했다. 큰 투마이는 아버지와 할아버지도 그와 똑같은 수법을 수백 번이나 썼다는 사실을 잘 알고 있었다. 칼라나그는 평소처럼 소리 내어 대답하지 않았다. 그저 달빛 아래에 가만히 서서 고개를 살짝 들고 귀를 부채처럼 쫙 편 채 거대하게 펼쳐진 가로 언덕의 골짜기를 바라보기만 했다.

"칼라나그가 날뛰지 않는지 잘 지켜보거라."

큰 투마이는 작은 투마이한테 그렇게 이르고는 오두막으로 가서 다시 잠을 잤다. 작은 투마이도 막 잠이 들려는데 툭 하고 노끈이 끊어지는 소리가 아주 조그맣게 들렸다. 이윽고 마치 골짜기 입구에서 구름이 사라지는 것처럼 칼라나그가 소리 없이 천천히 말뚝에서 빠져나갔다.

작은 투마이는 달빛이 비치는 큰길을 따라 칼라나그를 뒤쫓아 따라가면서 헐떡이며 외쳤다.

"칼라나그! 칼라나그! 나도 데려가, 칼라나그!"

그러자 코끼리가 소리 없이 돌아보더니 달빛을 받으며 달려오고 있는 사내아이한테 성큼성큼 세 걸음 다가왔다. 그리고 코로 작은 투마이를 휘감아 들어 올리자마자 숲속으로 미끄러지듯이 들어갔다.

화가 잔뜩 난 코끼리들의 울음소리가 야영지에서 들려왔다. 하지만 이내 사방이 침묵에 잠겼고 칼라나그는 다시 천천히 움직이기 시작했다. 이따금 뱃전 양쪽에 파도가 스치듯이 무성한 풀들이 칼라나그의 옆구리를 스쳤고, 야생 후추나무 덩굴이 등을 문지르거나 대나무가 어깨에 닿아 소리를 내기도 했다. 그러는 동안 칼라나그는 아무런 소리도 내지 않고 자신이 마치 연기라도 되는 양 유유히 빠져나갔다. 칼라나그는 언덕으로 올라가고 있었다. 작은 투마이는 나뭇가지 사이로 별들이 보이긴 했지만 어느 방향으로 가고 있는지 도통 알 수 없었다.

이윽고 언덕 꼭대기에 이르자 칼라나그가 잠시 멈추었다. 작은 투마이의 눈앞에 달빛을 받은 빼곡한 나무 우듬지가 수킬로미터나 펼쳐졌다. 우묵한 골짜기에서는 희고 밝은 안개가 피어오르고 있었다. 작은 투마이는 몸을 앞으로 쭉 내밀어 그 광경을 바라보았다. 그러자 발밑의 숲이 잠에서 막 깨어나 마치 살아 움직이듯이 넘실대는 것 같았다. 과일을 먹던 큰 갈색 박쥐가 귓가를 스쳐 날아가고, 덤불 속에서는 호저가 부스럭대며 부딪히는 소리가 났다. 어둠 속 나무들 사이에서는 야생 멧돼지가 쿵쿵거리며 축축하고 따뜻한 흙을 파헤치는 소리도 들렸다.

작은 투마이의 머리 위로 나뭇가지가 스치는가 싶더니, 칼라나그가 다시 골짜기로 내려가기 시작했다. 하지만 이번에는 조용히 움직이지 않고 대포가 가파른 강둑을 굴러 내려가듯이 아주 요란하게 단숨에 내려갔다. 칼라나그는 거대한 다리를 피스톤처럼 규칙적으로 움직여 한 걸음을 뗄 때마다 2.4미터씩 나아갔고 관절 부분의 주름진 피부에서 푸석푸석 소리가 났다. 칼라나그가 수풀을 지나갈 때마다 천이 찢어지는 듯한 소리와 함께 풀 더미가 뽑혀 나갔다. 그리고 어깨로 밀어낸 나뭇가지들이 어느새 제자리로 돌아와 옆구리를 찰싹 때렸다. 칼라나그가 머리를 이리저리 마구 흔들며 앞으로 나아가는 바람에 엉켜 있던 덩굴 식물들이 엄니에 걸려 쭉 끌려왔다.

작은 투마이는 행여 휙휙 스치는 나뭇가지에 걸려 떨어지지 않도록 칼라나그의 거대한 목덜미에 바싹 달라붙었다. 어서 코끼리 야영지로 돌아갔으면 하는 마음이 간절했다. 하지만 칼라나그는 계속 나아갔고 발을 내디딜 때마다 풀잎이 질척이는 소리가 났다. 작은 투마이는 골짜기 기슭에 피어오른 밤안개 때문에 온몸이 으슬으슬 떨리고 추웠다. 이윽고 물살이 첨벙 튀는 소리, 물이 빠르게 흐르는 소리가 나더니 칼라나그가 조심조심 걸음을 옮겨 강을 건넜다.

칼라나그의 다리를 감싸며 흘러가는 물소리 너머로 강 상류와 하류 양쪽에서 코끼리들이 첨벙거리는 소리, 뿌우우 하고 우는 소리가 들렸다. 요란하게 꿍꿍대는 소리, 화가 난 듯 콧김을 식식거리는 소리도 들려왔다. 안개에 휩싸여 잘 보이진 않았지만 너울거리고 출렁이는 그림자들이 그곳을 가득 메운 듯했다.

작은 투마이는 추워서 이를 딱딱 맞부딪히며 간신히 말했다.

"와! 코끼리들이 다 몰려나왔네. 오늘 밤 춤을 추는 게 틀림없어!"

칼라나그는 코에서 물을 뿜어내며 강에서 나와 다시 언덕을 올랐다. 하지만 이번에는 혼자가 아니어서 굳이 길을 낼 필요가 없었다. 이미 1.8미터 너비의 길이 만들어져 있었고, 코끼리들에게 짓밟힌 수풀이 애처롭게 쓰러져 있었다. 바로 몇 분 전에 수많은 코끼리들이 그 길을 지나간 게 분명했다.

작은 투마이가 뒤돌아보니 거대한 야생 코끼리가 안개 낀 강을 막 건너오고 있었다. 코끼리의 눈은 돼지처럼 작았지만 뜨거운 석탄처럼 벌겋게 타오르고 있었다. 이윽고 나무들이 다시 빽빽해졌다. 코끼리들이 뿌우우 하고 우는 소리, 서로 부딪히는 소리, 사방에서 나뭇가지 부러지는 소리가 계속 들려왔다.

마침내 칼라나그가 언덕 꼭대기에 있는 두 개의 나무 사이에 우뚝 멈춰 섰다. 두 나무는 1만 5천 제곱미터쯤 되는 빈터를 빙 둘러 자라는 나무들 가운데 일부였고, 바닥은 무수히 짓밟혀 벽돌처럼 단단하게 다져져 있었다. 빈터 한가운데에도 나무가 몇 그루 있었는데, 나무껍질이 벗겨져 매끈한 나무속이 달빛 아래에서 하얗게 드러나 있었다. 위쪽 나뭇가지에는 늘어진 덩굴들에 메꽃처럼 생긴 하얗고 부드러운 종 모양의 꽃들이 매달려 있었다. 그러나 정작 빈터 안에는 초록색 풀이 하나도 보이지 않았고, 단단하게 잘 다져진 흙바닥뿐이었다.

빈터는 달빛을 받아 차가운 회색빛이 감돌았다. 코끼리들이 서 있는 곳만 시커먼 그림자가 드리워져 있었다. 점점 더 많은 코끼리들이 나무들 사이에서 빈터로 성큼성큼 들어섰다. 작은 투마이는 눈을 휘둥그레 뜨고 그 광경을 숨죽인 채 바라보았다. 작은 투마이는 열까지밖에 셀 줄 몰라, 손가락을 꼽아 가며 열 개를 몇 번이나 셌지만 결국 도중에 까먹어 버렸다. 코끼리 수를 세느라 머리가 빙빙 도는 것 같았다. 코끼리들이 덤불을 짓밟으며 언덕을 올라오는 소리가 빈터 바깥에서 연신 들려왔다. 하지만 코끼리들은 막상 나무들로 둘러싸인 빈터에 들어서서는 유령처럼 조용히 움직였다.

맨 먼저 엄니가 하얀 수컷 코끼리가 주름진 목과 귀에 낙엽과 잔가지들을 매단 채 나타났다. 뒤이어 걸음이 느린 뚱뚱한 암컷 코끼리가 왔다. 그들 밑으로는 키가 고작 1미터 남짓해 보이고 분홍빛이 채 가시지 않은 까만 새끼 코끼리가 안절부절못하며 뛰어다녔다. 이제 막 돋아나기 시작한 엄니를 무척 자랑스러워하는 젊은 코끼리들도 있었다. 그리고 거친 나무껍질같이 마른 코에 얼굴이 여윈 늙은 코끼리들, 싸움으로 인해 어깨부터 옆구리까지 상처가 많은 사나운 수컷 코끼리, 진흙 목욕을 했는지 흙덩어리가 온몸에서 투두둑 떨어지는 코끼리들도 보였다. 엄니가 부러진 코끼리, 몸에 무시무시한 호랑이 발톱 자국이 선명한 코끼리도 있었다.

코끼리들은 서로 머리를 맞대고 있거나, 두셋씩 짝을 지어 이리저리 걸어 다니거나, 혼자 몸을 흔들며 서 있었다. 코끼리의 수는 어느새 수백 마리에 이르렀다. 작은 투마이는 칼라나그의 목덜미 위에 가만히 엎드려 있으면 무사할 거라고 확신했다. 야생 코끼리는 우리 안에 갇혀 사납게 날뛸 때에도 길들여진 코끼리 등에 타고 있는 사람을 코로 붙잡아 끌어내리지 않았던 게 기억났다. 게다가 이날 밤 코끼리들은 사람 따위는 전혀 신경 쓰지 않는 것 같았다.

이윽고 숲속에서 쇠사슬이 쩔렁이는 소리가 들리자 코끼리들이 깜짝 놀라 일제히 그쪽으로 몸을 돌렸다. 페터슨 나리가 아끼는 암컷 코끼리 푸드미니가 발목에 쇠사슬을 감은 채 쿵쿵거리며 언덕을 올라오느라 소리가 요란했던 것이다. 페터슨 나리의 야영지에서 말뚝을 부러뜨리고 곧장 도망쳐 나온 게 틀림없었다. 또 코끼리들 가운데 밧줄에 패어 등과 가슴에 깊은 상처가 난 코끼리도 있었다. 작은 투마이가 처음 본 코끼리였는데, 가로 언덕에 있는 한 야영지에서 도망친 게 분명했다.

이제 더는 숲속에서 코끼리들이 움직이는 소리가 들리지 않았다. 그러자 나무들 사이에서 지켜보고 있던 칼라나그가 빈터의 한가운데로 나오더니 코끼리 무리에 끼어들었다. 코끼리들은 자기들 말로 소곤소곤 이야기를 나누면서 돌아다녔다. 작은 투마이는 가만히 엎드린 채 수많은 널찍한 등, 펄럭거리는 귀, 갑자기 치켜드는 엄니, 데굴데굴 구르는 작은 눈 들을 바라보았다. 우연히 엄니끼리 부딪히는 소리, 코들이 한데 엉켜 푸석이며 비벼 대는 소리도 났다. 또 코끼리들의 거대한 어깨와 옆구리가 서로 스치는 소리, 커다란 꼬리들을 찰싹, 휙휙 휘두르는 소리도 쉴 새 없이 들렸다.

어느 순간, 달이 구름 뒤로 숨자 사방이 칠흑 같은 어둠에 잠겼다. 하지만 코끼리들이 서로 밀면서 조용히 움직이는 소리는 계속 이어졌다. 작은 투마이는 코끼리들에 둘러싸여 있는 한 여기서 빠져나갈 수 없다는 사실을 깨달았다. 작은 투마이는 부들부들 떨리는 것을 이를 악물고 꾹 참았다. 어쨌든 케다에서는 횃불과 고함 소리가 계속 이어져 힘이 났지만 지금 이 어둠 속에는 작은 투마이 혼자뿐이었다. 게다가 어떤 코끼리의 코가 작은 투마이의 무릎을 건드리기까지 했다.

얼마 뒤, 한 코끼리가 뿌우우 하고 울자 모두 10여 초 동안 귀가 먹먹하도록 뿌우우 하고 같이 울어 댔다. 나뭇가지에 맺혀 있던 이슬이 어둠 속의 코끼리들 등 위로 비처럼 마구 쏟아졌다. 이어 쿵쿵거리는 소리가 아주 희미하게 들려왔는데, 처음에는 소리가 작아서 작은 투마이는 무슨 소리인지 전혀 알아차리지 못했다. 하지만 소리가 점점 커지자 칼라나그도 그에 맞춰 앞발을 차례로 들었다 내려놓았다.

칼라나그가 기계처럼 '하나, 둘! 하나, 둘!' 일정하게 발을 구르자, 다른 코끼리들도 함께 발을 굴렸다. 마치 동굴 앞에서 전쟁의 북을 두드려 대는 것 같았다. 나뭇가지에 맺혀 있던 이슬이 모두 떨어진 뒤로도 코끼리들의 쿵쿵 소리는 계속 이어져 땅을 뒤흔들었다. 작은 투마이는 참다 못해 결국 귀를 틀어막아야 했지만 묵직한 수백 개의 발이 동시에 굴러 대는 소리를 피할 수는 없었다. 칼라나그와 다른 코끼리들이 한두 번 몇 걸음씩 앞으로 나아가는 것이 느껴졌다. 그러자 땅을 울리던 소리가 풀을 뭉개는 부드러운 소리로 바뀌었다. 하지만 또다시 딱딱한 바닥을 밟는 소리가 이어졌다.

그때 근처 어딘가에서 나무들이 우두둑 부러지는 소리가 났다. 작은 투마이는 어둠 속에 손을 뻗어 나무를 만져 보려 했지만 칼라나그가 계속 발을 쿵쿵 구르며 앞으로 나아가는 바람에 이제 빈터 어디쯤에 있는지조차 알 수 없었다. 새끼 코끼리 두셋이 끽끽거린 것을 빼고는, 코끼리들은 단 한 번도 소리를 내지 않았다. 그러는 동안에도 쿵쿵 소리와 발을 끄는 소리가 끊임없이 이어졌다. 아마 두 시간은 족히 흘렀을 것이다. 작은 투마이는 이제 온몸이 쑤시고 아팠다. 밤공기의 냄새를 맡아 보니 어느새 동이 터 오는 듯했다.

이윽고 초록빛 가로 언덕 너머로 희부옇게 아침이 밝아 왔다. 일순간 아침을 알리는 햇살이 무슨 신호라도 되는 듯이 순식간에 쿵쿵 소리가 그쳤다. 머릿속이 웅웅거려 괴로워하던 작은 투마이가 고개를 들어 보니 어느새 코끼리들이 모두 사라지고 보이지 않았다. 칼라나그와 푸드미니, 밧줄에 쓸린 상처가 있는 코끼리만 남아 있었다. 언덕 등성이에도 코끼리들이 다녀간 흔적이나 바스락거리는 소리조차 없었다.

작은 투마이는 몇 번이나 살피고 또 살폈다. 빈터는 밤사이 더 넓어져 있었고, 빈터 한 가운데에는 여전히 나무들이 서 있었지만 가장자리의 덤불은 짓밟혀 있었다. 작은 투마이는 다시 한번 자세히 둘러보았다. 코끼리들이 왜 쿵쿵거리며 발을 굴렸는지 알 것 같았다. 코끼리들은 땅을 밟아 빈터를 넓히고 있었던 것이다. 두꺼운 풀들과 물기가 많은 줄기들은 코끼리들에게 밟혀 가늘게 찢어졌다가 다시 더 가느다란 섬유질이 되어 단단한 흙 속으로 스며들었다.

작은 투마이가 졸음이 가득한 눈을 겨우 치켜뜨며 말했다.

"칼라나그, 푸드미니를 데리고 페터슨 나리의 야영지로 가자. 안 그러면 난 졸려서 땅에 떨어질 것 같아."

칼라나그와 푸드미니가 출발하자 나머지 한 코끼리가 그 모습을 가만히 지켜보더니, 이내 쿵쿵거리며 휙 돌아서서는 제 갈 길을 갔다. 그 코끼리는 60킬로미터 아니면 100킬로미터도 더 떨어진 어느 작은 왕국의 코끼리였는지도 모른다.

두 시간 뒤 페터슨 나리가 이른 아침을 먹고 있던 그때, 어젯밤에 쇠사슬을 이중으로 묶어 놓았던 코끼리들이 뿌우우 하고 울기 시작했다. 이어 어깨까지 흙투성이가 된 푸드미니와 발을 다친 칼라나그가 절뚝거리며 야영지로 들어왔다. 작은 투마이는 허옇게 뜬 얼굴에 나뭇잎을 머리칼에 잔뜩 붙인 데다 이슬에 흠뻑 젖은 모습이었다.

작은 투마이는 간신히 페터슨 나리에게 절을 하고는 힘겨운 목소리로 말했다.

"춤…, 코끼리 춤을 봤어요. 그런데…, 아, 죽을 것 같아요!"

칼라나그가 주저앉자마자 작은 투마이가 죽은 듯 기절하여 코끼리의 목에서 미끄러져 내려왔다.

일반적인 인도 아이였다면 아마 입을 떼지도 못했을 테지만 작은 투마이는 두 시간 정도 페터슨 나리의 사냥용 외투를 베고 그물 침대에 편안하게 누워, 따뜻한 우유 한 잔과 키니네(기나나무의 껍질에서 뽑아낸 흰 결정으로 해열제, 진통제로 쓰인다.)를 조금 넣은 브랜디를 마시자 금세 기운을 차렸다. 긴 세월 동안 온갖 일을 겪은 늙은 사냥꾼들은 작은 투마이 앞에 몰려들어 마치 유령이라도 만난 듯이 바라보았다. 작은 투마이는 그들 앞에서 아이답게 짧은 단어를 써 가며 자신의 이야기를 들려주었다.

"제 말이 거짓인 것 같으면 사람을 보내서 확인해 보세요. 코끼리들이 땅을 밟아서 춤추는 빈터를 더 넓혀 놓았어요. 어젯밤 열 개에 열 개 그리고 열 개의 몇 배나 되는 코끼리들이 그 터를 만들었어요. 코끼리들이 발로 밟아서 그 공간을 넓혔다고요. 제가 봤어요. 칼라나그가 그곳에 데려다주었어요. 칼라나그도 지금쯤 발이 무척 아플 거예요!"

작은 투마이는 도로 누워서 땅거미가 질 때까지 오후 내내 잤다. 그사이 페터슨 나리와 마추아 아파는 두 코끼리의 발자국을 따라 언덕 지대를 가로질러 24킬로미터 떨어진 곳까지 갔다. 페터슨 나리는 십팔 년 동안이나 코끼리를 사냥해 왔지만 코끼리들이 춤추는 장소는 딱 한 번밖에 보지 못했다. 마추아 아파는 그 빈터를 본 순간, 단단하게 다져진 땅을 파헤치거나 긁어 보지도 않고 거기서 무슨 일이 있었는지 바로 알아챘다.

"아이 말은 사실입니다. 모두 어젯밤에 일어난 일이고, 강을 건넌 코끼리가 일흔 마리나 됩니다. 나리, 보세요. 저 나무껍질에 푸드미니의 쇠사슬이 스친 자국이 있어요! 맞아요. 푸드미니도 여기 왔었어요."

마추아 아파가 말했다.

페터슨 나리와 마추아 아파는 서로 마주 보면서 매우 놀라워했다. 코끼리는 흑인이나 백인 또는 어떤 인종이든지 간에 인간의 머리로는 도저히 짐작할 수 없는 신비로운 동물이었다.

"사십오 년이나 코끼리들을 쫓아다녔지만, 이 아이가 본 광경을 똑같이 보았다는 사람은 만난 적이 없습니다. 가로 언덕의 모든 신들에게 걸고 맹세하건대, 정말입니다. 이제 어찌할까요?"

마추아 아파가 고개를 절레절레 흔들며 말했다.

그들은 저녁 식사 시간에 야영지로 돌아왔다. 페터슨 나리는 평소처럼 자신의 천막에서 혼자 저녁을 먹고는 사람들에게 밀가루와 쌀과 소금을 보통 때보다 두 배 이상 나누어 주고 양 두 마리와 닭 몇 마리도 잡으라고 명령했다. 잔치를 베풀 생각이었다. 한편 큰 투마이는 아들과 코끼리를 찾아 들판의 야영지를 돌아다니다가 부리나케 달려왔는데, 막상 그들을 보자 겁먹은 듯한 눈빛을 띠었다.

사람들은 줄줄이 말뚝에 매인 코끼리들 앞에 모닥불을 활활 피워 놓고 잔치를 벌였다. 물론 그 잔치의 주인공은 작은 투마이였다. 가무잡잡하고 덩치가 큰 코끼리 사냥꾼과 추적꾼, 몰이꾼, 올가미꾼 그리고 야생 코끼리들을 길들이는 데 도가 튼 사람들이 전부 작은 투마이 앞으로 왔다. 이어 한 명씩 지나가며 방금 잡은 야생 수탉의 피를 작은 투마이 이마에 발라 주었다. 그것은 숲의 사람임을 나타내는 표시였다. 작은 투마이는 이제 정글 어디든 자유롭게 다닐 수 있었다.

이윽고 모닥불이 조금 사그라들었다. 모닥불이 뿜어내는 붉은 불빛 때문에 코끼리들의 온몸이 피로 물든 것처럼 보였다. 그때 코끼리 추적꾼들의 우두머리이자 페터슨 나리의 분신이며, 사십 년 동안 인간이 만든 길을 본 적이 없고, 매우 위대해서 마추아 아파 외에는 다른 이름을 갖지 않은 마추아 아파가 벌떡 일어나 작은 투마이를 머리 위로 번쩍 안아 올리며 외쳤다.

"형제들이여, 잘 들으시오! 거기 줄지어 선 코끼리들아! 나, 마추아 아파가 말한다. 이 아이를 더는 작은 투마이라 부르지 마시오. 이 아이는 증조할아버지 이름 그대로 코끼리들의 투마이라 불릴 것이오. 이 아이는 아무도 보지 못한 것을 긴 밤 동안 보았는데, 코끼리족과 정글 신들의 은총이 이 아이와 함께하고 있소. 이 아이는 필히 위대한 추적꾼이 되리라. 나, 마추아 아파보다 더 위대한 자가 될 것이오! 밝은 눈으로 새로운 길,

오래된 길,

뒤섞인 길을 모두 찾

아낼 것이오! 케다에서 엄니

달린 야생 코끼리들을 밧줄로 잡

기 위해 코끼리 발밑으로 뛰어다녀

도 아무런 해를 입지 않을 것이오. 마

구 공격해 오는 수컷 코끼리들의 발밑에

미끄러진다 해도 코끼리들은 이 아이를 알아보

고 짓밟지 않을 것이오. 오, 사슬에 묶인 나의 코끼리

들이여!"

마추아 아파는 줄줄이 말뚝에 묶인 코끼리들을 돌아보며 말을 이었다.

"이 아이는 너희들이 은밀한 장소에서 춤추는 광경을 보았다. 인간은 한 번도 본 적 없

는 그 광경을! 나의 코끼리들이여, 아이에게 경의를 표하라! 살람 카로, 나의 아이들아,

코끼리들의 투마이에게 절을 하라! 궁가 페르세드, 히라 구즈, 비르치구즈, 쿠타르 구

즈! 그리고 아하, 푸드미니 너도 춤출 때 투마이를 보았고, 코끼리들의 보물인 칼라나

그 너 역시 보았지! 오, 다 같이 코끼리들의 투마이에게 경의를 표하라!"

그의 우렁찬 외침에 코끼리들은 뿌우우 하고 천둥처럼 울어 댔으며, 모두 코끝이 이마에 닿도록 코를 휙 들어 올리고 예포를 쏘았다. 이는 오직 인도 총독이나 받을 수 있는 깍듯한 인사로, 케다의 지배자에게 예를 갖춘 것이었다. 그 예식은 한밤중에 혼자 가로 언덕의 한복판으로 가 사람들이 한 번도 보지 못한 코끼리들의 춤을 지켜본 작은 투마이만을 위한 것이었다!

시바 신과 메뚜기
– 작은 투마이의 어머니가 동생에게 불러 준 자장가

풍성한 수확과 바람을 내리시는 시바 신이여!
아주 오래전 태초의 문 앞에 앉아서
왕에서부터 성문 앞 거지에 이르기까지
식량과 고된 일과 운명을 각각 주셨네.
세상의 모든 것을 만든 보호자, 시바 신이여!
마하데오! 마하데오! 만물을 만드셨네.
낙타에게 가시나무를, 소에게는 마른풀을,
귀여운 내 아들 머리맡에는
어머니의 가슴을 주신 신이여!

부자들에게는 밀을, 가난한 자들에게는 수수를,
집집마다 구걸하며 다니는 승려에게는 남은 음식을,
호랑이한테는 소를, 솔개한테는 썩은 고기를,
밤에 숨어든 교활한 늑대들에게는
고기 조각과 뼈다귀를 주셨네.
시바 신 앞에서는 고귀한 이도, 천한 이도 없네.
파르바티가 오가는 동물들을 지켜보다가
시바 신을 속여 웃음거리로 만들려고
작은 메뚜기를 훔쳐 품에 숨겼다네.
그렇게 보호자 시바 신을 놀렸다네.
마하데오! 마하데오! 이것 좀 보아요.
낙타들은 크고 소들은 무겁지만,
이것은 지극히 가장 작은 것이니.
아, 귀여운 내 아들이라네!

171

시바 신이 모두 나누어 주자 파르바티가 웃으며 말했네.

"수많은 입을 먹이는 주인이여,

빼놓고 먹이지 않은 자는 없나요?"

시바 신이 웃으며 대답했네.

"다들 자기 몫을 받았지.

당신 품에 숨겨 놓은 그 작은 것도."

파르바티가 품에서 메뚜기를 꺼내 보니

지극히 작은 그것이

새로 난 잎을 갉아 먹고 있었네.

파르바티는 두렵고 놀라워 시바 신에게 기도했네.

살아 있는 모든 생명에게 먹을 것을 주시는 시바 신이여!

세상의 모든 것을 만든 보호자, 시바 신이여!

마하데오! 마하데오! 만물을 만드셨네.

낙타에게 가시나무를, 소에게는 마른풀을,

귀여운 내 아들 머리맡에는

어머니의 가슴을 주신 신이여!

여왕 폐하의 신하들

분수나 간단한 비례식으로 이 문제를 풀 수도 있을 것이다.
하지만 트위들덤의 방식과 트위들디의 방식은 다르다.
네가 지칠 때까지 비틀고, 꼬고, 엮어 봐도 된다.
하지만 필리윙키와 윙키팝의 방식은 다르다.

(트위들덤과 트위들디는 루이스 캐럴의 동화《거울 나라의 앨리스》에 나오는
쌍둥이 형제인데, 늘 같이 다니며 사소한 일로 자주 투닥거린다.)

병사 삼만 명, 낙타 수천 마리, 코끼리, 말, 수소, 당나귀들이 인도 총독 앞에서 사열식을 하기 위해 라왈핀디에 있는 야영지에 모였다. 그런데 한 달 내내 폭우가 쏟아졌다. 그때 인도 총독은 아프가니스탄 왕의 방문을 받고 있었다. 그는 아주 야만스러운 나라의 야만적인 왕으로, 호위병 팔백 명과 말들을 거느리고 왔다. 그런데 이 병사들은 중앙아시아의 변두리 출신이라 지금까지 한 번도 야영지나 기관차를 본 적이 없었다. 말하자면 야만인들과 야생마들이었다.

이 말들은 밤마다 다리에 묶어 놓은 밧줄을 끊고 어둠 속에서 질퍽한 땅을 뛰어다니거

나 막사를 누비고 다녔다. 또 줄이 풀린 낙타들은 마구 돌아다니다가 천막의 밧줄에 걸려 넘어지곤 했다. 그러니 그런 난리 속에서 잠을 청해야 했던 사람들은 얼마나 괴로웠을지 여러분도 충분히 짐작할 수 있을 것이다.

하지만 내 천막은 낙타들이 있는 곳에서 멀리 떨어져 있어서 안심하고 있었다. 그런데 어느 날 밤 한 사람이 내 천막 안으로 머리를 불쑥 들이밀며 소리쳤다.

"그놈들이 오고 있으니 빨리 나와요! 내 천막은 벌써 무너졌어요!"

나는 '그놈들'이 누구일지 뻔해서 서둘러 장화와 비옷을 챙겨 입고 진창으로 달려 나갔다. 그런데 내 폭스테리어 강아지 빅슨은 나와 정반대 방향으로 뛰어갔다. 이어 씩씩거리고 끙끙대는 소리, 투덜대는 소리가 들려와 돌아보니 천막 기둥이 뚝 부러져 폭삭 무너져서는 유령처럼 춤추고 있었다. 한 낙타가 천막 안으로 잘못 들어가 날뛰고 있었던 것이다. 나는 낙타가 나처럼 쫄딱 젖어 화내는 꼴을 보니 절로 웃음이 났다. 그 뒤 나는 낙타들이 몇 마리나 도망쳤는지 알 수 없어서 무작정 계속 달렸다. 진흙탕을 첨벙이며 달리다 보니 어느새 우리 막사와 야영지가 보이지 않았다.

그러던 찰나, 대포 끝부분에 걸려 넘어지는 바람에 밤에 대포들을 쌓아 두는 포병대 근처 어디쯤 온 걸 깨달았다. 나는 어둠 속에서 비를 맞으며 헤매고 싶지 않아 비옷을 대포 포구에 걸친 뒤 총을 닦는 쇠꼬챙이 두세 개를 찾아 간이 오두막 비슷한 것을 만들었다. 그리고 그 대포 아래에 누워 빅슨은 어디로 간 건지, 여긴 어디인지를 생각했다.

그러다 막 잠이 들려는데, 요란하게 짤랑거리는 소리와 툴툴대는 소리가 들리더니 노새 한 마리가 젖은 귀를 털며 지나갔다. 가죽 끈, 고리, 사슬, 안장 받침의 장식들이 시끄럽게 딸랑거리는 것을 보니, 노새는 스크루 대포 부대 소속이었다. 스크루 대포는 두 부분으로 나누어 운반하는 작은 대포로, 나중에 두 부분을 나사로 조여 합체한 뒤 발사했다. 스크루 대포는 노새가 갈 수 있는 곳이면 산꼭대기라도 가져갈 수 있어서 바위가 많은 나라에서 싸울 때 쓸모가 많았다.

그런데 낙타 한 마리가 크고 부드러운 발로 질퍽이는 땅을 밟으며 그 노새 뒤를 따라오고 있었다. 낙타는 졸음에 겨운 암탉처럼 고개를 아래위로 까딱거렸다. 나는 원주민들에게 동물의 말을 배운 덕에 낙타가 하는 말을 알아들을 수 있었다. 물론 야생 동물이 아닌 막사 동물의 말이었다. 낙타는 내 천막에 불쑥 뛰어든 녀석이 분명했다.

낙타가 노새한테 이렇게 소리쳤다.

"이제 어떡하지? 어디로 가야 하지? 너풀너풀 흔들리는 하얀 괴물이랑 싸웠는데 갑자기 막대기로 내 목을 때렸어. 우리 계속 도망갈까?"(막대기는 내 천막의 부러진 기둥을 말하는 것으로, 나는 그 말을 듣자 기분이 무척 좋았다.)

"아, 야영지에 소동을 일으킨 게 너랑 네 친구들이었구나? 아침이 되면 어차피 사람들한테 흠씬 두들겨 맞겠지만, 내가 먼저 맛 좀 보여 주지."

노새가 그렇게 말하고는 뒤로 돌아서 낙타 옆구리를 북을 치듯이 두 번 걷어찼다. 그러자 마구가 딸랑거렸다.

"다음부터는 한밤중에 '도둑이야, 불이야!' 하고 소리치면서 노새 부대에 쳐들어와 엉망으로 만드는 짓은 하지 않는 게 좋을 거야. 거기 얌전히 앉아. 그 바보 같은 목도 그만 움직이고!"

노새가 버럭 소리치자, 낙타는 접이식 자처럼 다리를 접고 앉아서 훌쩍거렸다.

그때 어둠 속에서 규칙적인 말발굽 소리가 들려오더니, 덩치 큰 기병대 말이 행진이라도 하듯이 위풍당당하게 달려와 대포를 훌쩍 뛰어넘어 노새 근처에 섰다.

말이 콧김을 푸르르 내뿜으며 말했다.

"정말 창피해. 저 낙타들이 우리 부대를 또 들쑤셔 놓았어. 이번 주만 벌써 세 번째야. 잠을 이렇게 못 자는데 어떻게 힘을 내겠어? 그런데 거기 넌 누구지?"

"나는 제1 스크루 대포 부대에서 두 번째 대포의 뒷부분을 맡은 노새다. 그리고 이 낙타 녀석은 당신 친구이고. 나도 이 녀석 때문에 자다가 깼다고. 그러는 넌 누구냐?"

노새가 대꾸했다.

"제9 창기병 중대, E분대 15번, 딕 컨리프의 말이다. 옆으로 좀 비켜 주겠나?"

"아, 미안. 너무 어두워서 잘 안 보였어. 이 낙타들 때문에 정말 못살겠어. 좀 조용히 있고 싶어서 부대에서 빠져나와 여기로 왔지."

그러자 낙타가 겸손하게 말을 꺼냈다.

"상사님들, 저희는 어젯밤에 나쁜 꿈을 꾸어서 정말 무서웠어요. 저는 제39 원주민 보병대에서 짐을 나르는 낙타인데, 상사님들처럼 용감하지 못하답니다."

"그럼 네 부대의 짐이나 얌전히 나르지 왜 온 야영장을 싸돌아다니면서 생난리를 피우는 건가?"

노새가 말했다.

"죄송해요. 너무 끔찍한 꿈이었어요. 앗, 저게 뭐죠? 우리 또 도망가야 하나요?"

"앉아 있어. 그러다 너의 막대기 같은 긴 다리가 대포들 틈에 낄 수도 있으니까."

노새가 낙타를 말리고는 한쪽 귀를 쫑긋 세우고 귀를 기울였다.

"대포를 끄는 수소들이야. 너랑 네 친구들이 온 부대를 다 깨웠군. 얼마나 시끄러웠으면 수소들까지 다 일어난 거야?"

이어 질질 쇠사슬 끌리는 소리가 들리더니, 시무룩한 표정의 덩치 큰 하얀 수소 한 쌍이 함께 멍에를 멘 채 나란히 걸어왔다. 코끼리들이 대포 근처에 가지 않으려 할 때 대신 무거운 대포를 끄는 소들이었다. 그 뒤로는 또 다른 노새 하나가 수소의 쇠사슬을 밟을 듯이 바짝 따라오면서 '빌리'를 미친 듯이 외치고 있었다.

늙은 노새가 기병대 말에게 말했다.

"저 친구는 우리 신병이야. 나를 찾고 있군. 어이, 그만 좀 꽥꽥거려. 어둡다고 무조건 큰일이 벌어지는 건 아니니까."

대포를 끄는 수소들은 나란히 자리를 잡고 앉아 되새김질을 했고, 젊은 노새가 빌리에게 재빨리 다가왔다.

"아, 정말 무섭고 끔찍했어요, 빌리! 자고 있는데 우리를 덮쳤잖아요. 우리를 죽이려던 걸까요?"

"내가 널 엄청 봐줘서 한 번만 걷어차는 거야. 신사분 앞에서 이게 무슨 망신이야!"

빌리가 버럭 화를 내며 젊은 노새를 걷어차자, 기병대 말이 말했다.

"살살하게! 처음엔 다 저렇지, 뭐. 나도 세 살 때 오스트레일리아에서 사람을 처음 보았는데 너무 무서워 반나절이나 달렸다네. 만약 그때 낙타를 보았다면 아마 지금도 뛰고 있을걸."

영국 기병대의 말들은 보통 오스트레일리아에서 데려와 기병들이 직접 훈련시켰다.

노새 빌리가 말했다.

"그건 그래. 이봐, 신병. 그만 좀 떨어. 난 사슬이 달린 마구를 처음 내 등에 졌을 때 그것들을 떼어 내려고 뒷발로 발차기를 해 댔지. 그때는 발차기를 제대로 몰랐을 때인데도 부대에 요상한 노새가 왔다며 구경거리가 되었어."

"하지만 이건 마구나 딸랑거리는 물건 얘기와 달라요. 나무같이 생긴 그게 우리를 덮치면서 아수라장이 되었어요. 목에 묶인 고삐가 끊어지고 주인도 안 보이는 데다 빌리 당신도 찾을 수 없어서 이 신사분들과 그냥 마구 달아났다고요."

"흠! 난 낙타들이 달아났다는 얘기를 듣자마자 혼자 빠져나왔지. 스크루 대포 부대의 노새가 대포 끄는 수소더러 신사라고 하다니 엄청 충격을 받았군그래. 그런데 거기 바닥에 있는 자네들은 누군가?"

빌리의 물음에 대포 끄는 수소들이 되새김질을 하며 대답했다.

"제1 대형 대포의 일곱 번째 소들일세. 자고 있는데 낙타들이 들이닥쳐 난동을 피우길래 얼른 나왔지. 아무리 잠자리가 좋아도 뒤숭숭하면 소용없거든. 그냥 진흙탕에서 조용히 자는 게 나아. 여기 당신 신병한테 겁먹을 필요 없다고 말해 주었는데, 잔뜩 흥분해서 정신이 하나도 없더군."

소들은 그렇게 말한 뒤 되새김질을 계속했고, 빌리가 젊은 노새를 꾸짖었다.

"부끄러운 줄 알아. 대포 끄는 수소들한테 비웃음이나 사고 꼴좋다!"

그러자 젊은 노새가 이빨을 앙다물더니 느려 터진 늙은 소 따위는 하나도 무섭지 않다고 중얼거렸다. 하지만 소들은 아랑곳하지 않고 서로 뿔을 부딪히며 되새김질만 계속했다.

"겁 좀 먹은 걸 갖고 괜히 씩씩거리지 말게. 세상에서 그게 가장 비겁한 짓이야. 깜깜한 밤에 뭔지 모르는 것이 덮친다면 겁먹는 게 당연해. 우리 부대 신참도 고향 오스트레일리아에 있는 채찍 뱀 이야기를 하다가 우리 목에 묶여 있던 고삐가 풀린 걸 뱀인 줄 알고 까무러칠 듯이 놀랐거든. 그때 사백오십 마리나 되는 말들이 말뚝을 부러뜨리고 도망쳐 버리는 바람에 엄청난 소동이 벌어졌지."

기병대 말이 이야기하자, 빌리가 대꾸했다.

"어쨌든 막사에서 지내는 게 얼마나 편한 건지 알아야 해. 난 하루나 이틀밖에 못 나가도 도망칠 생각은 안 해 봤어. 그런데 자네는 무슨 일을 하나?"

"오, 난 아주 특별한 일을 해. 딕 컨리프가 등에 올라타 무릎으로 내 옆구리를 치면서 나를 몰면, 나는 앞발 디딜 곳을 살피고 뒷발로 보조를 맞추면서 고삐에 순응하는 거지."

기병대 말이 대답하자, 젊은 노새가 물었다.

"고삐에 순응한다고요? 그게 뭐죠?"

"세상에, 그럼 자네는 고삐에 순응하는 법을 모른단 말이야? 고삐가 목을 누르면 당장 휙 돌아서야 해. 그건 자네를 탄 주인이나 자네한테 목숨이 달린 문제야. 고삐가 잡아 당겨지는 것이 느껴지면 곧장 뒷발로 빙글 돌아서야 해. 돌아설 공간이 부족하면 앞발을 약간 들고 뒷발로 서서 돌면 되지. 그게 바로 고삐에 순응하는 거야."

기병대 말이 콧김을 푸르르 뿜으며 말했다.

그러자 노새 빌리가 단호하게 말을 이었다.

"우린 그렇게 배우지 않았어. 우린 우리 옆에 있는 주인한테 복종하라고 배웠지. 가라면 가고 들어오라면 들어가. 하긴 뭐, 그거나 이거나 마찬가지지만. 아무튼 자네가 받는 훈련은 무릎 관절에 무척 안 좋을 것 같군. 그런데 고삐에 순응하는 법을 배우고 나면 대체 무슨 일을 하지?"

"여러 가지 일을 해. 하지만 보통은 번쩍이는 긴 칼을 들고 소리를 질러 대는 털북숭이 사람들 속으로 뛰어들어야 하지. 그 칼은 편자를 박는 사람들의 칼보다 훨씬 길고 번쩍거려. 게다가 아주 예리하지. 그리고 딕의 군화가 옆 사람의 군화와 부딪히지 않게 신경 써야 해. 내 오른쪽 눈으로 딕의 창이 보이면, 난 안전한 거야. 그런데 급히 달려갈 때는 딕을 공격해 오는 사람이나 말한테까지 신경 쓸 수가 없어."

"칼에 다친 적은 없나요?"

젊은 노새가 물었다.

"한번은 가슴을 베인 적이 있는데, 딕의 잘못이 아니었….'

기병대 말이 설명하는 도중에 젊은 노새가 말을 자르며 나섰다.

"저라면 누구 탓인지 꼭 따져 봤을 거예요!"

"그래, 그러든가. 하지만 네 주인을 믿지 못한다면 당장 도망가는 게 좋아. 우리 가운데 몇몇도 그랬지. 하지만 난 그들을 뭐라 할 생각이 없어. 아까 말했듯이 그건 딕의 잘못이 아니었어. 한 남자가 땅에 쓰러져 있길래 밟지 않으려고 다리를 쭉 뻗고 지나가는데, 갑자기 그 남자가 칼로 날 쳤지. 그래서 다음부터는 쓰러져 있는 사람 위를 넘어갈 때 꼭 밟을 거야. 그것도 아주 힘껏!"

그 말에 빌리가 코웃음을 치며 입을 열었다.

"흐음! 어리석은 소리 하고 있네. 어쨌든 칼은 더러운 거야. 그리고 좋은 임무란 균형 잡힌 안장을 얹고 산을 오르는 거지. 네 발과 귀까지 동원해 안간힘을 쓰며 올라가다 보면 마침내 발굽만 간신히 디딜 수 있는 수백 미터 높이의 편평한 바위에 닿아. 그러면 꼼짝 않고 가만히 서 있는 거지. 신참, 이때 사람들한테 머리를 잡아 달라고 매달리면 안 돼. 그리고 서 있으면 대포가 모이고 저 아래 나무들 속으로 포탄들이 떨어지는 것을 볼 수 있어."

"발을 헛디딘 적은 없어?"

기병대 말이 물었다.

"노새가 발을 헛디디면 암탉의 귀가 잘린다는 말이 있지. 가끔 짐을 잘못 실어서 비틀거리거나 짐을 엎긴 해도 헛디디는 경우는 아주 드물어. 자네한테 우리가 하는 일을 보여 주고 싶군. 정말 멋지다네. 아, 사람들이 우리한테 무슨 일을 시키려는지 깨닫는 데 삼 년이나 걸렸어. 과학적인 이치 가운데 하나는 지평선을 등지고 나타나서는 안 된다는 거야. 그랬다가는 대포나 총에 맞을 테니까. 내 말 꼭 명심하게, 젊은이. 길이 얼마 남지 않았더라도 꼭 숨어야 해. 대포를 끌고 험한 산을 오를 때면 내가 부대를 이끌지."

빌리가 대답하자 기병대 말이 골똘히 생각하다가 단호하게 말했다.

"사람들 속에 뛰어들지도 않았는데 총에 맞는다고? 그런 일은 참을 수 없어. 나는 딕과 함께 공격하겠어."

"아, 아니야. 그럴 필요 없어. 대포가 자리를 잡고 조준하면 곧장 공격한다네. 아주 과학적이고 깔끔하지. 하지만 칼은…, 흥!"

짐 나르는 낙타는 아까부터 한마디 참견하고 싶어서 한참 동안 고개를 끄덕이며 맞장구를 치고 있었다. 그 낙타가 목을 가다듬더니 눈치를 살피며 입을 열었다.

"저도 싸워 본 적이 있어요. 산을 오르거나 달려 보진 않았지만요."

"그래, 보아 하니 자넨 산을 오르거나 달리는 건 그다지 잘할 것 같지 않아. 그럼 어떤 방법으로 싸웠지?"

빌리가 묻자 낙타가 머뭇거리며 대꾸했다.

"그러니까…, 저희가 하는 방법은 일단 모두 앉아서…."

"맙소사! 안장 끈 끊어지는 소리 하고 있네. 앉아서라니!"

기병대 말이 탄식하자 낙타가 말을 이었다.

"저희는 한 백 마리쯤 큰 광장에 꿇어앉아 있어요. 사람들은 우리 등에 얹힌 짐과 안장을 광장 밖에 쌓은 다음 우리 등 뒤에 숨어 사방으로 총을 쏘지요."

그러자 기병대 말이 물었다.

"어떤 사람들이었는데? 사격을 잘했나? 우리도 승마 학교에서 주인이 우리 몸에 기댄 채 등 뒤에서 총을 쏠 수 있도록 훈련받았어. 하지만 그때도 내가 믿을 수 있는 사람은 딕 컨리프밖에 없어. 사실 배에 맨 끈 때문에 배가 간지럽고 머리를 땅에 처박은 자세로 있어야 해서 아무것도 안 보이거든."

"내 몸 뒤에서 누가 총을 쏘든 무슨 상관이에요? 근처에 사람들이 많았고 다른 낙타들도 많이 있었어요. 연기가 자욱하게 피어올랐는데 무섭진 않았어요. 가만히 앉아서 기다리면 됐죠."

낙타가 고개를 갸웃하며 대답하자, 빌리가 끼어들었다.

"그것 참 이상하군. 자네는 무서운 꿈을 꿨다며 막사를 발칵 뒤집어 놓은 장본인이잖아! 만일 누가 나더러 앉아 있으라 하면서 내 뒤에 숨어 총을 쏜다면, 뒷발로 머리를 걷어찼을 거야. 생각만 해도 정말 끔찍하군."

한동안 침묵이 흘렀다. 조금 뒤 대포 끄는 소들 가운데 하나가 커다란 머리를 들어 올리며 말했다.

"다 어리석은 짓이야. 전투 방법은 딱 하나밖에 없어."

"오, 그래? 어디 한번 말해 봐. 난 너희가 꼬리 하나로 싸우는 줄 알았는데."

빌리가 비아냥거리자 두 소가 동시에 말했다.(둘은 쌍둥이가 틀림없었다.)

"방법은 딱 하나뿐이야. 바로 두 꼬리(군대에서 코끼리를 가리키는 말)들이 뿌우우 울어 대면 우리 스무 쌍의 소들이 큰 대포 앞으로 집합하지."

"두 꼬리들이 왜 뿌우우 하고 우는데요?"

젊은 노새가 물었다.

"연기가 피어오르는 대포 쪽에는 절대 가지 않겠다는 신호야. 두 꼬리는 진짜 겁쟁이거든. 그래서 우리 소들이 힘을 합쳐 큰 대포를 끌지. 영차! 영차! 우리는 고양이처럼 높은 데로 기어오르거나 송아지처럼 날뛰지 않아. 그저 대포를 끌고 평평한 들판을 걸어

가면 돼. 그러다 사람들이 멍에를 풀어 주면 뿔뿔이 흩어져 풀을 뜯어. 그 사이 커다란 대포들은 들판을 가로질러 흙벽으로 둘러싸인 한 도시로 포탄을 날리지. 그러면 수많은 소들이 집으로 돌아올 때처럼 흙먼지가 자욱하게 피어올라."

"세상에! 그런 상황에서 풀을 뜯는단 말이에요?"

젊은 노새가 깜짝 놀라며 말했다.

"그럴 때도 먹고 다른 때도 먹지. 먹는 건 언제나 즐거우니까. 우리는 풀을 뜯다가 다시 멍에를 메고 두 꼬리들이 기다리는 곳으로 큰 대포를 끌고 가. 가끔은 도시에서 포탄이 날아와 몇몇이 죽기도 하는데, 그러면 남은 소들에게 더 많은 풀이 돌아가지. 그게 바로 운명이야. 그런데도 두 꼬리들은 지독히 겁을 낸단 말이야. 우리 방법이야말로 제대로 된 전투지. 아, 우리 형제는 하푸르에서 왔어. 우리 조상은 시바 신의 신성한 황소였지."

그러자 기병대 말이 말했다.

"포탄이 날아오고 두 꼬리들이 뒤에 버티고 있는데도 뭘 먹을 수 있다니! 오늘 밤에 별 이상한 이야기를 다 듣는군. 스크루 대포 부대의 신사들은 그럴 수 있는가?"

"우리는 사람들이 우리 등 너머로 총을 쏘도록 꿇어앉아 있거나, 칼을 휘두르는 사람들 속으로 뛰어들 생각이 전혀 없어. 그렇게 황당한 이야기는 처음 들어. 높은 산의 바위, 균형을 맞춰 실은 짐, 내가 길을 찾게 몰아 주는 믿을 만한 주인만 있으면 그걸로 충분해. 나머지는 다 의미 없다고!"

빌리가 그렇게 말하며 발을 쾅 구르자 기병대 말이 조롱하듯이 대꾸했다.

"물론 모든 동물이 다 똑같진 않지. 하지만 자네 아버지 쪽 가문은 진짜 중요한 걸 이해하지 못하는 게 분명해."

"지금 우리 아버지 가문은 왜 들먹거리는 거지?"

빌리가 날카롭게 쏘아붙였다.

노새는 아버지가 당나귀라는 사실을 일깨워 주면 몹시 싫어했다.

"우리 아버지는 남부 지방의 신사였고, 어떤 말이든 물어뜯거나 발로 차서 혼쭐을 내 주었어. 그건 틀림없는 사실이야. 이 덩치 큰 갈색 야생마야!"

여기서 야생마란 혈통 없이 자연에서 제멋대로 나고 자란 말을 뜻했다. 고작 마차나 끄는 별 볼 일 없는 말이 자기더러 잡종이라고 하면 명마가 어떤 기분일지 쉽게 상상할 수 있을 것이다. 마찬가지로 오스트레일리아 출신 기병대 말의 기분도 충분히 미루어 짐작할 수 있었다. 짐작대로 나는 어둠 속에서 기병대 말의 눈이 번득이는 것을 보았다.

"이봐, 스페인 말라가 출신 수탕나귀야! 분명히 말해 두겠는데, 내 어머니는 멜버른 컵의 우승자인 카빈의 후손이야. 우리 고향에서는 장난감 새총 부대에서 짐이나 나르고 앵무새 주둥이에 돼지 머리를 한 노새 따위는 상대도 안 한다는 걸 깜빡했구나. 어디 실력 좀 발휘해 볼까?"

기병대 말이 이를 악물고 큰소리를 쳤다.

"그래, 좋다. 한판 붙자!"

빌리도 곧장 맞받아쳤다. 둘은 앞다리를 들고 서로 마주 보았다. 나는 곧 격렬한 싸움이 벌어지겠구나 생각하며 지켜보고 있었는데, 갑자기 오른쪽에서 걸걸한 목소리가 들려왔다.

"이봐, 뭐 때문에 그리 싸우는 거야? 조용히 좀 해."

그 말에 말과 노새는 눈꼴사납다는 듯이 콧김을 내뿜으며 앞발을 내렸다. 둘 다 코끼리에게 한소리 듣는 것을 참을 수 없었던 것이다.

"두 꼬리 주제에 감히 누구한테 조용히 하라 마라야! 참을 수가 없군. 꼬리가 앞뒤로 달리다니 정말 우스워!"

기병대 말이 먼저 한 방 날리자 빌리가 기병대 말한테 은근슬쩍 다가가며 동조했다.

"내 말이! 우린 생각이 아주 비슷하군."

"그 점은 우리 어머니들한테 물려받은 것 같아. 이제 그만 싸우지. 이봐, 두 꼬리. 자네 지금 묶여 있나?"

그러자 두 꼬리가 코를 홱 들어 올리면서 웃으며 말했다.

"그래, 밤이라 말뚝에 묶여 있지. 너희 이야기 다 들었어. 하지만 그쪽을 덮치진 않을 테니 겁먹지 마."

"두 꼬리에게 겁을 먹다니, 말도 안 돼!"

대포 끄는 소들과 낙타가 조금 크게 한목소리로 말했다.

이어 소들이 코끼리에게 말했다.

"자네에 대해 나쁘게 말해서 미안하네. 그런데 사실이지 않은가. 그나저나 두 꼬리 자네는 대포가 발사될 때 왜 그리 겁을 먹나?"

그러자 두 꼬리가 한 뒷다리를 다른 뒷다리에 문지르며 아이가 시를 읊듯이 말했다.

"음, 너희들이 날 이해할 수 있을지 모르겠어."

"그래, 이해할 순 없지만 어쨌든 우리가 대포를 끌어야 하잖아."

"알아. 너희가 생각보다 훨씬 용감하다는 것도 알고. 하지만 난 그렇지 않지. 언젠가 우리 중대장이 나더러 '시대착오적 후피 동물'이라고 하더군."

"그것도 싸우는 방법인가?"

빌리가 다시 전투 이야기를 하는 줄 알고 들떠서 끼어들었다.

"물론 너희는 무슨 말인지 모르겠지만 난 알아. 어중간하게 이러지도 저러지도 못한다는 뜻인데 내가 바로 그래. 난 포탄이 터지면 그다음 무슨 일이 벌어질지 훤히 보이는데, 소들은 전혀 모르지."

"조금이긴 해도 나도 보여. 하지만 생각하지 않으려고 애쓰지."

기병대 말이 말했다.

"나는 너보다 더 많이 알고, 생각도 하지. 나는 내 일이 얼마나 많은지 알고, 내가 병이 들면 아무도 치료할 줄 모른다는 것도 알아. 사람들이 고작 할 수 있는 일이란 내가 나을 때까지 조련사에게 돈을 주지 않는 것뿐이지. 나는 조련사도 안 믿어."

두 꼬리의 말에 기병대 말이 대꾸했다.

"아! 그렇군. 하지만 나는 딕을 믿어. 그런데 네 얘길 들으니 딕의 연대 전체가 내 등에 탄 것처럼 기분이 안 좋아. 나는 많은 것을 알아서 불안하긴 하지만, 그걸 이겨 낼 정도로 많이 알지는 못하거든."

"도대체 무슨 말인지 모르겠어."

소들이 말하자, 기병대 말이 으스대듯이 말했다.

"그렇겠지. 너희한테 하는 이야기는 아니야. 너희는 피가 뭔지도 모르니까."

"알아. 그건 빨간색이고, 땅으로 스며들고 냄새가 나."

소들이 대꾸하자 기병대 말이 땅을 차고 껑충 뛰며 콧김을 푸르르 뿜었다.

"그런 이야기는 꺼내지도 마. 생각만 해도 냄새가 나는 것 같아. 난 피만 생각하면 도망

183

정 글 북

가고 싶어. 딕이 내 등에 타고 있지만 않다면."

"하지만 지금은 피가 없잖아. 왜 그렇게 바보같이 굴어?"

낙타와 소들이 입을 모아 말했다.

"끔찍하긴 해. 난 도망가고 싶은 건 아니지만 그래도 굳이 이야기하고 싶진 않아."

빌리의 말에 두 꼬리가 꼬리를 흔들며 끼어들었다.

"그래, 거기 있었군!"

"맞아, 우린 밤새 여기 있었어."

소들이 외치자, 두 꼬리가 발목에 달린 쇠사슬이 찔렁거리도록 쿵쿵거렸다.

"너희한테 하는 얘기가 아니야. 너희는 자기 머릿속에 뭐가 있는지 들여다보지도 못하잖아."

"아니, 우리 형제는 네 개의 눈으로 보는걸. 앞을 똑바로 본다고."

"나도 그럴 수 있다면 너희가 대포를 끌 필요 없겠지. 내가 만일 우리 중대장 같다면 대포를 끌 수 있을 텐데. 우리 중대장은 대포가 발사되면 어떤 일이 벌어질지 머릿속에 훤히 그릴 수 있어. 그래서 온몸을 부들부들 떨지만 너무 많은 것을 알기 때문에 어차피 도망칠 수 없다는 것도 알지. 하지만 내가 그렇게 지혜롭다면 여기 있지 않을 거야. 예전에 그랬듯이 숲속의 왕이 되어 반나절 내내 자고, 내키면 목욕이나 하며 지내겠지. 나는 벌써 한 달이나 목욕도 제대로 못 했어."

두 꼬리가 푸념을 늘어놓자, 빌리가 면박을 주었다.

"그렇군. 하지만 그렇게 하소연한다고 해서 나아지는 건 아니잖아."

"잠깐, 난 두 꼬리가 무슨 말을 하는지 알 것 같은데…."

기병대 말이 끼어들었다.

"알 것 같다고? 그럼 내가 이렇게 사는 걸 왜 싫어하는지 한번 설명해 보시지!"

두 꼬리가 화를 내며 버럭 소리치더니 온 힘을 다해 목청껏 뿌우우 소리를 냈다.

"그만해!"

빌리와 기병대 말이 동시에 외쳤다.

나는 그들이 발을 구르고 부들부들 떠는 소리를 들었다. 코끼리가 뿌우우 하고 우는 소리는 늘 기분이 나쁜데, 특히 깜깜한 밤에는 더욱 그랬다.

"아니, 그만두지 않을 거야. 어서 말해 볼래? 뿌우우! 뿌우! 뿌우우! 뿌우!"

그러다 갑자기 코끼리 울음소리가 뚝 그쳤다. 이어 어둠 속에서 낑낑거리는 소리가 들렸다. 마침내 빅슨이 날 찾아낸 것이다. 빅슨은 코끼리가 개 짖는 소리를 가장 무서워한다는 걸 나만큼이나 잘 알고 있었다. 그래서 말뚝에 묶여 있는 두 꼬리의 큼직한 발 주위에서 요란하게 짖어 댔다.

"저리 꺼져! 내 발에 쿵쿵대지 마. 안 그러면 걷어찰 테다. 자, 착하지. 어서 집에 가. 아, 누가 이 짖어 대는 조그만 짐승 좀 데려가! 저러다 날 물겠어."

두 꼬리가 안절부절못하며 소리를 지르자, 빌리가 기병대 말에게 말했다.

"우리 친구 두 꼬리는 무서운 게 정말 많군. 내가 연병장 건너편으로 걷어찬 개들의 먹이를 다 먹었다면 두 꼬리만큼이나 살이 쪘을걸."

내가 휘파람을 불자 진흙투성이가 된 빅슨이 달려와 내 코를 핥으며 나를 찾아 온 사방을 뒤진 이야기를 늘어놓았다. 하지만 나는 동물의 말을 못 알아듣는 척했다. 그러지 않으면 빅슨이 제멋대로 굴 것이다. 나는 외투 안쪽에 빅슨을 넣고 단추를 채웠다. 그러자 두 꼬리가 쿵쿵 발을 구르고 왔다 갔다 하면서 투덜거렸다.

"난 정말 별나! 우리 가문 내력인가? 그런데 그 작고 못된 짐승은 어디 간 거지?"

코끼리는 코로 여기저기 더듬다가 뿌우우 하고 울면서 말을 이었다.

"사실 우리는 다양한 방식으로 영향을 받은 것 같아. 여기 신사분들도 내가 뿌우우 하고 우니까 깜짝 놀라는 것 같던데."

"정확히 말하면 놀란 게 아니었어. 그 소리는 마치 내 안장이 있어야 할 자리에 벌이 앉은 듯한 느낌을 주었을 뿐이라고. 다시는 그러지 말게."

기병대 말이 말하자, 두 꼬리가 대꾸했다.

"하지만 나는 작은 개가 무섭고, 여기 이 낙타는 무서운 꿈을 꾸고 겁을 먹잖아."

"우리가 각자 싸우는 방법이 달라서 천만다행이야."

기병대 말이 말하자, 한동안 잠자코 있던 젊은 노새가 입을 열었다.

"내가 정말로 궁금한 건, 우리가 왜 싸워야 하느냐는 거예요."

"싸우라고 명령하니까."

기병대 말이 한심하다는 듯이 콧방귀를 뀌며 말했고, 빌리도 짧게 덧붙였다.

"그래, 명령이니까."

"후큼 하이!(명령이니까!)"

낙타가 외치자, 두 꼬리와 수소들도 따라 했다.

"후큼 하이!"

"그럼 명령은 누가 내리나요?"

젊은 노새가 다시 물었다.

"네 옆에서 걷고 있는 사람."

"네 등에 타고 있는 사람."

"고삐를 잡고 있는 사람."

"네 꼬리를 비트는 사람."

빌리와 기병대 말, 낙타와 소들이 차례로 말했다.

"그 사람들한테는 누가 명령하는데요?"

"신참, 너무 많은 걸 알려 하는군. 그러다 한 대 맞겠어. 네 옆에 있는 사람의 명령이나 잘 따르면 돼."

빌리의 말에 두 꼬리가 동조했다.

"그 말이 맞아. 물론 나는 이러지도 저러지도 못하는 처지라 꼭 명령을 따르진 않아. 하지만 빌리 말이 옳아. 네 옆에서 명령을 내리는 사람의 말에 복종해야 해. 안 그러면 매를 맞는 데다 너 때문에 모든 부대가 멈춰 서게 돼."

대포를 끄는 소들이 그만 가려고 자리에서 일어났다.

"날이 밝아 오는군. 부대로 돌아가야겠어. 우리는 머릿속을 볼 줄 모르고 영리하지도 않아. 그래도 오늘 밤 겁먹지 않은 건 우리 소들뿐이야. 잘 자게, 용감한 이들이여."

소들의 인사에 아무도 대꾸하지 않자, 기병대 말이 다른 얘기를 꺼냈다.

"그런데 작은 개는 어디 갔지? 개가 있다는 건 근처에 사람이 있다는 말인데."

"나 여기 있어요. 대포 뒤쪽에 우리 주인이랑 함께 있지요. 덩치만 크고 허둥거리는 낙타 당신이 우리 천막을 무너뜨려서 우리 주인이 몹시 화가 났어요."

빅슨이 캥캥 짖으며 말하자 소들이 한마디 했다.

"저런! 분명 백인일 거야!"

"당연하죠. 내가 인도인 소몰이꾼 밑에서 살 것 같아요?"

빅슨이 젠체하며 대꾸했다.

"으악! 웩! 세상에! 어서 빨리 가자고!"

그런데 소들은 너무 당황한 나머지 서두르다 진흙탕에 빠지면서 멍에가 그만 탄약 수레
의 가로 막대에 끼고 말았다.

"저런, 오도 가도 못 하게 되었군. 버둥거리지 마. 아침이 밝을 때까지 어쩔 수 없어.
대체 왜 그런 거야?"

빌리가 차분하게 말했지만, 소들은 연신 콧김을 식식 내뿜었다. 둘은 서로 밀고 비틀고
끙끙대고 발을 쿵쿵거리다가 미끄러져 진흙에 넘어질 뻔했다. 하지만 계속 멍에를 빼내려
고 가쁜 숨을 내쉬며 안간힘을 썼다.

"그러다 목이 부러지겠어. 대체 백인이 뭘 어쨌다고 그래? 나는 백인이랑 같이 살기도
하는데."

기병대 말이 말하자, 한 소가 대꾸했다.

"백인들은 우리를 잡아먹어! 이봐, 좀 더 잡아당겨!"

그 순간, 멍에가 뚝 부러지면서 두 소가 우당탕 넘어졌다. 나는 그제야 인도 소들이 왜
영국 사람을 무서워하는지 알게 되었다. 인도의 소몰이꾼들은 소고기를 입에 대지 않지만
우리는 소고기를 즐겨 먹었다. 당연히 소들이 좋아할 리 없었다.

"안장 사슬로 얻어맞은 것 같군! 저 멍청이들이 곧 고깃덩어리가 된다니."

빌리의 말에 기병대 말이 대꾸했다.

"내버려 둬. 난 이 사람을 좀 살펴야겠어. 백인들은 보통 주머니에 뭐가 있거든."

"그럼 나는 가겠네. 나도 백인을 그다지 좋아하지 않거든. 잘 곳이 없는 백인들은 도둑
놈이기 마련인데, 나는 내 등에 정부 재산을 많이 싣고 있단 말일세. 가자, 신참. 우리
부대로 돌아가자고. 오스트레일리아 친구! 내일 열병식 때 보자고. 잘 자게, 낙타 친구!
마음 좀 굳게 먹으라고. 잘 자게, 두 꼬리! 내일 우리 앞을 지나갈 때 뿌우우 하고 울지
말게. 그랬다간 대열이 다 흐트러질 거야."

빌리는 노병처럼 절름거리며 떠나갔고, 기병대 말은 내 가슴에 머리를 들이밀었다. 내
가 기병대 비스킷을 건네자, 우쭐대기 좋아하는 빅슨이 자기와 내가 말 수십 마리를 가지

고 있다고 허풍을 떨었다.

"난 내일 수레를 타고 열병식에 갈 거예요. 당신은 어디 있을 건가요?"

그러자 기병대 말이 정중하게 말했다.

"제2 기병 대대 왼쪽이야. 아가씨, 우리 부대는 모두 내 걸음 속도에 맞춰 걷는단다. 이제 딕한테 가 봐야겠군. 꼬리가 진흙투성이라 열병식을 위해 단장하려면 꼬박 두 시간은 걸릴 거야."

그날 오후, 삼만 명의 병사가 펼치는 대규모 열병식이 열렸다. 나와 빅슨은 총독과 아프가니스탄 왕과 가까운 좋은 자리에 앉았다. 아프가니스탄 왕은 러시아 아스트라한 모직물로 만든 크고 까만 모자를 썼는데, 모자 한가운데에는 다이아몬드가 박혀 있었다. 화창한 햇살 아래에서 일제히 움직이는 다리들과 보병대들의 총들이 물결처럼 지나가니 눈이 어질어질했다.

이윽고 기병대가 멋진 보니 던디(기병대의 구보)에 맞춰 나타나자, 수레에 타고 있던 빅슨이 귀를 쫑긋 세웠다. 그다음 제2 기병 대대의 창기병이 지나갔는데, 그 기병대 말이 있었다. 꼬리를 비단처럼 매끈하게 늘어뜨리고 머리는 가슴 쪽으로 끌어당긴 모습이었다. 기병대 말은 한쪽 귀는 앞으로 구부리고 다른 쪽 귀는 뒤로 젖힌 채 왈츠를 추듯이 가볍게 움직이며 자기 부대의 보폭 박자를 맞추고 있었다.

뒤로는 대포들이 지나갔다. 두 꼬리와 다른 두 꼬리가 18킬로그램짜리 대포를 끌고 있었고, 멍에를 멘 스무 쌍의 수소들이 코끼리들을 뒤따랐다. 일곱 번째 소들은 새 멍에를 썼는데 딱딱하게 굳은 표정에 몹시 피곤해 보였다.

마지막으로 스크루 대포 부대가 지나갔다. 모든 중대들을 지휘한다던 빌리는 반짝반짝 기름칠한 빛나는 마구를 지고 있었다. 나는 빌리에게 환호했지만, 빌리는 도도하게 제 갈 길을 갔다.

이윽고 비가 다시 내리기 시작하자 잠시 병사들의 열병식이 잘 보이지 않았다. 병사들은 커다란 반원을 그리며 들판에 줄지어 있다가 한 줄로 길게 늘어섰다. 줄이 점점 길어지더니 1킬로미터에 달했고 병사, 말, 대포 들이 굳건한 장벽을 이루었다. 이어 병사들은 총독과 아프가니스탄 왕을 향해 똑바로 걸어왔다. 그들이 가까이 다가올수록 빠르게 움직이는 증기선 갑판처럼 땅이 흔들렸다.

단순히 열병식일 뿐이었지만, 병사들이 가까이 다가오자 겁이 났다. 그 광경을 직접 보지 않으면 그 위압감은 결코 상상할 수 없을 것이다. 나는 왕을 쳐다보았다. 그때까지 왕은 놀라는 기색 없이 덤덤하게 앉아 있었다. 하지만 이내 눈이 커지더니 말의 고삐를 움켜잡으며 뒤를 돌아보았다. 왕은 당장 칼을 뽑아 들고 자기 뒤 마차에 탄 영국인들에게 달려들 기세였다. 그때 다가오던 병사들이 딱 멈추면서 땅도 고요해졌다. 이어 서른 개의 악단이 일제히 연주를 시작하자 모든 병사가 경례를 했다. 그렇게 열병식이 끝났고 부대는 악단의 연주가 이어지는 가운데 비를 맞으며 막사로 돌아갔다.

동물들이 둘씩 짝지어 가네.

만세! 만세! 동물들이 둘씩 짝지어 가네.

코끼리와 대포 끄는 노새들도 둘씩 짝지어

방주로 들어가네. 비를 피하기 위해!

그때 왕과 함께 온, 머리가 희끗한 중앙아시아의 한 족장이 인도 장교에게 물었다.

"어떻게 이렇게 멋진 일이 가능하죠?"

"명령을 내리면 그대로 복종한답니다."

장교가 대답하자 족장이 되물었다.

"짐승들도 병사들처럼 명령을 알아듣는단 말입니까?"

"짐승들도 병사들처럼 명령에 복종합니다. 노새, 코끼리, 소는 자기를 모는 몰이꾼에게, 몰이꾼은 하사관에게, 하사관은 중위에게, 중위는 대위에게, 대위는 소령에게, 소령은 대령에게, 대령은 세 연대를 지휘하는 준장에게, 준장은 여왕 폐하의 신하인 총독에게 복종합니다."

"아프가니스탄에서도 복종을 하지만, 우리는 오직 자기 의지에만 복종합니다."

족장의 말에 인도 장교가 콧수염을 만지며 말했다.

"그래서 당신들이 복종하지 않는 왕이 우리 총독님께 복종하는 겁니다."

군대 동물들의 열병식 노래

포병대의 코끼리들

우리는 알렉산더 대왕에게 헤라클레스의 힘과
우리의 지혜와 우리 무릎의 재주를 빌려주었네.
우리는 고개를 숙여 절을 올리고 복종하네.
하지만 목에 매인 줄에서 다시는 풀려나지 못했네.
길을 비켜라. 18킬로그램짜리 대포를 끄는
3미터 거구의 코끼리들이 행진한다!

대포 끄는 소들

마구를 찬 영웅들이 포탄을 피하네.
폭약에 대해 잘 알기에 두려워 어쩔 줄 모르네.
그때 우리가 나서서 대포를 이끈다네.
길을 비켜라. 18킬로그램짜리 대포를 끄는
스무 쌍의 멍에를 멘 수소가 행진한다!

기병대의 말들

내 어깨에 찍힌 낙인 옆에서
창기병, 경기병, 용기병이 멋진 노래를 연주하네.
'보니 던디' 박자에 맞추어 걷는 것이,
나에게는 '마구간'이나 '물'보다 감미롭구나!

그러니 우리를 먹이고 길들이고 돌보고 털을 손질하라.
훌륭한 기수들과 널찍한 공간을 주어라.
기병대에 우리를 세우고
'보니 던디'에 맞춰 행진하는 것을 보라!

스크루 대포 부대의 노새들

나와 동료들은 산을 오를 때
구르는 돌들 사이에서 길을 잃어도 전진하네.
비틀거리더라도 어디든 오를 수 있고 찾을 수 있네.
아, 그것이 발 디딜 곳 없는 산꼭대기에서 누리는 기쁨!

우리의 길을 이끄는 하사관들에게 행운이 있기를.
짐도 못 꾸리는 몰이꾼에게 불행이 따르기를.
비틀거리더라도 어디든 오를 수 있고 찾을 수 있네.
아, 그것이 발 디딜 곳 없는 산꼭대기에서 누리는 기쁨!

병참 부대의 낙타들

우리 낙타 부대에는 행진곡이 없다네.
하지만 우리의 털북숭이 목은 트롬본.
(따따따따, 털로 된 트롬본 소리!)
이것이 바로 우리의 행진곡이라네.
안 돼! 못해! 안 해! 안 되겠어!
그냥 대열을 따라 행진하자!
누군가의 등에서 짐이 떨어지네.
내 짐이 떨어졌으면!
누군가가 길바닥에 짐을 쏟네.
잠시 걸음을 멈추네. 야호! 신나는 소동이네.
어라! 이크! 이런! 아이코! 누가 벌써 짐을 줍고 있네.

모든 동물이 다 함께

우리는 막사의 아이들,
저마다 자기의 할 일을 하네.
우리는 멍에와 회초리의 아이들,
마구와 안장을 차고 짐을 지어라.
들판에 늘어선 우리를 보라.
올가미처럼 다시 구부러져
저 멀리 전쟁을 향해 힘겹게 나아간다.
하지만 우리 옆에서 먼지를 뒤집어쓴 채
졸음을 참으며 묵묵히 걷는 사람들은
우리가, 또 그들이 왜 날마다 행군하면서
고생하는지 말해 줄 수 없다네.
우리는 막사의 아이들,
저마다 자기의 할 일을 하네.
우리는 멍에와 회초리의 아이들,
마구와 안장을 차고 짐을 지어라.

정글북 2

차 례

정글북 2

공포의 시작

시냇물은 줄고 웅덩이는 말랐네.
너와 나, 우리는 친구가 되었구나.
목은 타들어 가고 옆구리에 먼지가 가득한 채
서로 몸을 부딪치며 강둑에 섰네.
갈증이 두려워 사냥은 꿈도 못 꾸고 멀뚱히 섰네.
새끼 사슴의 눈에 보이는 것은
자기처럼 두려워하는 늑대라네.
말라비틀어진 수사슴이 제 아비의 목에 박혔던
송곳니를 뚫어지게 보는구나.
웅덩이는 말랐고 시냇물은 줄었네.
너와 나, 우리는 친구가 되었구나.
저 구름이 비를 내려 물길이 흐르길.
우리에게 풍성한 사냥을!

정 글 북

정글의 법칙은 세상에서 가장 오래된 법칙으로, 정글 동물들에게 닥칠 수 있는 모든 사고를 대비해 만든 것이다. 그동안 시간이 많이 흐르고 관습도 바뀌었지만, 정글의 법칙은 여전히 모든 사안을 완벽히 해결하는 데 유용했다. 여러분이 모글리에 관한 다른 이야기도 읽었다면, 그가 시오니 언덕의 늑대 무리와 사는 발루에게 아주 오랫동안 정글의 법칙을 배운 것을 알 것이다. 발루는 모글리가 자신의 끊임없는 잔소리에 점점 지쳐 갈 무렵, 정글의 법칙이 거대한 덩굴 같아서 그것에 걸리면 그 누구도 절대 벗어날 수 없다고 일러 주었다.

"모글리, 네가 내 나이가 되면 모든 정글이 이 한 가지 법칙에 어떻게 복종하는지 알게 될 거다. 썩 유쾌한 일은 아니지."

종일 먹고 자기만 하던 모글리는 발루의 말을 한 귀로 듣고 한 귀로 흘렸다. 소년은 어떤 일이 실제로 벌

어지기 전까지는 미리 걱정하지 않았다. 그러나 발루의 말은 어느 해 현실이 되어 나타났다. 모글리는 온 정글이 한 가지 법칙에 의해 움직인다는 것을 직접 눈으로 확인했다.

그 일은 어느 겨울, 비가 한 방울도 오지 않으면서 시작되었다. 모글리는 대나무 숲에서 호저 이키에게 야생 참마가 말라 간다는 얘기를 들었다. 누구나 아는 사실이지만 이키는 먹이를 선택할 때 무척 까다로워서 질 좋고 잘 익은 것만 골라 먹었다. 그래서 모글리는 이키의 말을 대수롭지 않게 웃어넘겼다.

"그게 나랑 무슨 상관이지?"

그러자 이키가 가시를 바짝 곤두세우고 불안한 표정으로 부스럭대며 말했다.

"지금이야 별 상관없겠지만 나중에는 알게 될 거야. 그런데 꼬마야, 벌 바위 밑에 있는 깊은 웅덩이까지 잠수해 봤어?"

"아니, 물이 마른 엉터리 웅덩이엔 관심 없어. 거기에 뛰어들면 내 머리가 깨질걸?"

모글리는 자신의 지식이 정글 종족 다섯 무리를 합친 것보다 더 낫다고 굳게 믿었다. 그래서 그렇게 자신만만하게 대답한 것이다.

"그렇게 말하다니, 유감이군. 머리가 조금이라도 깨져야 지혜가 생길 것 같은데."

이키는 그렇게 대꾸하고는 모글리가 자신의 수염을 뽑을까 봐 재빨리 물속으로 헤엄쳐 들어갔다. 모글리는 곧장 발루에게 가 이키의 이야기를 전했다.

그러자 발루가 근심스러운 표정으로 중얼거렸다.

"나 혼자라면 다른 이들이 눈치채기 전에 얼른 사냥터를 바꾸었을 거야. 하지만 낯선 동물들 틈에서 사냥하다간 결국 싸움이 날 거고, 그러다 네가 다칠 수도 있어. 좀 더 기다리면서 모화나무가 꽃을 피우는지 지켜보는 게 좋겠어."

하지만 그해 봄, 발루가 좋아하는 모화나무는 꽃을 피우지 않았다. 초록빛이 감도는 옅은 노란색 꽃은 활짝 피기도 전에 뜨거운 열기에 말라 죽었다. 발루가 뒷다리로 서서 나무를 흔들자 기분 나쁜 냄새가 진동하면서 꽃잎이 떨어졌다.

그 뒤 열기는 정글 한가운데로 깊숙이 파고들어 정글을 노란색, 갈색으로 만들더니 마침내 검은색으로 바꿔 놓았다. 골짜기 주변으로 싱그럽게 자라던 식물들은 바싹 말라 타 죽었다. 그 모습이 마치 구부러진 전선과 돌돌 말린 필름 같았다. 보이지 않는 곳에 숨어 있던 웅덩이들도 바닥을 드러냈고, 가장자리에 어지럽게 찍힌 동물들 발자국도 쇠로 만든 것처럼 딱딱하게 굳었다. 나무에 달라붙어 영양분을 얻던 덩굴들은 그 아래에 떨어져서 말라 죽었고, 대나무들도 바싹 말라 바람에 흔들릴 때마다 서걱서걱 소리를 냈다. 정글 깊은 곳에서 이끼에 뒤덮여 있던 바위들도 강바닥의 돌처럼 달아오른 채 헐벗은 몸을 드러냈다.

　미래를 예감한 새와 원숭이 들은 그해 초 서둘러 북쪽으로 떠났다. 사슴과 돼지 들은 마을의 황폐해진 경작지로 내려갔다가, 너무 쇠약해져 사냥할 힘조차 없는 사람들 앞에서 죽었다. 반면 솔개 칠은 여기저기 널린 썩은 고기로 배를 불리며 나날이 살이 쪘고, 점점 더 약해져 다른 사냥터로 떠날 수도 없는 동물들에게 밤마다 소식을 전해 주었다. 사흘 내내 날아 정글에 도착해 보니 뜨거운 햇볕에 모든 것이 말라비틀어졌다는 내용이었다.

　지금껏 굶주림을 제대로 겪어 본 적 없던 모글리는, 바위에 붙은 벌집에서 삼 년이나 묵은 퀴퀴한 꿀을 먹으며 허기를 달랬다. 그 꿀은 야생 자두처럼 까맣고 당분이 말라붙어 윤기라곤 하나도 없었다. 또 나무껍질 속에 깊이 숨은 땅벌레나 말벌의 애벌레를 잡아먹기도 했다. 바기라도 하룻밤 사이 사냥을 세 번이나 했지만 배를 곯기 일쑤였다. 정글의 모든 먹잇감이 뼈만 남은 꼴이었기 때문이다. 무엇보다 정글 동물들이 마실 물이 부족한 게 가장 큰 문제였다.

　뜨거운 열기가 계속되면서 정글의 모든 습기를 빨아들였고, 커다란 물줄기를 이루던 와인궁가 강물도 말라 버린 강둑 사이를 졸졸 흐를 뿐이었다. 백 년 넘게 산 야생 코끼리 하티는 길고 가파른 평화의 바위가 야트막한 강물 위로 모습을 드러내자 그의 아버지가 오십 년 전에 했던 그대로 강 옆에 서서 코를 번쩍 들어 올리고는 '음수대 휴전(飮水臺 休戰)'을 선포했다. 그러자 사슴, 야생 돼지, 물소는 있는 힘을 다해 비명을 질렀고, 솔개 칠은 공중에서 넓은 원을 그리며 날카로운 휘파람 소리를 내 경고했다.

　정글의 법칙에 따라 음수대 휴전이 선포되면, 물을 마시는 터에서는 싸움과 사냥이 금지되었고 이를 어길 경우 곧장 죽임을 당했다. 먹는 것보다 물을 마시는 게 더 중요했기 때문이다. 정글의 동물은 먹잇감만 부족할 때는 어떻게든 살아가지만 물은 차원이 다른 문제였다. 지금처럼 가뭄이 들어 물 공급원이 하나뿐일 경우, 정글 동물들이 물을 마시러 오가는 동안 모든 사냥이 금지될 수밖에 없었다.

　물이 풍부한 시기에는 동물들이 목숨을 내걸고 와인궁가로 내려와 물을 마시곤 했다. 생명의 위협을 감수할 만큼 밤에 와인궁가강에서 물을 마시는 일이 즐거웠던 것이다. 나뭇잎 하나 건드리지 않고 살금살금 물가로 내려가기, 모든 소음을 빨아들이며 콸콸 흐르는 무릎 깊이의 물살을 거슬러 올라가기, 언제든 도망칠 자세로 긴장한 채 어깨 너머를 살피며 물 마시기, 촉촉한 입가와 불룩한 배를 앞세우고 모래밭으로 올라가 부러운 눈빛으로 자신을 바라보는 무리에게 돌아가기 등등. 이 모든 모험은 윤기가 자르르 흐르는 젊은 수사슴들이 열광하는 것이었다. 하지만 그 모험은 바기라나 시어 칸에게 언제든 숨통이 끊길 수 있는 위험천만한 것이었다. 이제 목숨을 걸어야 하는 그런 장난은 끝났다. 호랑이, 곰, 사슴, 물소, 돼지 등 모든 정글 동물들은 굶주리고 지친 채 계속 말라 가는 강물로 모여들어 함께 더러워진 물을 마셨다. 그러고는 너무 힘들어서 강가 주변을 어슬렁거리기만 했다. 사슴과 돼지는 메마른 나무껍질이나 시든 나뭇잎보다 나은 먹이가 없나 온종일 찾아 헤매고 다녔다. 물소들도 시원하게 몸을 담글 진흙 웅덩이와 푸른 농작물을 찾아다녔지만 괜한 헛수고였다. 뱀들은 길 잃은 개구리 한 마리라도 잡겠다는 마음으로 강으로 내려갔다. 그러고는 젖은 암석을 온몸으로 돌돌 만 채, 돼지가 킁킁대며 주둥이로 헤집어도 꿈쩍 않고 버텼다. 강에 사는 거북들은 사냥꾼 가운데 가장 영리한 바기라에게 이미 많은 수가 잡아먹혔고, 물고기들은 쩍쩍 갈라진 진흙 속에 갇혀 숨이 끊긴 지 오래였다. 오직 평화의 바위만이 기다란 뱀처럼 얕은 물에 몸을 담근 채, 잔물결이 뜨거운 표면을 힘없이 스칠 때마다 쉭쉭 소리를 냈다.

모글리는 밤마다 서늘한 공기와 친구들을 찾아 이곳 강가로 왔다. 세상에서 가장 강력한 적인 굶주림은 소년이라고 봐주지 않았다. 모글리의 피부는 털이 나 있지 않아서 동물들보다 더 야위어 보였고 초라했다. 머리카락은 햇볕에 색이 바랬고, 무릎과 팔꿈치의 뼈마디나 갈비뼈는 바구니 가장자리처럼 툭 불거져 나왔다. 비쩍 마른 팔다리는 마디가 있는 풀 줄기 같았다. 그러나 푸석한 앞머리 아래로 보이는 두 눈만큼은 냉철하고 차분했다. 조언자 바기라가 모글리에게 침착하고 느긋하게 사냥해야 하며, 어떤 이유로든 화를 내선 안 된다고 말했던 것이다.

화로처럼 뜨겁던 어느 날 저녁, 검은 표범이 모글리에게 말했다.

"가장 힘든 시기야. 하지만 우리가 살아남는다면 이 시기도 지나가겠지. 사람의 아이야, 뭘 좀 먹었어?"

"배 속에 뭘 넣긴 했는데 아무 소용없어. 바기라, 비가 우리를 완전히 까먹고 다시는 찾아오지 않을 것만 같아. 안 그래?"

"아니, 이제 모화나무에 꽃이 필 거야. 사슴 새끼들이 새로 돋아난 풀을 먹고 무럭무럭 자랄 거고. 평화의 바위로 가 새 소식이 없나 들어 보자. 어린 형제, 내 등에 타렴."

"지금이 등에 뭘 실을 때야? 아직은 나 혼자 갈 수 있어. 우린 살진 황소가 아니니까."

그러자 바기라가 축 늘어지고 먼지가 낀 옆구리를 보며 속삭였다.

"어젯밤에 멍에를 맨 황소를 사냥했어. 그런데 어찌나 말랐던지 놈이 달아났더라도 내가 굳이 쫓아가 덮칠 필요가 없었을 거야. 후유!"

"우리는 꽤 훌륭한 사냥꾼들인데 땅벌레를 잡아먹다니 참 용감하군."

모글리가 깔깔 웃으며 말했다.

그들은 힘없이 꺾어지는 관목을 헤치고 레이스처럼 넓게 펼쳐진 여울목으로 내려갔다. 바로 그곳에서 사방으로 물이 흘러 나갔다.

발루가 모글리와 바기라 사이에 끼어들며 말했다.

"물이 곧 마르겠어. 저기 좀 봐! 동물들이 자주 지나다녀서 사람들이 만든 도로 같아."

강둑 저 너머 들판의 무성한 풀들이 바짝 곤두선 채 죽어 있었다. 강을 찾는 사슴과 돼지들이 3미터 높이의 수풀을 다져 도랑 모양의 길을 여러 개 만들었는데, 마치 무채색 들판 위에 새긴 줄무늬 같았다. 어느 길이든 가장 먼저 물을 마시려고 서두는 동물들로 붐

벗다. 암사슴과 사슴 새끼들이 맵고 싸한 흙먼지 속에서 콜록대는 소리가 연신 들렸다.

야생 코끼리 하티가 평화의 바위를 에워싼 웅덩이로 완만하게 흐르는 상류에서 몸을 좌우로 흔들며 서 있었다. 음수대 휴전이 지켜지는지 감시하기 위해서다. 하티 옆에 그사이 많이 마른 잿빛 아들들이 서 있었다. 그보다 조금 아래에는 사슴 무리, 그 아래에는 돼지와 야생 물소가 자리를 잡았다. 물가에 키 큰 나무들이 자라는 맞은편 강둑은 육식 동물들을 위한 자리였다. 호랑이, 늑대, 표범, 곰 등이 차례차례 나타나 자리를 차지하고 있었다.

바기라가 얕은 물살을 헤치며 지나가다 뿔끼리 쿵 하고 부딪히는 소리에 고개를 돌렸다. 사슴과 돼지가 서로 밀치고 있었는데, 바기라가 그 모습을 보며 중얼거렸다.

"우리가 정글의 법칙에 복종하며 사는 게 맞군. 내 형제 여러분에게 풍성한 사냥을!"

바기라는 몸을 길게 누이면서 물속에 한쪽 옆구리를 밀어 넣으며 애석하다는 듯이 덧붙였다.

"정글의 법칙만 아니면, 그야말로 완벽한 사냥을 할 수 있을 텐데 아쉽군."

그러자 사슴 하나가 바기라의 말을 듣고는 겁에 질려 자리를 뜨며 속삭였다.

"물이 부족한 휴전 시기라는 것을 명심하세요!"

이어 야생 코끼리 하티도 바기라에게 주의를 주었다.

"평화를 지키시오, 평화를! 바기라, 지금은 사냥을 이야기할 때가 아니오."

"나야말로 그 점을 잘 알고 있소. 나는 지금 거북이나 잡아먹고 개구리를 낚고 있는 신세요. 쳇! 이젠 나뭇가지나 씹어야겠군요!"

바기라가 상류를 향해 노란 눈을 희번덕거리며 대꾸했다.

그러자 그해 봄에 태어난 어린 사슴이 겁에 질려 울먹였다.

"그렇게 해 주시면 정말 감사하죠."

그 말에 정글 동물들처럼 비참하기 짝이 없는 하티가 뿌우우 웃음을 터뜨렸다. 미지근한 물에 팔꿈치를 괴고 누워 있던 모글리도 요란하게 웃으면서 발을 첨벙거리며 물보라를 일으켰다.

"뿔을 가진 어린 짐승아, 네 말이 꽤 마음에 드는구나. 이 휴전이 끝나도 내 너를 꼭 기억하지."

바기라가 가르랑거리며 말하고는 새끼 사슴을 기억하려고 다시 한번 매섭게 쏘아보았다.

곧이어 동물들이 음수대에 관한 이야기를 시작하면서 시끌시끌해졌다. 돼지는 물 나오
는 곳을 찾으려고 씩씩거리며 땅을 팠고, 물소들은 비틀거리며 모래사장을 넘어왔다. 사
슴은 먹이를 찾아 발이 퉁퉁 붓도록 돌아다닌 사연을 털어놓았다.

가끔씩 맞은편 강둑에 있는 육식 동물에게 상황을 묻기도 했지만 온통 나쁜 소식뿐이었
다. 무시무시할 정도로 뜨거운 바람이 바위와 나무 틈새와 나뭇가지와 흙먼지를 훑고는
수면을 스쳐 지나갈 따름이었다.

"사람들도 마찬가지예요. 그들도 쟁기 옆에서 죽어 가고 있어요. 어제 저녁부터 밤사이
에 세 사람이나 죽은걸요. 황소들과 나란히 누워 있던데 우리도 곧 그런 꼴이 되겠죠."
젊은 삼바가 말했다.

"어젯밤부터 강물이 줄고 있어. 오, 하티! 이런 가뭄이 전에도 있었나요?"

발루가 묻자 하티가 등과 옆구리에 물을 뿜으며 말했다.

"결국엔 지나갈 것이오."

"그런데 오래 견디기 어려워 보이는 친구가 하나 있어서 걱정이지요."

발루가 자신이 매우 사랑하는 소년을 보며 말했다.

그러자 모글리가 발끈하며 물에서 일어나 앉았다.

"나? 내겐 뼈를 덮을 기다란 털이 없지만 만약 발루도 가죽이 없다면…."

그러자 하티가 고개를 절레절레 흔들었고, 발루가 엄격한 목소리로 말했다.

"사람의 아이야, 그런 말은 정글의 법칙을 가르쳐 준 선생한테 하는 게 아니다. 나는 늘

가죽이 있었어."

"아니, 그냥 별생각 없이 한 말이야. 발루가 껍데기 속에 든 코코넛이라면, 난 껍데기 없는 코코넛이라는 거지. 그러니까 발루는 갈색 껍데기인데…."

모글리는 책상다리를 한 채 평소처럼 집게손가락을 흔들며 설명했다.

그때 바기라가 두툼한 앞발로 모글리를 물속으로 휙 잡아끌며 말했다.

"그게 더 나빠. 발루의 가죽을 벗기는 걸로 모자라 이젠 코코넛이라니. 발루가 잘 익은 코코넛으로 무슨 짓을 할지 모르니 조심해."

모글리는 물에서 허우적대다가 겨우 일어나며 물었다.

"그게 무슨 짓인데?"

모글리는 방심하여 이렇게 물었는데, 잘 익은 코코넛이란 말은 정글에서 가장 오래된 농담이었다.

"네 머리를 깨뜨리는 거야."

바기라는 일부러 침착하게 대답하고는, 모글리를 다시 물속에 밀어 넣었다.

"선생을 놀리면 못쓰지."

발루가 그렇게 덧붙이며, 모글리를 세 번째로 물에 쑤셔 넣었다.

그때 절름발이 호랑이 시어 칸이 물가로 내려와 끼어들었다.

"가만 내버려 두면 안 돼! 저 벌거벗은 애송이가 감히 한때 정글을 호령했던 훌륭한 사냥꾼들의 콧수염을 잡아당기고 놀려 대다니!"

시어 칸은 맞은편 강둑의 사슴을 보며 잠시 흥분했다가, 주름 잡힌 네모꼴 머리를 강에

박고 물을 핥으며 그르렁댔다.

"정글이 벌거벗은 놈의 세상이 다 되었군. 사람의 아이야, 나를 보아라!"

모글리는 평소처럼 시어 칸을 경멸의 눈초리로 쳐다보았다. 그러자 호랑이가 불안한 표
정으로 눈길을 피하더니, 계속 물을 마시며 웅얼거렸다.

"사람의 아이 주제에 이러쿵저러쿵 떠드는군. 나를 무서워하지 않는 걸 보면 이 녀석은 사람도, 동물의 새끼도 아니야. 내년 이맘때면 물을 마실 때 이 녀석의 허락을 받게 되겠는걸."

"흥! 당연히 그렇게 될 거다. 그런데 또 무슨 부끄러운 짓을 저지르고 여기 온 거지?"

바기라가 호랑이를 매섭게 쳐다보며 대꾸했다.

호랑이가 물속에 얼굴을 담그자, 그 주둥이에 묻은 검붉은 액체가 하류 쪽으로 흘러갔다.

"한 시간 전에 내가 사람을 죽였지."

시어 칸이 차갑게 대꾸하고는 그르렁거렸다. 그러자 줄지어 선 동물들이 우왕좌왕하면서 웅성거리기 시작했고, 그 소음은 이내 고함 소리로 바뀌었다.

"사람! 사람! 시어 칸이 사람을 죽였어!"

모든 동물들이 일제히 하티를 쳐다보았지만, 야생 코끼리는 짐짓 못 들은 척했다. 하티는 꽤 오랫동안 꼼짝도 하지 않았는데, 평소에도 그렇게 행동한 덕에 그토록 오래 살 수 있었던 것이다.

"이런 시기에 사람을 죽이다니! 사람이 아닌 다른 사냥감을 찾을 순 없었나?"

바기라가 물에서 쑥 나오더니, 늘 하던 대로 고양이처럼 뺨의 물기를 털고는 경멸 어린 투로 쏘아붙였다.

"먹으려는 게 아니었어. 그저 죽이고 싶어서 죽였을 뿐이야."

시어 칸이 소름 끼치는 목소리로 웅얼거렸다.

마침내 하티의 작고 신중한 흰 눈이 시어 칸을 보았다.

"이제 물을 마시고 몸을 씻으려고 왔다. 뭐, 문제라도 있나?"

시어 칸이 못마땅한 듯이 말하자, 바기라 등이 대나무처럼 커다란 원을 이루며 솟아올랐다. 그때 하티가 코를 들어 올리며 앞으로 나섰다.

"죽이고 싶어서 죽였다고?"

하티가 물으면 대답을 하지 않을 수 없었다.

"그렇다고 해 두지요. 하티, 당신도 알다시피 그것은 내 권리였고 오늘 밤이 나의 밤이었소."

시어 칸이 예의를 갖추어 공손하게 대답하자, 하티가 잠시 입을 다물었다가 말했다.

"좋다. 물은 충분히 마셨나?"

"오늘 밤은 그렇소."

"그럼 가라. 이 강물은 마시는 것이지, 더럽혀도 되는 것은 아니다. 모두가 고통스러운 이 시기엔 절름발이 호랑이 말고는 그 누구도 자기 권리를 주장하지 않아. 깨끗하든 그렇지 않든, 그대 잠자리로 돌아가!"

하티의 말이 은나팔처럼 뿌우우 하고 선명하게 울려 퍼졌고, 하티의 세 아들은 발을 쿵쿵 굴렀다. 시어 칸은 그르렁 소리 한 번 내지 못하고 꽁무니를 뺐다. 하티가 정글의 관리

자 자격으로 자신에게 마지막 경고를 한 것을 알아차린 것이다.

"시어 칸이 말하는 권리가 뭐지? 정글의 법칙에 따르면 사람을 죽이는 것은 이유가 무엇이든 부끄러운 짓이잖아. 그런데 하티의 말이….."

모글리가 바기라의 귀에 대고 소곤거렸다.

"하티에게 직접 물어봐. 권리인지 아닌지 잘 모르겠지만, 하티가 말하지 않는데 굳이 내가 나서서 절름발이 짐승한테 알려 주고 싶지 않아. 사람을 죽이고 평화의 바위에 와 그걸 자랑하다니, 자칼이나 하는 짓이야. 게다가 그는 물까지 더럽혔어."

그런데 누구도 하티에게 대놓고 물을 용기가 나지 않았다.

모글리가 잠시 머뭇거린 끝에 하티에게 큰 소리로 물었다.

"하티, 시어 칸의 권리가 뭐죠?"

모글리의 목소리가 강둑 양쪽으로 퍼져 나갔다. 모든 정글 동물들의 시선이 모글리에게 꽂혔다. 곰곰 생각에 잠긴 발루를 빼고는 누구도 이해 못할 낯선 광경이었다.

이윽고 하티가 입을 열었다.

"정글보다 오래된 이야기가 있다. 모두 조용히 한다면 그 이야기를 들려주지."

잠시 돼지들과 물소들 사이에 몸싸움이 벌어졌지만, 각 무리의 우두머리들이 말리고는 하티에게 "어서 이야기하시오."라고 소리쳤다.

하티가 평화의 바위 근처에 있는 무릎까지 차오르는 웅덩이 쪽으로 성큼성큼 걸어갔다. 하티는 무척 야위고 주름진 데다 엄니는 누렇게 변했지만, 정글의 관리자 분위기가 물씬 풍겼다.

"다들 잘 알다시피, 우리는 모두 사람을 두려워하지."

하티가 이야기를 시작하자 모두 같은 생각이라는 듯이 조그맣게 웅성거렸다.

"너와도 관계있는 이야기다, 어린 형제여."

바기라가 모글리에게 말하자, 모글리가 눈을 동그랗게 뜨고 대꾸했다.

"나? 나는 백 마리나 되는 자유의 종족, 늑대 무리의 일원인걸. 내가 사람이랑 무슨 상관이지?"

하티가 계속 말했다.

"왜 사람을 두려워하는지는 누구도 잘 알지 못할 거야. 이제부터 바로 그 이유를 알려 주지. 정글이 막 만들어졌을 때, 그때가 언제인지 아무도 모르지만, 우리 정글 종족은 서로 두려워하지 않고 함께 어울렸어. 그때는 가뭄도 없었고, 나뭇잎과 꽃과 열매가 한 나무에서 자랐지. 우리는 잎과 꽃, 풀, 나무껍질 외에 다른 것은 절대 먹지 않았어."

"그 시절에 태어나지 않아서 다행이군. 나무껍질은 발톱을 갈 때나 쓰는 거니까."

바기라가 말했다.

"그 무렵 최초의 코끼리이자 정글의 주인인 타가 살았지. 그는 코로 깊은 물에서 정글을 끌어낸 뒤, 엄니로 땅에 고랑을 만들어 강물이 흐르게 했어. 또 발로 땅을 걷어차 맑은 물이 솟는 못을 만들었는데, 그때 타가 내뿜는 콧김에 나무들이 쓰러졌지. 그렇게 타는 정글을 완성했고, 그 이야기가 나에게까지 전해 내려왔어."

"살이 빠진 이야기는 전해지지 않은 모양이군."

바기라가 소곤대자, 모글리는 입을 막고 키득거렸다.

"그때는 작은 오두막은 물론이고 옥수수, 멜론, 후추, 사탕수수도 없었지. 정글 동물들은 사람에 대해 전혀 몰랐지만, 그들도 정글 안에서 우리처럼 종족을 이루며 살았어. 그런데 그들은 먹을 것이 충분한데도 식량을 두고 다투기 시작했지. 무척 게을렀거든. 봄비가 내릴 때면 우리가 가끔 그러듯이, 편하게 누워서 먹고 마시기를 바랐지.

타는 새로운 정글을 만들고 강을 내느라 바빠서 온 정글을 돌아다닐 수 없었어. 그래서 최초의 호랑이에게 정글의 관리자 겸 재판관 역할을 맡겨 정글 동물들의 다툼을 해결하게 했지. 그는 나만큼 몸집이 크고 아름다웠는데, 온몸이 노란 담쟁이 꽃처럼 노란색이었어. 정글이 막 생겨난 그 좋은 시절엔 그의 가죽에 줄무늬나 선이 전혀 없었어. 정글의 모든 동물들이 그를 두려움 없이 편하게 찾았고, 그의 말은 곧 법이었지. 그때만 해도 우리는 한 종족이었어.

그러던 어느 날 밤 두 사슴이 싸움을 벌였어. 너희들이 머리와 앞발로 서로 밀치며 초목을 두고 다툼을 벌이는 것처럼 말이지. 결국 두 사슴은 꽃밭에 누워 있는 호랑이를 찾아가서 서로 변명을 했는데, 그 가운데 한 마리가 뿔로 호랑이를 들이받았어. 그러자 호랑이는 자신이 정글의 관리자이자 재판관이라는 사실을 잊고 사슴의 목을 부러뜨리고 말았지. 그때까지만 해도 우리들 가운데 죽은 자가 하나도 없었어. 호랑이는 뒤늦게 자신이 저지른 짓을 깨달았지만 피 냄새에 이성을 잃고 북쪽 늪으로 달아났지. 재판관도 없는 정글은 서로 치고받고 싸우는 지경에 이르렀고, 그 소동을 들은 타가 나타나 꽃밭에 쓰러져 있는 사슴을 누가 죽였냐고 물었어. 하지만 정글 동물들도 피 냄새에 이성을 잃어 저마다 이야기가 다 달랐고, 제대로 대답하는 이가 없었지. 지금도 피 냄새가 나면 다들 미치는 것처럼 말이야. 정글 동물들은 제자리를 달리고 또 달렸어. 껑충껑충 뛰고 고함을 지르고 머리를 마구 흔들기도 했지.

결국 타는 나뭇가지를 낮게 드리운 나무들과 정글 여기저기를 기어 다니는 덩굴들에게 명령했어. 사슴을 죽인 범인을 모두 알아볼 수 있도록 표시하라고 말이야. 그런 다음 동물들에게 물었어. '이제 누가 정글의 관리자가 될 텐가?' 그러자 나뭇가지 틈에서 회색 원숭이가 훌쩍 튀어나오며 말했지. '제가 정글의 관리자를 할게요.' 그러자 타가 '그러려무나.' 하고는 차갑게 웃더니 몹시 화난 얼굴로 가 버렸어.

여러분 모두 회색 원숭이를 잘 알 거야. 그 무리는 그때나 지금이나 마찬가지였지. 처음에는 점잔을 뺐지만 그리 오래가지 못했어. 원숭이들은 몸을 긁적이며 제멋대로 튀어올랐지. 타가 돌아왔을 때에는 나뭇가지에 거꾸로 매달린 채 제 아래에 있는 동물들 흉내를 냈고, 동물들은 그런 원숭이들을 흉내 냈어. 그때 정글에는 법칙이란 게 없었고, 다만 어리석은 말과 의미 없는 말장난이 판을 쳤지.

그때 타가 우리를 모두 불러 모아 이렇게 말했어. '너희들의 첫 번째 관리자는 정글에 죽음을 가져왔고, 두 번째 관리자는 수치를 안겨 주었다. 이번에는 법칙이 있어야겠다. 너희가 절대 어길 수 없는 법칙 말이다. 너희는 공포를 알게 될 것이고, 그 공포가 바로 너희의 관리자라는 것을 깨닫고 복종하게 될 것이다.' 그러자 온 정글이 한목소리로 '공포가 뭐죠?'라고 물었고, 타는 '너희가 직접 찾아서 만나 봐.' 하고 대답했지. 그래서 우리는 공포를 찾아 온 정글을 돌아다녔는데, 이윽고 물소들이….'

그때 물소들의 우두머리 마이사가 모래 강둑에서 "헉!" 하고 탄성을 내뱉었다.

"맞아, 마이사. 바로 물소들이 찾아냈지. 정글의 한 동굴에 공포가 살고 있는데, 몸에 털이 거의 없고 뒷다리로 서서 걷는다는 얘기를 전해 주었어. 그래서 정글의 모든 동물들이 곧장 물소를 앞세우고 동굴로 찾아갔지. 공포는 동굴 입구에 있었는데, 물소들 말대로 털은 없고 뒷다리로 일어서 걷고 있었어. 그는 우리를 발견하자마자 바로 고함을 쳤지. 그런데 그 목소리에 지금 우리가 느끼는 공포가 가득 담겨 있었어. 우리는 겁에 질려 서로 밀치면서 부리나케 달아났지.

그날 밤 정글의 동물들은 평소처럼 다 함께 모여 잠을 이루지 못했다고 해. 돼지는 돼지, 사슴은 사슴, 뿔 난 것은 뿔 난 것, 발굽 달린 것은 발굽 달린 것끼리 모여 벌벌 떨며 잠을 청했지. 다만 최초의 호랑이만 우리와 어울리지 못하고 여전히 북쪽 늪지에 숨어 지냈는데, 우리가 동굴에서 맞닥뜨린 존재에 대해 이야기를 전해 듣고는 이렇게 말했어. '내가 그의 목을 부러뜨려 주지.'

호랑이는 밤새 쉬지 않고 달려 동굴에 도착했어. 그런데 타의 명령을 받은 나무와 덩굴들이 달리는 호랑이에게 표시를 남겼지. 가지를 드리워 등, 옆구리, 이마, 볼에 줄을 그었던 거야. 나무와 덩굴들의 손길이 닿은 곳마다 노란 가죽 위에 검은색 줄무늬가 선명하게 새겨졌지. 그 줄무늬는 오늘날까지 후손들에게 고스란히 전해지고 있어. 이윽고 호랑이가 동굴에 도착하자, 공포가 '밤에 나타나는 줄무늬 도둑아.' 하고 외쳤지. 최초의 호랑이는 털 없는 존재한테 덜컥 겁을 집어먹고 비명을 질렀어. 그러고는 늪지로 재빨리 도망쳤지."

물속에 턱을 담그고 있던 모글리가 그 대목에서 조용히 큭큭 웃었다.

"최초의 호랑이는 마구 울부짖었지. 타가 그 소리를 알아듣고 호랑이에게 물었어. '왜 그리 슬퍼하는가?' 이제는 세월이 많이 흘렀지만 당시만 해도 갓 만들어진 하늘에 대고 최초의 호랑이가 대답했지. '타, 저의 힘을 돌려주세요. 저는 정글의 동물들 앞에서 수치를 당했고 털 없는 존재한테 겁을 먹고 달아났습니다. 특히 그가 저를 떳떳하지 못한 이름으로 불렀습

니다.' 타가 물었어. '왜 그렇게 불렀지?' 호랑이가 대답했지. '늪지의 진흙이 묻어 몸이
더러워졌기 때문입니다.' 이에 타가 대꾸했어. '물에서 헤엄친 뒤 젖은 풀밭에 가 굴러
보거라. 진흙 때문에 더러워진 것이라면 깨끗해질 것이다.' 타의 말에 최초의 호랑이는

헤엄을 친 다음 정글이 눈앞에서 핑핑 돌 정도로 굴렀지만 줄무늬는 그대로였지. 타는
그런 호랑이를 보며 껄껄 웃었어. '이게 왜 제 몸에 생겼습니까?' 최초의 호랑이가 묻자
타가 대답했지. '네가 사슴을 죽여 정글에 죽음을 불러왔고, 그로 인해 공포가 퍼졌다.
네가 털 없는 존재를 두려워하듯이, 정글의 동물들도 다른 존재를 두려워하게 되었다.
바로 그 때문이다.' 타의 말에 최초의 호랑이가 대꾸했어. '저는 정글의 동물들을 잘 압
니다. 그들은 결코 저를 두려워하지 않습니다.' 타가 말했지. '직접 가서 확인해 보거
라.' 최초의 호랑이는 재빨리 내달려 사슴, 돼지, 삼바, 호저를 비롯한 정글의 모든 동
물들을 큰 소리로 불렀어. 하지만 그들은 한때 재판관이었던 호랑이에게 큰 두려움을
느껴 부리나케 달아나기 바빴지.
최초의 호랑이는 다시 타에게 돌아왔어. 자존심이 상해 머리를 땅에 쿵쿵 찧고 발로 땅
을 마구 할퀴었지. '타, 내가 정글의 재판관이자 관리자였다는 것을 기억해 주세요! 나

를 잊지 마세요. 내가 한때는 수치나 두려움을 몰랐다는 것을 후손들이 기억하게 해 주세요!' 타가 대답했어. '우리는 정글이 만들어지는 것을 함께 본 사이다. 기꺼이 그렇게 해 주마. 단, 너와 네 후손들을 위해서 일 년에 딱 하룻밤만 사슴이 죽기 전과 똑같이 살게 해 주지. 바로 그 하룻밤 동안에 네가 털 없는 존재인 사람을 만난다면, 너는 그를 두려워하지 않을 것이다. 하지만 그는 너를 정글의 재판관이자 관리자라도 되는 양 두려워할 것이다. 그날 밤 사람이 너를 보고 겁을 먹거든 자비를 베풀어라. 넌 공포가 무엇인지 잘 알고 있으니.'

그러자 최초의 호랑이가 대꾸했지. '네, 좋습니다.' 그러나 물을 마시러 갔다가 수면에 비친 자신의 옆구리와 허리에 난 검은색 줄무늬를 보자, 털 없는 존재가 자신에게 외쳤던 이름이 떠올라 화를 참을 수 없었어. 그래서 일 년 동안 늪에 살면서 타가 약속한 날이 오기만을 기다렸지. 마침내 달의 자칼인 금성이 먼 하늘에서 빛나자, 호랑이는 타가 약속한 밤이 되었다는 것을 깨달았어. 그는 곧장 털 없는 존재를 만나러 동굴로 향했지. 이윽고 타의 말대로 털 없는 존재는 호랑이에게 무릎을 꿇고 땅에 쓰러졌어. 최초의 호랑이는 그에게 달려들어 허리를 부러뜨렸어. 호랑이는 정글에 딱 하나뿐인 털 없는 존재를 처치하고 나자, 자신이 공포를 몰아냈다고 여겼어. 이어 타가 죽음의 냄새를 맡고 북쪽 숲에서 내려왔지. 호랑이 귀에 최초의 코끼리 목소리, 지금 우리가 듣고 있는 그 목소리가 들려왔….'"

바로 그 순간, 황량하고 메마른 산에 천둥이 요란하게 울렸다. 하지만 비는 뿌리지 않고 산 너머로 마른번개만 번쩍거렸다.

하티가 이야기를 계속 이어 갔다.

"그 목소리가 '이것이 너의 자비인가?' 하고 물었지. 그러자 호랑이가 입술을 핥으며 대답했어. '그게 뭐 어때서요? 어쨌든 제가 공포를 처치했습니다.' 그러자 타가 '오, 둔하고 어리석기는! 너는 죽음을 가져왔고, 이제는 그것이 네가 죽을 때까지 평생 쫓을 것이다. 너는 공포에게 살해를 가르친 셈이다!'

최초의 호랑이는 자신이 죽인 털 없는 존재 옆에 버티고 서서 말했지. '이것은 사슴이나 다를 바 없어요. 드디어 공포가 사라졌다고요. 이제 내가 다시 정글 동물들의 재판관이 되겠습니다.' 그러자 타가 말했어. '정글의 동물들은 결코 너를 찾지 않을 것이다. 그들

은 네 발자국을 피하고, 네 곁에서 자지 않으며, 네 뒤를 쫓지 않을 것이다. 네 잠자리
근처에서 풀을 뜯는 일도 없을 것이다. 오직 공포만이 너를 쫓고, 보이지 않는 숨결을
내쉬며 흡족할 때까지 너를 가지고 놀 것이다. 공포는 네 발밑의 땅을 벌어지게 하고,
덩굴로 네 목을 비틀 것이며, 네가 뛰어넘지 못할 정도로 나무를 높다랗게 자라게 할 것
이고, 제 자식이 추위를 느끼면 네 가죽을 벗겨 덮어 줄 것이다. 네가 공포에게 자비를
베풀지 않았으니, 공포도 너에게 똑같이 대할 것이다.'

하지만 최초의 호랑이는 그 얘기를 듣고도 아주 대범하게 굴었어. 그에게 주어진 밤이
아직 남아 있었기 때문이지. 그는 '그래도 약속은 약속입니다. 설마 나의 밤을 빼앗지는
않겠지요?' 하고 물었어. 그러자 타가 대꾸했지. '그 하룻밤은 너의 것이지만, 대신 대
가를 치러야 한다. 너는 공포에게 살해를 가르쳤고, 공포는 그걸 아주 빨리 배울 것이
다.' 최초의 호랑이가 말했어. '그는 허리가 부러져 내 발밑에 쓰러졌습니다. 내가 공포
를 죽인 걸 온 정글에 알려 주세요.'

그러자 타가 껄껄 웃으며 말했지. '너는 수많은 공포 가운데 단 하나를 죽였을 뿐이다.
네 스스로 온 정글에 알려라. 이제 너의 밤은 끝났다고!' 이윽고 낮이 되자 동굴에서 또
다른 털 없는 존재가 나와, 바닥에 뒹구는 시체와 그 위에 선 최초의 호랑이를 보고는
뾰족한 막대를 집어….'

"그 무엇이든 쪼개는 물건을 던졌군요."

호저 이키가 강둑에서 뽀르르 내려오며 끼어들었다.

호저는 곤드족들 틈에서 먹을 것을 곧잘 찾아내곤 했다. 그래서 파리가 경작지를 맴돌
듯이 빙빙 돌려 던지는 작고 예리한 도끼를 잘 알고 있었다.

하티가 말을 이었다.

"함정을 판 뒤 바닥에 놓는 뾰족한 막대 같은 거였어. 사람이 그것을 던져 최초의 호랑
이 옆구리에 깊숙이 박았지. 결국 타의 말대로 최초의 호랑이는 고통스럽게 울부짖고
정글에서 미친 듯이 날뛰면서 그 막대를 뽑았어. 그 바람에 호랑이는 털 없는 존재가 멀
리서도 공격할 수 있다는 사실을 알게 되었고, 전보다 더 심한 공포에 사로잡혔지. 최초
의 호랑이는 그렇게 털 없는 존재에게 살해를 가르쳐 주었고(우리 동물들을 모두 살해
하면 무엇이 더 손해인지는 당신들이 잘 알겠지만), 사람은 올가미, 함정, 덫, 날아가

는 막대, 흰 연기에서 나오는 침 쏘는 파리(라이플총), 우리를 사방이 뚫린 곳으로 내모는 붉은 꽃을 사용하게 되었어. 그러나 타가 약속한 대로, 일 년 가운데 하룻밤만은 사람이 호랑이를 두려워했고, 호랑이는 그 기회를 한껏 이용했지. 사람을 발견하기만 하면 최초의 호랑이가 받은 수치를 떠올리며 죽였던 거야. 아무튼 그 결과, 그 하루를 뺀 나머지 낮과 밤은 공포가 정글을 마구 휘젓고 뒤흔들게 되었어."

"아이코! 어휴!"

사슴이 정글의 동물들에게 닥칠 끔찍한 현실을 떠올리며 탄식했다.

"지금처럼 한 가지 거대한 공포가 정글을 지배할 때만, 우리는 다른 작은 공포들에서 벗어나 한곳에서 만날 수 있는 거라네."

"사람이 딱 하룻밤만 호랑이를 두려워한다고요?"

모글리의 물음에 하티가 대답했다.

"일 년에 딱 하룻밤이야."

"하지만 시어 칸은 밤에 사람을 두세 명씩 죽이잖아요. 우리 모두가 잘 알죠."

"그렇긴 하지. 그는 사람을 뒤에서 덮치고 고개를 한쪽으로 젖히는데, 바로 두렵기 때문이야. 사람이 그를 똑바로 쳐다본다면 냉큼 달아날걸. 하지만 자기에게 주어진 그 밤이면 대놓고 마을로 내려가지. 마을을 돌아다니다 머리를 현관에 불쑥 들이밀면 사람들은 바로 무릎을 꿇었고, 호랑이는 즉시 사람을 죽여 버려. 그게 바로 그에게 주어진 날 밤의 살해인 거야."

"아!"

모글리가 물속에서 몸을 굴리며 혼잣말처럼 감탄했다.

"시어 칸이 왜 자기를 똑바로 보라고 큰소리쳤는지 알겠어. 하지만 시어 칸은 내 눈을 똑바로 보지 못해서 결국 아무 소용이 없었어. 게다가 난 그의 발밑에 쓰러지지도 않았고. 하긴 나는 사람이 아니라 자유의 종족이니까."

"흐음!"

바기라가 목구멍 깊숙한 데서 신음을 끌어올리더니 하티에게 물었다.

"호랑이가 자신의 밤을 알고 있나요?"

"달의 자칼이 안개 속에 사라질 때까지는 전혀 모르지요. 그 하룻밤이라는 것이 여름 건

225

기에 찾아오기도 하고 우기에도 오니까. 하지만 최초의 호랑이가 그런 일을 벌이지 않았다면, 우리도 공포를 전혀 몰랐을 거요."

사슴이 속상한 듯이 씩씩거렸고, 바기라는 짓궂은 미소를 지었다.

"사람들도 이 이야기를 아나요?"

모글리가 물었다.

"호랑이와 타의 후손들인 코끼리를 제외하고는 아무도 몰랐지. 이제 내가 이야기해 주었으니, 여기 모인 그대들도 모두 알게 되었군."

하티는 이야기를 끝내려고 물속에 코를 담갔다.

"하지만…, 하지만…."

모글리가 얼른 발루를 돌아보며 물었다.

"최초의 호랑이는 왜 풀과 나뭇잎, 나무껍질을 먹지 않은 거지? 그는 사슴을 먹지 않고 목을 부러뜨리기만 했어. 그런데 왜 호랑이는 갓 죽인 짐승의 고기를 탐하게 된 걸까?"

"어린 형제여, 나무와 덩굴 들이 호랑이 몸에 표시를 했지. 그 결과 우리가 잘 알다시피 줄무늬 가죽을 갖게 되었어. 그는 다시는 과일을 먹지 않았고, 그때부터 사슴과 초식 동물 들에게 복수하기 시작했단다."

발루가 대답했다.

"그러고 보니 발루는 그 이야기를 알고 있었어. 그렇지? 그런데 왜 나한테 들려주지 않았어?"

"왜냐하면 정글에는 그런 이야기들이
차고 넘치니까. 시작했다 하면
결코 끝나지 않을 만큼. 이제
그만하렴, 어린 형제여."

정글의 법칙

정글의 법칙이 매우 많다는 것을 알릴 겸, 늑대들에게 적용되는 몇 가지 정글의 법칙을 시 형식으로 옮겨 보았다. 발루는 이 시를 노래로 만들어 모글리에게 정글의 법칙을 가르쳤다. 이 외에도 수백 가지나 더 있지만, 간단히 몇 가지만 소개한다.

정글의 법칙은 하늘만큼 오래되고 진실하네.
늑대가 그것을 지키면 번영이 따르고, 어기면 죽음을 면치 못하리.

나무를 타고 휘감는 덩굴처럼 법칙은 쑥쑥 뻗어 나가네.
무리의 강한 힘은 늑대에게서, 늑대의 강한 힘은 무리에서 나오네.

코끝에서 꼬리 끝까지 매일 깨끗이 씻어라. 실컷 마시되, 너무 마시지 말라.
밤은 사냥을 위해 존재하고, 낮은 잠을 위해 존재함을 기억하라.

새끼들이여, 자칼은 호랑이를 따르지만 너의 콧수염이 자라면
사냥꾼 늑대는 밖으로 나가 스스로 먹이를 구해야 할 것이니라.

정 글 북

정글의 주인인 호랑이, 표범, 곰과 싸우면 안 되나니
조용한 하티를 귀찮게 하지 말고, 잠자리에 누운 멧돼지를 흉내 내지 말라.

정글에서 무리와 무리가 맞닥뜨리면 절대 서두르지 말고, 우두머리들의 대화가
끝날 때까지 기다려라. 올바른 말을 한 쪽이 승리할 것이니라.

무리의 늑대들과 싸움이 벌어지면, 하나씩 따로 상대하라.
다른 늑대들이 이 다툼에 끼어들면, 그로 인해 무리의 수가 감소할 것이니라.

늑대의 잠자리는 가족이 사는 은신처이니, 우두머리든 아니든 함부로 들어가지 말라.

늑대의 잠자리는 은신처지만 너무 쉽게 눈에 띈다면
위원회가 알려 줄 것이고, 그러면 바꿔야 할 것이니라.

한밤중에 사냥한다면 괜히 짖어 숲을 깨우지 말라.
겁먹은 사슴을 무리에서 끌어내지 못할 바에야, 사냥감만 놓칠 것이니라.

너 자신과 동료, 새끼들에게 필요하면 언제든 사냥하라. 그러나 재미 삼아 죽여선
안 되고, 사람은 결코 죽여서는 안 된다는 것을 일곱 배 더 마음 깊이 새겨라.

약한 자에게서 먹이를 빼앗았다면 뻔뻔하게 다 먹지 말라.
무리가 지켜야 하는 것은 약한 자의 권리, 머리와 가죽은 남겨 주어라.

무리가 사냥한 것은 무리의 고기이므로 그 자리에서 먹어라.
고기를 잠자리로 가져가면 죽임을 당하리라.

자신이 사냥한 것은 자신의 고기이므로 마음대로 처리하라.

정 글 북

고기 주인이 허락할 때까지 무리는 그 고기를 건드리지 말라.

새끼는 한 살까지 새끼로서의 권리가 있나니, 무리의 누구한테든 고기를
받을 수 있느니라. 사냥한 자가 먹고 나서는 배부르게 먹을 수 있도다.

잠자리의 권리는 어머니의 것. 무리의 누구든 사냥한 것의 한쪽 다리는 어머니에게
주어라. 어머니가 키운 자신인 만큼 누구든 이를 거부해서는 안 되느니라.

동굴의 권리는 아버지의 것. 혼자서 마음대로 사냥을 하게 하라.
아버지는 무리의 의무를 지키지 않아도 되니 회의만 참석하면 되느니라.

우리의 우두머리는 나이와 지혜와 강한 다리 힘을 지녔나니,
정글의 법칙으로 해결되지 않는다면, 우두머리의 말이 곧 법칙이라네.

이것이 정글의 법칙이니, 무수히 많고 강력하네. 그러나 법칙의 핵심은 복종이로다!

푸룬 바가트의 기적

땅이 흔들리는 것이 느껴지던 밤,
우리는 몰래 숨어들어 그의 손을 확 잡아당겼네.
왜 사랑하는지도 모른 채 사랑하는 그의 손을 잡아당겼다네.

산등성이와 온 세상이 굉음을 내며 빗속에 무너져 사라질 때,
우리 작은 종족이 그를 구했네.
하지만 저런! 그는 두 번 다시 돌아오지 않았네!

이제 애도하세! 우리는 야생 동물의
갸륵한 사랑을 베풀어 그를 구했네.
애도하라, 그대들이여! 우리 형제는 깨어나지 않고
그의 종족이 우리를 쫓아내는구나!

– 랑구르의 슬픈 노래

이 이야기는 인도 북서부의 웬만큼 자치권이 인정된 왕국의 총리를 지냈던 남자에 관한 것이다. 그는 카스트 제도의 승려 계급인 브라만이어서 신분에 별 특별한 의미를 두지 않았다. 그의 아버지는 고위 관료로 힌두 법정의 요란한 예복을 걸치곤 했다. 그러나 고대 질서가 지배하던 세상이 바뀌기 시작했다. 푸룬 다스라는 이 남자는 성공하려면 영어를 잘해야 하고, 영국인들의 마음에 들어야 하며, 훌륭한 영국인을 흉내 내야 한다는 것을 깨달았다. 또 원주민 출신 관료라면 당연히 주군의 총애를 받아야 한다는 것도 알았다. 결코 쉽지 않았지만 침착하고 입이 무거운 젊은 브라만은 봄베이 대학에서 양질의 영국식 교육을 받은 데다 적응도 잘했다. 결국 그는 차근차근 승진을 거듭해 총리가 되었고 주군인 마하라자보다 더 많은 권력을 가지게 되었다.

영국인과 그들의 철도·전신 시설에 의심을 품었던 늙은 왕이 죽던 무렵, 푸룬 다스는 영국인에게 개인 교습을 받은 왕위 계승자의 신뢰를 한 몸에 받고 있었다. 그는 젊은 주군이 공적을 쌓도록 신경 쓰는 한편, 주군과 함께 소녀들이 다니는 학교와 국립 진료소를 세우고 농기구를 보급했다. 또 '나라의 도덕과 물질의 발전'에 관한 연간 보고서를 펴내 인도 정부와 외교부로부터 높은 평가를 받았다. 당시 인도의 원주민 국가들은 영국의 진보 정책이나 기술을 믿지 않아서 그들의 제도를 무조건 수용하지 않았다. 그런데 푸룬 다스가 영국인에게 좋은 것이 아시아인에게는 두 배나 좋다는 것을 증명한 셈이었다. 그는 부왕, 총독, 부총독, 의료 선교사, 일반 선교사, 국립 사냥 보호 구역에서 사냥을 하려고 멀리서 온 영국인 관료, 서늘한 시기에 무리 지어 인도를 여행하는 관광객 들에게 훌륭한 친구가 되어 주었다. 게다가 그들에게 풍토에 잘 적응하는 법도 안내했다. 그리고 일을 하지 않을 땐 틈틈이 짬을 내어 영국의 의학과 제조업 연구에 장학금을 수여하고, 인도 최대 일간지인 〈파이오니어〉에 주군의 통치 목표를 설명하는 편지를 썼다.

그러다 그는 영국을 방문하게 되었는데, 귀국할 때는 인도 승려들에게 막대한 금액을 내야 했다. 푸룬 다스가 아무리 카스트의 최고 계급인 브라만이라 해도 흑해를 건너는 순간 그 신분이 상실되었기 때문이다. 그는 런던에서 세계적으로 널리 알려진 사람들을 만나 이야기를 나누었고, 말로 표현하기 어려울 만큼 많은 것을 경험했다. 그는 훌륭한 대학들로부터 명예 학위를 받고, 이브닝드레스를 차려입은 영국 귀부인들 앞에서 힌두 사회의 개혁을 주제로 강연했다. 그리고 '만찬에서 저렇게 매력적인 인물을 본 것은 처음'이라는 찬사를 들으며 온 런던이 들썩일 정도로 환대를 받았다.

마침내 그가 귀국하자 연일 엄청난 경사가 이어졌다. 영국 총독이 마하라자에게 다이아몬드와 리본, 에나멜로 제작한 인도 대십자 훈장을 직접 수여하기 위해 특별히 방문했다. 기념식 때는 예포까지 발사되었고, 푸른 다스는 인도 제국 사령관 기사의 지위에 오르면서 푸른 다스 K.C.I.E. 경이 되었다. 그는 영국 총독의 커다란 막사에서 열린 저녁 만찬에서 기사단 지위를 증명하는 복장을 하고 가슴에 배지를 단 채 주군의 건강을 기원하는 건배에 화답 연설을 했다. 그의 영어는 웬만한 영국인들보다 더 유창했다.

다음 달, 도시는 햇살이 강렬하게 내리쬐는 본래의 모습을 되찾았다. 그는 영국인들은 감히 생각도 못할, 세속의 눈으로 보면 죽은 것이나 다름없는 일을 시작했다. 그는 보석이 박힌 기사 훈장을 인도 정부에 반납했다. 그 뒤를 이어 국사를 운영할 새 총리가 임명되었고, 그 아래 직위의 사람들도 크게 바뀌었다. 승려들은 무슨 일이 벌어졌는지 알아도 일반 백성들은 추측만 할 뿐이었는데, 인도는 언제든 마음 내키는 대로 행동할 수 있고 그 이유조차 묻지 않는 유일한 곳이었다. 푸른 다스 K.C.I.E. 경이 직위, 저택, 권력을 모두 내놓고 동냥 그릇을 든 탁발승과 승려들이 입는 황갈색 옷을 걸친다 해서 이상하게 생각하는 사람은 없었다. 그는 고대법이 권하는 대로 이십 년은 젊은이로, 이십 년은 무기를 쥔 적 없는 전사로, 이십 년은 한 집안의 가장으로 살아왔다. 그는 자신의 재산과 권력을 가치 있는 곳에 사용했기 때문에 늘 존경받았고, 각지에서 백성들이 찾아와 그에게 경의를 표했다. 그런 그가 모든 것을 헌 옷 버리듯이 훌훌 벗어던진 것이다.

푸른 다스는 영양의 가죽과 놋쇠 손잡이가 달린 목발을 겨드랑이에 끼고, 윤기가 흐르는 갈색 코코넛 그릇을 들고, 두 눈을 내리깐 채 맨발로 성문을 나섰다. 그 순간, 뒤에서 운 좋은 후계자가 취임한 것을 축하하는 예포가 발사되었다. 푸른 다스는 고개를 끄덕였다. 그는 자신의 화려한 인생이 끝난 것을 좋게도 나쁘게도 생각하지 않았다. 그저 하룻밤의 꿈처럼 여겼다. 집도 없이 돌아다니며 동냥하는 탁발승은 매일 먹을 빵을 이웃들에게 구걸해야 했는데, 인도에서는 음식이 조금이라도 있으면 승려든 거지든 그냥 보내지 않았다. 그는 평생 고기를 먹지 않았고 생선도 입에 대지 않았다. 수백만 금을 관리하는 절대 권력의 자리에 오래 있었지만, 이제는 5파운드 지폐 한 장만으로 일 년 치의 식량을 해결할 수 있었다. 그는 런던에서 극진한 대접을 받을 때도 마음속으로는 늘 평화롭고 고요한 삶을 그리워했다. 먼지가 뿌옇게 이는 길고 하얀 인도의 길과 그 위에 찍힌 맨발 자국들, 느릿하지만 부지런히 움직이는 사람과 우마차 같은 탈것들, 여행객들이 저녁을 만들어 먹으려고 모여 앉은 무화과나무, 그 아래에서 뭉게뭉게 피어오르며 코를 찌르는 나무 연기 냄새 말이다.

푸룬 다스는 마침내 그 꿈을 실현할 때가 오자 적절한 단계를 거쳐 불과 사흘 만에 모든 일을 마무리 지었다. 이제 모였다 흩어지며 떠도는 수백만 명의 인도 사람들 사이에서 푸룬 다스를 찾는 것은 거의 불가능했다. 차라리 드넓은 대서양에서 거품 한 방울을 찾는 게 더 쉬울 정도였다.

밤이 찾아오면 그는 어둠이 짙게 밴 자리에 영양 가죽을 펼쳤다. 어떤 날은 길가의 수도원에서 묵었고, 어떤 날은 진흙으로 지은 칼라 피르의 기둥 사원 옆에 자리를 잡았다. 그곳에서 소속이 애매한 승려와 수행승들이 그를 받아 주었는데, 카스트와 그런 분류의 의미를 아는 나그네는 특별히 환대했다. 그는 이따금 작은 힌두 마을 바깥에서 밤을 지새우기도 했다. 그런데 부모들이 베푼 음식을 그 아이들한테 빼앗기는 일도 다반사였다. 그는 또 비탈지고 메마른 목초지에서 잠을 청하기도 했는데, 그럴 때면 선잠이 든 낙타들이 그의 불쏘시개 불꽃에 놀라 화들짝 깨어났다. 푸룬 다스 혹은 그가 스스로 명명한 푸룬 바가트(성자)는 그런 일쯤은 아무 상관없었다. 장소나 사람, 먹는 문제는 어떻게 되든 크게 개의치 않았다. 하지만 그의 발길은 자신도 모르는 사이 북동쪽을 향했다. 남쪽에서 로탁, 로탁에서 쿠르눌, 쿠르눌에서 폐허가 된 사마나로 갔고, 이윽고 산에 비가 내릴 때만 강물이 차오르는 구거강의 비쩍 마른 바닥을 따라 상류로 거슬러 올라갔다. 그러다 어느 날 저 멀리 거대한 히말라야산맥을 마주하게 되었다.

푸룬 바가트는 어머니가 라지푸트족 브라만 태생에 쿨루 지방 출신이라는 사실을 떠올리며 빙그레 미소 지었다. 어머니는 산악 지대 출신으로 늘 눈을 그리워했다. 산악 민족의 핏줄을 조금이나마 물려받았으니 자신이 속한 곳으로 끌리는 게 당연했다. 그는 그 사실을 깨닫자 저도 모르게 웃음이 났던 것이다.

"저기가 좋겠어. 저기서 조용히 앉아 지혜를 구해야지."

푸룬 바가트가 세왈리크산의 완만한 비탈을 올려다보면서 숨을 헐떡이며 말했다.

세왈리크산에는 촛대 모양으로 가지가 일곱 개 달린 선인장이 자라고 있었다. 히말라야산맥에서 서늘한 바람이 불어와 푸른 바가트의 귓가를 스쳐 지나갔다. 그는 심라를 향해 계속 나아갔다. 그는 총리 시절, 점잖고 친절한 총독을 방문했을 때 달그락거리는 기병대의 호위를 받으며 이 길을 지난 적이 있었다. 그때 두 사람은 30분 동안 런던에 있는 친구들에 대해 이야기했고, 인도 백성의 관심사에 대해 의견을 나누었다. 하지만 푸른 바가트는 이번에는 아무도 만나지 않았고, 도로 난간에 기대선 채 눈 아래 시원하게 펼쳐진 사방 65킬로미터의 평원을 바라보았다.

그때 인도의 이슬람교도 경관이 통행을 방해하지 말라고 경고했다. 푸른 바가트는 자신의 법칙을 찾아 여행하는 중이었기 때문에 그 누구보다 법의 가치를 잘 알고 있었다. 그는 오른손을 이마에 대고 경관을 향해 겸손하게 인사했다. 그러고는 계속 걷다가 심라의 원주민 구역에 이르렀다. 텅 빈 오두막에서 밤을 지내다 보니 마치 땅끝에라도 온 기분이 들었으나 그것은 시작에 불과했다. 그는 히말라야 티베트로 이어지는 길을 따라 걸었는데, 길의 폭이 3미터도 채 안 되었다. 그 길은 중간중간 단단한 암석이 폭파되어 뚫려 있기도 했고 깊이가 300미터나 되는 심연 위에 통나무 다리가 놓여 있기도 했다. 그러면서 무덥고 깊숙한 골짜기를 지나가거나 내리쬐는 햇빛에 후끈 달아오른 풀 한 포기 없는 반질반질한 비탈길로 이어졌다. 이윽고 그는 꿩이 제 짝을 찾느라 끽끽 울어 대는 습하고 어두운 숲속을 통과했고, 소독제가 든 조그만 가방을 멘 채 개와 양 떼를 몰고 가는 티베트 목동과 떠돌이 벌목꾼 들을 만났다. 망토를 걸치고 담요까지 뒤집어쓴 채 성지 순례차 인도로 들어오던 티베트 라마승, 고리 무늬를 가진 얼룩 망아지를 타고 요란하게 덜그럭대며 행진하던 산악 국가의 외교 사절들, 행차 중인 왕의 행렬과도 맞닥뜨렸다.

날씨가 맑게 갠 날은 골짜기에서 씩씩대며 땅을 마구 헤집는 검은 곰이 보였다. 푸른 바가트가 처음 길을 나섰을 때는 그가 떠나온 세상의 온갖 소음이 마치 기차가 터널을 통과할 때 들려오는 굉음처럼 귓가에 맴돌았다. 푸른 바가트는 무티어니 고갯길을 지나면서부터 눈길을 땅에 고정한 채 조용히 홀로 걷고 궁리하고 사색했다. 그의 머릿속에 떠오르는 생각이 구름을 따라 둥실둥실 흘러갔다.

그로부터 이틀 뒤 저녁, 마침내 높은 고갯길을 통과하자 지평선 위로 길게 드리운 눈 덮인 산등성이가 나타났다. 4,500미터에서 6,000미터나 되는 높은 산들이 돌멩이를 던지면 맞출 수 있을 것처럼 아주 가깝게 느껴졌다. 그러나 실제로는 80킬로미터에서 95킬로미터쯤 거리가 떨어져 있었다.

그 고갯길은 히말라야삼나무, 호두, 야생 체리, 야생 올리브, 야생 배나무가 우거져 빽빽하고 어두컴컴한 숲을 이루고 있었다. 하지만 히말라야삼나무가 숲의 대부분을 차지했다. 히말라야삼나무 그늘 아래에는 버려진 칼리 신전이 있었는데, 칼리는 시바 신의 부인으로 두르가 또는 시탈라로 불렸고 천연두를 몰아낸다고 하여 숭배를 받았다.

푸룬 다스는 돌이 깔린 바닥을 말끔하게 닦은 뒤 싱긋 웃고 있는 신상을 보며 덩달아 미소를 지었다. 그런 다음 신전 뒤에 진흙 화덕을 조그맣게 짓고, 갓 딴 솔잎 위에 영양 가죽을 펼쳐 침대로 삼았다. 이어 놋쇠 손잡이가 달린 목발을 겨드랑이에 끼운 채 그대로 주저앉아 휴식을 취했다. 그제야 4,500미터의 산등성이가 순식간에 사라지면서, 돌벽을 세우고 다진 흙으로 지붕을 인 집들이 가파른 비탈에 다닥다닥 달라붙은 마을이 눈에 들어왔다. 마을 주변의 산 중턱에는 조그만 계단식 밭이 쪽매맞춤한 앞치마처럼 펼쳐져 있었다. 탈곡장에 세워진 거대하고 매끄러운 환상열석 사이로 딱정벌레처럼 작아 보이는 암소 떼가 풀을 뜯는 모습도 보였다.

골짜기 건너편으로 눈길을 돌리자 착시가 일어났다. 맞은편 산등성이에 나지막한 관목 수풀이 자라고 있는 줄 알았는데, 자세히 보니 높이가 30미터에 달하는 히말라야삼나무 숲이었다. 이어 푸룬 바가트는 거대한 독수리 한 마리가 분지로 내려앉는 것을 지켜보았는데, 그 새는 분지 중간에 이르기도 전에 어느새 조그만 점으로 사라지고 없었다. 골짜기와 산등성이에는 구름 몇 가닥이 길게 펼쳐져 있었다. 구름은 고갯길 어귀에서 오르락내리락거리며 그의 시야에서 나타났다 사라지기를 반복했다.

"이곳에서 평화를 찾아야겠군."

푸룬 바가트가 중얼거렸다.

마을 사람들은 버려진 신전에서 연기가 피어오르자 이를 곧장 승려에게 알렸다. 승려는 낯선 이를 맞이하기 위해 계단식 산등성이를 성큼성큼 올라왔는데, 산지 사람은 100미터 정도는 쉽게 오르내려서 그 정도는 일도 아니었다. 그는 수많은 사람을 다스렸던 푸룬 바가트의 두 눈을 보자마자 넙죽 엎드려 절을 올렸다. 그러고는 아무 말 없이 동냥 그릇을 가지고 마을로 돌아가 사람들에게 이렇게 말했다.

"우리는 마침내 성자를 만나게 되었소. 나는 그런 사람을 여태껏 만나 본 적이 없소. 그는 평지 사람인데 피부 빛이 밝게 빛나는 것을 보니 브라만 가운데서도 최고의 브라만이 틀림없소.”

그러자 마을의 여자들이 한목소리로 물었다.

“그분이 우리 곁에 계속 머물까요?”

그들은 성자가 마을에 오래 머무르길 바라며 가장 맛있는 음식을 대접하려고 애썼다. 산지 음식이라 소박하긴 했지만, 신앙심이 깊은 여인들은 통밀, 인도 옥수수, 쌀, 고추, 시냇물에서 잡은 작은 물고기, 돌벽에 배기관처럼 붙은 벌집에서 얻은 꿀, 말린 살구, 강황, 야생 생강, 밀가루 배넉(발효시키지 않고 구운 빵)으로 훌륭한 맛을 낼 수 있었다. 그래서 승려는 매일 다양한 음식이 가득 담긴 그릇을 푸른 바가트에게 가져갈 수 있었다.

“여기 우리 곁에 머무르실 겁니까?”

승려가 물었다.

“당신을 위해 탁발을 대신할 첼라(제자)가 필요하십니까? 추운 날씨를 견딜 담요는 필요 없으신가요? 음식은 입에 맞는지요?”

승려는 연거푸 질문을 던졌다.

푸른 바가트는 식사를 마치면 음식을 베풀어 준 이에게 감사의 인사를 했다. 그는 마을에 머물고 싶다고 말했고, 승려는 그렇게 하라고 흔쾌히 대답했다. 승려는 푸른 바가트의 얼굴을 조심스레 쳐다보았다. 그러고는 신전 바깥에 나무뿌리 두 개가 꼬여서 생긴 우묵한 구덩이가 있는데, 그곳에 그릇을 놓아두면 매일 음식을 준비해 채워 주겠다고 말했다. 마을 사람들은 성자가 자기들 곁에 머무르는 것을 영광스럽게 생각했다.

그렇게 해서 푸른 바가트의 방랑이 끝났다. 그가 머문 곳은 조용한 데다 필요한 만큼만 넓었다. 어쩌면 신이 그를 그곳으로 인도했을지도 몰랐다. 승려를 만난 뒤로 그의 시간은 멈추었고, 그는 신전 입구에 죽은 듯이 앉아 한마디도 하지 않았다. 그러니까 자신의 육체를 통제하는 사람이자 산지의 일부가 된 것이다. 말하자면 구름, 흩뿌리는 비, 햇살이나 마찬가지였다. 그는 낮은 목소리로 신의 이름을 읊조리고 또 읊조렸다. 그럴수록 점점 더 자신의 육체에서 벗어나 거대한 깨달음에 한 발짝 다가가는 느낌을 받았다. 그러나 그것도 잠시 육체가 그를 다시 끌어당겨, 인간 푸른 바가트의 뼈와 살 속에 갇혀 있다는 것을 고통스럽게 일깨웠다.

신전 밖 나무뿌리 구덩이 속에 놓인 동냥 그릇은 아침마다 그득그득 채워졌다. 음식은 승려가 가져올 때도 있었고, 마을에 머물던 라다키 지방의 장사꾼이 무슨 상이라도 얻지 않을까 기대하며 조심조심 들고 오기도 했다. 하지만 대부분은 밤새 음식을 준비한 여인들이 가져왔고, 그들은 가쁜 숨을 내쉬며 이렇게 말하곤 했다.

"신들에게 제 이야기 좀 해 주세요, 성자님. 아무개 아내에게 은총을 내려 주시라고요!"

이따금 배짱 좋은 아이가 성자를 만나 보겠다고 찾아오기도 했다. 하지만 아이는 음식 그릇을 땅에 내려놓자마자 작은 다리를 재빨리 움직여 달아나기 바빴다. 푸른 바가트는 그 소리를 듣긴 했지만, 마을로 쫓아 내려간 적은 한 번도 없었다.

마을은 그의 발아래에 지도처럼 펼쳐져 있었다. 마을에서 유일하게 평지인 탈곡장의 환상열석 자리에서 저녁 모임이 열리면 그 모습이 훤히 보였다. 채 익지 않은 벼와 짙은 푸른빛으로 물든 인도 옥수수가 푸른 장관을 만들어 냈다. 그 틈 사이로 마치 부두처럼 군데군데 자리를 잡은 메밀밭과 제철마다 빨간색 꽃을 피우는 아마란스도 보였다. 아마란스 꽃에서 얻는 작은 씨앗은 곡물도 콩도 아니었는데, 그 때문에 힌두교도들은 금식 기간에 이 씨앗을 먹는 것이 정식으로 허용되었다.

한 해가 끝나 갈 무렵이면, 옥수수 속대가 가득 널린 오두막 지붕들이 짙은 황금빛으로 변했다. 꿀을 저장하고, 곡식을 거두어들이고, 볍씨를 뿌리고, 탈곡하는 일들이 차례차례 이루어지면서 계단식 밭을 수놓았다. 푸른 바가트는 지난 세월을 떠올리며 그 긴 여정의 끝에는 무엇이 있을까 곰곰 생각했다.

인도는 사람들이 많이 사는 곳에서조차 야생 동물들이 덤벼들기 때문에 대낮에도 한자리에서 꼼짝 않고 앉아 있기가 어려웠다. 게다가 칼리 신전을 잘 아는 짐승들은 누가 들어왔는지 보려고 계속 몰려들었다. 회색빛 털에 콧수염이 난 커다란 히말라야 원숭이 랑구르들이 맨 처음 방문했다. 랑구르는 호기심이 넘쳐 동냥 그릇을 신기한 듯이 바닥에 굴리고, 이빨로 놋쇠 손잡이가 달린 목발을 물어뜯고, 영양 가죽을 보며 인상을 찌푸렸다. 얼마 뒤 녀석들은 가만히 앉아 있는 사람은 위험하지 않다는 걸 깨달았다. 저녁이 되자 랑구르들은 히말라야삼나무에서 내려와 먹을 것을 달라고 소란스레 떠들다가 우아하게 곡선을 그리며 빙빙 돌았다. 녀석들은 불의 온기도 좋아해 모닥불 주변에 웅크리고 앉아 있기도 했다. 그래서 푸른 바가트가 땔감을 던져 넣으려면 랑구르들을 밀어내야 했다. 때로

는 털이 복슬복슬한 녀석이 푸른 바가트의 담요 속으로 파고들어 눕기도 했다. 원숭이들은 종일 한두 마리씩 교대로 푸른 바가트 곁에 머물면서 눈 내린 풍경을 바라보았다. 그럴 때 원숭이들 얼굴은 지혜로우면서도 슬퍼 보였다.

원숭이의 뒤를 이어 바라싱이 찾아왔다. 바라싱은 고라니와 비슷하지만 몸집이 크고 힘도 더 셌다. 바라싱은 차가운 칼리 신상에 뿔을 문지르며 벨벳 같은 털을 떼어 내리다가 사람을 보고는 깜짝 놀라 발을 쾅쾅 굴렀다. 그러나 푸른 바가트가 꿈쩍도 안 하자 날카롭게 반응하더니 자신의 코를 어깨에 비볐다. 조금 뒤 푸른 바가트가 차가운 손을 뻗어 두 갈래로 갈라진 뜨거운 뿔을 만지자, 조바심을 내던 바라싱이 금세 고개를 숙이며 차분해졌다. 푸른 바가트는 뿔에 붙은 벨벳 같은 털을 부드럽게 문질러 없애 주었다. 그 뒤 바라싱은 암컷과 새끼까지 데려왔다. 바라싱 새끼는 성자의 담요를 우물우물 씹어 댔다. 때로는 밤에 홀로 내려와 푸른 눈으로 깜박이는 불꽃을 보며 푸른 바가트와 호두를 나눠 먹었다.

얼마 뒤에는 몸집이 작은 데다 성격도 소심한 사향노루가 찾아왔다. 녀석은 토끼 같은 커다란 귀가 쫑긋 서 있었고, 몸에 얼룩덜룩한 무늬가 가득했다. 처음에는 얌전했는데 신전의 불빛이 무척 신기했는지, 말코손바닥사슴을 닮은 코를 푸른 바가트의 무릎에 묻고는 춤추는 불꽃 그림자를 따라 이리저리 움직였다. 푸른 바가트는 그 동물들을 '나의 형제들'이라고 불렀다. 그가 나지막한 목소리로 "형제여! 형제여!" 하고 외치면 동물들은 마치 가까운 곳에서 대기하고 있었던 것처럼 한낮에도 숲에서 달려 나오곤 했다.

한번은 턱 밑에 흰색 브이 자 모양이 있는 히말라야 흑곰 소나가 신전을 지나갔다. 무뚝뚝하고 의심이 많은 소나는 푸룬 바가트가 자기를 전혀 두려워하지 않자, 평온한 얼굴로 그를 가만히 바라보았다. 조금 뒤 소나는 그가 가까이 다가와 자신의 몸을 쓰다듬고 빵과 야생 딸기를 건네자 순순히 받아들였다. 그 뒤로 성자가 하늘이 밝아 오는 조용한 새벽에 눈 덮인 봉우리 위로 떠오르는 해를 보려고 험한 산길을 오를 때면, 힘겹게 숨을 몰아쉬며 따라오곤 했다. 곰은 산을 오르는 중간중간 죽은 나뭇등걸에 앞발을 얹고 그르렁대며 가쁘게 숨을 내쉬었다. 때로 푸룬 바가트가 평소보다 일찍 산을 오르며 소리를 내면, 소나는 웅크려 자다가 적인 줄 알고 화들짝 깨어 싸울 채비를 했다. 하지만 성자의 목소리가 들려오면 자신의 친구라는 걸 금세 깨달았다.

도시에서 멀리 떨어져 사는 은둔자와 성자들은 야생 동물과 함께 기적을 만들어 내는 것으로 평판이 자자하다. 하지만 기적은 평정을 유지할 때 나타나는 것이지, 성급하게 행동하면 결코 이룰 수 없다. 그리고 어떤 짐승이 가까이 다가와도 끝까지 바라보지 않아야 한다. 마을 사람들은 신전 뒤 어두운 숲에서 나와 그림자처럼 움직이는 바라싱, 칼리 신상 앞에서 화사한 깃털을 뽐내는 히말라야 꿩 미나울, 신전에 웅크린 채 호두 껍데기를 가지고 노는 랑구르 들을 목격했다. 어떤 아이들은 소나가 무너진 암석 뒤에서 곰들의 콧노래를 흥얼대는 것을 듣기도 했다. 어느새 마을 사람들은 푸룬 바가트가 기적을 만드는 성자라고 굳게 믿었다.

하지만 그는 기적과 상관없는 사람이었다. 그는 세상에 존재하는 모든 것이 커다란 기적이며, 그걸 제대로 알아야 기적이 일어난다는 것을 잘 알고 있었다. 그리고 세상에는 훌륭한 것도 하찮은 것도 없다고 여겼다. 그는 만물의 본질은 어디에 있고, 자신의 영혼은 어디에서 생겨났는지에 대해 밤낮을 가리지 않고 생각했다.

푸룬 바가트가 그렇게 사색하는 동안 머리카락은 아무렇게나 자라 어깨까지 내려왔다. 영양 가죽 옆의 넓적한 돌 바닥에는 놋쇠 손잡이가 달린 목발 밑동이 내리눌러서 조그만 구멍이 생겼다. 또 매일 동냥 그릇이 놓이던 나무둥치도 점점 파이더니 갈색 가죽처럼 매끈한 웅덩이 모양으로 변했다. 이제 동물들은 그가 신전의 불가에서도 정확히 어디에 앉아 있는지 훤히 꿰게 되었다.

그사이 들판은 계절이 바뀔 때마다 다양한 색으로 변했다. 탈곡장이 채워졌다 비워지고 또다시 채워졌다. 겨울이 오면 랑구르들은 흰 눈이 소복이 덮인 나뭇가지 사이를 뛰어다니며 놀았고, 봄이 오자 어미 원숭이들이 따뜻해진 계곡으로 가여운 눈매를 한 새끼들을 데려와 키웠다. 마을은 거의 변한 것 없이 옛 모습 그대로였다. 승려는 차츰 늙어 갔다. 동냥 그릇에 담을 음식을 들고 오던 어린아이들은 이제 그들의 자녀에게 그 일을 시켰다. 누군가 마을 사람들에게 고갯길 어귀의 칼리 신전에 성자가 산 지 얼마나 되었냐고 물으면 그들은 이렇게 대답했다.

"늘 그 자리에 계셨다오."

그러던 어느 해 여름, 우기가 찾아왔다. 오랜 세월 동안 산지에 우기가 찾아온 적이 없어서 마을 사람들은 전혀 경험하지 못한 일이었다. 골짜기는 무려 석 달 동안이나 구름과 축축한 안개에 휩싸였다. 뇌우를 동반한 소나기가 그칠 줄 모르고 억세게 쏟아졌다. 칼리 신전은 구름 위로 모습을 드러냈고, 푸룬 바가트는 한 달 내내 그 어디에서도 보이지 않았다. 구름들은 끊임없이 흔들리고, 굽이치고, 부풀어 오르더니 어느 순간 몽땅 사라졌고, 평평한 흰 구름만 남았다. 그 구름은 시냇물이 흐르는 골짜기 양옆에서 한순간도 벗어나지 않았다.

푸룬 바가트는 쉴 새 없이 들려오는 작고 무수한 물소리에 귀를 기울였다. 물이 그의 머리 위 나무에서 떨어졌고, 그의 발밑에서도 땅바닥을 따라 흘렀다. 바늘처럼 뾰족한 솔잎이 머금었던 물과 어지러이 늘어져 있던 이끼에서 떨어진 물이 산줄기 아래 새로 생긴 질척한 흙바닥으로 흘러들었다. 그러다 마침내 태양이 떠오르자 히말라야삼나무와 진달래의 싱그러운 향기가 멀리 퍼져 나갔다. 산지 사람들은 그 상쾌한 향기를 '눈의 냄새'라고 불렀다.

뜨거운 햇살이 일주일 내내 내리쬐더니 마지막으로 한바탕 더 비를 퍼부으려는 듯이 구름이 모여들었다. 곧이어 억수 같은 비가 쏟아졌고, 사방으로 진흙이 튀어 오르며 지표를 벗겨 냈다. 푸룬 바가트는 그날 밤 형제들에게 따뜻한 기운이 필요할 거라고 확신해서 불을 활활 피웠다. 하지만 동물은 한 마리도 찾아오지 않았다. 그는 동물들을 부르다 그만 지쳐 버렸다. 그러고는 숲에 무슨 일이 생긴 건 아닌지 걱정하다가 곯아떨어졌다.

조금 뒤 푸룬 바가트는 누군가가 담요를 끌어당기는 바람에 화들짝 놀라 잠에서 깼다. 바로 랑구르였다. 칠흑 같은 밤하늘에서 천 개의 북이 울려 대는 것처럼 비가 요란하게 쏟아지고 있었다.

"그래, 나무 위보다는 여기가 나아."

그는 졸음에 겨운 목소리로 그렇게 말하고는 개어 두었던 담요를 펼쳤다.

"이걸 덮으면 따뜻해질 거야."

그런데 원숭이가 그의 손을 거세게 잡아끌었다.

"먹을 게 필요해? 조금 기다려. 뭐가 있는지 찾아보마."

푸룬 바가트는 불에 땔감을 더 집어넣으려고 무릎을 꿇었다. 그러자 랑구르가 요란하게 끽끽거리며 신전 문을 향해 달려갔다 다시 돌아와서는 그의 무릎을 홱 잡아당겼다.

"형제여, 무슨 일이지? 대체 왜 그러는 거야?"

푸룬 바가트가 랑구르의 두 눈을 보며 물었다.

원숭이의 눈은 그가 이해할 수 없는 색을 띠고 있었다.

"네 동료가 덫에 갇힌 게 아니라면…. 아, 이곳엔 덫이 없지. 이런 날에는 밖에 나가지 않는 게 좋아. 이봐, 형제여. 저길 좀 봐. 바라싱도 숨을 곳을 찾아 여기로 왔어."

때마침 바라싱이 신전으로 성큼성큼 들어서고 있었다. 그런데 길게 뻗은 뿔이 미소를 머금은 칼리 신상에 쾅 부딪히고 말았다. 바라싱은 푸룬 바가트가 앉아 있는 곳으로 다가와 고개를 숙이더니, 몹시 불안한 듯이 발을 쾅쾅 구르고 반쯤 닫힌 콧구멍으로 거친 숨을 몰아쉬었다. 푸룬 바가트가 손가락을 튕기며 바라싱에게 인사했다.

"안녕! 안녕! 안녕! 여기서 머물고 싶다면 얌전히 굴어야지 않니?"

그런데 바라싱이 그를 문 쪽으로 계속 밀어붙였고, 푸룬 바가트는 그렇게 떠밀리면서 한숨 소리와 무언가가 번쩍 열리는 소리를 들었다. 그때 바닥에 놓여 있던 넓적한 돌 두 개가 홱 구르면서 아래쪽 끈끈한 흙 속으로 사라져 버렸다.

"아, 오늘 밤 너희가 왜 불가에 모이지 않는지 이제야 알겠다. 너희를 탓할 일이 아니었어. 산이 무너지고 있구나. 하지만 내가 왜 떠나야 하지?"

푸룬 바가트는 그렇게 말하며 텅 빈 동냥 그릇을 쳐다보다 대번에 얼굴빛이 변했다.

"그들은 나에게 하루도 빠짐없이 좋은 음식을 베풀어 주었어. 그런데 내가 지금 빨리 알려 주지 않으면 이 골짜기에서 사람을 볼 수 없게 될 거야. 그래, 내가 얼른 경고해야해. 거기 형제들! 나를 불 가까이 데려가다오."

푸룬 바가트는 횃불을 불꽃 깊숙이 집어넣은 뒤 불이 잘 붙도록 빙빙 돌렸다. 그러자 바라싱이 겁을 먹은 듯이 뒤로 물러섰다.

푸룬 바가트가 일어서며 말했다.

"아! 너는 나한테 경고하러 왔었지? 너와 함께 가는 게 좋겠다. 자, 밖으로 나가자. 형
제여, 네 목을 좀 빌려다오. 나는 발이 두 개뿐이거든."

그는 바라싱의 어깨뼈 사이에서 불룩한 부위를 찾아 오른손으로 무성히 난 꼿꼿한 털을
꽉 움켜쥐었다. 그리고 왼손으로는 횃불을 든 채 신전에서 나와 밤 속을 긴박하게 헤치고
나아갔다. 바람이 거세게 부는 데다 커다란 바라싱이 비탈길을 허겁지겁 내려가다 철퍼덕
미끄러지기까지 했지만 횃불은 멀쩡했다. 빗물도 스며들지 않았다. 푸룬 바가트 일행이
숲을 빠져나오자 더 많은 동물 형제들이 그 뒤를 따랐다. 눈에 보이지 않았지만 랑구르들
이 몰려오는 소리, 소나가 쿵쿵 따라오는 소리가 그의 귀에 선명하게 들렸다. 비에 흠뻑
젖은 그의 기다란 백발은 옷에 찰싹 달라붙었고, 맨발 아래에서는 빗물이 끊임없이 튀어
올랐다. 노란색 가운도 그의 가녀린 몸에 찰싹 달라붙었다. 그는 바라싱에게 의지하긴 했
어도 결코 멈추지 않고 산 아래로 계속 내려갔다. 그는 이 순간 성자가 아니라, 드넓은 왕
국을 다스렸던 총리 푸룬 다스 K.C.I.E. 경이었다. 한 나라를 지휘했던 인물이 이제 모든
생명을 구하기 위해 돌진하고 있었다. 푸룬 바가트와 그의 형제들은 가파르고 질척한 길
을 내달려 산 아래 마을로 쏟아져 들어갔다. 바라싱은 결국 탈곡장 벽에 쿵 부딪혀 쓰러졌
는데, 그 순간 사람 냄새를 맡고는 코를 쿵쿵거렸다.

그들은 마침내 구불구불한 마을 거리에 도착했다. 푸룬 바가트는 굳게 닫힌 대장장이
집의 창문을 목발로 사정없이 두들겼다. 그가 치켜든 횃불이 처마 받침대 밑에서 환하게
불타올랐다.

"어서 대피하시오!"

푸룬 바가트가 다급히 외쳤다. 하지만 그는 정작 자신의 목소리를 알아듣지 못했다. 사
람의 얼굴을 보며 큰 소리로 이야기해 본 지가 너무 오래되었기 때문이다.

"산이 무너져요! 산이 무너진다고! 모두 어서 대피하시오!"

그러자 대장장이의 아내가 나와 말했다.

"아, 우리 성자님이시네. 잠시 계세요. 제가 얼른 사람들에게 이 소식을 알릴게요."

곧이어 집집마다 소식이 전해졌다. 그러는 동안 동물들은 푸룬 바가트 주위로 옹기종기

모여들어 좁은 길에서 바들바들 떨었다. 소나는 가쁜 숨을 연신 몰아쉬었다.

칠십 명 남짓한 사람들이 거리로 쏟아져 나왔다. 푸른 바가트는 횃불을 든 채 겁에 질린 바라싱에 의지하며 서 있었고, 원숭이들은 그의 노란색 가운을 애처롭게 붙들고 있었다. 소나는 그대로 주저앉아 거친 숨을 헐떡이고 있었다.

푸른 바가트가 외쳤다.

"골짜기를 가로질러 저 산으로 올라가시오! 누구도 남아 있으면 안 돼요! 우리도 곧 뒤따라가겠소!"

곧이어 산지 사람들은 자신들이 달릴 수 있는 가장 빠른 속도로 달아났다. 모두 산사태가 나면 골짜기를 가로질러 가장 높은 곳으로 올라가야 한다는 걸 잘 알고 있었다. 사람들은 산기슭의 조그만 밭을 차례차례 기어 올라갔고, 푸른 바가트와 동물 형제들이 그 뒤를 따랐다. 사람들은 서로의 이름을 불러 가며 맞은편 산으로 쉬지 않고 계속 올라갔다.

거대한 바라싱은 자신에게 힘없이 매달린 푸른 바가트를 등에 진 채 땀을 뻘뻘 흘리고 있었다. 그러다 골짜기에서부터 150미터 높이의 산등성이에 있는 빽빽한 소나무 숲의 그늘에 이르자 걸음을 멈추었다. 본능적으로 산사태를 깨닫고 푸른 바가트에게 경고했던 것처럼, 이제 안전한 곳에 도착했다는 것을 직감한 것이다.

그때 푸른 바가트의 의식이 흐려지면서 옆으로 푹 쓰러졌다. 비에 흠뻑 젖어서 한기가 든 데다 갑작스런 등반이 그를 죽음의 문턱에 이르게 한 것이다. 하지만 푸른 바가트는 정신을 다잡으며 점점이 흩어진 횃불들을 향해 외쳤다.

"움직이지 말고 모두 모였는지 확인해 보시오!"

그는 횃불들이 하나로 모이는 것을 보며 바라싱에게 소곤거렸다.

"나와 함께 있어다오, 형제여. 그대로 있으렴. 내가…, 갈 때까지."

조금 뒤 공중에서 한숨 소리가 터졌다. 그 소리는 곧장 웅얼거리는 소리와 엄청난 포효로 바뀌어 사람들의 귀를 먹먹하게 만들었다. 사람들이 모여 선 산등성이도 큰 충격을 받아 심하게 흔들렸다. 이어 파이프 오르간의 낮은 음처럼 일정한 소리가 5분간 온 세상을 뒤덮었고, 소나무 뿌리들도 함께 흔들렸다. 그러다 단단한 대지와 숲 위로 비가 내리는 소리가 이어졌다. 비는 어느새 부드러워진 땅으로 조용히 내렸다. 그 소리만으로 모든 상황을 알 수 있었다.

　사람들은 자신들의 생명을 구해 준 푸른 바가트에게 감히 말을 걸지 못했다. 그들은 소나무 아래에 웅크린 채 동이 트기만을 기다렸다. 이어 날이 밝자 골짜기 맞은편이 눈에 들어왔고 숲에서 벌어진 일을 확인할 수 있었다. 계단식 밭과 오솔길이 난 부채꼴 모양의 붉은 목초지는 폐허가 되었다. 가파른 비탈에는 나무들이 거꾸로 박혀 있었다. 사람들이 대피한 산등성이 역시 붉은 진흙으로 뒤덮였고, 빗물이 강으로 흘러 들어가면서 호수가 벽돌색으로 물들어 갔다. 마을과 신전, 신전 뒤편의 숲은 흔적도 없이 사라져 더는 찾아볼 수 없었다. 폭 1.5킬로미터에 높이가 600미터에 달했던 산 중턱이 통째로 사라지면서 매끈한 평지로 변해 있었다.

　마을 사람들은 죽은 성자에게 기도를 올리려고 차례차례 소나무 숲에서 빠져나왔다. 바라싱은 그를 내려다보며 서 있다가 사람들이 다가오자 바로 달아났다. 사람들은 그 모습을 물끄러미 보았다. 랑구르들은 나뭇가지 위에서 슬피 울었고 소나는 산꼭대기에서 깊은 한숨을 끊임없이 내쉬었다. 그들의 성자는 겨드랑이에 목발을 낀 채 나무에 기대 가부좌를 틀고 북동쪽을 바라보고 있었다. 그 모습을 보고 승려가 말했다.

　"기적 위에 또 하나의 기적이 더해졌소. 모든 탁발승은 땅에 묻힐 때 바로 이 자세를 취해야 할 것이오. 여기 이 자리에 성자를 기리는 사원을 세웁시다."

　그들은 일 년도 채 안 되어 작은 돌과 흙으로 사원을 완성했다. 그러고는 그 산을 '성자의 산'이라 불렀고, 이날을 기려 등불과 꽃과 제물을 올렸다. 그러나 자신들이 우러르는 성자의 이름을 푸른 다스, K.C.I.E. 경, 법학박사, 철학박사 등으로 부르면서도 진보적인 왕국 모히니왈라의 총리였다는 사실은 결코 알지 못했다. 또한 당시는 물론 후대에도 훌륭한 업적을 남길 수준 높은 과학 협회의 명예 회원이라는 것도 전혀 몰랐다.

카비르의 노래

오, 그가 양손에 든 세상은 가볍도다!
오, 오히려 그의 세력과 영토가 무겁구나!
그는 옥좌에서 내려와 수의를 걸치고,
스스로 선택한 탁발승의 얼굴로 길을 나섰도다!

델리로 이어지는 하얀 도로가 그의 발을 보호하는 매트요,
살나무와 아카시아잎이 더위를 막아 주니,
그의 집은 들판이요, 폐허요, 군중이라네.
그는 길을 찾고 있다네, 스스로 선택한 탁발승의 얼굴로!

사람을 찾는 그의 두 눈은 맑다네.
(옛날이나 지금이나 신은 오직 한 분이라고 카비르가 가르쳤네.)
꿈틀거리던 붉은 안개는 구름이 되어 흩어지고
그는 길을 걸었네, 스스로 선택한 탁발승의 얼굴로!

이름 없는 백성도, 짐승도 그리고 신도
형제임을 알고 찾아내기 위해
그는 궁정에서 벗어나 수의를 걸쳤다네.
("그대 내 목소리가 들리는가?"라고 묻는 카비르에게)
스스로 선택한 탁발승의 얼굴로 응답한다네!

*카비르 : 계급 제도를 부정한 인도의 성인 겸 종교 개혁가(1440~1518)

정글이 되다

꽃과 덩굴과 잡초여,
그들을 감추고 가리고 에워싸라.
모습도, 소리도, 냄새도, 감촉도
모두 잊어버려라!

검은 재가 수북한 재단 바위에
빗방울이 하얀 발자국을 남기네!
암사슴들이 빈 들판에서 새끼를 낳으니,
사람들은 감히 쫓아내지 못하네.
풀에 덮인 벽이
모르는 사이에 무너져 내렸으니,
사람들은 다시는 살지 못하리!

여러분이 《정글북 1》의 〈호랑이! 호랑이!〉를 읽었다면, 모글리가 시어 칸의 가죽을 회의 바위에 널어놓은 뒤 늑대 무리에게 앞으로는 혼자 사냥하겠다고 선포한 것을 기억할 것이다. 그때 형제 늑대들 넷도 모글리와 함께 다니며 사냥하겠다고 말했다.

그러나 삶의 방식을 한꺼번에 바꾸는 일은 결코 쉽지 않다. 특히 정글에서는 더더욱 그렇다. 무리가 와해되어 늑대들이 슬며시 빠져나가자, 모글리는 먼저 동굴로 돌아가 하루 밤낮을 꼬박 잠만 잤다. 그리고 나서는 엄마 늑대와 아빠 늑대에게 사람들과 지내며 겪은 일들을 늑대들이 이해할 수 있는 언어로 자세히 들려주었다.

이윽고 모글리가 시어 칸 가죽을 벗긴 칼날에 아침 햇살이 비치자, 엄마 늑대와 아빠 늑대는 모글리가 대단한 것을 익히고 정글로 돌아왔다고 말했다. 그러자 아켈라와 잿빛 형제도 모글리가 메마른 골짜기로 물소 떼를 몰아 호랑이를 훌륭히 처치한 과정을 설명했다. 발루는 늑대 동굴이 있는 산꼭대기로 힘겹게 올라와 그 이야기를 빠짐없이 다 들었다. 바기라도 모글리의 통쾌한 전쟁 이야기를 듣고 무척 기뻐했다. 날이 밝은 지 한참이나 지났지만 아무도 자려 들지 않았다. 이따금 회의 바위에 널린 호랑이 가죽 냄새가 바람에 실려 오자, 엄마 늑대는 고개를 끄덕이며 뿌듯한 얼굴로 콧김을 킁킁 내뿜었다.

마침내 모글리가 입을 열었다.

"아켈라와 잿빛 형제가 없었다면 결코 시어 칸에 맞서지 못했을 거야. 오, 엄마! 물소 떼가 골짜기로 홍수처럼 쏟아져 내려가던 광경, 사람들이 내게 돌멩이를 던지며 부리나케 달아나던 모습을 봤어야 해요!"

"아니, 그 마지막 모습을 못 봐서 오히려 다행이야. 아무튼 정말 기쁘구나."

엄마 늑대가 다시 한번 콧김을 킁 내뿜으며 말했다.

"내 새끼가 자칼처럼 이리저리 쫓겨 다니다니, 절대 있을 수 없는 일이다! 사람 무리에게 반드시 복수할 거야. 단, 네게 우유를 준 여자는 봐주마."

"라크샤, 그쯤 해 둬! 어쨌든 우리 개구리가 다시 돌아왔잖아. 이렇게 느긋하게 아들의 발을 핥을 수 있어서 정말 기쁘군. 기특한 녀석…."

아빠 늑대가 한가로이 말하자, 발루와 바기라도 한목소리로 덧붙였다.

"사람들은 그냥 내버려 둬."

모글리는 엄마 늑대 옆구리에 머리를 묻고 흡족한 미소를 지었다. 그러면서 이제는 사람을 만나거나 그들과 이야기하고 싶지 않으며, 냄새도 맡기 싫다고 했다.

"어린 형제여, 사람들이 너에게 또 해코지하면 어쩔 거지?"

아켈라가 한쪽 귀를 쫑긋거리며 물었다.

그러자 잿빛 형제가 늑대 형제들을 돌아보며 야무지게 입을 앙다물고 말했다.

"우리 형제 다섯이면 문제없어요."

"우리도 그 사냥에 힘을 보탤 수 있었는데."

바기라가 꼬리로 발루를 가리키며 말하고는 궁금하다는 듯이 물었다.

"아켈라, 그런데 왜 사람 이야기를 하는 거요?"

"시어 칸의 가죽을 회의 바위에 널었을 때, 사람들이 우리 뒤를 쫓아올까 봐 우리 자취를 여기저기 흩어 놓았다오. 마을에서부터 이어진 내 발자국을 되짚어가면서 방향을 바꾼 뒤 그 위에 엎드렸지요. 그 일에 너무 몰두한 나머지 박쥐 망이 내 위에서 날고 있는 것도 뒤늦게 깨달았소. 망이 그러더군. '사람의 아이를 내쫓은 마을이 벌집처럼 요란하게 윙윙댄다.'고 말이오."

외로운 늑대가 대꾸하자, 모글리가 키득거리며 말했다.

"내가 거기에 커다란 돌멩이를 던졌거든."

모글리는 종종 벌집에 잘 익은 파파야들을 던진 뒤 벌 떼에게 공격당하기 직전에 근처 웅덩이로 뛰어들곤 했다.

"박쥐 망에게 마을에서 본 것을 물었더니 마을 입구에 붉은 꽃이 피어올랐고, 총을 든 사람들이 그 주위에 둘러앉았다고 이야기해 주었소. 겪어 본 광경이라 무슨 의미인지 잘 안다오."

아켈라가 오래되어 딱지가 까맣게 말라붙은 옆구리 상처를 내려다보며 마저 말했다.

"사람들은 그저 장난으로 총을 쏘지 않아. 모글리, 조만간 총을 든 사람들이 우리의 흔적을 추적해 올 거야. 어쩌면 벌써 이쪽으로 오고 있을지도 몰라."

"그런데 우릴 왜 쫓는 거지? 그들은 이미 날 내쫓았어. 도대체 내게 원하는 게 뭐야?"

모글리가 분통을 터뜨리며 묻자, 아켈라가 대답했다.

"네가 바로 사람이잖아. 어린 형제여, 네 종족들이 무슨 생각으로 그런 짓을 하는지 우리 같은 자유의 종족들이 어찌 알겠어. 우리가 판단할 일은 아니지."

바로 그때, 아켈라가 앞발을 번쩍 추켜올렸다. 다음 순간 그 자리에 가죽을 벗기는 칼이 날아와 그대로 박혔다. 모글리가 보통 사람들보다 훨씬 빠른 속도로 아켈라를 공격했지만, 상대가 날쌘 늑대인지라 모글리의 기량으로는 역부족이었다. 먼 옛날 야생 늑대와 한 종족이었던 개조차 깊은 잠에 빠져 있다가도 차가 지나가면 털끝 하나 다치지 않고 달아날 정도로 민첩하다.

"다음부터는 내가 사람 무리와 똑같다고 생각하지 마. 난 사람 무리와 달라."

모글리가 칼집에 칼을 도로 꽂으며 차분히 말했다.

"흠! 솜씨가 제법이군. 하지만 사람 무리와 함께 지내더니 시력이 많이 나빠진 것 같구나. 네가 공격하는 그 찰나에 난 수사슴 한 마리는 너끈히 쓰러뜨릴 수 있어."

아켈라가 땅속 깊이 박힌 칼자국에 코를 대고 킁킁거리며 말했다.

그때 바기라가 벌떡 일어서더니 고개를 꼿꼿이 들고, 코를 킁킁대며 온몸의 털을 바짝 곤두세웠다. 잿빛 형제들도 바기라를 따라 경계의 눈빛으로 몸을 일으키더니 오른쪽에서 불어오는 바람을 받기 위해 왼쪽으로 몸을 틀었다. 반면 아켈라는 몸을 반쯤 말고 바람을 떠안은 채 50미터쯤 튀어 올라 주변의 냄새를 맡았다. 모글리는 그 모습을 부러운 듯이 쳐다보았다. 모글리는 보통 사람보다 뛰어난 후각을 가졌지만, 정글 동물들이 번개처럼 냄새를 잡아내는 민감한 후각에는 발끝도 못 따라갔다. 게다가 마을에서 불을 쓰며 석 달을 지낸 터라 후각이 더욱 퇴화된 상태였다. 모글리는 코에 침을 발라 문지른 뒤 공기에 섞인 냄새를 맡았다. 희미하긴 했지만 확실했다.

"사람이야!"

아켈라가 그르렁거리며 주저앉자, 모글리도 아켈라를 따라 앉으며 덧붙였다.

"불데오! 그가 우리를 쫓고 있어. 햇빛을 받아 반짝이는 거 보이지? 그의 총이야!"

햇살이 구식 소총의 놋쇠 죔쇠에 비쳐 반짝거렸다. 하지만 정글 동물들은 그런 빛쯤은 눈 하나 깜짝하지 않았다. 다만 구름이 하늘을 빠르게 가로지를 때는 예외였다. 이때는 구름 한 조각, 작은 웅덩이, 윤기가 흐르는 반질한 나뭇잎 하나가 태양 빛을 받아 거울에 반사시킨 것처럼 아름다운 빛을 뿜곤 했다. 하지만 이날의 하늘은 구름 한 점 없이 조용했다.

"사람들이 쫓아올 줄 알았어. 지금까지 무리를 이끌었던 내가 그 정도도 모를까!"

아켈라가 의기양양하게 뻐겼다. 모글리의 네 형제들은 납작 엎드려서는 잠자코 비탈을 기어 내려갔다. 그러더니 가시덤불과 관목 틈으로 조용히 몸을 숨겼다.

"다들 어디 가?"

모글리가 외치자 잿빛 형제가 대꾸했다.

"쉿! 우리는 한낮이 되기 전에 저자를 해치울 거야. 두고 봐, 곧 저자의 해골을 바닥에서 굴릴 테니까!"

"어서 돌아와 대기하고 있어! 사람은 사람을 먹지 않아! 먹으려고 사냥하는 게 아니야."

모글리가 다급하게 외치자 늑대 형제들이 시무룩한 얼굴로 돌아와 털썩 주저앉았다.

"방금 누가 자기는 늑대라고 했는데…. 자기한테 사람이라고 했다면서 칼을 날린 게 누구였더라?"

아켈라의 말에 모글리가 못마땅한 표정으로 대꾸했다.

"내가 무슨 일을 결정할 때마다 일일이 이유를 설명해야 해?"

그때 바기라가 콧수염을 실룩이며 말했다.

"저건 사람이 확실해! 우다이푸르 왕실의 우리 옆에서도 사람들이 저렇게 말했지. 우리 정글 동물은 사람이 이 세상에서 가장 똑똑한 줄 알지. 하지만 우리 귀를 믿는다면, 사람이 가장 어리석다는 걸 바로 알걸. 그렇게 따지면 사람의 아이가 한 말이 옳아. 사람은 무리를 지어 사냥하지. 적들이 무슨 꿍꿍이속인지 알지도 못하면서 그들 가운데 하나를 죽이는 건 매우 성급한 짓이야. 우리한테 불리할 수도 있다고. 그러니까 먼저 사람이 무슨 속셈으로 우릴 쫓는 것인지 살펴보자고."

그러자 잿빛 형제가 그르렁대며 대꾸했다.

"모글리, 우리는 널 따라가지 않을 거야. 너 혼자 사냥해. 우리는 우리끼리의 생각이 있어. 아까 움직였으면 지금쯤 저자 해골이 여기 놓여 있었을걸."

모글리는 감정이 격하게 치밀어 올라 씩씩거렸다. 그러다 눈물이 그렁그렁 맺혀서는 형제들을 차례로 바라보다 그들 앞으로 나아가 한쪽 무릎을 꿇으며 말했다.

"내가 그것도 모르고 이러겠어? 나를 똑바로 봐!"

그들은 불안한 눈빛으로 모글리를 쳐다보더니 이내 눈동자가 흔들렸다. 늑대 형제들은 모글리가 몇 번이고 계속 부르고 빤히 바라보자 결국 털을 곤두세우고 벌벌 떨었다.

"이제 알겠어? 우리 다섯 가운데 누가 우두머리지?"

모글리의 말에 잿빛 형제가 모글리의 발을 핥으며 대답했다.

"네가 우두머리야, 모글리."

"그럼 따라와."

늑대 형제들은 모글리의 명령대로 꼬리를 다리 사이에 집어넣고 고분고분 쫓아갔다.

"사람과 함께 지내니 이런 일이 다 있군. 정글의 법칙대로라면 이건 말도 안 돼, 발루."

바기라가 늑대들 뒤를 그림자처럼 조용히 밟으며 말했다.

하지만 늙은 곰은 여러 가지 생각에 빠져 있어서 아무 대꾸도 하지 않았다.

모글리는 소리 하나 내지 않고 정글을 가로지른 뒤 오른쪽으로 방향을 틀어 불데오가 다가올 길을 향해 접근했다. 이윽고 총을 어깨에 걸친 채 어젯밤에 생긴 발자국을 따라 언덕을 올라오는 늙은 사냥꾼이 보였다.

그날 밤, 갓 벗겨 낸 시어 칸의 무거운 가죽을 어깨에 짊어진 모글리와 그 뒤를 빠른 걸음으로 따라온 아켈라와 잿빛 형제는 길 위에 선명하게 흔적을 남겼다. 다행히 아켈라가 길을 되돌아가 흔적을 흩뜨려 놓았는데, 바로 그 지점에 불데오가 서 있었다. 그는 바닥에 주저앉아 기침을 해 대다가 주변을 살피며 일어섰다. 자신을 주시하고 있는 무리에게 충분히 돌을 던질 수 있는 거리였다. 늑대는 아무도 자신의 소리에 신경 쓰지 않을 때조차 누구도 눈치채지 못할 정도로 조용히 움직인다. 그래서 모글리는 늑대들과 함께 지낼 때 조심성이 없다는 소리를 자주 들었다. 그럼에도 모글리의 발걸음은 그림자처럼 가벼웠다. 모글리 일행은 돌고래 떼가 빠르게 달리는 증기선을 에워싸듯이 불데오를 포위해 갔다. 그러면서도 아주 태연스레 이야기를 나누었는데, 가장 낮은 소리로 대화를 주고받았기 때문에 뛰어난 청각을 타고난 사람이 아니면 절대 알아들을 수 없었다.(가장 높은 소리는 박쥐 망의 울음소리로, 지나치게 높아서 사람들은 전혀 알아채지 못했다. 새와 박쥐, 곤충 들은 보통 그런 음조로 대화한다.)

"이야, 정말 흥미로운 사냥이 되겠군."

잿빛 형제가 몸을 낮춘 채 정글을 응시하면서 가쁘게 숨을 몰아쉬는 불데오를 뚫어져라 쳐다보며 말했다.

"깊은 숲속의 강가에서 길을 잃은 돼지 꼴이군. 그런데 무슨 말을 하는 거지?"

불데오는 잔뜩 성이 난 얼굴로 뭐라고 연신 투덜대고 있었다.

정글이 되다

모글리가 사냥꾼의 말을 동물
들의 말로 통역해 주었다.

"늑대 무리가 여기서 빙글빙글 춤을 춘 게 분명하대. 이런 발자국은 처음 봤다는 거야.
그리고 지금 몹시 피곤하대."

"아마 좀 쉬다가 다시 일어나서 발자국을 따라올 거야."

바기라가 침착하게 말한 뒤 마치 숨바꼭질하듯이 나무 둘레를 한 바퀴 돌았다.

"그런데 저 말라비틀어진 자가 지금 뭐 하는 거야?"

"연기를 먹었다가 내뿜는 중이야. 사람들은 저렇게 입으로 장난을 잘 쳐."

모글리가 대꾸했다.

모글리 일행은 늙은 사냥꾼이 물 담배 속을 채운 뒤 불을 붙여 뻐끔대는 걸 지켜보았다. 그리고 밤에 불데오와 맞닥뜨릴 경우를 대비해 담배 냄새를 정확히 기억해 두었다.

이윽고 숯을 굽는 사람들이 나타났다. 그들은 적어도 사방 30킬로미터 내에서 사냥꾼으로 유명한 불데오를 보고는 가던 길을 멈추고 말을 걸었다. 그러고는 함께 앉아 담배를 피웠는데, 불데오는 모글리를 악마의 자식으로 둔갑시키고는 멋대로 이야기를 지어내 늘어놓았다. 모글리 일행은 좀 더 가까이 다가가서 그 꼴을 가만히 지켜보았다. 불데오는 시어 칸을 죽인 것은 자신이라면서 모글리가 늑대로 변해 오후 내내 자신과 싸우다 다시 소년으로 변한 것, 자신의 총에 마법을 걸어 모글리를 겨눈 총알이 방향을 꺾어 자기의 물소들을 죽인 것, 악마의 자식인 모글리를 처치하기 위해 마을 사람들이 시오니 일대에서 가장 훌륭한 사냥꾼인 자신을 파견한 사연 등을 쉴 새 없이 지껄였다. 또 마을 사람들이 악마의 자식을 낳은 메수아와 남편을 오두막에 가두었고, 그들이 마녀와 마법사라는 것을 자백하도록 고문하고 불에 태워 죽일 거라는 이야기도 했다.

"그게 언제 시작되죠?"

숯을 굽는 이들이 그 의식에 참여하고 싶어서 조급하게 물었다.

그러자 불데오는 자신이 모글리를 처치하고 돌아갈 때까지는 아무 일도 없을 거라고 대답했다. 마을 사람들은 일단 늑대 소년부터 없애길 바란다는 것이었다. 또한 메수아와 남편을 처치하면 그들의 땅과 물소는 마을 사람들끼리 나눠 가질 거라고 했다. 메수아의 남편은 품종이 우수한 물소들을 가지고 있었다. 불데오는 메수아가 정글로 달아난 늑대 소년을 정성껏 대접한 것을 보면 아주 사악한 마녀일 거라고 생각했다. 그래서 그런 마녀와 마법사를 처단하는 것은 아주 훌륭한 일이라고 여겼다.

숯을 굽는 이들은 이 이야기가 영국인 귀에 들어가면 어떡할 거냐고 걱정스레 물었다. 농부들이 마녀를 죽이면 정신 나간 영국인들이 가만있지 않을 거라고 했다. 그러자 불데오가 메수아와 남편은 뱀에 물려 죽은 것으로 촌장이 보고할 예정이라고 했다. 모든 준비가 다 끝으니 이제 늑대 소년만 죽이면 된다는 것이었다. 그러면서 숯을 굽는 이들에게 모글리를 못 보았냐고 물었다. 그들은 보지 못했다고 대답하면서 조심스레 주변을 돌아보며 자신들이 이 일에 휘말려 들지 않도록 해 준 운명의 별에게 감사를 드렸다. 그리고 불데오

정 글 이   되 다

처럼 용감한 사냥꾼이 반드시 늑대 소년을 잡을 거라 굳게 믿었다.

태양이 점점 지평선에 가까워지자 숯을 굽는 이들은 마을로 가 사악한 마녀를 구경하고
싶어 했다. 불데오는 악마의 자식을 한시라도 빨리 처단해야 했지만, 무기도 없는 사람들
이 위험하게 정글을 돌아다니다 늑대 악마와 마주치게 둘 수는 없다고 생각했다. 그래서
자신이 직접 숯을 굽는 이들을 마을로 데려다주겠다고 했고, 마법을 쓰는 늑대 소년이 나
타날 경우 시오니 최고의 사냥꾼이 어떻게 처치하는지 똑똑히 보여 주겠다고 큰소리쳤다.
또 브라만에게 만물을 완벽하게 보호하는 부적도 받았다고 떠벌렸다.

"저 늙은이가 뭐라는 거야? 뭐라고 계속 떠드는 거지?"

몇 분 사이를 두고 늑대들이 모글리에게 물었다. 그때마다 모글리는 설명했지만 마녀
이야기는 자신도 제대로 이해할 수 없었다. 그래서 자기에게 친절을 베푼 남자와 여자가
함정에 빠진 것 같다고만 말했다.

"사람이 사람을 함정에 빠뜨린단 말이야?"

잿빛 형제가 물었다.

"응, 그렇대. 대체 무슨 말인지 나도 잘 몰라. 모두 미쳤나 봐. 메수아와 남편이 나하
고 무슨 상관이라고 저러는 건지. 또 그 붉은 꽃 이야기는 무슨 소리지? 내가 직접 가서
보고 와야겠어. 어쨌든 불데오가 돌아가기 전까지는 그들이 메수아한테 아무 짓도 하지
않을 거라고 했으니까. 그리고…."

모글리는 시어 칸의 가죽을 벗긴 칼을 만지며 곰곰 생각했다.

한편 불데오는 한껏 으스대며 숯을 굽는 이들과 함께 줄지어 서서 마을로 향했다.

"내가 사람들한테 가 봐야겠어."

마침내 모글리가 말했다.

그러자 잿빛 형제가 숯을 굽는 이들의 벌거벗은 등을 보며 입맛을 다시다 물었다.

"그럼 저 사람들은?"

"저들이 정신을 번쩍 차릴 수 있는 노래를 불러 줘. 어두워질 때까지 마을에 오지 못하
도록 좀 붙들어 줄 수 있어?"

모글리가 씩 웃으며 물었다.

"밧줄에 묶인 염소처럼 정신이 쏙 빠져 제자리에서 빙빙 돌게 만들어 주지. 사람 다루

255

는 건 나도 좀 할 줄 알거든.”

잿빛 형제가 경멸의 뜻을 담아 이빨을 내보이며 말했다.

“그럴 것까진 없고, 따분하지 않게 노래나 적당히 불러 줘. 듣기 좋은 노래로. 바기라
도 늑대 형제들과 함께 가서 같이 노래 좀 불러 줘. 나중에 밤이 되면 마을에서 다시 만
나. 만나는 장소는 잿빛 형제가 잘 알 거야.”

“사람의 아이를 돕는 것도 쉬운 일이 아니군. 대체 난 언제 잘 수 있담?”

바기라가 하품하며 대꾸했지만, 눈은 곧 시작될 놀이에 대한 기대로 한껏 들떠 있었다.

“벌거숭이 사람들을 위해 내가 노래 한 곡을 뽑아 주지! 자, 시작해 볼까?”

바기라는 소리가 멀리 퍼지도록 고개를 숙이고 ‘풍성한 사냥’을 길게 외쳤다.

그 소리는 보통 한밤중에만 들을 수 있는데 한낮에 울려 퍼지자 정글의 분위기가 오싹
해졌다. 바기라의 노래는 낮게 울리다가 높은 음과 낮은 음을 반복하더니, 금세 소름이 돋
는 구슬픈 소리로 변해서는 잠잠해졌다. 모글리는 그 소리를 들으며 깔깔 웃고는 정글을
가로질러 달렸다. 숯을 굽는 사람들은 깜짝 놀라 한쪽으로 바짝 붙어 섰고, 늙은 불데오는

정글이 되다

총을 허공에 대고 바나나잎처럼 휘둘러 댔다. 이어 잿빛 형제가 수사슴 몰이를 할 때 내는 "얄라히! 얄라하!" 소리를 크게 울부짖었다. 마치 땅끝에서 시작된 것 같은 그 소리는 점점 커지더니 날카로운 비명과 함께 딱 그쳤다. 그러자 나머지 세 늑대 형제들이 그 소리에 우렁차게 화답했다. 모글리가 듣기에도 수많은 늑대들이 다 함께 울부짖는 것처럼 매우 컸다. 이어 늑대들이 굵은 목소리로 정글의 아침 노래를 웅장하고 고상하게 합창했다. 아래는 대낮에 정글의 적막을 깨며 울려 퍼진 그 노래를 대충 옮겨 본 것이다. 조용한 정글에 이 노래가 어떻게 들렸을지 상상해 보기 바란다.

우리는 한순간도 평원에 그림자를 만들지 않는데,
지금 시커먼 그림자 무리가 성큼성큼 뒤쫓아 오니 어서 집으로 달려가자.
고요한 아침이면 바위와 덤불숲이 굳건하고 꼿꼿하게 본모습 그대로 일어선다네.
그때 누군가가 외치네. "정글의 법칙을 지키는 모든 이에게 달콤한 휴식을!"

뿔과 가죽을 지닌 무리는 은신처로 숨고,
몸을 웅크린 채 동굴과 언덕을 향해 조용히 빠져나가네.
정글의 거물들도 소리 없이 사라지네.
힘세고 순수한 황소들이 새 멍에를 씌운 쟁기를 끌고,
어둠이 벗겨져 벌벌 떠는 새벽 하늘은 연못을 붉게 물들이네.

잠자리로 가라! 살랑대는 수풀 너머로 햇살이 출렁이네.
어린 대나무가 갈라지는 소리에 섞여 조심하라고 속삭이는 소리가 스쳐 지나가네.
낮은 낯선 세상, 우리는 눈을 빛내며 숲을 돌아다니고 살피지.
해가 하늘에 떠오르면 들오리들이 외친다.
"낮이다. 인간을 위한 시간이다!"

이슬은 짐승의 가죽을 흠뻑 적시고, 길을 씻어 내기도 하지.
우리에게 물을 주던 질퍽한 강둑은 진흙이 되어 마르네.

정 글 북

어둠은 우리를 배신하여 우리의 발톱 자국을 달빛에 모조리 넘겨주지.
그때 누군가가 외치네. "정글의 법칙을 지키는 모든 이에게 달콤한 휴식을!"

아무리 애써도 이 노랫소리를 들었을 때의 반응을 그대로 통역하기는 어려울 것이다. 늑대 형제 넷은 한 마디 한 마디에 경멸을 담아 노래했다. 사람들은 그 노래를 듣고 당황한 나머지 나무 위로 올라가려 했다. 잠시 뒤 나뭇가지가 꺾이는 소리가 났고, 연신 주문과 주술을 외우는 불데오의 목소리가 들렸다. 이윽고 늑대들이 옆으로 누워 자기 시작했다. 늑대들 또한 자신의 몸을 소중히 여기는 만큼 규율 바른 생활을 했다. 특히 잠을 충분히 자지 않으면 마음껏 움직일 수 없으므로 때가 되어 잠이 든 것이다.

한편, 모글리는 마을을 향해 한 시간에 15킬로미터씩 질주했다. 사람들 틈에서 그들의 방식에 맞춰 갑갑하게 생활한 뒤였지만 모글리는 여전히 민첩했고, 그런 자신이 무척 대견했다. 그리고 어떤 함정이 기다리든 메수아와 남편을 구해야겠다는 생각뿐이었다. 모글리는 함정을 생각하면 이가 갈릴 정도였는데 사람들에게 진 빚을 반드시 갚아 주겠노라 다짐했다.

해가 질 무렵, 모글리는 기억이 선명한 목초지를 지나 시어 칸을 죽이던 날 잿빛 형제가 기다리던 다크나무 근처에 도착했다. 그런데 오두막 지붕들을 본 순간 모글리의 가슴속에서 무언가가 울컥 올라와 가쁜 숨을 내쉬어야 했다. 그만큼 사람과 그들의 마을에 화가 많이 났었던 것이다. 사람들은 평소와 달리 들판에서 일을 일찍 끝냈는데, 집에서 저녁을 먹는 대신 마을의 보리수나무 아래에 모여 웅성거리고 있었다.

"사람들은 서로를 옭아매는 덫을 만들어야 안심하는 종족이야. 안 그러면 제 성미에 못 이겨 펄펄 뛰지. 이틀 전에는 옭아맬 대상이 나였는데, 벌써 한참 지난 일 같군. 오늘은 메수아와 남편이 그 대상이고, 여러 날이 지나면 다시 내가 될 수도 있겠지."

모글리는 메수아의 오두막으로 살금살금 다가가 벽에 바짝 몸을 붙였다. 창을 통해 안을 들여다보자 메수아가 입에 재갈을 물고 손발이 묶인 채 가쁜 숨을 쉬며 신음하고 있었다. 그녀의 남편도 하얗게 질린 채 침대 틀에 묶여 있었다. 서너 사람이 굳게 닫힌 오두막 문 앞에 앉아 지키고 있었다.

모글리는 사람들의 방식과 습관을 이미 훤히 꿰고 있었다. 먹고 이야기하고 담배를 피울 때는 아무 짓도 하지 않지만, 그러고 나면 위험한 일을 벌일 게 뻔했다. 모글리는 차분히 따져 보았다. 불데오가 숯 굽는 이들을 무사히 데려오면 도착하자마자 흥미로운 이야기를 늘어놓을 것이다.

모글리는 창을 통해 안으로 들어가 부부를 묶은 끈을 풀고 재갈을 빼낸 다음, 주변에 우유가 있는지 살폈다. 부부에게 우유라도 마시게 하고 싶었던 것이다.

메수아는 내내 매질을 당하고 돌을 맞아 반쯤 정신이 나간 채 고통과 두려움에 떨고 있었다. 모글리는 메수아가 비명을 지르지 않도록 손으로 그녀의 입을 막았다. 남편도 분노에 휩싸인 채 마구 헝클어진 턱수염에서 흙과 티끌을 골라내고 있었다.

"나는 이 애가 올 줄 알았어. 그리고 내 아들이라는 것도."

메수아가 모글리를 보자마자 끌어안더니 흐느껴 울기 시작했다. 침착하던 모글리도 메수아의 말에 온몸을 바르르 떨었다. 모글리는 자신의 그런 반응과 변화에 몹시 놀랐다.

모글리는 잠시 입을 다물었다가 말을 이었다.

"이 끈은 다 뭐죠? 저들이 왜 당신들을 묶었나요?"

"너를 아들로 받아들여서 우릴 죽이려는 거야. 내 몸의 피 좀 봐."

남편은 침울한 목소리로 말했지만, 메수아는 아무 말도 하지 않았다. 모글리는 그들의 상처와 피를 보며 부드득 이를 갈았다. 부부도 그 소리를 분명히 들었다.

"누가 이런 거죠? 내가 되갚아 주겠어요."

"온 마을이 함께 벌인 짓이지. 내가 부자인 데다 소를 많이 가져서 그런 거야. 그래서 너를 아들로 삼았다는 것을 빌미로 우리를 마녀와 마법사로 몰아세운 거란다."

"이해가 안 돼요. 메수아가 설명해 주세요."

"내가 너한테 우유를 주어서 그래. 나투, 기억나지? 호랑이가 물어 간 내 아들, 너를 너무나 사랑한 게 문제였어. 사람들은 내가 악마의 어머니라며 당연히 죽어야 한다고 했어."

메수아가 두려움에 몸을 벌벌 떨며 말했다.

"악마가 뭐예요? 죽는 건 알고 본 적도 있는데…."

모글리의 말에 메수아의 남편이 이맛살을 잔뜩 찌푸리며 기운 빠진 표정으로 천장을 올려다보았다.

메수아가 환하게 웃으며 말했다.

"봐요! 얘는 마법사가 아니라고 했잖아요! 우리 아들이에요, 우리 아들!"

"아들이든 마법사든, 이젠 아무 상관없어. 우리는 죽은 목숨이나 마찬가지야."

남편이 말했다.

"저쪽으로 가면 정글이 나와요. 이제 손발이 자유로워졌으니 어서 떠나요."

모글리가 창밖을 가리키며 말하자, 메수아가 대꾸했다.

"아들아, 우리는 너처럼 정글을 잘 알지 못해. 이 상태로는 멀리 갈 수도 없고."

"그리고 마을 사람들이 우리를 잡아서 다시 끌고 올 거야."

메수아의 남편이 덧붙였다.

모글리는 "흠!" 하고 콧숨을 쉬고는, 칼끝으로 손바닥을 가볍게 두들겼다.

"그 누구에게도 해를 끼치고 싶지 않아요. 지금 마음은 그래요. 하지만 그들은 당신들을 가만두지 않을 거예요. 곧 결정을 내릴 거라고요."

그때 바깥에서 고함 소리, 쿵쿵 발소리가 들려오자 모글리는 말을 멈추고 귀를 기울였다.

"불데오가 온 걸 환영하나 봐요…."

모글리가 말끝을 흐리자, 메수아가 큰 소리로 말했다.

"오늘 아침에 마을 사람들이 너를 죽이려고 그를 정글로 보냈어. 그를 만났니?"

"네, 봤어요. 불데오는 사람들에게 자신의 이야기를 떠벌릴 거고, 그럼 두 분은 그동안 시간을 벌 수 있어요. 일단 나가서 그들이 어떤 결정을 내릴지 알아봐야겠어요. 어디로

갈지 어서 정하세요. 그리고 내가 돌아오면 알려 주세요."

모글리는 창문을 뛰어넘은 뒤 마을 담벼락 위를 내달렸다. 이윽고 사람들의 이야기가 들리는 보리수나무 아래에 이르렀다. 불데오는 어깨 위로 머리카락이 아무렇게나 흩어진 모습으로 땅바닥에 드러누운 채 쿨럭쿨럭 신음했다. 양손과 다리에는 나무를 오르다 생긴 흉터가 선명했다. 불데오는 거의 말을 안 했지만, 사람들이 그에게 질문을 퍼붓자 자신이 아주 중요한 사람이라는 것을 바로 알아차렸다. 그는 악마의 노래와 마법에 홀린 사연을 늘어놓았고, 사람들은 마치 자신의 일처럼 지레 겁을 먹었다. 불데오는 사람들에게 물을 가져오라 하고는 주문을 외우기 시작했다.

"흥! 끝도 없는 이야기를 지껄이는 꼴이라니! 사람들은 반다로그의 형제가 분명해. 이 제 물을 마신 뒤 담배를 피워 댈 테고, 그리고 나면 또 이야기를 주저리주저리 늘어놓 겠지. 아주 현명한 종족이야. 불데오의 이야기가 끝나기 전에는 누구도 메수아를 신경 쓰지 않을 거야. 나는 저들처럼 딴짓하지 말아야지!"

모글리는 고개를 저으며 코웃음을 치고는 몰래 빠져나왔다. 조금 뒤 오두막에 다다르자 발에 낯익은 감촉이 전해졌다. 엄마 늑대가 모글리의 발을 핥아 주고 있었다.

"엄마, 여기서 뭐 해요?"

모글리가 묻자, 몸에 이슬이 흠뻑 내려앉은 엄마 늑대가 말했다.

"내 자식들이 숲에서 노래하는 소리를 들었다. 그 가운데 가장 사랑하는 너를 따라왔지. 작은 개구리야, 너에게 우유를 준 여인이 누구인지 정말 궁금하구나."

"사람들이 그 여자를 꽁꽁 묶고는 죽이려고 했어요. 하지만 내가 얼른 끈을 풀어 주었 죠. 이제 남편과 함께 정글로 달아나게 도와줄 거예요."

"나도 그 뒤를 따르마. 많이 늙었지만 그래도 이빨은 쓸 만하단다."

엄마 늑대가 뒷발로 일어서더니 창을 통해 어두운 오두막을 들여다보았다. 그러다 이내 조용히 앞발을 내리고는 풀이 꺾인 투로 말했다.

"내가 먼저 너에게 젖을 물렸지만, 바기라 말대로 넌 결국 사람을 찾아가는구나."

그러자 모글리가 몹시 난처해하며 말했다.

"그럴지도요. 하지만 오늘 밤에는 그런 이야기를 할 틈이 없어요. 여기서 기다려요. 그 리고 메수아가 눈치채지 못하게 해 주세요."

"작은 개구리야, 너는 나를 전혀 두려워하지 않았어."

엄마 늑대는 이 말을 남긴 채, 능숙하게 우거진 풀숲으로 몸을 숨겼다. 모글리는 그제야 마음이 놓여 홀가분한 표정을 지으며 오두막으로 들어갔다.

"사람들이 불데오 주위에 모여 있어요. 그는 이야기를 거짓으로 지어내 마구 늘어놓고 있고요. 그의 이야기가 끝나면 사람들이 분명 붉은…, 그러니까 불을 들고 와 당신들을 불태울 거예요. 어디로 갈 생각이에요?"

"남편하고 이야기를 했단다. 카니와라라고 여기서 50킬로미터 떨어진 곳인데, 거기 가면 영국인을 만날 수 있으니까…."

메수아의 말에 모글리가 물었다.

"영국인은 어떤 종족이에요?"

"나도 잘 몰라. 살이 희고 세상을 지배하는데, 잘못을 저질러도 증인이 없으면 불에 태우거나 매를 때리지 않는다고 들었어. 오늘 밤 그리로 갈 수만 있다면 살겠지만, 그러지 못하면 결국 죽겠지."

"당연히 살 수 있어요. 오늘 밤 누구도 마을에서 벗어나지 못하게 내가 막을 거예요. 그런데 아저씨는 뭘 하는 거예요?"

메수아의 남편은 오두막 한쪽에 무릎을 꿇은 채 맨손으로 흙바닥을 파고 있었다.

"돈이 조금 있단다. 그게 우리가 가진 전부야."

메수아가 대신 대답했다.

"아, 사람들 손을 옮겨 다니지만 절대 따뜻해지지는 않는 물건 말이죠? 그런데 마을을 떠나도 그게 필요해요?"

모글리가 묻자, 남편이 무뚝뚝하게 쏘아붙였다.

"여보, 저 애는 악마가 아니라 바보야. 얘야, 돈이 있어야 말을 살 거 아니냐. 우리는 온몸이 멍투성이라 오래 걷지 못해. 그리고 마을 사람들이 한 시간 안에 우리를 따라잡을 거야."

"내가 허락하기 전에는 누구도 마을을 나갈 수 없어요. 그래도 메수아가 몸이 안 좋으니 말을 사는 게 좋겠네요."

메수아의 남편은 돈을 허리에 두른 천 속에 꼭꼭 숨겼다. 모글리는 메수아가 창문을 통해 빠져나갈 수 있도록 도왔다. 메수아는 서늘한 밤공기를 마시자 기운을 차리긴 했지만, 별빛 아래의 컴컴한 정글이 오싹하게 느껴졌다.

"카니와라로 가는 길은 알고 있나요?"

모글리가 속삭이자, 두 사람이 고개를 끄덕였다.

"좋아요. 절대 두려워하지 말고 서둘지도 말아요. 그런데 정글에 들어가면 앞뒤에서 노랫소리가 들릴 거예요."

"불에 타 죽는 것보다 컴컴한 정글을 통과하는 게 낫다는 거지? 하긴 사람보다는 짐승한테 죽임을 당하는 게 낫지 싶군."

메수아의 남편이 빈정거렸지만, 메수아는 모글리에게 미소를 지어 보였다. 모글리는 발루가 집중력이 떨어지는 새끼 늑대들에게 정글의 법칙을 여러 번 반복해서 설명하듯이 같은 말을 계속했다.

"내가 자신 있게 말할 수 있어요. 그 어떤 동물도 당신들에게 이빨을 보이지 않을 거예요. 발로 당신들을 공격하지도 않을 거고요. 카니와라에 이를 때까지 누구도 당신들 털 끝 하나 건드리지 않을 거예요. 약속해요. 당신들을 지키는 눈이 있거든요."

그러고는 얼른 메수아를 돌아보며 덧붙였다.

"아저씨는 몰라도, 아줌마는 내 말 믿지요?"

"물론이지, 아들아. 네가 사람이든 귀신이든 늑대든 언제나 믿는단다."

"아저씨는 우리 무리의 노랫소리에 겁을 먹겠지만 아줌마는 이해하겠지요. 이제 얼른 떠나세요. 서두르지 말고 천천히. 내가 마을 입구를 막고 있을게요."

그러자 메수아가 울음을 터뜨리며 모글리에게 달려들었다. 그러다 이내 몸을 바르르 떨며 모글리의 목을 꽉 붙들고는 떠오르는 온갖 축복의 이름을 불렀다. 하지만 메수아의 남편은 분노에 가득 차서 들판을 바라보며 덧붙였다.

"카니와라에 도착하면 영국인에게 말해서 승려와 불데오 영감을 비롯한 모든 이들에게 소송을 걸 거야. 이 마을을 철저히 부셔 주겠어. 내 작물을 돌보지 않고 내 물소를 굶겼다간 두 배로 변상해 주어야 할 거다. 정의는 분명 내 편일 거야!"

그러자 모글리가 환하게 웃으며 말했다.

"정의가 뭔지 모르겠지만, 다음 우기 때 돌아오면 이곳이 어떻게 변했는지 보게 될 거예요."

두 사람이 정글로 향하자, 숨어 있던 엄마 늑대가 앞으로 훌쩍 뛰어나왔다.

모글리가 엄마 늑대에게 말했다.

"두 사람을 따라가세요! 그리고 정글의 모든 동물에게 저 둘을 보호하라고 알려 주세요. 엄마가 신호를 보내면 모두 알아챌 거예요. 난 바기라를 부를게요."

이어 늑대가 길게 울부짖는 소리가 울려 퍼지더니 이내 잦아들었다. 그러자 메수아의 남편이 움찔하면서 오두막으로 도로 들어가려고 망설였다.

"어서 가요. 내가 그랬잖아요. 노랫소리가 들릴 거라고. 저 소리는 카니와라에 도착할 때까지 함께할 거예요. 이건 정글이 당신들에게 베푸는 친절이라고요."

모글리가 큰 소리로 외쳤다.

그러자 메수아가 남편을 재촉했고, 둘은 곧 엄마 늑대와 함께 어둠 속으로 사라졌다. 그때 바기라가 모글리 앞에 나타났다. 바기라는 들떠서 몸을 흔들었다. 정글의 동물은 모두 밤이 되면 기분이 들뜨게 된다.

"너의 늑대 형제들을 생각하면 부끄럽구나."

바기라가 가르랑거리며 말하자, 모글리가 물었다.

"왜? 그들이 불데오한테 들려준 노래가 별로였어?"

"아니, 아주 잘 불렀지! 나에게 자유를 준 부서진 자물쇠를 걸고 맹세하건대, 그들이 노래하자 나도 자존심을 팽개치고 내 짝을 찾을 때처럼 목청껏 노래했어! 우리 노래 못 들었어?"

"다른 일을 생각하느라 못 들었어. 불데오한테 노래가 마음에 들었는지 물어봐도 좋아. 그런데 우리 형제들은 어디 있어? 오늘 밤 사람들이 마을을 벗어나지 못하게 막고 싶거든."

"그 정도 일 가지고 형제들을 찾는 거야?"

바기라가 초조하게 서성이며 이글거리는 눈으로 묻고는 더 큰 소리로 으르렁댔다.

"나 혼자서도 그들쯤은 막을 수 있어. 모글리, 나중에는 죽일 거니? 그깟 노래에 사람들이 나무 위로 도망치는 광경을 보니 해치우고 싶어 몸이 근질근질하더군. 사람을 봐 줄 필요는 없어. 땅을 파는 갈색 벌거숭이, 털도 이빨도 없이 흙을 먹으며 사는 것들이

잖아. 나는 따가운 햇살 아래 온종일 그 늙은 사냥꾼을 뒤쫓았어. 늑대들이 수사슴을 뒤쫓듯이 말이야. 나는 바기라야! 바기라라고! 나는 소리 하나 내지 않고 사람들과 함께 춤을 추기도 했어. 자, 보라고!"

커다란 표범은 낙엽처럼 가볍게 공중제비를 도는 고양이 흉내를 내며 훌쩍 뛰어오르더니 허공에 발길질을 하면서 으르렁거렸고, 조용히 착지했다가 또다시 허공으로 뛰어올랐다. 그러는 내내 주전자가 끓으며 달그락대듯이 씩씩거렸다.

"나는 한밤의 정글을 지배하는 바기라야. 누가 내 공격을 막을 수 있지? 내 앞발 한 방이면 모글리 네 머리를 한여름에 죽은 개구리처럼 납작하게 만들 수 있어!"

"그럼 어디 쳐 봐!"

모글리가 정글의 언어가 아닌 마을에서 익힌 사람들의 언어로 외쳤다.

바기라는 인간의 말에 깜짝 놀라 멈칫하더니 다리에 힘이 쫙 풀리면서 주저앉았다. 바로 모글리와 마주 보는 위치였다. 모글리는 함부로 날뛰는 짐승을 쏘아볼 때처럼 바기라의 연녹색 눈동자를 쳐다보았다. 그러자 녹색 눈동자 너머로 이글대던 불꽃이 30킬로미터쯤 떨어진 등대의 불빛처럼 깜박이다 자취를 감추었다. 바기라는 눈을 내리깔고 커다란 머리도 아래로 푹 숙였다. 그러더니 꺼끌꺼끌한 붉은 혀로 모글리의 발등을 핥았다.

"바기라, 진정해! 밤 탓이지 네 탓이 아니야."

모글리가 표범의 목과 불뚝한 등을 부드럽게 쓰다듬으며 속삭였다.

"그래, 밤의 냄새에 내가 잠시 미쳤어. 밤 공기가 내게 울부짖은 거야. 그런데 넌 어떻게 알았니?"

바기라가 헐떡이며 물었다.

인도 마을에 떠도는 공기에는 갖가지 냄새들이 가득했다. 음악과 약이 인간의 감정을 움직이듯이, 후각으로 모든 것을 판단하는 동물은 냄새 하나에 감정이 동요되었다. 모글리가 조금 더 쓰다듬어 주자, 바기라는 난로 앞에 자리 잡은 고양이처럼 앞발을 가슴 아래에 모으고 엎드린 채 지그시 눈을 감았다. 이윽고 바기라가 입을 열었다.

"너는 정글의 일원이면서 또 아니기도 해. 나는 검은 표범일 뿐이고. 하지만 나는 너를 사랑한다, 어린 형제여."

"사람들이 나무 아래에 둘러앉아 계속 이야기를 하고 있어."

모글리가 그렇게 말한 뒤 잠시 주위를 둘러보다가 덧붙였다.

"불데오가 없는 이야기를 지어내 늘어놓고 있을 거야. 사람들은 그 여자를 끌어내서 붉은 꽃에 집어넣으려 하겠지. 하지만 그들은 이미 줄을 끊고 도망치고 없어. 하하!"

"모글리, 내게 다른 생각이 있어. 이제 내 몸에서 밤의 열기가 식는 게 느껴져. 그러니 사람들이 그 여자가 갇힌 곳에서 나를 발견하게 하자고. 그럼 모두들 선뜻 집 밖으로 나서지 못할 거야. 난 우리에 갇힌 게 처음이 아닌 데다, 그들은 감히 나를 묶을 생각도 못 할 테니까."

"조심해, 바기라."

모글리는 살며시 오두막에 숨어드는 대담한 표범에게 말하고는 환하게 웃었다. 자신도 표범만큼이나 대담해진 것을 깨달았던 것이다.

바기라가 코웃음을 치며 말했다.

"흥! 사람 사는 곳도 별것 없군. 내가 우다이푸르 왕실의 우리에서 쓰던 침대랑 똑같잖

아. 어디 한번 누워 볼까."

순간, 침대의 줄이 커다란 표범의 무게를 버티지 못하고 우두둑 끊어졌다.

"내가 부수고 나온 자물쇠에 대고 맹세하는데, 그들은 엄청난 사냥감을 잡았다고 환호할 거야. 어린 형제여, 내 옆에 와 앉아. 그들에게 '풍성한 사냥'을 불러 주자!"

"아니, 난 다른 계획이 있어. 어차피 사람들은 내가 무슨 일을 꾸몄는지 생각조차 못할 거야. 이곳은 바기라가 맡아 줘. 난 그들을 보고 싶지 않아."

"그러든가. 아, 사람들이 온다!"

바기라가 말했다.

보리수나무 아래에 모여 있던 사람들이 마을 끝으로 나와 웅성대는 소리가 점점 더 커지더니 이내 거친 고함으로 변했다. 사람들이 몽둥이, 대나무, 낫, 칼을 휘두르며 거리로 몰려나왔다. 불데오와 승려가 앞장섰고, 사람들이 그 뒤를 바짝 뒤따르고 있었다.

"마녀와 마법사! 불에 달군 동전 맛을 보면 자백할 테냐! 두고 보라고! 오두막째 불태울 테니까! 늑대 악마를 받아 준 놈들을 혼내자! 일단 매질을 하고 고문을 하자! 불데오, 총신을 들어 올려요!"

이윽고 사람들이 단단히 잠궈 둔 오두막 문을 여느라 옥신각신하다가 결국 몸으로 들이받아 문을 열었다. 순간, 횃불의 붉은빛이 실내로 스며들었는데 침대에서 기다리고 있는 것은 갱도처럼 까맣고 마귀처럼 무서운 표범 바기라였다. 바기라는 길게 누워 앞발을 포갠 채 한쪽 끝을 살며시 내려뜨렸다. 30초 정도 절망 섞인 적막이 사람들 사이에서 감도는가 싶더니 맨 앞에 선 사람들이 도로 문턱을 넘느라 아수라장이 되었다. 그때 바기라가 천천히 고개를 들고 보란 듯이 신중하게 하품을 했다. 상대방을 깔볼 때 일부러 하는 행동이었다. 이어 수염 난 입을 벌리고 빨간 혀를 말아 올린 뒤, 목구멍이 훤히 보이도록 아래턱을 벌리자 잇몸을 빙 둘러 날카롭게 돋은 커다란 이빨이 그대로 드러났다. 바기라가 강철 톱니들이 철커덕 맞물리는 듯한 소리를 내며 입을 다물자 사람들은 목숨이 달아날 위기에 처한 것을 바로 깨닫고 넋이 빠져 제 집으로 달아났다. 순식간에 거리는 텅 비었고, 바기라는 창문으로 훌쩍 뛰어나와 모글리 옆에 서서 사람들을 향해 사납게 울부짖었다.

"이제 저들은 내일 아침까지 꼼짝 안 할 거고 귀찮게 하지 않을 거야. 그런데 이제 어쩌지?"

바기라가 차분하게 말했다.

마치 낮잠을 자는 시간 같은 정적이 온 마을을 뒤덮었다. 그런데 가만히 귀를 기울이자 사람들이 무거운 곡물 상자를 질질 끌어 대문 앞을 막는 소리가 어렴풋이 들렸다. 바기라의 예상대로, 사람들은 다음 날 아침까지 찍소리도 내지 않았다. 곰곰이 생각에 잠긴 모글리의 얼굴이 부쩍 어두워졌다.

"어때, 내 솜씨 꽤 쓸 만하지?"

바기라가 아주 만족스러운 얼굴로 말했다.

"응, 정말 멋졌어. 한낮이 될 때까지 그들을 감시해 줘. 난 좀 잘게."

모글리는 곧장 정글로 가 바위 위에 쓰러져서는 태양이 하늘 한가운데에 올 때까지 계속 잤다. 이윽고 다시 밤이 찾아와 모글리가 깨어났을 때 바기라가 갓 잡은 수사슴을 발치에 놓아 두고는 곁에 앉아 있었다. 모글리는 가죽 벗기는 칼을 쥐고 손으로 턱을 문질렀다. 바기라가 그 모습을 뚫어지게 쳐다보았다.

"그 남자와 여자가 카니와라가 보이는 곳에 잘 도착했대. 너의 어머니가 칠을 통해 소식을 전해 왔어. 두 사람은 그날 자정이 되기 전에 말을 하나 사서, 아주 빨리 달려갔다는군. 잘된 거지?"

바기라가 말했다.

"잘됐네."

모글리가 대답했다.

"마을 사람들은 태양이 높이 떠오른 뒤에도 얌전히 굴었어. 먹을거리만 얼른 챙겨서 재빨리 집으로 들어갔지."

"혹시 바기라가 사람들 눈에 띈 거 아니야?"

"뭐, 그랬을지도. 동이 틀 때 마을 어귀에서 흙먼지를 날리며 뒹굴었고, 노래도 불렀거든. 이제 더는 할 일이 없는 것 같은데? 이제 나랑 발루랑 사냥하러 가자. 발루가 너한테 새로 발견한 벌집을 보여 주려고 기다리고 있어. 우리 모두 네가 예전처럼 지내기를 바란단다. 나조차 두려움이 생기는 그런 표정은 그만 거둬. 그 남자와 여자는 붉은 꽃에 불타지 않았고, 정글의 동물들도 예전과 똑같아. 안 그래? 사람 무리는 그만 잊어버리자고."

"조금 있으면 잊어버리게 될 거야. 하티는 오늘 밤 어디서 밥을 먹지?"

"그야 자기 마음대로지. 말 없는 코끼리의 마음을 어떻게 알겠어? 그런데 그건 왜? 우리는 안 되지만 하티는 되는 게 대체 뭐야?"

"하티에게 세 아들과 함께 좀 와 달라고 해 줘."

"어린 형제여, 솔직히 하티는 오라, 가라 말하기 어려운 상대야. 그는 정글의 관리자라고. 네가 사람 무리에게 쫓겨나기 전 정글 공용어를 가르쳐 준 건 하티란 사실을 잊어선 안 돼."

"알아. 나도 공용어를 알고 있기 때문에 하티에게 부탁하려는 거야. 개구리 모글리한테 오라고 전해 줘. 그가 꿈쩍 안 하면, 부르트푸르 들판의 약탈 때문에 그러니 빨리 오란다고 해."

"부르트푸르 들판의 약탈…."

바기라는 그 말을 확실히 기억하려고 두어 번 되풀이했다.

"그럼 다녀올게. 자칫 하티의 화만 돋울 수도 있지만 그 말 없는 짐승의 마음을 움직일 수만 있다면 달밤의 사냥쯤은 포기할 수 있어."

모글리는 바기라가 떠나고 홀로 남자 칼로 흙을 마구 찔렀다. 모글리는 그때까지 사람의 피를 한 번도 본 적이 없었다. 그래서 메수아를 묶은 끈에서 피 냄새가 나자 큰 충격을 받았다. 모글리는 자신을 무척 친절하게 대해 주었던 메수아를 사랑했다. 반면 메수아를 뺀 나머지 사람들은 메수아를 사랑하는 만큼 증오했다. 사람과 그들의 언어, 잔인함, 비겁함이 정말 혐오스러웠다. 자신은 정글을 위한다는 이유로 사람의 목숨을 함부로 빼앗고 소름 돋는 짓을 벌여 피 냄새를 맡고 싶지는 않았다. 모글리의 계획은 간단하면서도 완벽했다. 그 계획은 불데오 영감이 밤에 보리수나무 아래에서 떠벌리던 이야기에서 떠올린 것이다. 그것만 생각하면 계속 웃음이 나왔다.

그때 바기라가 불쑥 나타나 모글리의 귀에 대고 속삭였다.

"공용어가 통했어. 그들은 강가에서 식사를 하고 있었는데, 내 말을 듣자마자 사람들이 부리는 소처럼 고분고분하게 굴더라고. 봐, 저들이 오고 있어!"

하티와 세 아들은 평소에도 기척 없이 나타나곤 했다. 그들 옆구리에는 진흙이 잔뜩 묻어 있었다. 하티는 코로 뜯어 낸 바나나 나무줄기를 우물우물 씹고 있었다. 바기라는 예리한 눈으로 코끼리의 거대한 몸뚱이에 잡힌 주름을 하나하나 살폈다. 바기라 앞에 나타난 것은 사람의 아이에게 말하려고 온 정글의 관리자가 아니었다. 전혀 겁을 먹지 않은 모글리 앞에서 하티는 잔뜩 겁을 먹은 짐승일 뿐이었다. 하티의 세 아들이 나란히 아버지 뒤를 따라왔다. 모글리는 하티가 "풍성한 사냥이 되기를." 하고 먼저 인사를 건넸는데도, 손을 드는 둥 마는 둥 했다. 모글리가 한참 동안 건들거리며 딴청을 피운 끝에 입을 열었다. 하지만 그것도 하티가 아닌 바기라에게 하는 말이었다.

"바기라가 오늘 뒤쫓았던 사냥꾼한테 들은 이야기인데, 늙고 현명한 코끼리에 관한 거야. 그 코끼리는 함정에 빠져 발뒤꿈치 위쪽에서부터 어깨까지 구덩이의 예리한 말뚝에 상처를 입었대. 그래서 하얀 자국이 남았다나 뭐라나."

모글리가 그렇게 말하면서 팔을 휙 내젓자, 하티가 매서운 채찍질이라도 당한 것처럼 얼른 몸을 웅크렸다. 순간, 그의 회색 옆구리에 난 기다랗고 하얀 상처가 달빛 아래에 드러났다. 모글리는 이야기를 계속했다.

"사람들이 덫에서 코끼리를 꺼내려고 몰려왔어. 하지만 힘이 센 코끼리는 밧줄을 끊고 도망쳤지. 그리고 상처가 나을 때까지 숨어 있다 화가 나서 밤에 사냥꾼들의 들판으로 쳐들어갔어. 내 기억이 맞다면 그에게는 세 아들이 있었다더군. 이건 아주 오래전 우기 때, 부르트푸르의 들판에서 벌어진 옛날이야기야. 참, 하티. 다음 수확 때 그 들판은 어떻게 되었나요?"

"내가 세 아들과 함께 수확했지."

하티가 대답했다.

"수확하고 나면 밭을 갈지 않나요? 그건 어떻게 됐어요?"

모글리가 또다시 묻자 하티가 대꾸했다.

"밭은 갈지 않았어."

"농작물 근처에 살던 사람들은요?"

"달아났지."

"그들이 살던 오두막은요?"

"우리가 산산조각 냈고, 벽들은 정글 속에 파묻혔지."

"그 외에 다른 일은 없었고요?"

"나는 이틀 밤은 동쪽과 서쪽으로 누비고, 사흘 밤은 북쪽과 남쪽으로 누비고 다녀 땅을 넓혔어. 그래서 그 땅은 정글이 되어 버렸지. 다섯 개의 마을이 정글 속으로 사라졌고, 그 마을의 목초지와 경작지를 일궈 먹고살던 사람들도 더는 볼 수 없게 됐어. 그것이 나와 세 아들이 벌인 부르트푸르 들판의 약탈이야. 사람의 아이여, 그럼 이제 내가 묻겠다. 그 일을 어떻게 알았지?"

하티의 물음에 모글리가 대답했다.

"사람한테 들었어요. 그러고 보니 불데오도 진실을 말할 때가 있군요. 하얀 상처를 지닌 하티여, 아주 잘했어요. 이번에 두 번째로 할 때는 내가 지시해 줄 거니까 더 잘해 내겠네요. 사람들이 나를 마을에서 내쫓은 건 아시나요? 그들은 게으르고 어리석고 잔인해요. 늘 입으로 장난을 치고, 먹기 위해서가 아니라 재미로 약한 동물을 죽이지요. 배가 부르면 자신들의 종족도 붉은 꽃에 던져 넣는 모진 작자들이라고요. 내 눈으로 똑똑히 보았어요. 그들은 이곳에서 계속 머물 자격이 없고, 옳은 일이 아니에요. 나는 그들이 미워요!"

"그럼 죽여."

하티의 아들 가운데 가장 어린 코끼리가 코로 풀 더미를 집어 제 앞다리에 대고 툭툭 턴 다음 사방으로 흩뿌리며 말했다. 그러고는 작고 빨간 눈으로 슬며시 주변을 살폈다.

그러자 모글리가 날카롭게 대꾸했다.

"난 사람들의 하얀 뼈다귀 따위는 필요 없어요. 나를 햇살 아래 벌거숭이 몸으로 뛰어노는 늑대의 자식으로만 생각해요? 나는 내 손으로 시어 칸을 죽였고, 그 가죽은 회의 바위에서 썩고 있어요. 하지만 난 시어 칸이 어디로 갔는지도 모르고 늘 배 속이 비어 있어요. 뭐가 가득 차 있는 것 같은 느낌이 들지 않는다고요. 이젠 내가 직접 보고 만질 수 있는 것을 선택할 거예요. 사람 무리의 마을을 정글로 만들어 줘요, 하티!"

모글리의 말을 들은 바기라는 몸이 부르르 떨리고 가슴이 쿵쾅거렸다. 상황이 아무리 최악으로 치달아도 정글의 동물들이 마을로 몰려가 사람들을 잔인하게 공격하거나, 해 질 무렵에 밭을 갈던 사람들을 쥐도 새도 모르게 살해하는 정도였다. 하지만 이번에는 사람들과 사람을 두려워하는 짐승들이 보는 바로 그 앞에서 마을 전체를 아예 없애자는 이야기였다. 바기라는 그제야 모글리가 하티를 찾은 이유를 알아차렸다. 정글에서 전쟁을 계획하고 실행할 수 있는 것은 오래 살아온 코끼리 하티밖에 없었다.

"부르트푸르 들판의 약탈 때처럼 먼저 사람들이 달아나게 해 줘요. 그러면 농사에 쓰이던 빗물은 우리 차지고, 물렛가락을 타고 흐르던 비는 두툼한 잎사귀가 흠뻑 빨아들이겠지요. 바기라와 나는 승려의 집을 보금자리로 삼고, 수사슴은 사원 뒤 수조의 물을 실컷 마실 수 있게 해 줘요! 정글을 넓히자고요, 하티!"

하지만 하티는 선뜻 나서지 못하고 망설이듯이 좌우로 몸을 흔들었다.

"하지만 나는 사람들과 다툰 적이 없는걸. 사람들의 터전을 완전히 망가뜨리려면 엄청난 고통을 안겨 주는 강한 분노가 필요해."

"당신만 정글의 풀을 먹는 건 아니잖아요? 사슴과 돼지, 닐가이영양도 이 일에 끌어들이면 돼요. 온 들판이 쓸리고 메마를 때까지 당신은 단 한 발자국도 앞으로 나설 필요 없어요. 정글을 넓힙시다, 하티!"

"사람을 죽이는 건 아니지? 부르트푸르 들판의 약탈 때는 그들의 피가 내 코를 붉게 물들였어. 다시는 그 냄새를 맡고 싶지 않아."

"그럼요. 우리의 소중하고 깨끗한 흙에 그들의 뼈를 묻진 않을 거예요. 사람들이 새 터전을 찾아 떠나게 쫓는 거라고요. 그들이 이곳에서 살지 못하게 만들 거예요. 나에게 먹을 것을 준 여인의 피를 직접 보고 냄새도 맡았는데, 내가 도와주지 않았다면 벌써 죽었을 거예요. 그들 현관에 풀이 새로 돋아나 그 싱그러운 향기가 퍼져야 비로소 피 냄새를 씻을 수 있어요. 그 냄새만 생각하면 입안이 활활 타오르는 것 같아요. 정글을 넓히자고요, 하티!"

하티가 한숨을 내쉬었다.

"아, 봄기운이 가득했던 그때 마을이 폐허가 되는 것을 지켜보았어. 그때 나도 말뚝 때문에 생긴 상처가 활활 타올랐지. 그래서 네 말이 무슨 뜻인지 잘 알아. 너의 전쟁은 곧 우리의 전쟁이야. 좋아, 마을을 정글로 만들겠어."

모글리는 분노와 증오심에 숨을 헐떡이며 몸을 부들부들 떨었다. 어느새 코끼리들은 떠나고 없었다. 바기라가 두려운 눈길로 모글리를 바라보다가 입을 열었다.

"내가 부수고 나온 자물쇠를 걸고 말한다! 내가 늑대 회의 때 변호해 주었던 그 벌거벗은 아이는 어디 있지? 아, 정글의 관리자여! 내 힘이 사라지거든 나와 발루, 우리 모두의 편이 되어 주시오. 우리는 당신 앞에서 한낱 어린 짐승일 뿐이오. 발밑에서 우두둑 부러지는 잔가지들이고, 어미를 잃은 새끼 사슴일 뿐이오!"

모글리는 바기라가 자신을 어미 잃은 사슴에 비유하자, 어이가 없어 웃음이 나왔다. 모글리는 숨을 고른 뒤 흐느끼다가 다시 웃음을 터뜨렸다. 그러고는 그만 진정해야겠다 싶어 얼른 웅덩이로 뛰어들었다. 모글리는 자신의 이름인 개구리처럼 달빛이 반짝이는 수면 위로 떠올랐다가 계속 자맥질을 하며 헤엄쳤다.

그 무렵 하티와 세 아들은 각각 동서남북 네 방향을 하나씩 맡아 1.5킬로미터 떨어진 골짜기를 향해 조용히 움직이고 있었다. 그들은 꼬박 이틀을 걸어 100킬로미터를 행진했는데, 그들이 지나간 길과 코를 휘두른 자취가 또렷이 남았다. 하티 일행의 흔적은 박쥐 망과 솔개 칠, 원숭이 무리, 모든 새들의 눈에 띄었고, 그에 따라 그들의 소식은 널리 퍼져 나갔다. 이윽고 하티와 세 아들은 약 일주일 동안 먹이를 먹는 데만 집중했다. 그 점은 비단뱀 카아와 비슷했다. 본격적으로 행동하기 전까지는 절대 서두르지 않았다.

누가 먼저 시작했는지 알 수 없는 그 일이 끝났을 즈음, 한 골짜기의 먹이와 물이 맛있다는 소식이 온 정글에 전해졌다. 배불리 먹을 수 있다면 세상 끝까지라도 갈 수 있는 돼지들이 가장 먼저 우르르 몰려갔다. 그들은 바위 위에서 서로 부딪치며 몸싸움을 벌였다. 사슴이 그 뒤를 이었고, 여우들도 행렬 무리 가운데 죽거나 죽어 가는 놈을 잡아먹으며 골짜기로 향했다. 살집이 많은 닐가이영양도 사슴과 속도를 나란히 하며 달렸다. 이어 늪지의 야생 물소들이 닐가이영양을 쫓아갔다. 그 가운데 덩치가 가장 작은 물소들은 무리에서 떨어져 나와 따로 떼를 지어 흩어지더니 풀을 뜯으며 어슬렁댔다. 그들은 물을 마시고 풀을 뜯는 일을 되풀이했다. 그러다 수상한 낌새가 감지되면 잔뜩 긴장했는데, 안전한 존재라는 것을 깨닫게 되면 금세 마음을 놓았다. 그 존재는 어떤 때는 좋은 먹이를 훤히 꿰고 있는 호저 이키였고, 어떤 때는 먹이가 없다는 것을 동료에게 알리려고 힘차게 울면서 빈터로 내려오는 박쥐 망이었다. 발루는 입안 가득 뿌리를 집어넣고 우물거리다 겁을 주거나 장난 칠 요량으로 비틀거렸다. 그러다 머쓱해지면 얼른 똑바로 걸어갔다. 하지만 많은 동물들이 도중에 포기하고 되돌아가거나 흥미를 잃고 달아났다. 물론 계속 앞으로 나아가는 동물들도 많았다.

열흘 남짓 지나자 사슴과 돼지와 닐가이영양은 반경 13킬로미터에서 16킬로미터 정도

의 원을 그리며 빙빙 돌았고, 그 가장자리에서는 육식 동물들이 옥신각신 승강이를 벌였다. 원의 한가운데에는 마을이 자리하고 있었다. 마을 주변에 펼쳐진 밭에는 작물이 풍성하게 열렸다. 사람들은 밭 한가운데에 있는 망루 위에 올라앉아 사방을 살피면서 작물을 노리는 날짐승과 길짐승 들을 연신 쫓아냈다. 그런데 어느 순간, 사슴이 사람들의 속임수를 간파하더니 더는 속지 않았다. 육식 동물들도 사슴 뒤에 바짝 붙어 원 안으로 들어오려고 연일 얼쩡거렸다. 그러던 어느 밤, 하티와 세 아들이 정글에서 살며시 나와 엄니로 망루의 기둥을 부러뜨렸다. 기둥은 독미나리의 줄기가 똑 부러지듯이 힘없이 쓰러졌다. 망루에서 겨우 도망쳐 나온 사람들은 넋이 나간 얼굴로 코끼리 울음소리를 듣고만 있었다. 곧이어 사슴들이 마을 목초지와 밭으로 다급히 몰려들었고, 예리한 발굽과 코로 땅을 파헤치는 멧돼지 떼도 사슴 행렬에 합류했다. 사슴이 조금이나마 남겨 놓은 것은 멧돼지가 죄다 망가뜨렸다. 이따금 경계하는 늑대의 울음소리가 들리면 멧돼지 무리가 허둥지둥 몰려다니며 보리 싹을 짓밟고 밭두렁을 뭉개 버렸다. 그런데 동이 트기 직전, 견고하게 사수되던 원의 한 가장자리가 뚫리고 말았다. 육식 동물들이 후퇴하면서 무너뜨린 것이다. 그렇게 통로가 열리자 수사슴 떼가 그 길을 따라 유유히 달아났다. 사슴보다 대담한 동물들은 다음 식사를 기다리며, 수풀 속에서 달콤한 휴식을 취했다.

모든 일이 그렇게 흘러갔다. 아침이 되자 마을 사람들은 자신들이 애써 일군 농작물이 흔적도 없이 사라진 것을 깨달았다. 그건 당장 마을을 떠나지 않으면 죽게 될 거라는 경고였다. 사람들은 이제 정글을 코앞에 두고 지내는 만큼 해마다 굶주림을 마주하고 사는 처지가 된 것이다. 배고픈 물소들은 남은 풀을 뜯으려고 달려왔다가 사슴들이 목초지의 풀을 다 뜯어먹은 바람에 정글에서 야생 동물들과 어울리며 어슬렁댔다. 황혼이 내려앉은 무렵에는 마을의 재산인 망아지들이 머리가 깨진 채 마구간에 엎어져 있었다. 그런 공격은 오직 바기라만이 할 수 있었다. 그리고 바기라만이 망아지 사체를 모두 보란 듯이 거리로 끌어낼 수 있었다.

마을 사람들은 겁에 질린 나머지 감히 들판에 불을 지를 생각도 못했다. 마지막으로 하티와 세 아들이 남은 작물을 주워 먹으려고 그곳을 찾았고 코끼리들이 지나간 자리에는 아무것도 남지 않았다. 사람들은 결국 우기를 대비해 저장해 두었던 옥수수 씨앗으로 겨우 배를 채웠다. 식량을 다시 얻을 때까지는 노예처럼 일할 수밖에 없었다. 다행히 곡물 장수가 자신의 창고에 꽉꽉 채워 둔 옥수수를 헐값에 내놓으려고 했다. 그런데 그 순간, 하티가 날카로운 엄니로 진흙 벽 한 귀퉁이를 찍어 커다란 버들고리 상자 안에 저장해 둔 귀중한 옥수수를 내동댕이쳤다.

마지막 식량까지 모두 잃자, 마침내 승려가 입을 열었다. 그는 신께 기도를 올렸지만 그 어떤 응답도 받지 못했으며 마을 사람들이 미처 깨닫지 못하는 사이 정글의 어느 신을 화나게 했을 거라고 말했다. 그렇지 않고서야 정글이 이토록 자신들을 괴롭힐 리 없다고 말이다. 결국 사람들은 인도에서 가장 오래된 종족이자 정글 깊숙이 사는 곤드족 부락의 한 족장을 불러왔다. 곤드족은 키가 작고 지혜로우며 피부가 까만 사냥꾼들이었다. 마을 사람들은 그나마 남은 음식을 모아 곤드족 족장을 대접했다. 그는 외다리로 선 채 활을 지니고 있었는데, 상투에는 독을 바른 화살 두어 대가 꽂혀 있었다. 그는 약간의 두려움과 경멸을 담은 시선으로 불안에 떨고 있는 마을 사람들과 황폐해진 경작지를 바라보았다. 사람들은 곤드족의 신들이 왜 화가 났는지, 어떤 제물을 바치면 화를 풀지 알려 달라고 했다. 그러나 족장은 아무 말도 하지 않았다. 대신 오이처럼 생긴 야생 박이 열리는 카렐라 덩굴을 집어 들어 힌두 신상이 바라보는 사원 문 앞을 장식했다. 그리고 카니와라로 이어지는 길을 보며 허공에 손을 뻗었다가 다시 정글로 들어가 정글 동물들이 활개치는 광경을 지켜보았다. 그는 정글이 이 일을 벌인 거라면, 오직 백인만이 해결할 수 있음을 잘 알고 있었다. 그가 왜 그런 행동을 하는지 굳이 물어볼 필요도 없었다. 마을 사람들이 신을 모시던 곳에서 야생 박이 자란다는 것은 가능한 한 빨리 이곳을 떠나야 한다는 뜻이었다.

그러나 오랜 세월 동안 터를 잡고 살아온 곳을 떠나는 건 무척 어려운 일이었다. 사람들은 여름 식량이 아직 남은 데다 정글에서 열매를 부지런히 모으면 어떻게든 버틸 수 있을 거라 생각했다. 하지만 은밀한 시선이 그들을 끊임없이 감시했고, 정글 동물들이 한낮에도 들이닥쳐서 사람들은 집 안에 갇혀 꼼짝도 못했다. 어떤 때는 날카로운 발톱을 앞세운 커다란 앞발이 날아들어 사람들의 살점이 떨어져 나가기도 했다. 사람들이 마을에서 버티려 할수록 야생 동물들은 더욱 악랄하게 굴었고, 와인궁가강 주변의 목초지에서 매일 울부짖었다. 사람들은 정글과 가까이 있는 텅 빈 외양간을 고치고 석회를 바를 엄두가 나지 않았다. 툭하면 멧돼지가 외양간을 짓밟았고, 마디진 덩굴이 새로 만들어진 대지 위로 빠르게 퍼져 나갔으며, 덩굴 밑으로 풀이 빳빳하게 자라났다.

　아직 결혼하지 않은 남자들이 가장 먼저 마을을 떠났다. 그들은 마을에 닥친 불행을 온 사방에 퍼뜨렸다. 이어 보리수나무 아래 석수장이의 작업대 구멍에 살던 코브라도 마을을 떠났다. 그들은 하나같이 누가 정글과 정글의 신에 맞설 수 있겠냐며 고개를 저었다. 사람들이 자주 오가며 잘 다져 놓았던 들판의 길들도 갈수록 잡초로 뒤덮였다. 그러자 외지와의 교류가 급격히 줄어들었다. 이윽고 밤마다 사람들을 괴롭히던 하티와 세 아들의 울음소리가 그쳤다. 사람들은 이제 더는 어떻게 손쓸 도리가 없었다. 작물과 씨앗은 이미 오래전에 정글에 빼앗겼고, 들판은 본디의 모습을 잃었다. 이제 카니와라의 영국인들에게 도움을 청하는 수밖에 없었다.

　사람들은 그들의 습성대로 하루, 이틀 날짜를 계속 미루다가 결국 우기에 꼼짝없이 갇히고 말았다. 손보지 않은 지붕은 흠뻑 젖었고 목초지는 발목까지 물이 차올랐다. 뜨거운 여름을 견뎌 낸 푸른 농작물들은 급류에 휩쓸려 온데간데없었다. 사람들은 부랴부랴 세찬 빗줄기를 헤치며 마을을 빠져나왔지만, 그간 정들었던 집을 자꾸만 돌아보며 차마 발길을 떼지 못했다. 마지막 가족이 마을을 막 벗어났을 때 들보와 지붕 들이 우당탕 무너져 내렸다. 윤기가 흐르는 부드러운 검은 몸뚱이가 들이닥쳐 젖을 대로 젖은 지붕을 부숴 버린 것이다. 이어 또다시 쿵 소리와 굉음이 이어졌다. 어느새 나타난 하티가 마치 연못 위 수련을 뽑듯이 오두막 지붕을 들어 올렸다. 그 순간 들보가 하티의 몸뚱이를 푹 찌르자 성난 야생 코끼리는 물불을 가리지 않고 날뛰기 시작했다. 하티는 있는 힘껏 들보를 빼냈다. 그런 뒤 뒷발질을 하자 진흙 벽이 와르르 무너져 내렸고, 거센 빗줄기 아래 노란 진흙 무덤이 높이 쌓였다. 하티는 방향을 바꾸더니 무섭게 울부짖었다. 그러고는 좌우로 오두막이 늘어선 길목을 헤집으며 낡은 문짝을 하나하나 깨부수고 처마를 종이쪽처럼 뜯어 냈다. 하티의 세 아들도 부르트푸르 들판의 약탈 때 날뛰었던 것처럼 아버지를 그대로 따라 했다.

　"정글이 이 껍데기 같은 마을을 삼켜 버릴 거야. 마을을 둘러싼 외벽도 무너뜨려야 해."

　모글리가 폐허 더미 속에서 차분한 목소리로 말했다.

　벌거벗은 소년의 어깨와 팔뚝 위로 빗물이 줄줄 흘러내렸다. 모글리는 몹시 지친 들소처럼 푹 주저앉는 벽에서 한 걸음 뒤로 물러섰다.

　"이제 모든 게 만족스럽군."

　하티가 가쁜 숨을 몰아쉬며 말했다.

"부르트푸르 때는 내 엄니가 붉게 물들었었지! 얘들아, 앞장서렴! 외벽으로 가자. 어서 함께 가자!"

네 코끼리가 나란히 머리로 외벽을 박자 그 충격에 외벽이 우두둑 소리와 함께 금이 가더니 와르르 무너져 내렸다. 마을 사람들은 천둥 같은 소리에 귀가 먹먹해지고 더더욱 겁을 먹었다. 처참하게 무너진 외벽 너머로 진흙물을 뒤집어쓴 파괴자들의 야만스러운 머리가 보였다. 마을 사람들은 그렇게 집도 먹을 것도 없이 골짜기 아래로 쫓겨 달아났고, 마을은 산산이 부서지고 파괴되고 짓뭉개져 완전히 폐허가 되었다. 한 달 뒤 그 마을은 한가운데가 푹 파인 언덕으로 변했고, 부드러운 초록색 어린잎들이 새로이 자라났다. 우기가 끝나 가던 여섯 달 전만 해도 쟁기질이 한창이던 그 마을은 이제 정글이 되었다.

사람들에 맞선 모글리의 노래

너희 앞에 빠르게 자라는 덩굴을 풀어놓으리라.
너희를 짓밟아 없애려고 정글에 외치노라!
지붕이 부서지고 들보가 무너져 내릴 것이니,
쓰디쓴 카렐라 덩굴이여, 전부 뒤덮어 버려라!

나의 종족들이 너희의 마을 회관에서 노래하리라.
박쥐가 너희의 곡물 창고에 자리를 잡을 것이다!
뱀이 무너진 벽 난롯가에서 너희를 감시하리라.
쓰디쓴 카렐라 덩굴이 너희 잠자리에 열매를 맺을 것이다!
너희는 내가 보낸 공격자들을 미처 보지 못하고,
그저 소리만 듣고 짐작하리라.

정 글 북

달이 뜨기 전 그 밤에
너희에게 복수하기 위해 그들을 보내리라!
사라진 마을 어귀에서 늑대가 어디론가 너희를 이끌 것이다.
쓰디쓴 카렐라 덩굴이
너희의 소중한 토양에 뿌리를 내리리라!

너희 손이 닿기 전에 너희 밭에서 작물을 거두리라.
그다음에 식량을 잃은 너희가 이삭을 주우리라!
물이 끊긴 밭두렁가에서 사슴이 너희의 황소가 되리라.
쓰디쓴 카렐라 덩굴이
너희가 직접 지은 집을 잎사귀로 덮을 것이다!

너희 앞에 부드러운 덩굴을 풀어놓았지.
그리하여 너희 대열을 짓밟고 뭉개라고 했지.
들보가 무너지고, 나무들이 너희를 덮친다!
쓰디쓴 카렐라 덩굴이여,
온통 다 뒤덮어 버려라!

여울목의 악어

타바키에게 "나의 형제!"라 부르고,
하이에나에게 고기를 먹자고 청할 때,
배에 붙은 네 발로 달리는 악어, 자칼라와
마침내 싸움을 멈출 수 있을 것이다.

— 정글의 법칙

"늙고 힘없는 자를 공경하라!"

목이 쉰 듯 탁하면서 미세한 떨림과 쓸쓸함이 담긴 목소리가 진흙처럼 부드러운 것을 갈라놓을 듯 들려 몸이 절로 떨렸다.

"오, 강의 동무들이여! 늙고 힘없는 자를 공경하라!"

건축 자재를 실은 거룻배 몇 척이 열차가 오가는 다리 밑으로 들어서더니 물결에 몸을 맡기고 흘러갔다. 거룻배 행렬을 빼면 드넓은 강 위에는 아무것도 없었다. 배들은 다리를

받치는 기둥마다 흙과 모래가 쌓여 생긴 모래사장을 피하려고 기우뚱거리며 방향을 바꾸었다. 배 세 척이 다리 밑을 나란히 지나가는데 소름 끼치는 목소리가 다시 들렸다.

"오, 강의 승려들이여! 늙고 힘없는 자를 공경하라!"

뱃사공이 뱃전에 앉아 고개를 돌리고 손을 뻗더니 험한 말을 내뱉었다. 배들은 연신 뒤뚱대며 황혼 속으로 흘러들었다. 인도의 강들은 마치 작은 호수로 죽 이어진 수로 같았다. 풀잎처럼 반들반들한 수면은 적갈색 하늘을 그대로 품었고, 얕은 강둑에 부딪쳐 굽이치는 물살은 노란빛과 짙은 자줏빛이었다. 우기가 찾아오면 작은 샛강들이 강둑 사이로 흘러들었지만, 지금은 바짝 마른 강어귀만이 수로를 따라 늘어서 있었다. 강변 왼쪽의 열차용 다리 바로 밑에는 마을이 자리하고 있었다. 진흙과 벽돌로 벽을 세우고 말뚝 위에 짚이나 갈대로 지붕 위를 덮은 집들이 즐비했다. 우리로 돌아가는 소 떼로 시끌시끌한 큰길은 강으로 곧장 이어지다가 허술한 부두 끄트머리에서 뚝 끊겼다. 그곳에는 강으로 성큼성큼 들어가 몸을 씻으려는 사람들로 늘 붐볐다. 그 여울목이 바로 머거 거트, 즉 악어 여울목 마을로 드나들 수 있는 길의 첫머리였다.

강가의 렌즈콩과 벼, 목화밭, 한쪽으로 휘어지는 고요한 갈대밭, 그 너머 어수선한 정글 목초지에 어둠이 내려앉았다. 앵무새와 까마귀 들은 저녁에 마실 물을 찾으러 나와 깍깍 울어 댔다. 그러다가 새로운 하루를 시작하는 여우 떼를 지나쳐 뭍의 둥지로 날아갔다. 물새들은 두꺼운 구름처럼 하늘을 뒤덮고 휘파람 소리를 내며 몰려오더니 갈대밭 보금자리에서 날카롭게 울었다. 통통한 머리에 등이 검은 거위들, 상오리, 홍머리오리, 청둥오리, 혹부리오리, 마도요가 보였고, 홍학 한 마리도 이리저리 돌아다녔다. 이어 몸집이 큰 무수리가 날개를 힘겹게 퍼덕이며 마지막으로 나타났다.

"강의 승려들이여, 늙고 힘없는 자를 공경하라!"

무수리는 다리 밑 모래사장에 착지하면서 소리가 나는 쪽으로 몸을 틀었다. 성미가 고약하고 키가 1.8미터나 되는 이 새는 뒷모습이 대머리 목사처럼 위풍당당했다. 그러나 앞모습은 만화에 나오는 앨리 슬로퍼처럼 대머리에다 목에 털이 하나도 없었고 턱 밑으로 맨살이 흉측하게 축 늘어진 모습이었다. 무수리는 곡괭이 같은 부리로 훔친 먹이를 마치 주머니처럼 늘어진 턱에 담아 두었다. 긴 다리는 가여울 정도로 앙상했지만 무수리는 다리를 아주 정확하게 조종했다. 무수리는 잿빛 꽁지깃을 다듬으며 자신의 다리를 자랑스레 내려다보았다.

그런데 무수리가 어깨의 깃털 너머를 흘끗 보다가 일순간 흠칫하더니 차려 자세로 몸을 꼿꼿이 세웠다. 나지막한 절벽 위에서 사납게 짖던 자칼이 귀와 꼬리를 세운 채 무수리가 자리잡은 여울목으로 뛰어든 것이다.

그 자칼은 무리에서 신분이 가장 낮았다. 자칼 가운데 가장 뛰어나도 서열이 낮아 거지처럼 마을의 쓰레기 더미를 뒤지고 다닐 뿐이었다. 이 녀석은 비위를 맞추고 친근하게 대하지 않으면 금세 건방을 떨었고, 늘 굶주렸으며, 아주 교활했다. 하지만 그런 행동은 자신에게 아무 도움이 안 되었다.

여울목에 도착한 자칼이 몸을 털고 귀밑을 긁으며 말했다.

"이 마을 개들이 죄다 붉은 옴에 옮아서 죽었으면 좋겠어요! 벼룩들이 각각 세 번씩 물었는데, 글쎄 그게 내가 외양간의 낡아 빠진 신을 쳐다보아서래요. 진흙이라도 좀 먹어도 될까요?"

"그 얘기 들었어. 그 신 속에 막 태어난 강아지가 들었다던데?"

무수리가 무딘 톱으로 두꺼운 판자를 자르는 듯한 목소리로 대꾸했다.

"하지만 듣는 것과 보는 것은 아주 다르죠."

자칼은 모닥불에 둘러앉은 마을 사람들 얘기를 하도 주워들어서 속담에 훤했다.

"물론 그렇지. 그래서 바쁜 어미 개들이 자리를 비운 사이에 내가 그 강아지를 돌봐 주며 확인했다네."

"네, 그들은 아주 바빴지요. 얼마 동안은 음식 찌꺼기를 구하러 가지 말아야겠군요. 그런데 그 신 안에 아직 눈을 뜨지 않은 강아지가 있던가요?"

자칼이 물었다.

"바로 여기에 있어. 내가 세상에 자비는 없다는 걸 보여 주었지."

무수리가 부리 아래 불룩한 목 주머니를 굽어보며 대답했다.

"세상이 참 삭막해졌어요."

자칼이 처량하게 대답하고는 눈동자를 쉴 새 없이 되록되록 굴리며 강물의 잔물결을 힐끗거렸다. 그러다 얼른 한마디 덧붙였다.

"우리 모두가 삶이 고달프니, 분명 여울목의 자랑이자 강의 선망을 한 몸에 받는 우리 훌륭한 주인님도….”

“거짓말쟁이에 아첨꾼 같으니. 자칼은 모두 한배에서 알을 까고 나왔다는 말이 맞군.”

무수리가 딱히 누군가를 지목하지 않고 무심하게 중얼거렸다.

자칼은 상황이 난처하면 더더욱 교묘하게 거짓말을 늘어놓았다.

“맞습니다. 강의 선망을 받는 이는….”

자칼이 한껏 고조된 목소리로 같은 말을 되풀이했다.

“확신하건대 분명 그분도 저 다리가 생긴 뒤로 먹이가 귀해졌다는 걸 아시지요. 그런데 감히 그 고귀한 분 앞에서 절대 이런 말은 하면 안 되지만…. 그분은 정말 지혜롭고 우아하시지요. 나처럼, 아, 그러니까 그게….”

“자칼이 스스로를 잿빛이라고 한다면, 자칼 자체는 대체 얼마나 시커먼 놈일까!”

무수리는 자신에게 다가오는 존재를 전혀 알아차리지 못한 채 중얼거렸다.

“그분은 먹이를 절대 놓치지 않아서….”

그때 배가 여울목의 물살을 스치고 지나갈 때처럼 삐걱대는 소리가 어렴풋이 났다. 자칼은 하던 말을 멈추고, 냉큼 돌아서서 자신이 한껏 찬양하던 존재를 바라보았다.(자칼은 늘 이렇게 행동이 잽쌌다.) 바로 몸길이가 7미터를 넘는 악어였다. 가죽은 굵은 못이 박힌 강판 같고, 불룩 솟은 등줄기는 우툴두툴했다. 정수리는 뾰족했고, 코허리는 뭉툭했으며, 예리하고 노란 윗니가 세로로 정교하게 홈이 파인 아래턱으로 비죽 튀어나와 있었다. 그 악어는 여울목의 악어들 가운데 가장 나이가 많았는데, 바로 머거 거트라는 마을 이름의 유래가 된 장본인이었다. 열차용 다리가 지어지기 전에는 여울목의 악마, 살인자, 식인 악어로 명성을 떨치며 모든 이들의 숭배를 받았다. 머거는 얕은 물에 턱을 담근 채 엎드려 있었는데, 꼬리 주변에 미세한 잔물결이 일 뿐 매우 고요했다. 하지만 그 꼬리로 한 번만 반동을 줘도 세찬 증기선처럼 재빨리 강둑에 올라설 수 있었다. 자칼은 그 사실을 잘 알고 있었다.

“이렇게 뵙게 되어 영광입니다. 가난한 자의 보호자시여!”

자칼이 낱말 하나하나를 또박또박 읊으며 아첨을 떨었다.

“유쾌한 목소리가 들리길래 함께 이야기나 나눌까 하여 왔답니다. 조금 전 그저 제 추측으로 당신에 대해 말했는데, 마음 쓰지 마시길 바랍니다.”

자칼은 악어의 표정을 살피며 돌아올 말을 고대했다. 아첨은 먹이를 얻을 수 있는 가장 좋은 방법이었는데, 악어도 자칼의 속셈을 훤히 꿰고 있었다. 둘은 서로의 속내를 읽고는 매우 흡족해했다.

늙은 악어는 몸을 일으켜 헐떡이면서 강둑으로 올라섰다. 그러는 동안에도 "늙고 힘없는 자를 공경하라!"고 계속 웅얼댔다. 악어는 울퉁불퉁한 다리 사이의 불룩하고 퉁퉁한 배를 힘겹게 밀어 올렸다. 삼각형 머리 위에 붙은 조그만 눈이 우툴두툴하고 두꺼운 눈두덩이 밑으로 불붙은 석탄처럼 빨갛게 타올랐다. 이윽고 악어가 자리를 잡자, 자칼은 평소처럼 그를 똑바로 보지 못했다. 악어가 모래사장 위에서 통나무와 똑같은 모양으로 변신하는 것을 백 번도 넘게 보았기 때문이다. 심지어 시간, 장소, 계절에 따라 바뀌는 물의 흐름까지 고려해 자연스럽게 비틀린 통나무를 흉내 냈다. 악어는 이를 위해 고통을 참아 가며 정확하게 각도를 맞춰 몸을 누였다. 물론 지금은 놀이 삼아 뭍으로 올라왔지만, 이미 습관이 배어 저도 모르게 몸을 통나무 모양으로 만들었다. 하지만 악어는 결코 배가 부른 적이 없었다. 자칼이 악어의 통나무 흉내에 속는다면 겁을 먹기도 전에 잡아먹힐 터였다.

"나는 아무것도 못 들었네. 귀에 물이 찬 데다 배가 고파서 정신이 없었어. 열차용 다리가 생긴 뒤로 사람들이 더는 나를 신경 쓰지 않아. 그래서 마음이 아프다네."

악어가 한쪽 눈을 감으며 말하자, 자칼이 대꾸했다.

"아, 정말 안됐네요! 너그러운 마음이 아프시다니! 사람이란 모두 그 모양이에요."

"아니, 사실 사람마다 좀 차이가 있어. 어떤 이는 배의 돛대처럼 비쩍 말랐고, 또 어떤 이는 강아지처럼 통통하지. 나는 이유 없이 사람을 헐뜯지 않네. 그들은 모두 제각각이지만, 내가 오랜 세월 지켜본 바로는 남자, 여자, 아이들 모두 선해. 나는 그들에게서 흠을 찾지 못했지. 오히려 세상에 불만이 많은 자가 사람들로부터 원성을 많이 듣는다네. 꼭 기억하게나."

악어가 상냥하게 말했다.

"아첨하는 걸 듣는 건 배 속에 텅 빈 양철 깡통이 들어갔을 때보다 더 거북하지요. 그래도 그 덕에 당신께 훌륭한 말씀을 들었네요."

무수리가 한쪽 발로 땅을 짚으며 말했다.

"그런데 사람들은 이 위대한 악어님의 은혜를 저버리고 배신했어요."

자칼이 싹싹하게 말하자 악어가 대꾸했다.

"아니, 배신까지는 아니고 다른 이들을 배려하지 않은 것뿐이야. 하지만 여울목 아래에서 지켜보니 새로 생긴 다리의 계단이 노인과 아이들에겐 좀 버겁더라고. 노인에겐 더 그렇지. 안 그래도 노인은 토실토실 살진 아이들에 밀려 별로 관심을 못 받는데 말이야. 나는 그게 정말 서러워. 아무튼 다리가 점점 낡으면 사람들의 까무잡잡한 다리가 예전처럼 여울목으로 들어와 즐겁게 첨벙거릴 테지. 그럼 이 늙은이도 다시 존경받게 될 거야."

"하지만 아까 오후에도 여울목 가장자리로 금잔화 화환들이 떠내려가던데요."

무수리가 툴툴거렸다.

금잔화 화환은 인도에서 숭배를 뜻했다.

"그건, 잘못 던졌어. 사탕 장수의 아내가 실수한 거야. 그 여자는 해마다 시력을 나빠지고 있어. 글쎄, 통나무와 날 구별 못 하더라니까! 그 여자가 화환을 던지면서 실수하는 걸 본 적이 있는데, 조금만 더 나아갔다면 여울목 기슭에 자리 잡은 날 제대로 보았을 거야. 하지만 좋은 뜻으로 한 일이니 정성스런 제물이라 생각해야지."

"어차피 쓰레기가 될 텐데, 금잔화 화환에 왜 그리 신경 쓰세요?"

자칼은 벼룩을 잡는 데 집중하면서도 한편으로는 가난한 자의 보호자를 계속 경계하며 물었다.

"그렇긴 하지만 그들이 내게 가져올 때는 쓰레기가 아니지. 나는 강물이 마르면서 마을의 큰길 끝에 새로운 땅이 생기는 것을 다섯 번이나 보았어. 강물이 마을 양쪽의 강둑으로 다시 흘러드는 것도 다섯 번이나 보았고. 앞으로 그 광경을 다섯 번은 더 보겠지. 나는 워낙 부지런해서 오늘은 카시에서, 내일은 프라야그에서 물고기를 사냥하지만, 나만큼 여울목을 진실되고 부지런하게 지키는 파수꾼도 없다네. 그래서 마을 사람들이 내 이름을 기리는 거야. 왜 속담에도 있잖나, '오래 지켜보는 자가 결국 보상받는다.'고 말이야."

"저도 온 삶을 바쳐 오래 지켜봤지만, 받은 거라곤 물어뜯긴 상처와 매질뿐인데요."

자칼의 말에 무수리가 사방이 떠나갈 듯이 크게 웃었다.

"하하하!"

여울목의 악어

자칼은 8월에 태어났고
우기는 9월에 시작되었네.
그는 이렇게 말했지.
"정말 무시무시한 홍수구나.
이런 홍수는 본 적이 없어."

　무수리에게는 아주 역겨운 특징이 하나 있었는데 이따금 다리를 떨고 온몸에 심한 경련을 일으키면서 발작하는 것이었다. 그나마 두루미보다는 그 모양새가 얌전하지만, 날개를 반쯤 편 채 대머리를 아래위로 흔들고, 가늘고 긴 다리를 절뚝이며 제멋대로 춤을 추었다. 그런 데다 무수리는 발작할 때마다 일부러 듣기 불편한 말을 해서 고질병을 교묘히 감추려고 들었다. 무수리는 노래의 마지막 낱말에 다시 집중해, 전보다 더 열정적으로 꽥꽥거렸다.
　자칼은 세 살이나 되었지만 1미터에 달하는 부리로 창처럼 마구 찔러 대는 무수리에게 모욕을 당하기 일쑤였다. 그런데 매번 몸을 움찔거리기만 할 뿐 제대로 화도 못 냈다. 무수리도 겁이 많은 편이었지만, 자칼은 그보다 훨씬 심했다.
　"지혜를 얻으려면 일단 살아남아야지. 내가 말하려는 바가 바로 이거야. 자칼처럼 조그만 짐승은 아주 흔하지만, 나 같은 악어는 보기 어렵거든. 그래도 난 겸손하려고 애써. 자만은 파멸에 이르는 길이니까. 헤엄치든, 걸어 다니든, 달리든 그게 바로 자신의 운명이야. 누구도 자신의 운명을 불평하고 원망해서는 안 돼. 나는 내 운명이 만족스러워. 다행히 시력이 아주 뛰어난 데다, 뭍에 오를 때 수로나 웅덩이가 어디에 있는지 꼼꼼히 살피는 조심성도 갖췄거든. 살면서 그 덕을 톡톡히 봤지."
　악어가 은근히 자랑하자 자칼이 심술궂게 말했다.
　"가난한 자의 보호자께서도 언젠가 실수한 적이 있다고 하던데요."
　"맞아. 하지만 운명이 나를 도왔지. 내가 완전히 자라기 전, 그러니까 세 번째 기근이 찾아오기 직전이었어. 그때 궁가강의 양쪽으로 물이 얼마나 넘쳐 나던지. 그래, 당시 나는 젊었고 생각이 그리 깊지 않았어. 그래서 홍수가 닥쳤을 때 나 혼자 기뻐 날뛰었지. 그 시절엔 아주 사소한 일에도 행복을 느꼈다네. 나는 마을이 홍수에 잠기자 여울목을 건너 멀리 뭍의 논까지 올라갔어. 쾌적한 진흙이 사방에 가득했지. 그날 저녁 유리로 만든 팔찌 한 쌍을 발견했는데, 나는 별 관심이 없었어. 맞아, 분명 유리 팔찌였고 신발 한 짝도 같이 있었어. 그 신발을 버렸어야 했는데, 그걸 나중에 깨달았지. 사실 그때 배가 엄청 고팠거든. 아무튼 나는 그 신발을 먹고 잠시 쉬다가 다시 강으로 향했지. 그런데 어느새 홍수가 다 빠져나간 뒤여서, 결국 진흙탕으로 변한 큰길을 힘겹게 기어가야 했어. 그래, 그런 멍청한 짓을 한 게 바로 나였지. 승려와 여자, 아이들에 이르기까지 온 마을 사람들이 나와서 나를 빙 둘러쌌었어. 나는 자비를 구하는 애처로운 눈빛으로 그들을 올려다보았지. 진흙탕은 내가 싸우기에 아주 불리한 곳이었거든. 한 뱃사람이 말했어. '도끼로 저놈을 해치우자. 놈은 여울목의 악어야.' 그러자 승려가 외쳤지. '잠깐, 잘 보시오. 주위의 물이 빠지고 있소! 이 악어는 마을의 수호신이 분명하오.' 이윽고 사람들은 나에게 꽃을 던졌고, 마음이 넉넉하고 착한 사람이 내 앞으로 염소 한 마리를 끌어다 주었지."

"우아, 부러워라. 염소 한 마리를 통째로 받다니 정말 좋으셨겠어요!"

자칼이 입술을 핥으며 말했다.

"그런데 털이 너무 많았어. 그러니 앞으로 털이 수북한 염소가 강물에 떠 있다면 십자 모양의 낚싯바늘이 숨겨진 덫이라고 생각하게. 아무튼 나는 염소를 맛있게 먹고 기분 좋게 여울목으로 향했네. 그런데 얼마 뒤 도끼로 내 꼬리를 자르려고 했던 뱃사람이 나에게 왔지. 너무 어려서 기억 못 하겠지만 옛날 여울목에서 그의 배가 암초에 뒤집혔거든. 운명의 신이 친절하게도 그 사람을 내게 보내 준 게 분명해."

무수리가 끼어들었다.

"여기에 애송이 자칼만 있는 줄 아는 모양이군요. 최악의 가뭄이 찾아왔던 그해에 석재 운반용 배가 잠긴 바로 그 자리에 암초가 있었죠. 그 기다란 암초는 세 번의 홍수를 거뜬히 이겨 냈어요."

"암초는 두 군데가 있었지. 상류와 하류에."

악어의 말에 무수리가 자신의 세밀한 기억력을 우쭐해하며 대꾸했다.

"아, 그랬죠. 거센 물길 때문에 두 개로 나뉘었어요. 하나는 지류에 있었는데 물이 말라 버렸지요."

"어쨌든 내 운명을 바꾸려던 자의 배가 하류의 암초에 부딪혀 뒤집혔어. 그는 뱃머리에서 잠을 자고 있었는데, 잠이 덜 깬 얼굴로 깜짝 놀라 튀어 올랐다가 가슴 높이까지 물에 잠겼지. 실은 물 깊이가 무릎 정도 밖에 안 되었는데 말이야. 한편 빈 배는 물살에 휩쓸려 계속 흘러갔어. 나는 사람들이 그 배를 물가로 끌어올릴 거라고 확신했지. 그래서 그 뒤를 쫓아갔어."

"사람들이 정말 배를 끌어올렸나요?"

자칼이 존경의 눈빛으로 악어를 쳐다보며 물었다.

자칼은 악어의 사냥 이야기에 깊은 인상을 받은 듯했다.

"저 하류 쪽에서 그렇게 하더군. 하지만 나는 그만두기로 했어. 그날 이미 사람을 셋이나 잡은 데다 모두 살집이 통통한 뱃사람들이었거든. 그런데 세 번째 사람을 삼킬 때 내가 그만 부주의한 바람에 그가 비명을 질렀어. 그러지 않았다면 강둑에서 몇 명쯤 내려왔을 거야."

"오, 정말 당신은 위대한 사냥꾼입니다. 참으로 영민하고 탁월한 판단력을 지니셨군요!"

자칼이 말했다.

"영민한 게 아니라 생각이 깊은 게지. '생각을 깊게 하면 맨밥에 소금을 살짝 뿌린 것처럼 사는 맛이 달라진다.'고 뱃사람들이 말하잖나. 나는 항상 깊게 생각한다네. 물고기를 주로 잡아먹는 내 사촌 가비알이 물고기를 종류별로 구별해 내야 하는 고충을 들려준 적이 있어. 떼를 지어 헤엄치든 한 마리가 헤엄치든 보는 순간 어떤 물고기인지 알아채야 한대. 그러고 보면 대단한 지식이 필요할 것 같아. 사촌은 사냥감과 함께 생활한다고 볼 수 있지. 그런데 민물고기 르와는 물 밖으로 입을 내놓은 채 떼 지어 헤엄치지만 사람들은 절대 그러지 않지. 모후와 작은 차파타처럼 옆으로 구르며 물 위로 튀어 오르지도 않아. 바추아와 칠와처럼 홍수가 지나면 여울목으로 모여들지도 않고."

"흠, 모두 맛있는 것들이네요."

무수리가 긴 부리를 아래위로 끄덕이며 말했다.

"내 사촌은 물고기들을 잡으려고 애를 먹는다지만, 물고기들이 가비알의 예리한 코를 피해 강둑으로 도망치는 일은 없잖아? 그런데 사람들은 좀 달라. 그들은 육지와 오두막, 소 떼에 둘러싸여 있어. 그래서 나는 사람들이 무엇을 하고 있는지 늘 예의 주시해. 이를테면 꼬리부터 코까지 더듬어서 코끼리 모양을 안다는 속담처럼 그들의 삶을 파악하지. 현관 위에 푸른 나뭇가지와 금속 고리가 걸려 있다면 그 집에서 사내아이가 태어난 거야. 그럼 그 꼬마는 언젠가 여울목으로 물놀이를 하러 오겠지. 또 사람들이 선물을 나르면 아가씨가 결혼한다는 뜻이야. 그 여자도 결혼을 앞두고 목욕을 하러 여울목으로 올 테니 난 그곳에서 조용히 기다리면 돼. 강의 물길이 변해 모래벌판에 새 육지가 생겨난다는 것도 난 이미 알고 있지."

"그걸 알면 뭐하나요? 겨우 삼 년밖에 살지 않았지만, 제가 보기엔 물길은 계속 변하던데요."

자칼이 말했다.

인도의 강들은 강바닥을 훑으며 끊임없이 바뀐다. 때로는 일 년에 밑바닥이 4킬로미터 내지 5킬로미터나 변해 강둑 근처의 밭이 물에 잠겨 사라지거나 기름진 땅이 펼쳐진다.

"새 육지야말로 값진 정보지. 그건 곧 새로운 다툼을 뜻하니까. 이 악어는 다 알고 있어. 암, 알고말고. 강물이 빠져나가면 나는 얕은 물가로 기어 올라가 기다리지. 그곳은 사람들이 개 한 마리 숨기지 못할 만큼 비좁아. 이윽고 한 농부가 나타나 강이 선물한 새 땅에 오이와 멜론을 심겠다고 말하지. 그가 발로 땅을 밟으며 진흙의 부드러운 촉감을 즐기고 있는데, 갑자기 다른 농부가 나타나 양파, 당근, 사탕수수를 심으려 들어. 떠돌던 배 두 척이 부딪치듯이 두 사람은 커다란 푸른 터번 아래로 두 눈을 부릅뜨며 상대를 쏘아보지. 이 늙은 악어는 모두 보고 들어. 그들은 서로 '형제'라고 부르지만, 새 땅에 경계선을 그리려고 기를 쓰지. 나는 몸을 한껏 낮추고 진흙땅을 내달리며 그들을 몰래 따라가지. 드디어 그들이 험한 말을 주고받으며 터번을 잡아당기고 몽둥이를 집어들어 싸움을 벌이더니, 마침내 한 사람이 쓰러지고 한 사람은 부리나케 도망치지. 이윽고 그가 돌아오면서 모든 게 끝나. 패배자가 치켜들었던 단단한 대나무 몽둥이만이 진실을 알 뿐이지. 사람들은 아직 내게 예의를 갖추지 않아. 그들은 스무 명씩 무리를 지어 막대기를 들고 서로 '살인자'라고 외치며 싸움을 벌이지. 그들은 자트족, 즉 베트의 말와이족으로 선량한 사람들이야. 그저 장난으로 다른 이를 공격하는 법이 없어. 싸움이 끝나면 이 늙은 악어는 저 멀리 강 아래로 가 마을이 보이지 않는 키카르나무 뒤에 숨어 기다리지. 그럼 조금 뒤 몸집이 큰 자트족 사람들 여덟아홉 명이 별빛 아래 시체를 실은 침상을 함께 들고 내려와. 모두 흰 수염이 난 노인들로 나처럼 목소리가 걸걸하지. 이어 그들은 작은 모닥불을 피우는데 오, 그 불은 내가 좀 알지! 사람들은 물 담배를 피우며 둘러앉아 고개를 끄덕이고, 한쪽에 서서 강둑 위의 시체를 보기도 해. 그들은 이미 알고 있지. 영국 정부가 범인을 체포하러 올 테고, 붙잡히면 너른 광장에서 교수형에 처해져 그들의 집안이 수치를 당할 거란 걸 말이야. 그때 죽은 자의 친구들이 외치지. '그가 교수형을 당하게 만드세!' 그러고는 은밀한 대화가 밤새 이어지다 이윽고 한 사람이 말해. '싸움은 공정했어. 살인자가 남긴 돈은 우리가 갖고, 그 일은 비밀에 붙이세.' 이제 그들은 돈을 두고 승강이를 벌이기 시작하지. 죽은 사람이 슬하에 아들을 많이 두었거든. 그러나 이내 그들은 관습대로 해가 뜨기 전에 그의 몸에 불을 붙이고 결국 죽은 사람은 내 차지가 되지. 하지만 그 점에 대해서 사람들은 아무 말도 하지 않아. 악어는 사람들에 대해 잘 알지. 알고말고. 자트족은 선량한 사람들이야!"

무수리가 가만히 듣고 있다 깍깍거리며 말했다.

"자트족은 너무 인색해요. 내가 먹을 게 없잖아요. 그들은 낭비를 하지 않아요. 쇠뿔에 윤을 내는 일도 하지 않지. 그러니 누가 그 뒤를 쫓으며 이삭을 주워 먹겠어요?"

"흠, 나는 그들을 바로 주워 먹지."

악어가 거들먹거리자, 무수리가 말을 이었다.

"옛날에 남쪽의 캘커타에서는 온갖 것을 길에다 버렸어요. 부리로 쪼아 먹기만 하면 되어서 정말 배불리 먹었죠. 하지만 요즘은 사람들이 거리를 계란 껍데기처럼 반들반들하게 싹 치우고 냉큼 가 버려요. 하루에 일곱 번씩 먼지를 털고, 바닥을 쓸고, 물을 뿌려댈 정도로 청소밖에 모른다니까요. 아마 신들도 고개를 설레설레 저을걸요."

"아래쪽 지방의 자칼 형제한테 들었는데, 캘커타 사람들은 우기 때의 수달처럼 포동포동 살이 찐대요."

자칼은 그렇게 말하더니 그 모습을 상상하면서 입안에 잔뜩 고인 침을 삼켰다.

"하지만 그곳의 자칼들은 얼굴 하얀 영국인들이 배에 실어 데려온 개들 때문에 말라비틀어지고 있다던데…."

무수리의 말에 자칼이 대꾸했다.

"그 흰 얼굴도 여기 사람들처럼 냉정한가 보지요? 아, 진작 알아봤어야 했어. 땅, 하늘, 물 그 무엇도 자칼에게 자비를 베풀지 않는군. 작년에 우기가 끝날 무렵, 흰 얼굴들이 지은 막사에 가 노란 색깔의 새 고삐를 가져왔지요. 한번 먹어 보려고요. 그런데 흰 얼굴들은 몹쓸 가죽을 쓰더군요. 그걸 먹고 얼마나 고생을 했는지."

"나보다는 낫네그려. 내가 한창 혈기 왕성한 세 살배기 새였을 때, 강에 커다란 배들이 들어오길래 얼른 내려갔지. 영국 배는 이 마을의 세 배 크기야."

"우리 대장한테 들었는데, 델리에서는 모두 머리로 걸어 다닌대요."

자칼은 무수리가 거짓말을 하는 줄 알고 똑같이 허풍을 떨었다. 그 말에 악어가 왼쪽 눈을 뜨고 무수리를 쏘아보자, 무수리가 소리 높여 말했다.

"정말이에요. 거짓말쟁이도 자기 말을 믿게 하고 싶을 때만 거짓말을 한다고요. 하긴 그 배를 본 적이 없으니 못 믿는 게 당연하지요."

"꽤 그럴듯한 말이군. 그래서?"

악어가 무수리에게 다음 이야기를 재촉했다.

"사람들이 배 안에서 커다란 흰 덩어리들을 꺼냈는데, 그게 조금 있으니 물로 변했어요. 어떤 것은 큼직하게 잘라 물가로 던지고, 어떤 것은 벽이 두꺼운 집 안에 얼른 넣더군요. 그런데 한 뱃사람이 싱글싱글 웃더니 작은 강아지만 한 덩어리를 나한테 휙 던지지 뭐예요. 나는 우리 무리들이 늘 그러는 것처럼 냉큼 입에 넣고 꿀꺽 삼켰어요. 그게 우리 무리의 특성이죠. 그런데 다음 순간, 지독한 냉기가 온몸으로 퍼지는 바람에 난 너무 고통스러워서 펄쩍펄쩍 뛰었어요. 뱃사람들은 그런 나를 보고 깔깔거렸고요. 그런 냉기는 난생처음이었답니다. 나는 제대로 숨을 쉴 수 있을 때까지 계속 날뛰면서, 세상을 원망하며 울부짖었어요. 뱃사람들은 지칠 때까지 날 보며 웃어 댔지요. 그런데 까무러칠 정도로 독한 냉기도 냉기지만, 그보다 더 이상한 건 그렇게 한바탕 난리를 치니 배 속에 아무것도 없었다는 거예요!"

그 일은 캘커타에서 기계로 얼음을 만들기 전에 있었던 것으로, 무수리는 미국 배가 싣고 온 웬햄 호수의 30킬로그램짜리 얼음 덩이를 먹이인 줄 알고 삼켰던 것이다. 무수리는 열을 내며 그때 일을 지껄였는데, 정작 그게 얼음이라는 사실을 전혀 몰랐다. 악어와 자칼 역시 얼음을 몰라서 무수리의 이야기가 그다지 흥미롭지 않았다.

"머거 거트 마을보다 세 배나 큰 배에서 나온 거라고 하면, 그게 무엇이든 놀랄 만한 것이겠지. 우리 마을도 그리 작은 게 아닌데 말이야."

악어가 왼쪽 눈을 다시 감으며 말했다.

그때 위쪽 다리에서 기적 소리가 울렸다. 이어 화물칸마다 희미한 불빛이 뿜어 나오는 델리의 우편 열차가 지나가면서 강물 위로 그 그림자가 선명하게 나타났다. 열차는 덜컹거리며 금세 어둠 속으로 사라졌다. 악어와 자칼은 그 소리에 익숙할 대로 익숙해져서 열차가 사라진 쪽을 쳐다보지 않았다.

"저건 머거 거트 마을보다 세 배나 큰 배만큼 놀랄 만한 것도 아니니 어서 얘기하시죠."

무수리가 다리를 올려다보며 말하자, 악어가 입을 열었다.

"나는 다리가 지어지는 걸 보았어. 돌을 쌓아 다리 기둥을 착착 올리는 광경을 보면서 사람이 떨어지지 않을까 싶어 밑에서 기다렸지. 그런데 그들 대부분은 감탄스러울 만큼 요리조리 발을 잘 디뎠어. 첫 번째 다리 기둥이 완성되자 그들은 시체를 태우는 강 쪽은 쳐다보지도 않았고, 덕분에 난 그곳에서 끼니를 잘 해결했지. 뭐, 그 외에 신기한 건 없었어."

"그래도 지붕이 달린 수레를 줄줄이 달고 저 다리 위를 지나가는 물건은 신기해요."

무수리가 말했다.

"분명 새로 개량한 황소일 거야. 그런데 저 황소도 언젠가는 사람처럼 발을 헛디뎌 밑으로 떨어질 거라고. 틀림없어. 바로 그때 이 몸이 밑에서 대기하고 있을 거다."

자칼과 무수리가 동시에 서로를 쳐다보았다. 둘은 기관차와 황소만큼 닮지 않은 것이 이 넓은 세상에 또 없다는 걸 잘 알고 있었다. 자칼은 기관차를 선로 옆 알로에가 지천으로 핀 울타리에서 가끔씩 보았고, 무수리도 인도에서 기관차가 첫선을 보인 뒤로 여러 번 보았었다. 그러나 악어는 아래쪽에서 올려다볼 뿐이라 놋쇠로 된 돔 지붕을 보고 황소의 등허리로 착각한 것이다.

"새 품종의 황소가 확실해."

악어가 확신에 차서 말하자, 자칼이 맞장구쳤다.

"네, 틀림없는 황소예요."

"다시 말하지만 그건…."

악어가 무뚝뚝한 얼굴로 말을 잇자, 자칼이 잽싸게 말을 자르며 또다시 맞장구쳤다.

"그렇고말고요, 지당하신 말씀이에요."

그러자 악어는 자칼이 자신보다 더 많이 아는 것 같아서 버럭 화를 냈다.

"뭐가 그렇다는 거지? 내 얘기 안 끝났어. 너는 그게 황소라는 말만 계속하잖아."

"가난한 자의 보호자시여, 그만 화 푸세요. 저는 당신의 종이지, 다리를 건너는 저 물건의 종이 아니랍니다."

그러자 무수리가 끼어들었다.

"어쨌든 저건 흰 얼굴들이 만든 거예요. 만일 내가 저 일을 맡았다면, 이 모래사장에 너무 바짝 붙지 않도록 했을 거예요."

그 말에 악어가 거드름을 피우며 말했다.

"자네들은 나보다 영국인을 잘 모르는군. 저 다리가 지어질 때 흰 얼굴 하나가 왔었는데, 저녁마다 배를 띄우고는 배 바닥을 발로 질질 끌고 왔다 갔다 하면서 소곤거렸어. '악어가 여기 있나? 저기 있나? 내 총을 좀 가져오게.' 난 얼굴을 보기도 전에 그가 끊임없이 삐걱거리며 걷고, 담배를 피고, 총을 달그락대며 요란스럽게 내는 소리를 죄다 듣고 있었지. 그 전에 나는 그가 부리는 인부들 가운데 한 명을 손쉽게 잡아먹었어. 내 덕에 화장할 때 쓰는 땔감을 절약할 수 있었을 텐데, 흰 얼굴이 여울목으로 내려오더니 나를 잡아 죽이겠다고 고래고래 악을 쓰지 뭐야. 악어 여울목의 악어인 나를! 나는 몇 시간 동안 그가 탄 배 밑에서 헤엄치며 기다렸어. 그는 물에 뜬 통나무를 향해 연신 총을 쏘아 댔지. 이윽고 그가 지쳤다고 확신한 순간, 재빨리 튀어 올라 그의 얼굴을 콱 물었다네. 얼마 뒤 다리가 완성되자 그는 떠났어. 영국인들은 그런 식으로 사냥하더군. 그들이 사냥당할 때를 빼곤 말이야."

"누가 흰 얼굴들을 사냥하죠?"

자칼이 잔뜩 흥분해서 외쳤다.

"내가 젊었을 때 그들을 사냥했어. 지금은 아무도 못 하지만."

"내가 어렸을 때 그 얘기를 들은 것 같아요."

무수리가 부리를 천천히 흔들며 말했다.

"나의 마을이 세 번째로 옮겨지던 당시, 나는 이곳에 자리를 제대로 잡았었지. 하루는 사촌 가비알이 베나레스의 강 상류에 먹이가 풍성하다는 소식을 전해 주었어. 내 사촌은 나쁜 것과 좋은 것을 제대로 구분 못 하는 편이라, 처음에는 갈 생각이 전혀 없었지. 그런데 저녁에 사람들이 모여 하는 말을 들으니 확실히 알겠더군."

"그들이 뭐라고 했는데요?"

자칼이 물었다.

"악어인 내가 물을 떠나 뭍으로 여행할 만큼 좋은 소식이었지. 나는 밤이 되자 아주 작은 시내를 따라 뭍으로 올라갔어. 더위가 막 시작된 계절이라 시냇물 높이가 아주 낮았지. 나는 부지런히 먼지 자욱한 길을 건너고 키 큰 수풀을 넘어 언덕으로 올라갔어. 바위를 오르면서도 아주 즐거웠지. 이윽고 나는 물이 마른 시르힌드강의 굽이진 물가를 건너 갠지스강으로 흘러가는 작은 시내에 이르렀어. 정든 사람들과 강둑을 떠나 무려 한 달이나 여행한 거야. 나도 참 대단했지!"

"그렇게 여행하는 동안 무얼 드셨는데요?"

악어의 여행에는 별 관심이 없고 그저 먹는 것만 밝히는 자칼이 물었다.

"눈에 띄는 건 뭐든지 먹었어, 사촌⋯."

악어가 낱말 하나를 길게 늘이며 말했다.

인도에서는 혈연관계가 없는 사람에게 사촌이라고 하지 않는다. 그리고 악어와 자칼이 결혼한다는 것은 옛이야기에나 나올 법한 일이었다. 그럼에도 불구하고 악어가 갑자기 자신을 친척으로 대하는 이유를 자칼은 직감적으로 알아챘다. 그 자리에 무수리가 없었다면 악어는 확실하게 대답했을 것이다. 무수리는 농담처럼 에둘러 표현한 악어의 말뜻을 알아채고 의미심장한 표정을 지으며 눈동자를 반짝거렸다.

"무엇을 드셨는지 정말 궁금해요, 아버지."

자칼이 애써 덤덤한 척하며 말했다.

악어는 자칼의 아버지로 불리는 것에 아무런 감정을 느끼지 않았다. 그래서 굳이 이곳에 쓸 필요가 없는 이야기를 장황하게 늘어놓았다.

"가난한 자의 보호자께서 저를 친척으로 여겨 주시다니, 어찌할 바를 모르겠네요. 저는 정확한 촌수도 기억 못 하는데 말이죠. 더구나 방금 말씀하셨듯이 우리는 같은 먹이를 먹는 사이인데 말예요."

자칼이 마지막에 뱉은 말이 상황을 나쁘게 만들었다. 그 말은 악어가 사냥한 먹이를 보관할 줄 모르고, 잡자마자 바로 먹는다는 점을 은근히 비꼰 것이었다. 자부심이 강한 악어는 물론이고 대부분의 야생 동물들은 보통 먹이를 최대한 보관했다가 먹었다. 실제로 강가에서 가장 모욕적인 말이 바로 '갓 잡은 고기를 먹는 자'였다. 이는 사람에게 식인종이라고 하는 것과 다름없는 말이었다.

그때 무수리가 조용히 끼어들었다.

"이제 와서 삼십 년 전 일을 다시 얘기할 필요가 있나요? 그때로 되돌아갈 수도 없고요. 그보다 정말 대단한 육지 여행을 마친 뒤 풍성한 물가에서 어떤 일이 벌어졌는지 들려주세요. 속담에도 '자칼이 울부짖는 소리에 신경 쓰면 마을 일이 엉망이 된다.'는 말이 있잖아요."

그러자 악어가 무수리에게 고마워하며 얼른 목소리를 높였다.

"궁가강의 양쪽 둑에 대고 맹세하지! 그런 물은 난생처음 보았어!"

"작년 대홍수 때보다 물이 풍성하던가요?"

자칼이 물었다.

"말해서 뭐해! 작년 정도의 홍수는 오 년에 한 번씩은 찾아오는데 그때는 물에 빠져 죽은 사람 다섯 명 정도, 닭 몇 마리, 진흙탕 속에 빠져 죽은 황소 한 마리를 겨우 얻을 뿐이지. 하지만 그해의 강은 수심이 얕고 잔잔했는데도 가비알의 말대로 죽은 영국인들이 서로 부딪히며 끊임없이 떠밀려 왔어. 아그라에서부터 에타와, 알라하바드의 드넓은 강가에서…. 그래서 내 배를 그득 채웠지."

"오, 알라하바드의 성벽 밑에서 소용돌이가 일었어요. 그리고 갈대밭을 향해 빠르게 헤엄치는 오리처럼 시체들이 떠내려와서 빙글빙글 돌았죠. 이렇게요!"

무수리가 악어의 말을 자르고는 또다시 역겨운 춤을 추기 시작했다. 자칼은 부러운 눈으로 무수리를 바라보았다. 젊은 자칼은 악어가 말하는 그 끔찍한 해에 대해 아는 것이 없었다. 악어가 다시 말을 이었다.

"맞아, 알라하바드 근처 웅덩이에서 조용히 시체 하나를 처리하고 있었는데 스무 명 정도의 시체가 떠내려갔어. 그런데 영국인은 인도 여자들처럼 보석, 코걸이, 발찌 따위를 하지 않아서 아주 좋더군. 그래도 장신구가 좋은 점도 있지. 목걸이를 밧줄처럼 잡고 끌어당길 수 있거든. 그때는 모든 악어들이 살이 올랐지만, 내 몸은 그들보다 더 살이 쪄서 기름이 줄줄 흘렀지. 당시 영국인이 강에서 사냥당한다는 소문이 파다했는데 궁가강의 양쪽 둑에 대고 맹세하건대, 그건 사실이었어! 남쪽으로 내려갈수록 더 심했지. 얼마 뒤 나는 하류를 타고 몽기르를 지나 강이 내려다보이는 묘지에 이르렀어."

"거기 알아요. 하지만 그 뒤로 몽기르는 잊혀진 도시가 되었지요. 지금은 사람이 거의 살지 않아요."

무수리가 말했다.

"나는 거기서부터 천천히 위쪽으로 올라갔는데 그러다 몽기르 조금 지난 곳에서 배를 타고 내려오는 흰 얼굴들을 보았어. 그런데 모두 살아 있더군! 여자들이었는데, 기둥 위에 걸친 천막 밑에서 큰 소리로 구슬피 울고 있었어. 그들은 당시 모래사장의 파수꾼인 우리를 보고도 총을 쏘지 않았지. 그때 그들의 총은 다른 일을 하느라 바빴어. 뭍에서 밤낮으로 총소리가 울려서 우리는 귀가 먹먹할 지경이었지. 나는 그 배로 다가가 몸을 쑥 내밀었는데, 벌거벗은 흰 아이가 뱃머리에서 무릎을 꿇고 물 위를 보고 있더군. 난 그때까지 죽은 얼굴만 보았지 살아 있는 흰 얼굴은 본 적이 없었어. 그 아이는 강물에 손을 담근 채 좋아하고 있었는데, 자기 손이 물 위를 달리는 것을 보며 함박웃음을 짓는 모습이 귀엽더군. 그날 나는 뭘 좀 먹긴 했지만, 배가 부른 상태는 아니었지. 난 순전히 재미 삼아 아이 앞에 다가갔을 뿐이지 잡아먹으려는 의도는 전혀 없었는데, 나도 모르게 아이의 손을 향해 뛰어올랐고 그러고 난 뒤에는 돌아보지도 않았어. 그런데 내가 제대로 물었는데도 아이의 손이 너무 작아서 내 이빨 틈새로 그대로 쑥 빠져 버렸지. 옆에서 팔꿈치를 물었어야 했는데, 난 앞서 말했듯이 그저 장난 좀 치고 새로운 것을 구경하고 싶을 뿐이었어. 배 안의 여자들이 마구 비명을 질러 댔고, 나는 그런 그들을 보려고 다시 몸을 쑥 드러냈지. 배가 너무 무거워 뒤집기는 어렵더군. 여자들뿐이었지만 '여자를 믿으면 웅덩이 수초 위를 걸을 수 있다.'는 속담도 있듯이, 궁가강의 양쪽 둑에 대고 맹세하건대 정말 대단했어!"

자칼이 말했다.

"예전에 한 여자가 내게 마른 생선 껍질을 주었어요. 나는 그 여자의 아기를 먹고 싶었지만, '말에게 발에 걸어차이느니 말의 먹이로 만족하는 게 낫다.'는 속담을 떠올리며 참았죠. 그래서 여자들이 어떻게 하던가요?"

"한 여자가 짧은 총으로 내게 다섯 번이나 쏘아 댔지. 그 총은 난생처음 보았는데, 그 뒤로도 본 적이 없었어.(악어는 구형 리볼버 총을 본 게 틀림없다.) 나는 연기에 휩싸인 채 숨을 헐떡이며 꼼짝도 못했어. 그런 일은 처음 당해 봤거든. 다섯 번째 총알이 발사 되었을 때 나는 재빨리 꼬리를 휘저었지, 이렇게!"

자칼은 이야기에 흠뻑 빠져 있다가 악어의 거대한 꼬리가 낫처럼 휙 지나가자 얼른 물러 섰다. 악어는 두 짐승을 놀라게 할 생각이 전혀 없었다는 듯이 태연히 말을 이었다.

"나는 재빨리 강바닥으로 쑥 가라앉았어. 그러다 다시 수면으로 올라가니 뱃사공이 여자들에게 내가 죽었다고 말하고 있더군. 당시 총알 하나가 내 두꺼운 목 밑에 박혔어. 지금도 있는지 모르겠는데, 아무튼 그 뒤로 나는 고개를 돌릴 수 없었지. 자네, 이리 와서 보게나. 내 얘기가 사실이라는 걸 보여 줄 테니."

"낡은 구두나 뼈다귀를 먹는 제가 감히 강의 보호자께서 하는 말을 어찌 의심하겠습니까? 제가 조금이라도 그렇게 생각했다면, 눈먼 강아지들이 제 꼬리를 물어도 아무 말 않겠어요. 가난한 자의 보호자께서 당신의 노예인 저에게 여자에게 총을 맞았다는 사실을 알려 주셨잖아요. 그거면 충분해요. 내 자식들에게도 그대로 전하지요."

자칼이 말했다.

"자네, 겸손이 지나치군. 그건 버릇없는 것보다 못하다는 걸 명심하게. '손님에게 치즈를 너무 많이 대접하면 손님이 질식해 죽는다.'는 속담도 있잖은가. 이 몸이 겨우 여자들이 쏜 총에 맞은 것을 너희 자식에게까지 알리고 싶지 않아. 그애들은 제 아비처럼 그저 어떻게 하면 고깃점이나 얻어먹을까만 궁리할 텐데 말이야."

"아, 그런 얘기는 벌써 잊었어요! 아니, 들은 적도 없지요! 하얀 여자랑 배는 있지도 않았어요! 결국 아무 일도 없었던 거죠."

자칼은 자기가 완벽하게 잊었다는 것을 보여 주려는 듯이 북슬한 꼬리를 살랑살랑 내저으며 주저앉았다.

"사실은 아주 많은 일이 있었지."

악어가 운을 뗐다. 악어는 수틀리면 자칼을 한입에 삼키려고 벼르고 있었지만 마음대로 되지 않았다. 자칼도 악어의 꿍꿍이를 알고 있었으나 악의를 품지는 않았다. 강한 자가 약한 자를 잡아먹는 것은 강의 공정한 법칙이었다. 그리고 자칼은 악어가 먹고 남긴 게 없는지 보러 온 참이었다.

"나는 배를 떠나 상류로 올라갔어. 아라와 그 뒤쪽에 물이 거슬러 흐르는 곳까지 갔는데 그곳엔 죽은 영국인들이 없더군. 한동안 강이 깨끗했지. 그러다 또다시 붉은 코트를 걸친 시체가 하나둘 떠내려왔어. 영국인은 아니고 힌두족, 푸르베아족 같은 종족이었지. 그 뒤 대여섯 명의 시체가 더 나타났어. 내가 아그라 너머 북쪽까지 갔더니 온 마을이 물에 잠겨 있었지. 사람들이 강가로 몰려와 법석을 부렸는데, 우기에 통나무가 떠내려온 것처럼 시체들이 계속 떠내려왔던 거야. 강의 수면이 상승하자 집들이 줄지어 선 여울목은 물론 마을이 통째로 홍수에 휩쓸렸어. 마을이 논밭을 지나 정글 속까지 줄줄이 끌려 들어가기도 했지. 북쪽으로 계속 이동하는데 밤새 총소리가 끊이지 않더군. 낮에는 신발 신은 사람들이 여울목을 건너고 무거운 수레바퀴가 강바닥을 지나는 소리도 들렸어. 그 뒤 시체가 더 많이 떠내려왔지. 나는 겁에 질려 이렇게 말했어. '사람도 이런 끔찍한 일을 당하는데, 악어는 어떻게 탈출하지?' 어떤 배들은 목화 실은 배가 타오르듯이 거대한 불길에 휩싸인 채 돛조차 없이 다가오기도 했어. 그런데 가라앉지는 않더군."

그러자 무수리가 대꾸했다.

"아! 남쪽 캘커타에 가면 그런 배들이 많이 보여요. 새까맣고 커다란 배가 꼬리의 힘으로 물살을 차고 나가는데…."

"그래, 내 마을보다 세 배나 크겠지. 그런데 내가 본 건 희고 작은 배였어. 그 배는 선체 양쪽으로 물살을 박차고 나갔는데, 진실을 말하는 자의 입장에서 보면 그다지 크지 않았어. 아무튼 나는 그 배들을 보고 겁을 먹은 나머지 서둘러 그곳을 떠나 이곳 강으로 돌아왔지. 그리고 낮에는 숨어 있다가 밤이면 기어 나갔는데, 몸을 숨길 만한 개울을 도통 찾을 수 없었어. 그래서 다시 나의 마을로 돌아왔지만, 사람들은 여전히 보고 싶지 않더군. 그런데 그들은 태평하게 밭을 갈고 씨를 뿌리고 수확을 하며 바삐 오가고 있었어."

"강에는 맛있는 먹을거리가 좀 있던가요?"

자칼이 물었다.

"기대 이상이었지. 난 아무리 지치고 배고파도 진흙을 먹진 않지만, 그땐 진흙도 먹을 만큼 무척 지쳐 있었어. 그런데 끝없이 떠밀려 오는 시체들을 보고 있자니 덜컥 겁이 났지. 사람들 말로는 영국인들이 죄다 죽었다지만, 물속에 얼굴을 박은 채 떠내려오는 사람이 모두 영국인은 아니었거든. 그 뒤 사람들은 차라리 불평 없이 세금을 내고 농사나짓는 게 최고라고 쑥덕거리더군. 여하튼 한참 지난 뒤에야 강에서 시체가 사라졌어. 그다음엔 홍수에 익사한 사람들만 떠내려왔지. 사실 그 무렵에 먹이를 구하기가 쉽지는않았지만 다행이다 싶었어. 여기저기 돌아다니며 사냥하는 것도 나쁘지는 않다고 생각한 것이지. 속담에도 있듯이, 악어도 때로는 만족할 줄 알거든.”

“정말 훌륭해요! 좋은 먹이 얘기만 들어도 살이 오르는 것 같네요. 그 뒤 가난한 자의 보호자께서는 무얼 하셨나요?”

자칼이 물었다.

“궁가강의 양쪽 둑에 대고 맹세하건대, 나 자신에게 이렇게 말했어. 다시는 이 강을 떠나 방황하지 않겠다고. 난 사람들과 아주 가까운 여울목에 머물면서 매년 그들을 지켜보았어. 그들은 나를 아끼고 숭배해서 내가 모습을 드러내면 금잔화 화환을 던져 주었지. 내 운명은 내게 매우 친절했어. 늙고 힘없는 지금까지도 강은 나를 존경하지. 다만….”

“그 누구도 부리에서 꼬리까지 온전히 행복하진 않아요. 악어께서는 뭐가 더 필요한가요?”

무수리가 악어의 마음을 잘 안다는 듯이 물었다.

그러자 악어가 땅이 꺼질 만큼 한숨을 푹 내쉬며 대답했다.

“그때 내가 놓쳤던 그 조그맣고 하얀 아이. 아주 작았지만 지금껏 잊히지가 않아. 내가지금은 늙었지만, 죽기 전에 꼭 새로운 것을 맛보고 싶어. 그런 아이들은 몸짓이 굼뜨고 소란스러운 데다 어리석어. 무엇보다 먹잇감 치고는 좀 작은 게 사실이야. 나는 베나레스에서 있었던 일을 생생히 기억해. 그 아이가 아직 살아 있다면 아마 나를 기억할거야. 강둑을 오르내리며 악어 이빨 틈새에서 손을 빼낸 적이 있다며 우쭐거릴 거고,심지어 없던 말까지 지어내며 허풍을 떨지도 모르지. 내 운명은 내게 매우 친절했지만,그때의 허망함과 고통이 지금도 꿈속에 나타나 날 괴롭히곤 해. 뱃머리의 그 조그맣고하얀 아이가 말이야.”

악어는 말을 마친 뒤 크게 하품하고는 입을 닫았다.

“이제 좀 쉬면서 생각해 봐야겠어. 이 늙은이를 위해 조용히 해 주게나.”

　그는 뻣뻣한 몸을 힘겹게 돌려 모래사장 꼭대기로 천천히 올라갔다. 자칼과 무수리는 다리 맨 끝부분에 뿌리를 내린 나무로 물러갔다.

　"참 즐겁고도 유익한 삶이었군요."

　자칼은 그렇게 말한 뒤 머리 위로 날아오르는 새들에게 동의를 구하는 표정으로 씩 웃었다.

　"무수리 당신도 잘 알잖아요. 그는 강둑 어디에 먹을 게 남아 있는지 절대로 가르쳐 주지 않아요. 그래도 나는 좋은 먹잇감이 강물 아래쪽에서 허우적댄다는 말을 백 번 넘게 해 주었는데 말이죠. '소문을 듣고 나면 자칼과 이발사는 소용없게 된다.'는 속담과 딱 맞는다고요. 이제 그는 쿨쿨 곯아떨어질 거예요, 쳇!"

　그러자 무수리가 차갑게 대꾸했다.

　"어떻게 자칼과 악어가 함께 사냥할 수 있겠나? 큰 도둑과 작은 도둑 가운데 누가 먹이를 채 갈지는 눈을 감고도 훤히 보이는 것을."

　그때 자칼이 갑자기 고개를 홱 돌리더니 낑낑거리며 다급히 둥치 밑으로 납작 숨었다. 그러고는 잔뜩 움츠린 채 다리에서부터 머리 가까이로 늘어진 나뭇가지를 쳐다보았다.

　"갑자기 왜 그래?"

　무수리가 한쪽 날개를 불안하게 펼치며 물었다.

　"잘 보일 때까지 가만히 있어요. 바람이 우리 쪽에서 그들을 향해 불고 있지만, 아직 우리를 발견 못했어요. 두 사람이 나타났어요."

　"사람? 그럼 난 괜찮아. 내가 성스러운 새라는 건 온 인도가 다 아니까."

　무수리는 사람들에게 매우 훌륭한 청소부로 알려져 있어서 어디든 마음껏 다닐 수 있었다. 그래서 웬만한 위험에도 크게 흔들리지 않았다.

　"그렇군요. 나는 낡은 신발로 얻어맞지나 않으면 좋겠네요."

　자칼이 그렇게 말하고는 다시 사람들 쪽을 살폈다.

　"발소리로 판단하건대 이곳 사람들이 신는 가죽신이 아니에요. 흰 얼굴의 신발 소리예요. 아, 방금 들었어요? 쇠가 쇠를 치는 소리! 분명 총이에요! 묵직한 발걸음 소리를 내는 어리석은 영국인들이 악어 쪽으로 다가가고 있어요."

　"얼른 그에게 경고해 줘. 굶주린 자칼 한 마리가 조금 전까지 그에게 가난한 자의 보호자라며 아첨을 떨었잖아."

"내 사촌은 스스로 자신의 가죽을 보호할 거예요. 흰 얼굴들을 겁낼 필요 없다고 몇 번이나 떵떵거렸거든요. 머거 거트 마을 사람들은 감히 그를 잡지 못할 테고요. 아, 그러니까 내가 총이라고 했지요? 운이 좋으면 동이 트기 전에 뭔가를 먹을 수 있겠어요. 그런데 그는 물 밖에서는 못 듣는 데다 저 사람들은 여자가 아니에요!"

다리 기둥 위에서 총신이 달빛을 받아 반짝거렸다. 악어는 앞발을 뻗은 채 그 사이에 고개를 내밀고 있었다. 그는 악어들이 흔히 그러듯이 마치 그림자처럼 모래사장 위에 꼼짝 않고 누워 요란하게 코를 골았다.

다리 위에서 한 사람이 말했다.

"거의 수직으로 겨냥해서 쏘아야겠군. 각도가 좀 맞지 않기는 하지만, 집 안에 있는 거나 다름없을 만큼 안전해. 목 뒤를 겨냥하게. 윽, 정말 험상궂게 생겼군! 저걸 죽이면 마을 사람들이 난리를 치겠지? 이 근방에서 작은 신으로 통하는 짐승이니까."

그러자 또 다른 목소리가 대꾸했다.

"그런 비난 따위는 신경 쓰지 말자고. 다리를 건설할 때 저놈이 가장 뛰어난 원주민 일꾼을 열다섯이나 해치웠어. 이제는 내가 끝장낼 거야. 지난 몇 주 동안 배를 타고 놈을 계속 쫓았어. 내가 이 총으로 놈을 가격하면, 자네가 마르티니로 한 방 먹이라고."

"총을 쏠 때 반동을 조심하게. 더블 4구경이라 충격이 꽤 클 거야."

"그건 놈이 걱정할 문제지. 자, 쏜다!"

이어 소형 대포(코끼리 사냥용인 라이플총은 대포나 마찬가지다.) 소리 같은 굉음이 울려 퍼졌다. 두 줄기 불꽃이 공기를 가르고, 마르티니 총이 이내 날카롭게 철컥거렸다. 사실 총알이 악어의 두꺼운 가죽을 뚫지는 못했지만, 폭발성 산탄은 악어 숨통을 끊는 데 효과가 있었다. 총알 하나가 악어의 척추에서 왼쪽으로 한 뼘 떨어진 뒷목 부분을 명중시켰다. 또 다른 총알은 아래쪽 꼬리가 시작되는 부분에 맞으며 치명상을 입혔다. 총에 맞아도 백 마리 가운데 아흔아홉 마리는 깊은 물속으로 달아나면 겨우 목숨을 구할 수 있는데, 악어 여울목의 악어는 이미 세 동강이 난 상태였다. 그는 숨이 끊어질 때까지 머리 한 번 까닥하지 못한 채, 자칼처럼 납작 엎드려 있었다.

"천둥과 번개다! 천둥과 번개야!"

조그만 짐승이 처량한 목소리로 외쳤다.

"지붕이 달린 수레를 끄는 그게 굴러떨어지기라도 한 거야?"

"그저 총소리일 뿐이야. 어쨌든 악어는 죽었어. 아, 흰 얼굴들이 온다."

무수리는 덤덤하게 말했지만, 꽁지깃을 바르르 떨고 있었다.

두 영국인은 부리나케 다리에서 내려와 모래사장으로 뛰어오더니, 쭉 뻗은 악어를 감탄
하며 바라보았다. 이윽고 마을 사람들이 다가와 도끼로 커다란 머리를 잘랐고, 네 사람이
끙끙대며 악어를 끌고 모래사장을 빠져나갔다.

"예전에 악어 주둥이에 손을 넣은 적이 있는데 말이야."

한 영국인이 발밑을 내려다보며 입을 열었다.

그는 바로 다리를 건설한 사람이었다.

"그때 나는 다섯 살이었고, 배를 타고 몽기르로 향하던 중이었지. 사람들은 날 큰 소동
을 일으킨 아이라고 불렀어. 당시 어머니도 그 배에 같이 타고 있었는데, 아버지의 구
식 권총으로 그 악어의 머리를 쐈다는 이야기를 종종 하셨지."

"그럼 자네는 그 악어 대장한테 확실히 복수한 게로군. 총의 반동으로 코피가 나긴 했지
만. 어이, 뱃사람들! 악어 머리를 강둑으로 가져가게. 삶은 뒤 남는 해골은 우리가 가져
갈 거니까. 그나저나 가죽이 너무 엉망이 돼 버렸군. 이런 상태면 보관하기 힘들겠어.
이제 그만 자러 가세. 그런데 정말 밤을 꼬박 새울 만큼 가치 있는 일 아닌가?"

사람들이 떠나고 3분도 채 되지 않아, 자칼과 무수리도 그들과 똑같이 말했다. 정말 기
이한 일이었다.

물결의 노래

황금빛 일몰 사이로
물결 하나가 뭍으로 밀려오더니
여울목으로 가는 아가씨 손을 감싸네.

우아한 발과 부드러운 가슴,
이곳에서라면 마음 놓고 건널 수 있겠네.
"아가씨, 기다려. 나는 죽음의 신이야!"

"나의 연인이 부르는 곳으로 가야 해.
그를 차갑게 대해서 너무 부끄럽구나.
그는 씩씩하게 다가왔지만 물고기처럼 맴돌 뿐이지."

우아한 발과 상냥한 마음이여,
나룻배가 오기를 기다리라고 물결이 말하네.
"기다려, 아가씨. 나는 죽음의 신이야!"

"나의 연인이 부르는 곳으로 어서 가야 해.
거만하게 굴면 결혼할 수 없어!"
물결이 아가씨 허리를 휘감아 물속으로 사라지네.

어리석은 마음과 믿음직한 손,
두 번 다시 뭍을 딛지 못할 자그마한 발.
붉게 물든 물결이 출렁거리며 멀어지네!

왕의 안쿠스

대지에 첫 이슬이 내린 이래 지금껏 만족할 줄 모르는 게 네 가지 있다.
바로 자칼의 입, 솔개의 식탐, 원숭이의 손, 인간의 눈이다.

— 정글 속담

모글리는 거대한 비단뱀 카아가 이백 번째쯤 허물을 벗었을 때 축하해 주기 위해 찾아 갔다. 뱀은 보통 허물을 벗으면 새 허물에 윤기가 돌고 아름다워질 때까지는 매우 예민하 게 굴었고 우울해했기 때문이다. 독자들도 기억하겠지만 모글리는 카아가 차가운 소굴로 달려와 도와준 덕분에 목숨을 건진 것을 두고두고 잊지 않았다. 카아는 다른 동물과 마찬 가지로 모글리를 비웃지 않고 정글의 일원으로 받아들였고, 모글리도 정글 관리자로서 그 정도 나이의 비단뱀이라면 당연히 알아야 할 온갖 소식을 전해 주었다. 카아는 동물들이 정글의 그늘이라 생각하는 땅바닥, 땅속, 바위 밑, 굴속, 나무껍질 속 같은 곳에 사는 것 들에 대해 훤히 꿰고 있었다. 하지만 그런 것들에 대한 이야기는 기껏해야 카아의 가장 작은 비늘 하나에 적을 수 있는 정도에 불과했다.

그날 오후 모글리는 카아의 거대한 똬리 한가운데에 자리를 잡고 앉아 카아의 오래된 허물을 조몰락거렸다. 그 허물은 바위에 감기고 꼬인 채 여기저기 널려 있었는데, 곳곳이 바스라지고 비늘이 일어나 있었다. 카아는 포근한 거실 소파처럼 모글리의 넓은 어깨 아래에 다정히 몸을 붙이고 있었다.

"눈가의 작은 비늘 하나까지 완벽하게 남아 있네요. 이게 머리부터 발끝까지 당신의 온몸을 뒤덮고 있었다니 정말 신기해요."

모글리가 허물을 만지작거리며 놀다가 말했다.

"아, 그런데 난 발이 없으니 발끝도 없어. 그리고 허물벗기는 우리 종족의 아주 오랜 관습이라 한 번도 허물이 신기하다고 생각해 본 적도 없지. 넌 허물이 오래되어서 껄끄럽진 않니?"

"그러면 물가에 가서 몸을 씻으면 돼요, 납작 머리님. 하지만 엄청 더울 때는 별 소용이 없긴 하죠. 그럴 땐 내 허물을 벗어 던지고 마구 뛰어다니고 싶어요."

"나는 둘 다 하지. 씻기도 하고 허물벗기도 하고. 내 새 피부 어때?"

모글리는 거대한 뱀의 등에 대각선으로 새겨진 바둑판무늬를 쓰다듬으며 대답했다.

"거북의 등은 튼튼하지만 아름답진 않죠. 나와 이름이 같은 개구리는 거북보다 화려하지만 대신 단단하지 않고요. 하지만 당신 무늬는 백합꽃처럼 정말 아름다워요."

"웅덩이로 가서 물에 몸을 담그고 씻자. 새 피부는 목욕해야 더 완벽한 색이 나오거든."

"좋아요, 내가 당신을 옮겨 줄게요."

모글리는 그렇게 말한 뒤 허리를 굽혀 뱀의 몸뚱이에서 가장 두꺼운 중간 부분을 집었다. 그러고는 카아의 거대한 몸을 들어 올리며 깔깔 웃어 댔다. 그건 마치 지름 60센티미터의 수도관을 드는 것과 마찬가지였는데, 카아는 이 상황이 재미있다는 듯이 얌전히 누운 채 쉭쉭거렸다. 그렇게 모글리와 카아가 저녁마다 하는 놀이가 시작되었다. 얼굴이 발갛게 달아오른 채 안간힘을 쓰는 소년과 아름다운 새 피부를 뽐내는 비단뱀은 레슬링 선수처럼 마주 보고 선 채 눈싸움을 벌이며 힘을 겨루었다. 물론 카아는 모글리 같은 소년이 열 명쯤 덤벼도 끄떡없었지만, 제 힘의 십 분의 일도 쓰지 않고 조심조심 놀았다. 카아는 자신이 조금 거칠게 밀어붙여도 맞설 수 있을 만큼 모글리의 힘이 세지자 이 놀이를 가르

쳤다. 모글리는 카아와 이 놀이를 한 뒤로 팔다리가 매우 유연해졌다. 이따금 모글리의 목
이 비단뱀의 똬리에 걸려 뒤로 젖혀지기도 했지만, 그럴 때면 모글리는 힘겹게 한쪽 팔을
빼내 카아의 목을 틀어쥐었다. 그러면 카아의 움직임이 느려지면서 흐느적거렸고, 모글리

는 이때를 놓치지 않고 재빨리 카아의 꼬리를 찾아 움켜쥐었다. 뱀이 휘두르는 꼬리에 맞을 때면 바위나 그루터기에 얻어맞는 것처럼 아팠기 때문이다. 둘은 아름다운 조각상처럼 바닥에 뒤엉킨 채 머리를 맞대고 공격할 기회를 노렸다. 검은색과 노란색의 똬리와 계속 일어나려고 애쓰는 인간의 팔다리는 어느새 배배 꼬인 소용돌이로 변했다.

"그만! 그만해!"

카아가 모글리의 재빠른 손을 피할 요량으로 머리를 흔들며 거짓으로 엄살을 부렸다.

"이봐, 어린 형제! 나도 네 몸의 이곳을 건드릴 거야! 그래, 여기! 손이 마비라도 된 거야? 여기라고, 여기!"

놀이는 늘 일방적인 승리로 끝났다. 뱀이 머리를 날렵하게 쭉 뻗어 연거푸 공격하면 소년은 데굴데굴 굴렀다. 모글리는 번개처럼 빠른 카아의 공격을 어떻게 방어해야 할지 몰랐고, 카아가 그 방법을 미리 가르쳐 주었어도 피하기 어려웠을 것이다.

"모글리, 풍성한 사냥이 되기를!"

카아가 쉭쉭대며 말했다. 늘 그렇듯 모글리는 5미터 정도 뒤로 물러난 자리에 엎어져 숨을 헐떡이며 웃었다. 그러고는 풀이 잔뜩 달라붙은 손으로 땅을 짚고 일어나 카아와 함께 뱀이 즐겨 찾는 목욕 장소로 향했다. 그곳은 그루터기가 물에 잠겨 있고 바위로 둘러싸인 까맣고 깊은 웅덩이였다. 모글리는 정글의 방식대로 미끄러지듯이 조용히 물속으로 들어가 물결을 갈랐다. 그러다 밖으로 나와 팔베개를 한 채 밝게 빛나는 달을 올려다보았다. 그러면서 수면 위에 비친 달을 발끝으로 흩뜨리고 있는데, 카아의 다이아몬드 모양 머리가 웅덩이를 칼로 자르듯이 가르며 다가와 모글리 어깨에 기댔다.

모글리가 졸음에 겨운 목소리로 말했다.

"기분 좋네요. 지금 이 시간이면 사람들은 진흙으로 만든 함정 안에서 딱딱한 나무 위에 누워 잠을 자요. 신선한 바람이 전혀 들어오지 않는 꽉 막힌 곳에서 더러운 천을 머리에 쓰고는 코로 기분 나쁜 노래를 흥얼거리지요. 정글이 훨씬 좋아요."

그때 코브라 한 마리가 바위 위에서 미끄러지듯이 내려오더니 웅덩이 물을 마셨다.

"풍성한 사냥이 되기를!"

코브라는 모글리와 카아에게 얼른 인사를 건넨 뒤 부리나케 사라졌다.

그때 카아가 무언가 번뜩 떠올랐는지 모글리를 보며 말했다.

"어린 형제여, 그 말은 정글이 네가 원하는 걸 모두 준다는 뜻인가?"

"모두 주지는 않죠. 한 달에 한 번씩 내가 처치해야 할 강력한 시어 칸이 계속 나타난다 해도 물소 떼의 도움 없이 나 혼자서 해치울 수 있으면 좋겠어요. 또 우기가 지루하게 이어질 때 태양이 떠오르면 좋겠고, 반대로 뜨거운 여름에는 비가 그 태양을 좀 가려 주면 좋겠죠. 나는 배가 고프면 움직이지 않은 적이 없는데 염소를 잡고 싶을 땐 꼭 염소를 잡고, 수사슴을 잡고 싶을 땐 염소가 대신 잡히는 일도 없었으면 해요. 또 닐가이영양을 잡으러 나갔는데 수사슴을 잡게 되는 것도 피하고 싶어요. 그런데 이런 것들은 저뿐 아니라 모두 바라는 거죠."

모글리가 빙그레 미소 지으며 대답하자, 카아가 되물었다.

"그럼 다른 소원은 없니?"

"내가 무얼 더 바라겠어요? 이미 정글이 베푸는 호의 덕분에 살고 있는걸요! 태양이 떴다가 질 때까지 내게 이곳 말고 어디가 더 좋겠어요?"

"코브라가 그러는데…."

"방금 그 코브라요? 우리한테 무슨 말을 했던가요? 그냥 사냥하는 중이었잖아요."

"아니, 난 다른 코브라를 말하는 거다."

"독이 있는 종족을 많이 아나 보죠? 난 그런 종족과 사귀고 싶지 않아요. 아주 작은 것이 앞니 하나로 상대를 죽일 수 있다니, 생각만 해도 기분 나빠요. 그런데 당신은 어떤 코브라와 이야기했나요?"

카아는 파도를 헤치고 나가는 증기선처럼 물속에서 거대한 몸뚱이를 천천히 움직였다.

"넉 달 전, 차가운 소굴에서 사냥했었지. 너도 거기를 못 잊을 거다. 그놈이 비명을 지르며 저수지를 지나 도망가더니, 내가 너를 위해 부순 집으로 달려가 땅속에 숨더군."

"하지만 차가운 소굴의 동물은 땅 밑 굴속에 살지 않아요."

모글리는 카아가 원숭이에 대해 이야기하는 줄 알고 딴소리를 했다.

"그놈이 굴속에서 산다는 게 아니야. 놈은 나한테서 도망치려고 필사적으로 움직였지. 나는 아주 깊이 이어진 굴속으로 쫓아가 그놈을 해치우고는 잠들었어. 그러다 조금 뒤에 깨어나 앞으로 더 나아갔지."

카아가 혀를 날름거리며 말했다.

"땅 밑으로 갔다고요?"

"그래. 그러다 흰 두건(흰 코브라)과 딱 마주쳤는데, 내가 전혀 이해할 수 없는 말을 지 껄이더니 난생처음 보는 것들을 보여 주었어."

"새로운 사냥감이었어요? 풍성한 사냥을 했나요?"

모글리가 얼른 돌아누우며 카아에게 물었다.

"사냥감은 아니었어. 그걸 물었다면 이가 다 나갔을 거야. 흰 두건이 그러는데, 어떤 사 람은 그걸 보려고 갈비뼈 아래의 뜨거운 심장을 내놓았더군."

"우리도 보러 가요. 나도 한때 사람이었잖아요."

모글리가 카아를 재촉했다.

"진정해. 태양을 먹는 노란 뱀도 그리 성급하게 굴다 죽었어. 우리는 땅 밑에서 많은 이 야기를 나누었고, 한때 사람이었던 네 얘기도 했지. 그러자 정글이 만들어지기 훨씬 전 부터 산 흰 두건이 '사람을 본 지 너무 오래되었어. 그를 데려와. 모두 다 보여 줄 테니. 하지만 그 때문에 많은 이들이 죽었다는 걸 명심해!' 하고 말하더구나."

"새로운 사냥감이 분명해요. 하지만 독 있는 동물은 너무 불친절해요. 사냥이 언제 시 작되는지 통 말을 안 해 주니까요."

"거듭 말하지만 사냥감이 아니야. 나도 그걸 어떻게 설명해야 할지 모르겠어."

"아무튼 함께 가 봐요. 나는 흰 두건을 한 번도 못 본 데다 그게 무엇인지 직접 보고 싶 어요. 흰 두건이 그걸 다 죽였나요?"

"원래 다 죽어 있었어. 흰 두건은 자신이 그걸 지키는 파수꾼이라고 했지."

"아! 늑대가 먹이를 차지하면 보금자리로 가져가는 것과 같군요. 카아, 얼른 가 봐요."

모글리는 강둑으로 헤엄쳐 가 땅 위 풀밭으로 올라간 뒤 데굴데굴 구르며 몸을 말렸다. 이윽고 모글리와 카아는 버려진 도시인 차가운 소굴로 출발했다. 그 무렵 모글리는 원숭 이족을 전혀 두려워하지 않은 반면, 원숭이들은 모글리라고 하면 공포에 벌벌 떨었다. 그 런데 차가운 소굴에 도착해 보니, 원숭이족은 마침 정글을 습격하러 가고 없었다. 카아와 모글리는 달빛 아래 고요히 잠든 차가운 소굴을 가로질러 테라스에 있는 왕비들의 별실 한 가운데에 이르렀다. 그러고는 폐허 더미를 미끄러져 내려가 지하로 이어지는 비좁은 계단 으로 거침없이 들어갔다. 모글리는 뱀의 말로 "너와 나, 우리는 한 핏줄이다." 하고 외친

뒤, 카아를 따라 엉금엉
금 기어갔다. 모글리는 몇 번이나
꺾이고 휘어지는 통로를 따라 한참 기어간
끝에, 머리 위 9미터 높이쯤의 단단한 돌벽 틈새로 거대한 나무뿌리가 비어져 나온 곳에
도착했다. 그 틈새 속으로 들어가자 커다란 아치형 천장이 보였고, 나무뿌리에 뭉개진 지
붕 사이로 가느다란 빛줄기가 컴컴한 어둠 속으로 떨어지고 있었다.

"매일 오기엔 좀 멀어서 그렇지, 안전한 곳 같아요. 그런데 저기 보이는 게 뭘까요?"

모글리가 튼실한 발로 바닥을 구르며 일어서서는 말했다.

그러자 아치형 천장에서 흰 코브라가 꿈틀거리며 대꾸했다.

"나를 몰라? 알아볼 가치가 없다는 건가?"

그것은 모글리가 지금껏 만나 본 코브라 가운데 가장 컸다. 고개를 꼿꼿이 들고 몸을 세
운 흰 코브라의 길이는 대략 2.4미터에 달했는데, 묵은 때가 앉은 오래된 상아 같은 몸이
어둠 속에서 희부옇게 빛났다. 널찍한 목덜미에 안경 모양의 희미한 노란색 표식이 새겨
져 있었고, 눈은 루비처럼 빨갰다. 모글리 눈에는 그의 온몸이 마냥 신기했다.

"풍성한 사냥이 되기를!"

몸에 칼과 예의범절을 항상 지니고 다니는 모글리가 먼저 인사를 건넸다.

그런데 흰 코브라는 모글리 인사에 아무 대꾸 없이 제가 궁금한 것을 불쑥 물었다.

"성벽을 갖춘 그 거대한 도시는 어떻게 되었지? 코끼리 백 마리, 말 이만 마리, 소는 셀수 없이 많은 도시. 스무 명의 왕을 무릎 꿇린 왕 중의 왕의 도시 말이야. 나는 귀가 먹어서 여기서 전쟁의 징 소리를 들은 지 한참 됐어."

"그건 모르겠고, 위로 올라가면 정글이 있어요. 내가 아는 코끼리는 백 년 넘게 산 하티와 그의 세 아들밖에 없어요. 마을에는 말이 몇 마리 있었는데, 바기라가 모두 해치웠어요. 그런데 왕이 뭐죠?"

모글리가 묻자, 카아가 코브라에게 상냥하게 덧붙였다.

"내가 당신에 대해 말했소. 그리고 도시는 이미 없어졌다고 넉 달 전에 분명 말했는데…."

"숲속의 이 거대한 도시는 성문마다 왕이 세운 탑이 지키고 있어서 결코 사라질 리 없어. 나의 아버지의 아버지가 태어나기 전부터 지어진 도시야. 앞으로 나의 아들의 아들이 나처럼 하얗게 될 때까지 도시는 절대 무너지지 않아. 바파 라왈 시대에 살룸디, 찬드라비자의 아들, 비예자의 아들, 예가수리의 아들이 이 도시를 건설했지. 그런데 그대들을 소유한 자는 누구지?"

"그가 무슨 말을 하는 건지 모르겠어요. 도시는 이미 사라지고 없는데 말이에요."

모글리가 카아를 보며 말했다.

"나도 그래. 그는 정말 많이 늙었어. 코브라들의 아버지여, 이곳은 처음 생겼을 때와 마찬가지로 그저 정글일 뿐이오."

"그럼 감히 겁도 없이 내 앞에서 왕을 모른다 말하고, 사람의 입으로 우리 이야기에 끼어드는 저자는 누구지? 칼을 지닌 데다 뱀의 말을 할 줄 아는 저자 말이다."

흰 코브라가 묻자, 모글리가 대답했다.

"정글의 동물들은 나를 모글리라고 불러요. 나는 정글의 일원이지요. 시오니 늑대 무리와 형제이고, 카아도 내 형제랍니다. 코브라들의 아버지여, 당신은 누구신가요?"

"나는 왕의 보물을 지키는 파수꾼이다. 내 허물이 지금과 달리 검은색이었을 때, 쿠룬라자가 내 머리 위에 돌을 놓았어. 보물을 훔치는 도둑에게 죽음을 가르쳐 주도록 말이야. 그 뒤 돌 틈으로 보물을 떨어뜨릴 때마다 주인인 승려의 노랫소리가 들려왔지."

흰 코브라의 말에 모글리가 조용히 혼잣말을 했다.

"사람들과 지낼 때 승려를 만나 봐서 그들을 좀 알지. 곧 좋지 않은 일이 벌어지겠어."

"내가 보물을 지키기 시작한 뒤로 누군가가 그 돌을 다섯 번 들어 올렸어. 하지만 바로 내려놓았고, 절대 가져가지 못했지. 이곳에는 백 명이나 되는 왕의 보물이 있어. 이 세상 최고의 보물이라고 자부하지. 그런데 그 돌을 마지막으로 옮긴 뒤 긴 시간이 지났어. 나의 도시 사람들은 그걸 까맣게 잊은 것 같군."

"도시는 이제 없다오. 위를 봐요. 저기 커다란 나무뿌리가 돌벽을 뚫고 나온 게 보이는군요. 나무와 사람은 함께 번성하지 않는단 말이오."

카아가 목소리를 높이자, 흰 코브라가 버럭 화를 냈다.

"두세 번인가 사람들이 이곳으로 들어오는 길을 발견했어. 하지만 그들은 어둠 속을 헤매다 나와 맞닥뜨리자 겁에 질려 비명만 내질렀지. 벌거숭이 사람과 뱀, 그대들은 내게 계속 거짓을 말하는군. 그런다고 도시가 사라졌고 내 임무도 끝났다는 걸 내가 믿을 줄 아나? 사람은 세월이 흘러도 잘 변하지 않아. 그런데 나는 더 변하지 않지! 돌이 들리고, 승려들이 내가 아는 노래를 불러 주면서 따뜻한 우유를 먹이고, 나를 빛이 환한 곳으로 다시 데려다 줄 때까지…, 나는 영원히 왕의 보물을 지키는 파수꾼으로 이 자리를 지킬 거야! 도시가 사라졌고, 나무뿌리가 이곳을 갉아먹고 있다고? 좋아, 그대들이 원하는 것을 보여 줄 테니 한번 보게. 땅 위에서는 이런 보물을 못 봤을 거야. 뱀의 혀를 지닌 사람이여, 살아서 이곳을 나갈 수 있다면 그 땅의 왕이 네 앞에 무릎을 꿇을 거다!"

"아까도 말했지만 옛날 흔적은 사라지고 없어요. 미치지 않고서야 그 어떤 자칼도 이렇게 깊은 곳까지 굴을 파서 당신을 물어뜯지 않는다고요. 코브라들의 아버지여, 나는 여기서 가져갈 게 하나도 없어요."

모글리가 침착하게 말했다.

"태양과 달의 신들에게 맹세하건대, 죽음이 저 소년에게 가 닿기를! 자, 죽기 전에 내가 너에게 큰 호의를 베풀겠다. 사람은 한 번도 보지 못한 이것을 똑바로 보거라."

코브라가 쉭쉭거리며 대꾸하자, 소년이 말했다.

"정글에서는 이 모글리에게 호의를 베푼다는 말을 쉽게 하지 않아요. 그런데 내가 알고 있는 것처럼 어둠이 모든 걸 바꿔 놓는군요. 정 보여 주고 싶다면 어디 한번 보죠."

모글리는 미간을 잔뜩 찌푸린 채 아치형 천장 주변을 둘러보았다. 그러고는 바닥에서 반

짝거리는 것을 손 안에 가득 집어 들었다.

"아! 사람들과 함께 지낼 때 갖고 놀던 것이군. 그건 갈색이었는데 이건 노란색이라는 점만 달라."

모글리는 한 움큼 쥐었던 금화들을 와르르 쏟아 버리고 앞으로 나아갔다. 아치형 천장 바로 밑에는 자루에서 쏟아져 나온 금은 주화들이 15미터 내지 18미터 높이로 쌓여 있었다. 얕은 바닷물 속에 모래가 쌓여 있는 것처럼, 아주 오래전부터 차곡차곡 쌓인 것이다. 그런데 주화 더미 사이에 보석으로 장식한 코끼리 하우다(코끼리나 낙타의 등 위에 얹는 좌석)가 모래 속 잔해처럼 우뚝 솟아 있었다. 하우다는 판판한 금판으로 징을 박고 은으로 돋을새김을 한 뒤 홍옥과 터키석으로 장식되어 있었다. 왕비들을 태우는 꽃가마와 침상 가마도 보였다. 은과 에나멜로 세운 틀과 버팀대, 옥으로 정밀하게 만든 기둥에, 호박 커튼 고리와 황금 촛대도 걸려 있었다. 촛대마다 줄줄이 달린 에메랄드가 살랑살랑 흔들렸다.

그 옆에는 잊혀진 과거의 신들을 새긴 1.5미터 높이의 부조상들도 있었다. 눈은 은으로 장식되어 있었고, 강철 갑옷에는 금으로 문양을 정교하게 새긴 데다 까맣게 색이 바랜 작은 진주알들이 가장자리에 박혀 있었다. 투구는 검붉은 루비를 꼭대기에 박은 뒤 작은 루비들로 촘촘히 장식되어 있었다. 또 거북 등딱지와 악어가죽으로 만든 방패에는 순금의 돋을새김과 에메랄드 장식이 붙어 있었다. 손잡이가 다이아몬드인 검, 단검, 사냥칼 들도 한 무더기 있었다. 제단용 황금대접과 국자, 낮에는 한 번도 사용한 적 없는 듯한 신기하게 생긴 이동용 제단, 옥으로 만든 컵과 팔찌 들도 수두룩했다. 향을 태우는 버너, 빗, 향수, 염료, 눈 화장용 가루가 담긴 단지들도 모두 돋을새김한 금으로 만든 것이었다. 코걸이, 팔뚝 고리, 머리띠, 반지, 허리띠는 셀 수 없이 많았고, 폭이 손가락 일곱 개 정도 되는 허리띠들은 사각형 다이아몬드와 루비로 장식되어 있었다. 나무 상자들은 쇠붙이를 삼중으로 붙여 단단하게 잠그긴 했지만, 목재 부분이 썩어서 가루 상태나 마찬가지였다. 그래서 상자 안에 스타사파이어, 오팔, 묘안석, 사파이어, 루비, 다이아몬드, 에메랄드, 석류석 등이 가득 든 게 그대로 보였다.

흰 코브라의 말은 사실이었다. 전쟁, 약탈, 교역, 과세를 통해 모은 보물들은 그 가치를 단순히 돈으로 매길 수 없는 것들이었다. 주화만 해도 값을 따질 수 없는 귀중한 보물이었다. 보석은 수를 헤아릴 수 없을 만큼 많았고, 금은의 무게는 족히 300톤은 되었다. 오늘날 인도의 원주민 통치자들은 아무리 가난해도 저마다 보물을 수집했고, 그 수는 매년 늘어났다. 가끔 생각이 트인 왕이 수레 40대 내지 50대 분량의 보물을 내놓으면서 정부가 제안하는 안전을 보장받긴 하지만, 대부분의 보물은 매우 비밀스럽고 완벽하게 유지되었다.

그러나 모글리는 보물의 의미를 전혀 이해할 수 없었다. 칼은 조금 흥미로웠지만, 자신의 칼보다 못한 것 같아 바로 던져 버렸다. 그런데 주화 더미에 반쯤 파묻힌 하우다 앞에 모글리의 마음을 사로잡은 물건이 있었다. 코끼리 훈련용 막대인 안쿠스였다. 60센티미터 길이에 작은 갈고리 막대처럼 생겼는데, 자루 밑바닥에는 반짝이는 원형 루비가 박혀 있었다. 20센티미터 정도 되는 자루를 거친 거북 등딱지로 꽁꽁 감아서 손에 쥐었을 때 느낌이 매우 좋았다. 자루 아랫부분은 푸른 옥을 두른 위에 꽃무늬를 장식했는데, 꽃송이는 루비, 잎은 에메랄드, 자루 위 부분은 상아였다. 강철로 만들어진 맨 끝에 달린 대못과 갈고리에는 코끼리를 사냥하는 모습이 금으로 새겨져 있었다. 모글리는 그 그림을 보고 있으니 하티가 떠올라 자꾸만 관심이 갔다.

"어때, 죽기 전에 꼭 봐야 할 가치 있는 보물 아닌가? 내가 엄청난 호의를 베풀었지?"

흰 코브라가 모글리 옆에 바짝 붙으며 물었다.

"무슨 말인지 하나도 모르겠어요. 전부 딱딱하고 차갑고 먹을 수도 없잖아요. 그런데 이건 환한 햇볕 아래로 가지고 나가 자세히 보고 싶네요. 이것들이 다 당신 거라고요? 그럼 이걸 주면 당신한테 개구리를 잡아다 줄게요. 어때요?"

모글리가 안쿠스를 집으며 묻자, 흰 코브라가 기뻐서 꼬리를 부르르 흔들고 대답했다.

"좋아, 여기 있는 걸 몽땅 주지. 단, 이곳을 나가기 전까지만."

"난 지금 당장 나가고 싶은데요. 여긴 너무 어둡고 추워요. 그리고 끝에 가시가 달린 이 물건을 얼른 가져가고 싶어요."

"네 발밑에 뭐가 있지?"

모글리는 코브라의 말에 희고 부드러운 것을 들고는 아무렇지 않은 얼굴로 말했다.

"사람의 머리뼈군요. 여기에 두 개 더 있어요."

"오래전 보물을 찾아 이곳에 들어온 사람들이야. 내가 어둠 속에서 말을 걸었는데, 지금은 말없이 누워 있구나."

"그런데 난 이런 보물 필요 없어요. 당신이 이 물건 하나만 주면, 풍성한 사냥을 약속할게요. 만약 거절한다면 개구리 먹이는 없어요. 나는 독이 있는 종족과 싸울 마음이 없어요. 뱀의 말은 공용어로 배웠고요."

"이곳 공용어는 딱 하나야. 바로 내가 하는 말이지."

"나더러 사람을 데려오라 했던 자가 누구지?"

카아가 이글이글 불타는 눈으로 나서며 쉭쉭거리자 흰 코브라가 빈정거렸다.

"물론 내가 그랬지. 사람을 본 지 너무 오래되었거든. 그런데 이자는 우리 종족의 말도 할 줄 아는군."

"사람을 죽인다고는 안 했잖아. 나 혼자 정글로 돌아가라고? 그래서 내가 이 아이를 죽게 만들었다는 걸 온 정글에 알리라고? 그렇게는 못 해."

"난 때가 되기 전에는 죽음을 입에 올리지 않아. 저 벽에 구멍에 있으니 가든지 말든지 알아서 해. 이봐, 원숭이나 쫓는 뚱보 사냥꾼! 진정하라고. 내가 목을 살짝만 물어도, 자네는 더 이상 살아 있는 목숨이 아니야. 분명히 말하지. 이곳에 발을 들이고 보물을 목격한 사람은, 절대 살아서 못 나가. 나는 왕의 도시에서 보물을 지키는 파수꾼이라고!"

코브라의 말에 카아가 화가 나서 소리쳤다.

"어둠에 숨어 사는 하얀 지렁이야, 내가 분명히 경고하지. 왕도 도시도 이제는 아무 의미 없어! 온 사방이 이미 정글이니까!"

"하지만 보물은 그대로지. 이젠 내 의무를 해야겠어. 카아여, 이 애를 달리게 해. 뛰어다닐 공간은 충분하니 걱정 말고. 아, 산다는 건 정말 즐거워. 자, 신나게 달리며 놀아보자, 꼬마야!"

그러자 모글리가 카아의 머리에 손을 얹으며 말했다.

"저 흰 놈은 사람
무리만 상대해 와서
나를 잘 모를 거예요.
그가 저렇게 요구하는데, 원하
는 대로 해 주죠."
모글리는 안쿠스 자루를 쥐고 일어섰다.
그러고는 안쿠스를 흰 코브라의 목덜미로 재빨리 던져 그를
바닥에 박아 버렸다. 흰 코브라는 온몸이 마비되는 고통에 몸부림쳤다. 그 위로 모글리가
잽싸게 올라타자, 흰 코브라의 눈이 벌겋게 변했고 15센티미터쯤 되는 머리를 사납게 흔
들며 달려들었다.
"죽여 버려!"
카아가 외치자, 모글리는 칼을 집어 빼 들다가 멈췄다.
"아무래도 안 되겠어요. 다시는 사냥할 때가 아니면 죽이지 않겠다고 다짐했어요. 그
런데 카아, 여기 좀 봐요."

모글리는 흰 코브라의 목덜미를 잡은 뒤 칼날로 입을 떡 벌렸다. 그러자 위턱에 난 날카로운 독니가 검은색으로 변한 게 보였다. 뱀은 너무 오래 살면 독이 말라 버린다는데, 흰 코브라도 예외는 아닌 모양이었다.

"투우.(말라붙었네요.)"

모글리가 카아에게 물러서라고 신호한 뒤 안쿠스를 뽑아 흰 코브라를 놓아주었다.

"왕의 보물을 위해 새 파수꾼이 필요하겠군."

흰 코브라가 기운이 쏙 빠진 얼굴로 말했다.

"투우, 당신 생각이 틀렸어요. 그래 놓고는 이리저리 달리며 놀자니요, 투우!"

"부끄럽다. 어서 나를 죽여!"

흰 코브라가 쉭쉭거렸다.

"이제 죽인다는 말은 지겨워요. 그럼 우린 이만 갈게요. 그리고 내가 이겼으니 끝에 가시가 달린 이 물건을 가져가겠어요."

"그게 너의 목숨을 위협할지 모르니 조심해라. 꼭 명심하렴, 그건 죽음이야! 그 물건은 도시의 모든 사람을 죽일 수 있는 힘을 지니고 있어. 정글의 아이여, 넌 그걸 오래 갖고 있지 못할 거야. 네게서 그걸 빼앗는 자도 마찬가지고. 사람들은 그걸 갖겠다고 끊임없이 서로를 죽일 거다! 나는 이제 힘이 다 말랐지만, 안쿠스가 내 일을 대신해 주겠구나. 그건 죽음이야, 죽음!"

모글리는 구멍을 빠져나온 뒤 통로를 지나갔다. 흰 코브라는 잔뜩 화가 나서 무덤덤한 얼굴을 한 신들의 부조상을 향해 아무 힘도 없는 독을 쏘고, 바닥에 엎드려 "그것은 죽음이야!" 하고 외쳤다. 모글리와 카아는 밝은 하늘을 다시 보자 무척 기뻤다. 모글리는 정글의 아침 햇살 아래 반짝이는 안쿠스를 보며 머리에 꽂을 꽃 한다발을 찾았을 때처럼 즐거워했다. 모글리가 루비를 만지작대며 기쁨에 겨운 목소리로 말했다.

"이 보석은 바기라의 눈보다 환해요. 바기라에게 얼른 보여 주고 싶어요. 그런데 투우가 말한 죽음이란 게 대체 뭘까요?"

"글쎄, 나도 모르겠다. 그놈에게 네 칼 맛을 보여 주지 못해 아쉬울 따름이야. 차가운 소굴은 땅 위나 땅 밑이나 늘 불길해. 그나저나 배가 고프군. 해가 지면 사냥이나 갈까?"

"아니요, 바기라한테 이걸 보여 주고 싶어요. 카아, 풍성한 사냥이 되기를!"

　　모글리는 춤을 추듯이 커다란 안쿠스를 휘두르며 달려갔다. 그러다 이따금씩 우뚝 멈춰 서서는 안쿠스를 들여다보며 감탄했다. 조금 뒤 모글리가 정글에서 바기라가 즐겨 찾는 장소에 이르니 바기라는 사냥을 끝내고 물을 마시는 중이었다. 모글리는 자신이 겪은 일을 모두 들려주었다. 모글리가 안쿠스에 코를 대고 킁킁거리며 냄새를 맡는 바기라에게 흰 코브라의 마지막 말을 전하자 바기라는 옳다는 듯이 그르렁거렸다.

　　"흰 두건의 말이 사실일까?"

　　모글리가 재빨리 물었다.

　　"나는 우다이푸르 왕실의 우리 출신이라, 사람에 대해 정확히 알고 있지. 그때도 붉은 돌 하나 때문에 하룻밤 사이 수많은 사람들이 살인을 저질렀단다."

　　"하지만 그 돌은 그냥 무겁기만 해. 봐, 작고 가벼운 내 칼이 훨씬 쓸모 있어. 게다가 그 빨간 돌은 먹을 수도 없는데 왜 서로를 죽이는 걸까?"

　　"모글리, 그만 가서 자렴. 너는 사람 무리에서 지내긴 했어도…."

　　"분명히 기억나. 사람들은 먹으려는 게 아니라 심심하기 때문에 아니면 즐거움을 얻으려고 살해해. 바기라, 일어나. 끝이 뾰족한 이 물건을 대체 어디에 쓰는 거야?"

　　바기라는 졸음에 겨워 눈을 반만 겨우 떴다. 바기라는 무척 싸늘한 눈빛으로 대답했다.

　　"사람들이 하티 아들의 머리를 찌를 때 써. 그러면 머리에서 피가 나지. 우다이푸르 거리에서 그것과 똑같은 걸 봤어. 그 물건에서는 하티 같은 코끼리들의 피 맛이 나."

　　"그런데 왜 코끼리 머리를 찔러?"

　　"사람의 법칙을 가르치느라고. 사람들은 우리처럼 발톱이나 매서운 이빨이 없잖아. 그래서 이런 뾰족한 물건을 만들어 쓰는 거야. 그보다 더 위험한 것도 있어."

　　"사람 무리에 가까이 가면 늘 피를 보게 돼. 마찬가지로 사람의 물건은 늘 피를 불러! 이 물건이 뭔지 알았다면 안 가져왔을 거야. 지난번에는 끈에서 메수아의 피를 봤는데, 이번엔 하티의 피라니. 난 이걸 절대 쓰지 않겠어!"

　　모글리는 안쿠스의 무게에 질린 데다, 그 용도를 알게 되자 징글징글하게 느껴져서 멀리 던졌다. 안쿠스가 반짝 빛을 내며 날아가 30미터 밖 나무들 사이로 떨어졌다.

　　"투우는 죽음이 내 뒤를 쫓을 거라 했지만, 난 죽음의 위협을 떨쳐 냈어. 그는 늙고 하얀 데다 미친 뱀이야."

모글리가 촉촉하고 신선한 흙에 두 손을 문지르며 말했다.

"일단 난 좀 잘게. 살든 죽든, 희든 검든 그건 지금 내게 중요하지 않아. 난 누구처럼 밤 낮으로 울어 대며 사냥하지 못하거든."

바기라는 평소 잘 가는 3킬로미터쯤 떨어진 잠자리로 떠났다. 모글리는 덩굴줄기 서너 개를 한데 엮어서 금세 안락한 잠자리를 만든 뒤, 15미터 높이의 그물 침대에 몸을 뉘였다. 원래 모글리는 따가운 햇살을 굳이 피하지 않는 데다, 정글 동물들의 방식대로 살다 보니 직접 침대를 만드는 경우는 드물었다. 이윽고 모글리가 나무에서 사는 동물들이 시끄럽게 울어 대는 소리에 깼다. 어느새 주위는 황혼이 물들어 있었다. 모글리는 꿈에서 지하의 방에 내팽개쳐 있는 수많은 아름다운 돌을 보았다.

"그 물건을 한 번 더 보고 싶군."

모글리는 그렇게 중얼거리며 덩굴을 타고 아래로 내려왔다. 그런데 바기라가 땅거미 속에서 쿵쿵거리고 있기에 물었다.

"바기라, 끝이 뾰족한 물건 어디 있어?"

"사람이 가져갔어. 여기 발자국이 있다고."

"그래? 투우의 말이 사실인지 아닌지 알 수 있겠군. 그 뾰족한 물건이 죽음을 뜻하는 거라면 갖고 간 사람은 분명히 죽겠지? 발자국을 따라가 보자."

"그 전에 사냥부터 하자. 배 속이 텅 비어서 눈앞이 흐릿할 지경이야. 사람은 걸음이 느린 데다 정글 땅이 축축해서 발자국이 또렷하게 찍힐 거야."

둘은 서둘러 사냥을 마쳤다. 하지만 배불리 먹은 뒤 사람의 발자국을 뒤쫓기까지 세 시간 가까이 걸렸다. 정글 동물들은 식사를 빨리 해도 좋은 일이 없다는 걸 알고 있었다.

"뾰족한 부분이 갑자기 사람을 찔러서 죽나? 투우는 그걸 보고 죽음이라고 한 걸까?"

모글리가 궁금해하자 바기라가 몸을 낮춘 채 빠르게 걸으며 말했다.

"일단 그 물건을 찾은 뒤 지켜보자."

"여기 발자국이 하나 있어." (모글리 말은 한 사람이 지나갔다는 뜻이다.)

"그 물건이 무거워서 그런가 발자국의 뒤꿈치 부분이 깊게 파였어."

"여름 번개처럼 아주 뚜렷해."

모글리가 그렇게 말하고는, 어둑한 달빛 아래 나타났다 사라지기를 반복하면서 재빨리

발자국을 쫓았다.

"그자가 빨리 달리기 시작해. 발자국 사이가 멀어졌어. 그런데 왜 옆으로 꺾인 거지?"

모글리가 축축한 땅을 박차고 달리며 말했다.

"잠깐!"

바기라가 모글리 앞을 가로막더니 멋지게 위로 솟구쳐 최대한 멀리 건너뛰었다. 추적하는 발자국이 정확하지 않을 때는 그 주위에 자기 발자국이 찍히지 않아야 한다. 그러지 않으면 헷갈릴 수 있다. 이윽고 바기라가 모글리를 돌아보며 외쳤다.

"이쪽에 다른 발자국이 하나 더 있는데 첫 번째 발자국과 만났어. 두 번째 발자국은 좀 더 작고 발가락이 안쪽으로 휘어져 있군."

모글리가 가까이 다가와 발자국을 자세히 살폈다.

"곤드족 사냥꾼의 발이야. 이곳에서 풀밭에 활을 질질 끌며 갔어. 첫 번째 발자국이 재빨리 방향을 바꾼 건 이자를 만났기 때문이야. 큰 발자국이 작은 발자국을 가렸었군."

"맞아. 이제 두 발자국을 헷갈려서 흔적을 놓치면 안 되니까 하나씩 나눠 맡자. 나는 큰 발자국을 맡을 테니, 모글리 넌 곤드족의 작은 발자국을 맡아."

바기라가 첫 번째 발자국 옆으로 몸을 날렸다. 모글리는 허리를 숙여 정글에서 살아가는 야생 부족의 발자국을 가만히 보았다. 바기라가 큰 발자국을 따라 걸으며 말했다.

"큰 발자국은 이곳에서 방향을 바꿨어. 이제 나는 바위 뒤에 숨어서 가만히 있을 거야. 모글리, 그쪽 발자국은 어떻게 됐지?"

그러자 모글리가 곤드족의 흔적을 따라 달리며 소리쳤다.

"작은 발자국은 바위로 다가갔어. 이자는 바위 밑에 앉아 오른손으로 바닥을 짚고 발가락 앞에 활을 내려놓은 것 같아. 발자국이 깊은 걸 보면 여기서 오래 머물렀어."

"큰 발자국도 끝에 가시가 달린 물건을 돌 위에 놓은 뒤 쉬었어. 그런데 돌에 긁힌 자국을 살펴보니 그 물건이 미끄러졌던 게 분명해. 어린 형제, 그쪽은 어떤지 말해 봐."

바위 뒤에 숨은 바기라의 말에 모글리가 작은 목소리로 대답했다.

"잔가지 둘, 큰 가지 하나가 부러져 있어. 그런데 작은 발자국이 이 근처에 숨어 있을 텐데, 내가 어떻게 바기라한테 큰 소리로 외쳐? 아, 알겠다! 작은 발자국은 큰 발자국이 눈치채도록 일부러 요란스럽게 소리를 내며 달아났어."

모글리는 바위에서 일어나 숲으로 가더니 작은 폭포 앞에서 크게 외쳤다.

"나는 폭포 때문에 내 말소리가 잘 안 들리는 곳에 와 있어. 여기서 기다릴게. 바기라, 큰 발자국에 대해 외쳐 봐!"

바기라는 큰 발자국이 바위 뒤에서 어디로 움직였는지 알아내려고 사방을 계속 둘러보았다. 이윽고 검은 표범이 외쳤다.

"큰 발자국은 바위 뒤에서 무릎을 꿇은 채 끝에 뾰족한 가시가 달린 물건을 질질 끌고 나왔어. 그리고 아무도 없다는 걸 확인한 뒤 다시 재빨리 달린 거 같아. 발자국이 아주 또렷해. 각자 맡은 발자국을 따라가 보자. 모글리, 나 간다!"

바기라는 선명한 큰 발자국을 따라 계속 달렸고, 모글리는 곤드족의 발자국을 쫓았다. 그 뒤 한동안은 둘 다 말이 없었다.

"작은 발자국은 어디 있어?"

바기라가 외치자, 오른쪽으로 50미터가 안 되는 곳에서 모글리가 말했다.

"음! 두 발자국이 나란히 달리다 어느새 점점 가까워지고 있어!"

표범이 깊은 신음을 내뱉으며 말했다. 둘은 간격을 계속 유지하며 800미터쯤 더 달렸다. 이윽고 바기라처럼 머리를 땅에 가까이 대지 않은 모글리가 외쳤다.

"두 발자국이 만났어. 우리가 제대로 쫓아왔네. 작은 발자국이 여기 바위 위에 한쪽 무릎을 올려놓으며 멈추었어. 저쪽에 큰 발자국이 있고."

그런데 10미터도 채 떨어지지 않은 부서진 바위 위에 죽어 있는 사람이 보였다. 그의 등과 가슴에는 곤드족이 사용하는 깃털 달린 가느다란 화살이 꽂혀 있었다.

"투우가 너무 늙고 하얀 데다 미쳤다고? 여기 죽음이 하나 있어."

바기라가 부드럽게 말했다.

"계속 가 보자. 그런데 코끼리의 피를 마시고, 빨간 눈이 달린 물건은 대체 어디 있지?"

그 뒤로 작은 발자국은 아주 빠르게 달렸고, 어깨에 진 물건이 무거웠는지 마른풀 옆에 얕고도 기다란 흔적을 남겼다. 추적자들의 눈에는 마치 달군 쇠로 눌러놓은 것처럼 발자국이 선명하게 보였다. 둘은 발자국이 골짜기의 모닥불 잿더미 앞으로 이끌 때까지 입을 꾹 다물었다.

어느 순간, 바기라가 돌덩이처럼 자리에 우뚝 멈춰 서며 외마디 비명을 질렀다.

"또 있어!"

발자국이 끊긴 그곳에 가냘픈 곤드족이 잿더미 속에서 죽어 있었다. 바기라는 모글리의 반응이 궁금한지 자꾸 힐긋거렸다. 이윽고 소년이 표범을 보며 말했다.

"대나무로 죽였군. 사람 무리에서 일할 때 나도 물소들한테 그걸 사용했지. 코브라들의 아버지 말이 사실이라는 걸 진작 알았어야 했어. 진실을 말한 그를 조롱하다니…. 사람은 한가하면 뭔가를 죽인다고 내가 말했지?"

"맞아. 그들은 붉은 돌이나 푸른 돌을 두고도 서로 죽이지. 내가 우다이푸르 왕실 우리에 있었다는 걸 명심하렴."

바기라가 말했다.

"하나, 둘, 셋, 넷. 발자국이 네 개야. 신발을 신은 사람 넷이군. 그들은 곤드족만큼 빨리 못 가. 이 조그만 종족에게 대체 무슨 짓을 한 거지? 이것 봐. 그들은 함께 서서 이야기를 나눈 다음 그를 죽였어. 바기라, 그만 돌아가자. 배 속이 무지근해. 가지 끝에 달린 찌르레기 둥지처럼 마구 들썩거리고."

모글리가 잿더미를 내려다보며 말했다.

"사냥감을 추적하다 포기하다니 옳지 않아. 따라와! 신발을 신은 발들은 멀리 못 갔어."

표범은 그렇게 말한 뒤 모글리와 한 시간 동안 신발 신은 네 사람의 발자국을 추적했다. 햇살이 따가운 맑은 날이었다.

"연기 냄새가 난다."

바기라의 말에 모글리가 대답했다.

"사람은 달리는 것보다 먹는 것에 더 열중하지. 늘 그래."

모글리는 바기라와 함께 탐험하던 정글의 나지막한 덤불 뒤에 숨었다 나왔다 하면서 재빨리 움직였다. 그때 모글리 왼쪽에서 약간 떨어져 걷던 바기라가 표현하기 어려운 소리를 냈다. 화려한 옷을 입은 사람이 덤불 밑에 엎드려 있었는데, 그 주변에 가루가 흩뿌려져 있었다.

"여기서 식사를 한 자가 있군. 이 사람도 끝이 뾰족한 대나무에 당했어. 저 하얀 가루는 사람들이 먹는 거야. 그들은 이 사람에게⋯. 아, 그는 식량을 나르는 사람이었군. 물건을 빼앗은 다음 솔개 칠에게 맡긴 거야. 쪼아 먹으라고."

모글리의 말에 바기라가 덧붙였다.

"세 번째 죽음이야."

"크고 싱싱한 개구리를 잡아 흰 코브라를 찾아가야겠어. 그가 실컷 먹을 수 있도록. 코끼리의 피를 마시는 물건은 코브라 말대로 죽음 그 자체야. 그런데 난 아직도 모르겠어. 사람들이 왜 이러는지!"

모글리가 혼자 중얼거리자 바기라가 말했다.

"나머지 발자국을 따라가 보자!"

둘은 채 1킬로미터도 못 가 위성류 나무 꼭대기에서 죽음의 노래를 부르는 까마귀 코를 만났다. 그 나무 밑에는 세 사람이 누워 있었다. 불길이 반쯤 남은 모닥불 연기가 그들 사이에서 뭉게뭉게 피어올랐다. 불 위에 올린 철판에서는 얇은 빵이 까맣게 타고 있었다. 모닥불 바로 곁에 루비와 터키석으로 장식한 안쿠스가 햇살 아래 반짝반짝 빛나고 있었다.

"저 물건의 효과가 빨리 나타났군. 마침내 이곳에서 모두 끝났어. 그런데 이들은 어떻게 죽은 거지? 흔적이 전혀 없어."

바기라가 고개를 갸웃하며 말했다.

정글에서 사는 동물들은 대부분 경험을 통해 의사들이나 알 만한 독성 식물과 열매에 대해 훤히 꿰고 있다. 모글리는 모닥불 연기 냄새를 맡아 본 뒤 까맣게 변한 빵을 조금 떼어 내 맛보고는 금세 뱉어 버렸다.

"죽음에 이르는 사과야. 첫 번째 사람이 이들에게 먹이려고 준비했는데, 이들 손에 곧

드족과 이 사람이 먼저 죽은 거지. 확실해."

모글리가 콜록거리며 설명하자 바기라가 끄덕였다.

"그야말로 풍성한 사냥이 되었군! 죽음이 이들을 이렇게 바짝 쫓다니."

'죽음의 사과'는 정글에서 흰독말풀 또는 만다라화라고 불리는데, 인도 어디에서든 쉽게 구할 수 있었다.

"이제 어떻게 할까? 다음 차례는 너하고 내가 저기 빨간 눈이 박힌 살인자를 차지하기 위해 싸우는 건가?"

검은 표범이 물었다.

"말도 안 돼. 바기라, 넌 내가 저걸 던져 버린 걸 알잖아. 우리는 사람들이 그토록 원하는 것에 전혀 관심 없으니까. 우린 저 물건 때문에 서로 싸우고 죽이는 일은 없을 거야. 그런데 저걸 그냥 두고 가면 거센 바람에 열매가 떨어지듯이 아주 짧은 시간 안에 사람들끼리 또 죽이려 들 거야. 난 사람이 밉지만 그렇다고 하룻밤 사이 여섯이나 죽는 걸 더는 보고 싶지 않아."

모글리가 작은 목소리로 말했다.

"그게 너랑 무슨 상관이지? 그들은 그저 사람일 뿐이야. 또 서로 죽이고도 좋아했을지 몰라. 그나저나 그 첫 번째 작은 종족 말이야, 추적 솜씨가 꽤 훌륭하던데."

"그들은 새끼 늑대나 다름없는 풋내기들이야. 물에 비친 달빛을 핥으려다 빠져 죽는 순진한 종족이라고. 그러니까 내가 잘못한 거야."

모글리는 마치 이 모든 일을 다 예측하고 있었다는 듯이 말하고는 조심스레 안쿠스를 집어 들었다.

"아무리 꽃처럼 아름답고 신기해도 이런 물건은 절대 정글에 들이지 않을 거야. 코브라들의 아버지에게 도로 가져다주어야지. 그런데 우선 잠을 좀 자야겠는데, 이자들 옆에서 잘 수는 없어. 이 물건을 땅에 묻어 두었다가 여길 빠져나가자. 그래서 다시는 여섯 사람이 죽는 일이 없도록 막을 거야. 바기라, 나무 밑에 구덩이 좀 파 줘."

모글리의 명령에 바기라가 나무 밑으로 다가가며 한마디 했다.

"하지만 어린 형제여, 이 문제는 피를 마시는 저 물건의 탓만은 아니야. 분명히 알아 두렴. 문제는 사람들에게 있어."

"어차피 이젠 상관없어. 구덩이나 깊게 파 줘. 한숨 자고 나서 코브라들의 아버지에게
도로 갖다 줄 거야."

모글리가 대답했다.

이틀 밤 뒤, 터키석과 루비로 장식된 안쿠스가 벽의 구멍 틈새로 날아들더니 바닥에 쌓
인 주화 더미 위에 철커덕 하고 떨어졌다. 그때 흰 코브라는 어두컴컴한 아치형 천장 아래
에서 똬리를 틀고 앉아 정글 사람에게 모욕을 당하고 보물을 도둑맞은 채 홀로 남겨진 것
을 탄식하고 있었다.

신중한 모글리는 안쿠스를 던져 넣은 곳이 아닌 다른 벽 앞에 서서 말했다.

"코브라들의 아버지여. 당신 종족 가운데 혈기가 왕성하고 성숙한 이들을 파수꾼으로
삼아 왕의 보물을 잘 지켜 주세요. 그래서 보물을 훔치러 들어온 사람들이 다시는 달아
나지 못하게 해 주세요."

"아하! 이 물건이 돌아왔군. 봐, 내가 죽음의 물건이라고 했지? 그런데 넌 어떻게 죽지
않고 이제껏 살아 있는 거지?"

늙은 코브라가 안쿠스 자루를 몸으로 휘감으며 물었다.

"내 목숨을 구해 준 수소에 걸고 맹세하건대, 나도 잘 모르겠어요! 그 물건은 하룻밤 사
이 여섯 명이나 죽였어요. 그러니 다시는 밖으로 나오지 못하게 막으세요."

작은 사냥꾼의 노래

공작새 마오가 날아오르기 전에, 원숭이가 요란하게 떠들기 전에,
솔개 칠이 까마득히 먼 하늘 위에서 내려오기 전에,
그림자 하나와 한숨이 정글을 조용히 지나가네.
오! 작은 사냥꾼이여, 그는 공포라네!
조용히 지켜보던 그림자가 빈터를 향해 은밀히 내달리고,
속삭이는 소리가 온 정글로 퍼져 나가네!
이마에 땀방울이 맺히고 흐르는 건 방금 그가 지나쳤음이니.
오! 작은 사냥꾼이여, 그는 공포라네!

달이 산 위로 떠오르기 전에, 바위에 달빛이 스미기 전에,
축 처진 꼬리들이 축축하고 쓸쓸해질 때,
거친 숨결이 어둠을 헤치고 쿵쿵거리며 다가오네.

왕의 안쿠스

오! 작은 사냥꾼이여, 그것은 공포라네!
무릎을 꿇고 활시위를 당겨, 날카로운 화살을 쏘아라.
텅 빈 수풀에 몸을 숨기고 창을 던져라!
하지만 그대의 손에 힘이 빠져 뺨에 피를 남겼으니.
오! 작은 사냥꾼이여, 그것은 공포라네!

뜨거운 구름이 폭풍우를 삼킬 때, 은빛 소나무가 쓰러질 때,
드세고 거친 비바람이 몰아칠 때,
요란한 천둥소리를 뚫고 한 목소리가 훨씬 크게 외치네.
오! 작은 사냥꾼이여, 그것은 공포라네!
이제는 물이 높이 차오르고, 발 하나 없는 암석들이 솟구쳐 오르네.
번개 불꽃에 조그만 이파리의 줄기도 선명하게 드러나네.
목구멍이 막히고 말라붙으며, 심장은 옆구리를 두방망이질한다.
오! 작은 사냥꾼이여, 이것은 공포라네!

콰이쿼른

동쪽에 사는 얼음 종족은 눈처럼 녹고 있다네.

그들은 커피와 설탕은 구걸하려고, 백인들이 가는 곳으로 향하지.

서쪽에 사는 얼음 종족은 도둑질과 싸움을 배우네.

그들은 교역 장소에 털가죽을 팔고, 백인에게는 영혼을 팔지.

남쪽에 사는 얼음 종족은 포경선 승무원과 거래하네.

그들의 여인은 리본으로 몸치장을 하기에,

그들의 텐트는 모두 찢겨 얼마 남지 않았네.

하지만 엘더 빙원의 종족은 백인이 감히 범접할 수 없는 존재.

일각고래 뿔로 창을 만드는 그들이 마지막 인류라네.

— 번역문

"봐요, 눈을 떴어요!"

"가죽 속에 도로 넣읍시다. 앞으로 아주 용맹한 개가 될 거요. 생후 넉 달째가 되면 녀석한테 이름을 지어 줘야겠소."

카들루가 말하자, 아내 아모라크가 물었다.

"누구 이름을 붙일 거예요?"

카들루는 벽에 가죽을 덧댄 눈으로 만든 집을 말없이 둘러보았다. 그러다 잠자리로 쓰는 의자에 앉아 바다코끼리 상아로 단추를 만들고 있는 열네 살 된 아들 코투코를 물끄러미 보았다.

코투코가 씩 웃으며 말했다.

"내 이름을 따서 지어 주세요. 언젠가 저도 그 개가 필요할 테니까요."

카들루가 아들을 마주 보며 씩 웃자, 그의 눈이 퉁퉁한 볼살에 푹 파묻혔다. 그는 아내를 돌아보며 고개를 끄덕였다. 새끼 강아지는 따뜻한 고래기름 등 위에 달아 둔 물개 가죽 주머니 속에서 버둥대며 낑낑거렸다. 강아지의 용감한 어미는 그 모습에서 눈을 떼지 못했다. 코투코는 단추 만드는 일을 계속했고, 카들루는 개 줄을 둘둘 만 다음 그 더미를 눈으로 만든 집 한쪽 구석을 뚫어 만든 좁은 공간에 던져 넣었다. 그러고는 두툼한 사슴 가죽 사냥복을 벗어 고래 뼈 그물 위에 올렸다. 그물 아래에는 또 다른 등이 빛을 뿜고 있었다. 카들루는 아모라크가 삶은 고기와 피 수프를 저녁으로 내오기를 기다리면서, 의자에 앉아 꽁꽁 언 물개 고기를 잘게 썰었다. 그는 오늘 새벽 13킬로미터 떨어진 물개 서식지에 가서 물개 세 마리를 사냥해 왔다. 그런데 눈으로 만든 집의 안쪽 출입문과 연결된 길고 나지막한 눈 통로에서 개들이 울부짖는 소리가 들렸다. 하루 일과를 마친 썰매 개들이 따뜻한 자리를 서로 차지하려고 물어뜯으며 몸싸움을 벌였던 것이다.

개들의 소란이 길어지자, 코투코는 탄성이 좋은 45센티미터 채찍과 7.5미터짜리 두 겹 노끈을 들고 천천히 일어났다. 코투코가 채찍의 고래 뼈 손잡이를 움켜쥐고 통로에 나타나자, 개들이 금방이라도 그를 잡아먹을 듯이 난리를 쳤다. 그건 반갑다는 표시로 개들이 식사 직전에 늘 하는 행동이었다. 코투코가 통로 끝으로 살금살금 걸어가자 털이 북슬한 머리 여섯 개가 뚫어지게 그를 쳐다보며 얌전히 기다렸다. 그가 간 곳은 고래 턱뼈로 만든 교수대 모양의 틀이었는데, 거기에는 차갑게 언 고기가 걸려 있었다. 코투코는 넓적한 작살의 날로 고기를 큼직하게 잘라 덩어리를 나눈 뒤, 한 손에는 채찍을 들고 다른 손에는 고깃덩이를 들었다. 그런 다음 가장 약한 녀석부터 순서대로 이름을 불렀다. 차례를 지키지 않은 개에게는 호된 벌이 내려졌다. 끝으로 갈수록 점점 가늘어지는 가죽 채찍이 번갯불처럼 내려치기라도 하면, 2.5센티미터 남짓한 털과 가죽이 찢기면서 큰 상처를 입었다. 개들은 연신 으르렁대며 기다리다가 드디어 먹이를 받으면 제 몫을 텁석 받아 물고 서둘러 자리로 돌아갔다. 소년은 그렇게 눈부신 북극광 아래 눈밭에 서서 개들이 정당하게 구는지 그렇지 않은지 지켜보았다. 맨 마지막은 썰매 팀을 이끄는 커다란 검둥개였다. 검둥개 사르포크는 썰매 줄을 맨 개들이 얌전히 대기하도록 이끄는 역할을 해서 두 배의 고기를 받았다. 하지만 채찍질도 그만큼 많이 받았다.

"아, 사르포크! 이제 나도 새끼 강아지가 생겼어. 지금은 등 위에 달린 주머니 안에서 자고 있지만 앞으로 아주 힘차게 짖어 댈 거야. 자, 이제 들어가!"

코투코가 채찍을 감으며 사르포크에게 말했다.

코투코는 통로에 웅크리고 있는 개들 옆을 지나, 고래 뼈 몽둥이로 옷에 묻은 눈을 툭툭 털었다. 아모라크가 문가에 두는 그 몽둥이는 가끔씩 가죽을 덧댄 지붕을 쳐서 둥그런 천장에 매달린 고드름을 떨어뜨리는 데 쓰였다. 고드름을 그대로 두었다가는 잠자리용 의자로 떨어질 수 있기 때문이었다. 개들은 통로에서 자는 내내 쿵쿵거리거나 처량하게 낑낑 울었다. 아모라크가 두꺼운 털 두건으로 감싼 사내 아기는 답답한지 연신 버둥대며 가르랑거렸다. 새끼 강아지의 어미는 코투코 곁에 누워 안전하게 매달린 물개 가죽 주머니에서 눈을 떼지 않았다. 등 안에서 활활 타오르는 노란 불꽃이 가죽 주머니를 따뜻하게 감쌌다.

이 모든 일은 머나먼 북쪽, 그러니까 래브라도반도와 거친 조류가 빙산을 밀어내는 허드슨 해협 너머, 멜빈반도의 북쪽에 있는 퍼리 앤 헤클라 해협 건너편의 배핀섬 북쪽 해안과 랭커스터 해협의 빙산 한가운데에 마치 기울어진 푸딩처럼 위치한 바일롯섬에서 일어났다. 랭커스터 해협에서 북쪽으로 더 올라가면, 노스데번과 엘즈미어섬이 있는데 이곳을 제외하면 알려진 게 거의 없었다. 하지만 그곳에도 북극을 이웃 삼아 살아가는 소수의 사람들이 있었다.

카들루는 보통 에스키모라 부르는 이누이트다. 모두 합해 서른 명뿐인 그의 부족은 투누니르뮤트 일대에 살았다. 이 지명은 '뒤편에 숨겨져 있는 땅'을 뜻했다. 이 고요하고 쓸

쓸한 해안은 지도에 '네이비 보드 해협'이라고 쓰여 있는데, 세상 맨 끝에 자리한 만큼 이 누이트들이 부르는 명칭이 딱 알맞았다. 투누니르뮤트는 일 년 가운데 아홉 달은 얼음과 눈에 뒤덮였고 매서운 강풍이 몰아쳤다. 영하의 기온을 한 번도 겪지 않은 사람이라면 이곳의 추위를 결코 상상할 수 없을 것이다. 또 그 아홉 달 가운데 여섯 달은 하루 종일 캄캄한 밤만 계속되어 그야말로 혹독한 생활을 할 수밖에 없었다.

나머지 석 달도 여름이라고는 하지만, 밤낮으로 꽁꽁 얼어붙는 것은 매한가지였다. 그래도 남쪽 비탈의 눈이 녹고, 몇몇 땅버들이 솜털이 송송한 싹을 틔웠으며, 작은 돌나물이 꽃을 피우긴 했다. 또 올망졸망한 자갈과 조약돌이 널린 해변이 망망대해까지 넓혀졌으며, 반질반질한 암석과 바위들이 보송한 눈을 떨어 내며 제 모습을 드러냈다. 그러나 이런 풍경은 몇 주를 채 버티지 못하고 사라졌으며, 금세 겨울이 찾아왔다. 그러면 가까운 바다에서 빙판이 쪼개져 나와 서로 부딪치고 밀어내고 내려치면서 산산조각이 났고, 가라앉은 얼음 조각들은 수면에서 심해까지 3미터 두께로 완전히 얼어 버렸다.

그렇게 겨울이 오면 카들루는 땅처럼 단단해진 빙판에서 물개를 사냥했다. 물개들이 숨을 쉬기 위해 빙판의 작은 구멍으로 올라오면 바로 작살을 날리는 것이다. 물개는 물고기를 잡아먹으며 살기 위해 먼바다 근처에서 지내야 했다. 물개 서식지 일대 빙판은 주변에 섬이 없어 130킬로미터나 쭉 뻗어 나가는 경우도 있었다. 카들루는 봄이 오면 부족과 함께 점점 녹아 내리는 빙판을 떠나 바위로 뒤덮인 본토로 향했다. 그곳에 투픽(가죽 텐트)을 세운 뒤 바닷새를 잡거나 해변에서 몸을 녹이는 물개 새끼를 작살로 잡았다. 또 배핀섬에 가서 순록을 사냥하고 수백 개의 개천과 호수를 돌아다니며 일 년 동안 먹을 연어를 잡기도 했다. 이어 9월 또는 10월이 되면 사향소를 쫓다가, 겨울에 정기적으로 벌이는 물개 사냥을 위해 집으로 돌아왔다. 이러한 여정에는 하루에 30킬로미터 내지 50킬로미터씩 달리는 개 썰매가 꼭 필요했다. 때로는 가죽으로 만든 '여자용 배'를 타고 해안에 내려가기도 했는데 이때 개와 아이들은 노를 젓는 사람의 발밑에 자리했고, 배가 차갑고 맑은 물 위를 떠다니며 갑(바다 쪽으로 뾰족하게 뻗은 육지)과 갑 사이를 오가는 동안 여자들은 노래를 불렀다. 카들루 부족의 사치품이랄 수 있는 썰매 조종자가 쓰는 부목(浮木), 작살 끝에 다는 쇠막대, 강철 칼, 조리가 잘되는 양철 냄비, 부시와 부싯돌, 성냥, 여자들 머리를 묶는 리본, 값싼 거울, 사슴 가죽 외투의 가장자리에 대는 빨간 천 들은 모두 남쪽에서 들어왔다. 카들루는 진한 크림 빛깔이 도는 배배 꼬인 일각고래 뿔과 사향소 이빨(이것들은 진주만큼이나 귀하다.)을 남쪽 이누이트 부족과 교역했다. 남쪽 부족은 사들인 물건을 엑스터와 컴버랜드만에 있는 포경선이나 선교 기지에 가서 팔았다. 그 거래는 계속 이어져 차가운 북극권에서 나는 고래기름은 인도의 벤디 시장에서 선박 요리사의 주전자를 데우는 데 쓰이게 되었다.

카들루는 솜씨가 좋은 사냥꾼이었다. 그는 강철 작살, 얼음을 자르는 칼, 새잡이용 투창 등 추위가 심한 땅에서 살아가는 데 도움이 되는 온갖 물건을 가지고 있었다. 그리고 부족 안에서 우두머리도 하고 많은 경험을 한 덕에 모든 것을 잘 아는 사람으로 통했다. 그러나 권력을 가진 것은 아니고, 가끔 동료들이 사냥터를 바꿀 때 조언을 해 주는 정도였다. 코투코는 그런 아빠가 무척 자랑스러웠다. 그래서 다른 아이들과 달빛 아래에서 공놀이를 하거나 북극광을 보며 '아이들 노래'를 부를 때, 여유가 넘치는 이누이트 특유의 행동을 하며 뻐기곤 했다.

이누이트 사내아이들은 열네 살이 되면 남자가 되었다고 여겼다. 코투코는 야생 날짐승과 벨록스여우를 잡는 데 쓰는 덫을 만드는 일, 특히 남자들이 사냥을 나간 사이 하루 종일 여자들과 함께 물개 가죽과 사슴 가죽을 매만지는 일을 못 견뎌했다. 그는 사냥꾼들이 모여 신기한 이야기를 늘어놓는 콰기(노래하는 집)에 가고 싶어했다. 그곳에서는 마법사 안게코크가 등불을 끈 채 간 떨어지는 무서운 이야기를 들려주었다. 예를 들면 순록의 정령이 지붕 위에서 발을 쿵쿵 구를 때 창을 치켜들고 찌르면 피가 묻어난다는 이야기였다. 코투코는 고단한 하루를 마치면 어른들처럼 커다란 부츠를 그물 위에 던지고 사람들과 함께 도박을 하며 놀고 싶었다. 그러나 도박이라고 해 봐야 양철 주전자와 못으로 허술하게 만든 룰렛이 전부였다. 어른들은 하고 싶은 게 너무 많아 안달인 코투코에게 껄껄 웃으며 이렇게 말했다.

"네가 썰매의 죔쇠를 쓸 줄 알 때까지 얌전히 기다려라. 코투코, 사냥은 그냥 잡기만 하면 되는 게 아니란다."

그런데 이제 아버지가 자신의 이름을 따 강아지 이름을 짓겠다고 하니, 코투코는 희망에 부풀었다. 이누이트는 아들이 썰매 개 몰이에 익숙해지기 전에는 절대 개를 내주지 않았다. 그래서 코투코는 자신이 이제 웬만한 건 다 아는 어른에 가까워졌다고 굳게 믿었다.

　　만약 그 새끼 강아지가 강철처럼 강하지 않다면 훈련을 견디지 못하고 죽을 것이다. 코투코는 강아지 몸에 가죽끈이 달린 썰매 줄을 연결하고는 집 안을 휘젓고 다니며 외쳤다.

　　"아우아! 자 아우아!(오른쪽으로 가!)"

　　"초이아초이, 자 초이아초이!(왼쪽으로 가!)"

　　"오하하!(멈춰!)"

　　강아지는 코투코에게 끌려다니는 게 싫었지만, 그렇게 예행연습을 한 뒤 마침내 난생처음 개 썰매를 끄는 날을 맞았다. 강아지는 처음에는 아무것도 모른 채 눈밭에 주저앉아 썰매 줄과 썰매 앞쪽에 연결된 두꺼운 물개 가죽끈을 가지고 장난쳤다. 그러다 동료 개들이 출발하면 자기도 모르게 뒤를 돌아보고 3미터나 되는 무거운 썰매가 제 뒤를 쫓는 데 대해 당황해서는 눈길을 내달렸다. 코투코는 그런 강아지를 보며 눈물이 날 정도로 깔깔 웃었다. 그 뒤로 강아지는 얼음 들판을 강타하는 혹독한 바람처럼 휘몰아치는 채찍을 수없이 맞았고, 움직임이 서툴러서 동료들한테 물어뜯겼으며, 썰매 줄에 생살이 쓸리는 아픔을 묵묵히 견뎌야 했다. 잠도 코투코 곁이 아닌 통로의 가장 차가운 자리에서 자야 했다. 강아지에게는 고통스러운 시기였다.

　　코투코도 그 강아지처럼 빨리 배우긴 했지만, 사실 개 썰매 몰이는 신경이 마비될 정도로 힘든 일이었다. 먼저 힘이 약한 개부터 썰매 조종자와 가까운 곳에 배치한 뒤 별도의 가죽끈으로 연결한다. 그 끈은 개들의 다리 밑을 지나 중심 끈과 만나고, 그렇게 결합된 끈은 버튼이나 고리로 고정한다. 하지만 손목을 회전시켜 풀면 단번에 개들을 자유롭게 놓아줄 수 있다. 이렇게 끈을 조종하는 일은 매우 중요하다. 어린 개들 가운데에는 가죽끈이 뒷다리 사이로 들어가 뼈가 부러지는 경우도 종종 발생하기 때문이다. 개들은 보통 동료 곁에 꼭 붙어 달리려고 가죽끈을 찬 채 이리저리 튀어 오르기 일쑤다. 그러다 싸움이라도 나면 꽁꽁 언 낚싯줄을 푸는 것보다 더 곤혹스럽다. 따라서 채찍을 적시에 잘 사용해 일이 커지지 않도록 미리미리 신경 써야 한다. 모든 이누이트 소년들은 기다란 채찍을 쥐게 되면 자부심을 느낀다. 채찍으로 땅을 향해 휘두르는 건 쉽지만, 빠르게 달리는 썰매 위에서 몸을 앞으로 뻗어 능장을 부리는 개의 등만 정확히 때리는 건 매우 어렵기 때문이다. 동료에게 달라붙는 개의 이름을 부른 뒤 엉뚱하게도 다른 개를 때리게 되면 개들끼리 싸움이 벌어져 급기야 썰매가 멈추고 만다. 썰매를 끌면서 다른 사람과 이야기하거나 노래를 부르는 것도 금지다. 그러면 개들이 우뚝 멈추고 돌아앉아서 주인의 말에 귀를 기울이기 때문이다.

한번은 코투코가 잠시 썰매를 멈추었을 때 썰매를 묶어 두지 않아 개들이 달아난 적이 있었다. 그 바람에 수많은 가죽끈이 끊어졌고, 채찍 여러 개가 망가졌다. 그렇게 많은 시행착오를 거친 끝에, 코투코는 여덟 마리 개로 구성된 썰매 팀과 작은 썰매를 조종할 수 있게 되었다. 코투코는 대범하고 재빠르게 끈을 조종하면서 스스로를 중요한 인물이라고 자부하며 눈을 연기처럼 날리면서 전속력으로 매끈한 얼음판을 달렸다. 그리고 15킬로미터쯤 떨어진 곳에서 물개가 숨을 내쉬는 구멍을 찾았다.

코투코는 사냥터에 다다르면 느슨하게 연결된 가죽끈을 홱 당겨 가장 영리하고 커다란 검둥개를 풀어 주었다. 검둥개가 구멍에 대고 냄새를 맡는 사이, 코투코는 유모차 핸들처럼 생긴 순록 뿔 한 쌍을 눈밭에서 빼낸 뒤 이를 이용해 썰매를 뒤집었다. 썰매 개들이 달

아나지 못하게 하려는 것이다. 코투코는 이번에는 조심조심 기어가 물개가 수면 위로 떠오르기를 기다렸다.

이윽고 물개가 나타나자 잽싸게 작살을 날려 찌른 뒤 구멍 가장자리로 끌어당겼다. 그러고는 검둥개가 다가와 썰매 쪽으로 물개를 끌어갈 수 있도록 도왔다. 이때 줄에 매인 개들이 엄청 흥분하여 컹컹 짖고 입에 거품을 물면, 코투코는 물개가 꽁꽁 얼 때까지 기다리면서 개들을 향해 달궈진 막대처럼 기다란 채찍을 마구 휘둘렀다.

집으로 돌아가는 일도 무척 힘들었다. 물개를 실은 썰매가 거친 얼음 위에서 쓰러지지 않도록 균형을 잡아야 하고, 썰매를 끄는 대신 주저앉아 물개를 보며 입맛을 다시는 개들도 달래야 했다. 마침내 개들이 고개를 낮추고 꼬리를 꼿꼿이 세운 채, 마을로 이어지는 익숙한 길을 씽씽 내달리면 얼음을 지치는 소리가 힘차게 울려 퍼졌다. 코투코는 〈안구티

분 티나(사냥꾼이 귀환하며 부르는 노래)〉를 목청껏 불렀고, 그러고 나면 가족들이 별빛이 희미하게 빛나는 밤하늘 아래에서 코투코를 반갑게 맞아 주었다.

개 코투코도 어느새 완전히 자라 썰매 끄는 일을 즐기게 되었다. 녀석은 동료들과 맹렬하게 싸워 팀 내에서 계속 지위를 높였다. 그러다 마침내 기분 좋게 저녁 식사를 마친 어느 날, 우두머리인 검둥개에게 달려들어(소년 코투코의 심판은 공정했다.) 두 번째 자리로 밀어내고 가장 높은 자리를 차지했다. 그 뒤 개 코투코는 다른 개들보다 기다란 끈을 매고 1.5미터 앞서 달리며 우두머리로 군림했다. 그에 따라 썰매 줄을 매든 매지 않든, 동료 사이에 벌어지는 모든 싸움을 제지하는 일도 해야 했다. 목에는 매우 두껍고 묵직한 구리 줄을 둘렀다. 대신 특별한 날이면 집 안에 들어와 사람들이 조리한 음식을 함께 먹었고, 코투코 곁에서 잠을 잘 수도 있었다. 개 코투코는 매우 훌륭한 물개 사냥꾼이었고, 사향소 주변을 빙빙 내달리다가 단번에 달려들어 제압할 줄도 알았다. 심지어 소름 돋는 북극 늑대한테도 전혀 주눅 들지 않고 달려들었다. 북극에 사는 모든 개들은 눈 위를 걷는 그 어떤 존재보다 북극 늑대를 두려워하는데도 말이다. 이는 그가 매우 용맹한 개라는 결정적인 증거였다. 그래서 개 코투코와 그의 주인은 평범한 개들로 이루어진 썰매 팀을 동료로 인정하지 않았다.

날카로운 눈매, 길고 노란 털, 하얀 송곳니를 가진 사나운 개와 털옷을 걸친 소년은 밤낮을 가리지 않고 늘 함께 사냥했다. 이누이트에게 가장 중요한 임무는 가족과 자신을 위해 먹거리와 털가죽을 마련하는 것이었다. 물론 여자들도 가죽으로 옷을 짓고 덫을 놓아 조그만 먹잇감을 잡는 등 생계를 꾸렸지만, 가족의 생존을 위해 엄청난 식량을 대는 일은 전적으로 남자의 책임이었다. 그 일은 돈으로 사거나 다른 사람에게 부탁할 수 있는 일이 아니었다. 그 일을 해내지 못한다면 바로 죽음을 의미했다. 이누이트는 강요받지 않는 한, 다른 방법이나 기회에 대해 전혀 생각하지 않는다. 그래서 카들루, 아모라크, 코투코 그리고 털가죽 속에서 버둥대며 하루 종일 지방 덩어리를 씹는 사내 아기는 그 누구보다 행복했다.

이누이트들은 매우 상냥했다. 좀처럼 화를 내지도, 아이를 때리지도 않았다. 거짓말이 무슨 뜻인지 몰랐고, 도둑질은 더더욱 몰랐다. 그들은 잔인할 정도로 혹독한 추위 속에서도 여유가 넘쳤다. 저녁마다 늘 웃으며 모여 앉아 유령과 요정 이야기를 했고, 배가 터지도록 먹었으며, 여자들의 노랫소리가 밤새 끊이지 않았다.

"암나 아야, 아야 암나, 아! 아!"

그들은 등불 아래 둘러앉아 노래를 부르면서 오래도록 사냥복과 사냥 장비를 손보았다.

그러던 어느 혹독한 겨울날, 모든 것이 이누이트들을 배신했다. 그들은 그해의 연어 사냥을 마치고 돌아와 바일롯섬 북쪽으로 막 형성된 빙판 위에 집을 지었다. 바다가 얼면 바로 물개 사냥을 나설 생각이었는데, 예정보다 빨리 가을이 찾아왔다. 9월 내내 강풍이 계속되면서 1미터 내지 1.5미터 두께의 반질반질한 얼음이 육지 깊숙이 떠밀려 왔다. 그 바람에 거칠고 울퉁불퉁하고 뾰족한 얼음덩이가 마치 울타리처럼 무려 30킬로미터나 이어졌다. 그런 길에서는 썰매를 끌 수 없었다. 이 얼음 울타리만 넘어가면 물개들이 물고기를 잡을 때 사용하는 얼음 들판의 예리한 가장자리가 드넓게 펼쳐져 있을 텐데, 감히 접근조차 할 수 없었다. 결국 이누이트들은 꽁꽁 얼려 저장해 둔 연어와 고래기름, 덫에 걸린 작은 짐승으로 겨우 버틸 수밖에 없었다.

그런데 12월에 한 사냥꾼이 투픽 속에서 여자 셋과 죽기 직전인 소녀 하나를 발견했다. 나중에 들어 보니 여자들의 남편들은 멀리 북쪽에서 긴 뿔이 달린 일각고래를 잡으러 왔다가 사냥용 가죽배가 가라앉으면서 죽고 말았다는 것이다. 원래 이누이트들은 외지인의 식사 대접을 소홀히 하지 않았다. 그래서 카들루는 마을의 공동 오두막으로 여자들을 보냈다. 그러나 카들루는 자신도 곧 그런 처량한 신세가 될 거라고는 생각도 못했다. 아모라크는 열네 살쯤 된 소녀를 자기 집 하인으로 받아들였다. 뾰족한 모자, 흰사슴 가죽 레깅스에 기다란 다이아몬드 무늬가 있는 것으로 보아 소녀는 엘즈미어섬 출신인 듯했다. 소녀는 요리 냄비와 나무 발이 달린 썰매를 난생처음 보고는 무척 신기해했다. 소년 코투코와 개 코투코는 그런 소녀가 마음에 들었다.

이윽고 모든 여우와 오소리 들이 남쪽으로 내려왔다. 오소리는 멍청한 도둑이나 다름 없어서 코투코가 쳐 둔 덫 안으로 아무 의심 없이 들어왔다. 그사이 이누이트들은 훌륭한 사냥꾼 둘을 잃었다. 사향소에 맞서 싸우다 그만 절름발이가 된 것이다. 결국 다른 사람들이 그들의 몫까지 더 많이 일해야 했다. 코투코는 가벼운 썰매에 힘센 개 예닐곱 마리를 달고 매일 밖으로 나갔다. 그러고는 투명한 얼음에 눈이 부셔 아플 때까지 물개의 숨 구멍을 찾아다녔다. 이윽고 개 코투코가 쥐 죽은 듯이 조용한 얼음 들판의 정적을 깨며 요란하게 짖었다. 저 멀리 5킬로미터 전방에서 물개 구멍을 찾아내고는 잔뜩 흥분했던 것이다. 개 짖는 소리가 마치 소년의 바로 옆에서 나는 것처럼 들렸다. 소년은 개가 찾아낸 물개 구멍으로 달려가서 최악의 상황인 강풍에 대비해 나지막한 눈 벽을 쌓았다. 그러고는 물개가 수면 위로 올라올 때까지 벽 뒤에서 열 시간, 열두 시간, 스무 시간을 기다렸다. 코투코는 작살을 날릴 때 기준선 역할을 하도록 꽂아 놓은 작은 표적에서 눈을 떼지 않았다. 발밑에는 물개 가죽 매트를 깔고, 옛 사냥꾼들이 알려 준 방식의 투타레앙(죔쇠)으로 다리를 꽁꽁 묶었다. 그 기구는 귀가 밝은 물개가 나타날 때까지 다리가 움직이지 않도록 잡아 주었다. 기다리는 일은 당연히 흥미롭지 않았다. 다리를 묶은 채 영하 40도의 추위를 견디며 가만히 앉아 있는 것은 정말 고된 일이었다. 마침내 물개가 잡히자 개 코투코가 가죽끈을 길게 늘어뜨리며 재빨리 뛰어나와 물개를 썰매 쪽으로 끌 수 있도록 도와주었다. 썰매에 묶인 지치고 굶주린 개들은 부서진 얼음벽 밑에서 침울한 얼굴로 엎드려 있었다.

물개 고기는 금방 바닥이 났다. 마을 사람들과 함께 나눠 먹어야 해서, 물개의 뼈, 가죽, 힘줄조차도 버리지 않고 몽땅 먹어 치웠다. 물개 고기는 사람이 먹는 식량이어서, 아모라크는 잠자리용 의자 밑을 뒤져 여름에 쓰는 낡은 투픽을 조각내 썰매 개들에게 먹였다. 실컷 먹지 못한 개들은 눈만 뜨면 배가 고파 계속 울부짖었다. 사람들은 오두막의 등불 아래 모여 자신들에게 찾아온 기근에 대해 이야기했다. 모든 것이 풍성하던 시절에는 배처럼 생긴 대접에 고래기름을 60센티미터에 달할 정도로 부어 활기찬 노란빛이 오래도록 타올랐다. 하지만 지금은 겨우 15센티미터에 불과했고, 그것도 불꽃이 좀 커졌다 싶으면 아모라크가 얼른 심지를 줄여 고래기름을 아꼈다. 그럴 때마다 사람들의 시선이 아모라크의 손으로 향했다. 사실 그들은 혹한기의 굶주림보다 어둠 속에서 맞는 죽음을 더 두려워했다. 모든 이누이트들은 매년 여섯 달 동안 끝나지 않을 것처럼 이어지는 밤을 두려워했다. 그래서 집 안에서 등불이 계속 타오르면 마음이 침울해지고 혼란스러워했다.

그런데 그렇게 힘든 시기에 다른 큰 문제가 터졌다. 제대로 먹지 못한 개들이 마구 울부짖고 그르렁댔고, 밤하늘의 별들을 노려보다가 매서운 바람 속으로 뛰쳐나가 킁킁거리기 시작했다. 개들의 요란한 소동이 멈추면, 문에 눈발이 부딪히면서 묵직한 적막이 마을을 뒤덮었다. 그럴 때면 마법사의 북소리가 눈발을 뚫고 울리는 것처럼 자신들의 맥박과 심장 소리가 귓전을 파고들었다.

어느 날 개 코투코가 평소와 달리 썰매 줄이 연결된 모양새가 마음에 들지 않았는지 펄쩍펄쩍 뛰면서 주인 코투코의 무릎을 파고들었다. 코투코는 등을 툭툭 두들기며 진정시키려 했지만, 개는 쉼 없이 머리를 마구 들이밀었다. 그때 잠에서 깬 카들루가 다가와 늑대처럼 묵직한 개 코투코의 머리를 붙잡고 맑은 눈을 들여다보았다. 개는 겁먹었다는 신호로 낑낑 짖었고, 이어 카들루의 무릎 사이에서 온몸을 떨었다. 그러다 목덜미의 털을 바짝 곤두세우고, 낯선 자가 집에 들어오기라도 한 것처럼 매섭게 으르렁거렸다. 그러더니 갑자기 강아지처럼 신나게 컹컹거리면서 바닥을 뒹굴더니 코투코의 부츠를 물고 흔들었다.

"코투코가 왜 이러죠?"

소년이 왠지 모를 불안을 느끼며 묻자 카들루가 대답했다.

"병이 들었다. 광견병이야."

개 코투코는 코를 하늘로 치켜들더니 끊임없이 짖어 댔다.

"이런 모습은 처음 봐요. 코투코는 어떻게 될까요?"

코투코가 묻자, 카들루는 한쪽 어깨를 으쓱하고는 오두막 한쪽에서 짧은 송곳 작살을 들고 나왔다. 커다란 개는 그 모습을 보자 사납게 짖으며 재빨리 통로 밖으로 달려 나갔다. 다른 개들이 양쪽으로 물러나면서 개 코투코가 달아날 공간을 만들어 주었다. 눈밭 위에 선 개는 사향소 발자국이라도 발견한 것처럼 사납게 짖으며 펄쩍펄쩍 뛰고 몸부림치다가 저 멀리 자취를 감추었다. 그건 광견병이 아니라 단순한 광기였다. 매서운 추위와 굶주림, 무엇보다 기나긴 어둠 때문에 미친 것이다. 그 끔찍한 광기는 썰매 팀에서 한 번 발생하면 도깨비불처럼 걷잡을 수 없이 퍼져 나갔다.

다음 날이 되자 또 다른 개도 미쳐 날뛰었다. 가죽끈 틈에서 동료를 물어뜯고 몸부림치다가 결국 코투코 손에 죽음을 맞았다. 이어 한때 우두머리였던 두 번째 서열의 검둥개가 헛것이라도 봤는지 순록 발자국을 찾았을 때처럼 요란하게 짖어 댔다. 사람들이 검둥개를 썰매에서 풀어 주자, 녀석도 개 코투코처럼 썰매 줄을 몸에 매단 채 얼음 절벽 근처로 도망쳤다. 그 일이 있은 뒤로 아무도 병든 개를 썰매 팀에 끼워 주지 않았다. 사람들은 개가 어떤 용도인지 정확히 알고 있었고, 다른 개들도 사람들의 의도를 정확히 파악했다. 개들은 썰매 줄에 묶여 먹이를 받아먹으면서도 절망과 공포에 몸을 떨었다. 이렇게 뒤숭숭한 때에 늙은 여자들은 유령 이야기로 흥분했다. 그해 가을 실종된 사냥꾼들의 영혼이 나타나서 끔찍한 일을 예언했다고 떠벌렸다.

　코투코는 자신의 개를 잃어버렸다는 사실에 몹시 낙담했다. 평소 이누이트들이 워낙 많이 먹긴 하지만, 굶어 죽는다는 게 어떤 건지 잘 알고 있었던 것이다. 굶주림, 어둠, 추위, 공포는 코투코에게도 영향을 미쳤다. 그의 머릿속에서 낯선 목소리들이 자꾸만 웅웅거렸고, 그곳에 있지도 않은 사람들이 아스라이 보이기도 했다.

　어느 날 밤, 코투코는 물개 구멍을 열 시간이나 지켜보다가 쬠쇠를 풀고 마을을 향해 비틀비틀 걸어갔다. 그러다 갑자기 머리가 띵하고 어지러워 그 자리에 멈춰 서서 암석에 기댔다. 그 암석은 마치 흔들바위처럼 불쑥 솟은 뾰족한 얼음 울타리 위에 아슬아슬 놓여 있었다. 그런데 코투코의 체중이 실리자 암석이 더는 견디지 못하고 서서히 굴러떨어지기 시작했다. 코투코가 얼른 옆으로 비켜선 순간, 암석이 끼익 소리를 내며 얼음 비탈을 굴러 뒤쪽으로 미끄러졌다.

　코투코는 그 광경을 보고 확신했다. 그는 어렸을 때부터 모든 돌과 바위에는 저마다 '이누아(주인)'가 있는데, 그것은 '토르나크'라는 외눈박이 여인의 영혼이라고 들었다. 토르나크는 남자를 도와줄 때 자신이 사는 돌집까지 지닌 채 통째로 굴러와 수호신에게 데려가 줄지 말지를 묻는다고 했다. 코투코는 그 전설을 철석같이 믿으며 자랐다.(여름에 바위와 봉우리를 덮고 있던 눈이 녹아 흘러내리는 모습을 보면, 코투코가 왜 돌이 살아 있다고 생각하는지 공감할 것이다.) 그 무렵 코투코는 하루 종일 귓전을 울리는 맥박 소리에 시달리고 있었는데, 그건 바로 토르나크가 자신에게 말을 거는 속삭임이었다. 코투코는 집에 도착할 무렵까지 토르나크와 아주 많은 이야기를 나누었고, 마을의 모든 사람들도 코투코의 말을 사실로 받아들였다.

　"그 바위가 나한테 '내가 뛰어내릴게. 이곳에서 눈밭으로 뛰어내릴게.'라고 말했어요."
눈이 퀭하게 꺼진 코투코가 오두막의 희미한 불빛 아래 앉아 외쳤다.

　"그리고 이렇게도 말했죠. '내가 안내할게. 물개 구멍이 풍성한 곳으로 너를 안내할게.' 내일 토르나크가 나를 이끌어 줄 거예요."

　그때 마을 마법사 안게코크가 찾아왔다. 코투코는 자신이 겪은 이야기를 하나도 빠짐없이 자세히 들려주었다.

　"토르나이트(돌의 정령들)를 따라가라. 그들이 우리를 식량이 있는 곳으로 안내할 거다."

안게코크가 말했다.

한편 북쪽에서 온 소녀는 등불 옆에 누운 채 몇 날 며칠을 먹지도 않고 말도 하지 않았다. 그런데 안게코크가 찾아온 다음 날, 썰매 줄을 움켜쥐고는 소년 옆으로 당당하게 다가왔다. 그때 아모라크와 카들루는 코투코의 작은 썰매에 줄을 묶고 사냥 장비를 비롯하여 그간 아껴 두었던 고래기름과 꽁꽁 언 물개 고기 등을 최대한 싣고 있었다.

이윽고 뼈 받침대를 단 썰매가 소년과 소녀를 태우고는 을씨년스러운 북극의 어둠을 뚫고 끽끽, 쿵 소리를 내며 출발하자 소녀가 입을 열었다.

"너의 집은 나의 집이야."

"나의 집은 너의 집이지. 아무튼 지금은 너와 함께 세드나가 있는 곳으로 갈 거야."

코투코가 말했다.

세드나는 저승 세계의 여왕으로, 이누이트들은 죽으면 세드나의 나라에서 일 년을 지낸 뒤 콰들리파르뮤트로 가게 된다고 믿었다. 콰들리파르뮤트는 추위와 얼음이 없고 손짓만 해도 통통한 순록이 다가오는 행복의 나라였다.

온 마을 사람들이 코투코의 등 뒤에 대고 큰 소리로 외쳤다.

"토트나이트가 코투코를 드넓은 얼음 들판으로 안내할 거야. 그러면 그가 우리한테 물개를 가져다줄 거다."

하지만 그들의 외침은 차갑고 텅 빈 어둠 속으로 금세 사라졌다. 코투코와 소녀는 어깨를 붙인 채 썰매가 북극해를 향해 얼음을 지치며 나아가도록 줄을 잡아당겼다. 코투코는 토르나크가 북쪽으로 가라고 했다면서, 순록의 투크투크중(큰곰자리) 별을 향해 북쪽으로 내달렸다. 유럽 사람들은 바람에 의한 얼음과 눈 더미의 날카로운 모서리를 헤치며 하루에 8킬로미터의 빙판을 달리는 것이 불가능하다. 하지만 둘은 손목을 움직여 썰매가 뒤집어지지 않도록 조심하며 울퉁불퉁한 빙판을 요리조리 빠져나갔다. 도통 길이 안 보일 때는 적당한 힘으로 조용히 작살을 내리찍으며 나아가기도 했다.

소녀는 말없이 고개를 숙이고 있었다. 흰담비족제비 가죽으로 만든 모자 가장자리의 기다란 오소리 털이 바람에 나부껴 넓적하고 까만 소녀의 얼굴 앞에서 연신 흔들거렸다. 하늘은 짙은 색 벨벳처럼 컴컴했고, 수평선 부근은 어느새 황적색 띠를 두른 듯이 변했다. 하늘에 붙박아 놓은 듯한 커다란 별들이 마치 가로등처럼 환하게 빛났다. 이따금 푸르른 북극광 물결이 드넓은 하늘을 가로지르며 깃발처럼 펄럭이다가 자취를 감추거나 유성이 꼬리에 불꽃을 달고 반짝 나타났다 다시금 어둠 속으로 사라졌다.

이윽고 그들 앞에 울퉁불퉁한 얼음 들판과 곳곳에 파인 고랑이 나타났다. 순간 주위가 붉은색, 구리색, 푸른색 등으로 묘하게 물드는 것처럼 보이는가 싶더니 평소와 다름없이 별빛 아래 차가운 잿빛으로 변했다. 앞서 말했듯이, 얼음 들판은 가을의 세찬 강풍에 얼어맞아 지진이 난 듯한 모습으로 꽁꽁 얼어 있었다. 도랑과 골짜기, 자갈 구덩이 같은 구멍, 얼음 들판 위에서 그대로 얼어 버린 얼음덩이와 그 파편, 강풍에 떠밀려 빙판 밑에 박혔다가 다시 떠올라 오랜 시간을 견딘 거무스름한 얼음, 둥근 얼음 봉우리, 바람에 실려 온 눈이 쌓여 생긴 날카로운 얼음 모서리, 얼음 들판의 1.5미터 내지 1.8미터 아래에 자리한 1,200제곱미터 혹은 1,600제곱미터 크기에 이르는 숨은 구덩이 등이 보였다.

그런데 조금만 떨어져서 보면, 곳곳에 널린 얼음덩이들은 물개, 해마, 쓰러진 썰매, 식량을 찾는 사람들, 열 개의 다리를 가진 하얀 곰 정령으로 착각할 만큼 생명력이 넘쳤고 그 모양새가 환상적이었다. 하지만 그 주변은 메아리조차 들리지 않는 쓸쓸하기 짝이 없는 허허벌판이었다. 소년과 소녀는 순간 빛이 번득이며 나타나는 듯했다가도 이내 사라지는 황무지를 헤치고 앞으로 앞으로 나아갔다. 둘은 세상의 가장 끄트머리를 헤매는 악몽처럼 천천히 썰매를 몰았다. 그러다 지치면 코투코는 눈으로 아주 작은 집을 만들고, 여행용 등을 켜 꽁꽁 언 물개 고기를 녹였다. 사냥꾼들은 그런 집을 '반쪽짜리 집'이라고 불렀다. 둘은 그곳에서 잠시 눈을 붙인 뒤 다시금 앞으로 나아갔다.

하루에 50킬로미터를 달려도 막상 북쪽으로는 15킬로미터밖에 전진할 수 없었다. 소녀는 늘 입을 꾹 다물고 있었지만, 코투코는 연신 혼잣말을 지껄였고 '노래하는 집'에서 배운 여름 노래, 순록과 연어의 노래를 밑도 끝도 없이 불렀다. 하지만 그해 겨울에는 무엇이든 다 섬뜩하게 들렸다. 코투코는 토르나크가 자신에게 투덜거렸다면서, 팔을 휘적휘적 내젓고 얼음 언덕을 마구 달려 올라가 사방에 대고 협박의 말을 고래고래 외쳤다.

사실 코투코는 한동안 미친 것과 다름없이 굴었다. 하지만 소녀는 그가 수호 정령의 안내를 받고 있으니 곧 모든 일이 잘 풀릴 거라고 굳게 믿었다. 그래서 나흘째 행진을 거의 마친 뒤, 코투코가 활활 타오르는 공처럼 이글거리는 눈빛으로 자신의 토르나크가 머리가 둘 달린 개로 변신해 뒤쫓아 온다고 흥분해서 말해도 전혀 동요하지 않았다. 소녀는 코투코가 손을 뻗은 곳으로 고개를 돌렸을 때 무언가가 골짜기로 휙 들어가는 것을 느꼈다. 분명 사람은 아니었다. 누구나 토르나이트가 곰 또는 물개로 변해 나타난다는 것을 알고 있었다. 따라서 머리가 둘 달린 개가 나타난다고 해도 놀랄 일은 아니었다. 어쩌면 다리가 열 개 달린 하얀 곰의 정령일 수도 있었다. 하지만 코투코와 소녀는 너무 오래 굶주려서 사물을 제대로 보고 파악하기가 어려웠다. 둘은 그게 어떤 존재든 상관없었다. 마을을 떠난 이후 덫으로 아무것도 잡지 못했고, 그 어떤 생명체도 보지 못했다.

이제 남은 식량으로는 일주일도 버티기 어려웠다. 그런데 강풍이 서서히 다가오고 있었다. 열흘 동안 쉬지 않고 몰아치는 북극의 강풍을 뚫고 바다로 나가는 것은 자살 행위였다. 코투코는 썰매를 보관할 수 있을 정도로 눈으로 집을 넓게 지었다. 이런 시기에는 고기를 따로 두는 것은 매우 어리석은 짓이었다. 코투코가 마지막으로 지붕 꼭대기를 막을 얼음 덩어리를 만들 때였다. 그는 800미터쯤 떨어진 얼음 절벽 근처에서 무언가 자신을 쳐다보는 시선을 느꼈다. 그것은 사방이 흐릿해서 대번에 눈에 띄었는데, 12미터 길이에 높이는 3미터인 데다 6미터가 넘는 꼬리를 지녔다. 소녀도 온몸이 꿈틀거리는 그 존재를 보았는데, 너무 겁에 질린 나머지 비명을 지를 생각조차 못 하고 나지막이 속삭였다.

"콰이퀴른이야. 왜 여기 온 걸까?"

"나에게 무언가를 말하려고 해."

코투코는 덤덤하게 말했지만 눈 칼을 쥔 손이 바르르 떨렸다. 이상할 정도로 추하게 생긴 정령이 자신을 도와줄 거라고 믿고는 있었지만 막상 눈앞에서 보니 달갑지 않았다. 콰이퀴른은 털도 이빨도 없는 거대한 유령 개였다. 그것은 북쪽 끝에서 조용히 살다가 무슨 일이 벌어지려고 하면 그 일대를 배회한다고 했다.

그 유령 개들이 이로운 존재인지 아닌지는 확실치 않았다. 다만 마법사들도 콰이퀴른을 입에 올리는 것을 두려워했다. 콰이퀴른이 바로 개들을 미치광이로 만들었기 때문이다. 그들은 곰의 정령과 마찬가지로 다리를 몇 쌍씩 가지고 있었는데, 저 멀리 안개 속에서 펄쩍펄쩍 뛰고 있는 콰이퀴른도 평범한 개보다 다리 수가 훨씬 많았다.

코투코와 소녀는 얼른 눈집으로 들어가 몸을 움츠렸다. 물론 콰이퀴른이 마음만 먹으면 대번에 그들 머리 위로 날아와 박살 낼 것이다. 다행히 30센티미터 두께의 눈 벽과 칠흑 같은 어둠이 두 사람에게 약간의 안정과 위로가 되었다.

이윽고 북극의 강풍이 기관차가 내뿜는 굉음처럼 날카로운 비명을 지르며 찾아왔다. 강풍은 꼬박 사흘 동안 몰아쳤지만 조금도 누그러지지 않았다. 그들은 등을 무릎 사이에 세우고 연료를 채워 불을 피웠다. 그리고 미지근한 물개 고기를 나눠 먹으면서 칠십이 시간 동안 천장에 시커먼 그을음이 생기는 모습을 지켜보았다. 소녀가 남은 식량을 헤아려 보니 이제 이틀분밖에 남지 않았다. 코투코는 작살에서 사슴 힘줄로 고정시킨 부분과 칼날, 물개 사냥용 창, 새 사냥용 투창을 손보았다. 사실 그것 말고는 딱히 할 일도 없었다.

"우리는 이제 금방 세드나로 갈 거야. 사흘쯤 지나면 더는 움직일 수 없게 되어 그대로 죽을 거라고. 그런데 너의 토르나크는 아무것도 해 주지 않는가 봐? 그 여인에게 안게 코크의 노래라도 불러 줘. 그럼 이리 올지도 몰라."

소녀가 소곤거리자, 코투코는 마법의 노래를 큰 소리로 부르기 시작했다. 강풍이 서서히 힘이 빠지고 있었다. 그런데 노래 중간에 소녀가 움찔하더니, 장갑을 낀 손으로 바닥을 짚었다가 곧장 머리를 얼음 바닥에 바짝 붙였다. 코투코도 소녀를 따라 엎드린 다음 땅에서 느껴지는 소리와 기운에 온 신경을 곤두세웠다. 이어 코투코는 썰매에 실려 있던 새덫의 가장자리에서 은색의 가는 고래 뼈를 떼어 쭉 펴고는 얼음 바닥의 작은 구멍에 똑바로 세운 뒤 그 주변에 장갑을 덧대 단단히 고정했다. 그러자 고래 뼈가 나침반 바늘처럼 정교하고 세밀하게 움직였다. 이제 그들은 바닥에서 머리를 떼고 고래 뼈를 뚫어지게 바라보았다. 조금 뒤 가느다란 고래 뼈 막대가 아주 미세하게 살짝 떨리더니 몇 초의 간격을 두고 규칙적으로 움직이기 시작했다. 하지만 멈추었다가 진동하기를 여러 번 되풀이했다. 곧이어 나침반의 정반대 방향으로 떨기 시작했다.

"너무 빨라! 거대한 얼음 들판이 저 먼 곳에서부터 무너지고 있어."

코투코가 다급히 외치자, 소녀도 고래 뼈 막대를 가리키며 고개를 끄덕였다.

"그래, 엄청나게 부서지고 있어. 얼음 바닥에서도 쿵쿵 소리가 나."

두 사람이 무릎을 꿇은 채 귀를 기울이자, 아주 기묘한 씩씩 소리, 웅얼거리는 소리, 발밑에서 쿵쿵 울리는 소리가 선명하게 들렸다. 이따금씩 눈을 뜨지 못한 강아지가 등 밑에서 낑낑대는 소리도 들렸다. 그러다 그 소리는 딱딱한 얼음 벌판에 돌을 문지르는 것 같은 소름 끼치는 소리로 변했다. 곧이어 북을 약하게 치는 소리가 이어졌다. 하지만 그 모든 소리는 아스라이 먼 곳에서 작은 뿔피리를 연주하는 것처럼 가늘고 길게 늘어지다가

뚝 끊겼다.

"움직이지 않고 가만히 있으면 이대로 끝이야. 얼음이 부서지고 있어. 토르나크가 우릴 속인 게 분명해. 우리는 곧 죽고 말 거야."

코투코가 말했다.

대단한 일도 아닌데 요란을 떤다고 생각할 독자도 있겠지만 둘은 엄청난 공포에 휩싸인 채 마주 보았다. 지난 사흘 동안 북극의 강풍이 배핀만의 깊은 바다를 남쪽으로 밀어내, 바일롯섬에서 서쪽으로 뻗어 나간 드넓은 얼음 벌판 끄트머리에 쌓아 올렸다. 또 랭커스터 해협에서 동쪽으로 나아간 강력한 기류가 채 굳지 않은 거친 얼음을 몇 킬로미터나 날라서 그대로 얼음 벌판을 덮쳤다. 이어 폭풍이 휘몰아치는 바다의 성난 파도가 얼음 벌판을 휩쓸고 깎아 버렸다. 코투코와 소녀가 들은 기묘한 소리는 눈집으로부터 50킬로미터 내지 70킬로미터 떨어진 그곳에서 벌어지는 이러한 사태를 어렴풋하게나마 알려 주는 메아리였고, 그 여파가 조그만 고래 뼈 막대에 전해져 그렇게 떨렸던 것이다.

이누이트들은 얼음이 긴 잠에서 깨면 무슨 일이 벌어질지 아무도 모른다고 믿었다. 단단한 얼음 벌판은 구름만큼이나 순식간에 그 모습이 바뀌었기 때문이다. 강풍은 늘 하던 대로 때가 되어 찾아온 것이지만, 그 뒤에 벌어지는 일은 누구도 알 수 없었다.

그래도 둘은 마음이 훨씬 편해졌다. 곧 얼음 들판이 무너져 내리면 기다림도 고통도 없이 모든 것이 끝날 것이다. 정령, 도깨비, 마녀 들이 살벌한 얼음 벌판 위를 활개칠 것이고, 자신들을 향해 무섭게 달려드는 온갖 험악한 존재들과 함께 세드나로 갈 수 있을 거라 생각했다.

마침내 강풍이 잠잠해지자 둘은 눈집 밖으로 나왔다. 그런데 수평선 부근에서 들려오는 소음이 잦아들기는커녕 점점 커져 갔다. 사나운 얼음 들판이 신음을 토해 내며 계속 윙윙거렸다.

"콰이퀴른이 아직도 있어."

코투코가 말했다.

사흘 전, 소년과 소녀가 맞닥뜨렸던 다리 여덟 개 달린 짐승이 얼음 언덕 꼭대기에 걸터앉아 몸을 웅크린 채 무섭게 짖었다.

"한번 따라가 보자. 어쩌면 세드나가 아닌 곳으로 이끌지도 몰라."

소녀는 그렇게 말했지만 힘이 하나도 없어 썰매 줄을 잡고 비틀거렸다. 콰이쿼른은 늘 그랬듯이 서쪽과 뭍 쪽으로 어기적거리며 천천히 걸어가더니 부자연스럽게 얼음 언덕을 넘었다. 그들은 서둘러 콰이쿼른을 쫓아갔다. 얼음 들판 끝에서 사납게 울부짖는 천둥소리가 점점 가까이 들렸다.

얼음 들판 곳곳은 내륙을 향해 5킬로미터 내지 7킬로미터 길이로 산산이 쪼개지더니, 3미터 두께에 2제곱미터 혹은 3제곱미터의 작은 것부터 수십 제곱미터에 달하는 거대한 것까지 다양한 형태와 크기의 얼음 조각들로 만들어졌다. 그 얼음장들은 덜컹대고 서로 부딪치고 물속으로 가라앉으면서 아직 깨지지 않은 얼음 들판 쪽으로 몰려갔다. 그리고 거칠고 투박한 파도가 그 얼음장들 사이로 세차게 튀어 오르며 요동쳤다. 이렇게 맞부딪치는 얼음 조각들은 바다가 얼음 들판을 향해 최초로 출동시키는 부대인 셈이었다. 얼음 조각들이 끝없이 충돌하면서 만들어 내는 요란한 굉음 덕분에, 얼음 들판 아래에서 총빙(바다를 떠다니던 얼음이 모여 언덕처럼 얼어붙은 것)이 갈라지고 깨지는 소리는 테이블보 밑으로 재빨리 카드를 숨길 때처럼 순식간에 잠잠해졌다.

물이 얕은 곳에서는 총빙들이 층층이 쌓여 15미터 아래 맨 밑 점토층과 만났다. 어느새 흙탕물로 변한 바다가 진흙 얼음 쪽으로 계속 떠밀려 와서 거세게 누르는 통에 쌓였던 총빙들은 다시 떠밀려 갔다. 심지어 강풍과 기류들도 빙산을 몰고 와 그린란드 쪽 근해와 멜빌만 북쪽 해안을 덮쳤다. 웅장한 강풍과 기류들은 돛을 활짝 펴고 파도를 하얗게 부수면서 적진으로 쳐들어가는 옛 함대처럼 얼음 들판으로 진격해 왔다. 온 세상을 밀어붙일 것처럼 버티고 선 빙산이 강풍과 기류를 가로막았지만 빙산은 금세 무기력하게 으스러지고 비틀거렸다. 그리고 이내 파도 거품과 진흙, 얼어붙은 물방울에 휘감겨 몸부림쳤다. 비교적 크기가 작거나 나지막한 빙산들은 얼음 들판을 쪼개며 그 사이를 헤치고 1킬로미터 가까이 깊숙하게 파고들었는데, 그 덕에 몇 톤이나 되는 얼음 잔해들이 양편에 가득 쌓였다. 그리고 빙산의 일부는 날카로운 검 모양으로 떨어져 나와 얼음 들판 표면에 톱날 자국을 남겼고, 또 다른 일부는 무게가 수톤이나 나가는 얼음 덩어리가 되어 언덕 여기저기에 내동댕이쳐졌다. 이리저리 떠돌다 통째로 물 위로 솟은 빙산은 바다와 파도의 공격에 괴로운 듯 비틀대다가 얼음 들판 위에 쿵 쓰러졌다. 이렇게 해서 형성된 얼음들은 뭉개지고 다시 뭉쳐지고 뒤틀리면서 둥근 아치 모양이 되거나 그 밖에 여러 가지 형태를 이루며 북쪽으로 끝없이 펼쳐졌다.

하지만 코투코와 소녀가 머무는 눈집에서는 그 같은 대혼란도 수평선 밑에서 불길하게 꿈틀대는 정도로만 보였다. 그런데 이 혼돈이 소리 없이 천천히 두 사람 쪽으로 몰려오고 있었다. 이어 묵직하게 쿵쿵거리는 소리가 안개 속에서 울리는 대포 소리처럼 멀리 육지 쪽에서 들려왔다. 그 소리는 바일롯섬의 무쇠 같은 절벽이 등 뒤에 버티고 선 그들의 남쪽 고향 얼음 들판이 위태롭다는 신호였다.

"이런 광경은 처음 봐. 그런데 지금은 이럴 시기가 아닌데 얼음 벌판이 부서지다니, 말도 안 돼!"

코투코가 넋이 빠진 표정으로 정면을 뚫어지게 보며 말했다.

다음 순간, 소녀가 미친 듯이 절름대며 그들 앞을 지나가는 형체를 가리켰다.

"저기! 어서 쫓아가자!"

그들은 재빨리 썰매를 몰아 콰이쿼른 뒤를 쫓았다. 그러는 동안에도 얼음은 무섭게 비명을 지르며 그들 쪽으로 점차 다가오고 있었다. 이윽고 그들 주변의 얼음 벌판이 갈라지기 시작했고 금이 사방으로 뻗어 나갔다. 얼음이 마치 늑대 이빨처럼 쩍쩍 벌어졌다. 그러나 콰이쿼른이 앉아 있던, 오래전에 떠밀려 온 얼음 덩어리들이 쌓여 만들어진 15미터 높이의 언덕은 끄떡없었다. 코투코는 소녀를 데리고 언덕 밑으로 잽싸게 몸을 날렸다. 얼음은 점점 더 무섭게 포효했지만 언덕은 흔들림 없이 평온하기만 했다. 소년은 소녀에게 오른쪽 팔꿈치를 들어 위쪽과 바깥쪽을 향해 내젓는 시늉을 했다. 그건 섬 모양의 육지를 뜻하는 신호였다. 바로 다리가 여덟 개인 절름발이 콰이쿼른이 두 사람을 이곳 육지로 이끈 것이다. 그곳은 산마루에 화강암이 드문드문 보이고, 해안에서 멀리 떨어진 곳에 모래벌판이 자리한 작은 섬이었다. 얼음으로 덮여 있어서 마치 얼음 들판처럼 보였지만, 맨 밑바닥은 움직이는 얼음이 아닌 단단한 흙이었다. 얼음 들판이 갈가리 찢어지고 산산조각 난 덕분에 작은 섬의 형체가 더욱 또렷이 드러났다. 그리고 북쪽으로 뻗어 나간 모래사장이 쟁기로 흙을 파 엎어 놓은 것처럼 믿음직한 울타리가 되어 달려드는 얼음덩이들을 막아 냈다. 물론 사방으로 흩뿌려진 얼음 잔해들이 섬의 바닷가와 평평한 산마루를 얼마든지 덮칠 수 있었다.

하지만 코투코와 소녀는 그런 것에 신경 쓸 겨를이 없었다. 둘은 서둘러 눈으로 작은 집을 만들고, 간단히 요기를 했다. 이윽고 해안에 얼음이 부딪히는 소리가 들렸다. 유령 같은 짐승은 어느새 사라져 보이지 않았다. 코투코는 등 앞에 앉아 정령들의 위협을 물리쳤다며 신나게 떠들어 댔고, 소녀는 그 이야기를 들으며 몸이 젖혀질 정도로 웃었다. 그때 소녀의 등 뒤로 노란빛, 검은빛을 띤 머리 두 개가 천천히 다가오더니 눈집으로 들어섰다. 세상에서 가장 처량하고 딱한 몰골을 한 두 생명체는 바로 개 코투코와 한때 우두머리였던 검둥개였다. 두 녀석은 살이 올라 건강해 보였으며 예전의 정신을 되찾은 게 분명했는데, 그사이 매우 독특한 한 쌍이 되어 있었다. 앞서 말했듯이, 검둥개는 등에 썰매 줄을 맨 채 도망쳤다. 검둥개는 돌아다니다 개 코투코를 만나 함께 어울리거나 싸움을 벌였을 것이다. 그래서였는지 검둥개의 어깨 고리와 개 코투코의 목덜미에 달린 구리줄이 서로 엉켜 바짝 당겨져 있었다. 두 녀석은 이 사태를 해결하지 못하고 계속 상대방에게 비스듬하게 엮인 채 지냈을 테고, 썰매 팀에서 벗어나 자유롭게 사냥한 덕에 광기를 떨쳐 낼 수 있었을 것이다. 두 녀석은 정말 아주 차분해 보였다.

소녀는 웃기도 하고 흐느끼기도 하면서, 불쌍한 두 짐승을 코투코에게 떠밀며 말했다.

"이 애들이 바로 우리를 안전한 육지로 이끌어 준 콰이쿼른이었어. 다리가 여덟 개에 머리가 두 개!"

코투코가 둘을 엮고 있던 끈을 자르자, 노란 개와 검둥개가 정신을 차린 이야기를 해 주려는 듯이 그에게 반갑게 달려들었다. 코투코가 개들의 갈비뼈를 쓰다듬어 보니 통통하고 털에도 윤기가 흘렀다.

"애들이 먹이를 찾은 게 분명해. 당장 세드나에 안 가도 될 것 같아. 나의 토르나크가 개들을 보냈던 거야. 광기가 사라졌어."

코투코가 씩 웃으며 말했다.

그런데 두 개가 갑자기 서로를 향해 달려들더니 눈집 안에서 격렬한 싸움을 벌였다. 지난 몇 주간은 어쩔 수 없이 함께 자고 먹고 사냥했지만 이제는 상황이 바뀐 것이다.

"원래 굶주리고 있을 땐 싸우지 않지. 그나저나 이 녀석들이 물개를 찾은 게 분명해. 잠깐 잠 좀 자자. 우리도 곧 식량을 구할 수 있을 거야."

코투코가 말했다.

조금 뒤 그들이 일어나 보니, 섬 북쪽 해안에 얼지 않은 바다가 철썩이고 있었다. 녹고 있는 얼음들이 죄다 뭍으로 몰려오는 중이었다. 꽁꽁 언 바다가 녹으면서 마침내 들려오는 첫 파도 소리는 이누이트들에게 세상에서 가장 즐거운 소리였다. 그 소리는 곧 봄이 온다는 신호였기 때문이다.

코투코와 소녀는 손을 잡고 빙그레 미소 지었다. 둘은 얼음 사이로 파도가 힘차게 철썩이는 소리를 들으며 연어와 순록, 꽃을 피우는 버드나무 냄새를 떠올렸다. 바다는 그러는 동안에도 이리저리 떠도는 얼음덩이들을 헤치며 연신 뭍으로 달려들었다. 날은 여전히 혹독하게 추웠지만, 수평선 그 밑으로 가라앉은 태양에 붉게 물들어 눈부실 정도로 밝았다. 태양이 떠오르는 모습을 바라본다기보다 태양이 잠결에 하품하는 소리를 듣는 것 같았다. 태양 빛은 겨우 몇 분 동안만 비치겠지만, 어쨌든 그것은 계절이 바뀌고 있다는 증거였다. 이 같은 변화의 흐름은 그 어떤 것으로도 막을 수 없었다.

강풍 때문에 좀처럼 사냥을 못했던 물개가 물고기를 잡으러 나섰다가 두 개에게 잡히고 말았다. 두 개는 물개를 놓고 또다시 싸움을 벌였다. 그 물개는 그날 뭍으로 올라온 서른여 마리 물개들 가운데 첫 번째 녀석이었다. 이제 바다가 다시 얼 때까지는 검은 머리 수백 개가 떠다니는 얼음에 올라타고 얕은 바닷물 위를 돌아다닐 것이다. 그들은 오랫만에 물개의 간을 먹었고, 불꽃이 90센티미터나 치솟도록 등에 기름을 가득 채워 불을 밝혔다. 그러자 두 사람의 마음도 푸근해졌다.

그러나 이내 바다가 다시 얼자, 코투코와 소녀는 썰매에 짐을 싣고 마을로 돌아갈 채비를 서둘렀다. 둘은 그사이 마을에 무슨 일이 생긴 건 아닐까 하는 두려움에 썰매를 난생처음 끌어 보는 것처럼 갈팡질팡했다. 날씨는 자비를 모르는 것처럼 여전히 매서웠다. 그래도 주린 배를 움켜쥐고 사냥하는 것보다 식량을 가득 실은 썰매를 모는 게 훨씬 수월했다. 그들은 만약을 대비해 해안가 얼음 속에 물개 스물다섯 마리를 묻고, 마을로 돌아갈 채비를 마쳤다. 드디어 코투코가 명령을 내리자 개 두 마리가 마을을 향해 힘차게 내달렸다. 그러다 도저히 이정표를 찾을 수 없자, 그들은 이틀 내내 소리를 쳐 카들루의 마을 쪽으로 신호를 보냈다. 그러자 나머지 개들은 이미 잡아먹혔는지 개 세 마리만이 그 신호에 화답하며 컹컹거렸다. 그리고 대부분의 집에 불이 꺼져 있었다. 하지만 코투코가 "오조!(삶은 고기!)" 하고 외친 순간, 그에 대답하는 목소리가 어렴풋하게 새어 나왔다. 이어 코투코가 마을 사람들 이름을 차례차례 큰 소리로 부르자, 하나도 빠짐없이 모두 대답했다.

한 시간 뒤 카들루의 집에서 등이 다시 활활 타오르고, 아모라크가 모든 사람들을 위해 식사를 준비했다. 눈을 녹인 물을 데우고, 냄비마다 음식이 부글부글 끓었다. 천장에서는 눈이 녹아 똑똑 떨어졌고, 모자를 눌러쓴 사내 아기는 향이 진한 지방 덩어리를 잘근잘근 씹었으며, 사냥꾼들은 차례를 지켜 여유롭게 물개 고기를 먹었다. 노란 개와 검둥개는 사람들 사이에 자리를 차지하고 앉아 자신의 이름이 들릴 때마다 한쪽 귀를 쫑긋거리며 면목 없는 표정을 지었다. 이누이트의 속담대로, 한때 미쳤다가 정신이 돌아온 개는 어떤 경우에도 다시 미치지 않았다.

"토르나크가 우리를 잊지 않았던 거예요. 몰아치는 폭풍에 얼음이 부서지고, 물개는 거센 폭풍에 잔뜩 겁을 먹은 물고기들을 뒤쫓았어요. 새로 생긴 물개 구멍들을 지켜봤자 이틀 식량도 안 될 거예요. 내일 훌륭한 사냥꾼들께서 제가 얼음 속에 묻어 둔 물개 스물다섯 마리를 가져오시면 돼요. 그걸 먹은 뒤 얼음 들판으로 나가 물개를 사냥해요."

코투코가 말했다.

"코투코, 넌 이제 무얼 할 생각이냐?"

마을의 마법사 안게코크가 이 일대에게 가장 부유한 카들루에게 늘 하던 질문을 던졌다. 그러자 코투코는 북쪽에서 온 소녀를 향해 조용히 미소 지으며 말했다.

"우리는 집을 지을 거예요."

그러면서 집의 북서쪽 방향을 가리켰는데, 그건 결혼한 아들이나 딸이 독립해 집을 짓고 사는 곳이었다. 그런데 소녀가 양손을 들더니 조금 실망한 듯이 고개를 내저었다. 소녀는 죽기 직전에 겨우 목숨을 건진 외지인이라, 결혼 생활에 필요한 물건이 아무것도 없었다. 이윽고 의자에 앉아 있던 아모라크가 벌떡 일어나 소녀의 무릎에 온갖 물건을 가져다 올려 주었다. 돌 등, 금속 가죽 연마기, 사향소 이빨로 장식한 사슴 가죽, 선원들이 사용하는 돛천 꿰매는 바늘 등 북극권에서 최고로 쳐주는 훌륭한 혼수품들이었다. 소녀는 바닥에 머리를 조아리며 아모라크에게 감사 인사를 했다.

"요 녀석들!"

코투코가 싱글거리며 개들에게 노래를 불러 주자, 개들이 차가운 주둥이를 소녀의 얼굴에 비볐다.

"허험."

안게코크가 으스대는 몸짓을 하더니 헛기침을 했다. 그러고는 처음부터 모든 일을 다 예상하고 있었다는 듯이 말했다.

"코투코가 마을을 떠나자 나는 하루도 빠짐없이 콰기에 가서 마법의 노래를 불렀지. 기나긴 밤마다 노래를 불러서 순록의 정령을 불렀단다. 내 노래에 이끌려 나온 강풍이 얼음을 부수었고, 그 얼음 조각에 코투코의 뼈가 으스러지려던 바로 그때 개 두 마리를 보낸 거지. 이어 내 노래는 부서지는 얼음 사이로 물개를 불러냈어. 내 몸은 콰기 안에 얌전히 누워 있었지만, 영혼은 코투코와 개들이 얼음 들판에서 무사히 살아 돌아올 수 있도록 안내했던 거지. 결국 내가 이 모든 일을 한 거라고."

모두 배가 부르고 졸음이 쏟아졌던 터라 누구도 안게코크의 말에 토를 달지 않았다. 안게코크는 마법사의 특권으로 삶은 고기 한 덩이를 더 먹은 뒤 환하고 따뜻하며 기름 냄새가 가득 밴 집 안에서 다른 이들과 함께 잠을 잤다.

이누이트 전통 그림을 꽤 잘 그리는 코투코는 길쭉하고 평평한 상아 조각에 자신의 모험을 그려 넣고는 한쪽 끝에 구멍을 냈다. 그리고 환상적인 어느 해 겨울, 소녀와 함께 엘즈미어섬이 있는 북쪽으로 떠나면서 그 그림을 카들루에게 남겼다. 그런데 어느 여름, 카들루는 니코시링의 네틸링호 언저리에서 개 썰매가 부서지는 바람에 널빤지 틈에 두었던 상아 그림을 잃어버리고 말았다.

다음 해 봄, 한 이누이트가 호숫가에서 상아 그림을 발견하고는 컴버랜드 해협의 포경선에서 통역하던 이미겐 사람한테 그것을 팔았다. 그는 다시 노르웨이의 노스케이프로 관광객을 실어 나르는 대형 증기선의 조타수 한스 올센에게 팔았다. 관광 철이 지나자 올센의 증기선은 런던과 호주를 오가며 잠시 실론에 정박했다. 올센은 그곳에서 스리랑카의 보석상에게 모조 사파이어 두 개를 받고 상아 그림을 넘겼다. 그다음 내가 콜롬보의 한 집에서 고물 더미 속에 묻혀 있던 상아 그림을 발견했다. 이 이야기는 그 그림의 내용을 하나도 빠짐없이 글로 묘사한 것이다.

안구티분 티나

다음은 남자들이 작살로 물개를 잡은 뒤 부르는 〈사냥꾼이 귀환하며 부르는 노래〉를 번역한 것이다. 이누이트들은 무엇이든 여러 번 되풀이하는 것을 좋아한다.

피에 젖은 장갑이 꽁꽁 얼어서 뻣뻣해지고,
세찬 눈발에 털가죽도 그렇게 되었다네.
우리가 물개를 잡아 돌아온
바다에 뜬 얼음판 끝에서.

아우 자나! 아우아! 오하! 하크!
썰매 개들이 컹컹 짖으며 달리고,
길고 가느다란 채찍이 춤추며 남자들이 돌아오네.
바다에 뜬 얼음판 끝에서.

우리는 물개의 은밀한 서식지로 다가갔네.
물개가 밑에서 긁적이는 소리가 들리자
우리는 표적을 정해 놓고 지켰다네.
바다에 뜬 얼음판 끝에서.

물개가 숨을 쉬려고 모습을 드러냈을 때
우리는 작살을 치켜들고 있는 힘껏 찔렀네.
그리고 물개와 씨름하다가 마침내 처치했네.
바다에 뜬 얼음판 끝에서.

정 글 북

피에 젖은 장갑이 꽁꽁 얼어서 딱 붙어 버리고,
세찬 눈발에 우리 눈도 붙었다네.
하지만 우리는 다시 아내들에게 돌아가네.
바다에 뜬 얼음판 끝에서.

아우 자나! 아우아! 오하! 하크!
썰매 개들이 컹컹 짖으며 달리고,
아내들은 남편들이 돌아오는 소리를 듣네.
바다에 뜬 얼음판 끝에서.

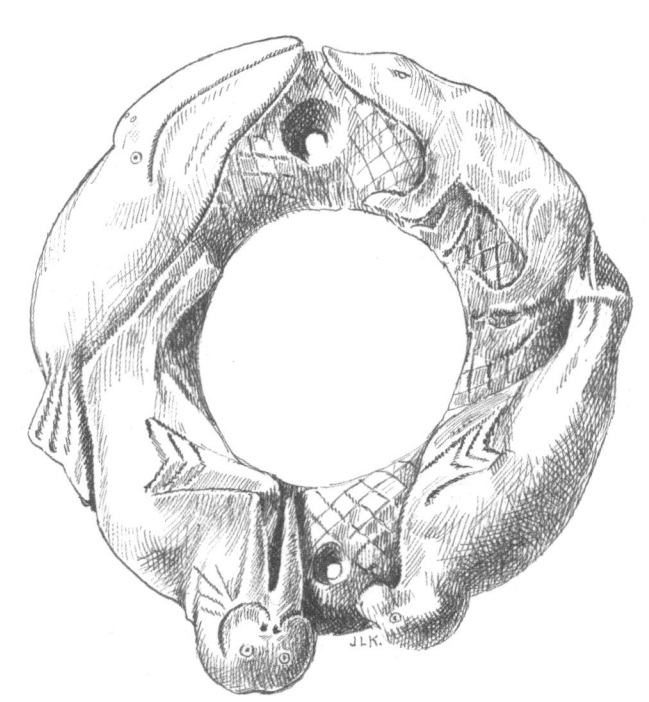

붉은 개

하얗고 멋진 우리의 밤을 위하여

날쌔게 달리고, 공평하게 영역을 정하고, 멀리 내다보고,

풍성하게 사냥하고, 완벽한 지혜를 짜내는 밤을 위하여!

이슬이 촉촉한 숲, 티끌 하나 없는 새벽의 냄새를 위하여!

안개 속의 질주와 맹렬한 추적을 위하여!

삼바가 제자리를 빙빙 돌며 저항할 때,

우리가 동료에게 외치는 소리를 위하여!

밤에는 위험과 폭동을, 낮에는 굴속의 잠을 위하여!

당당히 일어나 싸워라.

짖어라! 마구 짖어라! 으르렁!

　모글리는 정글을 넓힌 뒤부터 삶이 즐거워졌다. 그는 정글에 진 빚을 갚은 것 같은 후련한 기분이었다. 이제는 정글의 누구든 모글리의 친구였는데, 더러는 그를 두려워하기도 했다. 그동안 모글리가 사람 무리 속에서 힘들게 지내며 보고 듣고 경험했던 것들은 수많은 이야기로 만들어졌다. 때로는 친구가 등장하기도 하고 그렇지 않기도 한 각각의 이야기들은 이번에 들려줄 이야기만큼이나 길다. 따라서 열한 대의 수레에 은화를 싣고 정부의 재무 당국으로 향하던 황소 스물두 마리를 죽이고 반짝거리는 주화를 땅바닥에 흩뿌린 만들라의 미치광이 코끼리를 만난 이야기, 북쪽 늪지에서 악어 자칼라와 꼬박 밤을 새우며 싸운 이야기, 철판같이 단단한 그 짐승의 목덜미 가죽을 벗기다 칼날이 부러진 이야기, 멧돼지에게 죽임을 당한 사람의 목에 긴 새 칼이 걸린 것을 발견한 이야기, 그 칼 값을 정정당당히 치르기 위해 멧돼지를 뒤쫓은 이야기, 사슴의 꼬임에 빠져서 흉년에 발이 묶여 굶주린 이야기, 하티가 바닥에 기둥이 세워진 함정에 빠졌을 때 구해 준 뒤 다음 날 그것을 산산조각 낸 이야기, 어쩌다 보니 야생 물소들의 젖을 짠 이야기 등등은 유감스럽게도 독자에게 전부 들려줄 수 없다.

　이야기는 한 번에 하나만 하겠다. 모글리는 아빠 늑대와 엄마 늑대가 죽었을 때 동굴 맞은편에 있는 큰 바위 꼭대기에 올라가 그들을 기리는 죽음의 노래를 목 놓아 불렀다. 발루는 점점 늙고 힘이 빠져 몸이 더 둔해졌다. 무쇠처럼 단단한 근육과 강철 같은 신경을 뽐내던 바기라도 사냥할 때 눈에 띄게 느려졌다. 아켈라의 잿빛 털은 나이에 걸맞은 우윳빛으로 바뀌었다. 게다가 갈비뼈가 툭 불거지고, 앙상한 나무 같은 다리로 제대로 걷지도 못해 모글리가 대신 먹잇감을 사냥해 주었다. 반면 뿔뿔이 흩어진 시오니 늑대 무리의 자식들은 무럭무럭 자랐고, 어느새 그 수가 마흔 마리에 달했다. 아켈라는 다섯 살이 되어 그들의 발바닥이 매끈해지고 목소리도 높아졌을 때, 늑대는 자유의 종족인 만큼 서로 힘을 합하고 정글의 법칙을 지켜야 한다면서 한 지도자에게 복종하라고 말했다.

　그러나 모글리는 그 일에 관해 문제를 제기한 적이 없었다. 모글리는 이미 신 과일을 먹고 있었고, 어느 나무에 무슨 열매가 열리는지 훤히 알았다. 그는 파오나(그의 아버지는 아켈라가 우두머리였을 때 많은 활약을 한 잿빛 사냥꾼이었다.)의 아들 파오가 정글의 법칙에 따라 무리의 우두머리가 되려고 싸움을 벌이고, 별빛 아래 무리의 소집 신호와 노래를 부르자 옛 추억을 떠올리며 회의 바위로 향했다. 모글리는 파오보다 높은 자리에 아켈라와 나란히 앉았고, 그가 무슨 말을 하려고 입을 열면 늑대들은 그의 이야기가 끝날 때까지 조용히 기다려 주었다. 그 시절에는 모두가 풍성한 사냥을 했고, 넉넉하고 흡족하게 잠을 잘 수 있었다. 그 누구도 모글리 무리가 살아가는 정글 안으로 침입해 오지 못했다. 그래서 젊은 늑대들은 살이 붙어 더욱 강해졌으며, 회의 때 무리에게 첫 인사를 하러 나오는 새끼들도 많아졌다. 모글리는 그런 자리에 빠지지 않고 참석했는데, 그럴 때마다 검은 표범이 벌거벗은 갈색 아기인 자신을 무리에 받아들이라고 말하던 밤을 떠올렸다. 그리고 "잘 보아라, 늑대들이여." 하는 외침을 들으면 알 수 없는 이상한 느낌이 들면서 그럴 때마다 심장이 빠르게 뛰었다. 모글리는 종종 늑대 형제들과 함께 정글 깊숙이 들어가 새로운 것을 맛보고 만지고 보고 느끼며 지내기도 했다.

황혼에 물든 어느 저녁, 모글리는 사냥한 수사슴을 아켈라에게 나누어 주려고 깊은 산속을 한가로이 지나고 있었다. 네 마리 늑대 형제들은 모글리 뒤를 따르며 서로 장난치고 뒹굴면서 마냥 즐거워했다. 그때 시어 칸이 활개를 치고 다니던 시절 이후로는 한동안 듣지 못했던 정글에서 '페알'이라고 불리는 울음소리가 들렸다. 자칼이 호랑이 곁에서 알짱거리며 사냥할 때나 피 튀기는 살육이 벌어질 때 울부짖는 비명이었다. 페알은

쏘아보는 눈길, 증오·승리·공포·절망이 섞인 울음소리, 와인궁가강 주변에서 높고 낮게
울려 퍼지던 소리 들을 연상시켰다. 네 마리 늑대 형제들은 곧장 털을 빳빳이 세우고 으르
렁거렸다. 모글리도 칼을 만지작거리며 잔뜩 긴장했다.

"줄무늬 있는 녀석은 감히 이곳에서 사냥할 생각을 못 할 거야."

모글리의 말에 잿빛 형제가 대꾸했다.

"저건 경고로 우는 게 아니야. 잔인한 살육이 벌어진 게 분명해!"

이어 페알이 다시 한번 터져 나왔다. 마치 자

칼이 사람의 부드러운 입술로 흐느
끼다가 키득이는 것 같았다. 모글
리는 숨을 깊이 들이킨 다음, 다
급히 달리는 늑대 무리를 앞질러
회의 바위에 도착했다. 파오와 아
켈라가 바위 위에 나란히 앉아 있
고, 그 아래에 잔뜩 신경을 곤두세
운 늑대들이 모여 있었다. 어미
와 새끼들은 자신들의 굴로 움
직이기 시작했다. 페알 소리가
들리면 힘이 약한 짐승들은 달
아날 틈조차 없었다.

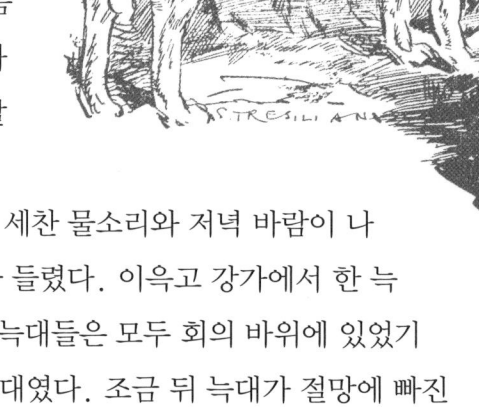

어둠 속에서 와인궁가강의 세찬 물소리와 저녁 바람이 나
무 꼭대기를 뒤흔드는 소리가 들렸다. 이윽고 강가에서 한 늑
대의 외침이 들렸다. 시오니 늑대들은 모두 회의 바위에 있었기
때문에, 녀석은 분명 외지 늑대였다. 조금 뒤 늑대가 절망에 빠진
애타는 소리로 울부짖었다.

"돌(인도들개)이야, 돌! 돌!"

조금 뒤 바위산을 힘겹게 오르는 지친 발소리가 들렸다. 이어 몹시 마른 데다 흠뻑 젖은
채 입에 거품을 문 늑대가 나타났다. 그는 옆구리에 붉고 긴 상처가 나 있었고, 오른발을

　　제대로 쓰지 못했다. 늑대는 둥글게 모인 시오니 무리 한가운데로 뛰어들더니 모글리 발치에 엎드려 숨을 헐떡였다.

"풍성한 사냥이 되기를! 그대는 누구 밑에 있소?"

파오가 위엄 있게 물었다.

"풍성한 사냥이 되기를! 내 이름은 원톨라요."

　　녀석은 자신을 한적한 굴속에 살면서 가족을 위해 홀로 사냥하는 늑대라고 소개했다. 원톨라는 무리에서 떨어져 혼자 사는 자를 뜻했다. 녀석이 헐떡일 때마다 가슴이 요동쳤다.

"누가 이 소동을 일으키는 거요?"

파오가 원톨라에게 다시 한번 물었다. 페알이 들린 뒤로 온 정글이 궁금해하는 것이었다.

"데칸 지역의 돌이오. 살육자 붉은 개 말이오! 그들은 데칸에 사냥감이 없다며 남쪽에서 출발해 북쪽으로 올라가면서 사냥감을 마구잡이로 죽이고 있는 것 같소. 이번 달이 막 새로 떠올랐을 때, 내겐 아내와 자식 셋이 있었소. 아내는 우리가 야생에서 흔히 하는 대로, 아이들에게 초원에서 사냥하는 법, 수사슴을 추격하는 법을 가르치고 있었다오. 그런데 그날 밤, 내 가족이 누군가에게 추격을 당하는 소리가 요란하게 들려왔소. 그리 고 다음 날 동이 틀 무렵 바람이 불어오던 그때 내 가족은 싸늘한 주검이 되어 풀밭에 누 워 있었지요. 자유의 종족이여, 이번 달이 새로 뜨던 바로 그때였어요! 나는 가족을 죽 인 붉은 개를 찾아냈소. 내게는 가족의 피를 붉은 개들의 피로 보상받을 권리가 있소."

"그 무리는 수가 얼마나 되오?"

모글리가 묻자, 늑대 무리들이 목구멍 깊숙한 곳에서 그르렁거리는 소리를 냈다.

"모르겠소. 그들 가운데 셋은 날 죽이는 대신 수사슴처럼 몰아 이렇게 다리 셋 달린 바 보로 만들었다오. 보시오, 자유의 종족이여!"

그는 못 쓰게 된 앞발을 내밀었는데 말라붙은 피딱지로 뒤덮여 온통 검은색이었다. 옆 구리 아래쪽과 목도 잔인하게 물어뜯겨 꽤 심각한 상태였다.

"드시오."

아켈라가 모글리로부터 받은 고기 앞에서 일어나 자리를 비키며 말했다.

그러자 원톨라가 곧장 달려들어 게걸스럽게 먹어 치우고는 겸손하게 말했다.

"이 신세는 꼭 갚겠소. 그리고 자유의 종족이여, 조금만 힘을 보태 주시오. 내가 기필 코 저들을 해치울 것이오! 달이 새로 뜰 때만 해도 꽉 차 있던 나의 보금자리가 지금은 텅텅 비었는데, 아직까지 피의 빚을 갚지 못했다오."

원톨라가 사슴 뼈를 소리 내어 씹었다. 그러자 파오가 만족스러운 듯이 고개를 끄덕였다.

"우리 무리에게는 그런 강한 턱이 필요해요. 그들에게 새끼도 있나요?"

"아니, 모두 붉은 사냥꾼들이오. 다 자란 들개들로 몸집이 육중하고 힘이 세죠. 데칸에 서는 도마뱀 같은 것만 잡아먹었을 텐데요."

시오니 무리는 데칸의 붉은 개들이 먹이를 얻기 위해 이동 중이며, 호랑이조차도 그들 에게 갓 잡은 먹이를 내줄 만큼 매우 긴박한 상황이라는 것을 깨달았다. 돌들은 머지않아 정글로 쳐들어와 닥치는 대로 살육을 저지르고 갈가리 찢어 놓을 것이다. 몸집이 늑대의 절반도 안 될 만큼 작고 지혜도 뛰어나지 않지만, 그들은 무리의 수가 많은 데다 힘도 매우 셌다. 늑대들은 보통 마흔 마리만 모여도 충분하지만, 돌은 백 마리가 넘을 때까지 절대 무리를 형성하지 않았다. 모글리는 방랑하던 중에 풀이 자라는 데칸의 고원 지대 근처를 여러 번 갔었다. 그때마다 붉은 개들이 분지와 덤불 사이에서 장난치고 몸을 긁어 대는 것을 보았다. 돌들은 자유의 종족만큼 후각이 발달하지 못했고, 굴속에 살지 않아서 발가락 틈에 털이 자랐다. 모글리는 시오니 무리와 자신의 발은 깨끗했기 때문에 돌들을 증오하고 업신여겼다. 그러나 하티가 알려 줘서 돌 무리가 얼마나 잔혹한지 잘 알고 있었다. 아마 하티는 무리에서 빠져나와 잔인한 살육이 멈출 때까지 몸을 숨길 것이고, 돌들은 가는 곳마다 피를 뿌리며 계속 이동할 것이다.

돌 무리를 잘 아는 아켈라가 모글리에게 조용히 속삭였다.

"지도자도 없이 쓸쓸하게 혼자 죽을 바에는 자유의 종족 품에서 죽음을 맞겠다. 이번이야말로 풍성한 사냥이 될 것이고, 나의 최후가 될 것이다. 하지만 너는 사람들의 방식대로 더 많은 삶을 즐기렴. 어서 북쪽으로 가 잠자코 숨어 지내거라. 돌들과 싸움을 끝냈을 때 살아남는 늑대가 있다면 네게 소식을 전하마."

그러자 모글리가 매우 엄숙하게 대꾸했다.

"나의 형제들이 치열하게 싸우는 동안, 나는 늪지에서 물고기나 잡아먹고, 나무에서 편히 자고, 반다로그한테 나무 열매를 얻어먹으라고?"

"목숨이 걸린 일이다, 어린 형제여. 너는 그 붉은 살육자, 돌을 겪어 본 적이 없잖아. 또 줄무늬도…."

아켈라의 말에 모글리가 화가 나서 외쳤다.

"아오와! 아오와! 줄무늬 원숭이 자식을 죽인 사람은 바로 나라고. 잊었어? 잘 들어, 아켈라. 늑대 두 마리가 있었는데, 하나는 나의 아버지였고 또 다른 하나는 나의 어머니였어. 그리고 늙은 잿빛 늑대(그리 현명하지 못하고, 이제는 하얀 늑대가 되었어.)가 있었는데, 그는 나의 아버지이자 어머니였지. 그러니 나는 돌 무리가 들이닥치면 자유의 종족과 한 몸이 되어 놈들과 싸울 거야. 나 때문에 희생된 수소를 걸고 맹세하지. 당신들은 기억하지 못하는 먼 옛날 내 목숨의 대가로서 죽은 수소를 걸고 맹세한다고. 혹시 내가 까먹더라도 저 나무들과 강이 다 듣고 기억할 거야. 나의 이 칼은 시오니 무리의 이빨과 함께 싸울 거야. 이 칼은 결코 무디지 않아. 지금 내가 한 말은 그 자체가 약속이야."

그때 원톨라가 끼어들었다.

"늑대 말을 하는 사람이여, 당신은 돌을 몰라요. 나는 그들 이빨에 죽기 전에 내 피의 빚을 갚고 싶을 뿐이오. 그들은 가는 곳마다 피를 부르는 존재들이오. 난 이틀 뒤면 조금이나마 기운을 되찾을 것이고, 그럼 곧장 빚을 갚을 것이오. 그 전에 자유의 종족을 위해 충고 하나 하지요. 돌들이 떠날 때까지 북쪽으로 가 잠자코 지내면서 뭐라도 먹어 두시오. 이번 사냥에서 고기는 결코 없을 것이오."

그러자 모글리가 큰 소리로 웃으며 말했다.

"외지에서 온 자의 말을 들었나? 자유의 종족이여, 돌들을 피해 북쪽으로 가 강둑에서 도마뱀과 쥐를 잡아먹으라는군. 하지만 돌들이 순순히 물러갈 때까지 숨어서 기다리는 동안, 우리 사냥터는 거칠고 피폐한 땅으로 변하고 말 거야. 그들은 붉은 털을 가진 개의 자손이다. 변변한 보금자리도 없으며 배는 노랗고 온 발가락에 털이 난 짐승이지! 그들은 뛰어오르는 작은 쥐 치카이처럼 한 번에 여섯에서 여덟 마리의 새끼를 낳지. 그런데 자유의 종족인 우리가 그들한테 죽은 소의 찌꺼기를 구걸해야 한다니! 우리는 '북쪽은 해충이요, 남쪽은 기생충이다.'라는 속담을 잘 알고 있다. 우리는 정글의 종족이다. 선택하라! 분명 풍성한 사냥이 될 것이다! 시오니 무리와 보금자리와 자식을 위해, 온 정글의 사냥과 굴속 아내와 어린 자식을 둔 동료를 위해 싸우자! 싸우자!"

모글리가 외치자 늑대 무리들이 낮은 목소리로 "싸웁시다!" 하고 화답했다. 나무를 쓰러뜨릴 정도로 우렁찬 늑대들의 외침이 밤공기를 갈랐다.

모글리가 네 마리 늑대 형제들을 돌아보며 덧붙였다.

"무리와 함께 여기 남아서 기다려. 우리 모두 공격에 나서야 할 거야. 파오와 아켈라는 전투를 준비해 줘. 나는 돌 무리의 수를 알아보고 올게."

그러자 원톨라가 머뭇거리며 일어나더니 말했다.

"목숨이 걸린 일이오! 털도 없는 자가 어떻게 붉은 개에 맞선다는 것이오? 분명히 말하지만 줄무늬도…."

"외지 늑대여, 우선 돌부터 처치한 뒤 다시 얘기합시다. 모두 풍성한 사냥이 되기를!"

붉은 개

모글리가 그렇게 외치고는 잔뜩 들떠서 어둠 속으로 달려갔다. 그런데 급히 내달리느라 발밑을 제대로 살피지 않은 바람에 강가에서 사슴이 지나다니는 통로를 지켜보던 카아의 똬리에 걸려 벌렁 넘어지고 말았다.

"아얏! 밤의 사냥이 한창 무르익고 있었는데, 함부로 쿵쿵거리고 내 몸을 밟다니."

카아가 화가 나서 빽 소리치자, 모글리가 벌떡 일어서며 말했다.

"미안해요, 카아. 사실 납작 머리 당신을 찾던 중이었어요. 그런데 당신은 볼 때마다 몸이 길어지고 굵어지네요. 정글에서 당신만큼 오래 살고, 현명하고, 강한 자는 없어요. 가장 아름다운 카아여."

그러자 카아의 목소리가 한층 부드러워졌다.

"나한테 뭘 바라고 이러시나? 칼을 가진 사람의 아이가 내게 돌을 던지면서, 내가 한데서 잔다고 작은 사향고양이 이름을 부르며 놀렸었지. 그게 한 달도 안 되었는데…."

모글리는 카아의 화려한 똬리 한가운데에 주저앉아 태연하게 말했다.

"아, 그때는 내가 모처럼 사슴을 사냥하려 했는데 당신 때문에 몽땅 놓쳤잖아요. 휘파람으로 신호를 보냈는데도 납작 머리 선생께서는 귀가 멀어 듣지 못했고요. 어쨌든 당신 때문에 다 잡은 사슴을 놓친 건 사실이에요."

"아무튼 사람의 아이가 현명하고 강하고 아름답다며 달콤한 말을 늘어놓는데도 납작 머리는 또 그 말을 곧이곧대로 믿는군. 자기에게 돌을 던진 아이에게 똬리를 틀어 주기까지 하고. 어때, 좋으냐? 바기라는 너에게 이런 훌륭한 쉼터를 내주지 못할걸?"

카아는 늘 하던 대로 제 몸을 그물 침대로 만들어 모글리를 받쳐 주었다. 모글리는 어둠 속으로 손을 뻗어 굵은 밧줄 같은 카아의 유연한 목을 잡은 뒤 머리를 자신의 어깨에 얹었다. 그러고는 그날 밤 정글에서 있었던 일을 빠짐없이 들려주었다.

모든 이야기가 끝나자 카아가 마침내 입을 열었다.

"난 현명하긴 한데 확실히 귀가 어두워. 페알 소리를 전혀 못 들었거든. 하다못해 풀을 뜯는 동물들이 불안해하는 거라도 눈치챘어야 했어. 돌의 수가 얼마나 돼?"

"아직 확인 못 했어요. 먼저 당신부터 찾아온 거예요. 당신은 하티보다 오래 살았으니까요. 카아, 분명 풍성한 사냥이 될 거예요! 물론 우리 가운데 다음 달에 뜨는 달을 못 볼 이도 있겠지만요."

모글리가 그렇게 말하고는 기대와 기쁨을 주체하지 못한 채 온몸을 비틀었다.

"너도 싸움에 끼어들려고? 너는 사람이고, 늑대 무리에서 쫓겨났다는 거 몰라? 그 일은 늑대들에게 맡겨. 너는 사람이야."

"작년에 나무 열매였던 것이 올해는 흙이 될 수 있어요. 물론 나는 사람이지만, 오늘 밤 만큼은 늑대라고 형제들에게 분명히 말했어요. 강과 나무들에게도 내 말을 듣고 기억하라고 했고요. 카아, 난 돌들을 물리칠 때까지 자유의 종족으로 싸울 거예요!"

"자유의 종족이 아니라, 자유의 도둑이겠지! 너는 죽은 늑대들을 잊지 못하고 그 추억 때문에 죽음의 매듭에 네 자신을 스스로 묶었어! 이건 절대 풍성한 사냥이 아니야."

카아가 못마땅한 얼굴로 대꾸했다.

"어쨌든 난 내 입으로 약속했어요. 나무들과 강도 다 알아요. 돌들이 이 정글에서 사라지는 날 내 약속도 끝난다고요."

"쳇! 계획이 다 틀어졌군. 난 너와 함께 북쪽 늪지로 가려 했는데. 털도 없는 벌거벗은 아이가 한 말이지만, 그래도 약속은 약속이지. 자, 카아가 말하건대…."

"카아, 당신까지 죽음의 매듭에 엮일 필요 없어요. 잘 생각해요, 납작 머리. 당신은 나한테 약속하지 않아도 돼요. 왜냐하면 내가 잘 알…."

"좋아, 그러지 뭐. 나는 약속 안 할래. 그런데 돌들이 들이닥치면 어쩔 셈이지?"

"그들은 분명 와인궁가강에서 헤엄쳐 올 거예요. 그때 우리 무리를 등 뒤에 둔 채 여울목에서 칼을 빼 들고 맞서려고요. 칼을 휘두르면 하류 쪽으로 달아나거나 간담이 서늘해질 거예요."

"아니, 돌은 도망치지 않아. 그리고 간담이 뜨뜻해질 거다. 그들이 휩쓸고 지나가면 사람도, 늑대의 자식도 온데간데없이 사라지고 마른 뼈다귀만 남지."

카아가 모글리를 조롱하듯이 말했다.

"쳇! 죽게 되면 죽죠, 뭐. 틀림없이 가장 풍성한 사냥이 될 거예요. 그들은 아직 어려서 경험이 부족하고, 우기도 접해 보지 못했어요. 분명 지혜롭지도 강하지도 않아요. 당신에게 좋은 계획이 있나요, 카아?"

"나는 백 번에다 또 백 번 우기를 겪었어. 이 몸은 하티가 젖니를 갈아 대기 전부터 땅바닥에 거대한 흔적을 만들었지. 내가 깨고 나온 최초의 알을 두고 맹세하건대, 나는 수

많은 나무들보다 오래 살면서 정글에서 일어난 일들을 모두 지켜보았어."

"하지만 이번에는 아주 새로운 싸움이 될 거예요. 지금까지는 돌들이 우리 사냥 구역을 침범한 적이 없거든요."

"오늘 일은 곧 과거의 일이 돼. 앞으로 일어날 일도 잊혀질 과거의 사건에 불과하지. 잠시 조용히 해. 지금까지 일어난 일을 되돌아볼 테니까."

그 뒤 모글리는 한참 동안 카아의 똬리 위에 누워 칼을 조몰락거리며 놀았다. 카아는 머리를 땅에 붙인 채 꼼짝도 하지 않고 자신이 지금껏 보고 깨달은 것들을 차근차근 떠올렸다. 이윽고 카아의 눈에서 빛이 사라졌다. 눈알이 빛바랜 오팔처럼 흐릿해지더니, 이따금씩 고개를 이리저리 끄덕였다. 그 모습이 마치 자면서 사냥을 하는 것처럼 보였다. 모글리는 사냥을 하기 전에는 푹 자 두는 게 유리하다는 걸 잘 알았다. 그래서 밤낮을 가리지 않고 언제든 잠을 자는 습관이 몸에 배어서 금방 선잠이 들었다.

조금 뒤 모글리는 자신의 몸을 받치고 있는 카아가 점점 커지고 굵어지는 걸 느끼며 깼다. 커다란 비단뱀은 강철 칼집에서 칼을 꺼낼 때 나는 '쉬익' 소리를 내면서 몸뚱이를 부풀리고 있었다. 마침내 카아가 입을 열었다.

"나는 지나온 계절과 관련된 것은 모조리 보았다. 거대한 나무들, 늙은 코끼리들, 이끼가 끼기 전에 반질하고 뾰족했던 저 바위들까지. 일어났니, 모글리?"

"이제 막 달이 떴네요. 그런데 이해가 안 돼요…."

"쉭쉭! 다시 말하지만 나는 카아다. 시간이 좀 흘렀구나. 자, 이제 강으로 가자. 돌들을 해치울 수 있는 방법을 알려 주마."

카아는 와인궁가강의 원줄기를 향해 화살처럼 빠르게 움직였다. 그러고는 평화의 바위가 잠긴 웅덩이 위편에서 모글리와 함께 나란히 강으로 뛰어들었다.

"사람의 아이여, 헤엄치지 말고 내 등에 타렴. 내가 더 빠르니까."

모글리는 왼팔로 카아의 목을 감싸 안고, 오른팔은 자기 몸에 딱 붙인 채 발을 쭉 뻗었다. 그러자 카아가 저 혼자인 양 가볍게 물살을 가르며 앞으로 나아갔다. 모글리의 목과 발 주변에 잔물결이 일자 그 물결에 비단뱀의 얼룩무늬가 그대로 비쳤다. 카아의 기다란 옆구리 밑에서 생긴 소용돌이가 물결에 닿으면서 얼룩무늬가 이리저리 흔들렸다. 평화의 바위 위쪽으로 2킬로미터 내지 3킬로미터쯤 헤엄쳐 가자, 와인궁가강이 25미터에서 30미터 높이의 대리석 바위가 즐비한 협곡 틈새로 이어졌다. 거대한 물레방아에서 쏟아져 나온 것 같은 세찬 물살이 기이하고 신비하게 생긴 암석들 사이로 끊임없이 흘러들었다. 모글리는 그렇게 빠른 물살을 보고도 전혀 놀라지 않았다. 그는 세상의 그 어떤 물도 두렵지 않았다. 모글리는 협곡의 양쪽을 뚫어지게 보다가 무언가 언짢은 듯이 킁킁거렸다. 뜨거운 여름이면 거대한 개미 언덕에서 풍기는 달콤하면서도 시큼한 냄새가 공기 중에 맴돌았기 때문이다. 그는 숨을 쉬기 위해 머리

만 물 위로 내놓
은 채 몸을 물속으로 더 바짝 낮추었다. 카아
는 물속에 잠겨 있는 바위에 꼬리를 두어 번 감
아 급류에 휩쓸리지 않도록 균형을 잡으면서 똬리 한
가운데의 빈 공간에 있는 모글리를 꽉 붙잡았다.

"여긴 죽음의 협곡이에요. 왜 이곳에 온 거죠?"

모글리가 묻자 카아가 대답했다.

"쉿, 그들이 자고 있어. 하티는 호랑이가 나타나도 피하지 않아. 하지만 그런 하티도 그리고 호랑이도 돌 무리는 피한단다. 반면 돌들은 누구도 피하지 않지. 그런데 어느 누가 바위의 저 조그만 종족들을 피할 수 있을까? 대체 정글의 관리자는 누구지?"

"바로 이들이지요. 어쨌든 이 죽음의 협곡에서 어서 빠져나가자고요."

모글리가 카아에게 속삭였다.

"아니, 그들은 자고 있어. 그리고 이곳은 내가 네 팔보다 훨씬 짧았던 시절 그대로야."

와인궁가강 협곡에 자리한 풍화된 바위들은 정글이 만들어진 이래 바위의 작은 종족들이 차지하고 있었다. 그 종족은 성질은 급하지만 부지런한 검은색 인도야생벌이었다. 정글의 모든 동물들이 그들의 반경 5미터 안으로 절대 들어가지 않는다는 것을 모글리도 잘 알고 있었다. 야생벌들은 지난 수백 년 동안 협곡 틈새를 오가며 꿀을 모으고 무리를 이루며 살아왔다. 꿀이 오래되면 그걸로 하얀 대리석을 칠해 동굴의 어둠 속에 깊고 까만 집을 기다랗게 만들었다. 그 오랜 시간 동안 사람도 짐승도 심지어 물과 불도 그들을 어쩌지 못했다. 우뚝 솟은 협곡 양쪽은 잠든 수백만 마리의 벌들로 뒤덮여서 마치 윤기가 흐르는 검은색 벨벳 커튼이 드리워진 것 같았다. 모글리는 물속에 몸을 담근 채 그들의 터전을 올려다보았다. 바위 표면에는 벌 외에도 정체를 알 수 없는 덩어리, 장식용 줄, 썩은 나뭇등걸 등이 붙어 있었다. 한때 야생벌들이 사용했던 낡은 벌집이거나 바람이 잘 불지 않는 협곡 그늘 아래 새로 만든 벌집이 분명했다. 그 주변에 달린 덩굴과 나무 사이에는 푸석하고 썩을 대로 썩은 부스러기가 늘어져 있거나 켜켜이 쌓여 있었다. 모글리가 귀를 기울이자 바스락거리는 소리가 여러 차례 들렸다. 또 어두운 틈새 어딘가에 자리한, 꿀이 가득한 벌집이 미끄러져 뒤집히거나 떨어지는 소리도 났다. 이어 벌이 화가 난 듯 윙윙거리는 날개 소리, 아까운 꿀이 뚝뚝 흐르는 꺼림칙한 소리, 꿀이 바위로 줄줄 흘러내렸다가 천천히 나뭇가지로 방울방울 떨어지는 소리도 들렸다.

한편 강 한쪽에는 폭이 1.5미터가 채 안 되는 좁은 모래땅이 있었다. 그곳에는 오랜 세월에 걸쳐 모인 온갖 잔해들이 그득 쌓여 있었다. 숨이 끊긴 꿀벌과 수벌, 물살에 떠내려온 부스러기, 오래된 꿀, 꿀을 찾아 들어온 나방과 딱정벌레의 날개 등이 고운 검은색 흙

더미와 한데 엉켜 있었다. 그곳에서 풍기는 코를 찌르는 악취만 맡아도 날개 없는 짐승들은 공포에 몸을 떨었다.

카아는 물결을 거슬러 올라가 협곡 입구 주변에 있는 모래사장에 다다랐다.

"이것들은 이번에 살해된 짐승들이야. 보렴!"

모래사장 위에는 젊은 사슴 두 마리와 물소 한 마리의 뼈가 나뒹굴고 있었다. 모글리는 본래 형태 그대로인 뼈를 보며 늑대나 자칼의 짓이 아니라는 것을 알아챘다.

"놈들은 무리의 뒤쪽을 덮쳤어. 사냥의 법칙도 모르는 무식한 것들."

"야생벌들이 해치웠을 거예요. 저들이 깨어나기 전에 어서 나가요."

모글리가 재촉하자 카아가 말했다.

"동이 틀 때까지는 깨지 않아. 모글리, 너에게 꼭 들려줄 얘기가 있어. 먼 옛날 우기가 찾아왔을 때 수사슴 한 마리가 남쪽에서부터 이곳으로 왔지. 그런데 정글의 한 무리가 자신을 쫓고 있는 건 전혀 몰랐어. 수사슴은 자신을 쫓고 있는 무리를 보고 겁에 질려 곧장 강으로 뛰어내렸고, 추격자들도 수사슴 뒤를 따라 냅다 뛰어들었지. 날이 워낙 무더웠던 데다 수사슴을 잡는 데 혈안이 되어 있었거든. 태양은 하늘 높이 떠 있었고, 야생벌들은 신경이 날카롭게 곤두서 있었어. 결국 꽤 많은 추격자들이 와인궁가강에 뛰어들었지만, 물에 닿기도 전에 죽었단다. 강으로 뛰어내리지 않은 무리도 저 바위에서 죽음을 맞았지. 하지만 수사슴은 다행히 목숨을 건졌어."

"대체 어떻게요?"

"죽을힘을 다해 도망친 수사슴이 강으로 뛰어들었을 땐 작은 야생벌 종족이 미처 알아채기 전이었거든. 야생벌들이 수사슴을 공격하려고 모여들었지만 이미 강물 속에 들어간 뒤였지. 하지만 추격자 무리는 수사슴의 요란한 소리를 듣고 날아온 야생벌들에게 빽빽이 둘러싸였고 결국 길을 잃고 말았어."

"정말 사슴이 살아남았어요?"

모글리가 믿기지 않는다는 듯이 되물었다.

"적어도 그 순간에는 살았어. 하지만 물속에는 사슴을 안전하게 받쳐 줄 존재가 없었지. 귀머거리에다 늙고 퉁퉁한 노란색 납작 머리가 사람의 아이를 받쳐 주는 것처럼 말이야. 그런데 네가 사슴과 똑같이 물속에 있고 데칸의 돌들이 쳐들어오는 아주 긴박한 상황이라면 어떻게 할래?"

카아가 머리를 모글리의 축축한 어깨 위에 올리고는 소년의 귓가에서 혀를 날름거리며 물었다. 모글리는 오랫동안 침묵에 잠겨 있다가 마침내 입을 열었다.

"죽음의 신의 콧수염을 잡아당기는 일이겠네요. 위험을 각오해야지요. 카아, 어쨌든 당신은 정글에서 가장 현명해요."

"그 얘기야 입이 아프도록 했지. 그런데 돌들이 너를 뒤쫓는다면…."

"놈들은 당연히 날 쫓을 거예요. 하하! 하지만 내 혀 밑에는 놈들의 가죽에 구멍을 낼 수 있는 뾰족한 가시들이 많이 있어요."

"돌들이 네 등만 보면서 미친 듯이 쫓아온다면, 벌들이 나타나 그들을 뒤덮을 거다. 그리고 위기를 넘긴 무리는 이곳 강물이나 저 하류로 달아나겠지. 와인궁가는 늘 굶주리고 있는 강이다. 나도 그놈들을 붙들어 주지 못해. 그래도 용케 살아남는 놈들이 있다면 물살에 휩쓸려 시오니 언덕 근처 여울목으로 내려가 네 형제들과 맞닥뜨리게 될 거야."

"아하이! 에오와와! 건기에 내리는 비처럼 반가운 계획이네요. 달리고 뛰어내리는 것쯤은 나한테 일도 아니에요. 돌들이 나를 바짝 쫓아올 수 있도록 유인할게요."

"네 머리 위의 저 바위들을 보았니? 바로 땅과 맞닿는 곳이다."

"아니요, 깜박하고 안 봤네요."

"가서 한번 봐. 땅바닥이 썩고 갈라진 데다 여기저기 구덩이가 많아. 자칫하다간 그곳에 익숙하지 않은 네 발이 빠질 수도 있어. 그럼 사냥은 그것으로 끝이다. 자, 이제 나는 네 무리에게 가서 돌들을 어디쯤에서 기다리면 되는지 알려 주고 오마. 하지만 난 늑대하고는 결코 한 몸이 아니다. 분명히 알아 두렴."

카아는 누군가에게 일단 반감을 품으면, 바기라를 제외한 정글의 그 어떤 동물보다도 까다롭게 굴었다. 그는 하류로 헤엄쳐 가 맞은편의 바위를 넘었다. 그러고는 밤의 소리에 귀를 쫑긋 세우고 있는 파오와 아켈라를 발견하고 다가갔다.

"쉭쉭! 늑대들이여. 돌들이 이 물길을 따라 내려올 거요. 그대들이 두려움 없이 용감히 맞선다면 여울목에서 놈들을 처치할 수 있소."

"그들은 언제 오나요?"

파오가 묻자마자 아켈라도 뒤이어 물었다.

"나의 사람의 아이는 어디 있죠?"

"돌들은 때가 되면 나타날 거요. 두고 보시오. 그리고 그대가 그 애의 약속을 곧이곧대로 받아들여 죽음으로 내몬 사람의 아이는 나와 함께 있소. 그 아이가 아직 살아 있는 게 그대 덕분이라고 생각하면 오산이오, 하얀 늑대여! 여기서 돌들을 기다리다가 사람의 아이와 내가 그대 편에 서서 공격을 하거든 반겨나 주시오."

카아는 그 말을 남긴 뒤, 다시 물결을 타고 거슬러 올라갔다. 이윽고 협곡 중간쯤에 다다른 카아는 위쪽 벼랑을 올려다보았다. 그러자 밤하늘 아래에서 이리저리 움직이는 모글리의 머리가 보였다. 그때 씽하고 공기를 가르는 소리와 함께 몸뚱이 하나가 카아의 몸으로 떨어졌다. 어느새 소년은 카아의 똬리 위에 편히 앉아 있었다.

"밤에는 뛰어내리면 안 돼."

카아가 쳐다보자, 모글리가 차분히 말했다.

"재미로 두어 번 뛰어내렸을 뿐이에요. 그나저나 저 위에는 작은 종족들이 엄청 많고, 아래는 나지막한 덤불과 메마른 도랑들뿐이네요. 정말 최악이에요. 일단 세 개의 도랑 근처에 커다란 돌멩이들을 세 줄로 나란히 쌓아 두었어요. 내가 뛰어내리면서 돌멩이를 발로 차 무너뜨리면 야생벌들이 화가 나서 날 쫓아올 거예요."

"역시 사람은 다르군. 넌 똑똑해. 하지만 작은 종족들은 늘 분노에 차 있으니 조심하렴."

"하지만 날개 달린 짐승들은 이렇게 어스름할 때 쉬잖아요. 그리고 지금은 돌들을 꾀어내기 딱 좋은 때예요. 놈들은 낮에 사냥을 하니까요. 돌들은 지금 원톨라가 뿌린 피의 흔적을 쫓아오고 있어요."

"솔개 칠은 죽은 황소를 포기하지 않고, 돌들은 피의 흔적을 포기하지 않지."

"난 놈들에게 새로운 피의 흔적을 만들어 줄 거예요. 바로 그놈들의 피로요. 굴욕도 맛보게 할 거고요. 카아, 당신은 내가 돌들을 끌고 올 때까지 여기서 기다릴 건가요?"

"네가 강으로 뛰어내리기 전에 돌들에게 잡히거나 작은 종족들이 널 죽이면 어쩌지?"

그러자 모글리가 정글 속담에 빗대어 대꾸했다.

"내일이 되면 우리는 내일의 사냥을 하고 있을 거예요. 그리고 내가 만약 죽는다면 당신이 죽음의 노래를 부를 때가 된 모양이죠. 그뿐이에요. 카아, 풍성한 사냥이 되기를."

모글리는 비단뱀의 목을 놓았다. 그러고는 홍수에 떠다니는 통나무처럼 둥둥 떠서 협곡 사이를 헤엄쳐 내려갔다. 이윽고 모글리는 멀리 강둑을 향해 물장구를 치다가 물이 고여 있는 강가를 발견하고는 반가운 듯 소리 내어 웃었다. 모글리는 자신이 한 말처럼 '죽음의 신의 콧수염을 잡아당기는' 모험을 즐겨 했다. 그래야만 정글의 동물들이 자신을 최고로 여길 거라고 생각했기 때문이다. 모글리는 이따금씩 발루와 함께 나무에서 벌집을 훔치곤 했기 때문에 작은 종족이 야생 마늘 향을 아주 싫어한다는 것을 알고 있었다. 그래서 마늘 한 다발을 주워 긴 나무껍질로 꽁꽁 싸맸다. 그런 다음 마늘 다발을 들고 시오니 언덕의 늑대 보금자리에서부터 남쪽으로 쭉 이어진 원톨라의 핏자국을 따라 8킬로미터 정도 달렸다. 모글리는 그러는 동안 한쪽에 죽 늘어선 나무들을 흘끗거리며 키득키득 웃었다.

"나는 원래 개구리 모글리인데 이젠 늑대 모글리군. 다음엔 원숭이 모글리가 되어 나무를 탄 뒤 사슴 모글리로 빨리 뛰어야겠어. 하지만 결국 사람 모글리가 되겠지. 하하!"

모글리는 그렇게 중얼거리고는 50센티미터의 칼날을 엄지손가락으로 쓸어내렸다. 그러고는 원톨라의 검은 핏자국을 따라 울창한 숲속으로 들어갔다. 나무들이 북동쪽으로 빽빽하게 이어지다가 벌 바위를 3킬로미터 남겨 둔 지점부터 드문드문해졌다. 맨 마지막 나무에서 벌 바위 옆에 자라는 나지막한 관목까지는 사방이 탁 트여 있어서, 늑대가 몸을 숨기기 어려웠다. 모글리는 나무들 사이를 잰걸음으로 뛰어다니며 나무 사이의 거리를 가늠했다. 나무를 타고 올라가 시험 삼아 이 나무에서 저 나무로 훌쩍 건너뛰기도 했다. 모글리는 탁 트인 공간 한가운데에 앉아 한 시간 동안 곰곰 생각했다. 모글리는 드디어 탐색을 모두 마치고 원톨라의 흔적을 되짚으며 걸어가다가 높이가 2.5미터 정도 되는 무성한 나무에 올라갔다. 그리고 안전한 가지 사이에 마늘 다발을 걸어 놓고 조용히 웅크린 채 발뒤꿈치에 대고 칼날을 갈았다.

태양이 뜨겁게 달아오르는 정오가 되기 직전, 잽싸게 내딛는 발소리가 모글리 귀에 들렸다. 원톨라의 흔적을 쫓아 질서 정연하게 움직이는 돌 무리의 역겨운 냄새도 풍겼다. 이윽고 붉은 개들이 모글리 밑으로 다가왔는데 덩치가 늑대의 절반밖에 안 되었다. 하지만 그들의 발과 턱의 힘이 얼마나 센지 모글리는 잘 알고 있었다. 피 냄새를 킁킁 맡으며 추적하던 우두머리가 날카롭게 울부짖었다. 모글리는 잠자코 그 모습을 보다가 "풍성한 사냥이 되기를!" 하고 외쳤다. 그러자 우두머리 돌이 위를 올려다보았고 뒤따르던 동료들도 일제히 멈춰 섰다. 돌들은 어깨가 다부진 반면 허리가 가늘었고, 주둥이에 피가 묻어 있었다. 녀석들은 원래 매우 조용했지만 예의라고는 눈을 씻고 봐도 없는 종족이었다. 자신들의 구역인 데칸에서도 예외는 아니었다. 모글리의 발아래에 모인 돌 무리는 어림잡아 이백 마리가 넘는 듯했다. 우두머리는 킁킁거리며 원톨라의 흔적을 쫓는 데 집중하면서 무리가 앞으로 나아가도록 무던히 애썼다. 하지만 황혼이 물들 때까지 돌 무리를 붙들어 두기로 마음먹은 모글리 때문에 우두머리 뜻대로 될 리 없었다. 그들은 밝은 대낮에 시오니 무리의 잠자리로 들어선 셈이었다.

"누구를 쫓아 그리 급하게 가는 거지?"

모글리가 묻자 돌이 하얀 이빨을 드러내며 대꾸했다.

"이 정글은 모두 우리 것이다."

모글리는 가만히 웃다가 치카이가 시끄럽게 찍찍거리는 소리를 똑같이 흉내 냈다. 그건 모글리가 돌들을 치카이로 여긴다는 뜻으로 그들을 조롱하는 것이었다. 돌 무리는 곧장 나무를 에워쌌고, 우두머리는 모글리에게 나무 원숭이라고 외치며 맹렬하게 짖었다. 모글리가 다리를 쭉 뻗어 우두머리의 머리 바로 위에서 발가락을 꼼지락대자, 녀석들은 어리석게도 분노를 터뜨렸다. 사실 발가락에 털이 난 짐승은 자신의 분노를 내보이는 걸 꺼려 했다. 모글리는 우두머리가 성이 나서 펄쩍거리자 발을 더 쭉 빼서 비위를 건드렸다.

"붉은 개야, 데칸으로 돌아가! 가서 도마뱀이나 잡아먹고, 네 형제 치카이와 놀아. 어이, 붉은 개들. 아직도 발가락 사이에 털이 수북하구나!"

모글리는 그렇게 약을 올리면서 한 번 더 발을 꼬았다.

"너를 굶겨 죽일 것이다. 그 전에 내려와라, 털 없는 원숭이."

성난 무리가 고함을 쳤다. 모글리는 자신이 원하는 대로 돌들이 행동하자 나뭇가지 위에 누워 나무껍질에 얼굴을 대고 팔을 아래로 떨어뜨렸다. 그러고는 자기가 돌 무리를 어떻게 생각하는지 자세히 들려주었다. 그들의 행동, 습관, 동료, 새끼 등에 관해 자비라고는 찾아볼 수 없을 정도로 매섭게 퍼부었다. 이는 정글 종족이 상대방에게 경멸과 멸시를 보낼 때 하는 행동이었다. 이때 모글리가 얼마나 무시무시한 말을 퍼부었는지는 그 장면을 직접 보아야만 알 것이다. 모글리가 카아에게 일렀듯이, 그의 혀 밑에는 작은 가시들이 수없이 많았다. 모글리는 말로써 침묵하던 돌들을 으르렁거리게 하고, 이어 고함치고 천박한 비명을 내지르며 미쳐 날뛰도록 교묘하게 몰아갔다. 그들은 모글리의 조롱에 맞서

이러저런 말들을 쏘아붙였지만, 사람의
아이는 분노를 뿜는 카아에게도 밀리지
않을 정도로 말솜씨가 좋았다. 모글리는
그러는 동안에도 언제든 칼을 뺄 수 있게
옆구리에 오른팔을 붙이고 발로 나뭇가지
를 꽉 움켜쥐었다. 우두머리가 사납게 짖
으며 연신 뛰어올랐지만, 모글리는 함부로
대응하지 않았다.

　이윽고 타고난 힘이 좋은 데다 분노가 극
에 달한 우두머리가 2.5미터 높이까지 획 뛰어
올랐다. 모글리는 그 찰나를 놓치지 않고 나무
에 사는 뱀처럼 재빠른 동작으로 오른손을 뻗어 우
두머리의 목덜미를 낚아챘다. 순간 몸을 받치고 있
던 나뭇가지가 흔들리는 바람에 하마터면 땅으로 떨어
질 뻔했지만 모글리는 손에 틀어쥔 짐승을 끝까지 놓지

않고 천천히 끌어올렸다. 우두머리는 허공에 목이 매달린 자칼처럼 버둥거렸다. 모글리는 왼손에 쥐고 있던 칼로 북슬북슬한 붉은 꼬리를 댕강 자른 뒤 우두머리를 아래로 내동댕이쳤다. 모든 게 모글리가 계획한 대로 되었다. 마침내 돌 무리는 자신들이 모글리 손에 죽을지언정 원톨라의 흔적을 쫓지 않고 나무 밑에서 기다리기로 결심했다. 목숨을 내걸고 복수하겠다는 의지였다. 모글리는 더 높은 나뭇가지로 올라가 편안히 누워 잠이 들었다.

모글리는 서너 시간 뒤 잠에서 깨어나 돌 무리의 수를 세 보았다. 모두 목이 마른 듯 조그맣게 캑캑거리면서도 단호한 눈빛으로 모글리를 지켜보고 있었다. 어느새 태양이 저물고 있었다. 30분 정도만 지나면 작은 종족들의 일과가 끝날 것이고, 황혼 무렵에 잘 싸우지 못하는 돌 무리는 힘을 못 쓸 것이다.

"난 너희 같은 충성스러운 감시자는 필요 없어. 그래도 이번 일은 기억해 주지. 너희는 진정한 돌들이긴 한데 하나같이 쓸모가 없어. 그래서 거대한 도마뱀한테 우두머리의 꼬리를 주지 않을 생각이야. 붉은 개들아, 재미있지 않아?"

모글리가 드디어 몸을 일으키며 비아냥거렸다.

"반드시 네 놈의 몸뚱이를 갈가리 찢어 위장을 꺼낼 것이다."

우두머리가 나무의 밑동을 잘근잘근 물어뜯으며 외쳤다.

"이런, 한번 생각해 봐. 데칸의 똑똑한 쥐야. 지금부터는 꼬리가 잘린 붉은 개들이 사방에 우글거릴 거다. 그러면 뜨거운 모래에 엉덩이가 닿을 때마다 꼬리가 잘린 부분이 빨개져서 몹시 아플걸. 그러니 붉은 개들아, 그만 돌아가. 돌아가거든 원숭이 한 마리가 그랬다고 형제들 앞에서 낑낑거리거라. 왜, 가기 싫어? 좋아, 이리 오렴. 내가 너희를 현명한 종족으로 만들어 줄 테니."

모글리가 원숭이처럼 나무 사이를 건너뛰며 계속 옮겨 가자, 돌 무리는 피에 굶주린 얼굴로 그 뒤를 쫓았다. 모글리는 일부러 나무에서 떨어지는 시늉을 했는데, 그럴 때마다 돌들이 그 모습에 흥분해서 허둥대다가 서로 엉키며 쓰러졌다. 정말 기이한 광경이었다. 칼을 든 사람의 아이가 저무는 햇살 속에서 나무 사이를 날아다니고, 활활 타오르는 듯한 붉은 가죽의 짐승들은 말없이 떼 지어 몰려다녔다. 모글리는 마지막 나무에 이르자 마늘을 온몸에 꼼꼼히 문질렀다. 그 모습을 본 돌들이 경멸에 찬 눈빛으로 짖어 댔다.

"늑대의 말을 하는 원숭이, 그걸로 네 냄새를 숨길 수 있다고 생각하나? 우리는 널 끝까지 쫓아갈 것이다."

"네 꼬리나 가져가."

모글리가 나뭇가지 사이로 꼬리를 냅다 던지자, 피 냄새를 맡은 돌 무리가 본능적으로 그것을 향해 달려들었다.

"이제 본격적으로 추격하겠다. 네 놈의 숨통이 끊어질 때까지!"

모글리는 나무에서 쓱 미끄러져 내려왔다. 그러고는 돌 무리에게 자신의 속셈을 들키지 않으려고 벌 바위 쪽으로 바람처럼 달려갔다. 돌들은 음침하고 낮은 목소리로 세차게 울부짖더니, 살아 있는 것이라면 무엇이든 따라잡을 만한 엄청난 속도로 뒤쫓기 시작했다. 모글리는 그들의 보폭이 늑대보다 훨씬 좁다는 것을 잘 알고 있었다. 그래서 사방이 뻥 뚫린 곳에서 무모하게 3킬로미터나 달릴 생각이 없었다. 돌들은 사람의 아이를 곧 차지할 수 있을 거라고 확신하며 계속 내달렸다. 하지만 소년은 놈들을 실컷 데리고 놀 계획이었다. 하지만 돌들이 너무 빨리 포기하면 안 되기 때문에 충분히 잡힐 만한 거리를 유지해 추격을 계속하게 만들었다. 모글리는 정확한 보폭으로 일정하게 달렸고, 꼬리 없는 우두머리는 5미터 간격을 두고 바짝 쫓아왔다. 나머지 무리도 400미터쯤 뒤처져 모글리를 죽이려고 맹렬하게 쫓고 있었다. 모글리는 돌과의 거리를 소리로 가늠해 간격을 계속 유지하면서 벌 바위를 향해 달렸다. 하지만 마지막 힘을 남겨 두는 것은 잊지 않았다.

작은 야생벌 종족은 꽃망울을 늦게 터뜨리는 꽃들이 아직 피지 않아서 이른 저녁부터 잠을 청했다. 그런데 모글리가 가장 우묵한 땅에 첫발을 쿵 하고 내딛자, 곧장 윙윙거리며 깨어났다. 그 소리를 들은 모글리는 태어나서 처음으로 죽을힘을 다해 달렸다. 그러면서 아까 쌓아 둔 돌 더미들을 달콤한 냄새가 진동하는 마른 도랑 쪽으로 차례차례 걸어찼다. 그러자 바닷가 동굴 속에서 파도가 사납게 바위를 치는 듯한 소리가 들렸다. 이내 하늘이 점차 까맣게 변했고, 와인궁가강의 세찬 물결 안에 몸을 숨기고 있는 다이아몬드 모양의 납작 머리가 보였다. 모글리는 한 치의 망설임도 없이 아래로 훌쩍 뛰어내렸다. 그 바람에 소년의 어깨에 이빨을 박으려고 몸을 날린 꼬리 잘린 우두머리가 헛물을 마시고 말았다. 모글리는 강의 안전한 곳으로 헤엄쳐 가 가쁜 숨을 몰아쉬며 만족스럽게 웃었다. 다행히 벌 바위에서 뛰어내린 뒤 강물에 들어갈 때까지 몇 초 동안 마늘 냄새가 작은 종족을 막아 주어 쏘이진 않았다. 그런데 모글리가 카아의 똬리를 딛고 일어섰을 때, 절벽 끄트머리에

서 무언가가 툭 떨어져 내렸다. 온통 벌 떼가 달라붙은 커다란 덩어리들이 마치 추처럼 낙하하고 있었다. 덩어리들이 물속으로 잠기기 직전, 수많은 벌들이 일제히 위로 날아올랐다. 벌 떼의 공격을 받은 돌 무리가 강에 빠져 물속에서 소용돌이쳤다. 분노에 휩싸여 컹컹 울부짖는 소리가 머리 위에서 들리는가 싶더니 이내 무시무시한 소음 속에 묻혔다. 바로 벌 바위의 작은 종족들이 날갯짓하는 소리였다. 돌의 일부 무리는 지하 동굴로 이어지는 도랑에 떨어졌고, 무너져 내린 벌집들에 깔려 질식하면서도 벌 떼에 맞서 싸웠다. 그러다 강의 수면에서 전투를 끝내고 날아온 벌 떼에 뒤덮여 검은 잔해 더미 위에서 몸부림치다 죽음을 맞았다. 절벽 나무들 틈으로 잽싸게 도망친 돌도 있었는데, 벌 떼가 금세 그의 몸을 덮어 버렸다. 돌들은 엄청난 수의 벌에게 쏘여 미쳐 날뛰다가 우르르 강으로 뛰어내렸다. 카아의 말대로 와인궁가는 굶주린 강이 분명했다.

카아는 모글리가 제대로 숨을 쉴 수 있을 때까지 꽉 붙잡고 있었다.

"카아, 여기서 빠져나가야 해요. 작은 종족이 정말 화가 많이 났어요. 어서 가요!"

모글리는 최대한 물속으로 잠수하며 강 하류로 헤엄쳐 내려갔다.

"모글리, 천천히 가! 작은 종족들을 피해서 재빨리 물에 뛰어든 돌들도 아주 많아. 그놈들은 모두 멀쩡하다고. 네 칼이 코브라의 이빨이 아닌 이상, 그걸로는 돌 백 마리의 공격을 막지 못할 거다."

"내 칼이 해야 할 일이 더 많아졌군요. 그나저나 작은 종족은 정말 추격의 왕이네요."

벌 떼들이 모글리가 막 가라앉은 수면 위로 몰려와 섬뜩하게 윙윙대며 침을 쏘았다.

"모글리, 지금 경솔하게 입을 놀릴 상황이 아니야."

카아가 말했다.

벌 떼는 카아에게도 곧장 달려들었지만, 벌침은 비단뱀의 비늘을 조금도 뚫지 못했다.

"게다가 넌 오늘 밤 내내 돌 사냥에 힘을 뺐어. 놈들이 내지르는 소리 들려?"

동료들이 모글리의 덫에 빠지는 걸 목격한 나머지 돌 무리는 얼른 방향을 틀어 협곡과 가파른 강둑이 맞닿아 있는 물 쪽으로 뛰어들었다. 분노에 찬 고함, 그들에게 수치를 안겨 준 나무 원숭이를 윽박지르는 소리, 작은 종족에 휩싸인 채 비명을 지르고 으르렁거리는 소리가 한데 뒤섞여 들려왔다. 돌들은 강가에 버티고 서 있다가는 벌 떼에게 죽임을 당할 거라는 걸 깨달았다. 그래서 물살을 타고 평화의 바위를 향해 아래로 내려갔지만, 성난 벌들이 거기까지 쫓아와 공격하는 바람에 하는 수 없이 다시 강물로 뛰어들었다. 꼬리가 잘린 우두머리는 시오니 늑대들을 모조리 죽이라고 고래고래 외쳤다. 그 목소리가 모글리의 귀에도 또렷이 들렸다.

조금 뒤 한 돌이 날카롭게 외쳤다.

"우리 뒤쪽에서 한 녀석이 죽었어. 강물이 붉게 물들었다고!"

모글리가 수달처럼 물속에 숨어 있다가 돌 하나를 홱 낚아채 외마디 비명을 내지르기도 전에 해치운 것이다. 죽은 돌이 옆구리를 드러내며 떠오르자 검고 기름진 동그라미 물결이 평화의 웅덩이 수면 위로 퍼져 나갔다. 돌들은 서둘러 방향을 틀려고 했지만 물살에 계속 떠밀리는 바람에 또다시 머리와 귀로 돌진해 오는 벌 떼의 공격에 맞서야 했다.

한편 시오니 무리의 우렁찬 외침이 어둠 속에서 점점 가까워지고 있었다. 모글리가 다시 한번 잠수하자 또 다른 돌이 물속으로 빨려 들어갔다가 차가운 사체가 되어 수면 위로 떠올랐다. 그때 돌 무리의 뒤쪽에서 요란하게 아우성치는 소리가 들렸다. 몇몇은 강가로 올라서려고 안간힘을 쓰며 울부짖었고, 몇몇은 데칸으로 돌아가자며 우두머리를 계속 불러 댔다. 또 다른 무리는 악에 받쳐서 모글리에게 당장 죽여 줄 테니 어서 앞으로 나오라고 소리쳤다.

"놈들은 이제 배짱과 고함 말고는 싸울 무기가 없군. 나머지 무리는 저 아래 네 형제들이 처치할 거야. 벌 떼는 곧 잠자리로 돌아갈 거고. 나도 그만 자러 가야겠다. 난 늑대들을 도울 마음이 없어."

카아가 그렇게 말한 뒤 스르르 사라졌다. 그때 늑대 한 마리가 강둑으로 훌쩍 뛰어 오르더니 내달리기 시작했다. 다리가 셋인 그는 땅에 닿을 듯이 고개를 비스듬히 숙이고 등을 추켜올리고 있었다. 늑대는 제 새끼들과 놀아 주기라도 하듯이 한 번에 60센티미터씩 뛰어올랐다. 외지에 사는 늑대 원톨라는 그렇게 말없이 돌들에게 섬뜩한 장난을 쳤다. 돌들은 너무 오랫동안 물속에서 힘겹게 헤엄치는 중이었다. 흠뻑 젖은 털은 무거웠고, 북슬한 꼬리도 물 먹은 스펀지처럼 축 늘어졌다. 돌들은 지칠 대로 지쳐 몸을 바들바들 떨었지만, 곧 자신들에게 닥칠 상황을 생각하며 이글거리는 눈빛으로 계속 경계했다.

"이건 풍성한 사냥이 아니야."

한 돌이 중얼거리자, 모글리가 그 옆에서 용감하게 몸을 일으키며 말했다.

"풍성한 사냥이 되기를!"

모글리는 놈의 어깨 뒤쪽을 칼로 찌른 뒤 더는 저항하지 못하도록 칼날을 깊숙이 밀어 넣었다.

"거기 있는 게 사람의 아이요?"

원톨라가 강둑에서 외치자, 모글리가 대답했다.

"외지에 사는 자여, 놈들의 사체에게 물어보시오. 다른 돌이 하류로 내려오진 않았죠? 내가 놈들에게 굴욕을 안겨 주었어요. 대낮에 놈들을 유인해 우두머리의 꼬리를 잘라 버렸지요. 하지만 당신을 위해 이곳에 몇 놈을 남겼어요. 그쪽으로 몰아줄까요?"

"기다리겠소. 밤은 아직 길고 기니까 말이오."

원톨라가 말했다.

이윽고 시오니 늑대들이 사납게 짖어 대는 소리가 한층 가까워졌다.

"우리 무리를 위해! 모두 일어서서 저들을 맞이합시다!"

이제 돌들은 굽이쳐 흐르는 물줄기에 떠밀려 시오니 언덕 맞은편의 모래사장과 여울목 사이에 이르렀다. 돌 무리는 그제야 자신들이 어떤 실수를 했는지 깨달았다. 그들은 이렇게 강물에 밀려올 게 아니라 800미터쯤 전에 뭍으로 올라가, 마른 땅 위에서 늑대들을 공

격했어야 했다. 강둑에는 이미 늑대
들이 이글거리는 눈빛으로 늘어서 있었다. 해가 지면서 끊임없이 들려오
는 소름 돋는 페알 소리만이 사방을 가득 채웠다. 원톨라는 돌들에게 어서
물가로 나오라고 알랑거리듯이 말했다.

　"옆으로 방향을 틀어라. 물살에 휩쓸리지 말고 버텨!"

　우두머리가 무리에게 외쳤지만 돌들은 물가로 마구 떠밀려 갔고 결국 첨벙
거리며 여울목으로 뛰어드는 꼴이 되었다. 와인궁가강의 수면에 뱃머리에 부
딪치는 파도처럼 거대한 물결이 일어 하얗게 부서지면서 강변 양쪽을 덮쳤다.

모글리는 뒤에서 돌들을 쫓으며 칼로 찌르다 그들 무리와 뒤엉킨 채 물살에 실려 강변으로 엎어졌다.

곧이어 기나긴 전투가 시작되었다. 늑대 무리와 돌 무리는 붉게 물든 모래사장 위, 얽힌 나무뿌리 틈새, 덤불 틈, 수풀 안팎 등 장소를 가리지 않고 서로 뒤엉켜 죽을힘을 다해 싸웠다. 그러면서 모였다가 갈라지고, 뭉쳤다 흩어지기를 되풀이했다. 초반까지만 해도 돌의 수가 늑대의 두 배나 되었다. 그러나 돌들이 맞서야 하는 상대는 무리의 운명을 위해 목숨을 내놓은 늑대들이었다. 다부진 몸, 두툼한 가슴, 하얀 송곳니를 앞세운 훌륭한 사냥꾼들과 자식을 지키기 위해 매섭게 으르렁거리는 사나운 눈매의 암컷들 그리고 아직은 어미 곁에 붙어 있는 솜털이 보송한 한 살배기 늑대까지도 몸을 사리지 않고 여기저기서 접전을 벌였다. 독자들도 알다시피 늑대는 적의 목덜미나 옆구리로 달려들어 물어뜯는데, 돌들은 주로 몸 아래를 공격했다. 그래서 돌들이 물살에서 벗어나려고 고개를 내밀 때마다 늑대들이 공격하기 유리했다. 물론 땅 위에서는 늑대들이 다소 밀렸지만, 대신 모글리의 칼이 물과 뭍을 가리지 않고 재빠르게 날아다녔다. 늑대 형제 넷은 바삐 움직이며 최대한 모글리를 도왔다. 잿빛 형제는 모글리의 무릎 틈에 버티고 서서 그의 배를 보호했고, 나머지 형제들은 그의 등과 옆구리를 지켰다. 그런데 갑자기 한 돌이 무섭게 짖으며 모글리의 칼날을 향해 힘껏 뛰어올랐다. 모글리를 넘어뜨리려는 의도였는데, 네 형제가 철통같이 뭉쳐서 그의 곁을 지켰다.

다른 늑대들은 그야말로 혼전을 벌이고 있었다. 좁은 공간에 갇혀 몸부림치던 돌들이 강변을 따라 이리저리 움직이더니 차근차근 모여들었다. 곧 엄청난 수의 싸움꾼들이 뒤엉켰다. 그러다 큰 상처를 입은 돌 네다섯 마리가 부서지는 물거품처럼 그 대열에서 튕겨져 나왔지만, 다시 싸움의 중심으로 들어가려고 애썼다. 이어 한 늑대가 돌 두세 마리에 질질 끌려나와 짓눌렸고, 한 살배기 늑대는 사방에서 몰아치는 압박 공격에 꼼짝없이 낑끙대다가 숨을 거두었다. 그러자 그 어미가 분노에 차 몸부림치고 치를 떨며 상대를 마구 물어뜯었다. 전투가 절정에 이르렀을 때는 늑대 하나와 돌 하나가 서로 제압하려고 안간힘을 쓰다가 미친 듯이 짖으며 달려드는 다른 싸움꾼들에게 떠밀려 나가떨어졌다.

싸움 도중에 모글리와 아켈라가 잠시 스쳤다. 아켈라는 두 마리 돌이 자신의 양 옆구리에 각각 달라붙은 상황에서도 다른 돌의 허리를 이빨도 없는 턱으로 꼭 물고 있었다. 파오도 마주쳤는데, 그는 거칠게 저항하는 돌의 목덜미를 물어 싸움판 밖으로 끌어냈다. 그러자 한 살배기들이 달려들어 그 돌을 끝장냈다. 그러나 어둠 속에서 벌어진 이 치열한 싸움은 승패가 갈리지 않은 채 대혼란에 빠졌다. 두 무리는 서로에게 치이고 발에 걸려 넘어졌으며, 자빠지고 끙끙댔다. 그러는 사이 돌들이 모글리를 에워싼 채 물어뜯으려고 덤볐다.

치열한 싸움이 계속되는 가운데 밤이 빠르게 도는 회전목마처럼 순식간에 흘러갔다. 돌들은 매우 지쳤고, 힘센 늑대들에게 겁을 집어먹어 주춤거렸다. 놈들은 여전히 내뺄 기색이 아니었지만, 모글리는 이 싸움이 곧 끝나리라는 것을 알아채고는 적에게 결정적인 타격은 가하지 않았다. 그런 터에 한 살배기들이 더욱 대담하게 공격하자 모글리는 숨을 돌리고 동료와도 말을 주고받을 만큼 여유가 생겼다. 이제는 칼을 살짝 흔들기만 해도 돌들이 깨갱거리며 피해 다녔다.

"승리가 우리 눈앞에 왔어."

잿빛 형제가 숨을 헐떡이며 말했다.

그는 여러 군데 살이 찢기고 상처를 입어 온몸에 피가 홍건했다.

"하지만 놈들을 완전히 굴복시켜야 해. 아오와와! 어쨌든 우리가 정글에서 이 일을 해냈어!"

모글리는 그렇게 말한 뒤 한 늑대의 엉덩이와 뒷다리를 물고 있는 돌에게 다가가 놈의 옆구리에 피로 빨갛게 물든 칼날을 불꽃처럼 날렸다.

"내 사냥감이오! 내가 처리하게 맡겨 주시오!"

다리가 셋인 늑대가 콧구멍을 실룩이며 콧김을 내뿜었다.

"외지에 사는 자여, 아직도 배가 덜 찼나요?"

모글리가 물었다.

원톨라는 이미 엄청난 수의 돌을 해치운 뒤였다. 그의 발아래 붙들린 돌은 옴짝달싹 못한 채 뱅뱅 맴을 돌거나 공격할 의지마저 꺾인 상태였다.

"내 목숨을 대신한 수소를 걸고 맹세하건대, 저놈은 꼬리가 잘린 우두머리야!"

모글리가 호기롭게 웃으며 외쳤다.

모글리 말대로 그는 암갈색 빛깔의 덩치 큰 우두머리였다.

모글리는 눈가에 묻은 피를 닦으며 태연히 말했다.

"새끼와 어미들을 죽이는 건 어리석은 짓이지. 외지에서 온 자를 죽이는 경우가 아니라면 말이야. 원톨라가 너를 죽여 줄 것이다."

그러자 한 돌이 우두머리를 구하려고 덤벼들었지만, 원톨라의 옆구리에 이빨을 박기도 전에 모글리의 칼이 가슴팍에 날아들었다. 이어 잿빛 형제가 다가와 돌을 마저 해치웠다.

"이것이 정글에서 살아가는 우리들의 방식이지!"

모글리가 기쁨에 겨워 말했지만, 원톨라는 입을 꾹 다문 채 아무 말이 없었다. 그는 적의 숨통이 끊어질 때까지 척추를 꽉 물고 있었다. 마침내 돌의 우두머리가 몸을 부르르 떨더니 고개를 떨구었다. 원톨라도 꼼짝하지 않는 놈 위에 털썩 쓰러졌다.

"하! 피의 빚을 갚았어. 함께 노래해요, 원톨라."

모글리가 신이 나서 소리치자 잿빛 형제가 말했다.

"그는 이제 사냥을 못 해. 그리고…, 아켈라도…, 아까부터 조용해."

"이겼다! 놈들이 떠난다! 죽여서 없애라! 오, 자유의 종족이여!"

파오나의 아들 파오가 우렁차게 외쳤다. 이어 돌들이 하나둘 검붉게 물든 강가의 모래사장에서 꽁무니를 빼더니 울창한 정글로 이어지는 상류 쪽으로 부리나케 도망쳤다. 달아날 길이 트였다고 생각했는지 몇몇 돌들은 하류 쪽으로도 움직였다.

"빚! 빚! 빚을 갚아 주자! 그들이 외로운 늑대를 죽였다! 누구도 도망치지 못하게 막아!"

모글리가 외쳤다. 그리고는 칼을 움켜쥐고 강으로 달려가 물속으로 달아나는 돌들을 공격했다. 그때 돌들의 사체 더미 아래에서 아켈라가 앞발로 일어서며 머리를 들었다. 모글리는 외로운 늑대 옆으로 달려가 무릎을 꿇었다.

"나의 최후가 될 거라고 했지? 정말 풍성한 사냥이었다, 어린 형제여. 그렇지?"

아켈라가 가쁜 숨을 몰아쉬며 말했다.

"적을 많이 죽였지만 나는 살아남았어."

"그렇구나. 하지만 나는 죽는다. 나는…, 나는 네 곁에서 죽을 거다, 어린 형제."

모글리는 끔찍하게 찢어진 아켈라의 머리를 무릎에 올리고 목덜미를 감쌌다.

"벌거벗은 채 먼지 속에서 뒹굴던 사람의 아이가 시어 칸과 싸웠지. 그 뒤로 참 많은 세월이 흘렀구나."

아켈라가 기침을 토해 내며 힘겹게 말했다.

"아니, 나는 늑대야. 자유의 종족과 한 몸이라고."

모글리가 소리쳤다.

"너는 사람이다, 어린 형제여. 내가 돌본 자여, 너는 분명 사람이야. 그래서 돌이 쳐들어오기 전인 그 옛날에 우리 무리가 널 내쫓은 거다. 네 덕에 난 목숨을 연명했다. 언젠가 너를 딱 한 번 구해 주었을 뿐인데, 넌 오늘도 우리 무리를 구해 주었어. 그새 잊은 거냐? 이제 모든 빚을 갚았다. 그러니 네 종족에게 돌아가렴. 소중한 친구, 다시 말하지만 이번 사냥은 끝났다. 네 종족에게 돌아가렴."

"나는 절대 안 가. 정글에서 혼자 사냥할래. 내가 전에 말했잖아."

"여름이 지나면 비가 내리고, 비가 내리면 봄이 온다. 또 쫓겨나기 전에 돌아가라."

"누가 날 쫓아내는데?"

"바로 모글리가 모글리를 쫓아낼 거다. 네 종족에게 돌아가. 사람에게 돌아가."

"모글리가 모글리를 쫓아내면, 그때 갈래."

모글리가 대답하자 아켈라가 말했다.

"나는 이제 더는 너에게 해 줄 게 없구나. 어린 형제여, 나를 좀 일으켜 주겠니? 이제 내 종족에게 말해야겠다. 나도 자유의 종족을 이끌었던 우두머리였으니 말이다."

모글리는 양팔로 조심스레 아켈라를 부둥켜안은 뒤 그가 발을 땅에 디딜 수 있게 했다. 외로운 늑대는 숨을 깊이 들이마신 뒤 우두머리가 죽을 때 부르는 노래를 시작했다. 아켈라는 강 너머로 노랫소리가 들리도록 있는 힘을 다해 노래했다. 그는 어느새 "풍성한 사냥이 되기를!" 대목에 이르자 순식간에 모글리의 품에서 벗어나 공중으로 뛰어올랐다. 그러고는 끝까지 치열하게 버텼던 사냥감 위로 떨어져 죽음을 맞았다.

모글리는 넋이 나간 표정으로 무릎을 세운 뒤 그 사이에 머리를 파묻었다. 죽어 가던 마지막 돌 무리는 냉혹한 어미 늑대들이 다시 한번 공격하자 마침내 숨을 거두었다. 점차 비명이 잦아들었고, 상처 입은 늑대들은 죽은 동료들을 헤아리기 위해 절뚝이며 돌아다녔다. 늑대 열다섯 마리와 어미 늑대 여섯이 강가에 죽어 있었다. 그러나 다른 늑대들의 사체는 파악할 수 없었다. 모글리는 서늘한 새벽이 찾아올 때까지 꼼짝 않고 앉아 있었다. 이윽고 파오가 피에 젖은 주둥이로 모글리의 손을 건드렸다. 모글리는 그제야 뒤로 물러나 아켈라의 야윈 몸뚱이를 내주었다.

"풍성한 사냥이 되기를!"

파오는 아켈라가 여전히 살아 있기라도 한 것처럼 말했다. 그러고는 상처 입은 어깨 너머로 다른 늑대들을 돌아보며 외쳤다.

"짖으라, 늑대들이여! 오늘 밤 한 늑대가 우리를 떠났다!"

정글 동물의 목숨을 움켜쥔 것에 자부심을 가졌던 이백 마리의 싸움꾼, 테칸의 붉은 개 돌들은 결국 고향에 가지 못했다. 그래서 누구도 자신들의 소식을 전하지 못했다.

칠의 노래

이 노래는 엄청난 전투가 끝난 뒤 솔개들이 강으로 차례차례 내려왔을 때 칠이 부른 노래다. 칠은 평소 정글의 동물들과 잘 지냈지만, 사실 매우 냉혹한 존재였다. 칠은 그들이 결국은 자신의 먹잇감이라는 것을 잘 알고 있었다.

그들은 밤에 싸운 나의 친구들이네. (칠! 칠을 위하여!)
누워 있는 친구들을 위해 휘파람을 불어 싸움이 끝났다는 것을 알리네.
(칠! 칠을 위해 선봉에 서라!)
친구들은 하늘을 올려다보며 방금 죽인 먹이가 있다고 말했지.
나는 친구들을 내려다보며 들판에 사슴이 있다고 말했네.
그런 날들은 이제 끝났네. 친구들은 더는 말하지 않네!

붉은 개

사냥의 외침을 울부짖으며 재빨리 뒤쫓은 친구들, (칠! 칠을 위하여!)
삼바를 빙빙 맴돌게 하여 순식간에 쓰러뜨린 친구들, (칠! 칠을 위해 선봉에 서라!)
냄새를 좇아 앞서 나가고 드센 뿔을 피해 정복한 친구들,
그런 날들은 이제 끝났네. 친구들은 더는 사냥하지 않네.

오, 나의 친구들이 죽다니 불쌍하여라! (칠! 칠을 위하여!)
친구들의 자부심을 잘 아는 내가 위로하러 왔네. (칠! 칠을 위해 선봉에 서라!)
찢겨 나간 옆구리와 퀭한 눈, 벌어진 붉은 입,
바싹 메말라 외로이 누운 친구들의 죽음 위에 죽음이 내려앉네.
그런 날들은 이제 끝났네. 나는 친구들을 먹네!

봄을 달린다

사람이 사람에게로! 정글의 모든 것들이 부르짖는다!
우리 형제였던 그가 떠나네.
이제 듣고 판단하라. 오, 정글의 종족이여.
대답하라. 누가 그의 마음을 돌려 남게 하겠는가?

사람이 사람에게로! 그가 정글에서 흐느끼고 있다.
우리 형제인 그가 슬픔에 잠겼구나!
사람이 사람에게로! (오, 우리는 정글의 그를 사랑했네!)
사람의 길을 향해 떠난다면 우리는 더는 쫓아갈 수 없네.

붉은 개들과 전투를 치르고 아켈라가 죽은 지 이 년이 지났다. 어느덧 열일곱 살 정도
된 모글리는 다 자란 어른처럼 보였다. 그는 열심히 운동하고, 몸에 좋은 음식을 먹고, 몸
이 더럽거나 더우면 깨끗이 씻어서 나이보다 훨씬 힘이 세고 키도 컸다. 모글리는 한 손
으로 나뭇가지에 매달린 채 이 나무에서 저 나무로 옮겨 다니는 원숭이들을 살필 수 있었

다. 또한 재빠르게 달리는 젊은 사슴을 단번에 제압한 뒤 목을 움켜잡아 쓰러뜨렸고, 북쪽 늪지의 크고 푸르스름한 멧돼지도 손쉽게 잡아 내던질 수 있었다. 정글의 종족들은 그의 지혜만 두려워했는데, 이제는 그의 힘에도 굴복할 수밖에 없었다. 정글 동물들은 모글리가 볼일이 있어 움직이려고 바스락거리기만 해도 숲길을 내주었다. 하지만 모글리는 언제나 부드러운 눈빛으로 동물들을 대했다. 심지어 싸움을 할 때도 바기라처럼 눈에서 불꽃이 일지 않았다. 오히려 호기심에 가득 찬, 흥미로운 표정을 지었다. 바기라는 그런 모글리를 도저히 이해할 수 없었다.

어느 날 바기라가 그 점을 의아해하자, 모글리가 큰 소리로 웃으며 대꾸했다.

"사냥에 실패하면 나도 화나. 이틀이나 아무것도 못 잡을 때면 더 화가 나고. 내 눈에서 분노가 보이지 않아?"

"네 입을 보면 배고픈단 사실을 알 수 있지. 하지만 네 눈에는 그런 기색이 전혀 안 보였어. 사냥할 때, 먹을 때, 헤엄칠 때 모두 그랬지. 비가 오든 해가 쨍쨍하든 돌멩이가 늘 한결같은 것처럼 말이야."

바기라의 말에 모글리가 긴 속눈썹을 깜박이며 가만히 바라보았다. 그러자 누가 자신의 주인인지 잘 아는 검은 표범이 고개를 푹 떨구었다.

그들은 와인궁가강이 내려다보이는 높은 산마루에 누워 있었다. 아침 안개가 산 아래를 흰색과 녹색 띠 모양으로 감싸 안았다. 태양이 떠오르자 안개 띠는 붉은빛과 황금빛 바다처럼 출렁이다가 곧 물러가면서 가라앉았고, 모글리와 바기라가 누워 있는 마른 수풀 더미에 줄무늬를 남겼다. 막바지 추위가 남아 있는 계절이라 나무와 잎들은 빛이 바랜 채 바싹 말라 있었다. 그래서 바람이 불 때마다 온 수풀이 바스락 소리를 냈고, 잔가지에 매달린 작은 이파리들이 수선스럽게 나부꼈다. 바기라는 아침 공기를 들이켜다 기운이 하나도 없는 것처럼 콜록거렸다. 그러다 바스락거리는 소리에 흥이 났는지 발라당 누워 바로 위에서 파닥이는 나뭇잎을 앞발로 건드리며 장난쳤다.

"해가 바뀌면서 정글도 변하고 있어. 새로운 대화와 만남의 계절이 점점 가까워 오고 있다는 걸 나뭇잎도 다 알아. 아주 훌륭해."

바기라가 말했다.

"풀은 여전히 메말랐는걸. 봄의 눈동자(풀 사이에 간간이 보이는 옅은 빨간색의 나팔 모양의 꽃)도 보이지 않고 말이야. 그런데 검은 표범이 사향고양이처럼 그렇게 드러누워 앞발을 버둥거리며 장난치다니, 바기라는 그게 어울린다고 생각해?"

모글리가 풀을 한 무더기 뽑으며 말했다.

"어?"

바기라는 다른 생각에 푹 파묻혀 있는 듯했다.

"검은 표범이 그렇게 입을 놀리고 기침하고 울부짖고 뒹구는 게 어울리냔 말이야. 우리는 정글의 관리자라는 걸 명심해."

그러자 바기라가 냉큼 일어나 앉았는데, 검은색 털이 덥수룩한 옆구리에 흙이 묻어 있었다.(바기라는 얼마 전 겨울 털갈이를 마쳤다.)

"맞아. 나도 들었어, 사람의 아이야. 우리는 정글의 관리자들이지! 하지만 그 누구도 모글리만큼 강하고 지혜롭지 않아."

검은 표범이 묘한 억양으로 느릿하게 말하자, 모글리는 바기라가 자신을 놀리는 듯한 기분이 들었다. 정글에서는 입 밖으로 내뱉는 말에 전혀 다른 의미가 담기는 경우가 많았다. 바기라가 말을 이었다.

"나는 정글의 관리자와 상관없이 그냥 말한 거였어. 그런 행동이 그렇게 큰 잘못이야? 사람의 아이가 이제 더는 흙바닥에서 놀지 않는다는 걸 미처 몰랐네. 그럼 지금은 날아다니기라도 하나?"

모글리는 팔꿈치를 무릎에 받친 채 한낮의 햇살이 비치는 골짜기를 바라보았다. 발아래 숲속에서 새 한 마리가 거칠고 쉰 목소리로 봄의 노래를 부르기 시작했다. 새는 앞으로 목청껏 노래할 것을 대비해 미리 연습 중이었는데, 바기라가 그 소리에 귀를 기울였다.

"내가 새로운 대화와 만남의 계절이 오고 있다고 그랬지?"

검은 표범이 꼬리를 살랑이며 그르렁대자, 모글리가 말했다.

"나도 저 소리 들었어. 그런데 바기라, 왜 그리 부산스럽게 꼬리를 흔들어? 햇살이 따뜻해서 좋은데 말이야."

"저건 털색이 진빨강인 딱따구리 페라오야. 봄을 기억하고 있는 페라오처럼 나도 이제 내 노래를 시작해 볼까."

이어 바기라가 가르랑거리며 노래를 흥얼대기 시작했다. 그런데 무언가 마음에 걸리는

지 자꾸 처음으로 되돌아갔다.

"그렇게 울부짖어도 사냥감이 통 안 보이는군."

모글리가 짐짓 여유를 부리며 말했다.

"어린 형제여, 귀가 어떻게 된 거야? 이건 사냥 노래가 아니라, 곧 내 노래를 부를 계절이라서 연습 삼아 부르는 노래야."

"아, 깜박했어. 하지만 새로운 대화와 만남의 계절이 오면 어차피 깨닫게 될 거야. 바기라와 다른 동물들이 한꺼번에 어딘가로 가 버리고 나 혼자 남게 될 테니까."

모글리가 뾰로통하게 말했다.

"하지만 어린 형제여, 우리가 늘 그런 건 아니…."

"아니, 늘 그래."

모글리가 집게손가락으로 바기라를 가리키며 그의 말을 잘랐다.

"바기라는 뒤도 안 돌아보고 홱 떠나. 그러면 정글의 관리자인 나는 홀로 어기적대며 걷지. 작년에 내가 사람들 밭에서 사탕수수를 수확할 때도 혼자였어. 그래서 하티에게 심부름꾼을 보내 그의 코로 달콤한 풀 좀 뽑아 달라고 부탁했지."

"하티는 이틀 밤이 지난 뒤에야 널 찾아갔지. 하지만 그가 늦은 건 내 잘못이 아니라고. 어쨌든 네가 좋아하는 달달하고 기다란 풀을 우기를 견디고도 남을 만큼 많이 뽑아 줬잖아."

바기라가 몸을 움츠리며 말하자, 모글리가 대꾸했다.

"맞아, 하티는 내가 심부름꾼을 보냈던 그날 밤에 오지 않았어. 대신 그는 달밤에 골짜기를 돌아다니면서 발을 쿵쿵 구르고 빠르게 뛰어다니며 실컷 울었지. 그것도 조용히 그런 게 아니라, 마치 코끼리 세 마리가 함께 다닌 것처럼 시끌벅적하게 흔적을 남겼어. 그리고 달이 환하게 밝은 밤, 사람의 집 앞에서 춤을 추었지. 나는 하티를 지켜보았지만 그는 내게 오려 하지 않았어. 내가 정글의 관리자인데 말이야."

그러자 매사에 신중한 검은 표범이 말했다.

"새로운 대화와 만남의 계절이 찾아왔었으니까. 어쩌면 네가 정글 공용어를 안 썼는지도 몰라. 페라오 노래에 귀를 기울이면서 즐겨 봐."

모글리는 곧 기분이 한결 나아져 팔베개를 한 채 누워서 눈을 감았다.

"잘 모르겠어. 그리고 더는 신경 쓰기 싫어.
그만 자자, 바기라. 배 속이 불편해. 네 옆
구리를 베고 누워도 되지?"

모글리가 졸음이 쏟아지는 목소리로
말하자, 표범이 한숨을 푹 쉬며 옆
으로 누웠다. 그사이 페라오는
새로운 대화와 만남의 봄을

끊임없이 노래했다.

인도의 정글에서는 각 계절이 뚜렷하게 구분되
지 않는다. 계절이 슬그머니 찾아왔다가 슬그머니 물러
가는 것 같고, 우기와 건기만 있는 것처럼 보인다. 하지만 무
시무시하게 퍼붓는 비와 시커먼 먹구름 아래의 흙을 자세히 살펴
보면 사계절이 차례차례 지나가고 있음을 알 수 있다.

그 가운데 봄은 가장 멋진 계절이다. 맨바닥이 훤히 드러났던 들판을 파
릇한 잎과 꽃 들이 뒤덮는 데다, 따뜻한 겨울 동안 끈질기게 살아남은 여러 가지
식물이 물러나고 초라하기 짝이 없던 그곳에 싱그러운 젊음이 자리 잡는다. 그런 눈부신
변화를 놓고 본다면 세상 어디를 가도 인도 정글의 봄만 한 풍경은 없을 것이다.

봄 을   달 린 다

하지만 어떤 때는 정글의 모든 생명체가 기운이 쭉 빠진 것 같고, 오래된 것처럼 퀴퀴하게 느껴지는 냄새가 답답한 허공을 맴돈다. 정확히 설명할 순 없지만 정말 그렇게 느껴지는 날이 있다. 그런데 또 어떤 날은 눈에 전혀 보이지는 않지만 모든 냄새가 신선하고 행복하게 느껴진다. 정글 동물들이 콧수염까지 벌벌 떨며 버텨 낸 겨울 동안 묵은 털들이 옆구리부터 빠지기 시작한 것이다.

그리고 정글에 비가 촉촉이 내려앉으면 나무와 덤불, 대나무, 이끼, 물기를 가득 머금은 이파리가 사람에게 겨우 들릴까 말까 한 작은 소리를 내며 깨어난다. 여기에 밤낮으로 나지막하게 윙윙거리는 소리가 더해진다. 바로 봄의 소리다. 꿀벌 소리, 폭포 소리, 나무 꼭대기를 스치는 바람 소리가 아니라, 온화하고 기쁨으로 가득 찬 세상이 기분 좋게 가르랑거리는 진동 같은 것이다.

그해가 오기 전, 모글리는 새 계절이 찾아오는 것이 늘 즐거웠다. 봄의 첫 눈동자와 눈을 맞추고, 정글의 그 어떤 생명체와도 닮지 않은 봄의 첫 구름 역시 모글리가 가장 먼저 발견했다. 별이 환하게 빛나는 밤, 꽃이 피어나는 촉촉한 곳이면 반드시 모글리의 목소리가 들렸다. 모글리는 시끌벅적한 개구리들의 합창을 따라 불렀으며, 잠 못 이루고 부엉부엉 울어 대는 야행성 부엉이도 흉내 냈다. 모든 자유의 종족이 그랬던 것처럼, 봄은 모글리가 훨훨 날아다니는 계절이었다. 모글리는 황혼이 물들 때부터 샛별이 뜰 때까지 따뜻한 온기 속을 내달리며 행복감에 젖었다. 어떤 때는 온몸을 꽃으로 장식한 채 가쁜 숨을 몰아쉬고 깔깔대기도 했다. 늑대 형제들은 모글리와 함께 돌아다니는 대신, 보금자리를 박차고 나가 다른 늑대들과 어울려 노래하곤 했다. 정글의 종족들은 봄이 되면 무척 바쁘게 움직였다. 그들은 종족별로 무리를 지어 울부짖고 휘파람 소리를 냈다. 그런데 그때 정글의 동물들이 내는 소리는 평소와 많이 달랐다. 그래서 봄을 새로운 대화와 만남의 계절이라고 하는 것이다.

그러나 그해 봄은 바기라가 말한 대로, 모글리에게 완전히 새로운 계절이었다. 모글리는 대나무가 얼룩진 갈색으로 변하자, 정글의 냄새가 바뀌는 아침이 언제 오나 내내 기다렸다.

마침내 그 아침이 찾아오자 공작새 마오가 청동색, 파란색, 금색 깃털의 화려한 자태를 자랑하면서 안개가 자욱한 정글이 쩌렁쩌렁 울리도록 힘차게 울었다. 모글리는 화답으로 고함을 치려고 막 입을 벌렸다. 그런데 어떻게 된 일인지 말이 이 사이에 낀 것처럼 한 마디도 할 수 없었다. 머리부터 발끝까지 온몸으로 기묘한 느낌이 퍼지는 것만 같았다. 우울하면서도 비참한 기분이 들기도 했다. 발에 가시라도 박혀서 그런가 싶어 발바닥을 살폈지만 멀쩡했다.

이윽고 새 계절의 냄새를 맡았다고 울어 대던 마오의 소리에 다른 새들이 화답했다. 바기라가 와인궁가강 바위에서 걸걸하게 외치는 소리도 들렸다. 바기라의 외침은 독수리의 날카로운 소리와 말의 울음소리를 반반씩 섞은 듯했다. 반다로그들도 새 꽃봉오리가 돋아난 나뭇가지 위에서 끽끽거리며 요란을 떨었다. 하지만 모글리는 마오에게 해야 할 화답을 가슴속에 그대로 둔 채 멀뚱히 서 있었다. 숨을 내쉴 때마다 우울한 기분이 온몸으로 퍼지는 것 같았다.

모글리는 눈을 크게 뜨고 사방을 두리번거렸다. 하지만 아무리 봐도 흉내쟁이 반다로그가 나뭇가지 사이를 날아다니고, 마오가 눈부신 꼬리를 쫙 편 채 발아래 비탈에서 춤추는 모습 외에는 아무것도 보이지 않았다.

"공기 냄새가 변했어. 풍성한 사냥이 되기를! 어린 형제여, 왜 대답이 없지?"

마오가 외쳤다.

"어린 형제여, 풍성한 사냥이 되기를!"

솔개 칠도 그의 짝과 함께 휘파람 소리를 내면서 땅으로 내려오며 외쳤다.

새들이 모글리 코앞에서 다시금 휙 날아오르자 솜털 같은 흰 깃털이 모글리 얼굴을 스쳤다. 조금 뒤 새들이 '코끼리 비'라고 부르는 봄비가 폭 800미터의 정글 위로 보슬보슬 내렸다. 새 이파리는 봄비가 내려앉자 그 무게에 연신 몸을 끄덕였다. 얼마 뒤 날이 개면서 쌍무지개가 뜨고 저 멀리서 천둥이 아스라하게 쳤다. 1분간 이어지던 봄의 진동은 금세 잠잠해졌지만 정글의 모든 동물들은 잔뜩 흥분해서 야단법석을 떨었다. 단, 모글리만 빼고 말이다.

"나는 좋은 먹이를 먹고, 좋은 물을 마셔 왔어. 거북 우가 깨끗하다고 속여서 파란색 점무늬 뿌리를 먹었을 때처럼 목이 타는 것 같거나 쪼그라들지도 않았어. 그런데 배 속이 불편해. 또 아무 이유 없이 바기라와 나의 무리들, 다른 종족들에게 날카롭게 쏘아붙였어. 나는 지금 막 덥다가 또 막 추워. 온도가 적당하게 느껴지도 하고. 이렇게 이리저리 허둥대는 나한테 무지 화가 나. 후유! 아무래도 달리는 게 좋겠어! 오늘 밤 깊은 숲속을 달릴 거야. 북쪽 늪지까지 다녀올래. 그동안 너무 손쉽게 사냥했어. 우리 형제들에게 함께 달리자고 할 거야. 넷 모두 요즘 흰 굼벵이처럼 살이 포동포동 쪘으니까."

모글리는 혼자 중얼거리고는 형제 넷을 큰 소리로 불렀다. 그런데 아무 대답이 없었다. 그들은 이미 무리와 함께 모글리 목소리가 들리지 않는 먼 곳으로 가 봄의 노래, 달과 삼바의 노래를 부르고 있었다. 봄이 되면 이렇게 정글 종족들에게 밤과 낮에 따라 미세한 변화가 나타났다. 모글리는 더욱 날카롭게 외쳤지만 새 둥지를 찾는 점무늬 사향고양이가 나뭇가지 틈새에서 야옹거리는 소리만 돌아왔다. 그러자 모글리는 머리끝까지 화가 나 몸을 부르르 떨면서 칼을 뽑았다. 그리고 아무도 봐 주지 않는데도 몹시 잘난 체하는 표정으로 턱을 꼿꼿이 들고 눈은 내리깐 채 비탈길을 쿵쾅거리며 내려갔다. 그러나 늑대 무리의 그 누구도 모글리에게 왜 그리 화가 났냐고 묻지 않았다. 모두 제 일로 바빴던 것이다. 사실 모글리 자신도 딱히 화를 낼 이유가 없다는 것을 잘 알고 있었다.

"하 참! 데칸의 붉은 개들이 쳐들어오거나 붉은색 꽃이 대나무 숲에서 너울너울 춤을 춰야, 온 정글이 난리를 피우며 날 찾아오겠지. 봄의 눈동자가 붉게 타오르고, 마오가 날개를 펴고 봄의 춤을 추니까 모두 타바키처럼 미쳐서 제정신이 아니군. 내 목숨을 대신하여 죽은 수소를 걸고 물어보자. 내가 정글의 관리자가 맞기는 해? 이봐, 거기. 조용히 해! 너희는 여기서 뭐 하는 거지?"

젊은 늑대 두 마리가 싸움을 벌이려고 빈터로 바삐 다가왔다.(정글의 법칙에 따르면 무리가 보는 곳에서는 싸움이 금지되어 있었다.) 그들은 목털을 철사처럼 꼿꼿이 곤두세우고 몸을 낮춘 채 무섭게 짖어 대며 공격할 기회를 노렸다. 모글리는 두 마리 사이로 뛰어든 뒤, 무리가 함께 놀거나 다 같이 사냥할 때 종종 하는 것처럼 한 녀석의 목을 움켜쥔 다음 뒤로 휙 던졌다. 사실 모글리는 평소 봄의 싸움에 전혀 끼어들지 않았다. 두 마리는 차례로 몸을 날려 모글리에게 덤벼들었지만, 찍소리도 못 하고 계속 나자빠졌다.

모글리는 바닥에 넘어질 뻔하다가 곧바로 몸의 균형을 잡은 뒤, 하얀 이를 드러내며 날카로운 칼을 들어 올렸다. 그는 자신이 조용히 있고 싶을 때 싸움을 벌였다는 이유만으로 늑대들을 처치하려 들었지만 모든 늑대는 저마다 싸울 권리를 가지고 있었다. 첫 번째 싸움이 정신없이 끝나자, 모글리는 어깨를 잔뜩 낮춘 채 주위를 맴돌며 두 늑대가 서로 떨어져 있을 때 어느 녀석이든 해치우려고 손에 든 칼을 꽉 움켜쥐었다. 그런데 모글리가 틈을 노리던 찰나, 갑자기 온몸의 힘이 쭉 빠지면서 칼끝이 땅으로 향했다. 그는 칼을 도로 넣고 늑대들을 물끄러미 쳐다보았다.

모글리가 마침내 입을 열었다.

"그래, 나는 독을 먹었어. 붉은색 꽃을 휘둘러 늑대 회의를 해산시켰고, 시어 칸을 죽여 누구도 나에게 함부로 덤비지 못하게 했다. 너희 어린 늑대는 그저 작은 사냥꾼일 뿐이다. 하지만 내 힘이 점점 빠지고 있으니, 언젠가 나도 결국에 가서는 죽겠지. 오, 모글리. 왜 저 두 놈을 죽이지 않은 거지?"

늑대 하나가 재빨리 꽁무니를 빼자 그제야 싸움이 끝났다. 모글리는 움푹 파이고 피가 여기저기 떨어진 흙바닥 위에 홀로 앉아 칼을 바라보다가 문득 자신의 다리와 팔을 보았다. 조금 전까지만 해도 느끼지 못했던 비참한 기분이 통나무가 물살에 휩쓸려 오듯이 밀려들었다.

그날 저녁, 모글리는 봄을 달리기 위해 사냥한 먹이를 조금만 먹었다. 정글의 모든 동물들은 멀리서 노래하거나 싸움을 벌이느라 아무도 주변에 없었다.

동물들의 이야기대로라면 아무도 잠들지 않는 하얀 밤이었다. 푸릇한 식물들은 하룻밤 새에 한 달 치가 쑥쑥 자란 듯했다. 전날만 해도 노란 잎사귀만 있던 가지를 부러뜨리니 싱싱한 즙이 흘렀다. 이끼도 덥수룩하게 자라 물결을 이루면서 모글리의 발을 따뜻하게 감쌌다. 어린 풀들은 물이 잔뜩 올라 끝이 전혀 갈라지지 않았다.

새로운 대화와 만남의 보름달이 낮은 하프 소리를 내는 것처럼, 정글의 모든 소리들이 달콤하게 울려 퍼졌다. 달빛이 바위와 웅덩이를 환하게 비추는 것은 물론, 나무 밑동과 덩

굴 속으로도 파고들
어 수많은 잎들이 모습을
드러냈다. 자신의 불행을 한
탄하던 모글리는 앞으로 성큼
성큼 나아가며, 노래를 목청
껏 신나게 불렀다.

모글리는 정글의 중심을 벗
어나 북쪽 늪지로 길게 이어지
는 완만한 내리막길을 신나게
내달렸다. 흙바닥이 푹신해 발
을 디딜 때마다 발에 전해지는
충격이 덜했다. 모글리가 사람 사
이에서 자라고 교육받았다면 어른거리는 달빛 때문에 앞을 제대로 못
보고 수없이 넘어졌을 것이다. 하지만 그의 근육은 오랜 정글 생활을 통해
마치 깃털처럼 가벼웠다. 썩은 통나무나 돌이 그의 발밑에서 갑작스레 나타나
도, 특별히 애쓰거나 신경 쓰지 않고 자연스레 걸음을 늦추면서 잽싸게 피할 수
있었다. 흙바닥을 걷는 게 지겨워지면 반다로그들처럼 가장 가까이 있는 덩굴을 잡아
채 나무 위로 올라섰다. 모글리의 솜씨가 워낙 뛰어나서 그의 몸이 나뭇가지 위에 둥둥
떠다니는 것 같았다. 모글리는 기분이 좋아질 때까지 그렇게 계속 달리다가 긴 이파리 모
양의 곡선을 그리며 땅으로 내려섰다.

그곳은 젖은 바위에 에워싸인 움푹 들어간 땅으로 공기가 후텁지근했다. 게다가 밤에 피는 꽃과 덩굴의 꽃봉오리가 뿜어내는 향기가 얼마나 진한지 숨이 턱턱 막힐 지경이었다. 달빛이 어두컴컴한 길에 일정한 무늬를 드리웠는데, 마치 교회 복도 바닥에 깔린 바둑판무늬 대리석처럼 보였다. 물기를 가득 머금은 어린 수풀은 키가 모글리의 가슴께에 달했고, 둘레는 그가 두 팔을 한껏 벌려 안아야 할 만큼 풍성했다. 모글리는 부서진 바위가 가득한 언덕 꼭대기로 뛰어 올라가 마구 돌아다니다 보금자리에서 곤히 자고 있던 어린 여우들을 죄다 깨워 놓았다. 저 멀리 멧돼지가 나무둥치에 대고 엄니를 가는 소리가 희미하게 사각사각 들렸다. 이어 덩치 큰 회색 멧돼지가 불쑥 나타나더니 이빨로 나무껍질을 죽죽 긁었다. 녀석은 거센 불길처럼 빨갛게 타오르는 눈빛으로 입에서 거품을 뚝뚝 떨어뜨렸다.

그때 사슴이 누군가에게 쫓기듯 씩씩대는 소리가 들려왔다. 모글리가 재빨리 소리 나는 쪽으로 가 보니, 고개를 숙인 채 비틀거리는 삼바 두 마리가 있었다. 삼바들의 몸에 흐르는 핏줄기가 달빛 아래 시커멓게 보였다. 모글리는 다시 힘차게 달렸다. 그러는 동안 물살이 급하게 흐르는 여울목에서 악어 자칼라가 황소처럼 크게 울부짖었고, 독을 품은 동물들이 길을 막아서며 나타나기도 했다. 모글리는 그들이 공격해 오기 전에 얼른 길을 내주었다.

모글리는 반짝이는 조약돌을 밟으며 다시 정글 깊숙이 들어갔다. 그리고 계속 신나게 달리면서 목청껏 외치고 노래도 불렀다. 그날 밤, 모글리는 정글을 돌아다니며 뿌듯한 기분을 느꼈다. 그러다 꽃 냄새가 코를 찌르자 마침내 늪지에 다다른 것을 알아챘다. 그곳은 모글리가 다니는 사냥터 가운데 가장 먼 곳이었다. 모글리가 사람 손에 자랐다면, 아마 채 세 걸음도 못 가 넘어졌을 것이다. 하지만 모글리는 발에 눈이라도 달린 것처럼 둔덕에서 둔덕으로, 수풀에서 수풀로 거침없이 나아갔다. 진짜 눈의 도움은 전혀 필요 없었다. 이윽고 모글리는 깜짝 놀라 움찔하는 오리를 흘깃 바라보면서 늪지 한가운데로 뛰어들었다. 그리고는 이끼로 뒤덮인 채 거무스레한 물속에 잠긴 나무 밑동에 걸터앉았다. 늪지는 밤에도 또렷이 깨어 있었다. 봄이 되면 선잠을 자는 새들이 밤새 떼를 지어 바삐 날아다녔기 때문이다. 그래서인지 모글리가 키 큰 갈대밭에 앉아 노래를 부르며 발바닥에 박힌 가시를 살피는 내내 아무도 거들떠보지 않았다. 모글리는 가슴을 짓누르는 비참한 기분을 정글 어딘가에 두고 온 것처럼 느끼다가 노래를 부르자 다시 그 기분에 압도당하는 것만 같았다. 그것도 이전보다 열 배는 더 비참한 기분에 말이다.

"그게 여기까지 날 따라왔군. 아까랑 똑같아."

모글리는 두려움을 느끼며 큰 소리로 불평을 늘어놓
았다. 그러고는 그것이 정말 자신의 뒤에 있는 건 아닌지 슬쩍 돌
아보았다.

"흠, 아무도 없어."

밤이면 들리는 늪지의 소음이 계속 이어졌다. 하지만 그 어떤 동물도 아는 척을 하지 않
아 모글리는 자신이 처량하게 느껴졌다.

"나는 좀 더 조심했어야 했는데 그만 독을 먹고 말았어. 그 바람에 이렇게 기운이 없나
봐. 나는 두려웠던 거야. 평소의 나였다면 그렇지 않았을 텐데. 난 두 마리 늑대가 싸
우는 것을 보자 덜컥 겁이 났어. 아켈라나 파오도 그들을 봤다면 분명 말렸을 거야. 그
런데 나는 무서워서 견딜 수 없었지. 그게 바로 내가 독을 먹었다는 확실한 증거야. 정
글의 동물들이 이런 날 위해 무얼 해 줄 수 있겠어? 그들은 노래하고 울부짖고 싸움을

벌이고 달빛 아래에서 떼를 지어 달리느라 바쁜데. 어쨌든 나는 온몸에 독이 퍼져 늪지
에서 죽어 가고 있어. 아, 아!"

모글리는 너무 두려운 나머지 금방이라도 눈물을 쏟을 것 같았다.

"조금 뒤 그들은 검은 물 위에 누워 있는 날 발견할 거야. 아니지, 나의 정글로 돌아가
회의 바위 위에서 죽어야겠다. 그럼 내가 사랑하는 바기라가 날 잠깐이나마 지켜 줄 거
야. 솔개 칠이 아켈라에게 한 것처럼 날 건들지 못하게 말이야. 물론 바기라가 골짜기
에서 비명을 지르지 않고 내 곁에 있어야겠지만."

모글리의 눈에서 뜨겁고 커다란 눈물방울이 흘러 무릎 위로 떨어졌다. 그런데 그는 불
쌍한 자신의 모습이 왠지 뿌듯하게 느껴졌다. 앞뒤가 맞지 않는 이상한 만족감이었다.

"그래, 내가 붉은 개들을 해치워 무리를 구한 밤에 솔개 칠이 아켈라를 쪼아 먹었지."

모글리는 외로운 늑대의 마지막 말을 떠올렸다. 독자들도 그 말을 기억할 것이다.

"아켈라는 숨을 거두기 직전에 이런저런 이상한 말을 했어. 죽을 때가 되면 누구나 이
상한 기분이 드는가 봐…. 어쨌든 난 틀림없는 정글의 종족이야!"

모글리는 와인궁가 강둑에서 벌였던 치열한 전투가 떠오르자 갑자기 흥분해서 빽 소
리쳤다. 그러자 암컷 야생 물소가 갈대밭 사이에서 몸을 일으키고는 쿵쿵거리며 말했다.

"사람이네!"

야생 물소 마이사는 진흙 웅덩이에 철퍼덕 돌아누웠다.

"사람이 아니야. 정글 여기저기를 내달리는 털 없는 시오니 늑대지."

암컷 물소가 그 말을 듣더니 풀을 뜯으려고 고개를 숙이며 말했다.

"난 사람인 줄 알았는데."

"글쎄, 아니라니까."

"오우, 모글리. 위험에 빠진 거야?"

마이사가 웅덩이 속으로 몸을 숙이며 묻자, 모글리는 물소의 말투를 그대로 흉내 냈다.

"오우, 모글리. 위험에 빠진 거야? 넌 생각하는 게 겨우 그것밖에 안 돼? 위험에 빠졌냐
고? 내가 위험에 빠지든 이 밤에 정글을 달리든 너랑 상관없잖아. 안 그래?"

그러자 마이사가 경멸을 가득 담아 대꾸했다.

"씩씩하게도 외치네! 저 종족은 늘 저런 식으로 말하지. 풀을 밟아 댈 줄만 알지 먹을

405

줄은 모르는 종족이니까."

그러자 모글리가 잔뜩 약이 올라 중얼거렸다.

"지난 우기 때였다면, 널 웅덩이에서 꺼내 고삐를 단 다음 늪지를 내달렸을 거다."

모글리는 솜털 같은 갈댓잎을 뽑으려고 손을 뻗었다가 한숨을 폭 내쉬며 그만두었다. 마이사는 조금 전 먹다 만 기다란 풀을 마저 입에 넣고 되새김질했다.

"마이사, 난 여기서 죽지 않아. 자칼라나 멧돼지와 피를 나눈 자가 날 조롱하다니. 늪지는 어떤지 보러 왔는데 봄에 달리는 것이 이렇게 힘든 건 처음이야. 더운지 추운지도 모르겠어. 아무튼 그만 일어나자, 모글리!"

모글리는 그렇게 말하고 갈대밭을 가로질러 마이사에게 다가갔다. 순간 칼로 마이사를 찌르고 싶은 마음이 불쑥 솟았다. 그때 물에 흠뻑 젖은 덩치 큰 수소가 웅덩이에서 튀어나왔다. 모글리는 수소가 폭탄이 터지는 것 같은 기세로 불쑥 나타나자 깔깔거리며 웃다가 그 자리에 주저앉아서 마이사에게 외쳤다.

"마이사, 그만 고백하시지. 시오니의 털 없는 늑대가 한때 너를 몰고 다녔다는 걸."

그러자 수소가 콧김을 킁킁 내뿜고는 진흙 웅덩이 속에서 발을 무섭게 구르며 소리쳤다.

"이봐, 늑대. 감히 네가 그런 말을 해? 넌 길들인 소 떼나 끌고 다니던 꼬맹이라는 걸 온 정글이 다 알아. 저 밭에서 고함이나 치는 사람의 아이와 다를 바 없지. 네가 정글의 일원이라고? 거머리들 사이에 끼어 뱀처럼 기어 다니고, 자칼처럼 허튼 장난이나 치는 주제에 감히 내 암소에게 모욕을 줘? 어서 단단한 흙으로 올라와. 너를 단숨에 그냥 확!"

마이사는 입에 거품을 물고 있었다. 성질이 사나운 걸로 치자면 정글 그 누구에게도 뒤지지 않았다. 수소의 두 눈은 금방이라도 튀어나올 듯이 희번덕거렸다. 모글리는 콧바람을 거칠게 내뿜는 수소를 가만히 보다가 진흙을 밟는 소리가 잦아들자 조용히 말했다.

"마이사, 늪지 근처에 어떤 사람들이 살아? 난 이 주변 정글을 잘 몰라서 그래."

"그러면 북쪽으로 가. 늪지 너머에 있는 마을에 가서 잘난 척 실컷 하라고."

수소가 모글리의 말에 잠시 말문이 막혔다가 신경질적으로 버럭 소리를 질렀다. 모글리의 칼에 찔린 곳이 계속 쑤셨기 때문이다.

"사람들은 정글 이야기를 싫어해. 그리고 마이사, 네 가죽에 난 상처는 별것 아니야. 약간 스쳤을 뿐이라고. 아무튼 그 마을을 한번 둘러보지. 가 보겠다고. 몸 건강히 잘 지내. 정글의 관리자가 너를 보살피기 위해 매일 밤 올 수는 없으니까."

모글리는 늪 가장자리의 부드러운 땅을 가볍게 뛰어넘었다. 마이사는 감히 시도도 못 할 모험이었다. 모글리는 분해서 씩씩거릴 수소를 떠올리며 달리는 내내 미소 지었다.

"내 힘이 완전히 빠지진 않았어. 다행히 독이 뼛속까지 들어간 건 아니군. 음, 저 별은 오늘 유난히 낮게 걸렸는걸."

모글리는 손을 동그랗게 말아 망원경처럼 눈가에 대고 별을 가만히 보았다.

"내 목숨을 대신해 죽은 수소를 걸고 맹세하건데, 저건 붉은 꽃이야. 예전에 시오니의 회의 바위로 가져가려고 보관했던 붉은 꽃! 이제 그만 달려도 되겠어."

불빛이 반짝거리는 너른 평원이 나타나자 늪지도 끝났다. 모글리가 사람에게 호기심을 보인 건 꽤 오래되었지만, 이날 밤 붉은 꽃이 뿜어내는 빛은 여느 때보다 모글리를 강력하게 잡아끌었다. 마치 새로운 먹잇감이라도 발견한 기분이었다.

"한번 가서 살펴보자. 그동안 사람 무리가 얼마나 변했는지 궁금해."

모글리는 자신이 자유롭게 움직일 수 있는 정글에서 벗어났다는 걸 전혀 알아차리지 못했다. 그는 이슬이 흠뻑 내려앉은 풀숲을 지나 불이 환하게 켜진 오두막으로 다가갔다. 마을 입구에 이르자 개 서너 마리가 사납게 짖었다. 모글리는 시오니의 늑대답게 굵은 목소리로 으르렁거려서 개들을 제압한 뒤, 그 자리에 조용히 앉았다.

"결국 여기를 또 왔네. 내 발로 사람의 잠자리를 찾아오다니 내가 원하는 게 뭐지?"

모글리는 몇 년 전 사람들이 던진 돌에 맞았던 입가를 문질렀다. 그때 오두막 문이 열리더니 한 여인이 어둠 속을 가만히 보았다. 여인은 등에 업은 아이가 계속 울자 달랬다.

"그만 자렴. 자칼 때문에 개들이 깬 것뿐이야. 이제 곧 아침이 올 거다."

모글리는 풀숲에 숨어 그 모습을 지켜보다가 온몸이 열에 휩싸인 것처럼 부르르 떨었다. 분명 잘 아는 목소리였다. 하지만 좀 더 확실히 해 두고 싶어서 나지막이 외쳤다. 그런데 모글리 자신도 깜짝 놀랄 정도로 사람의 말이 곧바로 튀어나왔다.

"메수아! 오, 메수아!"

"누가 날 부르는 거지?"

여인의 목소리가 바르르 떨렸다. 여인은 앞섶을 움켜쥔 채 반쯤 닫힌 문 앞에 서 있었다.

"날 잊었나요?"

모글리가 입안이 바싹 타들어 가는 목소리로 물었다.

"정말 너라면 내가 널 부르던 이름을 말해 주렴. 어서!"

"나투! 나투예요!"

모글리는 처음 사람의 무리를 찾아갔을 때 메수아가 불러 주던 이름을 외쳤다.

"드디어 왔구나, 내 아들."

여인이 모글리를 보며 울부짖었다. 모글리는 환한 빛 아래로 걸어가 자신에게 호의를 베풀어 주었고, 그 자신이 사람의 무리로부터 구해 낸 여인을 똑바로 보았다. 여인은 그 사이 나이가 들어 머리카락이 희끗했다. 하지만 그 눈빛과 목소리는 그때나 지금이나 똑 같았다. 여인은 여자들이 흔히 그러듯이, 헤어지던 당시의 모글리 얼굴을 찾기 위해 문 꼭 대기에 닿은 머리부터 가슴까지 놀란 눈빛으로 다급히 훑었다.

"내 아들…. 그런데 이제 더는 내 아들이…, 아니야. 이젠 정글의 신이구나!"

여인이 말을 더듬거리더니 모글리 발치에 힘없이 주저앉았다.

석유등의 붉은빛을 받고 선 모글리는 몸이 다부지고 키가 컸으며 아름다웠다. 까만 머리카락이 어깨까지 길게 내려왔고, 목에 칼을 건 채 머리에 하얀 재스민 화관을 쓰고 있었다. 그래서 정글의 전설에 등장하는 신처럼 보였다. 그때 침대에서 선잠을 자던 아이가 발딱 일어나 두려움에 차서 마구 비명을 질러 댔다. 모글리는 메수아가 아이를 달래는 동안 물 항아리, 냄비, 곡물 상자 등 또렷하게 기억하는 여러 도구들을 조용히 둘러보았다.

"뭘 좀 먹겠니? 아니면 마실 거라도? 이 집 안에 있는 물건은 모두 네 것이다. 우린 네가 도와준 덕분에 목숨을 구했어. 그런데 너 정말 나투가 맞니? 정말로 정글의 신이야?"

메수아가 묻자 모글리가 대답했다.

"나투가 맞아요. 어쩌다가 제가 사는 정글에서 멀리 떨어진 이곳까지 오게 되었어요. 불빛에 이끌려 왔는데 이곳에 당신이 있을 줄은 몰랐어요."

"우리는 카니와라에 무사히 도착했어. 그곳에서 만난 영국인들의 도움을 받아 우리를 불태워 죽이려던 마을 사람들을 고발했지. 그때가 기억나니?"

"네, 저는 하나도 잊지 않았어요."

"그런데 영국 정부가 사악한 이들의 마을로 갔는데, 마을은 이미 사라지고 없었어."

"그것도 똑똑히 기억해요."

모글리가 코를 살짝 찡긋거리며 대답했다.

"그 뒤로 남편은 다른 사람의 밭농사를 대신 맡아 했어. 그는 아주 강인한 사람이라 금세 우리 땅이 생겼단다. 그때처럼 부자는 아니지만, 생활하는 데 부족함은 없어."

"그날 밤 겁에 질려 땅바닥을 팠던 그 사람은 어디 있어요?"

"일 년 전에 죽었어."

"그럼 저 아이는요?"

모글리가 아이를 가리키며 묻자, 메수아가 아이를 번쩍 들어 올리며 말했다.

"두 해 전 우기 때 낳았어. 만약 네가 정글의 신이라면, 이 아이가 너희 종족 안에서 안전하게 지낼 수 있도록 정글의 호의를 베풀어 주렴. 그날 밤 우리 부부에게 해 주었듯이. 그리고 네가 호랑이가 물어 간 내 아들 나투가 맞다면…."

아이는 모글리에 대한 두려움이 사라졌는지 모글리 목에 걸린 칼을 조몰락거리고 있었다. 모글리는 아이의 조그만 손가락을 조심조심 떼어 냈다.

메수아는 목이 메어 간신히 말을 이었다.

"이 애는 네 남동생이니 형으로서 이 아이의 삶을 축복해 주렴."

"하이마이! 축복이 뭐죠? 저는 정글의 신도 아니고 이 애의 형도 아니에요. 오, 그런데 어머니. 가슴이 먹먹해요."

모글리는 몸을 떨며 아이를 무릎에 앉혔고, 메수아는 냄비를 꺼내어 달그락거리며 말했다.

"괜찮아. 밤에 늪지를 달려 여기까지 오느라 분명 열이 나서 뼛속까지 스몄을 거야."

모글리는 정글이 자신을 아프게 한 거라는 메수아의 말에 슬며시 웃음이 났다.

"얼른 불을 피워 우유를 따뜻하게 데워 주마. 재스민 화관은 좀 벗어 둘래? 그 강한 냄새가 집 안에 진동하는구나."

모글리는 자리를 잡은 뒤 중얼거리면서 양손을 머리에 갖다 댔다. 메수아 말대로 재스민 향기에 중독이라도 된 건지, 알 수 없는 이상한 느낌이 온몸으로 퍼졌다. 눈이 핑핑 돌고 조금 아픈 것도 같았다. 모글리가 따뜻한 우유를 들이켜는 사이, 메수아는 그의 어깨를 가만히 토닥였다. 모글리가 아주 오래전에 잃어버린 아들인지 아니면 정글의 신비한 신인지 확인하려는 게 아니었다. 잠시나마 자신의 아들이었던 모글리를 다시 만났다는 사실이 기쁘고 반가워서 그랬던 것이다. 조금 뒤 메수아가 자부심이 가득한 눈빛으로 말했다.

"아들아, 혹시 세상 누구보다 아름답다는 말 들어 본 적 있니?"

모글리는 난생처음 듣는 말이라 숨김없이 당황한 표정을 지었다. 메수아는 그런 모글리를 보며 조용하지만 아주 환하게 미소 지었다. 아들인 모글리의 얼굴에 떠오른 표정을 보는 것만으로도 행복했던 것이다.

"그럼 내가 처음 해 주는 말이겠구나? 흔한 일은 아니지만, 어머니가 자기 아들한테 이렇게 말하는 건 당연해. 너처럼 아름다운 남자는 처음 봤어. 넌 정말 아름답단다."

그러자 모글리는 어쩔 줄 몰라 하며 다부진 어깨 너머로 고개를 돌리려 했다. 그러다 환하게 웃는 메수아를 쳐다보면서 이유도 모른 채 따라 웃었다. 어린아이는 깔깔 웃어 대는 두 사람 사이를 마구 뛰어다녔다. 메수아가 아이를 끌어안아 제지하고는 말했다.

"이런! 벌써 형 흉내를 내면 안 되지. 네가 네 형의 반만이라도 잘생겼다면, 나중에 왕의 막내딸과 결혼하여 큰 코끼리를 타게 될 거다."

봄 을 달 린 다

모글리는 메수아가 하는 말 가운데 몇몇 문장은 이해하지 못했다. 먼 거리를 달려온 모글리는 따뜻한 우유의 기운이 온몸에 퍼지면서 나른해졌다. 모글리는 금방 깊은 단잠에 빠졌고, 메수아는 모글리의 머리카락을 쓸어 넘기고 담요를 덮어 주며 행복한 미소를 지었다. 정글에서의 습관대로, 모글리는 그날 밤과 다음 날 하루 종일 내내 잠만 잤다. 모글리는 정글에서 완전히 잠드는 법이 없었는데, 이곳에서는 두려워할 게 전혀 없다는 것을 본능적으로 느낀 것이다. 이윽고 모글리가 오두막이 흔들릴 정도로 깜짝 놀라며 일어났다. 담요가 얼굴까지 덮은 바람에 덫에 갇히는 꿈을 꾸었던 것이다. 모글리는 칼을 움켜쥔 채 졸음에 겨운 눈으로 사방을 살피면서 언제라도 싸울 수 있는 자세를 취했다.

메수아가 웃음을 가득 머금은 채 저녁상을 내왔다. 연기 냄새가 밴 딱딱한 빵, 약간의 밥, 시큼하게 절인 타마린드 열매 한 개가 전부였지만, 저녁 먹잇감을 구할 때까지 버틸 수 있는 양은 되었다. 모글리는 늪지에 내린 이슬 냄새가 코끝에 닿자 배가 고프고 마음이 초조해졌다. 이제 그만 봄을 달리는 일을 끝내고 돌아가고 싶은데, 어린아이는 자꾸 모글리의 품을 파고들었고 메수아는 길게 드리워진 검은 머리칼을 빗겨 주려 했다. 그녀는 아기들에게 들려주는 우스꽝스러운 노래를 흥얼거리며 빗질을 했다. 그리고 모글리에게 연신 내 아들이라고 하면서 동생에게 정글의 힘을 베풀어 달라고 부탁했다.

그때 닫힌 오두막 문 너머로 모글리 귀에 아주 익숙한 소리가 들렸다. 이어 잿빛 털이 북슬북슬한 앞발이 문 밑으로 쑥 들어왔다. 메수아는 그 광경에 겁에 질려 입이 떡 벌어졌다. 잿빛 형제는 문밖에서 미안한 듯 살짝 짖었다. 불안과 두려움이 담긴 소리였다.

"밖에서 기다려. 정작 오라고 했을 때는 오지 않았으면서…."

모글리가 문 쪽은 보지도 않고 정글의 언어로 명령하자 그 즉시 잿빛 발이 사라졌다.

"너의 하인은 이 집에 들이지 말아다오. 나, 아니 우리는 정글과 평화롭게 잘 지냈어."

메수아가 겁에 질려 말하자, 모글리가 큰 소리로 대꾸했다.

"물론 지금은 그렇겠지요. 하지만 카니와라로 도망치던 날 밤에는 어땠나요? 수많은 무리가 당신을 앞뒤로 막아섰잖아요. 아무튼 정글의 종족은 이렇게 화창한 봄에도 나를 잊지 않았군요. 어머니, 그만 갈게요."

그러자 메수아가 힘없이 옆으로 비켜섰다. 메수아는 모글리가 정말로 숲의 신이 아닐까 생각하며 문 쪽으로 걸어가는 모글리의 목을 여러 차례 안고는 속삭였다.

“다시 돌아오렴! 네가 아들이든
아니든, 난 너를 사랑하고 네가 떠나서 슬프구나.”

어린아이도 목에 칼을 찬 사람이 떠나려 하자 울음을 터뜨렸다. 메수아는 같은 말을 계속 되풀이했다.

“다시 돌아오렴. 이 문은 절대 잠그지 않을 거다. 밤낮으로 널 기다리마.”

모글리는 대답하려고 해도 목이 꽉 막혀 할 수 없었다. 목이 졸리기라도 한 것 같았다. 모글리는 간신히 “꼭 돌아올게요.” 하고 대답했다.

밖으로 나온 모글리는 문 앞에서 힐끔대는 늑대 머리를 옆으로 밀어내며 물었다.

“형제에게 물어볼 게 있어. 오래전 내가 불렀을 때는 왜 아무도 안 온 거야?”

"오래전? 이봐, 그건 어젯밤 일이야. 나, 아니 우리 넷은 새로운 대화와 만남의 계절이 찾아온 걸 기뻐하며 정글에서 새 노래를 부르고 있었어. 알지?"

"그래, 알아."

잿빛 형제가 자못 진지한 얼굴로 말을 이었다.

"노래를 다 부른 뒤 네 흔적을 좇아 여기까지 온 거야. 다른 형제들하고 떨어져 다급하게 널 찾아다녔다고. 그런데 모글리, 사람 무리와 함께 먹고 자다니, 대체 왜 이래?"

"내가 불렀을 때 형제들이 냉큼 달려왔다면 이런 일은 없었겠지."

모글리가 빠르게 달리며 대꾸하자 잿빛 형제가 걱정스레 물었다.

"앞으로 어쩌려고 그래?"

그때 마을 입구에서 뻗어 나온 길에 흰 옷을 입은 소녀가 나타났다. 잿빛 형제는 곧장 몸을 숨겼고, 모글리는 봄의 농작물이 풍성하게 자란 밭으로 조용히 비켜섰다. 모글리가 뻗은 손이 소녀에게 닿으려던 순간, 녹색 작물의 기다란 잎이 그의 얼굴을 덮었다. 소녀는 유령이 나타났다가 사라진 줄 알고 비명을 질렀다. 그러다 금세 마음을 놓고 한숨을 푹 내쉬었다. 모글리는 얼굴에 붙은 잎들을 떼어 내며 멀어지는 소녀를 지켜보았다.

"정말 모르겠어. 너희들은 왜 내가 불러도 오지 않았지?"

모글리가 한숨을 푹 내쉬며 말했다.

"우리는 늘 너를 따라다니고 흔적을 좇았어. 새로운 대화와 만남의 계절일 때만 빼고."

잿빛 형제가 머뭇거리며 대답하고는 모글리의 뒤꿈치를 핥았다.

"내가 사람 무리가 사는 곳으로 돌아가면 어떡할 거야?"

"예전에 우리 무리가 너를 내쫓았을 때도 난 너를 쫓아갔어. 들판에 누워 있던 네 얼굴을 핥아 깨운 게 누구더라?"

"만날 그 소리!"

"그리고 오늘 밤에도 너를 쫓아왔고."

"똑같은 소리만 하는군, 잿빛 형제."

잿빛 형제는 잠시 입을 다물었다가 혼잣말을 중얼거렸다.

"털이 검은 자가 한 말이 맞군."

"바기라가 뭐라고 했는데?"

"사람은 결국 사람에게 간댔어. 우리 어머니 라크샤도 그렇게 말했고…."

"아켈라도 붉은 개를 물리치던 날 밤 그렇게 말했지. 우리 모두를 합한 것보다 지혜로운 카아도 그랬고. 잿빛 형제는 어떻게 생각하지?"

"그들은 욕하며 너를 내쫓았고, 돌을 던져 네 입에 상처를 입혔어. 그걸로도 모자라 너를 죽이려고 불데오를 정글로 보냈지. 그들은 언젠가 널 붉은 꽃 속에 집어 던질 거야. 사람이 사악하고 어리석은 종족이라고 말한 건 내가 아니라 바로 너야. 마을을 정글로 만든 것도 너고. 나는 단지 내 형제이자 동료의 뜻에 따랐을 뿐이야. 넌 우리가 붉은 개들 때문에 불렀던 노래보다 더 심한 말로 사람을 욕하는 노래를 불렀어."

"잿빛 형제는 어떻게 생각하느냐고 물었어."

모글리와 잿빛 형제는 달리면서 계속 이야기를 나누었다. 잿빛 형제는 한동안 입을 꾹 다문 채 달리다가, 언제나처럼 훌쩍 뛰어오를 때마다 한 마디씩 했다.

"사람의 아이, 정글 관리자, 라크샤의 아들, 같은 보금자리에서 자란 형제여. 봄이 와서 잠시 잊었는지 모르지만, 네가 가는 길은 나의 길이고, 너의 잠자리는 나의 잠자리이며, 너의 사냥은 나의 사냥이야. 네가 목숨을 건 싸움에는 나도 목숨을 걸어. 나머지 세 형제들도 나와 같은 마음이야. 자, 이제 넌 정글의 모두에게 뭐라고 말할 테야?"

"그렇게 물어 주니 좋군. 사냥감을 결정했으면 절대 뜸을 들여선 안 돼. 형제가 무리에게 회의 바위에 모여 달라고 해 줘. 그때 내 생각을 말해 주지. 하지만 새로운 대화와 만남의 계절이라 모두 날 잊고 아무도 안 올 거야."

"그럼 넌 단 한 번도 잊은 적이 없었어?"

잿빛 형제가 어깨 너머로 그렇게 소리치더니 빠른 속도로 뛰어가기 위해 몸을 한껏 웅크렸다가 튀어 올랐다. 모글리는 곰곰 생각하면서 잿빛 형제 뒤를 따라갔다.

다른 계절이었다면 온 정글이 털을 바짝 곤두세우고 모글리 이야기에 집중했을 테지만 지금은 모두 사냥하고 싸움을 벌이며 죽이고 노래하느라 정신이 딴 데 팔려 있었다. 잿빛 형제는 동물들 사이를 돌아다니며 "정글 관리자가 사람에게 간다. 회의 바위로 모여라!" 하고 외쳤다. 그러자 저마다 자기 일에 바쁜 동물들이 심드렁하게 대꾸했다.

"간다고 해도 여름 더위가 기승을 부리면 돌아올걸? 우기가 오면 그 녀석도 어쩔 수 없이 제 잠자리로 돌아올 거야. 잿빛 형제, 그러니 우리랑 같이 달리면서 노래나 하자고."

"정글 관리자가 정말 사람에게 간다니까."

잿빛 형제가 되풀이해 말했지만, 그들은 여전히 모글리에게 별 관심이 없었다.

"엥? 하필 새로운 대화와 만남의 계절에 꼭 그래야 하는 거야?"

이윽고 모글리는 답답한 가슴을 안고 처음 늑대 무리에 이끌려 갔던 때를 떠올리며 회의 바위로 갔다. 그런데 거기에는 늑대 형제 넷과 늙어서 반 장님이 된 발루, 아켈라의 자리에 똬리를 튼 카아뿐이었다. 모글리가 손으로 얼굴을 감싼 채 주저앉자 카아가 말했다.

"사람의 아이야, 여기서 네 흔적을 지우겠다는 거냐? 실컷 울거라. 너와 나, 사람과 뱀은 같은 핏줄이란다."

"붉은 개들과의 전쟁 때 차라리 죽었어야 했어요. 내 힘이 점점 빠져나가고 있는데, 독 때문이 아닌 것 같아요. 하루 종일 날 쫓는 발소리가 들리는데 그는 모습을 감추는 것 같아요. 돌아보면 아무도 없고 소리쳐 불러도 아무 대답이 없어요. 뻔히 다 듣고 있으면서 입을 다물고 있는 것 같아요. 누워도 잘 수가 없어요. 봄의 밤을 아무리 달려도 마음이 가라앉지 않아요. 물에 들어가 있어도 몸 안의 불이 꺼지지 않고요. 이제 뭔가를 죽이는 건 지긋지긋하고 목숨이 걸린 일이 아니면 싸우고 싶지 않아요. 내 몸 안에 붉은 꽃이 있고, 내 뼈는 물이 되어 버린 것 같아요. 그런데…, 대체 무슨 일인지 하나도 모르겠어요."

소년이 훌쩍이자 발루가 모글리를 천천히 바라보며 말했다.

"네게 무슨 말을 해 줄까? 그때 강가에서 아켈라가 모글리가 모글리를 사람의 무리 쪽으로 돌아가게 할 거라 했지. 나도 그렇게 말했고. 그런데 지금 누가 내 얘기를 듣고 있지? 바기라도 아켈라가 한 말을 분명히 알고 있어. 그게 바로 법칙이란다."

"차가운 소굴에서 널 만났을 때 나도 예상했다. 사람의 아이야, 사람은 결국 사람한테 돌아가. 굳이 정글이 내몰지 않더라도 말이다."

견고하게 똬리를 틀고 있던 카아가 몸의 방향을 바꾸며 덧붙였다. 네 형제는 서로 쳐다보다가 모글리를 돌아보았다. 모두 당황한 기색이 역력했지만 가만히 듣고 있었다.

"정글이 날 내몰지 않는다고요?"

모글리의 물음에 네 형제들이 버럭 화를 내며 대꾸했다.

"우리가 살아 있는 한, 절대 그 누구도 너를…."

그때 발루가 늑대 형제들의 말을
자르고 나섰다.

"나는 네게 정글의 법칙을 가르쳤어. 그러니
내가 말해 주는 게 옳지. 이제 난 코앞의 바위도 못 보는
몸이지만, 멀리 내다볼 줄은 알아. 작은 개구리야, 네 자신의 길을 가렴. 네 핏줄,
네 무리, 네 종족에게로 가서 보금자리를 만들거라. 하지만 네가 우리의 발과 이빨,

눈과 입이 필요하면 언제든 밤을 타고 곧장 달려가 도울 것이다. 너는 정글의 관리자이며, 정글은 네 것이라는 사실을 명심해."

"정글의 중심도 네 것이다. 늑대들 대신 하는 말이 아니고 내가 하는 말이야."

카아가 덧붙이자, 모글리가 양팔에 얼굴을 묻으며 흐느꼈다.

"하이마이, 나의 형제들. 뭐가 뭔지 하나도 모르겠어요. 내 마음은 가고 싶지 않은데 내 두 발이 자꾸 이끌어요. 내가 어떻게 이 밤들을 남겨 두고 떠날 수 있겠어요?"

"고개를 들어라, 어린 형제여. 부끄

러워할 일이 아니다. 꿀을 다 먹었으면 텅 빈 벌집은 두고 떠나는 법이다."

발루가 말하자, 카아도 조그맣게 속삭였다.

"낡은 허물은 벗어 던지려무나. 그 속으로 다시 들어갈 순 없다. 그게 법칙이란다."

이어 발루가 모글리에게 다짐하는 것처럼 말했다.

"잘 듣거라, 내가 사랑하는 사람의 아이야. 우리는 널 잡아 두지 않을 거다. 고개를 들어! 누가 감히 정글의 관리자를 나무라겠니? 나는 네가 작은 개구리였을 때 조약돌을 만지며 노는 것을 지켜보았다. 너를 위해 갓 잡은 수소를 대가로 지불한 바기라도 마찬가지였지. 너의 어머니 늑대 라크샤와 아버지 늑대도 죽었으니, 이제 너를 지키는 자는 우리 둘뿐이다. 그 옛날의 늑대 무리도 모두 죽었고, 시어 칸은 어디로 갔는지 네가 더 잘 알 것이다. 아켈라는 붉은 개들과 싸우다 죽었고. 그때 네 지혜와 힘이 없었다면 두 번째 시오니 무리 역시 모두 죽고 없을 거다. 지금은 늙은 뼈들만 남았겠지. 이제 우리 앞에는 무리를 떠나도 되냐고 묻던 사람의 아이는 없다. 대신 자신의 길을 결정한 정글의 관리자가 서 있을 뿐이다. 누가 감히 그의 길을 의심하고 막을 수 있겠느냐?"

"하지만 바기라와 내 목숨을 대신해 죽은 수소를 걸고 맹세하건대, 나는…."

모글리가 말을 하다 말고 얼버무렸다. 그때 수풀에서 부스럭대며 으르렁거리는 소리가 났다. 바기라가 사뿐한 걸음으로 위풍당당하게 나타나더니 앞발을 쓱 내밀었다.

"이걸 준비하느라 좀 늦었어. 아주 긴 사냥이었지만 결국 놈의 숨통을 끊어 덤불 속에 던져 두었지. 자, 떠나는 너를 위해 마련한 두 살배기 수소야. 어린 형제여, 빚은 모두 갚았다. 이제부터 발루의 말이 곧 내 말이다."

바기라는 모글리의 발을 핥고는 훌쩍 튀어 나가며 소리쳤다.

"내가 너를 사랑한다는 걸 기억하렴. 새로운 길에 풍성한 사냥이 함께하기를!"

이어 언덕 너머에서 긴 포효 소리가 들렸고, 발루가 덧붙여 말했다.

"바기라가 말한 대로, 이제 미련을 가질 필요도 없다. 그만 떠나거라. 그 전에 이리 가까이 오렴. 오, 지혜로운 조그만 개구리. 내게 오렴!"

모글리가 발루의 옆구리에 얼굴을 묻고 목을 끌어안은 채 훌쩍이자 카아가 말했다.

"허물벗기는 정말 고통스럽지."

앞을 볼 수 없는 발루는 서툰 몸짓으로 모글리의 발을 핥아 주려 했다. 잿빛 형제가 새벽 바람 냄새를 맡으며 킁킁거리고는 말했다.

"별빛이 희미해졌어. 오늘은 어디서 잘까? 이제 우리도 새로운 길을 찾아 나서야지."

모글리의 이야기는 이렇게 막을 내린다.

이별의 노래

이것은 모글리가 메수아의 집에 도착할 때까지 정글에서 계속 들려온 노래다.

발루

현명한 개구리에게
정글의 길을 가르쳐 준 자를 위하여,
늙은 발루를 위하여 사람 무리의 법칙을 따르라.
깨끗하든 더럽든, 뜨겁든 미적지근하든,
밤낮을 가리지 말고 왼쪽, 오른쪽 헤매지 말고
굳세게 너의 길을 가라.
살아 있는 그 어떤 생명체보다
너를 사랑하는 발루를 위하여.
사람의 무리가 너에게 고통을 안겨 주면
"타바키가 또다시 짖는다."고 하렴.
사람의 무리가 네 몸에 해를 가하면

"시어 칸은 아직 죽지 않았다."고 하렴.
너의 칼이 피를 원한다면 법칙 아래 뜻대로 해라.
(뿌리, 꿀, 야자수, 토란아!
이 아이를 위험과 상처로부터 보호해다오.)
숲, 물, 바람, 나무, 정글의 호의가 너와 함께하리니!

카아

분노는 공포를 낳는 알,
눈꺼풀 없는 눈은 깨끗하지.
코브라의 독은 누구도 빼낼 수 없지.
코브라의 언어로도 어쩌지 못할 것이니.
마음을 열고 솔직히 말하면 힘과 예의가 네게 도움이 되리라.
네 능력 이상의 일에 덤비지 말고,

썩은 나뭇가지에 오르지 마라.

입이 벌어질 정도의 사슴과 염소를 겨냥하라.

대충 보고 잡으면 목이 막힌다.

실컷 먹고 푹 자고 싶은가?

그럼 너의 굴을 꽁꽁 숨겨라.

깜박 실수하여 포식자가 널 덮칠까 두렵구나.

동서남북 어디를 가든,

네 몸을 깨끗이 하고 입을 무겁게 하라.

(구덩이, 동굴, 파란 웅덩이의 가장자리,

정글의 중심이 너와 함께할 것이니!)

숲, 물, 바람, 나무, 정글의 호의가 너와 함께하리니!

바기라

우리에서 태어난 나는 사람의 방식을 잘 알지.

내가 부수고 나온 자물쇠를 걸고 맹세하건대,

사람의 아이야, 사람 무리를 조심하라!

이슬이 향기를 내뿜는 새벽과 창백한 별빛이 쏟아지는 밤에는

사향고양이의 복잡한 자취를 쫓지 마라.

사람과 회의를 하든, 사냥을 하든, 집에 있든
자칼 같은 족속과는 절대 어울리지 마라.
"우리와 함께 편한 길로 가자."라고 꾀면
입을 굳게 다물어라.
약자를 이용하려는 달콤한 말에도
입을 굳게 다물어라.
반다로그처럼 네 능력을 뽐내지 말고,
사냥에 힘쓰기보다는 평화를 먼저 생각하라.
부르짖지도, 노래하지도, 신호를 보내지도 말고
그 사냥의 무리에서 빠져나오거라.
(아침 안개여, 깨끗한 황혼이여,
사슴의 파수꾼들이여! 그를 보호하소서.)
숲, 물, 바람, 나무, 정글의 호의가 너와 함께하리니!

세 형제

네가 가야만 하는 그 길,
우리가 두려워하는 문턱을 넘어 붉은 꽃이 피는 그곳으로.
지금부터 네가 잘 곳은 우리의 어머니인 하늘이 만든 잠자리.
그래도 우리의 목소리는 들리겠지.
너를 사랑하는 우리의 목소리는
새벽에 또 너를 깨우리.
쉬지 않고 계속 일하다 보면
정글이 사무치게 그리워지겠지.
숲, 물, 바람, 나무, 지혜, 힘, 예의,
정글의 호의가 너와 함께하리니!

용어 해설

《정글북》에는 인도와 정글에 관한 흥미로운 낱말들이 많이 나온다. 아래는 그 가운데 몇 개를 골라 의미를 적은 것이다.

라크샤 : '악마'를 뜻한다. 시어 칸이 모글리와 늑대 새끼들을 위협하자 엄마 늑대는 스스로를 '라크샤'라고 부르며 분노한다.

마하라자 : 산스크리트어로 '위대한 왕'을 뜻한다. 인도는 1947년 영국으로부터 독립하기 전에, 마하라자가 다스리는 육백 개 이상의 제후국으로 나뉘어져 있었다.

모화나무 : 달콤하고 끈적거리는 꽃이 피는, 발루가 가장 좋아하는 나무이다. 꽃으로 술을 담글 수 있다.

반다로그 : 시오니 정글에 사는 회색 원숭이를 가리킨다. 힌디어 '반다(bandar)'는 '원숭이', '로그(log)'는 '사람'을 뜻한다.

브라만 : 힌두교 사회의 카스트 제도에서 가장 높은 계급으로, 사람들로부터 매우 존경받고 큰 영향력을 행사한다. 《정글북 2》의 〈푸룬 바가트의 기적〉은 정치가로 크게 성공한 브라만 푸룬 다스가 모든 부귀영화를 포기하고 성자가 되는 과정을 그린 이야기이다.

사람의 새끼 : 아빠 늑대와 엄마 늑대가 모글리를 부르던 별칭이다. 늑대 부부는 자신들의 굴로 찾아온 모글리를 늑대 새끼들과 함께 키웠다.

시어 칸 : '시어(Shere)'는 인도 방언으로 '호랑이'를 뜻하며, '칸(Khan)'은 통치자나 중요한 사람에게 붙이는 낱말이다. 키플링은 그가 호랑이들의 우두머리라는 것을 보여 주기 위해 '시어 칸'이라는 이름을 썼다.

와인궁가강 : 인도 중심부를 약 576킬로미터나 굽이굽이 흐르는 긴 강으로, '물의 화살'이라는 뜻을 가진다. 키플링의 이야기에 따르면, 강은 정글의 모든 동물과 마을 사람들을 먹여 살리는 중요한 자원이다. 모든 생명체가 강에 의지해 삶을 영위한다.

자유로운 종족 : 시오니 늑대 무리는 자신들을 자유로운 종족이라고 부른다. 시오니 늑대들은 다른 동물의 말은 절대 듣지 않으며, 오직 그들의 우두머리인 외로운 늑대 아켈라의 명령만 따른다.

정글의 법칙 : 늑대들과 정글에 사는 동물들이 충실히 지키는 관례이다. 이 법칙은 동물계의 서열을 기초로 하며, 인간에 대한 두려움이 반영되어 있다. 또 맨 처음 정글에 나타난 동물들에 관한 전설과 그들이 더불어 사는 법을 터득한 과정이 담겨 있다.
'이것은 하늘만큼 오래되고 진실한 정글의 법칙이다. 이 법칙을 지키는 늑대는 번영을 누릴 것이며 이 법칙을 어기는 늑대는 반드시 죽을 것이다.'

종족 회의 : 우두머리 아켈라가 주재하는 시오니 늑대들의 회의이다. 《정글북 1》에 따르면, 한 달에 한 번 보름달이 뜰 때 회의 바위에서 열린다. 이때 새로 태어난 늑대 새

끼들을 무리에게 선보이기도 한다. 오늘날 컵 스카우트 대원들은 모임을 시작할 때 여전히 '그랜드 하울(Grand Howl, 우렁찬 외침)' 의식을 가진다. 이 의식은 키플링의 늑대 종족 회의에서 영감을 받은 것이다.

차가운 소굴 : 회색 원숭이들이 사는 폐허 도시이다. 동물이 그들의 굴을 떠나면 썰렁해지기 때문에 '차가운 소굴'이라는 이름이 붙었다. 키플링은 인도의 수많은 사막 도시를 토대로 이곳을 묘사했다. 그래서 황량한 분위기가 물씬 풍긴다.

평화의 바위 : 가뭄이 들어 강물의 높이가 낮아지면 수면 위로 서서히 드러나는 바위이다. 《정글북 2》의 〈공포의 시작〉을 보면 가뭄으로 인해 평화의 바위가 나타나자, 코끼리 하티가 '음수대 휴전'을 선포한다. 그러면 정글의 동물들은 포식자의 공격을 걱정하지 않고 강에서 마음껏 물을 마실 수 있었다.

고양이는 어쩌다 혼자 돌아다니게 되었을까?

1902년 맥밀런에서 출간된 단편집《바로 그런 이야기들 Just So Stories》에 실린 이야기이다. 《정글북 1~2》는 1932~1933년에《동물 이야기 Animal Stories》와《모글리 이야기 All the Mowgli Stories》로 출간되었는데, 〈고양이는 어쩌다 혼자 돌아다니게 되었을까?〉는《동물 이야기》에 실린 이야기들과 유사한 특징을 지닌다. 두 권 모두 스튜어트 트레실리언의 생생한 삽화가 수록되어 있다.

고양이는 어쩌다 혼자 돌아다니게 되었을까?

세상에서 가장 사랑하는 아이야, 귀를 기울이고 내 이야기를 잘 들어 봐. 이것은 우리가 농장에서 기르는 가축들이 야생에서 살던 때의 이야기란다.

그 시절에는 개, 말, 소, 양, 돼지가 모두 야생에서 살아서 무척 거칠었어. 동물들은 야생의 본능에 따라 저 혼자 습기가 가득한 숲속을 돌아다녔지. 그런데 그 가운데 고양이가 가장 거칠었단다. 고양이는 늘 혼자였어. 자기가 보기엔 어디든 다 비슷하다면서 모든 야생이 다 자기 것인 양 굴었지.

물론 당시에는 남자도 야생 상태였어. 매우 거칠었지. 얼마나 거칠었던지 여자를 만나기 전에는 야생의 생활을 버리고 유순하게 길들여질 거라는 생각은 조금도 하지 않았어. 그런데 여자가 남자의 야생 생활 방식이 싫다고 했어. 그러고는 축축한 낙엽 더미 대신 편안히 누워 쉴 수 있는 보송하고 멋진 동굴을 택했지. 바닥에 깨끗한 모래를 깔고 안쪽에 밝은 모닥불도 피웠어. 동굴 입구에는 말린 야생마 가죽을 꼬리가 축 늘어지게 걸었지.

여자는 이렇게 말했어.

"여보, 집에 들어올 때 꼭 발을 닦으세요. 이제부터 우리 집을 가꿀 거예요."

사랑하는 아이야, 그날 밤 그들은 뜨겁게 달군 돌에 양고기를 구워 먹었어. 마늘과 후추를 더해 맛을 돋웠고, 쌀, 콩, 고수로 속을 채운 오리고기에다 야생 소의 갈비, 체리, 열대 과일 그라나디야도 곁들였지.

남자는 저녁을 다 먹고 나자 행복감에 취해 모닥불 앞에 놓인 잠자리로 다가갔단다. 하지만 여자는 앉아서 머리를 계속 빗었지. 여자는 근사한 무늬가 새겨진 양의 어깨뼈를 들고 있었는데, 아주 거대하고 넓적한 연장의 날 같았어. 여자는 양의 어깨뼈를 한참 살펴보다가 모닥불에 장작을 던져 넣으며 마법을 부렸지. 세상에서 가장 먼저 마법의 노래를 부른 셈이었단다.

이윽고 축축한 숲에 살던 야생 동물들이 모닥불이 잘 보이는 곳으로 모여들었어. 동물들은 처음 보는 불빛을 호기심 어린 눈으로 바라보았지.

"애들아, 저 남자와 여자는 저 큰 동굴에 왜 저리 큰 불을 피운 걸까? 우리에게 해를 끼치는 건 아닐까?"

야생마가 땅바닥을 발로 차며 말했어.

그러자 야생 개가 코를 치켜들고는 킁킁거리며 양고기 냄새를 맡으면서 말했지.

"내가 안에 들어가서 보고 말해 줄게. 내 생각엔 괜찮을 것 같아. 고양이야, 같이 가자."

하지만 고양이는 거절했어.

"싫어! 난 혼자 돌아다니는 고양이야. 어디를 가든 다 비슷하지. 난 안 가."

"그럼 우린 더는 친구가 될 수 없겠군."

야생 개는 그렇게 말하고는 동굴을 향해 총총 걸어갔어. 개가 저 멀리 사라지자 고양이가 혼잣말을 중얼거렸지.

"나한테는 어디든 다 똑같아. 나도 한번 살펴보고 내 맘대로 돌아오면 되지, 뭐."

고양이는 숨을 죽인 채 살금살금 개를 뒤쫓았어. 그러고는 아주 미세한 소리도 엿들을 수 있는 곳에 몸을 숨겼단다. 이윽고 동굴에 도착한 개는 입구에 내걸린 말가죽을 코로 들어 올리고 먹음직스러운 양고기 냄새를 실컷 맡았지.

여자는 납작한 어깨뼈를 들고 있다가 개의 기척을 듣고 웃으며 말했단다.

"첫 번째 야생 동물이구나. 야생 숲에서 온 야생 동물아, 넌 무얼 원하니?"

"오, 나의 적과 그의 아내여. 야생 숲까지 풍겨 온 이 맛있는 냄새는 뭐죠?"

개가 묻자, 여자가 구운 양 뼈 한 조각을 개에게 던지며 말했어.

"야생 숲에서 온 야생 동물아, 한번 먹어 보렴."

개는 조심조심 뼈다귀를 물어뜯었지. 그런데 그 뼈다귀는 개가 이제껏 먹어 본 적이 없는 맛있는 음식이었어. 개는 눈 깜짝할 사이에 모두 먹어 치운 뒤 말했지.

"오, 나의 적과 그의 아내여. 하나만 더 주세요."

그러자 여자가 말했어.

"야생 숲에서 온 야생 동물아, 낮에는 남편의 사냥을 돕고 밤에는 이 동굴을 지켜다오. 그러면 이 맛있는 뼈를 네가 실컷 먹을 수 있게 해 주마."

고양이가 밖에서 이 이야기를 모두 엿듣고는 중얼거렸지.

"여자가 매우 현명하군. 하지만 나만큼은 아니야."

개가 동굴 안으로 기어 들어가 여자의 무릎에 머리를 얹으며 말했어.

"오, 나의 친구와 그의 아내여. 낮에는 당신 남편의 사냥을 돕고 밤에는 당신의 동굴을 지킬게요."

고양이는 그 말을 몰래 듣고 또 한 번 중얼거렸지.

"개는 정말 어리석군."

고양이는 꼬리를 살랑거리며 축축한 야생 숲으로 돌아갔단다. 그리고 자신이 들은 이야기를 그 누구에게도 하지 않았지.

다음날 아침, 남자가 일어나 물었어.

"여보, 이 야생 개는 뭐요? 여기서 뭘 하는 거죠?"

"그 개는 이제 야생 개가 아니에요. 우리의 '첫 번째 친구'죠. 늘 우리 곁에 머물면서 친구가 되어 줄 거예요. 내일부터 사냥을 나갈 때 이 개도 데려가세요."

여자가 대답했어.

다음 날, 여자는 강가의

고양이는 어쩌다 혼자 돌아다니게 되었을까?

목초지에서 신선하고 푸른 풀을 가득 뜯어 왔단다. 그러고는 밤에 모닥불 앞에 앉아 마른 풀의 향긋한 냄새가 나도록 풀을 정성스레 말렸지. 이어 동굴 입구에 걸어 둔 말가죽으로 고삐를 만든 뒤, 크고 납작한 연장의 날처럼 생긴 양의 어깨뼈를 보며 또다시 마법을 부렸어. 두 번째 마법의 노래를 부른 거야.

한편 축축한 야생 숲의 동물들은 개한테 무슨 일이 벌어진 건지 몹시 궁금했단다. 야생마가 참다 못해 땅을 박차며 말했지.

"왜 개가 돌아오지 않는지 내가 직접 가서 보고 올게. 고양이야, 같이 가자."

"싫어! 난 혼자 돌아다니는 고양이야. 어디를 가든 다 비슷하지. 난 안 가."

하지만 고양이는 이번에도 야생마의 뒤를 몰래 밟았어. 그러고는 지난번과 마찬가지로 모든 이야기를 들을 수 있는 곳에 숨었단다. 여자는 야생마가 자신의 긴 갈기를 밟는 바람에 비틀대는 소리가 들리자 웃으며 말했지.

"두 번째 야생 동물이 찾아왔구나. 야생 숲에서 온 야생 동물아, 넌 무얼 원하니?"

"오, 나의 적과 그의 아내여! 개는 어디에 있죠?"

그러자 여자가 미소를 지으며 납작한 양의 어깨뼈를 집어 들었어.

"야생 숲에서 온 야생 동물아, 넌 개를 찾아온 게 아니라 맛있는 풀 냄새를 맡고 온 거 잖니."

여자가 말하자, 말은 당황한 나머지 자신의 갈기를 밟으며 또다시 비틀거렸지.

"네, 맞아요. 풀을 먹게 해 주세요."

"야생 숲에서 온 야생 동물아, 고개를 숙여 내가 건네는 것을 몸에 걸치렴. 그럼 하루에 세 번 이 풀을 마음껏 먹을 수 있단다."

고양이는 숨어서 이 이야기를 모두 엿듣고는 중얼거렸어.

"여자가 정말 영리하군. 하지만 나만큼은 아니야."

야생마는 여자가 말한 대로 머리를 숙였어. 그러자 여자가 말가죽으로 만든 고삐를 씌웠단다.

야생마는 여자의 발에 후후 입김을 불며 말했지.

"오, 나의 주인과 그의 아내여! 맛있는 풀을 먹을 수 있다면 당신의 하인이 될게요."

그 말을 들은 고양이는 고개를 절레절레 흔들었어.

432

"아, 저 말은 정말 어리석어."
고양이는 꼬리를 살랑거리며 혼자 축축한 야생 숲으로 돌아갔단다. 하지만 자신이 들은 이야기를 그 누구에게도 하지 않았지.

그날 사냥에서 돌아온 남자가 야생마를 보고는 깜짝 놀라 아내에게 물었어.

"여보, 이 야생마는 뭐요? 여기서 뭘 하는 거죠?"

"이제 이 말은 야생마가 아니라, 우리의 '첫 번째 하인'이에요. 늘 우리 곁에 머물면서 이곳저곳으로 태워다 줄 거예요. 앞으로 사냥을 나갈 때 이 말을 타고 가요."

다음 날에는 야생 소가 동굴을 찾아왔단다. 그는 뿔이 나무에 걸리지 않게 머리를 꼿꼿이 세웠지. 고양이는 이번에도 야생 소를 따라가 몸을 숨겼어. 그리고 앞서 개와 말이 그랬던 것처럼 똑같은 일이 벌어졌지. 야생 소는 여자에게 맛있는 풀을 얻는 대신 자신의 우유를 내주기로 약속했고, 고양이는 똑같은 말을 되풀이했어. 고양이는 꼬리를 살랑이면서 축축한 야생 숲으로 돌아갔단다. 예전과 똑같이 말이야. 그리고 이번에도 이 이야기를 아무에게도 하지 않았지.

사냥에서 돌아온 남자가 이번에는 야생 소를 보며 똑같이 물었고, 여자는 조용히 웃으며 대답했어.

"이 소는 이제 더는 야생 소가 아니라 '좋은 음식을 주는 동물'이에요. 늘 우리 곁에 머물면서 따뜻하고 하얀 우유를 줄 거예요. 당신이 첫 번째 친구, 첫 번째 하인과 사냥을 나가면 난 이 소를 돌볼 거랍니다."

다음 날, 고양이는 이번엔 어떤 동물이 동굴로 향하는지 보려고 조용히 기다렸단다. 그런데 축축한 야생 숲에서 그 누구도 나오지 않았지. 그래서 고양이는 직접 동굴 안으로 걸어 들어갔단다. 여자는 우유를 짜고 있었어. 동굴 안에는 모닥불이 따뜻하게 타오르고 있었지. 따뜻하고 고소한 우유 냄새가 동굴 안에 가득했단다.

고양이가 여자에게 물었어.

"오, 나의 적과 그의 아내여. 야생 소는 어디 있나요?"

"야생 숲에서 온 야생 동물아, 숲으로 돌아가렴. 나는 이미 머리를 땋았어. 마법의 어깨뼈도 치웠지. 우리는 이제 친구나 하인이 필요 없단다."

그러자 고양이가 고개를 세차게 저으며 말했지.

"난 당신의 친구도, 당신의 하인도 아니에요. 나는 혼자 돌아다니는 고양이죠. 그런데 난 오늘 당신의 동굴에 들어가고 싶어요."

"첫째 날 밤에 첫 번째 친구와 함께 오지 그랬어."

여자의 말에 고양이는 벌컥 화를 냈단다.

"개가 나에 대해 말하던가요?"

그러자 여자가 온화한 미소를 지으며 대답했어.

"그래, 넌 혼자 돌아다니는 고양이야. 네게는 어디를 가든 다 비슷하지. 너는 우리의 친구도, 우리의 하인도 아니야. 방금 네 입으로 말했잖니. 그러니 야생 숲으로 돌아가서 너에겐 다 비슷비슷한 그곳들을 혼자 돌아다니렴."

여자의 말에 고양이는 몹시 후회하는 척하며 말했단다.

"그럼 난 절대 동굴에 못 들어가나요? 저 따뜻한 모닥불 옆에도 앉을 수 없고요? 또 따뜻하고 고소한 우유도 내 몫은 없나요? 당신은 매우 현명하고 아름다워요. 그러니 고양이를 차갑게 내치지 못할 거예요."

"나도 내가 현명하다는 걸 알아. 그런데 아름답다는 말은 처음 듣는걸. 우리 내기할까? 내가 널 한 번 칭찬하면 동굴에 들어오게 해 주지."

"두 번 칭찬하면요?"

여자는 고양이의 눈을 뚫어지게 보며 대답했어.

435

"절대 그럴 리 없어. 하지만 내가 널 두 번 칭찬한다면 동굴 안에서 따뜻한 모닥불을 쬐게 해 줄게."

"그럼 칭찬을 세 번 받으면요?"

"음, 내가 그럴 리 없어. 절대로. 하지만 만약 널 세 번 칭찬한다면 매일같이 따뜻하고 하얀 우유를 하루에 세 번 먹을 수 있을 거야."

그러자 고양이가 등을 활처럼 동그랗게 말며 말했지.

"동굴 입구에 걸린 말가죽과 동굴 안에 피운 모닥불, 모닥불 옆에 놓인 우유 단지를 보며 나의 적과 그의 아내가 한 말을 기억해야지!"

고양이는 꼬리를 살랑거리며 혼자 축축한 야생 숲으로 돌아갔단다.

그날 밤 남자와 말과 개가 사냥에서 돌아왔을 때, 여자는 고양이와 한 내기에 대해 말하지 않았어. 그들이 그 내기를 싫어할까 봐 걱정되었기 때문이지.

고양이는 그날 이후 아주 먼 곳으로 떠났단다. 그리고 여자가 자신을 까맣게 잊을 때까지 축축한 야생 숲에 숨어 오랫동안 홀로 지냈어. 동굴 천장에 거꾸로 매달린 작은 박쥐만이 고양이가 어디에 숨어 있는지 알고 있었지. 박쥐는 밤마다 고양이를 찾아가 여자의 동굴에서 일어나는 일을 알려 주었단다.

그러던 어느 날 밤, 박쥐가 고양이에게 말했어.

"동굴 안에 아주 작고 하얗고 통통한 아기가 있어. 여자는 새로 태어난 아기를 몹시 사랑해."

박쥐의 말을 유심히 듣던 고양이가 물었지.

"아기는 무얼 좋아해?"

"아기는 부드러운 것과 간지럼을 태우는 걸 좋아해. 따뜻한 무언가를 안고 자는 걸 좋아하고. 함께 노는 것도 아주 좋아하지. 아기는 그런 걸 좋아하더군."

고양이는 박쥐의 이야기에 귀를 기울이고 있다가 중얼거렸어.

"이제 내가 나설 때가 되었어."

다음 날 밤, 고양이는 축축한 야생 숲에서 나와 동굴 근처로 갔단다. 그러고는 날이 밝을 때까지 숨어 있었지. 이윽고 남자와 개, 말이 사냥을 떠나고 여자는 집안일을 준비하느라 분주했어. 그때 아기가 울어 대자, 여자는 아기를 안고 동굴 밖으로 나가 작고 통통한 손에 조약돌을 쥐여 주었단다. 하지만 아기는 여전히 **빽빽** 울었지.

　그때 고양이가 말랑한 발바닥으로 아기의 뺨을 살며시 건드렸어. 그러자 아기가 울음을 그치고 까르륵대며 좋아하지 뭐야? 고양이는 아기의 통통한 무릎에 몸을 비비고, 꼬리로 아기의 통통한 턱을 간지럽혔어. 아기는 더 방긋 웃었고, 아기가 웃자 여자도 따라 웃었지.

　동굴 천장에 거꾸로 매달려 있던 작은 박쥐가 말했어.

　"오, 나의 주인과 그의 아내 그리고 내 주인 아들의 어머니여! 야생 숲에서 온 야생 동물이 당신의 아기와 즐겁게 놀아 주네요."

　그러자 여자가 일어서 허리를 쭉 펴며 말했어.

　"그 동물에게 축복이 내리기를! 오늘 오전은 정말 정신없이 바빴는데, 날 위해 봉사해 주었어."

　내가 가장 사랑하는 아이야, 바로 그때 동굴 입구에 걸어 놓은 말가죽이 바닥으로 툭 떨어졌단다. 말가죽은 여자와 고양이의 내기를 똑똑히 기억하고 있었던 거야. 여자는 말가죽을 줍기 위해 동굴 입구로 다가갔어. 어, 그런데 고양이가 어느새 동굴 안에 편히 앉아 있지 뭐야? 고양이는 여자에게 빙그레 미소 지었지.

　"오, 나의 적과 그의 아내이자 나의 적의 어머니여! 내가 바로 당신의 아기를

돌보았어요. 당신이 날 칭찬했으니 난 이제 언제든 동굴 안에 들어올 수 있어요. 하지만 난 여전히 혼자 돌아다니는 고양이고, 내게는 어디를 가든 다 비슷하죠."

여자는 화가 나서 입술을 꼭 깨물었다가 이내 물레질을 시작했어. 그런데 고양이가 사라지자 아기가 다시 울기 시작했단다. 여자가 아무리 달래도 아기는 몸부림치고 발을 버둥거렸지. 아기 얼굴이 금방이라도 터질 것처럼 빨갛게 변했어. 그때 고양이가 다시 나타났단다.

"오, 나의 적과 그의 아내이자 나의 적의 어머니여! 당신이 뽑은 실 한 올을 물렛가락에 묶은 뒤 바닥에서 끌어 보세요. 아기의 울음이 웃음으로 바뀌는 마법을 보여 줄게요."

여자는 아기의 떼에 몹시 당황한 터라 얼른 대답했지.

"알겠어. 난 지금 어떻게 해야 할지 모르겠으니까. 하지만 절대 고마워하지 않을 거야."

여자는 진흙으로 만든 작은 물렛가락에 실을 묶은 뒤 바닥에서 끌고 다녔어. 그러자 고양이가 그 뒤를 쫓으며 앞발로 물렛가락을 톡톡 치고, 물렛가락을 머리에서 발끝으로 굴리기도 했어. 또 물렛가락을 어깨 뒤로 떨어뜨려 뒷다리 사이에 숨긴 뒤 잃어버린 척 두리번거렸고, 다시 물렛가락을 찾아 확 덮치기도 했지. 고양이는 아기가 빽빽 울던 소리만큼 크게 웃을 때까지 물렛가락으로 장난을 쳤어. 아기는 고양이를 따라 동굴 안을 여기저기 기어 다니며 즐겁게 놀았지. 그러다 지쳤는지 고양이를 품에 안고 단잠에 빠졌단다.

고양이가 여자에게 뻐기듯이 말했어.

"이제 난 아기가 한 시간 동안 푹 잘

수 있도록 노래를 불러 줄 거예요."

고양이는 아기가 깨지 않고 깊이 잘 수 있도록 가르랑거리는 소리를 크게 냈다가 낮게 내곤 했지. 여자는 아기와 고양이를 번갈아 쳐다보며 부드럽게 미소 지었어.

"정말 훌륭하다. 아주 영리한 고양이가 틀림없구나."

바로 그때, 모닥불이 구름 같은 연기를 훅 뿜기 시작했지. 모닥불은 여자와 고양이의 내기를 기억하고 있었던 거야. 조금 뒤 희뿌연 연기가 사라졌어. 어, 그런데 고양이가 어느새 모닥불 옆에 편히 앉아 있지 뭐야?

"오, 나의 적과 그의 아내이자 나의 적의 어머니여! 바로 내가 아기를 재웠어요. 당신이 날 두 번 칭찬했으니, 이제 난 언제든 따뜻한 모닥불 옆에 앉을 수 있지요. 하지만 난 여전히 혼자 돌아다니는 고양이고, 내게는 어디를 가든 다 비슷하죠."

여자는 화가 머리끝까지 나서 묶고 있던 머리를 푼 뒤 모닥불에 장작을 더 많이 넣었어. 그러고는 넓적한 어깨뼈를 가져와 고양이에게 다시는 칭찬하지 않도록 마법을 걸었지. 이 번에는 노래 마법이 아니라 침묵의 마법이었단다. 그러자 동굴 안이 아주 조용해졌어. 그런데 작은 생쥐가 기어 나오더니 여기저기 막 쏘다녔지.

"오, 나의 적과 그의 아내이자 나의 적의 어머니여! 저 작은 생쥐도 당신이 부린 마법 가운데 하나인가요?"

"꺅! 이럴 수가!"

여자는 작은 생쥐 때문에 너무 놀란 나머지 양의 어깨뼈를 떨어뜨렸어. 그러고는 얼른 모닥불 앞에 놓인 발 받침대로 뛰어올랐지. 여자는 혹시 생쥐가 머리칼을 타고 올라올까 봐 머리도 잽싸게 땋았단다.

고양이가 그런 여자를 가만히 쳐다보며 물었어.

"내가 저 생쥐를 잡아먹으면 나한테 해가 될까요?"

"아니! 얼른 저 생쥐를 잡아먹어. 그럼 너한테 평생 고마워할게!"

여자가 머리칼을 마저 땋아 올리면서 고개를 세차게 흔들며 말했어.

그러자 고양이가 곧장 뛰어오르더니 단번에 작은 생쥐를 잡았단다.

"고양이야, 정말 고맙다. 첫 번째 친구는 너만큼 빨리 생쥐를 잡지 못했거든. 넌 진짜 영리하구나."

내가 가장 사랑하는 아이야, 바로 그때 모닥불 옆에 놓여 있던 우유 단지가 쨍그랑 소리를 내며 두 동강이 났단다. 우유 단지가 여자와 고양이의 내기를 기억하고 있었던 거지. 여자는 발 받침대에서 뛰어내렸어. 어, 그런데 고양이가 어느새 단지에서 흘러나온 따뜻하고 고소한 우유를 먹고 있지 뭐야?

"오, 나의 적과 그의 아내이자 나의 적의 어머니여! 바로 내가 생쥐를 잡았어요. 마침내 당신에게 세 번째 칭찬을 받았군요. 난 이제 매일같이 하루에 세 번 따뜻하고 하얀 우유를 마실 수 있어요. 하지만 난 여전히 혼자 돌아다니는 고양이고, 내게는 어디를 가든 다 비슷하죠."

그러자 여자가 환히 웃으며 고양이에게 따뜻하고 고소한 우유가 담긴 그릇을 건넸어.

"고양이야, 넌 사람만큼 영리하구나. 하지만 내기는 나와 한 것이다. 내 남편과 개는 너에게 어떤 약속도 한 적이 없다는 걸 명심하렴. 그들이 돌아와 널 보고 뭐라고 할지 나도 잘 모르겠다."

"그게 무슨 말이죠? 모닥불 옆에 내가 편히 쉴 자리가 있고 하루 세 번 따뜻하고 하얀 우유를 마실 수 있다면, 남자와 개가 무얼 하든 상관없어요."

그날 밤, 남자와 말과 개가 사냥을 끝내고 돌아왔단다. 여자는 남자와 개에게 고양이와 했던 내기에 대해 자세히 들려주었어. 그사이 고양이는 따뜻한 모닥불을 쬐며 기분 좋게 앉아 있었지.

이윽고 남자가 말했어.

"알았소. 하지만 난 고양이와 어떤 약속도 한 적이 없고 내 후손들도 그 약속과 아무 상관없다는 걸 아시오."

이어 남자가 가죽 장화 두 짝을 벗어 놓고 작은 돌도끼 하나를 가져왔어. 나뭇조각과 손도끼도 가져왔지.(그럼 모두 합해 다섯 개야.)

남자는 물건들을 줄지어 늘어놓은 뒤 고양이에게 말했어.

"고양이야, 이제 나와 새로운 내기를 하자. 넌 동굴에서 지내는 동안 늘 생쥐를 잡아야 한다. 그러지 않으면 난 네가 눈에 띌 때마다 이 다섯 개의 물건을 던질 거야. 나의 후손들도 네게 똑같이 할 거고."

여자가 남자의 말을 가만히 듣고는 중얼거렸어.

고양이는 어쩌다 혼자 돌아다니게 되었을까?

"고양이가 아주 영리하긴 하지만 내 남편만큼은 아니구나."

고양이는 다섯 개의 물건(매우 울퉁불퉁해 보였지.)을 하나하나 센 다음 말했어.

"동굴 안에 있을 땐 항상 생쥐를 잡을 거예요. 하지만 난 여전히 혼자 돌아다니는 고양이고, 내게는 어디를 가든 다 비슷하죠."

"하지만 내 옆에 머물 땐 좀 다를 거야. 마지막 그 말만 안 했어도 난 이 물건들을 멀리 치웠을 거다. 하지만 이젠 널 볼 때마다 장화와 작은 돌도끼(합해서 세 개야.)를 던져야 겠구나. 또 내 후손들도 나와 똑같이 할 거다."

이어 개가 앞으로 나서며 말했단다.

"잠깐만요. 나와 내 후손들도 고양이와 내기를 하지 않았어요."

개가 고양이에게 날카로운 이빨을 드러내고 으르렁거리며 말했지.

"동굴에서 아기한테 못되게 굴면 널 끝까지 쫓아가 잡을 거다. 그리고 콱 물어 버릴 거야. 내 후손들도 나와 똑같이 할 거고."

여자는 개의 말에 귀를 기울이고 있다가 중얼거렸어.

"아, 고양이가 아주 영리하긴 하지만 개만큼은 아니구나."

그러자 고양이가 매우 날카롭고 뾰족한 개의 이빨을 세며 말했단다.

"난 동굴에 있을 땐 아기한테 늘 상냥하게 굴 거야. 내 꼬리를 세게 당기지만 않는다면. 하지만 난 여전히 혼자 돌아다니는 고양이고, 내게는 어디를 가든 다 비슷하지."

"하지만 내가 옆에 있을 땐 좀 다를 거야. 마지막 그 말만 안 했어도 나는 입을 꾹 다물었을 거다. 하지만 이제부터는 널 보면 나무 위로 바로 쫓아 버려야겠군. 또 내 후손들도 나와 똑같이 할 거다."

그때 남자가 장화 두 짝과 작은 돌도끼(합해서 세 개야.)를 고양이에게 냅다 던졌어. 고양이는 부리나케 동굴 밖으로 달아났지. 이어 개까지 쫓아 나와서 고양이는 하는 수 없이 나무 위로 올라갔단다.

내가 가장 사랑하는 아이야, 그날 이후 수많은 남자들이 고양이만 보면 물건을 집어 던지게 된 거란다. 개는 고양이를 나무 위로 쫓아 버리고 말이야. 하지만 고양이는 약속한 대로 집 안에서 생쥐를 잡고, 아기가 자신의 꼬리를 세게 잡아당기지만 않으면 아주 친절하게 대해 주었지. 그리고 고양이는 그 일을 다 끝내거나 약간의 여유가 생기거나 달이 밝게 뜨는 밤이면, 다시 혼자 돌아다니고 어디를 가든 다 비슷하다고 말하면서 모든 공간이 다 제 것이라도 되는 양 군단다. 축축한 야생 숲으로 돌아가거나 축축한 나무 위로 올라가거나 축축한 야생의 지붕 위로 올라가 야생의 꼬리를 살랑거리면서 말이야.

고양이는 모닥불 옆에 앉아 노래해요.
나무 위에도 올라가고,
낡은 코르크와 실을 가지고 놀기도 해요.
그건 모두 고양이 자신을 위한 거죠.
나는 내 개 빙키를 사랑해요.
빙키는 의젓하게 행동하는 법을 아니까요.
빙키는 나의 첫 친구나 마찬가지예요.
그리고 난 동굴에 사는 남자랍니다!

고양이는 금요일까지 사람들과 놀 거예요.
그러다 발바닥이 축축해지면
창틀 위로 올라가 돌아다녀요.
(로빈슨 크루소가 본 발자국이죠.)
그러고는 꼬리를 살랑거리고 야옹거리지요.
여기저기 마구 할퀴고 산만하게 굴고요.
하지만 빙키는 내가 무엇을 하든 늘 함께 놀아 줘요.
빙키는 나의 진실한 첫 번째 친구예요!

고 양 이 는   어 쩌 다   혼 자   돌 아 다 니 게   되 었 을 까 ?

고양이는 내 무릎에 머리를 비빌 거예요.
그러면서 나를 매우 사랑하는 척하지요.
하지만 내가 잠자리에 들면
곧장 마당으로 뛰어나가요.
그리고 다음 날 아침까지 돌아오지 않죠.
봐요, 고양이는 날 좋아하는 척하는 거예요.
하지만 빙키는 밤새 내 발밑에서 코를 골아요.
빙키는 내가 맨 처음 사귄 친구예요!

만약에

이 시는 1910년 맥밀런 출판사에서 출간된 단편집《보상과 요정 Rewards and Fairies》에 처음 실렸다. 아마 키플링의 시 가운데 가장 유명할 것이다.

1930년대에 스튜어트 트레실리언의 삽화가 수록된《동물 이야기》와《모글리 이야기》가 출간되었고, 키플링의 많은 작품들이 트레실리언의 새 그림으로 표지를 단장해 선보였다.《보상과 요정》도 그 가운데 하나이다.

만약에

만약에 모두가 너를 비난해도
냉정을 유지할 수 있다면,
만약에 모두가 널 의심해도
너 자신을 믿고 그 의심마저 감싸 안을 수 있다면.
만약에 기다림에 지치지 않고 기다릴 수 있다면.
거짓에 속더라도 거짓으로 대하지 않고,
미움을 받더라도 미움으로 되갚지 않고,
너무 착한 척 꾸미거나 현명한 척하며 말하지 않는다면.

만약에 꿈의 노예가 되지 않고 꿈을 꿀 수 있다면.
만약에 생각을 목표로 삼지 않고 생각할 수 있다면.
만약에 승리와 재앙, 두 사기꾼을 만나도
똑같이 의연할 수 있다면.
만약에 거짓을 일삼는 자들이 네가 말한 진실을
왜곡해 무지한 자들을 속여도 참을 수 있다면.
네 인생을 걸고 쌓아 올린 것이 무너지는 상황에 처해도
허리를 굽혀 닳아빠진 연장을 들고 다시 시작할 수 있다면.

만 약 에

만약에 네가 이룬 모든 것을
단 한 번의 위험에 걸었다가 다 잃고도
불평 한 마디 없이 다시 시작할 수 있다면.
만약에 네 심장과 신경과 힘줄이 닳고 닳은 뒤에도
다시 한번 힘을 낼 수 있다면.
네 안에 아무것도 없고
"버텨라." 하고 외치는 의지뿐일 때도 계속 버틸 수 있다면.

만약에 네가 많은 사람들과 이야기하면서도 덕을 잃지 않는다면.
왕들과 나란히 걸으면서도 네 본래 모습을 잃지 않는다면.
만약에 적과 사랑하는 친구 모두 네게 상처를 주지 않고,
만약에 네가 그 누구도 편애하지 않고 모두를 아낀다면.
만약에 네가 힘든 1분을
가치 있는 60초로 채울 수 있다면.
이 세상과 그 안에 담긴 모든 것은 네 것이 되고
마침내 너는 어른이 될 것이다, 나의 아들아!

정글북 이야기

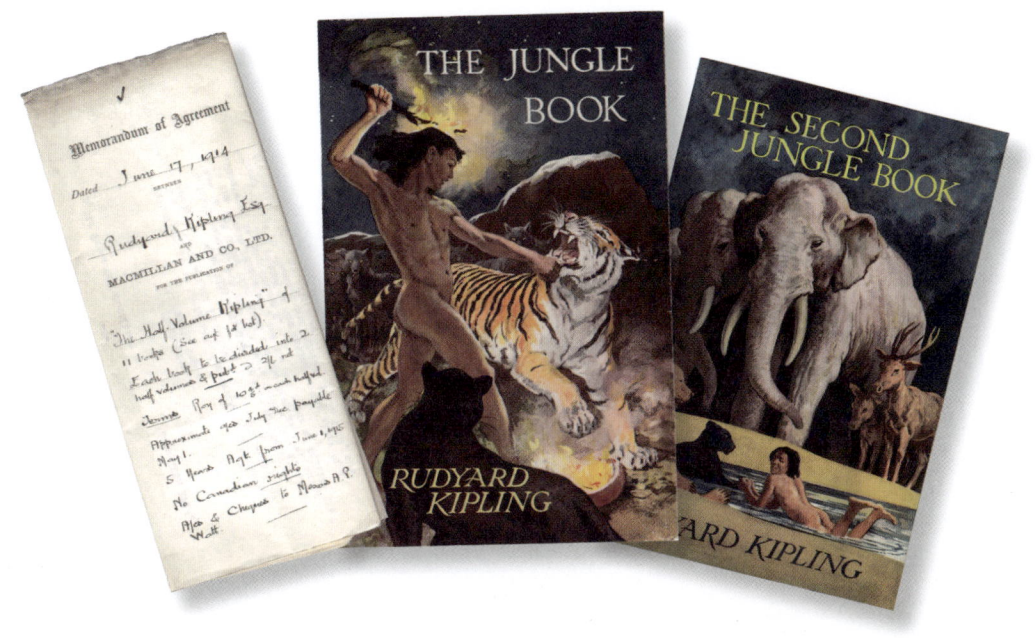

러디어드 키플링과 《정글북》

'허구는 진실의 손위 누이다. 확실히 그렇다. 이 세상 누구도 상대방이 이야기하지 않으면 진실을 알지 못한다.'
- 1926년 7월 7일, 영국 왕립문학협회 100주년 기념 연회 연설 〈허구〉

조지프 러디어드 키플링은 1865년 12월 30일 인도 봄베이에서 태어났다. 그의 아버지 존 록우드 키플링은 영국 노스요크셔주의 피커링 출신인데, 앨리스 맥도널드와 결혼한 뒤 함께 인도로 이주했다. 그리고 봄베이에 있는 지지브호이 예술 학교 교수로 재직하는 한편, 조각가이자 도예 디자이너로 활동했다.

아내 앨리스는 1865년 인도에 도착한 직후 아들을 낳았는데, 세례명 러디어드 레이크를 따서 러디어드라고 이름 지었다. 러디어드 레이크는 영국 스태퍼드셔주에 있는 지역 이름으로 1863년에 존 부부가 맨 처음 만났던 곳이다.

러디어드 키플링은 여동생 앨리스(당시 이름은 트릭스)와 함께 종종 유모를 따라 봄베이 시내와 근교를 돌아다녔다. 그러면서 여러 나라에서 온 다양한 사람들과 그들의 문화 그리고 각종 동물과 이국적인 풍경을 접했다. 그러한 경험 덕분에 키플링은 어렸을 때부터 인도에 큰 애정을 갖게 되었다. 키플링은 대다수 인도인들이 쓰는 힌두어도 배웠

1880년대 봄베이의 거리 풍경.

는데, 《정글북 1》과 《정글북 2》를 보면 그가 힌디어에 얼마나 능통했는지 잘 알 수 있다. 그는 바로 이 유년 시절에 그의 작품 속 등장인물 가운데 가장 유명한 모글리, 발루, 바기라, 시어 칸에 대한 영감을 얻었다.

키플링은 봄베이에서 더없이 행복한 유년 시절을 보냈다. 키플링은 자서전 《나에 관한 특

별한 이야기》에서 봄베이에 대해 이렇게
회고했다.

내게 그곳은 도시들의 어머니다.
나는 그 도시의 문 안,
야자수와 바다 사이,
증기선이 기다리는
세상 끝에서 태어났다.

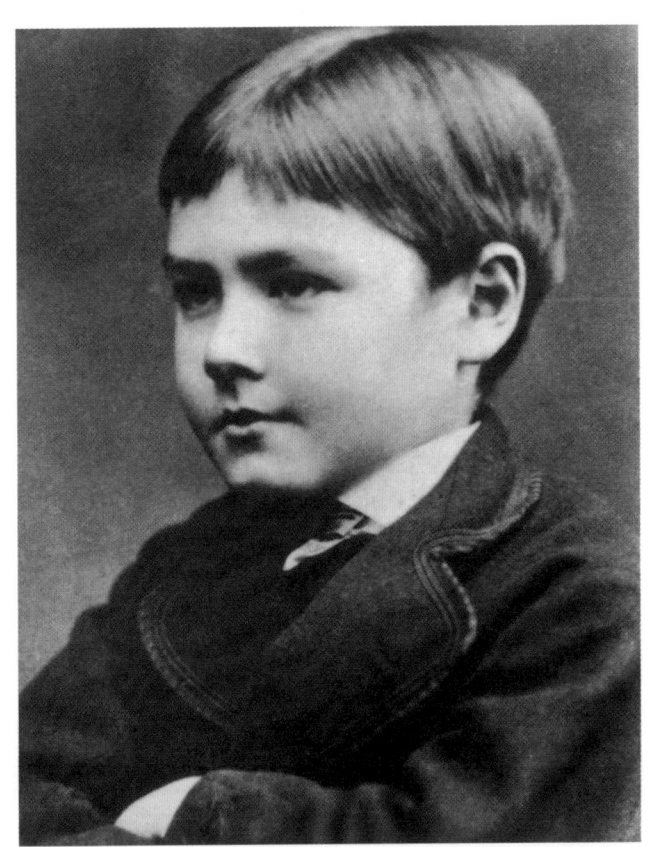

어린 시절의 러디어드 키플링.

러디어드 키플링의 여동생 앨리스.

키플링은 자서전에 이런 글도 남겼다.
'우리가 잠들기 전까지 그녀(포르투갈인 가
정부이거나 유모) 또는 미타(힌두교 전도
사이거나 남자 하인)는 햇볕이 쨍쨍 내리
쬐는 오후의 무더위 속에서도 우리에게 옛
날이야기를 들려주고 인도의 자장가를 불
러 주었다. 이윽고 우리가 잠에서 깨면 정
성스레 옷을 입힌 뒤 식당 안으로 들여보냈
다. 그러면서 이렇게 말했다. "엄마와 아빠
께 영어로 말하렴." 무언가 골똘히 생각하

거나 꿈을 꿀 때 읊조리는 듯한 서툰 영어로 말이다.'

키플링의 부모는 자신들을 '앵글로 인디언(Anglo-Indian)'이라고 일컫곤 했다. 이는 영국
에서 태어났지만 인도에 사는 영국인을 가리키는 용어로 1800년대에 아주 흔하게 쓰였
다. 키플링은 인도에 강한 애착을 가지고 있었지만, 키플링의 어머니는 자식들이 영국에
서 정식으로 교육받기를 바랐다. 그래서 키플링과 그의 여동생을 영국 햄프셔주의 사우
스시로 보냈다. 키플링은 여섯 살, 그의 여동생은 세 살 때의 일이었다. 키플링과 여동생
은 사우스시의 할로웨이 부부 집으로 들어가 수양 자식으로 지내면서 학교를 다녔다. 그
런데 그 시기는 어린 키플링에게 고난의 세월이었다. 키플링은 걸핏하면 할로웨이 부인에
게 두들겨 맞고 괴롭힘을 당했던 것이다. 그럼에도 키플링은 학교생활에 적응하려고 무
던히 애썼다. 나중에 키플링은 그런 경험이 자신의 문학 성향을 결정하는 데 영향을 주었
을 거라고 말했다.

'…그런 경험을 통해 때에 따라서는 거짓말을 할 필요도 있다는 것을 깨달았다. 그러한
생각이 내 문학의 바탕을 이루지 않았나 싶다.'

키플링은 힘겨운 현실에서 도망치기 위해 책을 읽었다. 그는 특히 《로빈슨 크루소》를 쓴 영

국의 소설가 대니얼 디포, 미국의 사상가이자 시인인 랠프 월도 에머슨, 영국의 소설가 윌리엄 윌키 콜린스의 작품을 즐겨 읽었다.

1878년 1월, 키플링은 데번주의 작은 마을인 웨스트워드 호!에 위치한 유나이티드 서비스 칼리지에 입학했다. 유나이티드 서비스 칼리지는 주로 군 장교의 아들들이 육군이 되기 위해 준비하는 기숙 학교였다. 어린 키플링은 처음엔 학교를 좋아하지 않았지만 점차 좋은 친구들을 사귀며 그런 대로 적응해 나갔다. 그러는 동안 자신이 글쓰기에 재능이 있다는 사실을 깨닫고는 학교 신문의 편집자가 되었다.

1890년 무렵의 존 록우드 키플링과 러디어드 키플링.

키플링이 유나이티드 서비스 칼리지를 졸업할 무렵, 아버지 존 록우드 키플링은 마요 예술 대학 학장 겸 라호르 박물관의 큐레이터로 일하게 되었다. 그래서 아들 키플링을 현재는 파키스탄에 속한 펀자브 지역의 라호르에서 발행되었던 〈시빌 앤 밀리터리 가제트 Civil and Military Gazette〉 신문사에 취직시켰다. 키플링은 그 신문사에서 한동안 부편집자로 일했다.

1882년 9월 20일, 키플링은 배를 타고 영국을 떠나 인도로 향했다. 그리고 그해 10월 18일에 봄베이에 도착했다. 몇 년 뒤 키플링은 당시를 이렇게 회고했다.

'그때 나는 열여섯 살이었는데 네다섯 살은 더 들어 보였다. 아마도 어머니가 구레나룻까지

기르고 한껏 멋을 낸 나를 보았다면 크게 놀라며 바다로 떼밀어 버렸을 것이다. 아무튼 내가 태어난 봄베이 땅에 내려서자 주위의 풍경과 냄새에 금세 동화된 것처럼 내 입에서 나도 그 뜻을 잘 모르는 힌디어가 마구 튀어나왔다. 그런데 인도에서 태어난 다른 영국 아이들도 나와 똑같은 경험을 했다고 말했다.'

키플링이 회고한 것처럼, 그는 봄베이에 도착하자마자 생판 다른 사람이 되었다.

1882년, 인도로 돌아온 키플링은 봄베이에서 라호르까지 기차를 타고 여행했다.

'직장 동료들이 있는 라호르까지 가는 데 기차로 사나흘이 걸렸다. 어쨌든 인도에 도착한 지 며칠이 지나자 영어를 썼던 지난 몇 년의 세월이 까마득히 멀게 느껴졌다. 그리고 그 시절로 영영 돌아가지 못할 것 같았다.'

키플링은 1883년부터 거의 십 년 동안 영국령 인도에 살면서 〈시빌 앤 밀리터리 가제트〉 신문사와 인도 북동부의 알라하바드에 있는 〈파이오니어 The Pioneer〉 신문사에서 일했다.

인도의 '여름 수도'라 불리는 심라의 1900년대 풍경.

키플링은 그 무렵 잊어버린 줄 알았던 힌디어 지식과 인도에 대한 애정이 왕성하게 되살아났다고 말했다.

1820년대 인도의 영국인들은 여름만 되면 더위를 피해 히말라야산맥에 위치한 심라로 향했다. 심라는 인도의 '여름 수도'로 알려진 유명한 피서지였다. 1864년 인도 총독과 정부의 고위 관리들은 더위를 피하기 위해 심라를 영국령 인도의 공식 여름 수도로 정하고 그곳에서 업무를 보았다. 키플링의 아버지 존

1885년에 발간된 <시빌 앤 밀리터리 가제트>의 크리스마스 판본.

록우드 키플링은 심라의 기독교 교회 요청으로 그곳에서 봉사 활동을 한 적이 있는데, 이를 계기로 키플링은 1885년부터 1888년까지 매년 심라로 가서 휴가를 보냈다. 그래서 키플링이 〈시빌 앤 밀리터리 가제트〉에 기고한 여러 글에 심라가 자주 등장했다. 뒷날 키플링은 그 시절에 대해 이렇게 말했다.

'매년 한 달 정도는 심라에서 가족과 함께 지냈는데, 매 순간이 황금처럼 소중했고 순수한 기쁨을 안겨 주었다. 그 기쁨은 무더위가 기승을 부리고 이런저런 불편한 상황 속에서 기차나 자동차를 탔을 때 서서히 일었다가, 서늘한 저녁 침실에 피웠던 장작불이 꺼지면서 서서

1889년 무렵 미국의 화가 에드윈 로드 윅스가 그린 〈라호르의 야외 식당〉.

히 사그라들었다. 그러다 이튿날 아침(앞으로 이런 아침이 서른 번도 더 있겠지!) 이른 시각에 마시는 차 한 잔, 차를 가져다주는 어머니, 가족이 모두 둘러앉아 오랫동안 나누는 이야기와 함께 다시 일기 시작했다.'

키플링은 라호르에서 머무는 동안, 1886년 11월부터 1887년 6월 사이 〈시빌 앤 밀리터리

가제트〉에 서른아홉 편의 단편 소설을 게재했다. 소설 대부분은 그의 첫 단편집인 《산중야화 Plain Tales from the Hills》에 실렸다. 《산중야화》는 키플링의 스물두 번째 생일이 한 달 정도 지난 1888년 1월에 캘커타(현재는 콜카타)에서 출간되었다. 그런데 키플링은 곧 라호르를 떠나야만 했다.

사실 키플링은 1887년 11월에 〈시빌 앤 밀리터리 가제트〉를 떠나 알라하바드에 있는 〈파이오니어〉 신문사로 옮기기로 결정했다. 그는 1888년부터 1889년까지 바로크 양식의 저택에서 살면서 〈파이오니어〉의 부편집자로 일했다.

1889년 초, 키플링은 자신의 미래를 깊이 고민한 끝에 〈파이오니어〉 신문사를 그만두었다. 그는 여섯 개의 작품 판권을 팔아 200파운드를 받았고, 《산중야화》는 50파운드에 팔았다. 그리고 〈파이오니어〉에서 일하며 번 6개월 치 월급은 당시 영국 문학의 중심지였던 런던으로 가는 여비에 보탰다.

1890년 5월 6일에 작성된 《산중야화》의 출판 계약서.

1800년대 말, 키플링은 미국의 어린이 잡지 <유스 컴패니언
The Youth's Companion>에 글을 기고했다.

1889년 3월 9일, 키플링은 인도를 떠나 영
국으로 가지 않고 미얀마의 양곤을 경유한
뒤 난생처음 샌프란시스코, 싱가포르, 홍
콩, 일본을 여행했다. 키플링은 특히 일본
에서 매우 깊은 인상을 받았다. 그는 뒷날
여행기에 '일본인들은 품위 있고 예의 바른
민족'이라고 썼다.

그 뒤 키플링은 정식으로 미국 여행을 다녀
왔고, 〈파이오니어〉에 미국 여행기를 연재
했다. 이 여행기는 나중에 《바다에서 바다
로, 여행 편지와 스케치 From Sea to Sea
and Other Sketches, Letters of Travel》라
는 제목의 책으로 출간되었다.

키플링은 미국 여행 중 만난 《톰 소여의 모험》의 작가 마크 트웨인에게 깊은 감흥을 받고 그
를 존경하게 되었다. 당시 키플링은 약속도 하지 않고 뉴욕에 있는 마크 트웨인의 집을 갑
작스레 방문했는데, 당시를 이렇게 회고했다.

'초인종을 누르고 나서야 마크 트웨인에게 다른 약속이 있을지 모른다는 생각이 들었다. 동
시에 아무리 인도에서 온 미치광이들이 마크 트웨인을 존경한다고 말한다 해도 그들을 대
접하지 않을 수도 있겠다는 생각이 퍼뜩 들었다.'

마크 트웨인은 의외로 키플링을 좋아했다. 키플링은 마크 트웨인과의 만남을 이렇게 썼다.

'우리는 모든 지식에 관해 이야기를 나누었다. 그는 알려진 모든 지식을, 나는 나머지 모
든 지식을.'

1889년 10월, 키플링을 태운 배가 영국 리버풀에 도착했다. 키플링은 런던 문단에 데뷔하

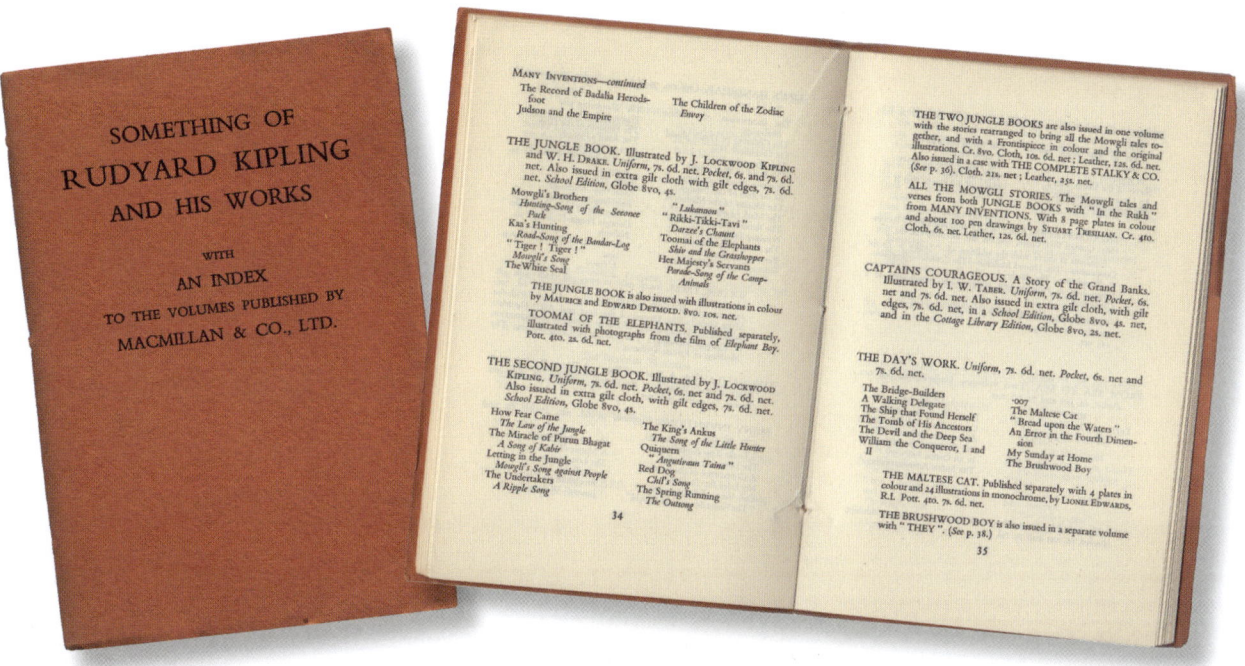

1914년에 발간된 키플링의 작품 목록.

기도 전에 이미 여러 편의 시와 단편 소설, 여행기 등으로 유명세를 떨치고 있었다. 그는 런던에서 시집《병영의 노래 Barrack-Room Ballads》와 몇 편의 단편 소설을 발표해 평론가들에게 찬사를 받았다. 그리고 2년 뒤에는 소설《꺼져 버린 불빛 The Light that Failed》을 출간했으며, 미국의 작가이자 출판업자인 월콧 밸리스티어와 절친한 사이가 되었다. 키플링은 월콧과 함께 소설《나울라카 The Naulahka》(당시 키플링이 철자를 잘못 썼다. 바른 철자는 'Naulakha'이다.)를 공동 집필하기도 했다.

키플링은 1891년에 다시 배에 올라 남아프리카, 오스트레일리아, 뉴질랜드를 여행한 뒤 인도로 갔다. 그때 월콧이 장티푸스로 갑자기 죽었다는 소식이 전해졌다. 그는 인도에서 가족과 크리스마스를 보내기로 한 계획을 취소하고 런던으로 급히 돌아갔다.

그 무렵 키플링은 일 년 정도 사귄 월콧의 여동생 캐리(캐롤라인) 밸리스티어에게 청혼한 상태였다. 캐리는 별 망설임 없이 키플링의 청혼을 받아들였다. 1892년 1월 18일, 두 사람은

영국 서섹스주에 있는 키플링의 집 베이트맨스 서재에서
필립 번 존스가 그린 캐리의 초상화. 키플링의 어머니는
밸리스티어 자매들을 처음 만났을 때 아들이 캐리와 결혼
할 것이라고 예측했다.

런던의 랭험 플레이스에 있는 올소울스 교회에서 결혼식을 올렸다. 미국 작가 헨리 제임스가 죽은 월콧을 대신해 신부를 키플링에게 인도했다.

키플링과 캐리는 신혼여행을 떠났다. 부부는 첫 여행지인 미국에 갔을 때 버몬트주 브래틀버러에서 가까운 밸리스티어 가족의 사유지에도 들렀다. 이어 일본을 여행한 뒤 아예 눌러 살 작정으로 버몬트로 돌아왔다. 그 무렵 캐리는 첫 아이를 임신했다.

두 사람은 브래틀버러 근처 농장에 있는 월세 10달러짜리 자그마한 시골집에서 지냈다. 나중에 키플링은 그 시절을 '우리는 무척 자주적으로 만족스럽게 생활했다.'고 회고했다. 두 사람은 그 시골집을 '더없이 행복한 집'이라는 뜻의 '블리스 카티지'로 불렀고, 첫 아이 조세핀이 그 집에서 태어났다.

'1892년 12월 29일, 눈이 1미터쯤 쌓인 밤에 조세핀이 태어났다. 캐리의 생일은 같은 달 31일이고, 내 생일은 30일이라서 우리는 조세핀이 날짜를 잘 맞추어 세상에 나왔다고 기뻐하며 탄생을 축하했다….'

《정글북》에 대한 아이디어가 떠오른 곳도 바로 이 시골집이었다. 이에 대해 키플링은 이렇게 썼다.

키플링과 캐리가 아기와 함께 찍은 사진.

'…블리스 카티지의 작업실은 폭이 2미터, 길이가 2미터 반 정도 되었다. 그리고 12월부터 4월까지 눈이 펑펑 내려 창틀 높이까지 쌓였다. 나는 예전에 늑대들 사이에서 자란 소년 이야기와 인도의 산림 작업에 관한 이야기를 써 두었다. 그런데 1892년 겨울, 사방이 적막하고 긴장감이 감도는 가운데 어린 시절 잡지에서 본 사자 그림과 소설가 해거드의《나다 더 릴리 Nada the Lily》의 한 구절이 갑자기 떠오르면서 그 이야기들과 어우러졌다. 이야기의 얼개를 대충 짜고 나니 펜이 쓱쓱 움직이면

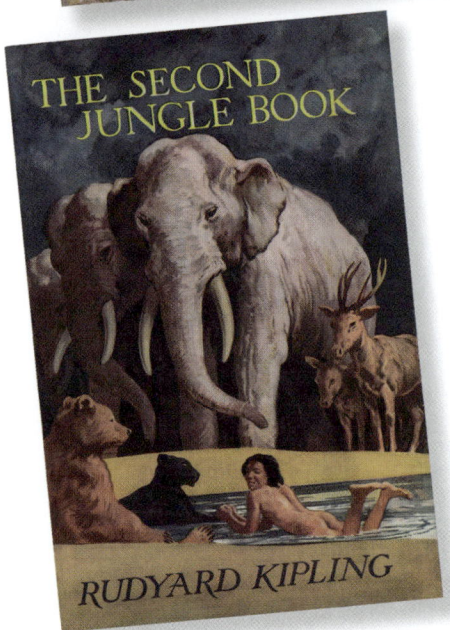

서 모글리와 동물들에 관한 이야기가 써지기 시작했다. 두 권의 《정글북》은 그렇게 시작해 완성되었다.'

키플링의 작품 가운데 가장 인기 있는 《정글북 1》과 《정글북 2》는 1894년과 1895년에 맥밀런 출판사에서 출간되었다.

키플링은 조세핀이 태어나자 블리스 카티지가 무척 비좁게 느껴졌다. 그래서 캐리의 오빠 비티 밸리스티어에게 땅을 사 그곳에 새 집을 지었다. 그 땅은 4만 468제곱미터쯤 되었는데, 바위가 많은 데다 경사져 있었고 아래로 코네티컷강이 흘렀다.

키플링은 월콧와 공동 집필했던 소설을 기리기 위해

맥밀런 출판사 기록에 의하면 삽화가 트레실리언은 1931년 3월에 사무실을 방문해 습작품을 보여 주었다. 그리고 얼마 뒤 《정글북 1》과 《정글북 2》의 삽화 작업을 시작했다.

새 집의 이름을 소설과 똑같이 '나울라카(Naulakha)'라고 지었다.(이번에는 철자를 정확히 기록했다.) 사실 키플링은 라호르에서 지낼 때 무굴 제국의 건축 양식, 특히 라호르 성채에 있는 대리석 건물인 '나울라카 파빌리온(Naulakha Pavilion)'에 일찍이 매료되었다. 그래서 소설 제목은 물론이고 집도 나울라카라고 지었던 것이다.

그 무렵 부부는 미국인 친구를 많이 사귀었고, 키플링은 그 어느 때보다 왕성하게 작품 활동을 했다. 이 시기에 《정글북》을 비롯

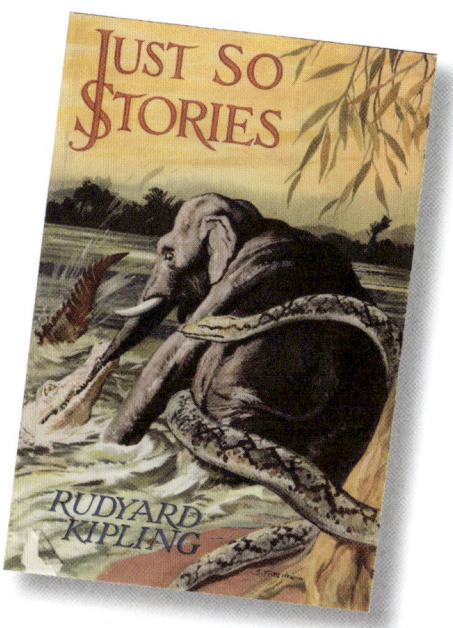

트레실리언이 1954년에 그린 《바로 그런 이야기들》의 표지 그림.

키플링은 버몬트의 집을 라호르 성채에 있는 '나울라카 파빌리온'의 이름을 따서 지었다.

키플링이 직접 그린 《바로 그런 이야기들》의 초판본 삽화.

1890년대 말 무렵 나울라카의 서재에
서 있는 키플링.

키플링은 나울라카가 만족스러웠던 만큼 많은 애정을 보였다. 키플링
부부는 이 집을 지은 뒤로 나무와 돌과 콘크리트 등을 기분 좋게 대하
는 새로운 취향이 생겼다.

하여 《용감한 선장들 Captains Courageous》, 《그날의 일과 The Day's Work》, 《꾸며 낸
이야기들 Many Inventions》에 실린 단편 소설, 《일곱 개의 바다 The Seven Seas》에 수록
한 시, 《바로 그런 이야기들》의 첫 번째 이야기를 썼다.

키플링의 집은 버몬트주 브래틀버러에서 북쪽으로 5킬로미터쯤 떨어진 키플링 로드에 옛
모습 그대로 남아 있다. 키플링은 외딴곳에 지붕과 옆면이 판자로 지어진 암녹색 집을 자
신의 '배'라고 일컬었다. 그는 '집에 있으면 햇살이 환하게 내리비쳐서 마음이 무척 편안해
졌다.'고 말했다. 키플링은 버몬트에 은둔하면서 '온전하고 깨끗한 삶'을 건강하게 누린 덕
에 창의력이 왕성해졌고 덕분에 많은 작품을 쓸 수 있었다. 하지만 날마다 부지런히 글을
쓰다가도 이따금 방문객들이 찾아오면 중단할 수밖에 없었다.

키플링의 아버지도 1893년에 은퇴한 직후 나울라카를 찾아왔다. 어떤 날은 〈셜록 홈즈〉 시리즈의 저자 아서 코난 도일이 방문하기도 했다. 도일은 나울라카에 이틀 동안 머물면서 직접 가져온 골프 클럽으로 키플링에게 골프를 가르쳐 주었다. 그 뒤로 키플링은 골프를 좋아하게 되었는데, 이따금 알고 지내는 목사와 골프 연습을 하곤 했다. 키플링은 겨울철이 되어 땅이 눈으로 덮이면 빨갛게 색칠한 골프공을 사용했지만 겨울에는 골프를 치기 쉽지 않았다. 또 까딱하다가는 공이 3킬로미터 비탈 아래로 굴러 코네티컷강에 빠져 버렸다.

1896년 2월, 키플링의 둘째 딸 엘시가 태어났다. 키플링 부부는 버몬트 생활에 무척 만족했기 때문에 그곳에서 평생 살 수도 있었다. 그런데 1890년대 중반 무렵에 영국과 베네수엘라의 국경 분쟁이 악화되면서 영국계 미국인들에게 위기가 닥쳤다. 키플링은 미국인들 사이에서, 특히 언론에서 반영 감정이 점점 높아지는 것을 보며 매우 곤혹스러워했다. 키플링은 친구에게 보내는 편지에 당시의 기분을 이렇게 썼다.
'화기애애한 저녁 식탁에서 맞은편의 디캔터(포도주 등 술을 옮겨 담는 장식용 병)가 나를 겨냥하고 있는 느낌이다.'

1896년 1월, 한 가정의 불화가 공개적으로 드러나는 일이 벌어졌다. 이 사건을 계기로 키플링은 사생활을 침해받자 지칠 대로 지쳤고 더없이 비참한 기분을 느꼈다. 그는 미국에서는 '편안하고 건전한 생활'을 지속할 수 없다고 판단해 이사를 결심했다. 얼마 뒤 키플링 가족은 미국 생활을 접고 영국으로 향했다.

1896년 9월, 키플링 가족은 영국 데번주에 있는 해안 도시 토키에서 새로운 생활을 시작했다. 키플링의 집은 언덕 위에 있어서

트레실리언이 1954년에 그린 《스토키와 친구들》의 표지 그림. 이 작품은 키플링이 유나이티드 서비스 칼리지 시절의 행복한 경험을 토대로 쓴 것이다. 키플링은 그 학교를 '시대를 앞선 학교'라고 말했다.

키플링의 세 아이 조세핀, 존, 엘시.

영국 해협이 한눈에 내려다보였다. 하지만 그는 집의 구조가 사람을 우울하게 만드는 구석이 있다면서 집을 썩 좋아하지 않았다. 그러나 키플링은 그 집에서 계속 글을 쓰고 사회 활동도 활발하게 벌였다.

키플링은 토키에서 많은 작품을 썼다. 유나이티드 서비스 칼리지 시절의 경험을 토대로 학교 이야기를 써서 묶은 《스토키와 친구들 Stalky & Co》도 이곳에서 썼다. 이 작품은 청소년들이 주인공인데, 그들은 모든 것을 다 안다는 듯이 애국주의와 권위주의에 가득 찬 냉소적인 의견을 내놓는다. 키플링은 가족들 앞에서 《스토키와 친구들》을 큰 소리로 읽곤 했다. 그러다 이따금 농담을 하면서 배꼽을 잡고 웃었다.

1897년 키플링 가족은 서섹스주 로팅딘으로 이사했다. 처음에는 키플링의 이모 조지아나 번 존스의 별장인 '노스 엔 하우스'에서 생활했다. 1897년 8월, 바로 그 집에서 키플링의 아들 존이 태어났다. 얼마 뒤 키플링 가족은 다시 엘름스로 이사해 행복한 생활을 이어 갔다. 그런데 1899년 초에 비극적인 일이 일어났다. 키플링 부부가 미국을 방문한 사이 큰딸 조세핀이 폐렴으로 죽은 것이다. 키플링 가족은 조세핀이 세상을 떠난 뒤로 더는 예전의 생활로 돌아갈 수 없었다. 그 무렵 키플링은 이미 유명한 작가였기 때문에 키플링과 그의 가족이 원치 않아도 뭇사람의 관심을 받을 수밖에 없었다. 게다가 키플링의 집이 관광지인 브라이튼에서 아주 가까워 관광객들의 이목을 끌었다.

영국 서섹스주에 있는 키플링의 집 베이트맨스. 키플링은 이 집과 방앗간이 포함된 주변 건물, 13만 355제곱미터의 땅을 9,300파운드에 매입했다.

1902년 키플링 부부는 서섹스주 버워시 근교에 있는 저택에서 은둔하며 생활했다. 우아한 저택의 이름은 베이트맨스였는데, 1600년대에 지어져서 시설이 변변찮았다. 욕실과 2층에 수도 시설이 없는 데다 전기도 들어오지 않았지만 키플링은 그 집을 아주 만족스러워했다. 그는 1902년 11월, 한 편지에 이렇게 썼다.

'…우리를 보라. 우리는 회색 석조에 이끼가 잔뜩 낀 저택의 합법적인 주인이 되었다. 문 위에는 서기 1634년이라고 적혀 있다. 기둥은 튼튼하고 오래된 참나무 계단이 있다. 훼손된 곳도 없고 보수한 흔적

베이트맨스의 키플링 서재. 전면에 그가 애용하던 타자기가 있다.

목판과 인화지를 사용해 실물 크기로 만든 《바로 그런 이야기들》의 책 모형. 삽화는 키플링이 직접 그렸다.

'키플링은 단순히 지적 수준만 높은 것이 아니라 지금껏 내가 만나 본 사람 가운데 단연 돋보인다. 나는 그가 완벽한 천재라고 생각한다.'

1907년 키플링은 마흔두 살의 나이로 노벨문학상을 받았다. 영어권 작가 가운데 최초이자 최연소 수상자였다. 영국 왕실은 그에게 계관 시인(영국 왕실에서 국가적으로 뛰어난 시인을 이르는 명예로운 칭호) 지위와 기사 작위를 내리려 했지만, 키플링은 모두 거부했다.

그 기간 동안 키플링의 연작시 두 편과

도 없다. 아늑하고 평화로운 집이다. 우리는 이 저택을 보자마자 반해 버렸다.'

키플링은 큰딸 조세핀이 죽고 나자 《어린이를 위한 바로 그런 이야기들 Just So Stories for Little Children》을 쓰기 위해 자료를 수집했다. 이 작품은 1902년에 맥밀런 출판사에서 처음 출간되었다.

1900년대에 접어든 뒤 십 년 동안 키플링의 인기는 그야말로 하늘을 찔렀다. 헨리 제임스는 그런 키플링에 대해 이렇게 말했다.

키플링의 시가 실린 악보의 표지. 키플링은 보어 전쟁에 참전한 영국군의 후원금 모금을 위해 《얼빠진 비렁뱅이 The Absent-Minded Beggar》를 썼다.

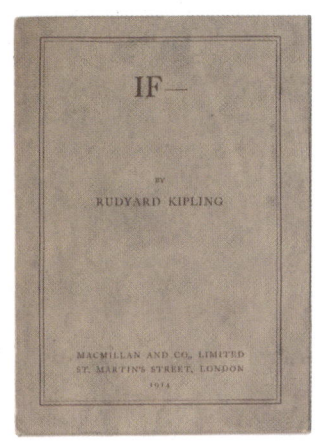

1954년에 트레실리언이 그린 《푸크 언덕의 요정》과 《보상
과 요정》의 표지 그림.

이야기 모음집 《푸크 언덕의 요정 Puck of Pook's Hill》,
《보상과 요정》이 맥밀런 출판사에서 출간되었다. 연작
시 가운데 하나가 '만약에 If—'였는데, 이 시는 1995년
BBC 여론 조사에서 영국인들이 가장 좋아하는 시로 뽑
히기도 했다. '만약에'는 키플링의 시 가운데 가장 유명
할 것이다.

1914년에
발표된 시
'만약에'가 실린
소책자의
앞표지와 뒤표지.

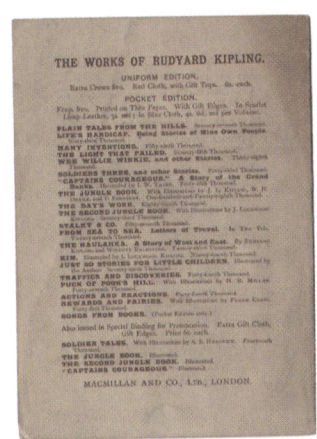

키플링의 아들 존은 1차 세계 대전에 참전했다가 1915년 9월 루스 전투에서 전사했다. 당시 존은 열여덟 살이었다. 키플링은 아들을 잃은 상실감에서 헤어나지 못했다. 그는 제인 오스틴의 소설을 아내와 딸에게 큰 소리로 읽어 주면서 아들을 잃은 슬픔을 달래려고 애썼다. 나중에 키플링은 대영 제국 전사자 추도 위원회에 가입해 유럽 각지의 전사자 묘지를 방문하고 관리하는 일을 도왔다.

1915년 당시 키플링의 아들 존.

말년의 키플링 부부.

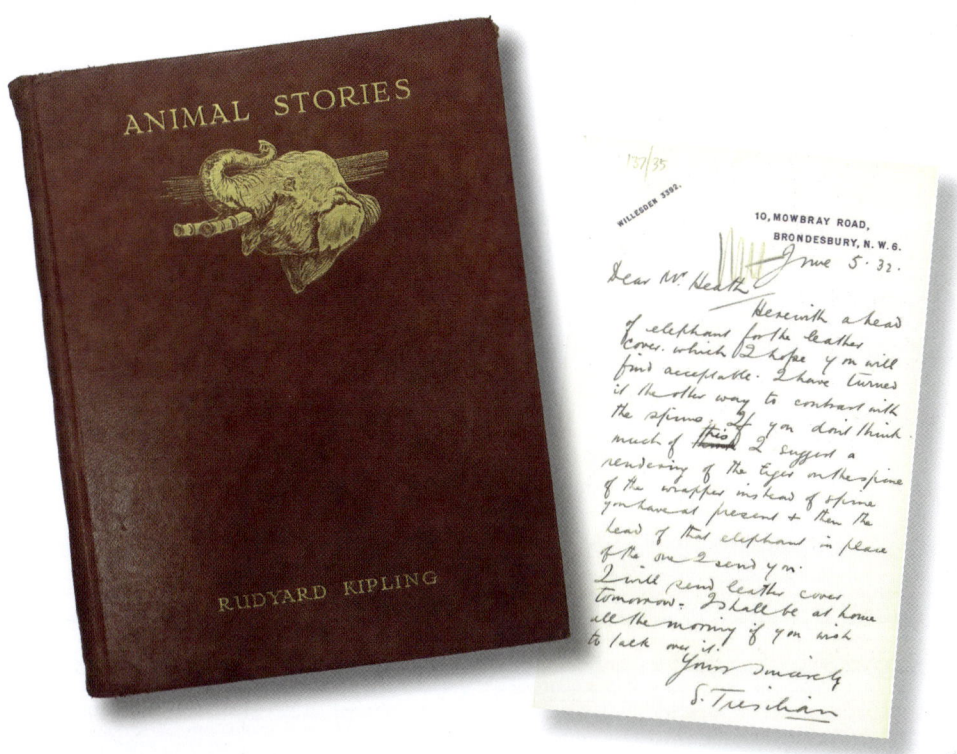

1932년에 트레실리언이 코끼리 머리를 그린 《동물 이야기》의
가죽 장정 표지와 트레실리언이 맥밀런 출판사에 보낸 편지.

러디어드 키플링과 맥밀런

맥밀런 출판사는 다니엘 맥밀런과 알렉산더 맥밀런 형제가 1843년에 설립했다.

키플링과 맥밀런 출판사의 인연은 키플링의 부모 대부터 시작되었다. 아버지 존 록우드 키플링과 어머니 앨리스 맥도널드는 라파엘 전파(14~15세기의 이탈리아 화가들과 비슷한 양식의 그림을 그린 19세기의 영국 화가들) 운동에 관여한 에드워드 번 존스(앨리스의 여동생 조지아나의 남편), 윌리엄 모리스, 윌리엄 앨링험과 친하게 지냈다. 그 가운데 윌리엄 앨링험은 맥밀런 출판사에서 작품을 출간했으며 알렉산더 맥밀런과 절친한 사이였다.

영국의 화가 허버트 번 허코머 경이 그린 프레드릭 맥밀런 경의 초상화.

키플링은 1889년 10월에 영국으로 돌아왔을 때 루시 클리포드를 만났다. 클리포드 부인은 키플링이 어린 시절 런던에서 알고 지낸 사람 가운데 하나였다. 그녀는 수학자이자 맥밀런 출판사에서 작품을 출간한 고(故) W. K. 클리포드의 부인으로, 소설가로 활동하면서 문학 모임을 정기적으로 열고 있었다. 당시 클리포드 부인이 키플링을 맥밀런 출판사의 설립자인 다니엘 맥밀런의 아들 프레드릭 맥밀런에게 소개한 것으로 짐작된다. 아무튼 1889년 11월 말에 키플링은 프레드릭 맥밀런, 조지 맥밀런(알렉산더 맥밀런의 아들)과 함께 식사를 했다.

그 무렵 키플링은 지인의 소개로 모브레이 모리스도 만났다. 모리스는 맥밀런 출판사가 매달 발행하는 잡지 〈맥밀런 매거진 Macmillan's Magazine〉의 편집자였다. 1889년에 모리스는 키플링의 작품 두 편을 받아 잡지에 실었다. 바로 《자비로운 왕의 노래 The Ballad of the King's Mercy'》와 《동양과 서양의 노래 The Ballad of East and West》였다.

키플링은 맥밀런 출판사와 오랫동안 친분을 유지하면서 많은 작품을 출간했고 작가로서 승승장구했다. 키플링의

〈맥밀런 매거진〉은 1859년부터 매달 출간되었다. 이 잡지에는 키플링과 토마스 하디 같은 작가들의 작품이 실렸다.

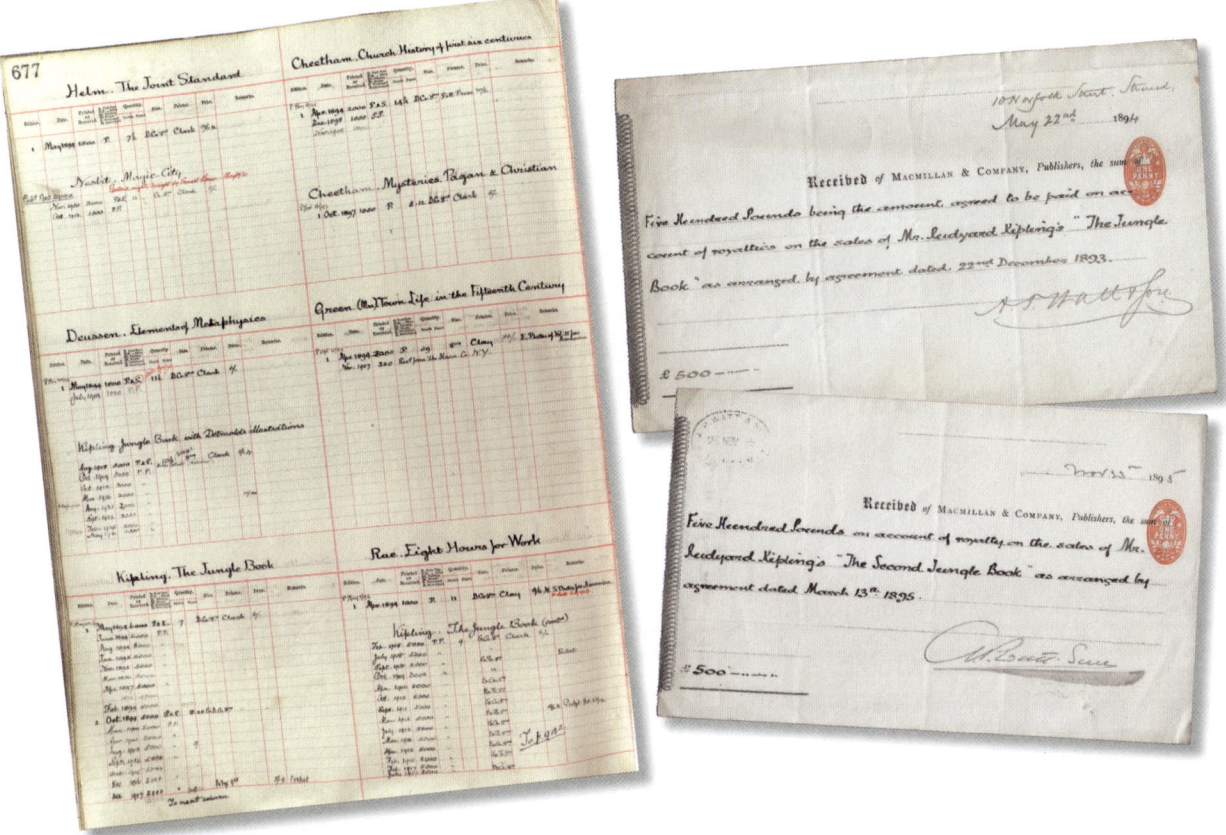

왼쪽: 맥밀런 출판사의 편집 수첩. 1843년부터 1910년까지 맥밀런 출판사가 출간한 책 목록이 발행 순서대로 적혀 있다. 당시 베스트셀러였던 《정글북》의 인쇄 부수도 보인다.
오른쪽: 키플링이 《정글북 1》과 《정글북 2》의 인세 선금으로 받은 500파운드에 대한 영수증.

소설, 수필, 시, 동화는 대부분 맥밀런 출판사에서 출간되었다. 키플링은 1936년 1월 18일, 런던에서 생을 마감했다. 그리고 런던 웨스트민스터 사원의 묘지에, 영국의 유명한 시인들 곁에 안장되어 있다.

'작가로서 가장 큰 희망은 작품 가운데 일부라도 남아 뒷날 누군가가 즐겁게 읽음으로써 다시금 부활하는 것이다.'
- 1926년 러디어드 키플링이 영국 왕립문학협회에서 한 말

스튜어트 트레실리언과 《정글북》

맥밀런 출판사는 1930년대에 삽화가 스튜어트 트레실리언에게 키플링의 소설 《정글북 1》 과 《정글북 2》의 삽화를 의뢰했다. 얼마 뒤 《동물 이야기》와 《모글리 이야기》가 1932년 과 1933년에 각각 출간되었다. 《동물 이야기》에는 《정글북 1~2》 외에도 《바로 그런 이야 기들》의 이야기가 일부 실렸다.

트레실리언(전체 이름은 세실 스튜어트 하젤 트레실리언)은 유능한 그래픽 아티스트이자 삽화가로, 특히 어린이 책 삽화를 잘 그리는 것으로 유명했다. 그는 1891년 7월 영국 글로 스터셔에서 태어났으며, 유명한 수채화가 해리 티커가 미술학과 학과장으로 있는 런던의 리전트 스트리트 폴리테크닉에서 미술을 공부했다. 해리 티커는 맥밀런 출판사에서 출간 한 《이상한 나라의 앨리스》와 《거울 나라의 앨리스》를 그린 존 테니얼의 삽화 일부를 채색 한 바 있다. 즉, 티커가 트레실리언을 맥밀런 출판사에 소개한 것으로 짐작된다.

1932년 3월, 트레실리언은 A. G. 길버트에게 편지를 한 통 보냈다. 그 편지에는 키플링의 작품에 삽화를 그릴 수 있게 되어 매우 기뻐하는 내용이 담겨 있다. 트레실리언은 그해 6월과 8월에 또다시 편지를 보냈다. 그리고《모글리 이야기》의 삽화비로 330파운드를 받았다.

트레실리언은 1930년대에 키플링의 동물 이야기 모음집 두 권의 삽화를 그렸다. 뿐만 아니라《킴 Kim》,《푸크 언덕의 요정》,《보상과 요정》,《바로 그런 이야기들》,《용감한 선장들》,《정글북 1~2》의 새 판본 등, 수많은 키플링 작품의 표지 그림도 그렸다. 트레실리언은 삽화를 정확하게 그리려고 심혈을 기울였다. 그는 삽화를 최종 완성하기 전에 런던 동물원에서 며칠을 보내며 갖가지 동물을 스케치했다.

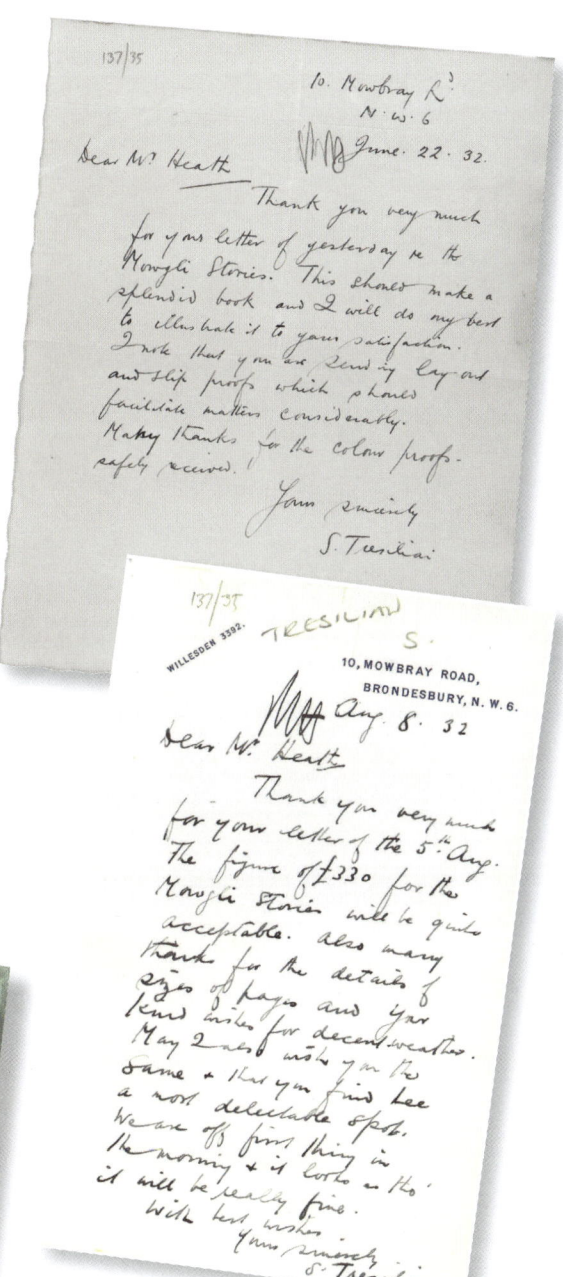

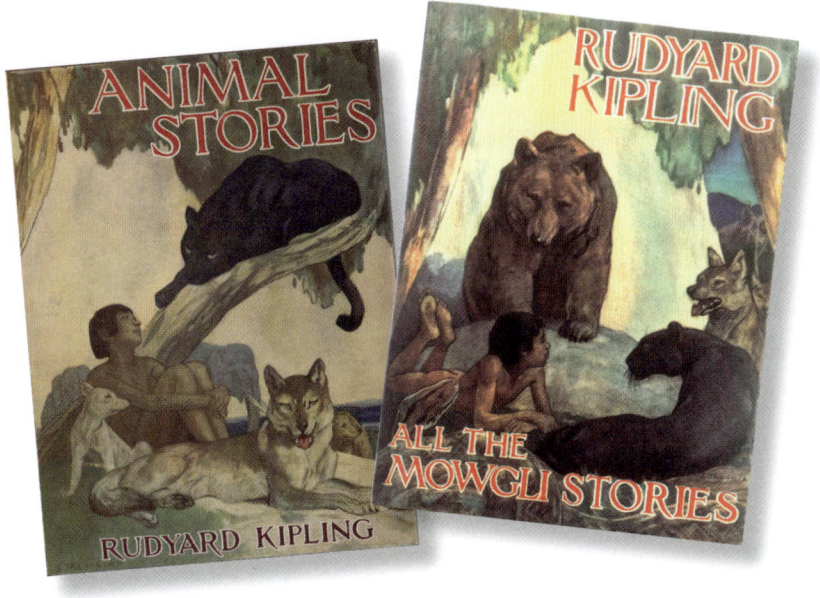

위쪽: 트레실리언이 직접 쓴 편지로, 맥밀런 출판사와 매우 친밀한 관계였음을 알 수 있다.
왼쪽: 트레실리언이 삽화를 그린 키플링 작품의 1960~1970년대 판본.

트레실리언은 1차 세계 대전이 일어나자 얼마 뒤 육군 소위로 참전했다. 그러다 1918년에 부상을 입고 포로로 잡혀 1918년 12월까지 독일 라슈타트에 감금되었다. 그는 감금된 동안에도 그림을 그렸는데, 그 가운데 하나가 런던의 대영 제국 전쟁 박물관에 걸려 있다. 트레실리언은 이후 영국으로 송환되었고, 전쟁이 끝나자 리전트 스트리트 폴리테크닉에서 학생들을 가르쳤다. 그러다 나중에 영국 왕립예술대학에 입학했다.

트레실리언은 1930년대부터 1940년대 초에 이르기까지 〈와이드 월드 매거진 The Wide World Magazine〉, 〈내쉬스 펄멀 매거진 Nash's Pall Mall Magazine〉, 〈주 Zoo〉, 〈패싱

1940년대 중반에 트레실리언이 삽화를 그린 에니드 블라이튼의 〈모험〉 시리즈 표지 그림.

쇼 The Passing Show〉, 〈브리타니아 Britannia〉, 〈이브 Eve〉 등 수많은 잡지에 삽화를 그렸다. 특히 1940년대 중반에 에니드 블라이튼의 〈모험 Adventure〉 시리즈에 그린 삽화로 이름을 널리 알렸다.
트레실리언은 1974년 여름에 세상을 떠났다.

맥밀런 출판사의 말

《정글북 1》과 《정글북 2》는 각각 1894년과 1895년에 맥밀런 출판사에서 처음 출간되었다. 두 작품 모두 러디어드 키플링의 아버지 존 록우드 키플링이 삽화를 그렸다. 이 책 《가장 완전하게 다시 만든 정글북》은 이 초판본을 바탕으로 구성하였다.

이 책은 초판본과 비교했을 때 문장 부호만 조금 다를 뿐 내용은 그대로 따랐으며, 《정글북 1》의 서문도 그대로 실었다. 스튜어트 트레실리언의 삽화는 1932~1933년에 그린 것이다. 그 가운데 8쪽의 '솔개 칠이 본 모글리의 지역'은 《모글리 이야기》 판본에 실렸던 삽화이다.

트레실리언은 《동물 이야기》와 《모글리 이야기》에 검은색 선의 흑백 그림을 주로 그렸지만, 채색 그림도 꽤 많이 남겼다. 이 책에는 채색 그림뿐 아니라 초판본의 검은색 선 그림도 모두 실었다. 대신 검은색 선은 경우에 따라 '정글을 상징하는 초록색'으로 바꾸었다. 한편 이 책에는 화가 피어스 샌포드가 트레실리언의 선 그림을 토대로 새롭게 채색한 그림도 실려 있다. 물론 트레실리언의 원본 삽화 색을 참조하여 채색 작업을 하였다.

《정글북 2》의 〈공포의 시작〉과 시 '정글의 법칙'은 《동물 이야기》와 《모글리 이야기》에 모두 실려 있는데, 트레실리언은 똑같은 이야기지만 각 권의 삽화를 다르게 그렸다. 이 삽화들은 일부는 수록되고 일부는 누락되었음을 밝힌다.

1895년에 출간된 《정글북 2》의 몇몇 이야기들은 나중에 재출간된 《모글리 이야기》와 《동물 이야기》에 수록되지 않았다. 따라서 〈콰이쿼른〉, 〈여울목의 악어〉, 〈푸른 바가트의 기적〉의 삽화는 존 록우드 키플링이 그린 초판본 삽화를 토대로 샌포드가 새롭게 그리고 채색한 것이다.

글 러디어드 키플링 (1865~1936)

영국의 소설가이자 시인이다. 1800년대 말 인도에서 생활한 경험을 바탕으로 일생 동안 시, 소설, 동화, 민요 모음집 등 약 400편의 작품을 남겼다. 특히 1894~1895년에 원시 세계 속 생명체들의 삶을 생생하게 그린 《정글북 1》, 《정글북 2》를 출간하여 전 세계적으로 큰 명성과 인기를 누렸다. 1907년에는 역대 최연소의 나이로 노벨문학상을 받았다. 다른 대표작으로는 《병영의 노래》, 《킴》, 《바로 그런 이야기들》, 《푸크 언덕의 요정》 등이 있다.

그림 스튜어트 트레실리언 (1891~1974)

영국의 그래픽 아티스트이자 삽화가로, 1930~1940년대에 왕성하게 활동했다. 특히 러디어드 키플링의 작품에 많은 삽화를 그렸으며, 대표작으로는 《동물 이야기》, 《모글리 이야기》, 〈모험〉 시리즈 등이 있다.

옮김 정회성

인하대학교 영어영문학과 초빙 교수로 재직하면서 문학 전문 번역가로 활동하고 있다. 2012년에는 《피그맨》으로 IBBY(국제아동도서협의회) 어너리스트(Hornor List) 번역 부분에 선정되었다. 옮긴 책으로는 《레몬첼로 도서관 탈출 게임》, 《가장 완전하게 다시 만든 앨리스》, 《마술사의 제자》, 《줄무늬 파자마를 입은 소년》, 《기적의 세기》, 《1984》, 〈페럴〉 시리즈 등이 있으며, 지은 책으로는 《친구》, 《작은 영웅 이크발 마시》, 《책 읽어주는 로봇》 등이 있다.

가장 완전하게 다시 만든
정글북

초판 1쇄 발행일 2018년 6월 30일

글 러디어드 키플링 l 그림 스튜어트 트레실리언 l 옮김 정회성 l 펴낸이 유성권 l 편집장 심윤희 l 편집 송미경, 김세영, 김송이
표지 디자인 천현영 l 본문 디자인 이수빈 l 마케팅·홍보 김선우, 김민석, 박희준, 문영현, 김애정
관리·제작 김성훈, 박혜민, 장재균 l 펴낸곳 (주)이퍼블릭 l 출판등록 1970년 7월 28일(제1-170호)
주소 158-051 서울시 양천구 목동서로 211 범문빌딩 l 전화 02-2651-6121 l 팩스 02-2651-6136
홈페이지 www.safaribook.co.kr l 카페 cafe.naver.com/safaribook
블로그 blog.naver.com/safaribooks l 페이스북 www.facebook.com/safaribookskr
ISBN 979-11-6057-342-8 03840

THE COMPLETE JUNGLE BOOK

KC마크는 이 제품이 공통안전기준에 적합하였음을 의미합니다.
제조자명 : MACMILLAN   제조국명 : 중국
수입자명 : ㈜이퍼블릭(사파리)   사용 연령 : 8세 이상
종이에 베이거나 모서리에 다치지 않게 주의하세요.